再生缘

[清] 陈端生 ◉ 原著

胡蓉蓉 关渤 曹石 应红／编剧

黎冰 舒寒／小说改编

东方出版社

之 孟丽君传

责任编辑：傅跃龙 刘丽华

特约编辑：刘太荣 刘珂碧

装帧设计：门乃婷工作室

图书在版编目（CIP）数据

再生缘 / 黎冰 舒寒改写 —北京：东方出版社，2007.4

ISBN 978-7-5060-2222-4

Ⅰ.再... Ⅱ.黎... Ⅲ.长篇小说–中国–当代 Ⅳ.I247.5

中国版本图书馆 CIP 数据核字（2007）第 016626 号

书　　名：再生缘

　　　　　ZAISHENGYUAN

原　　著：[清]陈端生

改　　写：黎冰 舒寒

出版发行：东方出版社

　　　　　（北京市朝内大街 166 号　邮编 100706）

邮购地址：北京市朝内大街 166 号 人民东方图书销售中心

电　　话：（010）65250042　65289539

网　　址：http://www.peoplepress.net

印　　刷：北京高岭印刷有限公司

经　　销：新华书店

开　　本：720 毫米 × 980 毫米　1/16

印　　张：20.5　　　　插　页：16

字　　数：315 千字

版　　次：2007 年 4 月第 1 版　2007 年 4 月第 1 次印刷

书　　号：ISBN 978-7-5060-2222-4

定　　价：28.00 元

李冰冰 饰 孟丽君

大型古装青春励志传奇剧

《再生缘之孟丽君传》

北京金奥尼影视文化传播公司

北京金奥尼影视文化传播有限公司是集影视策划、拍摄制作及海内外发行为一体的影视文化企业。公司成立于 1996 年,曾于 1996 年至 2000 年期间在电视网上成功发行过《太极张三丰》、《倚天屠龙》、《武状元苏乞儿》等数十部中港合拍片及 30 集电视连续剧《琉璃厂传奇》、44 集电视连续剧《木兰新编》、《木兰从夫》、20 集电视连续剧《女囚》、20 集电视连续剧《刑档内幕》等……。在当时,发行影视精品及带广告贴片发行形式,成为金奥尼公司在影视剧的两个明显特色;作品在众多城市台创下收视榜冠军;业务覆盖全国 200 多家省、地市级电视台。

2000 年后金奥尼公司改变单一发行的经营理念,通过拍摄 40 集电视连续剧《绝色双娇》,实行了由"单一发行"到"发行与投拍并重"的经营方式的过渡。之后推出 22 集古装刑侦推理剧《护国良相狄仁杰》之《京都疑云》,本片被上海文广集团评选为 2003 年度收视率前五名。2004 年公司独资投拍了 30 集都市悲情剧《银杏飘落》,在全国各地取得良好的收视效果,被上海文广集团评选为 2004 年度审片组最佳奖。2005 年又投拍了中国第一部原生态数字电影《开水要烫,姑娘要壮》。2006 年公司投入巨资打造中国古代奇女子系列之一《再生缘之孟丽君传》,这部戏集画面美、人物美、意境美于一身,风格细腻、生动、感人、大气。

引　子

　　江南蒋州，正午时分的阳光热辣辣地洒在房舍和街道上，白晃晃的，于明亮中透出一种森严而诡异的气氛。

　　街道的尽头，远远地传来喧闹的婚庆锣鼓声，长长的街道两边高扎彩灯，高高的牌楼也缀满红绸，一派喜庆祥和。

　　忽然间，喜庆的唢呐声大作。街道拐角处，摇头晃脑吹奏着唢呐的乐队走了出来。身后的新郎官，一身光鲜，气宇轩昂地骑着一匹高头大马缓缓而来。一溜抬着各色聘礼的家丁随后迤逦而出。看热闹的路人从四面八方纷纷涌来，啧啧称赞着聘礼的丰厚和排场的盛大，眼神中满是艳羡和猜测，人群中不知何人一语道破了众人的疑惑："刘国舅要娶孟巡抚的女儿嘛，听说还是奉皇上的圣旨呢！"

　　这国舅的儿子便是那春风得意、于高头大马上向人频频作揖的新郎官刘奎璧了。

　　此时此刻，孟府门口张灯结彩，两边家丁敲着迎亲锣鼓，起劲地放着爆竹，一身喜庆礼服的孟士元站立在中央，面上有些强颜欢笑，等候着迎亲队伍的到来。然而，本应充满喜庆气息的孟府闺房却异常冷寂，门窗紧闭，只有几丝阳光透过窗棂，寂寥地射进屋内，照在本应同样忙碌热闹却表情木然的新娘子孟丽君身上。

　　新娘子孟丽君全身裹素伫立在房中央，麻衣丧服。丫环容兰拿起一件华美鲜红的新娘喜服往她身上披，静立许久的她却像被什么烫了似地挪了一下，本能地拒绝着。容兰停住手，低声劝解道："小姐，皇甫公子毕竟已经不在了，可是为了老爷夫人，你也得活下去啊！"

　　话音刚落，门外响起了敲门声和孟夫人低低的恳求声。

　　丽君依然不动，瘦削的肩轻轻抖动了两下，似在抽泣，端庄清秀的脸上，愁

1

容惨淡,眼含盈盈泪水,耳边不停地回响着记忆中的声音:"少华,只要还活着,就没有任何力量能把我们分开。"丽君勉强一笑,凄婉而深情,她闭上眼睛,张开双手,一团鲜红的颜色飘着罩在了白色丧服的外面。

闺房的门打开了,刺目的阳光伴着喧闹的声音一下子涌了进来。新娘孟丽君缓步走了出来。院子里婆娑的树影掩盖住了她冰冷凝固的眼神。竹笛的穗子从喜服的侧襟露出来,随着孟丽君的步伐飘飘地拍打着鲜红的衣袂。临到门口,丽君站住了,跟在后面的容兰会意地把红盖头罩在她的头上。

鞭炮齐鸣,鼓乐喧天,丽君上了花轿,在父母亲的泪眼和嘱托声中,随着迎亲队伍热热闹闹地远去了……

荒草中,躺着受伤的皇甫少华,征袍上染满血迹,脸上满是伤痕和尘土,一动不动,像是一具尸体。白马在他身边徘徊着,前蹄偶尔踏一下地上的荒草,不时地看着主人。忽然,少华的嘴角抽动了几下,嘴唇微微张开,耳畔响起的是记忆中孟丽君的声音:"少华,只要还活着,就没有任何力量能把我们分开。"

这个声音似乎响彻天空,一遍一遍呼唤着少华。终于,少华的眼睛睁开了一线。他看见头顶上明晃晃的天空,看见忠诚的白马低头蹭着自己的身体,无力地伸出手,轻轻地抚摸了一下白马垂下的鬃毛。白马很有灵性地弯曲前腿跪在少华身边,少华强忍着伤痛,爬上了马背。白马站立起来,仰首嘶鸣了一声,驮着主人,向着主人心上人的方向而去。

随着马蹄的颠簸,孟府大门越来越近,少华的眼神中突然放出一丝异彩,脸上露出满带柔情的笑意。突然,他的脸上布满冰霜,眼睛猛地瞪大了。孟府门上张贴的大红喜字,触目惊心,在阳光下令少华一阵眩晕,门口散落的红色纸屑令他不由自主地战栗。一阵风吹过,满地的纸屑像红色的雪片飘在空中。少华和白马被笼罩在漫天飞舞的纸屑中,他震惊了,这震惊让他挺直了身躯,用力勒住马,目光燃烧起来。

一阵钻心的疼痛突然袭来,胸甲处绽裂的白袍上又渗出了一缕鲜血,他只是淡然地看了一眼,便又催动白马疾驰起来,去追赶他的丽君,也许,一切还来得及!

近了,近了,看到那花轿了:"丽君,丽君!"少华不敢出声,只在内心疯狂地呼喊着,挤入人群,艰难地向花轿靠近。此时,喜轿中心事重重的孟丽君忽然打了个寒战,仿佛心灵感应一般,她好像听到了心上人的呼唤,这不是虚幻的声音,是实实在在的少华的声音。

　　她赶忙揭开盖头,透过大轿的后窗向后方望去,穿过追逐着喜轿的送亲人群,竟然真的见到了她日思夜想的少华。丽君一阵狂喜,随即又冷静下来,怎么办?怎么办?远处的少华也隐约看到了大轿后窗中闪现的丽君的面孔,但是很快,轿子就在一个拐弯处消失了。少华嘶声大喊着丽君的名字,几近崩溃。突然,他手捂胸口,伏倒在了马背上。眼前的世界颠倒过来,旋转着,越来越迷糊……

　　刹那间,所有的声音都消失了,死寂的黑暗中,一切好像都过去了。只剩下少华的一声沉重的叹息扑面而来,渐成残响……

一

　　时光倒转回一年以前。

　　河边，小船。一老，一少。

　　老的，是坐在船尾的老和尚清修，少的，便是那江南巡抚孟士元孟大人之女孟丽君。

　　除去显赫的家世不提，单是孟丽君的美丽与才情早已使她成为名满江南的传奇女子。人言她一岁能言，三岁读书，五岁能诗，七岁便文武双修，而且，多数人从未见其真面目，只有亲近的侍儿和亲朋见过，无不痴如醉，直叹倾国倾城也不过如此。据说，有个曾去孟府拜访孟士元、无意间邂逅孟小姐的少年形容道：轻纱飘飘，依稀可见一位丽人临窗思索，虽然纱罗蒙蒙，却平添了几分朦胧美，娉婷身影，走一走似步摇生香，弱柳拂风，静一静若洛神凌波，娇花照水。风儿悄悄地吹开一角纱帐，略略露出半张脸，鬓似刀裁，肤如凝脂，眼含秋水眉黛春山，真个是施朱则太赤，施粉则太白，增之一分则太长，减之一分则太短。那少年一见，便顿时倒地，半天才回过神来。

　　从此，这少年逢人便说孟丽君的美丽，如此这般地描绘，直让听得人心痒不已，盛名由此传开，因而到府上提亲的人就络绎不绝，踏破了孟家的门槛。可是，孟小姐全然不理那些找上门来的公子王孙们，一句"缘分不到，还不想嫁。"就轻轻松松地把所有上门的人挡在了门外，不知害得多少人得了相思病。

　　此时的丽君正伏在船边，伸出纤纤玉手，把莲花上的露水倾入一只瓷瓶。清澈的河水中，丽君清丽的倒影在水波中荡漾，闪烁着星星点点的光亮，如梦如幻。只见她乌鸦鸦的如意髻，两鬓镶金凤钗，发间两颗珍珠，与温柔似水的双眸相映成辉。一身流光溢彩的罗衣，自透着一股高贵从容，又不失少女的清纯明丽。

　　"师傅，有了这瓶清晨的花露，就能得一杯真正的花露茶了，佛说'口吐莲花'的妙境，就是如此吧。"

　　正在凝神静读《法华经》的清修抬头看了一眼孟丽君。这丫头，孟府上下正在为她的婚事操心，她倒是气定神闲，优哉游哉，一副置身事外的样子。任是说媒的人说破了嘴皮子，礼金堆成了山，任是对方貌似潘安，才似子建，才高八斗，学富五车，她都丝毫不为所动。看看她，摘下两片苇叶，十根青葱手指灵巧地编织起来，不一会儿就编出了一只小鸟，放在了水面上。

"丽君，女大当嫁，如同叶茂花开，是再自然不过的。"

"可是师傅，丽君不愿嫁，不愿像一盆花草那样，只是开给别人看。"

"那是你缘分未到，缘分到了，谁能挣脱？"

孟丽君伏在船边，托着腮看着小鸟，有点迷茫又有些向往："我才不要那样呢！我想像小鸟一样自在，飞过山川河流……像云朵一样自由，饱览万物……"她喜欢现在这样的生活，还不想嫁入深宅。父母从小把她当男孩养，四书五经，诗词歌赋，甚至兵法陈策，她都有所涉及，有时也会扮男装出去开开眼，闲暇时舞一会儿新学的剑法。相对于一般的大家闺秀针线女红无一不精，什么女子无才便是德，大门不出，二门不迈之类的，丽君无疑是个例外。

"可你是个女孩子。"

"女孩子怎么了，为什么就只能困守闺中，为什么就不能'修身、齐家、治国、平天下'？"

闻听此言，正在看书的清修突然愣住了，好个男儿志向！他低头看看书页上的一首诗：一点灵心若流萤，飞过草莽达龙廷。慧根总在劫时显，夜色愈浓愈分明。

这诗句让清修心中一动，恍惚中，他仿佛"看见"了什么，各种幻境交替着浮现于脑海：

山花浪漫的原野上，丽君和一位俊朗少年共骑白马欢快地奔跑，丽君含羞地望着少年郎，深情款款；

天边的白云刹那间变成黑压压的乌云，突然间电闪雷鸣，平静的湖面变得浊浪翻滚，而衣衫褴褛的丽君踉跄地在湖边奔走着；

熊熊火海，像要吞没整片天空，丽君在火海中痛苦而无助地奔跑着，撕心裂肺地喊叫着；

金碧辉煌的大殿，丽君穿着状元袍，缓缓抬起头，火红的衣帽衬得丽君娇颜更红，粉颊含笑；

尸横遍野的战场上，身着男装的丽君孤零零地站着，眼神迷茫地望着远方；

身着丞相官服的丽君在一张华丽的榻上沉睡，四周是大朵大朵盛开的各色牡丹,榻边香鼎内香烟缭绕。一只男人的手正伸向她的衣领,袖子上绣着腾云驾雾的金龙。

……

清修闭上了眼睛,若有所思。丽君啊丽君,你慧根聪颖,非同寻常女子,可是,等待你的,将是什么样的命运呢?突然间,他睁开眼,看着丽君,轻轻道了一句:"缘生缘灭,唉,躲不开跑不掉。"遂站起身,自顾自下船而去。丽君歪着头,不解地看着师傅远去的背影。

正在这时,河的远岸,一位一袭白衣的英俊少年骑着白马飞奔而来。只见那少年身穿月白锦袍,腰系羊脂玉带,头扎缀玉抹额,加之眉似远山,眼似秋水,顾盼自如间英气勃勃,一身的浩然正气,高高地骑在马上,更是显得雄姿勃发,英气逼人。

白马在河边停住,少年焦急地望着河对岸的路,突然回手拍马。白马冲进河里,踏水而过,掀起一串水浪。白马经过小船时,轻轻蹭到了船舷,船身一晃,丽君险些掉了下去,船头放着的那瓶花露也掉进水里,洒了个干净,几滴湖水溅湿了孟丽君的衣裳。少年恍若不知,急匆匆地驾马而去。孟丽君站定后,看着倒在一旁的瓷瓶,再看看渐渐远去的少年,一时恼怒地涨红了脸。

好无礼的男子!哼,休想跑掉!孟丽君从船上跨步上岸,骑上岸边的小红马,赶了上去。眼看就要赶上,奈何那少年急于赶路,并不理会。孟丽君不禁恼了:"你站住,站住!"少年一惊,勒马回头:"对不住,小姐,我有急事在身,对不住了!""可是你打翻了我的花露,那可是我清晨从一百朵荷花上采得的,就被你……"还不等孟丽君讲完,焦急的少年一把拨过马头,再次催马而去,还险些将丽君撞下马去。

孟丽君没料到自己话还没说完他就又跑了,又气又惊,她也是从小娇生惯养的大家小姐,哪里受得了这样的轻慢,索性两腿一夹,又赶了上去。"你跑不掉的,我一定要抓住你!"

丽君骑马追去,她刚刚离开,孟府的丫头苏映雪便奉了孟大人的命令来找她回家。这苏映雪虽说是孟丽君的丫头,可并不是个简单的粗使丫环,一袭月白绣花滚边团衫,下着一条白纹罗裙,无甚挂饰,只有一个汉玉坠,脂粉薄施,娥眉淡扫,只簪一根梅花簪,戴一对翠玉耳环。虽然穿着不甚华贵,但是通身透着文静雅致,倒似一个大家闺秀。

她是孟丽君的伴读丫头，从小被卖进孟府，一直陪伴着孟丽君。两个姑娘从小一起长大，一块学习，一块玩耍，名为主仆，实则比姐妹还要亲。苏映雪为孟丽君伴读的时间长了，耳濡目染，加上天资聪颖，也成为了一个琴棋书画样样精通的美貌才女。外人看了，还以为她也是位官宦之家的千金小姐呢。

却说这苏映雪明明记得小姐说她会来这里和清修师傅品茶，现在却连小姐的人影都看不到，正在着急。突然，她看到一个少年正单膝点地，拉开弓箭，瞄准着树梢上一只羽毛亮丽的小鸟，心中不忍，禁不住大喊起来："别射，别射啊！"

射箭的手抖了一下，箭还是飞了出去，直奔小鸟，但稍微有些偏，擦着翅膀飞过。鸟儿受了伤，扑着翅膀落在地上。

苏映雪跑向小鸟，把它捧在手上，怜惜地轻抚着小鸟翅膀上的伤口，伤口渗着血。少年走上前来，看到苏映雪发自肺腑的痛惜表情，触动了心弦，不禁涌起了愧疚之感："小姐如此喜爱这只鸟吗？"苏映雪头也不抬地说："鸟儿都是成双成对的，你有没有想过，如果这只死了，那另外一只会有多么难过？"少年心绪一动，若有所思地点点头，掏出一方汗巾，递给苏映雪。

映雪心一动，满面霞红，抬起头看了少年一眼：这是个精神利落的小伙子，帅气十足，身着蓝芝纱袍，套件石青绣金绸褂，足蹬虎靴，腰佩明璧，头戴镶宝金冠，端的是一脉富贵气派。他眉宇间的那股朗朗的英气，让人禁不住会多看他两眼，最特别的是他眼神中流露出一股倔强而又孩子气的神情，甚至让人觉得有点小小的"坏"，那是一种生动的感染力，让映雪原本对他射伤鸟儿的怨气少了很多。

仔细给小鸟包扎好后，映雪起身准备回府。少年看着她，认真地说："从今天起，我绝不再射杀任何一只鸟了——那些鸟儿都是被小姐救的。"映雪扑哧一声笑了。少年率直地说："我是刘奎璧，请问小姐——"看着他亮晶晶的眼神，苏映雪莫名有些慌乱："啊，我是孟府的。""孟小姐，能让我送这只小鸟回家吗？"

映雪有些惶恐地说："不，不用……"但刘奎璧已牵低了马，孩子般固执而又真诚地看着苏映雪，在刘奎璧的目光中，苏映雪无法拒绝地被扶上了马。

来到孟府门口，刘奎璧小心地搀扶着手里一直捧着小鸟的苏映雪下马，映雪看了他一眼，羞怯地跑向孟府大门，步履轻盈而婀娜，刘奎璧看着她欢快的背影，目光有些沉迷起来。即将进门时，苏映雪还是忍不住朝着刘奎璧回眸一笑。

她原本就雪肤明眸，现在脸颊上红晕微漾，小小的两个梨涡，如水般纯净美丽，仿佛出水的芙蓉。这娇俏的笑容让正要离去的刘奎璧情不自禁地愣在了那里。

映雪哪里知道，就是这一笑，牵出多少情丝绵绵。

而这一幕，也正巧落入路过孟府的江南总督皇甫敬的眼里，以古板固执著称的皇甫敬摇了摇头，这孟府的千金也太不自重了些。

这皇甫敬乃是朝中一等一的武将，虽然年逾六旬，但一头乌发并无半点斑白。一双眼睛炯炯有神，目光如炬，叱咤沙场，骁勇善战，功勋显赫。二十年前，南疆部族联兵二十万，分三路进犯，斩杀将士无数，一路披靡。朝廷派皇甫敬率五千精兵南下，指挥明军，大败叛军，斩首六千余级，并一鼓作气，直把叛军赶出疆界，誓不再犯。此后享誉天下。而他比战功更威震四方的便是他忠义耿直的性格，和要命的倔脾气，朝中的贪官污吏，都对他颇为忌惮。

此时，皇甫敬正带着一队兵士赶到漕运码头。近来私盐猖獗，皇甫敬一直密查暗访，誓要与盐枭斗到底。今日接到密报，说运皇粮的船上，可能藏有私盐，他便匆匆赶来彻查。只见码头上，押粮尉官刚刚指挥船工，把一艘船上的麻包运到一艘艘运粮船上。船上都插着写着"皇粮"两个字的旗帜。自己的儿子皇甫少华正在岸边反反复复巡视，一脸的焦急和失望。

见皇甫敬赶到，少华联忙上前迎接。皇甫敬问道："扣住私盐了吗？"少华不安地低下头："没有。孩儿，孩儿来迟一步。"皇甫敬大怒："误事的东西！一年多的心血都被你浪费了！"抬手一鞭，少华的衣服顿时被打裂，可他却低着头纹丝不动。

此时，孟丽君也赶到了，跳下枣红马，本想径直朝白衣少年走去讨个说法，见状不由一哆嗦，连忙找了个暗处躲了起来。她这才知道，原来这就是爹爹提起过的大名鼎鼎的皇甫将军之子——皇甫少华。爹爹说他少年有为，有这样的严父，少年有为也是理所当然了，这样想着，丽君撇撇嘴，刚才的火气也消了一大半。

皇甫少华低头说："孩儿知错，愿受罚！不过从线报看，应有一船的私盐。孩儿刚才问过并无大船出码头，所以私盐应该还未运出。"皇甫敬略一沉吟，转身高声指挥："封住码头，所有船只不经检查，一律不许出埠！"

兵士们闻令拦住了正要起锚的运粮船。押粮尉官急了，亮出丽君的父亲孟大人的招牌，要运皇粮船速速出发！但士兵们有皇甫将军的命令，对押粮尉官毫不理睬，便径自跳到船上，欲进行检查。正在两不相让间，岸边传来一声："慢！"

皇甫敬转身一看，原来是御史大人刘捷从官轿中走了下来。这刘捷乃是当今刘皇后之胞弟，自恃皇亲国戚，特别是在多年前一次平叛中救了年幼的太子，便居功自傲，大权在握，呼风唤雨，文武百官都要让他几分。只见他头戴金镶边乌纱帽，身穿锦袍，腰挂碧玉带，脚蹬御赐无忧靴，慢条斯理，摇着官步，气派十足地走上船，笑眯眯地向皇甫敬作揖："皇甫将军，您怎么亲自到码头来了？有事交代本官不就行了？"皇甫敬瞥了他一眼："御史大人亲自来了。我哪里敢劳您大驾啊，您代皇上监察百官，这里私盐猖獗，几年都查不出根源，您没在皇上那里参我查案不力，我已很感激了。"刘捷狡黠地一笑："这——是这盐贩子太狡猾。不过您可不能拦下运皇粮的船啊！"

皇甫敬不满："这运粮船中可能有私盐。""怎么可能？绝不可能！谁有这个胆子用皇粮船运私盐？"皇甫敬盯着刘捷："只怕想不到，没有什么不可能的！查！"刘捷急了，连声拒绝道："不行！你这是胡来！这批皇粮是孟巡抚好不容易才筹齐的，已过最后的期限了，再不能耽误了！"皇甫敬不理他，转过身："查！"

粮包一包包被卸下来，一包包被打开，白花花的一包包都是白米，皇甫敬的脸色凝重起来，刘捷紧张的神色松弛下来，立刻传令封包起锚。

运粮船迤逦驶出码头，皇甫敬沮丧地目睹船队离开码头，却束手无策。一直在旁边观察的孟丽君看着船队，忽然眼睛一亮，只见阳光下，船队中有反光闪烁，再定睛观看，闪光消失，闪光处是沾在麻袋角上的一些白色的晶体。

装米的袋子上怎么会有反光？……对了！一定是盐沾了水后凝结的东西在闪光……只有盐包才会有这种情况！孟丽君走到码头一角的篱笆处，拔出长长的竹子，眯起一只眼睛往竹子中间看着。

竹子内是中空的！

这时一直站在不远处的皇甫少华也看到了孟丽君，正要走过来，发现丽君用眼神向他示意什么，丽君指了指自己在阳光下闪闪发光的发饰，又指了指船队中的一艘船，少华眼睛顿时一亮，用力地向丽君点了点头，丽君又扔给他一只空心的竹子，少华会意，从箭筒中抽出一支箭，把竹子绑在箭上，然后弯弓搭箭，瞄准丽君指的方向射去。

箭带着竹节深深扎进了鼓鼓囊囊的麻袋，起先是大米从麻袋中顺着竹节流出来，片刻后，大颗的盐粒顺着竹节流了出来。皇甫敬大喜，刘捷却神色大变，仍强自镇定着："谁敢在皇粮船上动手脚！我非查个水落石出不可！"皇甫敬面露得意之色："对！这次必须要查个水落石出！"

押粮尉官双膝一软，扑通一声跪倒在皇甫敬身前。皇甫敬怒视着尉官："这就是你押的粮吗？江南是天下粮仓，倒养出你们这些窃国的硕鼠，真是鼠胆包天啊。"刘捷指着尉官："还不把这个狗奴才拿下？"

突然，一道寒光从岸上激射过来。押粮尉官惨叫一声仆地，抽搐几下后死去。皇甫敬吃了一惊，俯身查看，只见尉官的咽喉处插着一把飞刀，黑色的血淌在船板上，和盐粒混在一起。死去尉官的头侧向刘捷的方向，依旧圆睁着惊恐的双眼，眼角也流出一线黑血。尉官已死，只好带回验尸。皇甫敬下令，所有押往京城的皇粮即日起一律停运！

得知粮船验出私盐，并被全数扣押的消息，江南巡抚孟士元大惊失色。为了筹集这些皇粮，他费了多少周章，想不到竟然出现这么大的纰漏！他难以接受这样的事实，但是，皇甫敬已经派人告诉他，所有粮船都是赃物，全部被扣下，任何人不得接近，并让他速速筹运新粮，以解朝廷之需。

晚饭时分，一家人看着心事重重的孟士元，小心翼翼，大气都不敢出。上桌的菜，一口没动，又原封不动撤了下去。孟士元闭目沉吟了片刻，手指关节叩击着桌子。突然，他猛睁开眼，问身边的女儿："丽君，以你的见识，你说说是这米重要啊，还是盐重要？"丽君眨眨眼睛："这要看对谁而言。对富贵人家的一桌佳肴，盐是五味之主，当然重要；但对天下苍生，米粮是活命的根基，莫此为大。"

孟士元点点头，起身整衣往外走。丽君不解地问："爹爹去哪里？""皇甫敬为了他要查的私盐，竟下令停运了皇粮。朝廷几天就一道旨令催我加速调粮赈灾，饥民们吃不上饭，我于心何忍？不管他如何看待我，我也要去问问他到底是米重要还是盐重要？"

他来到皇甫敬府上，力图说服他顾及今年大旱，江南已无粒米可收的危急状况，留下私盐，将粮船放走。无奈皇甫敬坚持盐税是国家命脉，私盐难除是朝廷的心头大患，盐案黑幕重重，来头大得很，他查了一年多才获得翻不了案的铁证，轻易放掉，岂不是白忙一场？

一个书生，一个武将，真是应了那句"秀才遇到兵"的老话，断然无法达成一致，最终的结果，皇甫敬不客气地送客，孟士元气咻咻地离开。

刘奎璧从孟府刚回到家中,仆人便来报,少爷的好友皇甫少华公子已等在后花园中。刘奎璧与皇甫少华这一对少年,任谁看了,也不由得心生感叹:既生瑜,何生亮。奎璧素来自负,曾说过这个世上也只有皇甫少华才有资格做他的朋友,蒋州城中,也只有皇甫少华的文才,武功不下于他。两人常常在一起谈论文章,比试弓马武功。

听说好友来了,刘奎璧连忙换好衣服,提了剑,来到后花园,两个俊逸的少年便跳入花草丛中耍起剑来。两把剑随着他们腾挪的身姿飞舞着,几只彩蝶伴着俊朗少年的翩翩身姿随风盈舞。只见两个少年,一个身穿锦片绿罗袍,腰系丝鸾宝带,清秀儒雅,挺立如松,眸光所至,似两泓深水,明明英气逼人,却仍让人感觉如沐东风,如触春水,此人正是皇甫少华。而另一个却又是一番风范,只见他剑眉入鬓,薄唇轮廓分明,虽一身月白色织锦蟒袖长袍,却耀如烈火,明如晨星,顾盼间神采飞扬,傲气袭人,令人难以逼视,正是刘奎璧。

专心舞剑的少华并没有注意到,后院回廊中,一位如花似玉的女子,粉面如花,体态窈窕,含羞带怯地倚角婷婷而立,正倾慕地凝望着他,目光萦绕着少华的一举一动,眼神之中流动着脉脉柔情。这便是刘府的二小姐——刘奎璧美艳如花的宝贝妹妹刘燕玉。

两个丫环端着茶水走来,看见刘燕玉的神情,禁不住笑了:"每次皇甫少爷和咱家少爷练武,小姐都会看得入迷……"出神的刘燕玉似乎听到了什么,一回头看见她们,立刻飞红了脸,故作镇定地接过茶水托盘,让丫环们下去,然后端着茶水向少华和刘奎璧走去。

那两人还在你来我往地战在一处。少华边挥剑边说:"今天你的剑有点不一样啊。"

"怎样?"

"剑风软了,似有柔情。"

刘奎璧挽了几个爽利的剑花说:"我看是你的眼睛里有柔情吧。"两人哈哈大笑,刚好燕玉走来,让他们喝茶,并亲自倒了一杯,双手相持,递给少华。少华对燕玉的羞涩毫无知觉,接过茶,一饮而尽。

清晨的河边,丽君和丫环容兰自在地划着小舟,不知不觉来到遇见少华时的那一片荷花地。容兰停住船桨:"哎哎,怎么又到这个老和尚说经的地方来了?"丽君望着前面的荷花道:"爹爹上火了,我要采些莲芯给他泡茶。"说罢,探身采摘着莲子。小舟在荷叶和荷花中飘荡着，四周清寂无人。

这时，一匹白马踏着晨曦轻快地奔驰过来。马上的人正是皇甫少华。骑在白马上，少华往前方眺望着。快到昨天遇上孟丽君的地方了，少华拉了下缰绳，白马的速度慢了下来，闲庭信步地向着丽君的方向而来。突然，他眼睛一亮，看见了小舟上采莲的丽君。丽君在专注地采莲，全然没有注意到，有一双眼睛正默默地凝望着她……

突然，白马嘶鸣了一声，丽君抬头向马鸣的方向望去，看到少华在马背上凝望自己的身影。两人的目光刹那间碰撞在一起，少华笑了。丽君却垂下头，手伸向一朵荷花。丽君看了一眼水中少华和白马的倒影，对容兰说："哎，我们回去吧。"于是，小舟穿过荷叶，渐渐远去。少华一时不知如何是好，只有目光追着远去丽君的背影，大声说："小姐放心，我会还回花露。"丽君似乎是偶然地回了一下头，并没有看少华，只露出一缕幽幽的笑容。

少华翻身下马，走到水前，突然看到树下的草丛中有一本书，正是清修和丽君读的那本《法华经》。翻开《法华经》，只见在扉页上写着"赠孟丽君小姐，玄妙寺清修"两行字，少华恍然大悟："原来她就是大名鼎鼎的孟丽君啊。"

望着朝霞中随风轻舞的荷叶和荷花，少华眼中碧波荡漾，丽君采莲的身影久久萦绕，挥之不去。少华索性拴了马，俯身开始采集花中的露水。花瓣中的清露，汇成水珠，滴落在一只小小的瓷瓶中，映着满头大汗的少华，沁透着丝丝不易察觉的柔情。

春日里，孟府花园一派葱茏幽静。花园中的一弯池塘波平如镜，池水深处，静静地游着十几尾红色的鱼。突然，一枚石子抛入水中，那些鱼惊蹿着游开。水面上荡开一圈一圈的涟漪……

孟丽君坐在池塘边的石凳上，若有所思，轻柔而略有些不安的目光看着荡漾的水波，身畔一树的桃花灿烂。花枝间蝴蝶翻飞。清风徐来，几片花瓣随风飘落下来，落在孟丽君的发间、衣襟上，也飘落在草丛上、水池中。丽君拣拾起花瓣，捧在掌中出神地看着，回味着与少华相遇的画面，竟然没有发觉容兰已站在身后。"小姐，小姐。"孟丽君一愣，回过头，看见了容兰。容兰放下茶："小姐看什么稀罕呢。""看花啊。""桃花年年岁岁都这么开、这么落，有什么特别呢？""你看春来花开，春去花落，世间万物都守着信用，才有生机……"

容兰看看桃花，又看看丽君："对呀，它们都不会辜负人。"丽君微笑着看着她："那你是不是觉得人守信用，才可爱呢？"容兰笑了笑，装糊涂："不知小姐在想什么人，不懂。不过，玄妙寺的一位小师傅刚才来过了，说有事相告。"

"玄妙寺的小师傅？该是清修师傅派来的吧，他说什么了？""他说一位施主请他转告小姐，请你明日未时上山，说有东西要还给你。"孟丽君略一愣，眼光闪亮起来，点了点头，嘴角悄然跳出一丝喜悦。

此时的孟大人正心急火燎地赶往码头。他刚刚收到消息，一位神秘的客人今日将要抵达蒋州。此人不是别人，正是当今朝廷的丞相梁大人。梁相此行，乃是为了皇粮之事而来。孟士元负责的皇粮耽误了半个月了，圣上在等，各省也在观望，梁丞相确实着急了。

迎了梁相，孟士元退了下人，将皇甫敬扣押皇粮，查缉私盐一事一一报来。梁丞相一愣："确有私盐吗？"孟士元："倒是真有大批私盐混在皇粮中。"梁丞相沉吟着："你们两个，一个主军事，一个主政事，都是圣上的肱骨之臣，凡事要多商议嘛。"

"不是我不想商议，皇甫敬就管他的乌纱帽，只想着自己找到盐案的幕后主合好邀功请赏，我没法跟他理论。"梁丞相不露声色："那，我帮你们斡旋一次？""您费心了。但耽误皇粮的过失已成事实了，无论如何，我要向皇上参奏一本，说清楚事情的缘由。"梁丞相听了微微一笑，不置可否。

客栈之中，火炉上架着一只黑泥药罐，梁丞相正在煎药。药罐冒出白汽，药香溢满整间屋子。梁相撩起眼帘，看了一下在窗边疾步徘徊的皇甫敬，慢悠悠地说："文火煎药，不可着急。"皇甫敬停下来，看着梁相："梁大人，我急的是国事有病，大人，为臣不敢急慢呀。""你指的是私盐案吧。找到病根，慢慢治。"

皇甫敬走近梁相，低声地："我担心的是病根太深。"梁相微皱眉："哦？能深到哪里去呢？""国舅爷。""刘捷？"梁相低头看着药罐："这个嘛……皇甫大人，此话可不能草率啊。"皇甫敬有些冲动："因此我斗胆扣下皇粮，就是看到了查它个水落石出的希望，毕其功于一役，让万岁见到病根。但眼下孟士元横出事端向万岁参我一本，我不知道他是被人利用，还是自己泥足深陷！"

"我会向圣上奏明此中缘由，你不必担心。依我看你先放粮，平息矛盾，其余的事，走一步看一步吧，重病不是一味药能治得好的。"皇甫敬抬起头，深深吸了一口气："大人，再给我三天时间，如果三天之内，我查不到幕后真凶，立即放粮！"说罢告辞而去。

第二天一早，盛装装扮的孟丽君，面对菱镜兀自端详着，双鬟堆鸦，目似含情，眉如远山，衣带飘飘然如出世之姿，星眸莹莹然露恋世之意，比平时更添了一份娇艳。这时，苏映雪进了门，惊讶地看着丽君："小姐，今天要见什么大客人啊，这么漂亮？"孟丽君有些不好意思："啊？没，没什么……打扮给自己看不行吗？"

丽君将身转了一圈，衣袂飘飘，如精灵下凡，满意地微微笑着。可是，刚要跨出府门，却被父亲孟士元撞了个正着。孟士元瞪了她一眼："女孩子家，一点儿不安守本分，往哪里跑去？为父让你拜清修为师傅，是为了让你学佛理，养一分从容淡定。现在倒好，整天出去玩闹，哪里有大家闺秀的样子？回屋给我抄一百遍《孝女经》！"孟丽君只好嘟着嘴，垂头丧气地回到闺房中来，摊开纸笔，满肚子不情愿地抄起了《孝女经》。映雪见状，笑着坐到她对面，帮她一起誊抄起来。

山路两旁，野花灿烂。寺院的钟声远远地传来，在山野间回荡。少华采了一捧野花，如视珍宝般攥着花露瓶，捧着一大束野花，满脸憧憬地站在玄妙寺门口，眼神中透着喜悦和期待……

14

二

闺房内，孟丽君和苏映雪同时抄写着《孝女经》。丽君一边抄写，一边焦虑地看着日已西斜的窗外。映雪不禁对她说："小姐是重信义的人，不管谁约你，失约总是遗憾。你偷偷走吧，我替你在家里顶着，老爷由我想法子来应付。"丽君犹豫了一会儿，她知道皇甫少华一定还在那里傻等着她，不由长叹一声，终于还是起身。"这次只好对不住爹爹了。"

映雪无意间转头看了一眼窗外，忽然发现窗外的花园里，刘奎璧跟在一个家仆后面，向孟士元住处的方向走着。几乎同时，刘奎璧转头望向孟丽君的闺楼，他惊喜地看见窗口里苏映雪的脸。凝神观望，露出情不自禁的笑容。一抹红霞飘来，映雪满面娇羞，赶紧转回头来。

原来刘奎璧是奉了父亲刘捷的命令特来请孟大人的。孟士元的官轿随着刘奎璧的马出门而去。众人还未走远，东张西望的孟丽君便牵马而出，向着玄妙寺疾奔而去……

此时，玄妙寺门外的少华满脸沮丧地看着手中的花露瓶："她终究还是没来，"少华叹了口气，把花露瓶交给小沙弥，又把野花放在门口，失望离开。

片刻，丽君骑马而来，四下张望找不到皇甫少华，便向小沙弥双手合十问到："小师傅，请问有没有见到一位施主在这里等人？"小沙弥道："他在门口等你了半日，刚才下山了。""下山了？"小沙弥点头，从怀里拿出花露瓶递给孟丽君："这是他还给小姐的。"丽君茫然地伫立着，眼波流动间，她忽然看见了门口一大束野花，欣喜地捧了起来。

没有见到丽君，少华心里颇感失落，他牵着马向山下走去，马儿走得很慢。忽然，他发现马儿越走越慢，忍不住拍了下马背，马却站住不动，低头舔起地上的草叶。少华见后一愣，不由好奇地蹲下身，用手指沾了一点草上的露水，也放在嘴里品尝。"咸的？"接连试了好几棵草叶，都有咸味。他似乎意识到什么，边走边反复观察，发现带咸味的湿草，隐约形成了一条通向未知前方的线路。

"难道是盐……"少华似有所悟，有些紧张又有些兴奋，放马循着盐迹前行。自己则在马后，一路紧紧跟随着。

山深林密，天色昏暗，残阳如血。一只猫头鹰发出凄厉的怪叫，令人毛骨悚然。随马行进的少华打了个寒战，停下脚步想了想，抽出宝剑护在身旁，仔细观察着周围的景物。这时，前面出现了一间孤零零的茅草屋，少华打量片刻，拴好白马，决定进屋子里看看。

屋里黑沉沉的，一片静谧。少华进门，看不清里面的景物，他将剑抽出剑鞘，又壮着胆子向里面走了两步。突然，房梁上落下一张大网，少华急忙闪身挥剑斩断大网，纵身躲避开。只听嗖嗖几只利剑破空而来，直奔少华的面门。少华身手利落地挥剑斩断利剑，飞身跳出窗外。

正在门外看守的几个黑衣蒙面人似乎早有防备，他们挺身就刺，少华忙躲开，几个人斗在一处。

孟丽君抱着野花，一丝残留的斜阳照在她的脸上，一副快快不快的神情。都怪爹，非要我抄什么劳什子的《孝女经》！这下好了，白跑一趟，连半个人影也没有见着！走着走着，她忽然听到隐约传来打斗声，丽君一愣，急忙停下脚步屏气凝神倾听。似乎是有人在打斗厮杀，这荒郊野外的，丽君有些忐忑起来，拨开树丛，向着声音的方向寻找过去。

这一寻找不要紧,正发现少华被几个黑衣人围困。只见一个家伙趁少华不备,向少华背后砍去。丽君大惊,赶忙高喊:"公子,小心!"黑衣人闻声一愣,少华回头看到了丽君,也看到了袭击他的家伙,立刻转身进攻,其他几个黑衣人又围了上来。他们也发现了丽君,有两个家伙执剑冲过去。丽君注意力仍然在少华身上,待发现有人意欲袭击她的时候,已经晚了,她的肩膀被一只手牢牢地抓住。一不小心,衣服里的花露瓶滚落在地,瓶子碎了,看着玻璃碎片和花露洒落了一地,丽君满眼的失望与不舍……

黑衣刺客用刀架在丽君脖子上高喊:"皇甫少华!还不住手!"少华回身看到丽君被抓,吃了一惊,断喝道:"别伤那姑娘!"他提剑慢慢向他们逼近,冷静地说:"放下她,与她无关。"黑衣人挟持着丽君慢慢后退,向少华低吼着:"别过来。放下她可以,那你先放下剑,否则——"他用刀抵住孟丽君的脖子:"我可不客气。"少华只得放缓脚步,生怕激怒了黑衣人。丽君也看着少华,非常担忧。少华焦急地说:"我来换她!你杀了她,未必再能抓住我,我知道你想杀的是我。"同时,少华以抚慰的目光看了看丽君。丽君的脸上掠过深深的感动。

暮色降了下来,几个人的身影笼罩在夜色中。黑衣人点燃了茅屋,火光映红了树林。双方都在紧张地思考着,在片刻的安静中对峙着……

"你把自己绑在那棵树上,放下剑,我放她走!"说着,黑衣人挥刀从丽君身上割下一段网绳,抛给少华。"好,我信你。"少华伸手接过网绳,远远抛掉剑,然后用右手把自己的左手绑在身边的树干上,又紧紧打了个死结。

黑衣人推开了丽君,少华忍不住大叫:"快走!快!"丽君犹豫片刻,突然不顾一切地朝着刺客扑过去,要夺他手中的刀!少华失声大吼:"丽君!丽君!"黑衣人挥臂,一下子就把丽君推翻在地。丽君重重地摔倒,脚腕磕在一块石头上,痛得叫了一声。

然后,黑衣人举刀向着少华走去,少华以极快的速度,伸指从地上捡起一片花露瓶的碎片,用锋利的玻璃刃口划断了捆住左手的绳子,然后闪身跳开。少华徒手与黑衣人打斗在一起,几个回合下来,黑衣人明显已处下风,渐渐不敌少华的凌厉的快剑。

茅草屋在轰然巨响中烧塌了,少华稍一分神,黑衣人逃开了,遁身在夜幕中。少华想追,但回身看了看丽君,停住了脚步。孟丽君爬起身来,却觉得一阵剧痛,一看左脚脚踝已经高高肿了起来,她一咬牙爬了起来,眼里刹那间涌出泪水。少华走近，看见她眼中盈盈的泪水和她受伤的脚踝，心生不舍，柔声说道："姑娘脚伤了，一定很痛吧？"

丽君任凭眼泪流下来："不，是太高兴了，看到你终于脱险了……"少华被丽君的真心感动，深情地凝望着她。两个人心生悸动，似乎，内心深处最柔软的某个地方被轻轻触动了，有一种东西，渐渐滋长了出来。突然间，两个人，脸都红了。

孟丽君坐在少华的白马上，少华一手拉着缰绳牵着马走，一手举着火把照着前面的路。马踏着山路，发出"得得"的响声。两人都默默无语……火光中的孟丽君似乎还沉浸在刚才的险境中，面露不安。少华看了一眼丽君，诚恳地说："连累姑娘受了这么大的惊吓，又受了伤，真对不起。"丽君腼腆地一笑："公子不也救了我？"少华宽慰道："姑娘你放心，只要我宝剑在手，那样的蛮贼，再来他两三个也不是对手！"丽君摇头："我担心的是背后指使的那个人，我感到身后有一张阴谋的黑网，让人不寒而栗。幸好你又回来了！不过，你没等到我，为什么又回来呢？""因为我相信你会来，所以我一定要等到你，我不能让你来了以后见不到人。"

丽君正体味着少华温暖的言语，忽然，一道闪电之后，天空响雷滚过。丽君被雷声惊了一下，少华忙关切地说："前面有间小屋子，我们进去躲一躲吧。"

少华在小屋子里升起篝火，两人坐在篝火旁感受着丝丝暖意。屋外大雨滂沱，急促的雨声传来，让小屋内显得分外安静。

少华走到丽君身边，单膝跪地，查看丽君的伤处，试探着轻轻碰了碰丽君的脚踝。不料只这轻轻一碰，丽君哆嗦了一下，疼得差点尖叫出声。但她紧咬着嘴唇，强行忍住。看着丽君这副模样，少华默默地站起身来，然后突然走进了滂沱大雨中了。

稍顷，少华湿淋淋地走进屋子，手里拿着些采来的草药。他甩了甩头上的雨水："没事的，我给你上些草药，一会儿就不那么疼了。我们行军的时候经常就这么治疗的。"嘴上虽然这么说，少华眼睛里却满是怜惜和不舍。丽君望着那双眼睛，满脸信任地点点头。少华小心翼翼地将草药敷在丽君的脚伤处，手指不时地触碰着她的脚踝。丽君涨红了脸，娇羞着低头不语，让少华更为紧张，沉默中溢满了尴尬。

少华轻咳了一声："这种草药是消肿的。"丽君点头，乖乖地一动不动。他终于敷完了草药,然后撕下袍子的一角,包住了丽君的脚踝。他的表情那么认真,仿佛除此之外,世界上再也没有值得他投入的事情了。丽君突然变得严肃,细细打量着少华——他的五官棱角分明又很清秀,搭配得近乎完美,英武中不失柔情,活脱脱一个俊朗的少年将军。少华抬起头,与丽君四目相对,丽君慌乱地避开:"你的衣服湿了,坐下来烤烤火吧。"静寂的雨夜,两人隔着火堆相对而坐,火光映红了他们的脸,摇曳,闪烁,忽明忽暗,意味深远。

外面的雨声渐渐小了……

雨后的夜空,新月如钩,繁星点点。两人并肩坐在屋前,仰望星空。少华指点着天空:"你看,这颗是牵牛星,这颗是织女星,那是北极星……"丽君觉得新奇:"你怎么认得那么多? 我看着一颗颗都是一样的。""我们行军打仗的人,都要会用星星辨别方向,所以从小父亲就教我认识星座。""那你教我吧。"少华笑道:"一个女孩家又不行军打仗,不知道也没有关系。"丽君摇头:"不,以后我可以用它们来认清方向。"少华不禁赞许:"那好吧。你看,这颗最亮的就是北极星,是天上最重要的一颗星星……"少华指点着,丽君不时点头。忽然,一颗流星划过,划出一道晶莹的弧线,蓦地又消失在夜空中。丽君双手合十,闭上双眼,念念有词。丽君睁开眼睛发现少华不解地看着她:"母亲告诉我,在流星划过的时候,许下一个愿,就一定会实现。"少华面露笑容:"真的吗? 那你许了什么?"孟丽君看着皇甫少华,羞涩地一笑,又故意板起脸,摇头道:"不能说,说了就不灵了。"

又一颗流星划过夜空。少华忙闭上眼睛,双手合十,口中也念念有词。丽君看着他认真的样子,不禁笑出声来。少华睁开眼,丽君便问:"你又许下了什么愿?"少华看着孟丽君:"我想——"

丽君忙打断他:"别说,说了就不灵了。"

星空下,两人凝视着。

这时,山下传来孟府家丁们寻找丽君的声音:小姐! 小姐!

两人一愣。丽君低声叫道:"糟了! 他们来找我了! 呀,现在很晚了,爹娘一定急坏了!"

孟丽君和少华一前一后坐在马背上,缓慢地向山下走去。家丁们寻找小姐的喊声由远而近。

丽君说:"你就把我放在这儿吧。你先走吧,要注意危险啊……"少华心中着实不舍:"我知道,你放心。"他把脚伤的丽君从马上抱了下来。"可你怎么向家里人解释呢?"丽君一甩头:"我就说遇到大雨,迷了路。"少华不住点头:"我能再见到你吗?""有缘自会相见。"丽君笑道。"一定会的,我……我还要叫我娘去见你!"

丽君一愣,随即领悟了,默默地点点头。

少华牵着马转身离去,又忍不住转头望着丽君,心里念着:我已经许了愿了,我们怎么会不再相见?……

回到家中的正房,孟士元、孟夫人板着脸,丽君则垂眼坐在孟夫人对面。孟士元严厉地指着女儿:"你看你这一身泥,哪点像个大家闺秀!胆子越来越大!竟敢偷跑出去!这大晚上的在山里要是有个闪失可怎么好!从今天起绝不许你出大门一步!"丽君低着头,但面带着微笑:"好的,我知错了。"

孟士元看到丽君的表情不由更加生气:"知错了?我看你还挺高兴的,哪有知错之意!"丽君连忙忍住笑:"是,是,爹爹,女儿一定在家里闭门思过。"孟士元怒气未消:"这外面我和皇甫敬是打不清的官司,断不清的事已经够烦心的了,回来还要操你的心!"丽君闻听此言,满心不安:"您和皇甫将军还未和解?你们都是一心为公……""一心为公?他哪是一心为公?他是只顾自己建功,不顾百姓死活。这样的人我怎能与他和解?我早已参了他一本,请皇上圣裁!"听到这里,孟丽君脸上的笑容完全消失了。

与此同时,皇甫府内,少华已向皇甫敬禀报了整个过程,皇甫敬下令对这些杀手展开了全城搜查,并请来了孟士元,向他通报情况。"……情况就是这样,盐犯的行动不比我慢啊。孟大人,你理解我的苦心了吗?"孟士元惊讶至极:"竟有这样的事!?有人竟会对皇甫公子下手?"思忖片刻后,忍不住又问:"不过,能确定就是盐枭雇人所为吗?会不会是有别的仇家有意如此这般,以蔽视听?"皇甫敬又惊又恼:"别的仇家?就算有人不喜欢我皇甫敬,也不至于要杀了少华呀,而且天下哪有这么凑巧的事?依我的判断,这当然是盐枭所为!如此证据明显,孟大人还不相信……我真不知孟大人为何视而不见,听而不闻了!"

孟士元面露不悦:"证据可以是别人刻意伪造的。现在并没有什么确实的证据证明是盐枭所为!"眼看两人又要争执起来了,正在这时,皇甫敬家将曹矜押着刺客走了进来:"报告皇甫将军、孟大人。这小子在东城门被我们抓住了!"刺客被按住,跪在堂下,战战兢兢地辩解道:"是那个盐贩子让我除去皇甫少华这个眼中钉。小人该死，小人该死！"皇甫敬不由得瞟了一眼默然不语的孟士元："孟大人，这下您还有什么可怀疑的吗？"孟士元站起来："好，那就赶紧抓住那个大盐枭吧，再问问他是听从谁的指派。"说完，便抱拳告辞。皇甫敬目送着孟士元，眼神中流露出些许怀疑的意味。

却说那刘捷，看到两位大人为了盐枭之事闹到如此地步，幸灾乐祸之余，还不忘来到梁相府装模作样地向梁大人讨教如何处理。梁相感到这一对文武官如此水火不容，确是朝廷大患，他十分发愁如何调和这一对将相，想到将相二字，忽然，好像有什么提醒了他，梁相计上心来。

孟府内，丽君惊喜地问父亲："什么？请皇甫敬他们到我们家来看《将相和》？"孟士元有一丝勉强："是梁丞相的主意。他说只有我们齐心协力才能给一方百姓造福，他老人家是担心我和皇甫敬闹矛盾。"丽君忙道："好个梁相，不愧是个统领百官，制衡天下的良相。有见识，有胸怀。""你赞同？可现在明明是皇甫敬怀疑我啊！"丽君点头："是的，爹爹。我们也应该化解皇甫大人对我们家的怀疑。将相和，天下和。梁相说得不错，和造福百姓相比，意气之争算什么呢？"孟士元若有所思地点头："是，将相和，天下和。既为百姓，有何不可做？好，丽君，你让咱家的戏班好好的排一出《将相和》。""遵命，他们一定能演好的，这出戏都唱过多少回了，连我都会唱了呢！"丽君高兴地答应着。

皇甫家正厅外，皇甫敬翻看着请柬，有些不悦："这个梁大人哪，现在这种时候，还有心思张罗看戏。还是在孟府！"梁相仆人躬身一鞠："皇甫将军，梁丞相可是请您务必拨冗参加。"皇甫敬"恩"了一声，勉强点头应允。

这日，孟府内，丽君指挥众人忙碌着。"廉颇"已经扮上了，丽君转身招呼着："葵官，好了吗，该走了。"却见容兰、苏映雪扶着已经扮好的"蔺相如"从屋里走了进来。"不好了，小姐，她突然肚子疼得不行了！"容兰有些慌乱，丽君："啊？快，快去请大夫。"映雪："我已经让人找去了。""蔺相如"捂着肚子："小姐，疼啊，刀绞似的，怕，怕是唱不了了。"容兰焦急："啊？快开演了，这可怎么办啊？"丽君十分焦急。众人也顿时慌了神，议论纷纷。"廉颇"："看来今天这《将相和》是唱不成了，换别的戏吧。"丽君坚决地说："不，不能换别的戏。今天必须唱《将相和》。""廉颇"："可这只有将，没有相怎么唱啊？"

孟士元引梁相、皇甫敬、刘捷走进府来。少华跟在后面。他环视着四周，紧张中透着兴奋，心里不由想：这就是她的居所了。不知今天能不能见到她——正在这时，扮成蔺相如的孟丽君撩袍匆匆跑来，与少华撞了满怀，髯口也掉了下来。丽君惊喜地："你？"正要行礼表示歉意的少华也愣住了，疑惑地看着面前这个蔺相如。丽君调皮地朝少华一笑。少华惊讶地："是你？孟——"丽君忙冲他摆摆手，调皮地眨眨眼，然后捡起髯口，往戏台跑去。少华看着她的背影，不禁莞尔。

戏台下，众人落座，皇甫敬却又站起来："梁大人，孟大人真有闲情逸致啊。盐枭还未落网，恕我没有诸位的雅兴，我可是坐一会儿就要走的。"梁相忙道："不急不急，今天可是一出不能错过的戏啊。"

戏台上，鼓声四起，开演《将相和》。"蔺相如"上场，侧台，紧张的苏映雪、容兰松了一口气。

台下，皇甫敬看着戏，不禁一愣，转过头看了看梁相。梁相佯作不知，继续看戏。少华眼含笑意地看着台上的丽君。

戏台上，演出继续。刘捷似乎很有感触："梁大人公务之余，仍不忘高台教化，警世劝人，可敬。孟大人一片苦心，真是让在下深受感动。皇甫大人，您说呢？"皇甫敬冷笑一声："哼！若我朝官员都如戏中所唱，心口如一，坦坦荡荡，精忠卫国，自然将相和，天地和，只可惜有人却在纵容奸盗猖狂，百姓不安，国家受损，辜负了圣恩！"孟士元脸涨得通红，终于忍无可忍，站了起来。

"皇甫将军，谁纵容奸盗，使国家受损？你说个清楚！实在是强词夺理不可理喻！"

众人都愣住了，台上曲乐顿停。大家紧张地看着两人。梁相焦急地在两人之间调和："孟大人，皇甫将军，有话好好说，别动怒！"

管家向台上挥手，台上众人纷纷下台，退出园子。只有孟丽君闪在一边的侧幕中，焦急地观察着。少华也焦急万分，却又无法可想。他们关切、焦虑地看着各自争得面红耳赤的父亲，却又束手无策。两人的目光对视，却是万分无奈。

正在这时，一个家丁兴奋地跑了近来。"抓住了抓住了！孟老爷，盐枭让咱们的人抓住了！"众人惊讶，孟士元大喜："抓住了？在哪里？快带进来！"家丁跑得上气不接下气："在，在往这儿赶的路上，不过已经死了。"皇甫敬一愣："死了？"孟士元："怎么回事？"家丁："说是他躲在城西一个破庙里，被发现后就逃，结果打斗起来受了重伤，死在路上了。"皇甫敬不满地吩咐衙役："把那人的尸体抬来，再从牢里提出那个杀手，让他辨认。"

盐枭直挺挺地躺在地上，被撕烂多处的衣服上沾满了泥巴、血迹。胳膊上、腿上、胸口有多处刀痕。刺客仔细辨认着，梁相、刘捷、孟士元都紧张地关注着，刺客点头："是他，就是他。"皇甫敬："你肯定？"刺客："肯定，他眼睛下有伤疤，错不了。"

众人都松了一口气，皇甫敬却还盯着盐枭的尸体。少华也疑惑地盯着盐枭尸体。不远处的孟丽君也并未展颜，而是皱眉深思着什么。孟士元长呼一口气："谢天谢地，粮终于可以运了。"梁相："好好好，云开月现。来来来，皇甫兄，你在三天内抓到了盐枭，我看，还是与孟大人举杯相庆吧。"孟士元却欲往外走："我得去安排粮船起运！这酒下次再喝吧。"

孟士元正匆匆地往外走，忽然，皇甫敬皱紧了眉头。"慢！粮船不能走！"孟士元又恼怒又不解地转过身："为什么？""我觉得不对。"皇甫敬的脸紧绷着，眼睛紧紧盯着尸体，绕着尸体一圈圈地走着。孟士元、刘捷、梁相都关切地盯着他。

此时，孟丽君眼睛突然一亮，抬头欲言，却又止住了。她向少华望去，正好少华也向她看来。两人四目相对。孟丽君抬脚，指指鞋底，又指指盐枭的尸体。少华疑惑地看看盐枭的尸体，又看看丽君。丽君用力地向少华点点头。少华低头沉思片刻。忽然，他抬起头朗声说道："盐枭并不是死在我们手上，而是——被同伙所害！"

众人顿时大惊失色，刘捷和他身后的邢师爷的脸色迅速阴沉了下来。刘捷："为……为什么？"孟士元："你凭什么这么说？"少华："各位大人请看，盐枭浑身都是泥巴，又身中数刀，确实像家丁所说有过一翻激烈的搏斗。可是你们看他的鞋底呈灰白色，不是很干净，但却一点泥巴也没有，哪里像在泥泞里与人搏斗，身受重伤的人的鞋子？难道打斗时他脱了鞋吗？还是这鞋是死后特地换上的？这都不可能。"孟士元和梁相不由点头，邢师爷悄悄退了出去。"这说明，刚才家丁讲的那一幕并不存在。而真正的可能是：盐枭并非在搏斗中被杀，真正要他命的是他胸口这一刀，是一个他信任的人在他不设防时给他的一刀。其余的伤口是为了做出他与人搏斗的假象而添的，这一身泥巴也是后来抹上去的。然后又收买了衙役来演这出戏。而做这一切的人自以为天衣无缝，却忽略了这一双鞋底。这双鞋底告诉了我们盐枭死亡的真相。"

众人连连点头，孟丽君欣慰地看着少华。

皇甫敬大喊："去抓住那两个自称逮住盐枭的人！孟大人，那两个人是您的手下,您不会不了解吧？"孟士元原已面露钦佩之色,闻听此言,不由一凛:"你这是什么意思？难道你认为我……"皇甫敬:"我不认为什么,我只认事实！"孟丽君和少华原本宽慰的表情顿时又紧张起来。梁相正要开言劝解,一个差人急促赶来,跪报:"梁大人,南疆邬必凯叛乱！皇上命您速速回京！"孟士元:"叛乱!？"梁相点头:"我早感觉他会闹事。"皇甫敬向梁相拱手:"梁相大人,请代皇甫敬转告皇上,皇甫敬时刻为皇上待命！"

边关告急,梁相苦心安排的这一场《将相和》到底也没有唱成,众人即刻散去。皇甫将军见到私盐之事的幕后指使已经出现端倪,有了追查的方向,也就先行将粮船放行出关了。而这幕后指使刘捷也皇甫父子的机警吓出了一身冷汗,深怕罪行暴露的他,此刻唯有绞尽脑汁,寻找除掉皇甫父子的机会。

刘捷和邢师爷正在书房里密谋如何置皇甫父子于死地,而刘家的后院里,毫不知情的两位英俊少年正在你来我往地练着剑。这两位少年正是皇甫少华和刘奎璧,这对多年的好朋友边练边议论着。

奎璧:"听说边关出事了。咱们一起去边关杀他们个落花流水,如何？"少华:"好啊！我们联手,一定能杀他们个片甲不留。男子汉大丈夫,理当驰骋沙场,保家卫国。咱们这就去说？"奎璧忽然有些犹豫:"我还要办一件事情才能走。"少华:"什么事如此重要？"奎璧:"我,我遇见了一个姑娘……"少华:"啊？你也……"他自觉失言,忙挽了个剑花掩饰。刘奎璧却已经明白了,一剑挑开少华的剑花:"还是好兄弟呢,和我打埋伏？"少华:"不,不……""那就告诉我你喜欢的是哪家闺秀。咱们之间可是从不欺瞒的。"

精心打扮、身着紫色衣裙的刘燕玉正要从廊沿向他们跑来,听到这里,满脸的笑颜立时凝固了。她立刻收住了脚,退了回去,闪身躲在柱子后偷偷看着少华的反应。

两人相视一笑,同时开口。

少华:"孟丽君。"

奎璧:"孟府的大小姐。"

两剑相撞,火星四溅。两人惊讶地看着对方,愣在那里。廊檐里,目睹着这一切的刘燕玉转过身,无力地倚靠在柱子上,眼中泪光晶莹。

皇甫少华一脸焦虑地向自己的姐姐皇甫长华的房间奔去,姐姐是他从小最亲近最信任的人,现在的他极需要姐姐的帮助。屋内传来舒缓悠扬的琴声。皇甫少华不由慢下了脚步,停在了屋外。

屋内,皇甫长华正在焚香抚琴。长华也是蒋州城内盛名远播的美女和才女,琴棋书画自不必说,诗书词赋更不在话下,可谓慧质兰心,温婉娴熟,最特别的是,长华气质脱俗,清新之余透着一股雍容,华贵之外又给人丝丝清冽,令人过目难忘。长华一抬眼,看见窗纸上皇甫少华的身影,于是停了下来:"少华吗?进来吧。"少华进屋。长华看到弟弟有些焦急的脸,关切地问:"怎么了少华?有什么事情吗?"少华无奈地解释了自己着急的原因,长华也有些焦急但也觉得不可思议:"哎呀,你们俩怎么会喜欢同一个人呢?而且听娘说,近来爹对孟大人很有意见哪!""可是姐姐,刘奎璧一定会马上去孟家求亲的。万一孟大人答应了,那我和丽君——"少华急得在屋里走来走去。长华一急,拉起少华就往外走:"我们去找娘谈,让娘先去孟家求亲,然后,我们再回来劝爹。"

孟家大厅内,孟士元夫妇陪着一个中年贵夫人坐着。孟丽君跑到门口,苏映雪也跟在后面。只听中年贵妇滔滔不绝地说着:"真不是我说,哪找这么合适的姻缘去?刘公子这家世也不用说了,国舅之子,难得的是人品又好,才学又好。多少大家闺秀都抢着要嫁的好女婿啊!"孟丽君和苏映雪同时愣住了,笑容凝固,瞬间变了脸色。

正在这时,一个家丁进来。"老爷,门外皇甫夫人前来求亲。"

众人都愣住了。只有丽君一脸欣喜。笑容凝固,瞬间

孟士元无比惊讶:"皇甫竟向我们家求亲?"随后,孟士元有些释然又有些不解:"真没想到皇甫敬会向我们家求亲。看他那天的神气,都把我当疑犯了。却是又放了粮船,又上门求亲?"孟夫人:"老爷您以前不是说过他虽固执,却是磊落之人吗?你们是为公事起纷争,并不为一己之利。我想皇甫敬该是公私分明之人吧。"

孟士元点头。孟夫人:"我看这求亲的人里头,数刘大人的儿子刘奎璧、皇甫大人的儿子皇甫少华最好。可是老爷您说应该选谁呢?都是一地为官,回绝任何一家都有伤和气啊!""唉!"孟士元也忍不住叹气。丽君想不到事情竟会如此的带有戏剧性,真是节外生枝,这可如何是好?忽然,她灵机一动。那日在山上,她看到了皇甫少华一人战几人,武功了得,不如……她点点头,胸有成竹地走进屋子,安慰左右为难的二老:"爹,娘,你们不要为难了。既然如此,女儿想了一法,让上天为女儿作选择吧。"孟士元:"什么?"丽君:"比武招亲怎么样?"

孟夫人："荒唐！我们书香门第，怎么可如此儿戏？"丽君："并非儿戏。刘公子、皇甫公子都是习武之人，此举一来可试二人高下，二来，谁胜谁败由他们各自的能力决定，可以让几家求亲的都参加，输了的也不能怨及他人。爹爹也不用因此伤了谁的颜面。岂不周全？"孟士元看着女儿，慢慢点头。

皇甫府上，皇甫夫人，皇甫长华，皇甫少华低头垂手立在皇甫敬面前。皇甫敬"啪"地把一封信往桌上一拍。"说！这是怎么回事？我皇甫家怎么会去孟家求亲？明天还要去参加什么比武招亲！？"少华："是我请娘去孟家求亲的。"皇甫敬大怒："去孟家求亲！？不经过我同意就求亲！？"少华低声哀求："爹，你就成全孩儿吧。"皇甫长华也求情："爹，孟丽君可是难得的好姑娘。"皇甫敬霍地站起身："不行，绝对不行！孟士元这样昏聩之人能养出什么好女儿？而且盐案还没有彻底查清楚，谁也不敢保证孟士元就一定清白。什么比武招亲，荒唐！"少华："可是爹——"皇甫敬："没有可是了，婚姻大事自有父母做主，为父心里有数。来人！把少爷给我关在我的书房里！"

门被紧紧关上，一把大锁喀嚓一声锁住了门闩。皇甫少华扑到门前，无助地拍着门板。皇甫敬头也不回，厉声嘱咐门外的两个家将："给我看好他，他若出了这个房门，你们就按军法惩治！"少华："爹，我答应过丽君的，我不能食言。爹，让我出去。"门外的脚步声却渐行渐远……

三

南方的边关外，叛贼邬必凯的大营内，帅台上铺着一张巨幅的边关地形图，红笔画出了他的军队进攻的路线。邬必凯端坐在帅椅上，凶狠而阴鸷的目光落在地形图上，他的手掌随着目光，一下一下地拍在地形图所表识的战略上要点上，好像要把它们砸碎。随着一声"报——"，传令官快跑着进来：

"报大将军，敌军城门紧闭，拒不出战，看来是要死守等待援军！"邬必凯满脸不屑，高声叫道："一座小小的城池能挡得住我？传我令，先围城十天，往城里放火箭，乱了他的军心，然后夜间强攻！哈——我也耐心等他的援军，等他们来送死！"他放肆地大笑着："弟兄们，等我灭了明朝的援军，你们就跟我一路杀到江南去享福吧！"

刘府内,刘奎璧站在刘捷面前,意气风发地对父亲说:"爹,我这就要去孟府了,今天是比武招亲的日子。"刘捷:"你速速去吧,代我向孟大人问好,告诉他我听着好消息呢,也祝他这件事情办得周全。我的话你要带到。"奎璧:"放心吧,凭我的本事,就当是个平头百姓,也一准能获胜!"刘捷向奎璧一挥手:"去吧。"奎璧轻快地转身走了。刘捷看着刘奎璧远去的背影,眼光里含着慈爱:"哎,我这个儿子,还不知道人心叵测、世事凶险。只知道一心要争到那个孟丽君,不知道如果皇甫家跟孟家联亲了,对我刘家多么不利。"邢师爷不解地问:"我以为皇甫敬可没把孟士元当好人看,怎么会去提亲呢?"刘捷点点头:"是啊,此事要不就是弄岔了,要不就说明皇甫敬看似鲁莽,其实老谋深算,小心为是啊!"邢师爷压低声音:"邬必凯来势汹汹,也不知皇后娘娘那儿,跟皇上说成了没有?"刘捷仰面靠在椅子上:"谋事在人,成事在天,等着吧……"

刘奎璧牵着马出门,忽然看到刘燕玉站在门口等着什么,眼神中满是无助和紧张,他不由慢下脚步:"你在等谁啊?"看到哥哥,燕玉反而把头低下了:"我,我等你啊……"奎璧:"等我?有什么要紧事吗?"燕玉抬起头望着哥哥,竟然泪光盈盈,她欲言又止,只是很真切地说:"哥,你今天可一定要赢啊!"奎璧不解:"你是怕皇甫少华赢吗?我会赢他的——这是好事儿啊,你怎么哭呢?你就等着丽君当你的嫂子吧!"燕玉连忙擦去泪水,冲刘奎璧勉强一笑,楚楚可怜。奎璧说着上马而去,燕玉久久地凝望着刘奎璧远去的背影……

从孟府绣楼的窗中,可以看见花园里的求亲者。苏映雪和容兰站在窗前看着,窗口隔着纱帘,孟丽君坐在桌旁勾画着一幅花鸟画。容兰边看边焦急地对丽君说:"小姐,皇甫公子还没到啊?"映雪微微皱眉:"怪了,帖子已经交到总督府了,刘家公子倒是第一个来的。"丽君仍细细地描画着,但表情也不那么坦然了。容兰:"皇甫公子不会记错日子了吧?"丽君忍不住说:"不会吧,难道这事还不如一瓶花露重要吗?他对一瓶花露都是那么守信……"容兰又看窗外:"哎呀,老爷问时间了,快开始了!这个皇甫公子好糊涂。"映雪一抿嘴唇,表情微妙。丽君持笔的手颤抖了一下,一点墨团甩在扶宣纸的左手上,丽君轻呼一声。容兰这时又不识趣地说了一句:"我瞧映雪姐姐比小姐还着急呢!"苏映雪掩饰地一笑,打了容兰一下,低头看到丽君左手上的那团墨迹,立刻掏出那方刘奎璧给她的汗巾,借着给丽君擦拭墨迹掩盖自己的尴尬:"你真是动了心了,手上沾了墨都不知道。"丽君轻叹了口气:"其实他真要不来,哪里又值得人去牵挂呢?心可以动,但不会乱的。"这话似乎是劝慰自己,她抓住汗巾擦着手上的墨迹,想借助一种力量让心情坚定一些。

丽君忽然愣住了,她看见汗巾上竟然绣着一个"刘"字。这时,挂在屋里的鸟笼里的那只小鸟扑腾出声响来,丽君又看了一眼那只小鸟。映雪有些发傻的样子。丽君笑了一下:"这汗巾子好蹊跷,上面怎么绣了个'刘'字?"容兰凑过来看:"真的唉,映雪姐姐,这可不是你的吧! 像是公子用的物件啊。"映雪夺过汗巾,抓在手里也不知道该怎么好。丽君:"刘? 刘公子? 哪家的刘公子?"她忽然有所醒悟:"你这些天魂不守舍的,这个刘公子不会是刘奎璧吧?"映雪沉默着,不置可否。但从她羞涩的脸色中,丽君已经看出端倪了,带着惊诧地笑了笑。容兰着急了:"这可怎么办,刘公子为了小姐来比武,映雪姐姐看上了刘公子,小姐又等着皇甫公子,皇甫公子又不来……哎呀,全乱了!"丽君倒觉得蹊跷:"不对呀,那个刘公子又没见过我,不至于如此信誓旦旦啊?"她转向映雪:"你们准是见过面的,是吗?"苏映雪只好点了点头。丽君:"我想,刘公子是为了你而来的。"映雪干脆老实说了:"那天,也许,他是把我当成孟家大小姐了……"容兰听得眼睛发直:"喂喂,那刘奎璧要赢了,可怎么办呢?"片刻沉默后,丽君和映雪相视苦笑了一下。

花园内,比武招亲已经开始了,还是没有等到皇甫少华的影子。孟士元对于皇甫少华的缺席很是不满,他没想到年纪轻轻的皇甫少华居然也敢把孟家的事不放在心上,心中对于皇甫敬的误会也更深了一层。想到这里,孟士元站起身来,向刘奎璧等人抱拳示意,然后向家仆挥了一下手。

两个家仆捧上了一堆木剑和木刀,奎璧露出几分意外的表情。孟士元操起一把木剑捧在手里。"孟某不愿大家伤了和气,更不愿伤了身体,请诸位用我准备的木剑、木刀,比试武艺,点到为止。先两两对决,胜者再决,我看五剑定胜负吧。"刘奎璧先挑了一把称手的木剑,当空舞了一圈漂亮的剑花。

伴着刀剑相撞的脆响,孟丽君、苏映雪和容兰都在窗前望着比武的进程。刘奎璧赢了一剑,映雪禁不住欢呼了一声,丽君侧脸看了映雪一眼。还是容兰嘴快:"刘公子赢了有什么好? 我觉得他还是输了比较好。他要真赢了所有的人,你们两个都麻烦大了。"映雪嘟着嘴,陷入苦恼中。丽君的目光仍然饱含期待地停驻在远方, 在她等待的皇甫少华可能会来的方向, 可神情却愈加凝重起来。

而此时，皇甫敬的书房内，少华端坐在椅子上闭目沉吟着，焦躁难安，几欲爆发。他猛睁开眼，狠狠地盯着书桌上的沙漏。计时沙漏里的沙向下倾注着……想起丽君恬静的笑容。少华赫然起身，挥臂把桌上的一支笔筒扫落在地，发出碎响。门外守着的两个家将随着响声相互看了一眼，有几分惊惧。少华对着门外恳切地请求着："外面的两位大哥，你们暂放我一马，少华必当厚报！"家将对着门里，万分为难："少将军啊，小的不想得罪你，但更不敢违抗总督大人的命令啊！"少华紧咬嘴唇，无奈而烦躁地踱着步……

门口的两个家将突然看见皇甫长华轻盈地走了进来。"老爷叫我跟少华传两句话，你们迅速把门锁打开。"家将稍一犹豫，还是掏出了开锁的钥匙。长华看见少华托腮坐在书桌前，目光已从暴躁变得忧伤。长华压低嗓音："少华，爹爹在后面花园里呢，你快走！"少华充满感激地看着姐姐，什么也没说，只向长华深深鞠了一躬，快步出门。

孟家花园里，刘奎璧手中的木剑挽了个花，迅捷地刺中另一个求婚者的腹部。他的剑尖停留在对手被刺中的部位。奎璧转头看着孟士元，有几分调皮地笑了笑："孟大人，这是第五剑，我赢了。"未等孟士元有所表示，那人把头盔扔在地上，叫嚷起来："不算数，不算数！我们都是顶盔冠甲、真刀真枪来的，这个木剑轻飘飘的，我不服气！"其他几个求婚者也立即应和着："我不服气，我不服气！"奎璧斜着眼看着他们："刚才不说这个，想要赖啊？"那人仍然嘴硬："你是不是怕来真的呀！"奎璧顶上火气："哟，就你老兄几下三脚猫的功夫，我会怕你？"那人便转身向孟士元抱拳："刘公子也不反对，您下个命令，重来吧。"

孟士元被这突然的情况弄得手足无措，看看众求婚者，又看看孟夫人，不知道如何决断了。正在事情陷入僵局的时候，容兰忽然快步走来："大家别吵了，我有一个办法！"众人一怔，都愣了。孟士元不悦："容兰，你来捣什么乱？"容兰："老爷，夫人，诸位公子，我是来替小姐传个话。"听此言，刘奎璧和三个求亲者暂时都安静下来，关注地看着容兰。容兰："小姐提议，谁能一箭射落我们家这件红袍，才算合乎了标准！"说着转向奎璧："刘公子你也不应躲过射袍这一关，你愿意吗？"刘奎璧皱眉琢磨着容兰的话，忽然想起第一次见到苏映雪时射小鸟的画面，不由笑了笑："我的射术丽君小姐知道，漫说是你家的红袍，就算是天上的飞鸟，也不过是探囊取物！请回去告诉小姐，请她拭目以待！"孟士元吁了口气："如此也好，免得你们真闹到兵戎相见。"

一袭鲜艳夺目的红袍高悬于老槐树上，只有一根绳子挂住红袍。容兰急急跑上绣楼："小姐！刘公子就要射箭了！"映雪一脸绝望，容兰却还在说道："这可怎么好啊，刘公子要射落红袍，小姐可就必须嫁给他了！"

院子里的众人看着绳子，都有几分不可思议的表情。另三个求亲者尽力射了几箭，但都失败了。刘奎璧最后出场，走向射箭处。只见他在空地上随意一站，左手托住铁弓，右手微微运劲，将一张二百来斤的硬弓拉成了满月。左臂微挪，也不见如何瞄准，只闻弓弦响处一箭如流星划过。

冰弦一放，一箭离弦，直奔红袍而去。箭头射穿了挂红袍的绳子，绳子断裂，红袍飘然而落。

正在此时，突然马蹄声急，一箭破空而来。在红袍将要落地时，一箭牢牢地把红袍钉回到了树干上。众人惊讶地回头，只见花园入口处，正是骑马弯弓、神采奕奕的皇甫少华。

绣楼上，看到这一幕的丽君双眸闪亮，望着远处的少华，满脸的喜悦和欣慰。苏映雪和容兰也一脸惊喜。映雪双手合十："菩萨保佑，菩萨保佑！"容兰："映雪姐，你怎么念起佛了？"映雪脸红了半边："我，我为小姐着急嘛……"三人忙探身关注着花园。

刘奎璧整个人僵直着，鼻息越来越粗重，似乎一瞬间从兴奋的高端摔落下来，根本无法接受眼前的现实。然后急急冲着孟士元说道："孟大人，我已经射落了红袍！"皇甫少华下马，走到孟士元面前鞠了一躬："孟大人，红袍并未落地！"孟士元左右为难："这，这——"少华恳切地说："孟大人，迟到是我的责任，我认错。但少华是真心诚意地要求娶孟小姐！"他转向刘奎璧："奎璧兄弟，也许是我失礼了，我先要向你抱歉。你有你的不满，我也有我的苦衷。但——我想你我心里都明白，婚姻大事是没办法谦让的，既然是比武招亲，就应该有个公平的结果。"

孟士元犹豫着。少华一急，只好使出激将法："少华只求还有比试的机会，不知别人敢不敢了。"奎璧果然大喊："有何不敢！比就比，难道我还怕你不成？孟大人，我愿与皇甫少华公平一战，让他心服口服！"少华："你说吧，怎么比？"刘奎璧的心态几近狂乱："来吧，我们张弓搭箭互射……"孟士元连忙制止："哎，这可不行！"少华却说："我看也行，看谁先射中对方的护心镜。"他向一旁的两位求亲者一抱拳："请借二位的甲胄一用。"说着，少华走近两位求亲者，两人脱下了上身的甲胄。他拿起一件披挂在自己身上，把另一件抛给了刘奎璧。

刘奎璧穿上了甲胄，很快张弓搭箭，箭头瞄准了皇甫少华胸口的护心镜。皇甫少华稍稍犹豫了一下。奎璧发现了他的犹豫："怕了吗你？怕了就认输！"说着已把弓拉得满圆。箭眼看就要离弦。少华急忙张弓搭箭，也拉开了弓。而此时，刘奎璧的箭已离弦，直奔少华而去。少华也射出一箭。两箭相遇，箭头与箭头在半空中相峙。

刹那间，少华的箭击破刘奎璧的箭，一下射中刘奎璧的护心镜。惊惶的刘奎璧不由后退几步，趔趄着方才站住。

看呆了的众人愣了片刻，不禁齐声喝彩。

绣楼上，容兰几乎跳了起来："好棒！好厉害！皇甫少华真神了！小姐，今天我可开了眼界了！"孟丽君也松了一口气，欣慰地微笑着。映雪则又放心又担忧地看着远处的刘奎璧。丽君："怎么了，刘公子输了你不高兴吗？"映雪："没，没有啊。"想想还是点了点头："我高兴啊！"

少华的箭落在刘奎璧的面前，他有些难以置信地看着箭，再看不远处，自己的箭落在地上，已形如枝杈。少华一揖："伯父大人，小侄献丑了！"孟士元看到这种情形，有些无奈地当众宣布："皇甫公子技压群雄，赢了比赛，老夫遵守前约，允他与小女丽君定下婚约，择期完婚！"众人应和着孟士元。

刘奎璧失望极了，面色铁青，扭身走出了后花园。孟士元看着刘奎璧，皱着眉头，深深地叹了口气。刘奎璧似乎连告辞的话也没有力气说了，沮丧地骑马离去。忽然，他看见一只小鸟扑愣愣地飞过头顶，他认出了这熟悉的小鸟，向小鸟飞出的方向期盼的望去，刘奎璧顿时愣住了，他看见了倚在窗口的苏映雪，眼中满是柔情和不舍。

前厅里，孟士元和孟夫人正准备设宴款待皇甫少华。丽君和容兰躲在屏风后，静听着堂上的对话，孟士元："少华啊，自今日起，你我便是一家人了。"少华："是，孟大人。"孟夫人："老爷，都是一家人了，何不让女儿出来，与皇甫公子见个面呢？"孟士元一听这话，连连摇头："哎，这还没到时候！我等诗书传家，岂能失了礼数、坏了规矩？越是定了亲，儿女越当回避。"回头对手下人说："来人，速去总督府报喜，拿我的帖子，请亲家翁、亲家母一起过来聚会！"少华一听此言，难掩慌张："且慢——帖子先别送。"孟士元："啊？怎么？"少华只得说实话："实不相瞒，小婿前来比武，家父是不同意的，万望岳父大人见谅！"孟士元愕然：

"你说什么？皇甫大人不同意？"孟夫人也无比惊讶："令堂明明来求婚的呀！"少华："那，那是瞒着家父的……恐怕此事还需等小婿回府以后，向父亲谢罪，再请家母多方周旋，方可应允。但我保证一定来求娶小姐！"孟士元又惊又怒："你，你……先别自称小婿了。荒唐啊，荒唐透顶！"

屏风后的丽君呆住了。此时的她才领悟，以前的自己有多么幼稚，以一颗真心对待着万事万物，却不知自己面对的却是和爹爹他们迥异的世界，名利的得失，权势的纠缠，宛若一张看不见、挣不开的大网，这张网是如此的复杂，可怕的是，她和少华也会被罩进这张大网里去……

玄妙寺外的山路掩映在浓荫之下，说不出的清幽深秀，与外界的争斗隔着一重天地。清修双手合十，恭身迎候着一个徐步走上山来的人，面带恭敬。上山来的人很年轻，一袭青衫，步履极有韵律，宛如闲云野鹤，但他面色深静如水，目光明亮而深邃，透着一种洞悉人心的聪颖，配着清俊的五官，显出迥然不同于常人的气度。

看着他走到跟前，清修双手合十："太子殿下，有失远迎。"太子连忙还礼："哎，我不喜欢客套，你就当我是来寻芳的香客。"清修一边陪着太子一道往庙里走，一边说道："岂敢啊！老衲揣度，殿下有什么要事吧？"太子笑笑："借宝刹洗我一身的俗尘，不也是要事吗？"清修施礼："这是老衲的荣幸。"说罢向太子伸手示意："这就是玄妙寺了。"

太子停下，望着眼前的玄妙寺，透过袅袅的香烟，望着殿中的大佛，目光一下子变得悠远，恍惚……

他想起了十年前的那场叛乱，那时的他只是个孩子，躲在玄妙寺内。寺外，火光盈盈，嘶叫声，刀剑声不绝于耳。叛军近在咫尺，他以为自己必死无疑，却被一个跟自己同龄的大眼睛的小姑娘救了下来，那小姑娘聪慧异常，将自己手里的萤囊放在佛像的脑后，把那两个追到此地的叛军愣是吓了出去。随后救兵到了，大家只顾着把他带回去，没有人理会那个小姑娘。这短短的一面之缘，却让他至今念念不忘。

经过那场叛乱，自己虽然有惊无险，可生母却因为惊吓过渡，一病不起，驾鹤西去。刘捷因为救自己立下大功，父皇把他姐姐立为了皇后。那个真正的救命恩人，却到现在也还没有找到。想到这里，太子摇了摇头："清修师傅，父皇还要我督办传到皇甫总督家里的一道圣旨，就不多打搅了，告辞！"

就在同一时间，刘捷得到了皇甫敬马上就要带兵出征的消息，心中大喜："好，终于等到了！皇甫敬啊，这下你先管好自己的命吧，哈，查处私盐、娶儿媳妇，想得倒美，只怕想得着、做不到了……"

少华回到府里，惊讶地发现府里调兵遣将，忙成一团，竟然无人顾得上他。原来是皇上降旨，命皇甫敬统兵出征，第二日午时就要出发。家中乱成一团，皇甫敬这时也顾不上责骂他擅自去比武招亲的事了，毕竟，在这个老将军的心里，国家安危远远重于儿女私情。虽然还是没有得到父亲的同意，皇甫少华也不敢多言，这个时刻，随父亲作战，为父亲分忧成为了他眼下最重要的任务。至于丽君，他心里默默念着，不管怎样，都希望她永远能开开心心的，自己心里永远都记得她的笑容。

此时，闺房里的丽君正拿着一本书坐在桌边，心神却不知落在何处，半日也不见翻动一页。映雪、容兰忙着铺床。忽然孟士元急急地走了进来："现在可怎么好？现在可怎么好？"丽君忙起身："爹爹，您莫焦虑。我想皇甫公子会说服他父亲的，会——"孟士元跌足："会什么会呀！你知道吗，皇甫父子明天就要开赴边关平叛去了！"丽君："什么？明天就开赴边关平叛！？"孟士元："刚下的圣旨！现在总督府正在准备呢！哎，不说皇甫敬他同不同意。这沙场刀光剑影，谁知道少华能不能平安回来啊！——哎！哎！"孟士元连连摇头。

丽君也愣住了。

月光朗照，少华走进了刘府。迎面遇上了满嘴酒气的刘奎璧。"奎璧——"刘奎璧满脸惊讶道："你？"他看到皇甫少华一身戎装，更是不解。少华自己解释："奎璧，我要出征了，今日是奉父帅之命，前来催办军粮。刘奎璧一怔："啊？出征？"少华："上午接旨，明天午时就要出发。我将公文放在你这儿，务必转交于令尊大人！"刘奎璧接过公文："好吧，我不会误事的。我爹也是的，这么大的事，也不告诉我一声。"少华："说真的，我来不光是转递公文，还有几句话想和你说。"刘奎璧："说吧，什么事？"

少华站定，郑重地给刘奎璧作了个揖。"奎璧，我们一直是好兄弟，白天的事我很抱歉。但是，我只有那么做。我知道，我欠你的。本来，想跟你好好喝一次酒，喝到酩酊大醉，忘掉不快……现在没这个时间了。等我回来吧，回来我来受罚！"少华一笑，故作轻松地又说："如果我回不来了，那这酒我就赖了。"奎璧有些动容："不会的！你会平平安安地回来的。我还等你请我喝酒呢，你欠我的。"

门外,刘燕玉从此经过,听得此言,眼泪又要涌出来。

少华作了个大揖:"就此拜别!"随后转身离去。他看见了刘燕玉,望了她一眼。刘燕玉慌乱地垂下头……

奎璧有些失神:"兄弟,保重……"

翌日,皇甫敬的大军出城,刘捷送行。

刘捷向皇甫敬拱手,佯装钦佩:"将军年逾花甲,还为国出征,叫刘某感佩不已!祝将军此一去马到成功,凯旋时刘某定沐浴焚香,净水泼街、大开宴席相迎!"皇甫敬摆摆手:"为皇上分忧,为国尽忠乃我应尽之责。希望不负皇上与黎民百姓的信任。只是还有一事不了,老夫十分牵挂。"刘捷忙故作殷勤:"什么事,告诉刘某。刘某一定给办好,让将军无后顾之忧。"

皇甫敬一字一顿:"盐案!"刘捷变了脸色:"盐案?将军还在琢磨盐案!?"想起太子之前也说过私盐猖獗,一定要抓住几个巨奸的话。他的心中掠过一丝不安。皇甫敬:"盐案一日不清,老夫一日不安宁。"刘捷:"是,是,我们一定会查清的,请将军放心。"皇甫敬:"此案复杂,未必能马上查清。无妨,再狡猾的狐狸也会留下它想不到的草灰蛇线。等我回来,我一定会查它个水落石出!抓出这只幕后的狐狸!"

刘捷笑着送别皇甫敬。待他转过身,笑脸立刻消失了。老狐狸?哼哼,你们还没有体会到老狐狸真正的老辣之处呢!

皇甫少华骑在马上,偶一回眸,忽然看见山坡上飘舞的白衣。他心头一热,立刻拍马回来。慢慢走近,山坡上果然是一袭白衣的丽君,也只有她才能把这样寡淡的颜色穿出亮丽的光彩。

两人相视无语。还是丽君先开口:"这就要走了?"少华:"原谅我来不及拜别岳父、岳母,你回去时,请替我给他们磕头谢罪……"说罢,他下马行了个大礼,抽出一支带着穗的竹笛,双手捧给丽君:"这支竹笛你留着吧。就当是我,还在你身边。不知你记不记得我们第一次见面的时候,你让我做了一支空心的竹箭。"丽君:"当然记得!""这个笛子就是用那支竹箭做成的,我一直非常珍视,带在身边。"少华接着说道。丽君接过竹笛:"我吹奏的时候,你听得见吗?"少华使劲地点着头。

这时,山下的号角吹响。

丽君忍不住抱住白马,泪水在眼眶里打转:"白马,好好保护少华哥!我等着你们回来……"

想了想，丽君拿出一只茶香囊，塞在少华手里。少华郑重地接过茶香囊。这时，白马长嘶一声．少华又飞身上马："保重！等我回来……也许三年五载，也许三五个月，我总会回来。"言罢，他头也不回地追赶队伍去了。

丽君久久地站着望着……她吹起了竹笛。笛声悠扬婉转。

少华骑在马上，忽然捕捉到了那悠扬婉转的笛声。循声回望，留恋地贪望着山坡上飘舞的白衣。

队伍川流不息地从少华身边经过，直到最后一个兵士也走过，他才回过神来，定神又望了孟丽君一眼，然后毅然拨转马头，拍马追上了队伍。

队伍越走越远，渐渐地只见一路的烟尘。

孟丽君久久地站着凝望，直到山路上空空荡荡。

山风吹得她衣袂飘飘。周围，野花漫山遍野地开放着。

转眼间，三个月过去了，皇甫敬率领着部下长驱直入，深入敌境。

白天打了胜仗，晚上众将士围着篝火，喝酒唱歌，大快朵颐。皇甫敬也尽兴而饮。他心中不是不得意的，南蛮子果然不懂兵法，他派重兵守护粮道，援兵两三日内就可增援，不活捉邬必凯，皇甫敬誓不班师！少华在一旁："父帅！这次凯旋，我们家是双喜临门！"皇甫敬不悦地说道："什么双喜？你还在想着孟家那个姑娘？你还想娶她？"少华："我，我对她有承诺，我不能辜负她。"皇甫敬非常生气："什么承诺！？你的承诺比父母之命更重吗？"少华："爹，可是……"皇甫敬越说越生气："没有可是！我怎能和孟士元结亲！孟士元的女儿，又是什么好东西！她怎么样我管不着。但像这种不守妇规，品行不正，招蜂引蝶的女子，绝不能做我们皇甫家的媳妇！"

皇甫敬跨上马向夜幕中奔去。少华痛苦地望着父亲的背影，良久，才上马追上去。

大营内，一将领向皇甫敬禀报："禀大帅，兵部紧急驰文，江淮盐工造反，刘捷大人请求撤回后援兵马，剿匪抚民！"皇甫敬："这么大的事情，他刘捷怎么不和我商量！盐工造反，用得着十万大军去平定吗？现在我部孤军深入，援兵不到，他岂不是存心置我于险地！"将领："刘大人说，他已经考虑到这一节，南蛮狡猾，怕大帅有失，请大帅先回撤二百里，皇上那边万一怪罪下来，刘大人会极力斡旋！"皇甫敬冷笑："他也太看不起我皇甫敬了，区区南蛮，在我眼中，不过是泥人纸偶！我今晚就要挥师南进，把敌酋赶入大山！"曹矜："大帅，没有后援，我们兵马不足，冒进绝非上策，大帅三思。"皇甫敬不悦："谁说要冒进？兵马不足，才要速战速决，我把兵马分为两部，一部为先锋，一部为策应，昼夜兼程，奇袭敌酋主脑！"此时少华想到孟丽君，热血上涌，站了出来："父帅，孩儿愿为前部先锋，直捣敌巢！"皇甫敬点头："好！寅时起兵！"

皇甫父子来到山坡上监察敌情，山下就是邬必凯的中军大帐。皇甫敬："敌酋军心已散，待后部赶到，左右夹击，可操必胜。"少华跃跃欲试："父帅，何不现在就冲杀下去，来个出其不意？"皇甫敬："虽然出其不意，可咱们兵马太少，先趁夜色虚张声势，明日总攻，"回身问偏将："后部还有多久能到？"偏将："明日卯时可到！"皇甫敬："好，明日此刻，我们已在凯旋途中。"少华压抑不住兴奋之情。

回到帐中，皇甫父子开始在地图前谋划次日攻略，突然扑进一个满身血污的探马。"启禀大帅，我部后军遭遇偷袭，全军覆没。"皇甫敬和皇甫少华交换了一个惊骇的眼神。探马支撑不住，晕了过去，被兵丁搀扶离开。少华："父帅，现在我们腹背受敌，只有几千将士，等天明邬必凯看清形势，后果不堪设想，不如——"皇甫敬："说。"少华："不如背水一战，孩儿带精兵夜袭敌营，活捉邬必凯，置之死地而后生！"

皇甫敬沉吟片刻。"只能这样了，我命你带领三千精兵，夜袭邬必凯中军大营，二更进军，三更起火，五更鸣金收兵，不得有误！"少华："得令！"他转身欲出，皇甫敬看着他的背影，有些不放心。

少华走后不久，邬必凯亲率一支奇兵，冲进皇甫敬的中军大营。皇甫敬闻听番军来袭，披挂上阵，与敌周旋。邬必凯见皇甫敬的近卫只有区区一小撮人，狂傲地劝降："皇甫将军，你儿子中了我的圈套，回不来了！你这中军营帐，也是独木难撑，快快投降吧，本帅封你做上将军，荣华富贵享用不尽！"皇甫敬怒斥："杀人生番，无耻之尤！士可杀，不可辱！今天不是你死，就是我活！放马过来！"邬必凯大笑："想做英雄，偏不给你做！孩儿们，一齐上！"众番兵一拥而上。

皇甫敬寡不敌众，受了重伤。他一头栽倒在地，一只脚还挂在马镫上，被受惊的战马倒拖着跑。邬必凯手起一长刀，砍断了马镫皮带。皇甫敬在泥污血泊中翻滚。几个番军围过来，将他抬起来就跑。

而皇甫少华率军直扑番军大营。此处似乎毫无防备。孤军深入，并没碰到像样的抵抗。几个零星番军,迅速被歼灭。少华心中有种不祥的预感,他们似乎中计了。一将领策马奔来:"少将军,都搜遍了,不见邬必凯的踪影!"少华:"快撤!回营!"话音刚落,一声号炮震响。四周埋伏的番军一拥而上,断了后路。夜幕下一片喊杀之声,人哭马嘶。少华殊死奋战。无奈敌军越聚越多,自家的阵脚大乱。眼看先锋部队陷入绝境,皇甫少华双眼通红,大呼酣战。家将们大呼:"少将军,跟我们来,北边有一个缺口!"他们护卫着皇甫少华,杀开一条血路。

等到皇甫少华一行人赶回本军大营,这里已成尸山血海。皇甫少华几乎不敢相信自己的眼睛。有一名老兵动了一动。一将领立刻扶起了他:"少将军,这儿还有一位活的!"皇甫少华赶过来:"元帅呢?元帅在哪里?"老兵用尽最后一口气:"他……他被番军……俘虏了!"少华大叫一声,跨上了战马就往营门外冲。众将大惊,纷纷拦住去路:"少将军,你要去哪里?"少华:"闪开!"众将:"不行啊,不能硬拼!"皇甫少华充耳不闻,白马跃过堑壕。

残余的将领们清理着残骸,曹矜率领后部赶到,惊骇地看着这一幕。众残兵残将看见曹矜,骇异更甚。曹矜:"这是怎么回事?大帅呢?"一将领:"曹将军?你们不是全军覆没了吗?"曹矜:"谁告诉你们的!?"将领:"探马来报,说后军遇袭,全军覆没,您也力战身亡!元帅这才冒险夜袭敌营,失手被擒。"曹矜:"元帅被擒了?是谁谎报军情?把他找出来!"残兵残将们四散找人,曹矜看着废墟,出了一身冷汗。刚才那个将领跑回来:"启禀曹将军,那个探马不见了!"曹矜:"上当了,那探马一定是邬必凯的人……你带人马,马上就撤!我马上去番军大营找寻皇甫元帅的下落。"

此时,皇甫少华匹马单枪,冲入正在撤离的番军大部队。他挥剑劈倒两个走得慢的小番,他还想继续向前冲。忽然,番军万箭齐发。白马惊起,不再前进。皇甫少华挥剑拨箭,但终是孤掌难鸣。他身中一箭,失足坠马。滚下山崖。

幸亏长在山崖上的枝蔓,少华并没有被摔死,不知过了多久,他缓缓睁开眼睛,白马站在他身边,纵声长嘶。少华吃力地爬上马背,又晕了过去。白马驮着少华,顺着大路远去。

这时,邬必凯的大营内来了一位不速之客,此人正是邢师爷,而他此行的目的,却是来恭贺邬必凯得胜。看到满身血污、衣衫褴褛的皇甫敬,被番军反绑着,步履蹒跚地走过营帐,他暗自满意地点了点头。这一幕被大营外的曹矜远远地看在眼里。

重新回到营内,邢师爷有些神色不定。邬必凯一边冷眼旁观,一边吩咐手下:"传令摆酒庆功,再派使者赴北,就说皇甫敬失手被擒,问问皇帝老儿拿什么来换,哈哈!"邢师爷:"大帅,这次刘大人可是立下了大功,所以想请大帅还一个人情。"邬必凯:"说吧,要什么?银子还是女人?"邢师爷:"刘大人贵为国舅,什么都不缺,只要您帮他做一件事。"他做了一个砍头的手势,邬必凯装傻:"什么?"

邢师爷:"杀了皇甫敬!"

四

邬必凯似笑非笑地盯着邢师爷,邢师爷心里有点发毛。邬必凯:"皇甫敬死了,对我有什么好处?"邢师爷:"皇甫敬是国之良将,他一死,大帅从此纵横边关,无人敢撄其锋,这就是天大的好处了。"邬必凯:有理,来人!把皇甫敬四肢砍掉,割去耳鼻,送回北朝!"邢师爷大惊:"慢着慢着!大帅……"邬必凯:"我把一个人不像人鬼不像鬼的活皇甫敬送回去,不是比一个死人更能震慑敌人?"邢师爷一时说不出话来,脑子飞快地转着。邬必凯大笑:"邢先生,明人不做暗事,你们国舅爷是想借我的手除掉皇甫敬,杀人灭口吧!"邢师爷心中一惊,没想到这个邬必凯还不简单:"大帅,国舅爷扣住援兵,献上地图,我又给你出了假传消息的计策,导致皇甫敬冒险突袭,最终全军覆没,帮了您的大忙,您杀掉皇甫敬,只是举手之劳,大家各取所需——"邬必凯不屑:"既然各取所需,那我要国舅拿银子来买皇甫敬的一条命!"邢师爷:"多少?"邬必凯:"八百万两,一两都不能少!"邢师爷目瞪口呆。

刘捷收到邢师爷的密报,对于邬必凯的无理要求不由勃然大怒,连夜修书两封寄去京城,一封写给自己的姐姐刘皇后,一封写给皇上身边的红人潘公公。几日之后的皇宫内,收到来信的刘皇后慌慌张张地去找潘公公,两人商议一番,想到了妥帖的对策,这才一同去觐见皇上。

寝宫内,皇上咳嗽着,刘皇后给他捶背。忽然,外面有人传讯。皇上身旁的太监潘公公匆匆下去,片刻,又慌慌张张地回来:"启禀皇上,探马来报,皇甫敬已经叛国投敌!"皇上没听清:"什么?再说一遍!"刘皇后:"不得了了,说皇甫敬已经叛国投敌!"皇上勃然大怒:"什么!"潘公公忙跪下,刘皇后也连忙跪下,故作惶恐:"皇上,派皇甫敬去打仗,是刘捷的主意,也有臣妾的一番说项,万不料皇甫敬胆大妄为,犯下滔天大罪,恳请皇上降罪!"皇上摆摆手:"不关你们的事,朕也一直信任皇甫敬,万不料他——"已经被刘捷买通了的潘公公这时又来添油加醋:"皇上,他被生擒,已经是奇耻大辱,如今叛变,简直是罪不容赦!更有甚者,他还嫁祸国舅!"刘皇后佯装不解:"这是为什么?""国舅爷一心为国,是邬必凯的心腹大患,除掉他,南蛮就可大举犯边,这是一石二鸟的毒计!"皇上越听越生气:"传旨下去,将皇甫一家满门抄斩,株连九族!"

"遵旨!"潘公公转身就走,皇上连连咳嗽,刘皇后慌忙给他捶背。

回京复命的梁丞相与领旨出来的潘公公撞了个正着。"潘公公!这么匆忙,要往哪里去?""传旨。皇上要灭皇甫家九族,以正刑典!"潘公公顾不上多说,匆匆离开。梁丞相思忖片刻,奔向寝宫

一进寝宫,梁丞相便叩求皇上。"皇上!目前南边战事实况未明,许多传闻都是道听途说,老臣以为,待一切明了以后,再作决断不迟。皇甫敬是国之栋梁,十年前平叛有功,搭救太子——"皇帝一拍龙案:"不要说了!就因为他的这份功劳,朕才一直器重他到现在。谁知他这么不识抬举!真是伤透朕的心了……""皇上用他父子领兵打仗,足见毫不怀疑他二人的忠心赤胆!胜败乃兵家常事,其责可由朝廷按律严查。如今他二人还生死不明,叛变一说仅是传言。万一事实并非如此,而皇甫一家已冤死在屠刀下,天下人断不会服气,岂不让皇上背上屠戮功臣的恶名?"皇帝不满:"你拿天下人压我吗?"梁丞相一揖到底:"皇上恕罪!微臣不敢,微臣说的都是肺腑之言,杀对一人,万民踊跃,杀错一人,天下离心,唯史可鉴哪!皇上三思!"皇帝想了想,点点头:"平身吧,朕也不想就此恩断情绝。暂且饶他家人不死,押来京城候审。老相国以为如何?""皇上圣明!老臣这就去改拟圣旨,告退——"梁丞相爬起身,踉踉跄跄地向外跑。

孟府的后花园里,丽君正在为一丛山茶剪除杂草,她有点心神不宁,突然被刺扎了一下,花盆被带倒,碎了一地。映雪闻声跑过来:"没事吧?"丽君:"映雪姐,我有一种不祥的预感!好久没有少华的消息了。"映雪忙安慰她:"从军打仗都是这样,在外面出生入死,朝不保夕的,哪里还想得到别的。"丽君嘴上不说,更加担心,无意剪下一枝茶花。映雪忍不住打趣:"小姐!你把茶花都剪掉了!现在绷不住了吧?想皇甫公子了吧。"看到丽君不好意思,心里终究还是不忍:"走

吧走吧，咱们去皇甫家打听消息去。"丽君早盼着她说这句话，心中暗喜，却还是担心："就这么去？总得有个名堂。"映雪："就说找皇甫长华姐姐聊天啊！"丽君一笑，两人手牵手走了。

皇甫长华、孟丽君、苏映雪走在河堤上。长华看看她们："我正在家里呆得气闷，妹妹就来了，真巧。"看到丽君和苏映雪窃窃私语，长华走在前面心下了然。"我爹爹一辈子南征北战，衣不解甲，一向家书是懒得提笔的。少华怕也是受了爹爹的传染，要么就是立功心切，想早点回来见丽君妹妹，因而无心写信了。"丽君脸一红，映雪做了个鬼脸。"长华姐姐真是冰雪聪明，一眼就看穿了我家小姐的来意。"长华知道丽君心里在想什么，安慰了她两句，故意转开话题，带她们两个回府中去，说是要互相切磋厨艺。被长华这样一安慰，丽君心里也踏实了些，三人有说有笑地走到大门口。突然一个家仆从大门里冲出，紧接一支箭从后飞来，穿胸而过，家仆一声惨叫，仆毙。三人吓得脸色煞白，映雪惊叫起来。长华强自镇定，把丽君和映雪推到角落："你们先躲一躲，我进去看看。"丽君拉住她："姐姐！"长华坚定地看着孟丽君，轻轻挣脱，走了进去。

一个带头军官张弓朝着门口，毫无疑问，刚才那一箭就是他射的，只见他张狂地说："钦差有令，皇甫家人一律不得跨出此门，违令者杀无赦！"两个官军上来拽住长华，长华脑子立刻一片空白。

皇甫家人跪了一地，听候宣旨，皇甫夫人跪在最前面，面无人色。

"奉天承运皇帝诏曰：查皇甫敬、皇甫少华父子辜负圣恩，背叛朝廷，公然投降番邦，助纣为虐。特敕逆犯家眷押解京师问罪，并通缉逃犯皇甫少华！钦此——"皇甫夫人昏了过去，长华和家人忙搀住她。

丽君和映雪在门外大惊失色："不可能！一定是搞错了！""小姐！"映雪一拉没拉住，孟丽君已经冲了进去。

官军："什么人！扣下来，查实身份。"长华大声说道："不关她们的事，她们是孟巡抚的亲眷。"带头军官打开图形相册，对照了一番，挥挥手。"不相干的人都回避，否则按共犯处置。都捆起来！搜捕钦犯皇甫少华！"丽君流下眼泪："怎么会这样！"长华："你们快走！快走！"

众官军虎视眈眈，孟丽君不得已，眼含热泪，一步三回头，皇甫长华向她点头，以示宽慰。

随即，官军押着皇甫家人，迤逦向京城而行。皇甫夫人被缚在马上，昏昏沉沉，本来就病得不轻，现在的情况更是糟糕，长华非常担心，只好求那钦差让母亲乘轿，自己为钦差牵马。钦差看到皇甫夫人病情确实严重，他自己也怕老人在路上有个三长两短自己交代不了，便同意了。长华给钦差牵上马，路途坎坷，她举步维艰，强忍泪水，不时担心地回头看着母亲。

丽君和映雪回到府中，孟士元正在屋里急得团团转。孟夫人看见两人回来，大松一口气，扑上去拽住孟丽君的袖子："你们上哪儿去了？出大事了！"丽君黯然。映雪忙帮她掩饰："我们去河边走走，怎么了夫人？"孟夫人："皇甫敬在边关失利被擒，据说已经投降了番邦！"丽君忍不住了："绝不可能！爹！"孟士元看着丽君："你已经知道了？"映雪还想掩饰："啊，我们不知道。"丽君猛地摇头："不，我们刚从皇甫家回来。皇甫父子不是那种人，爹，你要帮帮他们！"孟士元大惊："胡闹！圣旨已下，我怎么帮？"孟夫人："太可怕了……他们一家要是坐实了罪名，那就难保满门抄斩，株连九族啊！少华是咱们的姑爷，我们是不是也大祸临头啦？"孟士元："怪我昏了头，偏要听丽君的主意！"丽君："这分明是有人陷害！我们找梁相帮忙，申明利害，总有沉冤昭雪的一天！"孟士元："糊涂丫头！别人撇清都来不及，你还往刀口上撞！从今天起，你不许出门！"说罢，孟士元气冲冲地进屋，孟夫人六神无主地跟了进去。

黄昏，乡野间，一队人马，摸黑在土路上驱驰。不知自家已被陷害的皇甫少华，由家将护送，带着伤往内地赶，希冀搬得朝廷救兵。蒋州城遥遥在望，皇甫少华忽然勒住缰绳，他对家将说："你们在北面山中等我，我回府一趟。"家将劝阻："少将军，万万不可！你现在这个样子，只会让夫人与大小姐担心……""母亲身体欠安，噩耗不一日就会传回城里，我赶紧去通知姐姐，把母亲送到乡下，一去便回！放心，你们休整人马，待我回来，火速上京！"他一挥马鞭，白马嘶鸣一声，狂奔起来。

殊不知，刘捷早已料到在皇甫少华定会回城搬救兵，早已知会州官，在必经之处设伏，不留活口。

夜里，城门口，皇甫少华血染征衣，已经摇摇欲坠。策马到城门口，突然发现通缉令，上面赫然画着自己的头像，不由大惊。

一队兵丁走过，少华躲在阴影处，片刻出来，从旁边马车中抽出雨毡，裹在身上，一瘸一拐地潜入城中，想要回府探望家人。

少华翻进院子，看着凌乱院落，桌翻椅倾，心如乱麻。他到各个屋子巡视了一遍，突然一个官兵提刀冲出来。那官兵发现了他，一刀砍来，少华闪开，拔剑在手，经过几个回合，他调转剑柄把官兵打晕，小心翼翼地往后院摸去。鲜血从他的战袍中渗出来，他渐渐难以坚持。小树林中传出细碎的脚步声，少华躲在树后，尽力抑制住喘息声，颤抖的手几乎拿不住剑。人影走到近前，少华大喝一声闪出来，长剑举起，突然愣住，原来是丽君和映雪，她们偷偷跑回来，希望能保留住少华的东西，不被官兵抢走。二人惊愕地看着他，丽君轻呼了一声："少华！"皇甫少华却再也坚持不住，倒了下去。

两人连忙找来自家轿子，把皇甫少华带回孟府自己的房中。少华晕倒在床上，不省人事。二人看着他发愁。映雪道："他一身的外伤，怎么办？"丽君："多买金创药，多走几家药铺，不要一次买太多，以免别人起疑。"映雪立即说："我这就去。"丽君："吩咐伙房多烧些热水，就说我要洗澡。"映雪离去，丽君望着皇甫少华惨白的脸，伸手轻轻抚摸。

丽君解开少华的衣甲，为他清洗创口。少华渐渐清醒了，要坐起来，被孟丽君按住。"丽君姑娘，我是被通缉的人……"少华有些激动。丽君："别动。"少华："我母亲、姐姐怎么样？"丽君："她们性命无忧，你放心吧。"少华："她们人在哪里？"丽君："你先养伤，我会慢慢告诉你。"少华："不行，你现在就——"他坐起来，伤口迸裂，晕了过去，丽君爱怜地看着他，看到纱布不够，她离开屋子去取。

片刻，皇甫少华苏醒，他挣扎着起来。"母亲、姐姐……"他拖着步子出了屋子。丽君拿着纱布进来，掀开帘帐，发现少华已经不见，吓出一身冷汗，冲了出去。

少华跌跌撞撞误入了孟大人的书房，桌子上摊着一封书信。看到信上有"皇甫父子"几个字，少华一震，掌过灯，拿起信："皇甫父子此败，大有蹊跷，皇甫敬一生光明磊落，必不致屈膝南蛮，但传言凿凿，龙颜震怒，唯盼孟大学士帮助查明真相，还皇甫父子清白。梁宗藩敬上。"原来是梁丞相！

少华心神激荡，走出书房，丽君这时一路找来，看见他，忙跑过来："少华！你怎么跑出来了！"少华："我是朝廷钦犯，在这里会连累你。"丽君又急又气："你能去哪里？你这样出去，走不上十步就会被抓起来，你不要冲动好不好！"少华："我等不及，我越发感觉到这次兵败背后有文章，我要查明真相。"丽君："不行……"正在此时，走廊里忽然传来孟士元和刘捷的声音。丽君大惊："糟了，是我爹爹和国舅，被他们看见就坏了！"她不由分说把皇甫少华推进了书房。

这边，孟士元对刘捷的深夜到访很是奇怪，可还是依他所言把他带到了隐蔽的书房。两人进屋，孟士元点灯，房间大亮，又去关上窗户，还四下看了看。才对刘捷说："此处无人，可以放心说话。"孟丽君和皇甫少华躲在一扇紧挨书橱的屏风后，空间狭小，两人只能紧紧地挨在一起。

刘捷："皇甫敬反叛之事，想必孟大人已经知道了？"孟士元："满城风雨，岂能不知？只是……大出意料啊！梁丞相给我修书一封，怀疑皇甫敬是被人陷害，您以为呢？"刘捷："大人您可是想为皇甫敬出头？"孟士元连连摇头："出头？我出什么头，我现在自身难保……"刘捷："说得也是，您刚把小姐许配给皇甫少华，皇甫少华就叛国投敌，成了钦犯——"

听到这里，屏风后面的皇甫少华呼吸急促起来，丽君忙抓住他的手，以目示意。孟士元："唉，命，都是命！"刘捷看到孟大人愁眉不展，觉得时候到了，便说道："此间官吏已经联名上书，历数皇甫敬诸般罪状，独缺巡抚大人您一人。"孟士元摇头："落井下石的勾当，孟某虽不才，也断断做不出来。"刘捷："别人都扔石头，你不扔，不是太显眼了吗？""这——"孟士元左右为难。刘捷趁机道："孟老，我和皇甫敬无冤无仇，这可都是为您着想，您德高望重，诗书传家，孟姑娘是远近闻名的才女——"孟士元疲倦地叹了口气，投降了。刘捷还不罢休："然后，孟大人再写一封退亲文书，我出头作证，说是皇甫敬出征之前所写，这样既没有了亲戚牵连，又显得孟老深明大义，高瞻远瞩，可保全家啊。"孟士元这次没有再反驳："让我想一想。"刘捷看到事情已经差不多了，又故意缓和了下来："您是聪明人。好了，正事说完了，听说孟大人这里有北宋大画家范宽的真迹，能否让老夫一观？"

孟士元挥挥手，把刘捷引入里间。

屏风后，皇甫少华看着孟丽君，慢慢把她推开。丽君低声道："少华！父亲一时糊涂，我会说服他的！"少华摇头："你父亲是对的，我不能看着你往火坑里跳。"说着，便欲退出屏风，孟丽君紧紧拽住他："你是我的未来夫婿！我不跳谁跳！"少华惨然一笑："已经不是了，孟姑娘，你多珍重。"

这时忽然又传来孟士元和刘捷的说话声，丽君紧紧拉住皇甫少华，可他一再挣扎，屏风传出响动。丽君大急，心一横，吻了上去。双唇相接，少华目瞪口呆。两人听得见对方的心跳声，忘记了一切，仿佛在虚空中飘浮……

刘捷和孟士元出来，刘捷摇头晃脑地用手指在空中虚画："不愧是大家！

大家！"

直到两人离去，孟丽君和皇甫少华才慢慢分开，注视着对方。这次少华先开口："丽君——""少华，希望你相信我的一片真心。"丽君涨红了脸。皇甫少华目光坚毅："少华终身不敢有负。"丽君："我相信，无论今后有什么波折磨难——"少华："天上地下，永不相忘。"丽君："天上地下，永不相忘。"

少华深情地看着眼前的佳人，眼神逐渐朦胧。丽君这才发现少华渗出的鲜血已经染红了她手上的汗巾，连忙搀着他走出书房。

少华依然昏迷着。丽君给少华擦汗，许久，映雪才急匆匆回来。丽君忙问："怎么去那么久？"映雪："此次皇甫将军南征，把城里的金创药都带走了，哪儿都买不到！"丽君急了："这怎么办！？"映雪："要不我出城想办法？"丽君摇头："来不及了，他的伤势，拖不过六个时辰。"映雪也犯了愁："这怎么办？谁那里还会有金创药——"突然想起刘奎璧喜欢舞枪弄棒，他那里一定有！可是向他要，会不会让他起疑心呢？现在这个状况，也只有豁出去了。想到这里，映雪抓住小姐的手："你在这里好好照看少华，我去想办法。"六神无主的丽君，此刻也只有点头了，她实在想不出更好的办法来。

第二天一早，刘府外，刘奎璧骑着高头大马出来，后边跟着两个随从，要上山打猎，一顶轿子横在路中间，他正要喝问，却看见苏映雪从街边一个铺子出来，预备上轿，刘奎璧又惊又喜，翻身下马。"孟姑娘！"映雪也是一副惊喜的样子："原来是刘公子，真巧。"奎璧："不是巧，是缘分。"说完又觉得有点唐突，忙又掩饰般地说："姑娘这么早出来，有事？"映雪："也没什么事，到绸庄看看。公子这是要去打猎？""是，孟姑娘打过猎吗？""没有，一直想试试。"刘奎璧大喜："那再好没有了，姑娘请上马。"说着便翻身下马，把马牵到苏映雪面前。映雪："那公子怎么办？""我骑随从的马。"他使了个眼色，随从们乖巧地掉头回去，留下一匹马。刘奎璧扶映雪上马，两人一前一后驶向城外。

到了山坡上，两人牵马缓缓而行，边走边聊。映雪："刚遇见公子的时候，公子神色不快，是和谁生气吗？"刘奎璧："那倒不是，皇甫家的事姑娘听说了？我不信皇甫少华会叛国投敌，我们相交多年，他不是那种人。"映雪心下感动，停下脚步："皇甫公子有你这样的朋友，死而无憾。"奎璧苦笑道："你这是替皇甫公子跟我说的吗？""不，我替我自己。刘公子，皇甫公子固然英俊勇武，但在我心里，有个人绝不逊于他。"奎璧欢喜得声音发颤："你是……说我？"见映雪一笑,他高兴得不知所措,拔出剑来:"孟姑娘,虽然我比武输给了少华,可天可怜见,又给了我一个机会,刘奎璧今生,绝不会亏待姑娘!否则,有如此剑——"他抬手要把剑拦腰折为两段,映雪连忙拦住:"好了,我信,你不用诅咒发誓的。这把剑这么锋利,断了怪可惜的,我看看好不好?"刘奎璧忙把剑捧给苏映雪:"姑娘小心。"

映雪故意四下张望:"走了大半天,连兔儿也没看见一只,咱们是不是走错了?""不会,前面长草之中就有猎物。"奎璧很肯定,他手搭凉棚张望,正好背对着映雪,映雪咬咬牙,拿剑在臂上一掠,带出一条长长的口子,她哎哟一声,坐在地上。刘奎璧转身,大惊:"孟姑娘!"映雪疼得倒抽冷气:"我刚才不小心滑了一跤,正好摔在剑刃上——""是我不好,没有照看好姑娘,姑娘不必惊慌,我这里有金创药。"他取出金创药,挽起映雪的袖子,映雪脸一红,刘奎璧也有点发窘。映雪:"刘公子,这金创药能多给我一点吗?""啊?"奎璧不解,映雪娇羞地低下了头:"我想多要一些,万一将来再有外伤——而且,留着也是纪念,见物如见人,看着它就想起公子——"刘奎璧大喜,说话声音都发颤了:"这有何难!我府中有的是金创药,全送给姑娘!""多谢公子。""哪里哪里,我前世修来的福分。"

他大着胆子握住了苏映雪手,苏映雪迟疑了一会儿,挣脱开,刘奎璧急了:"孟姑娘——"映雪看着他的眼睛:"如果我不是小姐呢?"奎璧一愣。"如果我不是小姐,只是个普普通通的女子——比如说,我只是个小丫环,公子会不会嫌弃?"奎璧笑了:"姑娘说笑了。"映雪非常认真地说:"不,我是认真的,如果我不是现在这个孟丽君,公子会怎么待我?""我喜欢的是姑娘这个人,不管姑娘贵为公主,还是流落街头的乞丐,于刘奎璧来说,毫无分别。"刘奎璧诚恳的表白让苏映雪大受感动,她低下头,他又试探着去摸她的手,映雪一翻腕,主动握住了他的手,刘奎璧喜出望外。

两人的手就这么紧紧握着,一动不动。

皇甫少华呼吸平稳,已无大碍。看到映雪胳膊上缠着纱布,孟丽君满心感激,过意不去。"姐姐,我真的不知道说什么才好,应该是我去受这一剑。"她紧紧抱住苏映雪。

这时,少华睁开眼睛,映雪和丽君关切地走上前。"少华!"丽君唤道。皇甫少华坐起来,看了看自己的伤势,眼中露出感激之色。"丽君——""你现在可以走了。"丽君的表情既不舍又充满了鼓励。"丽君,我——"丽君捂住他的嘴:"什么都别说。""为了皇甫家，请受我一拜！"他跪下去，丽君也盈盈下拜："此去艰险，公子珍重。"少华："下次如此下拜，希望是成亲之时。"丽君眼中露出喜悦的神情。"丽君，只要还活着，就没有任何力量能把我们分开。""我记着你的话，少华，只要还活着，就没有任何力量能把我们分开。"

刘府，邢师爷捂着脑袋，拿着一封信进来。"老爷，潘公公的信。"刘捷拆开信，一目十行地看完，脸色难看："这个梁丞相，真是个大麻烦！赶紧安排，我要亲自上京。"抬头看到邢师爷一支捂着脑袋："——你的头怎么了？""小人不小心，在城门钉上磕了个口子。"刘捷忙吩咐下人："来人！带师爷下去，敷上金创药。"家人："老爷，只能上外面治，府里的金创药用完了。"邢师爷："公子好武，我不是吩咐府里常备着吗？"家人："听说是公子把金创药都送给孟姑娘了。"刘捷："送什么不好，送金创药，荒唐！你们且下去。"众人下去，刘捷突然微微一怔，似觉有什么蹊跷。

集市上，映雪拉着好容易被她从家里劝出来的丽君，就盼着能有什么新鲜好玩的玩意可以分散一下她的愁绪。映雪："小姐，新来的玉簪，快来！"孟丽君心思不属，但不忍拒绝，跟着去了。这时，刘捷的轿子经过，他看着孟丽君和苏映雪的背影，又无意间瞥一眼轿子，轿旁的灯笼，写着一个大大的孟字。他正要离开，突然目光落在轿子下沿，隐约有血迹。他脑海里响起刚才家人的话，不由眉头一皱，下了轿，趁人不注意，他掀开轿帘，轿子里明显有血迹。刘捷若有所思，嘴角露出一丝冷笑。他转身上轿离去。

皇甫少华一路寻找着树上的标记，找到了自己的家将，一行人在密林中穿梭，日夜兼程向京城赶去。他们不知道，此时刘捷派遣的杀手和官兵正在此伏击。一个杀手对首领刘七附耳低语："穿白衣的就是皇甫少华。"刘七："别留一个活口。"少华突然察觉有异，立即勒马。家将："少将军？"少华大喝："掉头！"一行人急忙掉头，突然杀声大作。官兵们喊道："捉拿反贼皇甫少华！"少华及将士与追兵浴血死战。眼看随从越来越少，家将也中了箭，血染征袍，少华护住家将，打退几个官兵。

家将："少将军，敌众我寡，你快换上我的衣服，杀出去吧。"少华："我不能扔下你！"突然，一支冷箭射来，家将要害中箭，奄奄一息地看着皇甫少华："少将军……府中有老爷当年平叛后，先帝所赐免死金牌，您务必回府一趟，拿金牌上京，挽救全家性命，我、我不能跟随公子了……"家将气绝。少华忍住眼泪，脱下家将的战袍披在身上,家将里面是白衣。少华把家将放在马背上,一拍马,马受惊而去。

白衣白马吸引了追兵,少华刚松了口气,两个官兵闪出来,少华猝不及防,被砍了两刀,身受重伤。少华竭尽全力,杀死官兵,自己也倒在地上喘息不已,传来人声,他急中生智,把一具尸体覆在身上装死。片刻,刘七带着杀手回来。一个杀手说道:"绝对不会错,皇甫少华连人带马坠入山谷,我们拿了好几块大石头砸在他头上,脑浆迸裂,已经死透了。"刘七大笑:"干得好,回去复命!"皇甫少华躺在尸体下,虎目含泪。众人离去,少华晕了过去。

密林中,白马舔着皇甫少华的脸。少华悠悠苏醒,用尽全身力气,翻身上马。白马穿过密林而去。

皇宫的寝殿中,皇上召梁丞相谈话。皇帝:"唉,皇甫敬兵败,损兵折将,丧失国土数百里,南部边防危如累卵。人民流离失所,工商百废待兴,朕想请你代为巡狩,抚慰民心。"梁相心中一凛,不由暗忖:刘皇后的枕边风又起作用了……他匍匐在地:"臣领旨。但不知……老臣出京之日,谁来接掌朝班?"皇帝:"你看国舅如何?"梁相:"启奏皇上,国舅常年住在江南,一时恐还不能尽知朝政要领。"皇帝:"那么,你说谁好呢?"梁相:"老臣以为,还是请太子监国,名正言顺!"皇帝不住点头:"唔,爱卿考虑得极是,不过,国舅也需安排一个实职,才好尽心辅佐太子呀!"梁相想了想便说:"那就委任国舅主礼部事,活儿不累,还满风光!"皇帝:"礼部?"梁相肯定地道:"礼部!"皇上:"好吧,依卿所奏,你去准备巡边吧!"看着梁相告退离去,皇上还在念叨:"礼部?"

第二天上朝,潘公公在群臣面前宣读皇帝诏书:"奉天承运,皇帝诏曰:为保边疆长治久安,人民休养生息,特遣丞相梁丞相代朕巡狩,抚慰民心。梁相离朝期间,委太子监国,管领群臣,处置朝政。另解国舅刘捷巡查御史之职,调任吏部尚书,着即进京,不得延误,钦此!"君臣一时哗然:"啊?刘捷来做吏部尚书?百官之首啊……"梁相急了:"潘公公,请你再把最后一句念一念,礼部,还是吏部?"潘公公看了梁相一眼:"吏部!专管天下官员!"众臣交头接耳,议论不歇。梁丞相抬头望望坐在龙椅上的皇上。皇上面无表情,仿佛任何事都与他无关。梁丞相忽然明白了,他不由苦笑,原来皇上耳背,把礼部当成了吏部!

刘府上,刘奎璧神情漠然地前来给父亲请安:"爹回来了,身子可安健?"刘捷:"有件事情,为父想差你去办。"奎璧不情愿:"孩儿最近神情恍惚,想出外云

黄海冰 饰 皇甫少华

大型古装青春励志传奇剧

《再生缘之孟丽君传》

主创阵容

出 品 人：许蔚凌

制 片 人：应奕彬

制片主任：胡俊松

剧本策划：应红 曹石 应奕彬 胡俊松

编　　剧：胡蓉蓉 关渤 曹石 应红

文字顾问：应志良 张炭

总 导 演：李惠民

导　　演：李惠民 谢益文

摄　　像：郭智仁

武术指导：赵箭

音　　乐：鲍比达

剪　　辑：周影

总发行人：许蔚凌

出品单位：北京金奥尼影视文化传播有限公司

鸣谢单位：同方股份有限公司

　　　　　中国网通集团北京分公司

　　　　　百代／步升大风音乐

　　　　　喜立方传媒文化有限公司

　　　　　中视传媒无锡影视城中信国安天下第一城

　　　　　拉萨加氧宾馆有限责任公司

　　　　　阿尔西制冷工程技术(北京)有限公司

游一段。"刘捷笑了笑："也好,那你和孟家大小姐的亲事就推一推吧。"奎璧浑身一震："爹,您说什么?"刘捷："皇后娘娘亲自做主,向皇上请旨,将孟家大小姐许配给你了。"刘奎璧听了,欣喜若狂："真的?爹爹你不是拿孩儿开心吧?"刘捷笑了,目光中充满了对儿子的溺爱："你以为爹爹敢伪造圣旨,专门骗你玩吗?"邢师爷忙不失时机地谄媚道："恭喜大少爷,贺喜大少爷!这一来,你总算报了皇甫家那一箭之仇啦!"奎璧似乎被触到了痛处："休再提起那码子事!爹,我们何时迎娶新娘啊?"刘捷："京城的圣旨今晚就到,为了给孟巡抚一个台阶下,老夫打算明天就去拜望他。以后成了儿女亲家,我们总归要主动些吧,礼多人不怪嘛!"奎璧高兴得当空猛挥手臂："多谢爹爹,有劳爹爹!"

这边映雪和丽君还在街头买东西,旁边有个官差和人聊天。"皇甫少华真的死了?"不知何处传来的声音让丽君浑身一震。官差："榜文都发下来了,那还有假?聚众谋反,被官军击毙!""这不是真的,映雪,快去帮我打听一下,这不是真的!"丽君浑身颤抖,映雪紧紧搂住她："小姐,这一定不是真的。"两人突然愣住,她们看到一个官差正在揭下墙上皇甫少华的通缉令。映雪忙道："大人,这是做什么?"官差："人都死了,这还有什么用?"映雪："皇甫少将军真的……""衙门的事不是儿戏,小姐,让开点吧。"丽君摇摇欲坠："少华、少华……"苏映雪也流下泪来。

映雪搀扶着丽君回到家中,一进门,两人都愣住了。孟士元夫妇跪在地上,钦差站在面前。孟士元看到丽君："女儿,快来接旨。"映雪搀扶着孟丽君跪下。钦差："奉天承运皇帝诏曰——经皇后举荐,将本朝江南巡抚孟士元之女孟丽君许配吏部尚书刘捷之子刘奎璧,钦此。"丽君心思不属,望着钦差眼神空洞,一颗心早飞到少华身上。孟士元："女儿,起来了。"丽君仿若忽然惊醒一般,泪流满面。

回到房中,丽君泪犹未干,出神地望着天边的明月。孟士元在外面轻轻敲门。"女儿,爹知道你对皇甫公子未能忘情,可这是圣旨,不是一般的亲事,由不得咱们,抗旨不遵是要杀头的!而且皇甫家被定了叛国的罪名,按律要株连九族,万一有人非要把我们和皇甫家扯上姻亲,一家老小都保不住啊!孩子,为父不仁,不但不能让你觅得如意郎君,还要让你小小年纪,扛起这么重的担子,可为了孟家,你只有这一条路!孩儿,你的苦处,爹爹心里明白——"

门开了,孟丽君神色平静。"爹爹,您不用说了,我嫁。"

刘府上一派欢天喜地的景象，上上下下都忙着操办喜事之际，朝廷的任命到了。钦差宣旨完毕。"刘大人，你是又升官，又娶儿媳妇，双喜临门啊！"刘捷抑制不住得意："同喜，同喜！"钦差："刘大人，小人宣旨完毕，回京复命去啦。你可得早点赴任，幸勿拖延。"刘捷点头如捣蒜："一定，一定！公公吃了小儿的喜酒再走？"钦差："不必客气，等刘大人进京，咱们再聚！"刘捷忙不迭地："是是是，后会有期……"他恭送钦差出门。转身回来，刘奎璧急忙迎上去："那……爹爹，喜事还办不办啦？"刘捷："办，当然要办！我意已决，就将娶儿媳妇的婚宴，搬到老公公上任的官船上！"

孟府里，孟士元听到家丁的传话，哭笑不得："荒唐，亘古以来，哪有边搬家，边娶亲的先例？他刘捷当真一两天也等不及？哼，我看他是官迷心窍，走火入魔了！"孟夫人叹了口气："老爷，你就忍了这口气吧！婚事是皇后指定的，婚期是亲家指定的，婚礼在哪里办，也让他们随便怎么定吧！"孟士元正色："哎，这几天来，我常常清夜扪心自问，我哪里还有一点读书人的风骨与境界？"

孟夫人无言，只有长吁短叹。

五

皇甫长华牵着马，双脚几乎磨烂，艰难地跋涉。

午饭时刻，公差们在茶棚里吃喝。皇甫夫人病体沉重，长华担心地扶着她，皇甫夫人气喘微微地对女儿说："长华，娘不行了，娘要你活下去，走下去，一直走到京城，到朝廷为你爹、为你弟弟鸣冤！"长华痛哭失声："娘，我会的！我们都会的……你要挺住，你要坚持，你和女儿都要活到爹爹和少华回来的那一天！"

突然一枝袖箭钉在桌子上。公差警觉地跳了起来，一群土匪杀了出来。趁乱中，皇甫长华带着母亲，慌不择路地奔逃。那帮土匪见状，立刻喊道："快去追那娘儿俩，邢师爷说了，决不留活口！国舅爷重重有赏！"

眼看两人要逃到安全地带，皇甫夫人突然口中渗出黑血，慢慢地倒下。原来，她背心中了一枝毒镖，奄奄一息。皇甫长华号啕大哭，老夫人看了一眼女儿，慢慢闭上了双眼。伤心欲绝的长华眼前一黑，哭晕了过去。

正随卫队急促赶回京城的太子，听到了厮杀之声，赶忙跳下车来看个究竟。

只见一众土匪模样的人正逼向一个躺在河边的女子。卫队的军官喝道："什么人！"土匪一见来了官兵，慌了手脚，连忙逃窜。太子示意不必追赶，走上前来，看到了昏迷的皇甫长华，只见这个女子虽然面色苍白，但面容清丽，不禁为之一动，将她扶起。皇甫长华渐渐醒来，蓦然发现自己竟然身在一队荷枪执戟的官军中。太子关切地问："姑娘，你醒了？"皇甫长华惊恐得畏缩成一团。太子连忙安慰："不要怕，这里绝对安全！告诉我，你从哪里来？那些匪徒为什么要杀你？"皇甫长华满腹的话，却不知从何说起。这时，校尉走过来禀报："太子殿下，此去京城只有八十里了，我们是打尖一宿，还是直接回到东宫？"皇甫长华惊愕地看着眼前的这个人，想不到此人竟是东宫太子。太子抬头看看天："天色还早，大家辛苦一点吧，快马加鞭，赶回京城！"尔后，太子将皇甫长华扶上坐骑。长华却手指着河岸。太子不解地问："你……你是说那位老妇人？她是你的母亲吗？"长华点点头。太子叹口气："唉，她死了……我们已经将她掩埋了，入土为安吧。人死不可复生，你也要节哀顺变，保重自己……走吧。"长华一步三回头，看着新坟，泪水夺眶而出。

正午时分的阳光热辣辣地照在房舍和街道上，白晃晃的，在明亮中透着一种森严而诡异的气氛。

街道的尽头，远远地传来喧闹的婚庆锣鼓声，长长的街道两边高扎彩灯，高高的牌楼也缀满红绸，一派喜庆祥和。

忽然间，喜庆的唢呐声大作。喜庆的锣鼓声传入刘奎璧的房间。阳光从窗口照进来，照着桌上一方简易的灵牌，上面有刘奎璧手书的字"吾友皇甫少华千古"。奎璧站在灵牌前，穿着大红的婚服，向着灵牌深深地鞠了一躬："少华，你放心吧，你爱丽君我知道，我们朋友一场，我会好好照顾丽君的。"然后，从侍从手中接过华丽的婚帽，端正地戴上，走出门去，骑马而上。

荒草中，躺着受伤的皇甫少华，征袍上染满血迹，脸上满是伤痕和尘土，一动不动，像是一具尸体。白马在他身边徘徊着，前蹄偶尔踏一下地上的荒草，不时地看着主人。忽然，少华的嘴角抽动了几下，嘴唇微微张开，耳畔响起的是记忆中孟丽君的声音："少华，只要还活着，就没有任何力量能把我们分开。"

这个声音似乎响彻天空，一遍一遍呼唤着少华。

终于，少华的眼睛睁开了一线。他看见头顶上明晃晃的天空，看见忠诚的白马低头蹭着自己的身体，无力地伸出手，轻轻地抚摸了一下白马垂下的鬃毛。

白马很有灵性地弯曲前腿跪在少华身边,少华强忍着伤痛,爬上了马背。白马站立起来,仰首嘶鸣了一声,驮着主人,向着主人心上人的方向而去。

随着马蹄的颠簸,孟府大门越来越近,少华的眼神中突然放出一丝异彩,脸上露出满带柔情的笑意。

突然,他的脸上布满冰霜,眼睛猛地瞪大了。孟府门上张贴的大红喜字触目惊心,在阳光下令少华一阵眩晕,门口落着的红色纸屑令他不由自主地战栗。一阵风吹过,满地的纸屑像红色的雪片飘在空中。少华和白马被笼罩在漫天飞舞的纸屑中,他震惊了,这震惊让他挺直了身躯,用力勒住马,目光燃烧起来。

钻心的疼痛突然袭来,胸甲处绽裂的白袍上又渗出了一缕鲜血,他淡然地看了一眼,便又催动白马疾驰起来,去追赶他的丽君,也许,一切还来得及!

近了,近了,看到那花轿了:"丽君,丽君!"少华不敢出声,只在内心疯狂的呼喊着,挤入人群,艰难地向花轿靠近。此时,喜轿中心事重重的孟丽君忽然打了个寒战,仿佛心灵感应一般,她好像听到了心上人的呼唤,这不是虚幻的声音,是实实在在的少华的声音。

她赶忙揭开盖头,透过大轿的后窗向后方望去,穿过追逐着喜轿的送亲人群,竟然真的见到了她日思夜想的少华。丽君一阵狂喜,随即又冷静下来,怎么办? 怎么办? 远处的少华也隐约看到了大轿后窗中闪现的丽君的面孔,但是很快,轿子就在一个拐弯处消失了。少华嘶声大喊着丽君的名字,几近崩溃。突然, 他手捂胸口, 伏倒在了马背上。眼前的世界颠倒过来, 旋转着,越来越迷糊……

转过一个街口,新娘子的轿子突然停了下来。容兰跑过来对刘奎璧说:"公子,我家小姐忘了一件很重要的文定之物。这件东西对公子很重要,公子见了一定会高兴的,让我即刻回去取。"奎璧大喜:"那你还不快去。"容兰:"小姐说她就在这里等,我一去就回。"刘奎璧于是示意大家等候。不一会儿,见"容兰"一路小跑回来,但她穿上了一件斗篷,帽子拉起来,遮住了大半张脸,径直进了轿子。

轿中,"容兰"放下帽子,原来是苏映雪。她跑得满脸通红,两眼放光,又诧异又紧张。孟丽君一把拉住她:"少华还活着,咱们赶快换了衣衫,你代我嫁进刘家,你和刘公子是天作之合,我也可以去安心寻找少华了。"映雪迟疑地说:"可是——""可是什么,难道你不想和刘公子在一起?"映雪望着丽君:"皇甫少爷是钦犯,你这一去,我们不知何时才能相见——"丽君握着她的手:"放心,我会好好的,我爹娘不知真相,你帮着遮掩,别让他们为我担心。你和刘公子佳偶天成,终有一天,我和少华会来喝你的喜酒。"映雪用力点点头,两人紧紧相抱,苏映雪泣不成声。

两人迅速开始换装。片刻,"容兰"穿着斗篷出来,招呼:"起轿!"

轿子继续前行:"容兰"——孟丽君站在原地没有动,没有人注意她,她很快湮没在人群中。转过一条僻静的街巷,孟丽君放下斗篷,容兰在这里等她:"小姐,你确信看见皇甫公子了?"孟丽君用力点点头:"就是他,不会错的。"两人一路寻去。

吹吹打打的刘府迎亲队伍,将新娘子的花轿一直抬到码头上。新郎倌刘奎璧喜滋滋地下马,走下喜船跳板,亲手揽着"孟丽君"上船,悄声地说:"丽君,我们的美梦终于成真了……"

大船之上,新人三拜,鼓乐喧天。欢呼声中,刘奎璧牵着苏映雪,走向布置成新婚洞房的小船。映雪屏住呼吸,等着刘奎璧小心翼翼地揭开盖头。奎璧无限深情地望着她:"皇天不负有心人,真像是一场梦!娘子!从今以后,我就喊你娘子了,你高兴吗?"映雪笑盈盈的眼睛也满含爱意,望着心上人。两个人紧紧偎依着,刘奎璧问道:"你刚才停轿去取的文定之物可以给我看了吧?"映雪扑哧一笑,想了想,从贴身处取出一个玉坠:"这是我亲生父母给我留下的——"

"亲生父母?你不是——"

映雪捂住了他的嘴:"什么都别问,慢慢我会把一切都告诉你的,好吗?"看到奎璧点头,映雪露出微笑,轻轻抚摸他的脸。刘奎璧摸出一柄精致的小剑:"这是我八岁的时候,爹爹送给我的。"映雪接过来,放进怀里。这时一个丫环在外面禀告老爷让新郎去敬酒,刘奎璧依依不舍地放了手,出了门。

目送刘奎璧出门,映雪默默地想了一会儿,起身找出纸笔,开始写信。突然,她听见外面有响动,忙把信折起来,放进自己的大氅里,又把大氅叠好放起来。管家和丫环说话的声音隐约传来:"皇甫家"几个字飘入耳中,让苏映雪留了神。"听说孟大小姐先前是许配给了皇甫家的公子?""皇甫一家已经是罪臣,能不能活命都难说,孟大小姐这叫弃暗投明。""皇甫家也是真倒霉,一朝之间就变成这样。""这是咱们老爷的手段,知道皇甫少华是被谁干掉的?""谁?是不是刘七?我看他刚回来,风尘仆仆的样子。""去!少打听,小心脑袋。"

　　两人走远，苏映雪听得一脸惊骇，一回头，她看见刘捷和邢师爷进了一条小船的船舱。她悄悄登上小船，凑近船篷偷听。只听那邢师爷尖细的声音说道："邬必凯还是不肯松口，八百万换皇甫敬的命，一两也不能少。低沉的声音是刘捷："哼，这次应了他，保不齐下次又有什么花样。你让使者告诉邬必凯，皇甫少华已死于官兵之手，让他把这个消息透露给皇甫敬，不妨把死时的惨状添油加醋一番，皇甫敬对儿子爱若性命，愤激之下，没准就投效了番邦，对邬必凯来说，一个皇甫敬，不比八百万银子值钱？""对，还得告诉邬必凯，这皇甫少华其实是咱们下手杀的，让他承咱们的情。"两人一阵奸笑，窗外的苏映雪越听越心惊，正想离开，不想踏着木板，发出咯噔一声，她吓得心脏几乎都停止了跳动，片刻，没听见异状，小心翼翼地倒退着离开。一转身，却惊见刘捷已赫然站在自己面前，原来老奸巨猾的他从船舷另一侧绕了过来。苏映雪吓得惊叫一声，再回身时，邢师爷站在身后，两人把路完全堵死。

　　刘捷表面和颜悦色，眼神却隐含威胁地对映雪说："丽君，你怎么不在洞房呆着，到处乱跑？快回去！"苏映雪盯着他，反正也被发现了，她心一横："是你，你杀害了皇甫少华，还要借刀杀人，谋害皇甫敬将军！"刘捷猛地一把抓住了苏映雪的手腕："你现在是刘家的人，和皇甫家已经没有任何瓜葛，你清醒一点！赶快回舱，你什么都没听见，什么都不知道，否则——"苏映雪猛力挣开他的手："恶鬼！"刘捷冷笑道："骂几句就能为你的皇甫公子报仇了吗？你们不过是我手心里的小蚂蚁，想放生就放生，想捏死就捏死，回去！"苏映雪蓦地从怀里拔出刚才刘奎璧给她的短剑，紧咬牙关，向刘捷猛刺，刘捷大惊，左躲右闪，邢师爷不敢上前，一迭声地乱喊。船上顿时大乱起来。

　　刘奎璧和家仆闻声跑出来，突然的变故让他立刻傻了眼："丽君！你干什么？"苏映雪一剑刺中刘捷肩膀，又挥剑刺来，刘奎璧扑过来，帮父亲挡了一剑，但剑锋还是刺入他的膀臂。映雪一愣，刘奎璧难以置信地看着她，家仆们围上来，映雪转身跑到船边，她回头，凄楚地看了刘奎璧一眼，纵身跳入河中。一船人都怔住了，刘奎璧扑到船舷也要跳，被家仆和邢师爷死死抱住。

　　片刻，水面上漂起大红喜袍，刘奎璧怔怔地看着它，大脑一片空白，呆呆地坐到了地上。

　　大船上一片狼藉，宾客走得一个不剩。郎中手忙脚乱地给刘捷裹伤，刘奎璧烦躁地走来走去。胳膊上草草扎着绷带。"爹，我想不通，她突然行刺，究竟出于什么原因？""什么突然！谈何突然！是处心积虑！她孟家和皇甫家沆瀣一气，投降番邦，欲杀你老父而后快！""不可能，她不像是这样的人！"刘捷火了，拍着放在桌上的短剑："这是什么？一个时辰以前，就是她握着这把剑，想要杀了你的亲爹！她难道只是一时发疯？"奎璧："她一定是有原因的！一定是有原因的……"

刘捷一拍桌子："混账！"刘奎璧脑子一片混乱，不由自主跪了下来："爹！"刘捷气喘吁吁地说："你负了伤，爹爹也受了惊吓，都歇息吧，这事儿明日再说。"奎璧黯然辞别父亲，悄然退去。邢师爷关上门，让郎中退下，凑近刘捷："老爷，孟丽君一死，我们和孟家势不两立了。"刘捷冷笑道："孟士元私通皇甫父子，他以为做得天衣无缝，怎么瞒得过我的眼睛，一不做二不休，索性，我让他死无葬身之地！"

刘奎璧回到洞房里痛苦地打转，他翻动苏映雪的遗物，试图找回答案。

突然，一封信从苏映雪的大氅中掉了出来，刘奎璧连忙捡起来展开："奎璧，不知你何时能见到此信，我也不知道何时有勇气向你说明真相，我不愿你看着我的时候，喊的是另一个人的名字。我不是孟丽君，我只是孟府一个陪读丫环，我叫苏映雪。我们因误会而相识，直到现在所有人都当我是孟丽君，你我也只有接受这个现实，但我唯一不想欺瞒的人是你……"

信到此戛然而止，刘奎璧愕然，反复看着信纸，百思不得其解，他只是喃喃地说："不管你是谁，你是我的新娘，是我的心上人，走遍天涯海角，我也要找到你，你答应过的，把一切都告诉我……"

入夜，有人潜入孟府，在丽君的床头，塞了一封书信。

没多久，因为苏映雪刺刘捷未遂投河，州官亲自带着衙役，上门查抄孟家，搜出了当日皇甫少华在孟府养伤时留下的战袍、纱布，还从孟丽君枕边搜出那封信，信上写明通敌之事，落款皇甫少华。州官告诉孟士元夫妇，他们的女儿孟丽君在喜船上行刺刘国舅，事情败露，已经畏罪投河！

老夫妻俩大惊失色，不敢相信会发生如此大的变故，而面对眼前的一堆证物，又百口莫辩，州官不由分说，令人给孟士元夫妇套上锁链，牵了就走。

华丽的东宫，太子已然回府，皇甫长华也被他带回宫中。

这个女子不仅清丽婉约，她的身上还有另外一种吸引人的力量。这力量是什么？是因为她的默然无语？还是因为她丧母的凄楚？太子也说不清楚。皇甫长华更是如入梦中。她不知道等待她的命运会是什么，也许，对她的计划更有利，可以帮到爹爹和弟弟，然而，伴君如伴虎，她又该如何在这东宫生存下去？

长华的到来，可给太子妃梅妃添了堵。这梅妃虽然貌美，但是生性善妒娇纵。她是武胜王妃的侄女，大户人家的女儿，自小娇生惯养，在姑父的帮助下，嫁到东宫里来，成了尊贵的太子妃，就愈加飞扬跋扈，太子对她很是头疼，却也奈何不了她。

太子越是冷淡她，梅妃越是胡乱猜疑，她身边的宫女们天天噤若寒蝉，太子若是哪天对哪个宫女多看了一眼，多说了一句话，就会被梅妃劈头盖脸臭骂一通，甚至痛打一顿。

谁知，太子这一趟出门，居然领回来个貌美的哑巴，让自己收留，着实让梅妃气不打一处来。特别是有一天，太子与她用膳的时候，一边弹着琵琶的老乐工突然断了一根琴弦，梅妃本想像往常一样重重地责罚这些没用的下人，谁知那哑女居然接过琵琶，用少了一根弦的琵琶弹奏了一曲，不但没能责罚那老乐工，还让太子对那哑女十分赞叹。这下子，可打翻了梅妃的醋坛子，时时准备爆发。

入夜，梅妃卸妆更衣，准备入睡。皇甫长华端来一铜盆热水，跪在地上，为梅妃脱下鞋袜，伺候洗脚。梅妃没好眼色地看着她，双脚刚一泡下水里，立刻怒吼起来："我的妈呀！你这是要烫死本宫吗？"她抓起铜盆，将热水泼了皇甫长华满脸满身。长华大气也不敢出，跪着不动。梅妃吼道："来人，把这个臭哑巴罚到厨房去干活，我再也不想看到她的苦脸！"长华默默地推下，浑身湿淋淋地跟着宫女出去。夜深人静，长华裹着被子，蜷在炕上，看着自己红肿粗糙的手，无声地落泪。她解开布套，取出一把琵琶，轻拢慢捻，忍着手痛弹奏琵琶，借以宣泄心中的愁苦。娘啊，这深宫之内，比发配充军、蹲监坐狱还可怕呀……若不是娘你留下嘱咐，女儿实在不想活了！娘，你在阴间保佑女儿，早些重见天日吧，娘……

正在院中踱步的太子，忽然听到空中飘来悠扬的琵琶曲，他一怔，循着声音向皇甫长华居住的厢房走去。太子的到来让皇甫长华不知所措。太子微微一笑，示意她继续弹奏。只见少华面容凄楚，琴声悠悠，如泣如诉。凄婉的琴声，扣动着太子的心弦。他竟然要听出了眼泪，禁不住赞道："太美了！哀而不伤，凄而不怨！想不到你小小年纪就能弹出如此的人生况味，真是难为你了……"

太子对这个美丽的哑女，产生出一种从未有过的奇异感觉。

孟丽君和容兰一路找来，历尽辛苦，却一直未见少华踪影。丽君相信自己绝没有看错，老天爷既然让少华赶在自己嫁入刘府之前赶回来，却为什么又迟迟不让我们相见？丽君疲倦地靠在栏杆旁歇息，容兰匆匆跑进来："小姐，小姐！不好了，刚才我碰到个云游的僧人，刚从蒋州城出来，说老爷太太被下到州府大牢里了！"

孟丽君如五雷轰顶，呆住了："什么？怎么会这样？""据说是窝藏钦犯！难道皇甫公子躲藏在府里的事情，已经被他们知道了？"丽君哇地一声哭了起来："是我……都是因为我……不行，我要回去！这是我弄出来的乱子，走，容兰，我们现在就走！"说着，孟丽君不管不顾地冲了出去，容兰只得紧随其后。

两个人跟跟跄跄地来到渡口边，多日奔波、行容憔悴的丽君坐在树下休息，容兰来到一处卖点心的小摊子前买了几只包子。河里，有几个渔民在打捞什么。容兰看着好奇："老伯，他们是在捞鱼吗？"摊主瞥了她一眼："捞什么鱼？捞人！"容兰吓了一跳："捞人？捞什么人啊？"摊主叹口气："当然是淹死的人啦，还是一位大官家里的新娘子呢！哎，年纪轻轻的，新婚之夜，怎么就跳了河。听说她老公公还是当今的国舅爷呢，新娘子也是大户人家出身，是什么孟巡抚的千金大小姐！"

容兰一听，大惊失色，没魂了一样，疯跑着来到孟丽君跟前："小姐！小姐，映雪姐姐……映雪姐姐她……"孟丽君正在树下打盹，听到她的哭喊，赶忙问怎么啦？容兰号啕大哭着，把从摊主那里听来的消息告诉了孟丽君。丽君惨叫一声："映雪姐！"她揪住容兰："她死在哪里？死在哪里？快带我去，带我去呀！"

河岸上，垒起一抔新土。孟丽君失声痛哭着，用双手掘土，为苏映雪筑起空坟，两手已挖得鲜血直流。"映雪姐姐，你是为我而死！当初劝你替我代嫁，原以为帮你找到了幸福的归宿，怎么也想不到，你竟选择了轻生……我好后悔，悔不该让你走上这一条不归之路！要我怎么做，才能赎回我的罪过？"容兰领着两个石匠，抬来一块墓碑，碑上刻着"江南才女孟丽君之墓"。丽君看到自己的墓碑，更加心痛，跪下磕头，心中默默地念着："从今以后，孟丽君是死了，世界上再也没有这个人了……"

为映雪立好了墓碑，丽君和容兰辗转来到州府衙门。打听到孟士元老夫妇这两天就要定罪，而且恐怕是要被发配的消息，她们心急如焚，商量着，无论如何要见他们一面。

她们搜遍全身,将能换钱的都换了碎银子,然后装扮成孟府的佣人,带上酒菜,打点了看牢的班头,终于得见风烛残年的双亲。饱受折磨的孟士元夫妇蜷缩在一间牢房的墙角,丽君惊喜中夹着悲痛,扑到他们面前,哽咽着轻唤道:"爹,娘!"

孟丽君的呼唤让孟士元夫妇惊呆了,他们不敢相信地看向丽君。丽君泪流满面地跪在他们的面前。孟夫人一把抓住丽君,颤抖的手抚摩着女儿的脸颊:"女儿,真的是你吗?你还活着!我不是在做梦吧?"丽君泣不成声地点着头。孟士元眼含泪水地说:"丽君,这到底是怎么回事?他们不是说你刺杀刘捷不成,跳河自尽了吗?你是怎么逃出来的?"丽君哭着说:"那是映雪,跳河的是映雪。那天我在花轿里看到了少华,就在上喜船的那一刻和映雪换了衣服,是映雪代我嫁给了刘公子。"孟士元夫妇惊得说不出话,半晌才问:"刘奎璧真的就把映雪当成了你?"丽君点点头:"其实刘奎璧真爱的是映雪,映雪不离身的丝帕是刘奎璧送她的。刘奎璧只是错把映雪当成孟丽君。映雪也是真心喜欢他,所以我才让她代我出嫁的。"

孟士元寻思着:"既然刘奎璧中意她,她也喜欢刘奎璧,那怎么会在新婚之夜刺杀老公公?这里面一定有文章!那条船上,一定有不可告人的阴谋。"他拿起了酒杯对着孟丽君:"丽君,给爹倒上一杯酒。"孟丽君端起酒壶恭恭敬敬为父亲倒了一杯酒。孟士元也拿起酒壶,为孟丽君倒了一杯酒:"女儿,来,跟爹喝一杯。"

孟丽君也举起了酒杯。"丽君,爹知道这很难,但今天,爹要把你当成儿子来嘱托。"丽君坚定地说:"爹,您说吧!"孟士元和女儿碰杯,仰头喝下了这杯酒,然后说:"喝下这杯酒后,你答应爹要做到三件事:这第一件事是,从今天起,你就不再叫孟丽君了。"孟夫人和容兰都感到吃惊。丽君流下了泪水,却咬着牙点点头。孟士元赞许地说:"因为你已经把这个名字给了映雪,就不能再要回来。第二件事,映雪投河,皇甫家变都和刘捷有关,为了映雪,为了皇甫家,你要努力伸冤。第三,让年迈的父母早日摆脱苦难是你的职责。"丽君用力点点头:"爹爹放心,孩儿记住了。"孟士元拍拍女儿的肩膀:"好,你走吧!"孟丽君默默地伏地拜别父母,头也没回地走出了大牢。容兰吃惊地追了出去。

孟士元脸上露出笑意:"真是我的好女儿。"孟夫人不舍地看着女儿走出牢门,责怪着丈夫:"为什么就让她这么走了?我还想多看她几眼啊!"孟士元淡淡地说:"难道你还要她在这里哭哭啼啼。"孟夫人怪道:"那你也太狠心了!这样的重担,让我的女儿,一个柔弱的女孩子怎么能做得到?"孟士元意味深长地说:"只有这样,我们的女儿才会活下去啊!才能够活下去!从今天开始她就不能再柔弱了。"

孟夫人叹了口气,若有所思。

六

丽君和容兰走出牢房,沉重的牢门在她们身后徐徐关上,发出"吱吱嘎嘎"的声音。

两个人互相搀扶着,在前面山坡上找了一个小亭子,歇了下来。一树红梅在阳光下开得孤单而鲜艳。冬日的阳光照在她们身上,温暖,又让人觉得凄清。容兰哈着冻僵的手,从行囊中拿出一块饼,掰开一半给丽君。

丽君推开容兰递上的饼,望着梅花,无限惆怅:"爹娘蒙冤入狱,映雪代嫁投河,少华生死未卜,叫我怎么还吃得下?"容兰嚼着半块饼劝她道:"你要被人发现了,也很危险,还是想想我们的处境吧。"丽君苦笑了一下:"我已经是坟墓里的死人,倒没有什么可怕的了……"说着,心中一阵酸苦,这些天的委屈和压力一齐涌上来,不禁泪水盈眶。容兰看到了丽君眼中的泪水,也一阵心酸,搂着丽君,两人抽泣着,无助而凄凉。

过了一会儿,丽君停止了住哭泣,镇定下来,擦掉泪水,又为容兰擦去泪水:"哭有什么用呢?谁会同情呢?好妹妹,我们立下一个约定好不好?"容兰看着丽君点点头。"从今天起,我们再也不哭了,就当是眼泪已经流干了,只有靠自己走出这个噩梦。"容兰点头说:"不如我们到京城去找那个梁丞相吧,请他主持公道。"丽君思考片刻说:"眼下最危险的是少华,我想还是先找到少华再说。现在他是被追捕的叛臣,所有人都抛弃了他,他一定心里很苦,我不能不等他。"容兰叹口气,看着丽君,感慨地说:"我要是少华少爷,为了小姐的这份心意,死了都值。"

丽君不知道,此时的刘捷,虽然人还在船上,可却在对她父亲进行着新的阴

57

谋。他早已拟好一封书信，派人送给刑部尚书，那是他通过皇后保举的人，嘱他速给孟士元定罪。皇甫敬倒了，孟士元已经毫无价值了。况且他女儿于自己的船上落水，孟士元迟早要起疑心，干脆做个了断，免除后患。

不过自己的儿子刘奎璧，好像对那个孟丽君一往情深。他把刘奎璧叫到身边，安慰他天涯何处无芳草，进了京城，更是佳丽如云，再给他找个超过孟丽君的。奎璧脸色阴沉了一下，但随即勉强地笑了笑，说："这丫头竟敢刺杀父亲，就算她不跳河，我也会抓她法办。"刘捷看着他："这是真心话吗？"奎璧点点头："爹爹放心，一个女子，和刘家的大业，谁轻谁重，我还是分得清的。不过，孟丽君死不见尸呀。她如果活着，终究是个问题。所以我想下船找一找孟丽君，爹爹您看？"

刘捷好像一眼看透了儿子，哼笑一下："你还是惦记着她呀，我也不怪你，我准你回去。但是，你回去不是为了孟丽君，我要你想尽办法，抓住皇甫少华，杀掉也可以！要知道，他是叛臣，你莫念私情！听见没有？"见到奎璧一愣，刘捷只好解释说："我已接到密报，前两天有人在街上看到了皇甫少华这个逆贼，他已经身负重伤，只是还没死，所以这次你一定不可以再给国家留着这个祸害，听到了没有！"奎璧连忙说："孩儿谨遵父命。"

刘捷拍拍他的肩膀，语重心长地说："抓住黄甫少华，我奏请圣上，记你一功。刘家就你一个传人，要接我的家业，这非常重要。"然后，他又不放心地叮嘱："奎璧呀，我是担心你这个多情的性格，心软，就会耽误事呀！"

刘奎璧笑了笑："爹，不会的。"

回到家，刘奎璧询问家仆，有没有什么陌生女子来过，家仆说女子没有，燕玉小姐倒是领了个陌生男子回来。刘奎璧觉得蹊跷，抬脚去妹妹房中察看。

此时的少华正躺在床上，依然昏迷着，脸色苍白。他一路寻找孟丽君，无奈伤口崩裂，昏倒在河边，被路过的刘燕玉见到，悄悄雇人背回了家中，藏在自己的卧房内。燕玉已经替他包扎好了伤口，迷迷糊糊中，少华一阵一阵出着虚汗，断断续续地呼唤着一个名字："丽君，丽君！"刘燕玉在一尊观音像前默默祈祷着，然后回头关切地望了一眼少华，只有在这个时刻，她才可以从容地看着她钟爱的人，只有在这个时刻，刘燕玉才感受到少华属于自己，离自己只有咫尺的距离，虽然，他此时口中反复念的，仍是另一个女人的名字。这让她心中幽怨无比，但是，能无微不至地照顾他的这份快乐，却可以减轻心中的酸楚。

终于，少华的眼睛睁开了。朦朦胧胧中他看到了一张女孩微笑的脸，慢慢地看清了，却发现这个女孩竟然是刘燕玉，而不是他日夜牵挂的那个人。燕玉温柔地看着少华，眼神中透出无限的关怀之情。少华支撑着要坐起来，她连忙扶住他。少华的意识渐渐苏醒，慢慢回忆着："燕玉姑娘，我怎么会在你这儿？难道，那天在河边……然后，是姑娘救了我？"刘燕玉害羞地点点头："嗯，我真怕你醒不过来了，又不敢去请郎中。"少华坚持着坐起来："我不能呆在这里，这会连累你的，官府在缉拿我。"

刘燕玉安慰他。突然，门外响起一阵急促的脚步声后，接着传来刘奎璧敲门的声音："燕玉妹妹，燕玉妹妹！"刘燕玉赶忙让少华躺下，自己出门迎接哥哥，却随手把门带上，挡在门前，然后亲热地对刘奎璧说："哥，你回来了！"刘奎璧面无表情："爹叫我回来，找皇甫少华。"刘燕玉略有些惊慌："他不是已经死了吗？""没有，有人在我婚礼上见到了他，目前不知所终。"

刘燕玉心里像揣了小兔子，这个单纯的姑娘没有说过谎，可是这时候，为了保护心爱的人，她必须要对哥哥撒谎，慌乱中竟口不择言："啊！我不知道他在哪里，他，他不会跑到我们家里来的。"刘奎璧用审视的目光，直视着刘燕玉，他知道自己的妹子对少华的情谊，所以，很有可能是燕玉把他救了回来："你紧张什么？我没有说他藏在我们家里呀！"刘燕玉低下头，轻轻地说："哥，少华也是你的兄弟呀！"

刘奎璧颇有些无奈地说："可他背叛朝廷，犯下大罪。你我为他辩解，能改变万岁的旨意吗？让我进去看一下。"说着，不容刘燕玉再说什么，拔腿向屋门迈去。刘燕玉挡在刘奎璧面前："哥，你真的忍心看少华毁在你的手里吗？"刘奎璧瞪着他："你真的要让人知道刘家窝藏钦犯吗？妹妹，你好糊涂啊！"他推开刘燕玉，上前推开屋门，刘燕玉惊恐万端地跟在后面进了屋。

屋里空无一人，但是床上还铺着被子，临床的窗帘拉开了，一扇窗户也开着。床头的小柜子上还放有一碗尚有热气的鸡汤。刘燕玉很惊讶，但随即松了一口气。刘奎璧快步走近窗口，向外望去，外面也不见人踪，回身伸手摸了摸盛鸡汤的碗，心里明白，他逃走了，应该跑不远，也许，可以跟着他，找到孟丽君的下落。他转身对刘燕玉说："这件事到此为止，你别跟任何人提起，以后我来处置，你老老实实在家呆着。"刘燕玉不知如何应对，只好点头。

此时，孟府大门外，一群官兵涌出孟府大门，大门被轰然关闭，两张封条迅

速地交叉贴在大门上。一个"封"字赫然印入躲在暗处的孟丽君的眼帘。她无言地望着这一切,睁大了眼睛,像要流出血来……她打定了主意,到京城找到梁丞相,无论如何也要为父母和皇甫家洗冤。

入夜,几只蜡烛在夜风下摇曳不停。烛光把一个女子的身影镶嵌到窗纸上,影子若影若现地跳动着。孟丽君坐在蜡烛旁,缝制着两件棉背心。容兰睡了一觉醒过来,看着丽君:"小姐,这里不是久留之地,没准会有人来抓我们呢。晚上官兵封府的时候,我看见刘奎璧还来了,东看西看的,你说他来干啥?他要一不留神发现了小姐你,那不坏事了?"丽君:"我想是来找映雪的吧,他准是不相信映雪真死了。刘奎璧虽有几分轻狂,但用情很深啊。"容兰歪着头:"可是,映雪姐姐干吗要刺杀刘捷呢?我想穿了脑袋也想不明白。"丽君抬起头,若有所思:"刘捷——我感觉他城府很深啊,爹爹和皇甫总兵两个人加在一块儿,我看都未必斗得过他。映雪性子急,会做出冲动的事,但说她刺杀刘捷,谁又亲眼看见了?此事绝不是这么简单,其中必有蹊跷。"

做好背心,丽君又拾起了刺绣,她正在绣一幅《敬茶图》,她要把自己的样子绣在上面,留给爹娘,此时一别,不知何时才能相见啊!她要把所有对二老的慰藉都绣在这张图上,让它代表我陪伴着年老的父母,让他们在流放的孤单日子里有些寄托。丽君认真地绣着,容兰在一旁打下手。丽君又把剪下的一缕发丝绣进画像中。暖暖的烛光映照着画像,画像上的丽君似有千言万语要对父母倾诉,在灵动的神韵中藏着无尽的深情……

夜色凄清,寒风凛冽。丽君和容兰沿着街道往前走,她们的背后可以看见孟府的楼顶,但已经越来越远了。走得疲倦不堪的两人来到一个破庙里歇脚。

她们哪里想到,皇甫少华也落难在此,早已经睡着了。他蜷缩在庙里泥塑大佛的脚下,身上盖着一大块又旧又脏的布。淡淡的月光照在他满是泥污的脸上,整个人看着像个可怜的孩子。

这时,容兰领着丽君走进庙里来。容兰要向庙里走,突然脚下绊到了沉睡的少华,惊得一跳,往后退了一步,定睛一看,以为是个乞丐,便抱了些稻草,到大佛脚边躺下。

不一会儿,累坏了的容兰便进入了梦乡,但丽君没有躺下,而是倚靠着大佛坐着,还睁着眼睛望着外面的夜空,手里捏着那只赠给少华的染血的茶香囊。

清晨,心急如焚的孟丽君和容兰站在路边等待着。远远的,只见带着枷锁的孟士元夫妇夹在一前一后两个解差中间沿着蜿蜒的小路逶迤而行，孟士元神色凄惶。容兰奔过去，把缝好的棉背心交给了孟士元夫妇，孟士元认出容兰，回头环视片刻，找寻着丽君的身影。远处，孟丽君的眼圈顿时红了，眼泪刷地一下落了下来，她的膝头一软，跪了下来。解差押着依依不舍的孟士元夫妇走下山坡。孟士元夫妇伸长脖子往这边看，脚下连连踩空。悲痛万分的孟丽君，长跪路边，怅然若失地目送父母的背影消失在视野中。

已经找了一天一夜的刘燕玉终于在一座破庙中找到了皇甫少华。也许是累了，少华依然在沉睡，刘燕玉深情地凝视着少华，目光里满是怜惜和关爱。阳光照在少华英俊的面庞上，却越发显得憔悴，叫人心疼。刘燕玉的一滴眼泪滴落在少华的脸上。迷迷糊糊中，少华觉得脸上一阵冰凉，睁开眼睛，眼前是刘燕玉的面孔，他一愣；"燕玉——"刘燕玉连忙抹干眼泪，笑着说："你终于肯叫我的名字了。"少华诧异地说："可是你为什么哭呢？"燕玉有些不好意思："我辛苦找了一夜才找到你，但我忽然想，我能够这样陪着你的时间是那么少。"顿了顿，她又面色害羞地说："少华哥，不知道为什么，我第一次见到你，就觉得你像一棵大树一样可靠，心里有一种力量叫人信任……感谢老天能给我一个照顾你的机会。"少华叹口气，说："可是，燕玉姑娘，我不想瞒你，我要找孟丽君！"刘燕玉看着她，轻轻地说："可是，丽君小姐，已经……死了。"少华被这个噩耗击懵了："这，这不可能！"

刘燕玉细数原委，皇甫少华听得如五雷轰顶，颤颤巍巍地坚持让刘燕玉带他去见了孟丽君的墓。拨开干枯的芦苇，墓碑上的"孟丽君"三个字像一支利箭一样射进他的眼睛里。一阵钻心的悲痛，少华使劲地闭上眼睛，一拳击在墓碑上，鲜血从拳头上流下来，泪水也随之潸然而出。刘燕玉默默地站在他的身后。这个男人的痛就是她的痛，虽然，这痛是为了另一个女人的死。她甚至痴痴地想，如果我死了，他也会为我这样痛么？不，我不要他痛苦，今后我要跟他在一起，天涯海角也要在一起，有我在，我就不要他痛苦！

半晌，少华仰起头来，转脸对刘燕玉说："燕玉姑娘，谢谢你救我照顾我，带我来见丽君，但是现在，我要进京去找梁相，我们就此别过吧。"刘燕玉一阵揪心："为什么不带我走，难道我叫你讨厌吗？"少华连忙摆手："不不不，你完全误解了，前路茫茫，我一个人去担当也就是了。你救我的大恩大德，我还没有报答，又怎么就能叫你去吃苦冒险呢？"刘燕玉决绝地说："能和你在一起就绝不是吃苦。"少华叹口气,坦率地说:"我不能瞒你,虽然我和丽君已经天人相隔,但我心里只有丽君。"刘燕玉柔情万般地说:"我懂,如果少华哥哥现在心里就没有丽君姐姐了,那你就不是我认准的正人君子了。但是,你有的是时间,而燕玉,有的是耐心……"

面对燕玉这样大胆的告白和她那深情而坚定的目光,少华有些不知所措。

不知过了几天几夜,孟丽君和容兰一路跌跌撞撞,向京城的方向走去。饥餐渴饮,披星戴月,离京城越来越近了。可是,一日在途中遇到了暴雨,孟丽君淋了雨,受了寒,急火攻心,突然一病不起。因为没有钱住客栈,夜里她们只能在路边一间被废弃的破庙里休息,容兰找来柴火,笼起火堆驱寒。可昏睡中孟丽君还是哆嗦着,牙齿格格打战。容兰摸摸她的额头,心急如焚。随身包袱前两天被偷了,她们连吃饭的钱都没有了,小姐又病成这样,屋漏偏逢连夜雨,这可怎么办呢?

清晨的小镇集市,熙熙攘攘。皇甫少华正准备买些去往边关需要的东西,突然听到前面一阵喧嚷,似乎有一群地痞无赖在纠缠一个年轻女子。少华赶紧上前去看是怎么回事。

只见一个姑娘,头上插着草标,几个泼皮正在嘻嘻哈哈,对姑娘拉拉扯扯,姑娘不从,正在抗争。皇甫少华大喝一声:"住手!你们还有没有点廉耻之心?"一无赖见有人管闲事,怒道:"嗬,你小子是不是活得不耐烦了,哥儿们,修理修理他!"众无赖一起向皇甫少华袭来,少华被逼无奈,出手抵抗,他们哪里会是少华的对手,只见他干净利落的三拳两脚,就先打倒一片,无赖们见遇到了真有本事的,立刻如鸟兽散。

少华拉起跌倒在地上哭泣的姑娘,那姑娘抬头一看,突然瞪大了惊奇的眼睛大叫:"你……是你,皇甫公子?"少华也惊奇莫名,怎么会在这里遇到容兰。容兰又惊又喜的叫着:"啊呀……公子,做梦也没想到,你会在这里!我们小姐等得你好苦,也想得你好苦啊!"说罢,容兰不由分说,拉起少华就走:"公子,你赶紧跟我去看看小姐吧,她病得很重!"皇甫少华如在梦中,错愕地说:"丽君?她……她不是死了吗?"容兰急不可待地说:"没有,小姐没死,她活得好好的!一言难尽!快走吧!"

于是,少华解开拴在一边的马缰,把容兰抱上马背。两人共乘,飞速奔去。

"丽君?"

"少华？"

"是你么？"

"真的是你么？"

当日夜想念的少华真的就站在她的面前,孟丽君喜极、委屈、心酸、痛苦、满足,五味杂陈,全都在心中翻滚不停。

当痛彻心肺的死别之后,原以为今生再也无处相见的爱人活生生地站在眼前,皇甫少华突然分不清这是梦境,还是现实。

"少华！"

"丽君！"

久经磨难的一对恋人,就这样相互凝望着,像初次相遇那样有些陌生而欣喜地相互打量着,怎么都看不够,时间仿佛停止了。

"不是在做梦吧？"

"不是,因为我没有做过这么奇幻的梦。"

两人终于紧紧拥抱在一起,诉说别后离情,述说相思之苦。一个是明媚鲜艳的才女,一个是俊朗英武的少年,此时此刻,却全然是柔情万丈的小儿女情怀,卿卿我我,你侬我侬,此情此景,让人"只羡鸳鸯不羡仙"。

"我没找到你,以为你被抓住了呢。"

"刘燕玉冒着很大的风险救了我的性命,还一直尽心地照顾我。她以为你死了。"

丽君嗔怪地看了少华一眼:"那,你也以为我死了吧？"

少华抱歉地一笑:"是啊,我必须要回去告诉她,你还活着,让她赶紧回家去,她就在客栈等我呢。否则,对她太不公平了。"丽君理解他的心情,宽厚地说:"你去吧,我相信你。"

烛光下,丽君静静地等着少华回来,心中无限温暖。还有什么比别后重逢更幸福的呢？特别是在经历了这么多命运跌宕起伏的安排后,只要有少华陪在身边,我就什么都不怕了。身上就会充满了力量,看,病也好了很多呢！想着想着,丽君的嘴角,禁不住满溢出笑容来。

突然,容兰失魂落魄地奔了进来,气喘吁吁地说:"不好了,小姐,刚才,刘家家丁发现了我,正在往回赶的皇甫公子为了救我,叫刘公子的人抓走了！怎么办啊,小姐,怎么办啊？"说着说着,容兰就哭了起来,她深深自责,都是因为自

63

己,才害得皇甫公子又被抓走了。"刘奎璧?"丽君愣住了。

刚刚重逢的恋人又遭不测,丽君心头针扎一样的痛苦。不过,也许,事情还没有那么糟,毕竟,刘奎璧与少华曾经是兄弟,他会不会念在兄弟情分上,放少华一马?还有刘奎璧的妹妹刘燕玉,不是救过少华么?也许,也许我应该去找刘燕玉?她一定会救少华的,只有她能帮我了!

一柱孤独的蜡烛燃烧着,刘燕玉和孟丽君面对面坐着。孟丽君拉住刘燕玉的手:"燕玉妹妹,现在只有你能救少华公子的命了。"刘燕玉默默把手抽了回来:"就是你不求我,我也会救少华一命。这世界上,不仅只有你爱少华。"听到这话,丽君不由一惊。刘燕玉接着说:"但是我有一个条件,那就是,只要我救出皇甫少华,请你暂时放弃他。"丽君被刘燕玉的话噎住了,她无言以对,心里却泪如泉涌,让她离开刚刚才劫后重逢的恋人,这,这实在是太残忍了。但是,为了少华的安危,也许……

此时的燕玉,内心翻滚的是少华临走给她留的信:燕玉妹妹,我非常抱歉,不能与你同路去京城了,因为我见到了丽君。她真的还活着,我的生命也因此而有了新的开始……燕玉的心里也在流泪,甚至在流血,可是,此时此刻,只有她能救少华。

半晌,丽君幽幽地说:"当然,你有爱他的权力。只要你把少华救出来,我们让少华来决断吧。"

禁不住刘燕玉的苦苦哀求和她那绵绵不绝的泪水,刘奎璧终于默许了妹妹的请求。

燕玉是自己同父异母的妹妹,不过,她的母亲只是一个妾。刘奎璧的娘生完他就死了,家里居然有人怀疑是燕玉的娘害死的,因为她没有生出儿子来得宠。这种流言像毒气一样侵害着这个可怜的女人,结果,她选择吞金自杀了。这么多年以来,她在刘家就像一个孤儿,只有刘奎璧这个哥哥真心待她,连刘捷这个父亲都很少对她流露出慈父的爱怜。所以,从小燕玉便养成了孤傲的性格。

刘奎璧知道自己这个妹妹平时沉默寡言,却有一颗异常坚定的心。他知道,如果少华有什么不测,燕玉也难活世上了。而且,毕竟,少华曾是自己最好的兄弟。

罢了罢了,让燕玉帮少华离开吧,离得远远的。如此,映雪也会赞成的吧?映雪,映雪!

逃出牢狱的少华在山路上奔跑着。谁知刚拐过一片小树林，一队官军突然出现，为首一人冲着他大喝："站住！说你呢！乡下佬！"皇甫少华以为他们是来追捕他的官兵，无奈这是一片开阔地，已无路可逃，只好绝望地站下。官军围过来，小头领上下打量了一下皇甫少华的身材，出其不意敲打了他一拳。少华一个趔趄，但是忍住没有呼痛，还牢牢地站稳在原地。小头目一喜："不错啊，有点力气，也挺会跑的！说，想不想跟我们当兵去！"少华愣了："当兵？"小头目："对啊，南边正在和邬必凯打仗，跟我到边关平叛去！"少华十分意外："如果真到南边平叛我就去。"小头目："对，算你小子有胆量！走吧！"不由分说，几个官兵上来用一根麻绳绑起皇甫少华，将他与一行抓来的壮丁拴在一起。少华挣扎着："可是，我要跟我的朋友说一声——"官军哪里还等他啰嗦，不由分说，捆着就走。

也许是造化弄人，皇甫少华和孟丽君这一堆乱世的苦命情侣，就这样再一次相隔天涯，少华甚至不能够跟丽君告别，人生，往往就是这样无常吧！

不知缘由的丽君回到破庙里，心神不宁地来回踱着步子。刘燕玉帮助少华越狱了，少华会回来么？还是会跟刘燕玉在一起，以报救命之恩呢？这么久了，他怎么还不回来？他真的选择了刘燕玉么？冥冥中，丽君似乎听到了少华对她的呼唤，她跑出去，山谷间空无一人。"少华！少华！"丽君大声喊着，喊着，可回答她的只有山谷的回声和风声。天渐渐黑了，孟丽君还呆坐原地，她有种感觉，他走了，不会回来了。

天亮了。容兰被清晨的阳光刺醒，发现小姐还坐在原地没有动，赶紧过去给她披衣服。她很替小姐惋惜，抱不平："小姐，你就这么坐了一夜？会冻坏身子的！你不要再傻了！说来说去，都是因为那个刘燕玉！"孟丽君苦笑摇头，心灰意冷，默默回到床边，一头栽下，慢慢地昏睡起来。丽君做了很多很多梦，梦里有战场，有少华的鲜血，有父母的愁容，所有的梦都在一起打架，让她头痛欲裂。天气越来越冷，一场大雪后，这小庙更是处处漏风，瑟瑟作响。

孟丽君冻得瑟瑟发抖，忽然一把握住容兰的手："少华……少华……我好冷……"容兰心疼地看着丽君，叹了口气，这人世间的感情啊，好折磨人，我真是不懂，好容易见到小姐，皇甫公子居然又忍心把小姐抛下了，想不通，我怎么也想不通！好冷啊，但这庙里囤积的柴火越来越少，很快就要烧完了。

一阵心焦，容兰剧烈地咳嗽起来。

漫天的飘雪无声地落下，沉沉地坠落到地面上。大地仿佛被冻住了一般，静悄悄的毫无声息，只听到寒风凛冽地刮，刀片一样割到人脸上，生疼生疼的。容兰瑟缩着，冒着风雪到山上伐树做柴。好不容易看到一棵枯树，无奈自己力气太小，容兰一个趔趄，倒在雪地里，又是一阵猛咳，突然哇的一声，一大口鲜血吐在洁白的雪地上。可是，顾不得那么多了，赶紧把枯树杈运回家，好给小姐取暖。

忙完之后，容兰守在门口，激烈地咳嗽起来。咳嗽声惊醒了孟丽君，她抬起眼没有看见容兰，只听见咳嗽声从门外传进来。孟丽君虚弱地说："容兰，你也进来休息吧，少华不会回来了。"容兰："不要灰心啊小姐，少华公子肯定会回来的。我守在这里等他，万一他不好意思进来，我替小姐传个话也是好的……"孟丽君："傻丫头，你进来吧，他要有心回来，一定能找到我们的。"容兰想了一下，走进小屋，掩上门，走到丽君床边。丽君看见容兰，笑了，伸出手拉住容兰的手："现在我需要你，我们一起熬过今夜，等天亮了，也许一切就会好起来的……"容兰握着丽君冰凉的手："你的手好凉啊。"说着，容兰脱下自己的外衣，盖在丽君身上，然后她坐在丽君身旁。丽君虚弱而疲惫，就这样握着容兰的手睡着了。

忽然，一阵大风吹开了破旧的屋门，猛灌进小屋里，睡着的丽君缩紧了身体。容兰走到门口，掩上门，但门扇立刻又给大风顶开了，原来是门闩坏了，怎么也插不上。容兰回看了一眼睡梦中的丽君，干脆坐在门口，用身体抵住门扇。

风声呼啸，雪花随风从门缝灌进来，门板呼啦作响。容兰瑟瑟发抖，咬紧牙关，使劲用身体挡住门扇。她的病情更加沉重了。容兰掏出手帕捂着嘴，尽量不咳出声来影响丽君。突然，她咳出一大口血来，将手帕都染红了。但她没有动，还是坚持着，坐在地上抵住大门……

清晨，昏睡了一夜的丽君醒来了，头痛欲裂，忽然看见身上盖着的容兰的外衣，连忙起身呼唤着："容兰，容兰？"她走到门口，推了推门没有推开，却看见门外容兰面色苍白，病恹恹地坐在门口靠着门，她一下子明白了，冲出去用外衣裹住阵阵发冷的容兰，心疼地说："容兰？你怎么了！脸色这么难看？你是不是病了？"容兰摇头："小姐可感觉好点了？头还痛么？昨夜小姐说了好多梦话。"孟丽君："不疼了，好多了，就是做了很多可怕的梦……怎么你一直没睡？容兰你，你浑身冰凉冰凉的！难道你就在门口坐了一夜么？傻丫头！"孟丽君心疼地一把抱住瑟瑟发抖、虚弱不堪的容兰给她取暖。突然，孟丽君看见容兰衣服里面掉出来的血帕,她吓呆了:"容兰,你……别怕,我这就带你去看郎中。"说着,就要背起她。

容兰哭着说:"小姐不用管我,容兰的命不值钱。"

"傻丫头,我们走,我们马上就离开这里,我不能失去了少华,又失去你……"

容兰奄奄一息,孟丽君风雪交加中背她前行。雪花一大片,一大片,寂寥地打着转,被风吹得到处乱舞,张牙舞爪,直往人的脸上扑。

"小姐,放下我走吧,容兰太沉了,压坏了小姐的身子不值当的……"

"我们很快就会下山,很快就会找到郎中了,你要挺住,你还记得当初你是怎么鼓励我的么?"

"……"

"你说,小姐,我死都不会扔下小姐不管的。一样的,容兰妹妹,孟丽君死都不会扔下你。"

路越走越远,容兰渐渐要昏迷,孟丽君咬牙坚持着:"容兰妹妹,你别睡,你要不停地跟我说话,保持清醒。"

"小姐,你一定要保重,等少华公子想通了就会回来了……到时候你要转告少华公子,谢谢他在街上把我救下来,让我还能跟小姐再续缘分,否则我早不知所终,被卖到哪里去了……我从小就被卖身为奴,不知道兄弟姐妹的滋味,小姐认我做妹妹,是容兰这辈子最开心的事,小姐你再叫我一声妹妹吧……我想听……"

孟丽君哽咽了:"好妹妹,别说傻话,你怎么还叫我小姐,应该叫我姐姐才是,你当然是我的好妹妹……"

"我冷……好困呀,好久没有睡一个好觉了……"容兰的声音渐渐弱了下来,慢慢地,她的手无力地垂了下来。

"容兰,容兰,我的好妹妹啊!"丽君悲痛欲绝,伤心地坐到雪地里痛哭起来。容兰妹妹,你要坚持啊,再坚持一会就能找到郎中了……孟丽君不忍放下容兰,挣扎着站起来,一直背着她,不停地在雪地中前行……从前有一个姑娘,她善良可爱,心直口快,她做了一手拿手的好粥,再普通的东西她也能把它做得很好吃……

天晴了,雪停了。容兰的尸体静静躺在山洞中。丽君悲痛不已,把唯一一件

67

最厚的衣服脱给容兰,做了陪葬。

容兰妹妹,天晴了,日头出来了,你感觉到了么,一切都是暖暖的,再也不会冷了……

孟丽君在山洞洞口砌满了石头,砌到手破流血,还在喃喃自语:"别着急啊,等我砌得再密实一些,就不会透风,你就不会冷了。你可以好好地睡个安稳觉……再也不会被风声吵醒,再也不会打摆子了……"

突然,孟丽君发现山间石缝内有一小朵莫名的野花开放了,小小的花瓣在寒风中随风摇曳,看到这朵小花,丽君喜极而泣:"容兰妹妹,快看啊,是你最喜欢的兰花开花了,春天来了,容兰妹妹,你看到了么……春天到了……冬天都过去了,所有的都过去了……你在那边也要快快乐乐的啊……"

冰封的河床,寒风还在刺骨地刮着。

容兰一死,只剩孟丽君一个人孤苦伶仃,衣衫褴褛,在冰地上茫然行走着……

这大地白茫茫的一片,好干净……

七

初春的花园里,一只香炉香烟袅袅,皇甫长华在香炉旁弹着琵琶,太子伴在她的身边,手拿史书,摇头晃脑,抑扬顿挫地陶醉在书香琴韵中,妙不可言。这时,梅妃急冲冲走了过来,她没注意到坐在角落里的太子,只看到长华在弹琵琶,以为这个丫头越来越大胆,怒气冲天,生气地骂道:"你这个哑巴,不去厨房干活,怎么跑到这儿来清闲啊。快回去!"

长华立刻站了起来,向梅妃行着宫礼,却丝毫没有动身的意思。梅妃大怒,伸出手要打长华,没想到一旁的太子忽然开了口:"你错怪她了。是我叫她来的。听着她的琴声读史,似乎能让我领悟得更多。"梅妃一惊,这才发现了太子竟然在座,连忙稳了稳神,没事一样地向太子撒起娇来。她娇滴滴地靠在太子身上说:"哦,太子近来真是越来越有父皇的风范了,不过你也要关心关心臣妾的事啊。外域进贡送来了几块稀世美玉,你向父皇要一块给我吧,去晚了,就被父皇的妃子们都抢光了。"

太子不禁叹了一口气，看了看默默站在一旁长华，说："一块玉石有那么重要吗？你要是能像哑女一样帮我，而不是拿琐事烦我就好了。"说罢，丢下史书独自走了。失望的梅妃转过了脸，狠狠地瞪着长华，一个哑巴还想登天？看来，我是不能再留她了！回到自己房中，梅妃叫来了宫女玉琴。

入夜，皇甫长华正在厢房里忙碌着，听到玉琴宫女在院中叫她，她出门一看，玉琴站在前边的井台旁，向她招手，便走了过去。玉琴指了指井中问她："看，井里好像有东西，刚才你看见了吗？"长华信以为真，俯身去看，玉琴趁势将她推入井中，霎时间，冰冷的井水漫过了她肩头。还好，她的一只手紧紧扣住了井壁。情急之中，她差点本能地喊出"救命"，但是立即警觉到不能喊，否则即使被救上去，问明身份，也难逃一死，她只能这样坚持着。

过了好几个时辰，老乐工前来汲水。忽然，他发现吊桶比往日沉重得多。再一看，井里竟有一个活人！"啊？"他壮起胆问："你……你是人？是鬼？"皇甫长华在井里向他打手势，老乐工明白了："你……你是哑女？天哪，造孽啊，造孽！"他放下井绳，用尽全力，把她捞救上来。一出井栏，长华便哭个不止。老乐工只好摇摇头："唉，姑娘，别哭了，我知道你为什么落水了……这宫里，你是不能再待下去啦！我送你出去吧。"长华感激地看着他，跪了下去。老乐工连忙说："别跪了，当初要是没你相助，小老儿的命也没了……"

初春的清晨，仍有几分寒冽。衣衫褴褛的孟丽君踉踉跄跄地来到山间的小溪旁。清澈的溪水在鸟叫声中淙淙地流着。唇干舌燥，脸色发红的孟丽君虚弱地向水中张望着。一条鱼儿悠悠地盘转着，丽君蹲下身来想抓住小鱼，小鱼却摆着尾巴跑了，她失望地跌坐在地上。

几声鸟鸣，丽君抬头向树上望去，禁不住兴奋起来，一只熟透了的大柿子孤零零地高挂在枝头上。她赶紧站起来，拾起一根树枝，使出全身力气，去够那诱人的果实，左摇右晃，柿子终于落了下来，她高兴地伸出手想接住，柿子却重重地落在了一块烂泥里，熟透的果实瞬间烂成一滩。

孟丽君不舍地看了半天，无奈地摇摇头。突然，旁边的小树丛里有些绚烂夺目的野果落入了她的眼线，她抬起虚弱的臂膀，慢慢挣扎着伸向野果，用伤痕累累的手采集到了几个野果，她迫不及待地抓了一颗想塞进嘴里。

就在这时，一个采药的老汉跑过来，一把夺下她手里的果子。丽君一愣，只见这老头一身农夫打扮，背着个大背篓，精神矍铄，仙风道骨，就是有些怪里怪气的。

到口的美食被抢走，丽君大怒："你干吗？""我干吗？我还要问你呢，你为什么侵占我的衣食！""你的衣食？你……你是谁呀？"我是怪医老康啊！你凭什么吃我的野果子？"

丽君不好意思地说："我……我几天滴米未进，饥饿难耐……"老康冷笑一声："哼，长了一副知书达理的模样，却连衣食都不能自保，你也配吃这天地山野间的东西？"丽君有些生气："这位老伯！我跟你无冤无仇，好端端地为何骂我？"

老康却当没听见，继续捡拾着丽君落下的野果子，一边喃喃自语"好东西啊，好东西！"一边自顾自拿走了孟丽君所有的野果子，背起背篓就要离开。

孟丽君莫名其妙地看着他，忍不住叫住他："喂……等一等，你总得给我留一点吃的吧？我……我快要饿死了……"老康回头一撇嘴："好啊，想要它，就拿五百两银子来！""五百两银子？""这一堆果子能毒死五十个人！就算一条命值十两银子吧，是不是要五百两啊？"

孟丽君打了个激灵："毒？老伯，你的意思是……这些野果有毒？"老康也不理她，顾自转身走了。

孟丽君呆住了，毒果，原来是毒果。她虚弱地看着四周，看着看着她含泪笑了起来。哈哈，想不到我孟丽君空长十多年，居然连吃什么都不会，连怎么能活下去也不知道，还敢对父母发什么誓言，还想洗什么冤情，真是太可笑，太可笑了。

笑着笑着，她突然疯了似的又一次冲进树丛，寻找着毒果，荆棘刺破了她的手，树枝刮坏了她的衣襟，她却全然不顾奋力地寻找着，终于被她找到一个毒果。她刚要塞到嘴中，一旁却传来老康冷冷的声音："你就真的那么想死？"狼狈不堪的孟丽君摇摇晃晃地抬起头，悲愤莫名地说："说得对，身无分文，穷困潦倒，父母被抓，朋友死去，山盟海誓的恋人也离我而走，我却连找东西吃的能力都没有，还不如一死了之！"

老康冷冷地抢过丽君手中的毒果："还真是没出息。我看，你就连这地上爬的蚂蚁、树上吊的蜘蛛都不如！"说罢从背篓里取出几棵草药扔了过去。"拿着，把它熬成汤，半夜时分喝下去，这样你就可以一觉睡到阎王殿了！"然后他背起所有的毒果，飘然而去。

孟丽君悲愤地看着远去地老康，抓起那几棵草药想要追上去，却一阵头重脚轻,跌倒在山坡上……

夕阳下,一只破烂的碗里放着熬好的草药汤。孟丽君靠着残墙呆呆地坐着,父母的脸庞,少华的脸庞和容兰的脸庞——在她眼前闪过,眼睛一阵潮热,滚烫的泪珠缓缓而下。耳边忽然响起老康的声音:"哼,长了一副知书达理的模样,却连衣食都不能自保!"

"你就真的那么想死?"

"还真是没出息,我看你就连这地上爬的蚂蚁、树上吊的蜘蛛都不如!"

孟丽君擦了擦眼泪,端起起草药汤,不顾烫热大口地喝了下去。

饱饱地睡了一觉后,早晨的阳光照在孟丽君的脸上,她醒了过来。抬抬眼看看初升的太阳,她立刻感觉自己好像得到了重生一般,伸手摸了摸自己的额头,感觉自己的烧也退了,全身一阵清爽,身体中有种生机在慢慢恢复。她突然明白了,原来,那位大伯是在点悟我,帮助我治病呀。她不禁拿起剩下的草药仔细地观察着,幡然醒悟……

丽君在破屋里找到一个破竹筐,来到昨天碰到老康的山上,摘采了许多老康送给她的那种草药,然后下山到药店换了几枚铜钱,高高兴兴地来到一个烧饼店,买了喷喷香的一个大烧饼,张口就咬,全然不顾自己女儿家的情态仪表,心满意足地就要大嚼起来。

她正陶醉时,突然听到两个女摊贩的议论:"真可怜,看看这姑娘,一定是饿了好几天了吧? 这光喝水哪行啊!"

"是啊,你说这是谁家的俊姑娘,看她那样子也像是个大户人家的闺女,怎么落得连饭都吃不上啊?"

孟丽君闻言一阵心酸,抬眼望去,却发现这两个人根本不是在议论自己,而是同情地看着对面一个正在端着一碗清水猛喝的姑娘。丽君望着这个和自己一样落魄狼狈的姑娘,慢慢地走了上去,把手里的烧饼递了出去。那姑娘突然发现自己的面前出现了一个烧饼,惊喜地抓过来放进嘴里就吃起来。

丽君无语地望着她,蓦地惊呆了。她怎么也没想到,这个落魄的女子居然就是皇甫长华。此时,长华也认出了她。丽君,居然还活着? 两姐妹都不敢相信自己的眼睛,紧紧相拥,抱头痛哭了起来。

回到丽君歇息的破屋,一夜无眠,相互讲述了彼此别过的情形,凄凉之处,不免悲伤感慨起来。谁会想到这短短的半年,两家会如沧海桑田,灾祸横生! 丽君不明白，一切的一切，究竟起因于什么？

长华叹道："你和少华毕竟还有过相濡以沫、自由自在的日子，可我却历经慈母撒手之痛，陷在深宫装聋作哑之苦！真不知道你我两个弱女子，今后的路该怎么走啊？"孟丽君热情地拉起长华的手，鼓励她："现在不一样了，我们是两个人了。只要互相支撑着，我的父母，你的家人，还有少华都在等待出头的日子，不管多难我们也一定要活下去，想办法洗清我们的冤情！"长华发愁地说："可是你看我，真的连如何维生都不行。"孟丽君说："我们可以养活自己啊，你看……"她从身旁拿起了晒在土台上的草药……

就这样，孟丽君和皇甫长华开始了卖草药度日的生活，偶尔也在集市上卖画为生，艰难维生。昔日的名门才女，如今沦落街头，千金难换的一幅画，如今几文钱也少人问津，偶尔，两位清丽佳人还会惹上无赖的纠缠。

这一日，就是碰上了一个胡搅蛮缠的阔公子，垂涎两个美女的美色，上前调戏。丽君和长华摔了那厮一脸臭墨，赶紧分头跑掉。孟丽君一路狂奔躲避，不停地回头看有没有人追上来，不想，在一个小巷拐角的地方却撞倒了一个挎着菜篮的姑娘。

那姑娘张口便骂起来，丽君赶忙停下来道歉。然而，当她扶起摔倒的姑娘时，却愣住了……

容兰，容兰，孟丽君眼前浮现出容兰的笑容，想起两人立誓，容兰含泪点头的神情。"容兰，你没有死么？"

那姑娘被孟丽君的举动吓了一跳："什么容兰，我叫香梅！"

孟丽君仿佛没有听见，急切地走上前，一把抱住香梅，激动地说："我以为你死了，没想到你又回来了！容兰，你怎么不认识我了？我是丽君，我是你家小姐啊！"香梅急了："你这人，胡说什么呢？你要是我家什么小姐，我就是小姐的奶奶！"孟丽君上前要摸香梅的头："容兰！你怎么了？病还没好吗？"香梅看到孟丽君神色不对，吓得拾起菜篮转身要跑，边跑边嘟囔："疯子，真吓死人了！我怎么这么倒霉？呸，呸……"孟丽君跟上来一把拽住她，紧紧地抱住："容兰，这次说什么我也不会让你再走了！"香梅立刻大喊大叫起来："救命啊！疯子，疯子缠住我啦，来人哪——"

这时，皇甫长华也赶了过来，她虽然不知是怎么回事，但还是拉住了香梅："姑娘，你不要叫，我们不是疯子，也绝对不会伤害你！"她转头问孟丽君："丽君，这到底是怎么一回事？"孟丽君激动地说："姐姐，她就是我说的容兰！你看，她回来了……她又活了……容兰，你别走了，我们可以一起挣钱，有我吃的，就有你的，有我穿的，也就有你的！你要做什么，我都答应你……"看到二人的神情，长华知道，丽君是认错人了，便拿出两枚铜钱递给香梅，算是补偿她菜篮子里的损失。

这香梅，当然不是容兰，她只是个妓院里的粗使丫头，家里没钱，六岁就被卖到春花院了。这几天乡下家里带信儿过来说是母亲病重了，她想回家看看。可妓院妈妈说，她从人贩子那里花了二十两银子买下了香梅，这么多年供她吃喝，把她养大，不能这么便宜就走了，除非拿出二十两银子。她正愁呢，今天出门采买些饭食，想在集市上找个人，先给家里写封信，不想，碰上了丽君和长华。

听完她的遭遇，丽君决定帮她写信，并帮她赎身。她是真把她当成了容兰来对待。她已经对不起一个容兰，绝不能再对香梅见死不救。于是，她回到破屋子，天天挥笔作画，没日没夜地拼命画着。看到她辛苦的样子，皇甫长华叹口气，摘下自己的玉耳环，递给了丽君。"丽君，当真能靠这些字画，换回那么一大笔银两？这是我身上唯一值钱的东西了，凑个数吧。"孟丽君十分感动："谢谢，姐姐懂得我的心，看到香梅我就会想到容兰，就好像看到容兰的那双眼睛……容兰为了我，豁出性命，她图的是什么呀？还有映雪，还有我爹我娘……为了我而牺牲的人太多了……我巴不得替他们去死……"皇甫长华点点头，想起了救她的老乐工："过去，我们都习惯于锦上添花，只有在经历了这么多大灾大难之后，才懂得，雪中送炭是多么的可贵！丽君，好妹妹，就凭着自己的良知去做吧……"

孟丽君点点头。二人去当铺兑了银子，便去找香梅。素昧平生的两个女子，对香梅的这番救助，让这个粗使丫头如同做梦，她使劲儿掐了掐自己的脸，觉得生疼，才真的肯相信。长华语重心长地告诉她，她们帮助她，是不图任何回报的。丽君是天下少有的聪明才女，只是因为痛失了从小一起长大的知心姐妹，才不顾一切地帮助她。她要好自为之。香梅连忙点头称是，乐颠颠地捧着银子，心满意足地转身去找老鸨了。边出门边想，你说谁聪明我都信，要说孟丽君够聪明是才女，打死我也不信！

入了妓院，就入了火坑，进来容易出门难，老鸨的那一张嘴，说天是天，说地是地。她原本是想用香梅赎钱为母治病之机，逼她接客，不想，香梅真的将一封

银子堆在了自己的桌上。

这老婆娘知道香梅自己断没本事这么短的时间弄这么多钱，一定是碰到什么冤大头了。前两天有丫头回来跟她说，香梅跟两个小姐模样的女子一直在说什么话。老鸨娘眼珠一转，笑眯眯地对香梅说："你这个机灵鬼，妈妈眼睛没看错人，你真的有办法呢！"突然脸一变："不过呢，你在我这里吃啊住啊，穿啊用啊，哪样不是钱？叫你接客你不接，我跟人家打招呼，赔偿定金，再找姑娘来顶替，花销更吓人！这么跟你算吧，除了这二十两赎身钱，你再拿二十两银子来，我们就两清，你拍拍屁股，立马走人！"

香梅立刻傻了眼，老鸨趁机问到那两个姑娘，香梅知道这老婆子的心思，心下十分为难，但还是同意带两个姑娘来。

第二天，香梅就以姐妹们都想请两人代写家信的名义，把孟丽君带到了春花院。老鸨做了一桌酒席，将她奉为上宾。不想那老鸨在酒里下了蒙汗药，随后赶来的长华也未能幸免，两人被药倒，直接被送去接客。酒醒过来的丽君和长华自然是不从，与狎客和妓院的龟奴们打将起来，一时间一片混乱，混乱中，又倒了烛台，烧了幔帐，瞬时间，大火蔓延了整座小楼。妓院里鬼哭狼嚎，乱成一团。狎客、妓女们慌不择路，吓得抱头鼠窜，屁滚尿流。

混乱中，孟丽君披头散发，冲出大火，扶起几乎呛晕过去的长华，一起逃出了已成火海的妓院。

清晨，再次躲过了一劫的姐妹俩被烟熏火燎得蓬头垢面，来到小溪边。孟丽君一头扎进了冰冷刺骨的水里，她似乎要从水里看清楚这个世界。眼看孟丽君在水里憋气憋得太久了，皇甫长华急忙把她拉起来。孟丽君狂笑着，皇甫长华吓坏了："丽君，你怎么了，不要再吓唬我了！"孟丽君大笑："哈哈，你，我，真是千磨不死，百毒不侵啦！"皇甫长华也大笑："没错，我们要修成正果了！"

两人一起狂笑，不一会又变成了大哭。又不知道过了多久，天都黑了下来，两人还在水边静坐。良久，孟丽君叹了口气："都说好心有好报，没想到老天爷竟是这样报应我们？""是啊，香梅一个小小的丫头，也敢来蒙骗我们，把我们拖下火坑！世上好人太难做……"孟丽君自责道："我是活该，就当是给容兰赎命了，可千不该，万不该，不该连累姐姐你差一点儿丢掉性命！"长华安慰她："不要这么说，你不是有意的，要怪，只怪人心险恶！"孟丽君呆呆地喃喃自语："这一把火，把什么都烧掉了！把过去的我也都烧掉了，烧得好干净……不知道香梅有没有像我们一样,侥幸逃出来?"皇甫长华讶异道:"她把我们害成这样,你还惦记她?"丽君点点头:"她如果真死了,我又欠了一条人命啊,她也喝了那酒啊!她可千万……"皇甫长华脱下一件衣裳,给湿漉漉的孟丽君披上:"丽君,你怎么还不明白?世上不是每个人,都像你一样好心肠的。这个道理,我总算都明白了。快走吧,妓院着火,这么大的事,就算他们放过我们,官府也不会放过我们的,赶紧逃命吧……"孟丽君跟着向前走了两步,却又停下:"可是我们还有什么地方可逃呢?……"

两人的眼神一片迷茫,想起之前经过的城门上还张贴着的通缉皇甫少华的文告,只是风吹雨淋,文告上的画像已然破损褪色。

皇甫长华挂念着弟弟,难道姐姐这辈子只能在这样屈辱的画像前见到你吗?

孟丽君思念着心上人:少华!少华……你在哪里呀?

此时此刻,对于肩上的重任,她们都有自己的路要走。这条路也许好长,也许好累,但却是必须要去经历的。皇甫长华打算重新回到宫里去了,因为那里才是权力的最中心,也离她的目标最近。而丽君,前路茫茫……

两人互相看了看,还是孟丽君先开了口:"长华姐姐,我知道你现在心里怎么想的……这天下逃到哪里,都是一样!像这样一味地逃下去,我们总是连等待屠戮的羔羊也不如!我们要重生,要像个人,堂堂正正地活着!现在是我们各自决定命运的时候了……"皇甫长华体谅地说:"那……你呢?"孟丽君笑了笑说:"我……还想在这等少华回来,我也说不定会碰上一个高人来帮我。姐姐,放心地走吧,连火都烧不死的我们,一定能等到会合的那一天……"

互道了保重,两人含泪分道扬镳。

初春的皇宫,本应洋溢着生机,却因皇上的病重而显得暮气沉沉。皇宫之中,宫闱内外,一向是权力争斗的中心。那边,天子刚刚下诏各地,众家王爷各自守其藩,不得轻举妄动,偏偏皇叔武胜王借口进京探视皇兄,并看望侄女梅妃,摆明抗旨不遵。

病榻上的皇帝无力制止,只能听之任之。他唯一的希望就在太子身上。他这个儿子,天资聪颖,是个治国之材。如今自己已然老朽,时日无多,这家国的重担怕是要交给他了。想起日后加于儿子身上的重担,老皇帝黯然神伤,满心愧疚。把战火烽烟、连年的灾荒、争权斗势的国家交给他,做父亲的对不起他,

可是谁让他是太子,再重的担子也要接啊!

　　只是自己重病在身,无能为力,太子现在就要准备做一个让天下百姓都拥戴的皇上。武胜王骄横跋扈,野心极大,如若此时让他进京,恐怕会天下大乱。皇上颤颤巍巍地拿出一块金牌,交给太子。这是调动御林军的令牌,他命太子马上出京阻止武胜王进京,更不能让他接触握有兵权的武臣,并且此事不能泄露半点风声。然后,他摸了摸儿子清俊的脸庞,无限爱怜,突然一阵剧烈的咳嗽,他又昏厥过去。

　　太子无限感伤,回到自己的寝宫。梅妃赶忙上前探问父皇病情。太子搪塞道:"好得很!提起武胜王即将来京,老人家兴致勃勃,说是又可与同胞兄弟把酒欢聚了……"

　　"是吗,我姑父要来了?"

　　"怎么,你还不知道?武胜王可是说,他见了你的书信,勾起思亲之念,一定要来看看你呢!"

　　"臣妾春秋两季,写信去问安,这事是有的。但姑父来与不来,我怎么能勉强?不过呢,其实姑父这趟来,对你我自有好处!"

　　太子眉头一皱:"此话怎讲?"

　　"你想啊,他带兵在外,镇守北疆,朝廷上下谁不畏惧他三分?进宫探望父皇,难免不会谈到皇上百年之后的安排……到那时,他保你安安稳稳、顺顺当当地即位登基,臣心膺服,普天同庆!"

　　太子冷笑道:"你想得倒远!"梅妃撒娇地说:"人家是为殿下着想嘛,再说,臣妾还盼着殿下登临大宝之后,敕封臣妾为正宫皇后呢!"太子怒道:"梅妃呀,父皇健在,你怎敢有此非分之想?"梅妃一撅嘴:"殿下,明摆着的,连母后也看出,父皇的精力是一日不如一日了……反正都是迟早的事,母后也说了,如有几个帮手,太子就能无忧无虑地做新皇帝了,不然……"说到此,她看到太子越来越沉默,便不敢再说下去。

　　太子平静地看着她,若有所思。突然起身离开,留下梅妃一个人,百思不得其解,更不知自己说错了什么,惹了太子生气。

　　薄雾弥漫的京郊山林中,身着微服的太子在林间徘徊。雾气皑皑,让他迷失了方向。心事重重的太子,此刻内心愁云惨雾,父皇要自己出城拦截武胜王,可仅凭他太子一张口舌,怎样才能使大权在握的武胜王心悦诚服呢?

清清潭水,阻碍了太子前行的脚步。潭水的另一端,孟丽君恰也在诵读经书。她满心痛苦,想在经书中找到答案和支撑。她想起了清修大师,希望他能再给自己一点指点吧。"对为对,错亦对,直指人心,见性成佛,世上谁知谁是谁……"她于书页中看到清修大师相赠的偈诗,念出声来。

这句话,恰恰让太子若有所悟:"啊呀,好一个直指人心,见性成佛!是哪一位仙人赐教?"孟丽君隔水冷然一笑:"谁都有迷茫不知出路的时候!有什么赐教不赐教的?"

雾霭之中,一个清丽的女子宛如仙女,但闻玉音,难见芳容,让他不知自己是在凡间,还是梦里。

此时,恰有第一道曙光透过树叶照射在水面上。孟丽君声音发出的地方,影影绰绰地有个人影晃动着,强烈的光线闪烁在太子脸上,让他不由自主地抬手遮住了眼睛。

片刻间,晃动的人影消失了,潭水已变得更加清晰。太子一激灵,赶紧涉水寻找说话的人,但美人芳踪早已无寻,仿若梦中。

八

春日的晌午,初春的阳光明媚而热烈。太子站在高处,悠闲地欣赏郊野的迷人景色。灌木丛林中间,一些农夫满头大汗地插着旌旗。一个御林军队长气喘吁吁地向太子跑过来:"太子殿下,根据你的吩咐,我们已经把所有帐篷扎好,旌旗也插得差不多了,还奉命找来了一百二十个带着马的农夫。太子还有什么吩咐吗?"太子眯着眼睛观察一番,很是满意地掏出银两给他:"让这些农夫们先去吃顿好的,喂饱了马。你们小心留意,如看到东面有些人马过来了,就即刻命其他御林军带领农夫,按我的吩咐去做!"那个队长接过银两走了,太子又一次向远处望去。四下里旌旗招展,远处扎满帐篷,好像是驻扎满了军队。太子自信满满,哼起一首熟悉的曲子。他忽然发现,自己哼的竟然是哑女的琵琶曲旋律。

驿道东面黄沙弥漫,尘土飞扬,武胜王带领着一队人马,朝着京城奔来。

太子缓缓登上迎宾亭,迎接着武胜王的卫队。随从忙向车轿里的武胜王禀报,武胜王赶忙下了车,迎上太子。这叔侄俩人便开始了一言一语的交锋。

太子一欠身:"小王参见皇叔——"

"太子,你不在宫里陪伴皇上,到这荒郊野岭作甚?"

"皇叔明鉴,只因父皇昨夜做了一个噩梦,醒来后即召小王进殿参详,说他梦见自己练武时,不慎将手中的刀砍伤了自己的脚,醒来还觉得疼痛难忍!""是吗?不是听说皇上龙体欠安,莫非患了足疾?""太医也深感奇怪,依我看,父皇他是忧惧手足相残啊!""手足相残?你这话什么意思?"

太子微微一顿,话语虽轻却透着威严与力量:"皇叔,你不听诏命,强行进京,已然犯了大忌呀!目前,朝臣们纷纷奏本弹劾,说你心怀叵测,觊觎皇位……"武胜王当即脸上变色:"呸!本王这次来,无非想看看侄女日子过得舒心不舒心?顺带向皇上问安,叙叙老哥俩多年未见的同胞之情。"

"皇叔所思所想,与我父皇不谋而合!他私下跟小王说了,你们兄弟肝胆相照,知心换命,可惜武胜王太过耿直,做事不计后果,很容易中了小人的圈套。甚至还有人上书,说武胜王趁皇上有病在身,在暗中调动兵马,对京师形成扇面包围之势……"

武胜王大怒:"一派胡言!谁这么乱嚼舌头?我要杀了他!"太子笑道:"皇叔息怒,其实父皇心明如镜,他哪里会听奸小挑拨离间!父皇紧急召见小王,出城迎接皇叔的原因,就是怕皇叔莽撞行事,自误前程……须知,你的一举一动,已经尽在沿途州府耳目之中,而兵部也已传檄天下,组织好勤王之师了!西部宣和王也有回京之势了,京城的周边,近日已经是很热闹了!"

武胜王大惊:"啊?真有此事?"太子:"小王不敢有违事实,还是请皇叔根据父皇一片苦心,也看在晚辈一大早独自悄悄出京的奔波,谨慎行事吧!"

武胜王似乎还是不甘心地动起了脑筋。太子一眼看出了他的心思:"当然,父皇也说了,若我午时还不能回宫复命,他自有第二套迎接皇叔的仪仗队伍!到那时,只怕是瞒不住朝臣,那将要激起天下鼎沸了……"

武胜王的眼睛本能地四下乱瞟,只见不远处的灌木林中,旌旗飞舞,远处帐篷遍布,西部和北部似有大批人马在跑动,尘烟四起。看到这番草木皆兵,令武胜王胆气大伤:"皇上圣明,老臣就先不进京了!还望其他藩镇也能遵循皇令……""皇叔放心,父皇对违令者不会轻饶的!"

武胜王命令调转马头,原路折回。太子擦擦额头的冷汗,微微一笑,轻轻舒了口气。

太子又来到早上"遇仙"的地方,向着潭水深深作揖:"神仙姐姐,感谢你轻言点拨,让小王有所领悟。我知道你可遇而不可求,但心下还是企求神仙姐姐,再显露一次真容……你能满足一下小王的好奇之心吗?"然而,潭水泱泱,风吹涟漪,并没有什么异象出现。

与此同时,远远的官道上,正准备再次进宫的皇甫长华蹲坐在一辆毛驴车上。随着驴车的颠簸,她百无聊赖,又拿起一片芦叶吹奏起小曲来。

正要离去的太子一愣,这支曲子,就是哑女弹奏过的琵琶曲。他惊呆了,这不是哑女最喜欢的曲子吗?难道这神仙姐姐就是?……他骑马循声而去,眼看就要追上了,一名宫中太监飞马而来,追上了太子,急报皇上突然昏迷不醒,宫中御医抢救无效,皇后命太子即刻回宫。

太子听到太监的传话,脸色煞白,立即掉转马头,向着宫中飞驰而去。

长廊上灯火虽明,却还是透着一股阴森惨淡之气,太监、御医慌慌张张地来来往往。传事太监领着梁丞相走了过来。太子也惊慌地赶来,梁丞相一把拉住了太子的手臂。太子被突如其来的阻止激怒了,奋力甩开拉住他的手臂,转头怒视。梁丞相却不动声色,沉着安定地看着太子:"太子是皇上的希望,是江山社稷的希望,您可不能慌啊。"太子看着梁丞相的神情,冲动的情绪渐渐地平静了下来,含泪点了点头,镇定了自己,二人一起跨入了皇帝的寝宫……

寝宫内大堂,密密麻麻站立着各部大臣,鸦雀无声,纱帘后,刘皇后坐在皇上的病榻旁哭泣着。皇上昏睡在榻上,太子和梁丞相一前一后地跪倒在皇上面前。

皇上吃力地睁开眼睛,看着太子,似乎要询问什么。太子点点头,用肯定的眼神回应着父亲。皇上露出一丝笑容。

太子悲痛地看着父亲。梁丞相叩拜皇帝。看到梁丞相,皇上眼里露出些许光亮,他慢慢地从被窝里伸出一只枯瘦如柴的手来,比划着要让他上前。梁丞相跪伏到床前,看着皇上。皇上颤巍巍地拉起太子的手,把它交到梁丞相的手中。梁丞相眼泪霎时夺眶而出:"老臣明白,老臣不惜肝脑涂地,一定会辅佐太子成才的。"皇上眼角边,也淌出一滴泪水。一旁的刘皇后痛哭出声。皇上抬眼看着皇后,对太子要说什么,却无法出声。太子握住父亲的双手:"父皇放心,儿臣一定会孝敬母后的。"皇上似乎放了心,他指着一个老太监,用尽全身的力气:

"宣……"

老太监拿出一卷黄绫圣旨读了起来："念尔群臣，追随朕躬，不辞劳苦，多难兴邦……朕跨鹤仙去后，尔等仍应尽心竭力，辅佐新君，犹如朕在一般，毋得三心二意！宣诏之日，即是太子继位之时，一切礼仪，概由梁丞相主持操演。钦此——大行皇帝绝笔……"

残灯闪烁，大厅空旷，皇上僵硬的手臂，落了下来。

热闹的街市上，突然传来"当当"的几声锣响，惊动了四周的人群，也惊动了打扮成农妇模样，正在买鞋的孟丽君。一个公差一面敲着锣，一面吆喝官府公告："恶女香梅，目无法纪，纵火犯罪，置人死地。官府判决，示众三日，秋后处斩，以儆效尤啊！"

听到公告的孟丽君，大吃一惊，不顾一切地挤进人群观望。只见香梅蓬头垢面、破衣烂衫，被牵到了广场的一根旗杆下绑着。围观的人群指指戳戳，有的还向香梅吐口水，扔着烂柿子。香梅低头落泪，浑身哆嗦，身上露出道道鞭痕。孟丽君一见，心下五味杂陈，急忙抽身，到附近小吃摊上买了一碗汤面，挤进人堆，端到香梅面前。香梅抬脸见是孟丽君，吃了一惊，悄声说："你怎么敢来？不怕我向官府告发你？"孟丽君也悄声说："那好啊，我就和你做伴了。看样子，你伤得不是很重。"然后向她使了个眼色，拿着空碗走了。香梅噙泪目送着她。

夜深人静。香梅仍被绑在旗墩旁，昏昏沉沉的。两个公差也熬不住　，坐在不远处的地上，相互背靠着，抱着刀枪，歪头打鼾。这时，一个白衣人影渐行渐近，只见她蹑手蹑脚地来到了这里，悄无声息地向那两个公差走去，还是香梅首先看到了这个半人半鬼的身影，忍不住尖叫起来："啊？鬼呀，鬼！"两个公差被吓醒了，忽见眼前一个白衣女子长发披散，更吓人的是她脸色比衣服还白，手上还提着一盏白纸灯笼，里面闪着绿荧荧的磷火之光，明明灭灭，煞是恐怖，他们根本来不及看清楚是人是鬼，就吓得屁滚尿流、抱头鼠窜了。

看到公差跑远了，那女鬼迅速跑过来，逼近香梅，摸出砍柴刀。香梅见这个鬼还举着刀，彻底被吓傻了，刚想再喊，那女鬼却用手捂住了她的口："别喊，是我，来救你的！"听出是孟丽君的声音，香梅长出了口气："姐姐，你想吓死我啊？"丽君不理她，她用刀轻轻割断反绑香梅双臂的麻绳，扶她起来，然后命令她把衣服脱下来。香梅不解，孟丽君说："你是被鬼抓走的人，当然会留下些衣物。难道你还想让官府抓到你？"香梅明白了，利索地脱下外衣："长华姐姐说你聪明，看样子是真的。"孟丽君气不打一处来,这时候还那么多话,她丢下了衣物,带走了稻草人,对香梅使了个眼色。两人屏住呼吸,悄悄快速地逃离了现场,一口气跑出镇子,来到山脚下的溪边。

孟丽君没想到的是,救了香梅,反让自己多了个甩不掉的尾巴。

香梅问道:"接下来做什么?"

"什么接下来?"

"我是说,我们逃出来了,再要往哪儿跑啊?"

"你我各奔前程,还用问吗?"

"啊?你不管我啦?"

"我已救你出虎口,你还要我怎么管你?"

"奇怪啦,又救我,又不管我,你这是干什么啊?"

"救你,是因为可怜你。"

香梅怪笑道:"哦,还在记仇哪?我早都忘了!"

"你忘了,我可没敢忘,我怕你再来一个感谢宴,我可经不起你折腾了。"

"我可不像你说的那样,我是很讲义气的!官府把我抓了去,说是我放的火,我就一个人硬扛了,愣没把你俩咬出来,活罪都我自己受了!"

"这么说,我还得感谢你?"

"那当然,亏的是我!老鸨子把那二十两银子独吞了,还骗我召你们两人来,她在酒菜里下了麻药,我怎么知道,该死的把我也麻翻了,差一点就被臭男人凌辱!你说,我这亏吃得大不大?现在我整个是猪八戒照镜子,里外不是人!"

孟丽君叹口气:"真不知道你说的是真还是假,算了,我也不打算跟你计较了,你走吧!"说着,转身自己走了。

香梅紧紧跟在她身后。

两人在山路上,边争论边走着。

"你怎么还不走?"

"走?我往哪走?"

"回你老家啊,乡下不是还有一个老舅舅嘛!"

"你还当了真啦?我那个舅舅要是真管我,我还能吃妓院那碗饭吗?"

"啊?原来,你……你请我写信,全是幌子,存心要骗我们的钱财?"

"话可不能这么说!当初我真的没想骗你,谁知你硬把我认成什么容兰妹妹！既然有你这样的好心姐姐，我干吗不顺竿朝上爬，既能赎了身，又能回家看看十几年没见过的母亲！我……"

孟丽君猛然转身，吓了香梅一跳："哎，你这个姑娘真是寡廉鲜耻啊！为了凑足你那赎身的二十两，我没日没夜地写字作画，长华姐拿出了连自己都没舍得当的首饰，而我……我还把家传的玉佩卖掉了！你……"

"喂，喂，宝贝卖了就卖了，至于这么伤心吗？大不了再把它赎回来！"

"你住嘴！容兰妹妹在世时，再苦再难，她也没让我卖了它……你模样长得那么像她，可这颗心，为什么和她相差十万八千里呢？"

"你口口声声容兰这么好，容兰那么好，既然我长得像她，那你就把我当成是她，收留得了！"

孟丽君摇摇头："我如今才知道，你和她全然不一样！好了，救出了你，也就把我们的恩怨了结了，你走你的吧，我们以后不要再相见了！"她头也不回地走了，留下香梅站在岸边发愣。

回到小屋，孟丽君吃了饭，早早睡下。香梅鬼鬼祟祟地溜进了门，东张西望，找寻可以充饥的食物。她看见孟丽君放在桌上的食物，香梅不问三七二十一，就往嘴里塞，不想却误吃了丽君放在土台上的草药，而后倒头便睡。沉重的鼾声吵醒了丽君，她起身发现香梅竟睡在自己身边，再一看，土台上的毒果不见了，丽君吓傻了，立刻背着香梅往外跑。

此情此景，与容兰病死前一般无二，孟丽君心里更加愧疚和恐惧。她已分不出现实同回忆的区别了。"容兰，容兰，好妹妹，你要坚持，你要挺住啊！姐姐不能没有你，姐姐离不开你呀……"夜风一吹，香梅倒醒了，她有点莫名其妙："我这是在哪里？怎么头上的星星在转？"孟丽君惊喜地说："啊？容兰你醒啦？你活过来啦？"香梅一阵好笑："丽君姐姐，你为什么要背着我？我们这是要去哪儿？"

"容兰，你病了，病得很重，姐姐要背你去找医生……"香梅大笑："你又认错人啦！我是香梅，不是容兰，我也没病，就是刚才偷吃了你一点东西，睡了一大觉啊！"孟丽君双手一松，扶香梅坐在地上："你到底有没有偷吃毒果？"

"什么毒果，毒草倒是吃了几棵。"

孟丽君一屁股坐了下来："你……"她突然委屈地大哭起来："你为什么老是来骗我，我哪儿对不起你了？你吓得我魂都飞了……"香梅慌了："丽君姐姐，你别哭啊。我不是有意的！"看着低头哭着的孟丽君,香梅也没辙地坐下哭了起来:"我的母亲已经没了,家也回不了了……你扔下我不管,可我又能到哪里去呢？只好……只好偷偷地跟着你,来到你家,找点吃的……我这人是不好,可我没想害过谁啊……"

她伤心万分,呜呜咽咽地哭着。一旁的孟丽君,抬起没有眼泪的脸,看着香梅:"说出真心话了,知道自己错了？"香梅吃惊地抬起满是泪水的小脸,自知上当地用手指着孟丽君,说不出话来。孟丽君点点头,站起来:"对,我就是想叫你也知道被人骗的滋味！"香梅这次真的不顾形象地放声大哭了起来。

看着香梅伤心的模样,孟丽君心又软了,只好她坐下来替香梅擦着泪:"别哭了,我是生气,但是更担心,你要是真的吃了做药引子的毒果,有个三长两短,姐姐的罪过可就大了。"香梅一面抽泣着,一面问:"那……那你……会留留下我……我吗？"孟丽君叹口气:"不是姐姐不留你,是不能留你啊！"她捧起香梅的小脸,替她梳理着凌乱的头发:"姐姐是个有家不能回的罪人……"

月亮照在刚刚发出嫩芽的树枝上,孟丽君给香梅讲起自己的经历。听着听着,香梅的脸上流下了真诚的泪水。孟丽君也流下了痛苦的泪水。香梅难过地一把抱住了她:"姐姐,不要难过了,你是世界上最好的人。""香梅,你和姐姐不一样,你可以改头换面,找个地方,好好地生活！""不,我的命是姐姐救的,我就是你的人……不,我就是容兰了,我从小就很能干,我会煮饭,烧火,缝衣……"看着香梅急于表白的样子,孟丽君的眼前,又浮现出容兰拿着大炒锅的样子。她禁不住一把紧紧地抱住了她。

香梅开始吓了一跳,慢慢的,脸上又浮现出放心的神情。孟丽君拉起香梅的手:"好了,起来吧,我们一起回家。"可是香梅突然站不直腰了:"啊哟,肚子好痛啊！那个药草,不行啦,我憋不住啦！"还没说完,她已经一蹿老远,弯着腰钻进了草丛里。孟丽君忍俊不禁。她仰望星空,总算长舒了口气。这样不堪的一个香梅,竟然不经意间治好了她的心病。孟丽君终于从容兰过世的阴霾中透了口气。

新皇帝即位之后,励精图治,日夜操劳国事,渐渐冷落了妃嫔。别的妃子到还好说,只是这梅妃,心下十分不满,又不敢造次,便天天去找太后哭诉,太后也只是说:"哀家以过来人身份,告诫你一句,要伺候好皇上,就不能由着自己的性子,我这大半辈子,都是这么熬过来的……"

83

梅妃闷闷而下，心中十分烦恼。回到东宫后花园，一班乐伎正在练弹唱。梅妃坐在一旁的榻上，烦不胜烦，看着哪一个都不顺眼。这时，一个宫女带着官办乐坊中新选出的乐女，怀抱琵琶走了进来。站在梅妃身边的宫女玉琴，看到居然是皇甫长华，顿时惊骇不已，以为见了鬼。梅妃也吓得三魂丢了二魄："你……你……怎么进来的？"皇甫长华温婉地站起来，从容不迫地向梅妃拜着大礼。

领她进来的乐坊宫女禀报着："禀告梅妃娘娘，她是刚考进宫来的乐女，默云。"梅妃用疑惑的眼神看着皇甫长华，挥手赶走了乐坊宫女。她上下打量着皇甫长华。玉琴也战战兢兢地观望着。皇甫长华谦逊地低着头。

梅妃狐疑地问她："你明明就是哑女，怎么会出现在这里？"皇甫长华以哑语比划道："是的，那天我因为头晕，摔到了井里。万没想到，眼一睁，面前站着一位美丽的公主，自称是东海小龙女。她把我带到京郊玉渊潭，为我更了衣，梳了头，说你还得回到宫里去，当初是太子救了你……"梅妃冷笑道："笑话，你以为你还能见到当今皇上？"

"娘娘有理由这样怀疑我，可是神仙的话，你不可不听！小龙女说皇上登基是国家之福！常言道，家和万事兴，小龙女命我回到宫里去，鼎力支持梅妃做上皇后，以保大明江山稳固，老百姓安居乐业，而且，能不能与皇上同心偕老，全看梅妃的一念之差了……"

梅妃沉吟道："这怎么讲？"皇甫长华微笑着从脑后髻上取下一把小梳子，用哑语告诉梅妃，这是让她改头换面，重新赢得皇上喜爱的宝贝！梅妃将信将疑，按照皇甫长华的指点，坐到一面更大的花镜前，一双巧手上下翻转，一会儿工夫，便为梅妃换了一个清丽的发式，然后，她思索片刻，双手合十，谦卑地弯了弯腰，突然剥下梅妃的外套。梅妃吓了一跳，但皇甫长华指着她身上的素衣，翘起拇指，又拿起一件银月色的外衣，拔下梅妃头上所有夸张的金银首饰，为梅妃洗去脸上过分的脂粉口红，取来月桂树叶和鲜花，为梅妃装饰一新。

一番装整，梅妃换了一个人一般，清雅脱俗，让她喜不自禁地对着水池，前前后后不停地欣赏着自己的倩影。突然，水池里又多出一个人影，居然是皇上。梅妃这般素净的打扮，让皇上顿觉眼前一亮，禁不住说："你……真的是梅妃？难得如此素净，像是换了一个人，跟往日大不相同了，今天你亮如雨后初晴，美如清水芙蓉一般！举手投足仿佛也懂事了许多。"

不经意间,他看到了默默站在一旁的皇甫长华,又惊又喜:"哑女?你……你……"梅妃挽住他胳膊:"说起来不可思议,哑女真是命大,居然死而复生了,而且又回到了宫里!"皇上诧异居然有这等奇事,而且,梅妃居然样子变了,心地也善良了,不再嫌弃哑女,心下十分宽慰。他欣慰地搂住梅妃,梅妃则窃喜,明白了哑女这张牌的利用价值。

公务之暇,皇上来看望皇甫长华,她依然是那么端庄娴静。皇上却有些激动不安。他本来是个不大相信神鬼故事的人,但哑女的来而又去、去而复来,令他大感不解。可是,她毕竟回来了,这是最重要的。

皇上忽然取出一片芦叶递给长华,示意她吹奏一曲。没错,那天,在京郊官道上,听到的就是它。那么,她就是那天在潭边和朕对话的神仙姐姐么?不对,她不会说话。

他的眼里失去了兴奋的神色,失望地闭上了眼睛。皇甫长华不解地望着皇上表情的变化,默默地看着他。

皇上笑了笑,对长华说:"你虽然不是神仙姐姐,但是朕每次看到你,就会想起一个女孩子……朕十岁那年,正是那个聪明伶俐的女孩,在叛乱中救了朕的性命,朕也不知那女孩的名字,但十年多来,一直难以忘怀……"

他抬脸望着皇甫长华,长华却不明白新皇帝说的是谁。皇帝依然继续他梦呓一样的语言:"你一定觉得朕很可笑吧?贵为天子,却无人与朕交心,听朕像常人一样,倾诉喜怒哀乐……但是,重新见到你以后,朕不遗憾了,不仅因为你又以哑女的身份,守在朕身边,更是因为我找到了我们彼此心灵沟通的方法!"

他轻轻哼起那首琵琶曲。皇甫长华顿觉呼吸急促起来,她没料到,皇上竟这么熟记自己心爱的曲子。皇上拉着皇甫长华的手,转到屏风后,突然看到一幅孟丽君墨迹,居然就是那首偈诗:"一点灵心若流萤,飞过草莽飞龙廷",不禁大喜:"这是你写的吧?如此看来,你……你真的是她!奇缘哪,苍天有眼,终于让你从草莽之中,飞到朕的龙廷之上来了!"

皇甫长华情知他误会了,但无法张口解释,只得强自镇定。皇上接着滔滔不绝:"朕初践帝位,你将偈诗带入宫中,这是诚勉朕勿忘幼时的劫难,卧薪尝胆,发愤图强啊!哑女,朕懂你的意思,朕要将这句话悬于壁上,日日见之,以为座右铭。这样才好时时刻刻提醒自己,勿为浮云遮望眼,做个耳聪目明,心襟坦荡的好皇帝!"

皇甫长华听了，面露喜色。"朕知你是上天赐我的红颜知己，虽不言不语，但心有灵犀一点通，诚所谓大象无形，大音稀声！从今往后，你不必做那些下人的差事，一门心思为朕阅览奏章，圈点时文。遇有真知灼见、醍醐灌顶的好文章，便用朱笔勾出题目，置于案头卷首，让朕好在第一时间便能读到，行吗？"皇甫长华颔首答应。

"太好了，有你做我的助手，朕治国安民、用人取士，就更有信心！"皇上高兴地揽住皇甫长华的腰，一起坐下翻看文牍。

入夜，皇甫长华跪在小暖炕上，面朝南方祈祷："丽君妹妹，我已经来到了宫中，离自己的目标又进了一步，皇上把你书写的诗句，错当成了我写的……不知道这一误会何时能讲清？不过，现在我不但获得了梅妃的信任，也可以在御书房自由出入了！丽君啊，看得出来，尽管身份悬殊，我不过是个卑微的宫女，可皇上是真心地喜欢我……有好几次，我……我几乎忍不住，要向他说明这一切！但话到嘴边，又噎了回去……我……我怕吓到皇上，更怕这刚刚开始的好感，会像一场梦似的转瞬即逝……丽君，是不是姐姐太软弱了？你会原谅姐姐吗？也许，是时机未到？妹妹呀，我在等待开口说话的机会，这一天，总会到来的吧？姐姐向你发誓，不管未来还会有什么样的变故，但我们一致的目标不变，洗雪全家血泪苦痛的决心不变！"

这些日子以来，皇上下了朝，就来找皇甫长华，或漫步，或对弈，或听琴，情趣风雅，情意绵绵，可气坏了沉不住气的梅妃，醋坛子又被打翻了。

这一日，皇上正与长华在御花园中谈笑风生，梅妃气呼呼地冲了进来，见了皇上微微一拜，就数落开来："自从皇上登基，臣妾耐着性子等啊盼啊。可等了一两个月了，皇上不但没有片言只语，反而与这个哑巴打得火热，双出双进的！今日，臣妾就是要向皇上讨个说法！"皇上大为恼火："梅妃，你不要逼朕！""臣妾没有逼皇上，而是皇上在逼臣妾摊牌！如果皇上厌弃了臣妾，就请下一道休书，将臣妾打发回山西娘家去！"

如此撒泼，皇上大怒："梅妃，你听好了，从今天算起，朕给你半年时间，看看你配不配得上你头上的尊贵称号？要是再这样胡搅蛮缠，为所欲为，朕要亲自请你的姑父武胜王爷来，当着满朝文武的面，数落你不贤不肖、失德失仪的恶行，让他把你带回家去！你以为朕做不出来吗？"

听到此话，皇甫长华磕头如捣蒜，双手不住地比划，意思是说："求皇上梅妃不要为她伤和气了！如果是因为哑女动怒,那她立刻就跳下池塘,再也不想活了……"皇上大惊:"啊?哑女,万万不可!"梅妃大哭起来:"还是让我跳吧,免得你们看着碍眼……"皇甫长华急切地比划着:"娘娘是大富大贵之人,如果将生命和国运当儿戏,只会令天下臣民寒心!"皇上一怔:"不错,哑女,你提醒得对,果然贤良淑德啊!哑女,你玲珑剔透,德才兼备,与朕处处心灵相通,朕即日起封你为默妃!"

两个女人都大吃一惊。

皇上看着梅妃:"梅妃,从今往后,默妃就是你的一面镜子!这半年里,你处处都要学她的样子,德容妇工,勤俭善良,半年后朕以你的实际表现,来决定皇后的取舍。你听明白了吗?"说罢,拂袖而去。

梅妃站起身来,恶狠狠地瞪了皇甫长华一眼。

九

这日,孟丽君卖完画回到家,就见香梅躺在床上打滚,还不住地呻吟。原来这丫头贪吃,煮了一大锅红薯,然后一只不留全吃光了!现在只觉得腹中胀得厉害。丽君又急又气,这显然是积食症!红薯本来胀气,又吃了这么多,当然消化不良了!看到香梅痛苦的样子,丽君弯下腰,要背她出门找医生,可是,香梅的大肚子一碰她的脊背,就痛得直叫。

怎么办呢?丽君一拍脑门,到灶间找出一把小菜刀,放到烛火上烤。她想起以前看到书上说,刮舌苔,松松上焦之淤积,或许管用。权且试一试吧。香梅战战兢兢地伸出舌头,丽君在灯下细心地替她刮去舌上的厚苔。然后,又让她伸出脚丫子,趁她不注意,用刀在她大脚趾头上划破一道口子,血涌了出来。香梅又惊又痛,号叫起来。丽君安慰她,这样才能疏通下焦,刺激肠胃蠕动。权且挨过这一晚,明天一早,再去镇上看医生吧。香梅哼哼唧唧地只好答应。

一宿无话。

第二天一大早,香梅已经自觉没什么大碍了,可丽君不放心,还是带着香梅进了小镇,想找个大夫给她看看。不想香梅这个馋丫头好了伤疤忘了疼,此刻她早忘了昨晚的难受,专门在小吃摊点附近转悠,而且口口声声说自己没有力气走路。丽君无奈，只好自己先去找诊所，留香梅在小吃摊附近等候。丽君走远了，香梅坏笑着心想："十个医生，也抵不上一个肉包子呀，我的傻姐姐！嘿嘿！"她左瞧瞧，右转转，热腾腾、香喷喷的包子、烧卖、炊饼……哪一样都勾着她的食欲。唉呀，好饿啊……可是，在兜里掏了半天，也掏不出半个铜板来。她只好腆着脸让摊主赊给她，摊主当然毫不客气地把她赶走。

香梅正在生气，忽然听到旁边一个貌似读书人的青年正在嘟嘟囔囔地说着什么："包子？知人知面不知心！不好，不好！烧卖？一枝红杏出墙来！算了！炊饼？也不行，花无百日好，月是故乡圆……唉，偌大的集镇，竟没有我王湘秀才称心可口的饮食，真是岂有此理！咦，面条？啊，飞流直下三千尺，疑似银河落九天！好，就是它了！"

香梅看到他攥着一锭银子，摇头晃脑地跟作诗似地选着美食，就馋涎欲滴地一直跟着他，几次都以为他掏钱要买了，每次又放下，弄得她心痒痒的。看他最终不过想买面条，香梅终于急得看不下去了："喂，我说这位秀才，你还想不想鲤鱼跳龙门啦，拖泥带水的哪行啊？"王湘一愣："啊？姑娘，你……可是与我讲话？"香梅一撇嘴："不跟你讲，我跟鬼讲啊？"王湘恼了："咄，你是何人，怎么如此出言不逊？""训的就是你！狗咬吕洞宾，不识好人心，我是看你面带福相，才好心劝你不要买面条吃。"王湘一愣："面条为什么不能吃？"香梅眼珠乱转，开始瞎编："秀才，你不是想进京赶考，求取功名吗？这面条汤汤水水，拖拖拉拉，明明能够状元及第的，叫它泡了汤，拖下水了！""啊？"王湘一思量，有道理，连忙问："你怎知我是赶考的秀才？"香梅又瞄了一眼他的书袋："我不但知道你是赶考的秀才，还知道你叫王湘，原籍湖广！"王湘大奇："啊呀，神人也！姑娘，我们素昧平生，你竟然未卜先知，这番本事是从哪里学来的？"香梅暗笑，这个书呆子，自己在那念叨半天，谁还不知道你叫王湘啊。她一本正经地说："这个么，天机不可泄露。首先，面条不能吃！要吃，就要吃好的，吃排场的，吃吉利的！"

王湘满脸迷茫，香梅心中窃喜，说道："要想高中状元，就需要吃得很讲究才行啊！红袍大虾要爆炒，金甲鳖汤不可少，黄河鲤子糖醋溜，乌鸡银耳炖得好……哦，还要外带一坛状元红，要有状元命，就得喝状元红。"这下王湘可犯了愁："还一套一套的，这……这得花多少银子啊？"香梅不屑地说："亏你还是读书人呢，舍不得金弹子，打不到凤凰来！"王湘一跺脚："好吧，姑娘，咱们找家上好的酒馆，小生当面请教姑娘。"

酒馆中，香梅将丰盛的酒肴片刻间一扫而光。王湘耐着性子等她开口："姑娘，该为小生打卦了吧，我洗耳恭听。"香梅一边抹嘴，一边打着哈哈："啊……急什么？状元乌纱帽这一刻又不会飞了！"王湘不觉生疑："你到底会不会卜卦啊？别是来骗吃骗喝的吧？""我像那种人么？真是的！"香梅嘴硬，心里却发虚，左顾右盼，忽然，她隔窗望见孟丽君在街上行走，立刻见了救星，赶紧大叫："姐姐，姐姐，快上来！"转头对莫名其妙的王湘说："我姐姐来了，知道什么叫小巫见大巫吗？我是小巫，我姐姐才是大巫！"

正说着，孟丽君上得楼来。找了这丫头半天，她却在这里好吃好喝。她正要恼香梅，见还有一陌生男子，便把话咽了下去，只问她为何在此。香梅便说是王湘请客，捎带让她们为他打一卦，看能不能今科得中状元。边说，香梅边向丽君一个劲地挤眉弄眼，手还指着满桌的酒菜。丽君立刻明白这丫头的老毛病果然又犯了！而此时的王湘却已为她的美貌倾倒："啊呀，古有大乔小乔，今有大巫小巫，王湘幸甚，叨陪二位姑娘末座！请，快请入席——"

孟丽君狠狠瞪了香梅一眼以后，不得已坐在中间位置，赶鸭子上架，干脆假模假式，一本正经地问起来："秀才真想知道科举前程？""士子一生幸福，全系于场屋三日了！""好，但不知你是想占星象，算五行，测八字，看面相，卜阴阳呢，还是摆布奇门遁甲？"王湘惊奇："哇，姑娘这些都懂？"香梅更是兴奋地说："我姐姐天文地理、阴阳五行、鬼马纸刀、六道轮回，什么都会！"丽君又瞪了她一眼，香梅调皮地吐吐舌头。王湘问："哪一样算得更准些？"丽君曰："所谓上善若水，越简单的，越接近于事物真谛。""那就烦劳姑娘，给小生算个最简单的。""最简单的，莫过于拆字！"王湘想了想，他用手指蘸了一点酒水，在桌上写下一个"美"字，然后紧紧盯住孟丽君看。孟丽君脸微微一红，但镇静自若："秀才写的是'美'字吧？""正是。""《说文解字》说，'羊大为美'，皆从上古象形而来。故而，秀才心有所思，便外化成形，请看，这字头两点，像什么？"

王湘侧头看了看说："像……羊角？"孟丽君扑哧一笑，说："你看它像不像王公大臣、文武百官戴的乌纱帽翅？"王湘一拍脑袋："啊！我明白了，这帽翅正戴在中间的'王'字头上！小生恰恰姓王……可是这下面的'大'，又作何解？"丽君摇摇头："秀才再请看，'大'字拆开，是不是'一人'二字？"王湘点点头，仍不解。孟丽君道："帽翅有大有小，官阶有高有低，若说王姓戴起乌纱，并不稀奇，可仅此一人，那意味着什么呢？"

王湘恍然大悟:"哇,唯有状元,三年才出一个耶!哈哈哈哈……"言罢狂笑起来。香梅也得意地笑:"王秀才,我说你有状元运吧,这回服气不服气了?"王湘禁不住得意忘形:"大巫姑娘果然神机妙算,一语道破!小生谢你的吉言,今科蟾宫折桂,红袍加身,我定当重重酬劳!"说罢,掏出很多银子,递给丽君:"这点银两,聊表当下心意,真到飞马报捷那天,小生第一个将二位接上京城,同赴鸿胪传宴!"

孟丽君赶忙推托:"秀才的银子,我们不能要,你还要留作进京的盘缠。"王湘说:"姑娘莫非嫌少?你可知道,刚才的拆字,对我有多重要!"他站起身,毕恭毕敬给两位姑娘敬酒:"大巫姑娘,小巫姑娘,王湘邂逅相逢,三生有幸!请满饮此杯,干——"丽君和香梅只得与其碰杯,勉强干了。丽君心想:这王秀才憨得可爱,但拿人钱财,替人消灾……她认真地对王湘说:"秀才,命中有文曲星照运是好事,但不可一味倚仗,无所用心!"王湘连忙讨教:"依姑娘之见,小生该当如何呢?"丽君问:"但不知秀才对前届三科的试题熟不熟悉?"王湘得意地说:"哈,漫说前届三科,就算前朝至今的三十科,所有头名状元的文章,我都倒背如流!"

丽君意味深长地说:"这就好,所谓取法乎上,仅得乎中,秀才如果志在必得,有一样功夫,不可不下!科举文章就如烧杂烩,你把前三届状元的文章背熟了,这还只是原料,须得在你腹中融会一番,再以心火慢慢加热,功到自然成。"王湘肃然起敬:"有道理,没想到姑娘的见识这么高。"丽君笑笑:"我看秀才满腹墨水,很有学问,再加上自己的见解,一定能考得不错。"王湘大喜:"谢谢姑娘吉言!大巫姑娘啊,与君一席话,胜读十年书。小生有感而发,吟诗相赠,敬请笑纳!"说罢,得意忘形,微有醉意的他情不自禁,摇头晃脑作诗一首:"美人美言解美字,此生此心快此时。一朝得遂凌云志,宫花先簪状元妻!"孟丽君不觉哭笑不得:"王秀才醉了吧?"王湘摇摇头:"哪里,酒不醉人人自醉……"拉着丽君意犹未尽地说:"我又有一首好诗出笼——"丽君摇头苦笑,连忙找借口挣脱,借口寻找香梅,溜掉了。

香梅又被撑着了,一连串地打嗝,心下不由暗道:完了,我真是个贱肚子,怎么吃多了就发胀?丽君姐姐又该用刮痧、放血的土法子来整治我了……抬头见到一家挂有"老康诊所"牌匾的门面房,她赶忙一头扎了进去。坐堂看病的,是一位慈眉善目的老人。"呃……你是大夫?"老人点点头:"姑娘就叫我老康吧。"

"哦，老康，呃……先生，我，呃……难过……"老康连脉都没给她搭就说："姑娘暴饮暴食，咎由自取啊！""啊？你，呃……怎么知道我吃，呃……多了？"老康笑了："你在大街上打嗝不止，喷出的伤食味，已然传到我的小诊所里来了！""啊!?那有法治吗？是不是，呃——一定得刮痧、放，呃……放血呀？""放血？谁给你放过血？""我姐姐，呃……上次我也是撑，呃……撑着了，她用一把菜，呃……菜刀，刮我的舌苔，还割，呃……割破了我的大脚趾头，到现在走路还，呃……疼呢！"老康听到这话，哑然失笑："好个聪明姐姐！你怎么敢让她玩刀？""有，呃……有什么办法？我们住在大山里，一没医，二没药，天高，呃……皇帝远，只好由，呃……由着她来！""你这位姐姐学过医？""哪，呃……哪儿呀，她就是读，呃……读过几本书，呃……""哦……回去告诉她，你要是再撑着了，让她在你背后腧中穴，敲个凤凰三点头，就像这样——立竿见影！"说着，他在香梅脊背上不轻不重地空掌拍了三下。"看看，还打不打嗝了？"香梅站起来，忍不住惊喜地叫道："哎，不打了！呃……想嗝，都嗝不出来，可真神了！要多少钱哪？""不要……""看病不要钱？""跟你姐姐学了一手，放血！学费抵诊费吧。""太好了，谢谢呀，老康先生！"香梅心满意足地跑回到街上。

正巧，丽君找她也找到了这里，听说香梅遇到了这样一位了不起的神医，也不禁好奇。香梅便拉着丽君进入诊所去拜见他，抬眼看见屋中神色朗然的老者，丽君"呀"了一声，禁不住上前仔细端详，这不是当日在山上为我指点迷津的采药老人老康？丽君倒地便拜："老伯救命之恩没齿难忘，请受小女子一拜！"老康哈哈大笑："姑娘何必行此大礼？""那日在山上得蒙老伯教诲，醍醐灌顶，如今小女子无处可去，想跟老伯继续学些做人做事的道理。万望老伯收留我们。"老康摆摆手："我不过是个土郎中，我能教你什么？"丽君坚持道："弟子愿随在师傅身边，从看病抓药学起！弟子不才，但救死扶伤的仁心还有，请师傅收下我吧！"老康仍然摇头："荒唐，荒唐，我老康从来不收女徒弟。"

这时，前院传来喧闹声，有人喊道："老康，快来呀，有急诊！"老康立刻跑了出去，原来是村民们抬来一个砸断了腿的石匠。香梅一见血肉模糊的伤者，就吓得大呼小叫。丽君连忙制止："香梅，不要乱喊！病人虽然昏迷，其实他还能听得见，你一害怕，更增加他的恐惧……"她转头对老康说："师傅，这是开放伤，骨头已碎，筋也断了，正骨与接筋都不可能了，如不及时止血，病人随时会死！我的建议是马上给他截肢……"老康看看她，说："救人如救火，你有胆量和我一起

做吗？"

　　看到丽君有些犹疑，老康说："要跟我学医，这一关必须要过。"丽君点点头："救人要紧，我有这个胆量！""好！来，你先给他洗净伤处，我去准备刀锯！"丽君叫香梅端来热水，自己用纱布蘸着热水，清洗伤者创面。老康捧着刀、锯而来。放下布帘，两人在帘后开始为病人截肢。看到丽君沉着的神情，老康暗自赞叹：这姑娘果然有勇有谋，哪里像个文弱女子？丽君知道，这是老康在有意考验她的胆量！开弓就没有回头箭，血再腥，伤再重，你刀锯在手，便不能犹豫彷徨，唯有勇往直前了……

　　众人翘首企盼之时，布帘掀开了。手上沾着血迹的孟丽君，微笑着出现在大家面前："他的命保住了！"老康则捧着被锯下的半条人腿走出来。香梅一见，顿时吓晕了。

　　村民已经散了，孟丽君瞅准机会再次恳求老康收留，老康见她决心已定，便说："好，一双筷子是吃饭，两双三双也照样吃，你们就暂且留在我诊所里吧！不过既想学医，混碗饱饭，那就少不得从汤头歌诀背起。"

　　他取出一本药书，放在孟丽君面前，又点上了一枝熏香，说道："看见了吧，这炷香烧完以前，把一百首汤头歌背下来，不然，我们的师徒缘分就到此为止！"孟丽君点头称是，二话不说，开始背汤头歌：补益之剂、发表之剂、攻里之剂、涌吐之剂、和解之剂、表里之剂、消补之剂、理气之剂、理血之剂、祛风之剂……

　　晚饭摆上桌子，老康却不让动筷，要背出来才有饭吃。孟丽君清清嗓子，开始流利地背诵："解表剂——麻黄汤中用桂枝，杏仁甘草四般施；发热恶寒头颈痛，喘而无汗服之宜。桂枝汤治太阳风，芍药甘草姜枣同；解肌发表调营卫，表虚自汗正宜用……"丽君一字不差，一气呵成。老康闭目听着，暗暗惊奇，但是故意不表露出来。他咳嗽两声："嗯，死记硬背，马马虎虎。"丽君欣喜地说："这么说，师傅真的收下我了？请再受徒弟一拜。"她刚要行大礼，老康把手一抬："不必了！"香梅比丽君更加欢欣鼓舞，因为面前的满满一大碗米饭，她已经下肚了。

　　如此，孟丽君开始了学徒生涯，每日里要么上山采药，学习药草知识，要么随师傅出诊，凭借她的聪明伶俐和勤学苦干，慢慢地大有长进。不仅药材知识倒背如流，搭脉问诊也头头是道了。这一切，老康都看在眼里。这个姑娘不同凡俗,看她饱学诗书,一定是出身于官宦人家,流落民间一定事出有因。她才情心智都非俗辈,当是有鸿鹄之志的可造之材,如果是个男子,定能有番不凡的前程啊!

这天,丽君正在向老康学习医术,忽然一位老农上门求医,那老农进得门来,还没开口说话,眼泪却先流了出来。原来这位老农正是前两天那位被锯掉了半条腿的张石匠的父亲,老人家按照老康开的方子去给儿子抓药,这镇上唯一的一家药铺是一位叫做白大的奸商所开,此人仗着自己是一名候补知县,家里在京城又有点背景,所以整天捉摸着怎么欺行霸市,鱼肉乡里,百姓们不堪其苦,可又敢怒不敢言。这老农今天去抓药,就买了那么一点普通的止血药,却欠下了白大十车大米的债,老人家心中悲苦,又想不到办法,这才到老康这里来,求老康给出主意。

听完老农的讲述,丽君愤怒得浑身颤抖:"岂有此理,这不光是敲诈,简直是抢劫!"老康摇摇头:"他那是老奸巨猾呀!我说嘛,放着好好的候补知县他不去做,开起什么药房来了,原来是一门心思琢磨着,怎么压榨穷人呢!"老农:"唉,人吃五谷杂粮,哪能没个头疼脑热?家里有一个病人,这日子就没法过下去了……"老康忙说道:"老兄弟,你别愁,你儿子的伤,包在我身上了!"丽君插嘴:"师傅,你治得了张石匠,可你包得起四乡八镇那么多的穷苦乡亲吗?"香梅也说:"是啊,这儿只是门诊,要抓药还得去大药房,尤其是那些名贵药材,眼睁睁看着白大磨快了刀,活宰人!""唉,钱哪,钱!真是万恶之源……""师傅,我倒有一个主意!"丽君想了想说道:"要是家家户户都在牙缝里省出一点来,哪怕只是三文、五文呢,拿到一起,积少成多,那就是很可观的一笔资本!用来开一家自己经营的药铺,不图高利,只收成本,遇上真揭不开锅的病家,甚至免费,一定会受到乡亲们的欢迎!"老康还未作声,那老农先说道:"啊呀,那敢情好!要是有这么一家药铺,俺哪怕砸锅卖铁,也要入伙,支持一点心意!"老康犹豫着:"想法是不错,就算老乡们都乐意入伙,可是由谁来经管呢?你以为药铺掌柜好当啊?"香梅也说:"可不是嘛,单是每天的采采买买、写写算算,就够人烦的!""所以,这位掌门人非常重要!他是在代表大家的利益,又在为大家做事,心里容不得一点私念……师傅,这个头还非得你来挑不可!"老康明白了:"哈哈,绕来绕去,你绕到我头上来啦?"香梅来劲了:"康老板,头儿你来当,丽君姐姐和我,做你的左膀右臂!"老农:"老康先生,别推啦,你是俺们农民兄弟最信得过的人! 回家我就把这消息讲给大伙听,管保你一呼百应! ”老康的神情有些激动和矛盾。

第二天,师徒二人又去出诊,道路艰险,俩人口干舌燥,在山路边暂歇。老康给孟丽君倒了口粗茶,孟丽君喝了一口,情不自禁皱了一下眉头。老康笑道:“丽君,不要再隐瞒了,你本是官宦人家的小姐,沦落至此,怕是有不简单的经历啊,师傅一直在等你说实情。”丽君一听,师傅果然是高人,赶忙跪下叩曰:“康大将军,请助小女子洗雪皇甫家冤情! ”原来,这些日子与师傅形影不离,丽君早已发现,老康原来就是隐居的高人,当年朝廷响当当的康御医。“将军,皇甫老大人正处于水深火热之中,一子一女也在沦落天涯,您与他当年同朝做官,可谓知己! 此时正该出山,解危救难啊……”

说罢,忍不住大哭起来,老康忙问:“你是? ”“孟士元之女孟丽君。小时候就听父亲讲过您的故事,皇甫老将军与康大将军,原是撑起朝廷的两根擎天柱。可惜您早早归隐山林,悬壶济世,只剩下皇甫大人独木难支,如今果然身陷虎穴,望眼欲穿,您不可袖手旁观啊! ”

老康叹口气,原来如此:“唉,原来你是孟学士之女,皇甫总督之媳。我没有猜错,你果然是不折不扣的千金大小姐! 你又是何时认出老夫来的? ”丽君从药箱中拿出一枚小小的玉质围棋黑子:“恕小女子冒昧,就拿这枚师傅常常把玩的棋子来说,寻常郎中哪来上好的昆仑玉,若非宫里的能工巧匠精心打磨,又怎会这么玲珑润腻! 况且背处还有小小的“御制”二字……”

老康倒抽一口气:“小丫头你眼睛倒挺毒的! 唉,就算我是你说的那个康大将军,而今也是意气消磨,苟延残喘,我又能帮你什么呢? ”丽君抬起了头:“教我如何告御状,平冤案! ”老康摇头:“你一个女孩子,就算冰雪聪明,也学得满腹经纶,又能怎么样? 孩子! 你虽说出身名门望族,其实并不知官场的黑暗与龌龊。你不如跟着我,安分学好一门医术,在民间独善其身,终老天年。我也算对得起孟大学士了。你还是死了这条心吧! ”丽君不依不饶:“难道,皇甫家只能永远地冤沉海底了? 不说皇甫一家和我爹我娘还在盼着我替他们大声疾呼,单是我的两个姐妹,先后为我而死……倘若我真的只顾自己活命,像一只蝼蚁,九泉之下的映雪姐姐和容兰妹妹,决不会瞑目的! ”老康为难地说:“是啊,想起活着的和死去的亲人,一个人的心,如果还有些温热,自然不会宁静……你也不过目睹了两个人的死去,而我呢,整整七口之家,只剩下我,还行走在世上! ”丽君震

陈　龙　饰　刘奎璧

大型古装青春励志传奇剧

《再生缘之孟丽君传》

总导演 李惠民(香港著名导演)

电影作品：

《新龙门客栈》、《笑傲江湖之风云再起》。

电视剧作品：

《新龙门客栈》、《木兰新编·木兰从夫》、《飞刀又见飞刀》、

《荆柯传奇》《恭亲王 一生为奴》等。

武术指导 赵箭(中国大陆一流武术指导)

电视剧作品：

《笑傲江湖》、《天龙八部》、《碧血剑》、《神雕侠侣》、

《太祖秘史》《鹿鼎记》等。

总美术师 刘世运(香港一线美术造型师，李安、徐克、王家卫导演长期合作)

电影作品：

《倩女幽魂 II 人间道》、《刀剑笑》、《阿飞正传》、

《黄飞鸿之男儿当自强》、《东方不败》等。

最新作品：

《色戒》——第 78 届奥斯卡"最佳导演"李安最新电影

惊了，老康哽咽着说："过好每一天，也许就是对死者最大的安慰吧！不说了，下山吧……"

他起身默默地走开，孟丽君明白，自己已经触痛了老康的伤心往事，她不再打扰他，悄然跟在后面。

经过城门口时，那里正高悬皇榜，原来是新登基的皇上求贤若渴，开设恩科，广纳天下英才的告示。孟丽君心中一动：开恩科，招贤才？这可是接近皇上，伸冤诉状的好机会啊！

回家后，丽君一边配草药，一边想着设榜考试的事。老康看出了她的心思，对丽君说："到了我这破诊所里，就请收起大小姐的脾性。有件事情你要牢牢记住，你是孟丽君也好，孔丽君也罢，我只是收了个学医药的徒弟，除了这些草药、瓶瓶罐罐，别的我可什么都教不了你……"丽君乖乖地站在一旁，看老康配药，一边试探老康："师傅才高八斗，韬略极深！方今国家用人之际，你怎么不去应考？"

老康冷笑道："考什么？就那套八股文章，全是屁话，我早已忘得一干二净！"丽君点点头："八股文仅是敲门砖，这谁都心里有数，最终目的嘛，还是为了进身仕途。"老康哼了一声："我是过来人，早就看透了官场，你纵然考中了一官半职，也会同流合污的！"丽君正色道："这倒未必！清者自清，浊者自浊，迫害人的是官，有能力扳倒他们的，还须是官！"老康想不到她还有这番见识，放下手上的药罐，叹口气："丽君啊，可惜你是个巾帼女子，徒有其志其才，却永无出类拔萃的机会！"丽君不服气："这个世道，凭什么只把机会留给男人？"老康笑笑："千百年来，就是如此，没有什么可大惊小怪的。""太不公平了！"丽君愤愤地一拳砸在桌子上，老康被她吓了一跳。

师徒两人正说着，拄着拐的张石匠进了屋，他兴致高昂地嚷着："老康师傅，孟姑娘，我爹今天进城来看我，不但送来一笔款子，还带来一个好消息，四乡八集的老百姓都听说这事儿了，都愿意合股开药铺，东家献鸡蛋，西家出存粮的，一下子凑起七八十两银子！"丽君大喜："太好了，人心齐，泰山移，师傅，你这下服气了吧？鸡毛也能飞上天呀！"张石匠："大家都约好只要这儿的药铺一开张，大伙谁都不去坏蛋白大的药房那里抓药了，憋死那个黑心狼！"老康很感动："草民之力，的确不可小觑！丽君，你的见识，令我刮目相看……"丽君趁机暗示道："师傅，那你也该答应徒弟今天的请求了吧？""哎，你别得寸进尺呀！"香梅好奇:"姐姐,你要师傅答应你什么呀?""香梅,你送石匠大哥先回屋休息。"香梅只好挽着张石匠离开。

老康这才说道:"丽君,你知道不知道?你的想法太离谱了!""古时候的花木兰,离谱不离谱?我就不信,我当不了科场上的花木兰!"老康听了,还是一惊,四下张望一番。"嘘!小声点!这种胆大包天的想法,怎么能轻易说出口呢!你想过没有,那样你要做出多大的牺牲?花木兰她首先是做不成女人了,而且随时会被人揭发出来,说她犯了欺君之罪!""为了两家受苦受罪的亲人,做什么我都义无反顾!""你……你容我再想想……""师傅,有些事应当想好了再做,有些事却可以做起来再想。就拿开药铺来说,老百姓不是一呼百应?""这叫顺了民意,跟你说的是两码事!""我为什么就不能去考个为民请命的好官做呢?""你……"老康笑了:"你真是个倔丫头!"丽君也笑了:"师傅,徒弟帮你办药铺,你也帮徒弟去考状元吧!""这算是个条件吗?""不,是约定!你知我知,天知地知的约定……""唉,你这是把师傅逼上梁山哪!"但他还是笑着伸出手来,与孟丽君击掌。

师徒两人果真为这个冒天下之大不韪的想法一步一步实施起来。首先,老康去见了督学大人,为她捐了个生员,并给她取了个男性化的名字:郦君玉,这样,孟丽君就可以女扮男装地去赶考了。香梅也干脆扮成郦君玉郦秀才的贴身书童,取名荣发。丽君明白,不光改名字,还要改性别,改模样,改衣着,改习惯,什么都得改!

老康为她们买回男人衣装,让丽君和香梅,一个扮作公子哥,一个扮作书童。又找出三只大海碗,将酒倒入碗中,教他们如男人一般,大碗喝酒,大块吃肉。他还请来乡间戏子,专门教孟丽君和香梅练习女花脸唱法,粗着嗓门说话,挺着胸膛走路。每天,郦君玉要早早起床练嗓子,有时候她也想,唉,这声音难听死了!长此以往,我岂不要成了一个不男不女的怪物?可怜的孟丽君,你把自己糟蹋成什么样子了……少华看到了,又会怎么想呢……

但是,想一想肩头上压着的两家似海深的冤情,又打起精神:不行,我哪里还有什么回头路可以走!?师傅他们已经为我付出了这么多,我不能给他们丢脸……为了练胆量,她还专门在夜里往乱坟岗上跑。阴风阵阵,磷火团团,郦君玉心里发毛,脚下打软,却硬着头皮苦撑。心里念着阿弥陀佛,十方神灵保佑,浑身冻得发抖,抱紧了双肩。一声猫头鹰的怪叫,郦君玉"妈呀"一声拔腿就往山下跑。

可是跑了一半又停住了，她知道，如果她能过这一关，今后，就没有什么能吓住她的了。是啊，鬼都不怕，还怕人么？想着，她又不断在心里给自己壮胆，坦然地走过了乱坟岗。从乱坟岗回来，老康得意地拍着她的肩膀说："嚼得草根，何事不能为？日后，你可与魑魅魍魉斗了！"

从此，孟丽君变成了郦君玉，成了一个堂堂正正，英姿飒爽的男人。

在她和老康的努力下，平民药铺也终于开了起来，师徒二人一心为民，现在不但看病不要钱，连抓药都给百姓们极低的价格，着实造福了百姓，二人不管走到哪里，都被百姓们尊为一方圣人。村民们也把自己上山采的药材送来药铺给老康加工，平民药铺的生意越来越好，名声也越来越大。可是这一切却惹恼了那个无恶不作的白大。

这天，村姑们正挑着一担担的药材给药铺送来，郦君玉和香梅忙着代收代购。忽然看到白大摇着扇子来到门前。"怪不得我药店里柜台闲得生了绿毛，穷鬼们都聚到这里来了！"那白大阴阳怪气地说着，不经意地一合扇子，做了个暗号。片刻间，身后蹿出七八个打手："上，给他们点颜色瞧瞧！"打手们一声怪吼，动手打砸抢。村姑们吓得惊慌乱叫。郦君玉愕然。"什么人？你们要干什么？""滚一边去！"他们随手将郦君玉推倒在地。荣发大叫："啊呀，不得了啦，打人啦！"老康闻声出来："住手！光天化日之下，你们竟敢行凶逞恶？"白大笑道："哈哈，老康，安安稳稳的郎中你不做，存心和我抢生意，你吃了豹子胆啦？""白大，你开你的药房，我开我的药铺，井水不犯河水，难道你想欺行霸市不成？""老子眼里揉不得沙子，今儿不把你这破药铺砸烂了，我就不姓白了！"他一歪嘴，众打手像恶狼一样，扑向老康。老康想还击，但毕竟上了年岁，功力不支，寡不敌众。他被打得吐出血来。郦君玉撕心裂肺地呼喊。"师傅！师傅！不要打了！"白大看打得差不多了，一做手势。手下这才停下手来。老康躺在地上，痛得动弹不得。白大却又上前踢他一下："还给我装死？拉起来带走！"

　　清晨，人们还沉浸在酣梦之中，街上只有寥寥的行人。忽然，一阵急促的脚步声打破了这样的宁静，已经变成清俊小生郦君玉的孟丽君，顾不上别人诧异的目光，一口气跑到了衙门口，她抓起堂口的鼓槌，拼命敲打大鼓："冤枉啊——"半晌，公差们衣冠不整地跑出来："何人喊冤？"君玉放下鼓槌，向公差拱手："小民郦君玉，状告积善堂老板行凶打人！"公差轻蔑地道："懂不懂规矩呀？打官司要先递诉状！"郦君玉不假思索，撕下半幅衣袍，咬破食指，蘸着鲜血，在袍上写下"状告白大，草菅人命"八个字。她高举血书喊着："请青天大老爷为民做主……"

　　衙门府内，州官王大人睡眼惺忪地走进大堂，一脸的不乐意。公差把郦君玉写的血书呈送到州官面前。王大人扫了一眼："有人告白大官人？你应付一下，给我赶走就是了，还真要本官升堂？""大门外聚了一大帮刁民，那个郦君玉跪着不走，大人不出面处置，怕那些刁民要闹事。""哦？"他思考片刻："那你快把白大官人请来。"

　　公堂上，白大果然拒不承认欺行霸市，行凶伤人的事实，还企图把武胜王搬出来，颠倒黑白。王大人本也是百般偏袒与他，无奈众怒难犯，便暂时先将白大押下，做做表面文章，下了堂，百姓散去，立刻就把那白大又放了出来，好酒相待，一同商量着怎么为白大报回这一箭之仇。可怜那年轻气盛的郦君玉还以为自己胜券在握了，高兴地离开了公堂。

　　君玉回到诊所，看到老康躺在床上，荣发正为他涂抹药膏。便急切地来到老康身边："师傅，你怎么样了？"老康："我听荣发说，你跑到州府衙门去喊冤了？"君玉："是的，我把白大给告了！我实在咽不下这口气。"老康："那么？你告下来了吗？""那么多乡亲们一齐为我作证，州官不敢包庇，当堂拿下了白大，把他关了起来，说要等师傅你的伤好些了，再来审理此案。"荣发："太棒了，先让这个狗东西坐几天牢再说！"老康叹了口气："你真的相信州官的话吗？"君玉不解："我亲眼所见啊！"老康的脸色陡然变得严峻："你和荣发今夜就得走，一刻也不要停留！"君玉大惊："师傅，你伤得这么重，我怎么可能说走就走？就是走，也是我们三人一起走,路上还好照顾你!""昏话!我怎么能走呢?"老康有些着急。"我一走了,那不等于畏罪潜逃吗?白大一定反咬一口,州府也正好顺水推舟定下我们的罪。"君玉:"那就不走,我们一起跟他打官司!"老康:"越说越离谱……"他郑重地望着君玉:"郦君玉,你如今是个男儿,怎么还婆婆妈妈,拖泥带水的?"君玉还想说什么,老康真的火了:"还要我再说什么?到现在了还如此感情用事,就不配做我的徒弟!"荣发扯了扯郦君玉的衣角,郦君玉忍泪点头。老康松了一口气,他忽然又想起了什么:"荣发,我有句话跟你说——我知道君玉现在最希望得到什么……师傅这里只有三道锦囊,你替她拿着,不到万不得已的时候,不要打开!记住了吗?"荣发:"嗯……"老康:"走吧,走吧,都走吧。"君玉给老康磕头"师傅保重!郦君玉进了京城,一有机会就回来看你……"老康含笑摆摆手,心里却做好了生死诀别的准备。

郦君玉和荣发踏上了赶考的征程。与此同时,在京城里,刘府上下也在为同是今年考试的刘奎璧忙碌着。刘府书房里,邢师爷满脸神秘,把两个密封卷宗交给刘捷。"大人,卑职挖空心思,从翰林院淘来了今科会试的题目!"刘捷大喜:"该花的钱一定要花,但不可露了马脚。你要知道,历来的主考都是梁丞相,老家伙精明得很,一旦被他察觉,奎璧就麻烦了。"刑师爷:"那就把梁老头儿挤兑下去,请太后娘娘出面,在皇上那儿说说,哪怕让大人和他平起平坐,也是好的呀!""此话有理……我正想借着科考机会,看一看朝中衮衮诸公,谁真的服我,谁与我面和心不和?"刘捷志得意满地微微一笑。

少顷,刘捷拿着会试的题目,来找刘奎璧:"这是为父费了莫大的精力才弄来的卷子,你在家好好把它做出来,等到了考场上,便可胸有成竹了!"奎璧大吃一惊:"爹,这是作弊啊!您怎么能……我——我可不干!"他说完就要走。刘捷大喝:"站住!你敢走?等上了考场,只怕哭都来不及!古往今来,像你这样自认聪明的,有多少自恃才高,结果在科场上碰得头破血流,蹉跎一生……你是我的儿子,我绝不允许你重蹈这样的覆辙!"奎璧有些傻了:"这……作弊之事,我,我怎能心安啊?"刘捷:"心安?当初孟家比武招亲,你完全有把握娶到孟丽君,却让皇甫少华占了上风!现在回想起来,就是他们两家舞弊,而你呢,自以为凭真功夫就可取胜,倒差一点把娇妻拱手相让!"奎璧被触痛心事:"爹,你别说了……""爹这是在提醒你!若不是为父厚着老脸去求当今太后,烦她请了圣旨,命孟家退了婚约,改嫁于你,你还一辈子蒙在鼓里!"奎璧一惊:"啊?孟小姐改嫁，是爹爹做的手脚？爹爹，你把儿子的一生大事都包揽下来了！如此看来，这次要考什么状元，不过又是父亲棋局上的一枚棋子吧？"刘捷不满："一提孟丽君，你就怪话连篇！为了这么一个劣性不改的女人，把自己搞得一蹶不振，值得吗？我叫你回京来，就是要你收收心，全力迎考，不进入前三甲，你就是丢了我们刘家的颜面！"说完，刘捷怒冲冲地走了。奎璧冷笑了一下，将桌上试卷扫到地上。

这厢，郦君玉与荣发二人一路历尽艰险，路上饥民遍地，君玉把所有的盘缠都给了饥民，还搭救了一位被饥民所困同是进京赶考的扬州举人，在路上耽搁了不少的时间。等二人进了城，已是举子报到的最后时辰，贡院就要关门了。荣发在大门即将关上的一瞬间，拉着君玉挤了进去。而此时负责签到的簿记官，正在准备下班。君玉："大人，科考举子可是在这里签到？"簿记官："天色已晚，签到结束了！"君玉："烦劳大人给学生办个手续吧！"簿记官："你知道办手续有多烦吗？"君玉连连拱手："对不起，对不起，大人辛苦了……"簿记官："那，总不能白辛苦吧，啊？"

君玉明白，他这是在暗示要收礼，可她们已身无分文，荣发的脸也苦叽叽的。簿记官看到这情形，立刻板起脸来："请明年再来吧！"他夹起包就要走。君玉忙道："大人且慢！"君玉示意荣发掏出挂在脖子上的老康三大锦囊之一，荣发从锦囊中摸出一枚玉质围棋黑子。君玉从荣发手里接过棋子，将它转交给簿记官："区区薄礼，不成敬意，请大人笑纳！"这棋子原是皇上赐给老康的，也是老康身上唯一保留的代表过去的东西，他早就料到了君玉会用得着它。

簿记官开始不以为然："棋子儿？开什么玩笑？"君玉："请大人看看背面。"簿记官翻看棋子背面，吓了一跳："'御制'？皇家贡品？你……你哪里得来的？"君玉笑笑："学生有个近亲，在皇上跟前当差。他说，有谁要是为难学生，就凭这枚棋子，直接找他要钱！"

簿记官像捧了一只烫手的山芋，态度大变："啊？小人有眼无珠，冒犯官亲，还望公子海涵……"连忙将棋子奉还。君玉佯装不解："大人这是何意？"簿记官："公子是在考验小人哪！多少年来，小人都是两袖清风，对待天下举子，无论贫富贵贱，一视同仁！"君玉语带挖苦地："你可真是个好官！"

皇宫内，勤政殿里，刚从皇太后那里请安回来的皇帝，与梁丞相商量秋闱的事情，太后大力举荐刘捷担任这次秋闱的主考官。皇帝有些为难地转述太后的指示。梁丞相年过古稀，加之身体不适，连阅上千份卷子对他来说确实太辛苦，看到刘捷一幅跃跃欲试的模样，所以干脆顺水推舟，把这个今科的取士的重任交给了刘捷。众大臣更怕得罪刘捷，齐声附和。殿上的刘捷更是心花怒放，不可一世。

报上了名，郦君玉和荣发连夜扣响了庵堂的门环。因为之前有老康的引荐，主持老尼圆觉收留了她们。清晨，郦君玉在庙里的庵堂虔诚地点燃一炷香，祈求佛祖降福给远在天边、生死未卜的皇甫少华。

从庵里出来，郦君玉和荣发来到街上，却正遇到一场进行得如火如荼的赛诗会，两人忍不住好奇，上前观看。她们不知道这赛诗会其实是刑师爷的主意，他想广招京城文人雅士，愿者上钩。相信刘奎璧也不会反对，正好激他一试身手。赛过之后，就是刘家说了算了，本事确实高的，包在府里做枪手，不乐意的，干脆就替刘奎璧铲除掉障碍！所以此时，刘奎璧正意气风发地站在台上，等着有人来挑战。有人欲与刘奎璧对决，蹦上了台。一个瘦子拱拱手："老兄，我有上句，请你接个下句！"刘奎璧："但请赐教！"瘦子："柳絮飞来片片红……"众人哄笑："柳絮是白的，怎么片片红了？不通，不通。"瘦子："我这个柳絮就是红的！且看你怎么接？"荣发小声对郦君玉说："蛮不讲理了，台上那位公子要吃大亏！"君玉："却是未必，可用'夕阳'来对，阳光照在柳絮上，自然是红色的。"那边奎璧果然接上："夕阳返照桃花坞……"掌声四起，众人连道："好诗！意料之外，情理之中……"荣发："啊呀，郦公子，你猜得对啊！我看你比这个刘公子还要棒，是他在你后头说出来的。"她兴奋地拉扯郦君玉上台应战："你这一肚子诗才，正好上台去练练，也给我长长威风！"君玉笑笑："算了，我还是看看吧，能长不少见识……"她站着不动，身边有几个举子听到了，怂恿她，君玉不为所动，大家开始嗤笑她，台上的刘奎璧此刻也注意到了郦君玉："台下那位仁兄，我见你老是小声嘀咕，何不上台来一试？"众人："是啊，是骡子是马，牵出来遛遛！"郦君玉转身欲走。刘奎璧越发骄狂："怎么，他这不像个姑娘吗？躲在台下嘀嘀咕咕，想走不走的样子，难道还要我下台来请？"台下乐翻了天。荣发："欺人太甚了，公子，你就上去跟他比一比！"君玉正要上台，却有人抢在了她头里，君玉定睛一看，那人正是被她搭救却又溜之大吉的扬州举子。"刘兄，不要得意得太早，扬州人来也！"他一步跨上台来。刘奎璧："哦？请吧！老兄既然自称扬州人，那我们就以扬州为题联句如何？"扬州人："悉听尊便！"

刘奎璧:"十年一觉扬州梦"……

扬州人:"赢得青楼薄幸名"。

刘奎璧:"春风十里扬州路"……

扬州人:"卷上珠帘总不如"。

刘奎璧:"故人西辞黄鹤楼"……

扬州人:"烟花三月下扬州"。

刘奎璧:"天下三分明月夜"……

扬州人:"二分无奈是扬州"。

刘奎璧有点喘不上气来了。

刘奎璧:"你……你还有多少扬州?"

扬州人:"有!'淮海岷江都会地,繁华雄盛古扬州':'皓月澄空风景幽,大江千里一扬州'……"

刘奎璧拱手:"好了,好了,兄台果然满腹经纶,在下自愧不如……"他灰溜溜地下了台。众人嘲笑:"这家伙,偏要和扬州人斗扬州诗,自不量力,撞到枪尖上了吧?"刘奎璧恼羞成怒,拂袖而去。扬州举子被台下观众抬在肩上,欢呼雀跃。

荣发兴奋地:"真是强中还有强中手,这个不起眼的扬州人,出了大风头!"君玉却皱起眉头:"谁知道是福,还是祸?"

刘奎璧受挫,心情郁闷,回到府上,又被刘捷连训斥带奚落了一番,心情愈发低落,只好独自去酒楼买醉。奎璧心里想着刘捷训自己的话,心情无比烦躁,刚喝下一大口酒,偏偏小二不识趣:"公子爷,您还要添点什么?我们快要打烊了……"奎璧大怒:"滚!我不是什么公子爷!我就是我!但我不过是个自以为是的酒囊饭袋,连老婆都不知道在哪里!哈哈……"他笑着,因酒醉控制不住,把桌子碰翻了。

出了酒楼,刘奎璧踉踉跄跄,差一点撞翻梁相的义女梁素华回府的轿子。梁府下人呵斥他,刘奎璧舌头已经打了卷,可还不服气:"什么……什么东西?我乃堂堂国舅之子,老爹官居一品,吏……吏部尚书,啊——"轿子里的梁素华听到他的声音,大为震惊。这么熟悉的声音!她的心中顿时翻江倒海,偷偷掀起轿帘一角,一见,果然是他,是自己日思夜想的他。但这时,梁府家丁们已经架起刘奎璧。下人:"刘大人有你这种德性的儿子?笑死人了!滚吧——"他们将刘奎璧扔出去老远。奎璧哼了一声,在地上翻了两个滚,嘟嘟囔囔:"我当然就是赫赫有名的刘奎璧……我不是刘奎璧,谁是刘奎璧?"说着便昏昏欲睡。梁素华看着像烂泥一样瘫在街头的刘奎璧,不由愣在那里,落下泪来。下人见小姐不言不语,小心询问,梁素华狠狠心,擦了擦眼泪,吩咐下人:"不要管他了,走吧!"轿子离去。梁素华忍不住回头张望。月上枝头,刘奎璧的身影在她模糊的视野中,越来越小、越来越小……

考试前夕,许多举子齐聚在茶楼里,交头接耳。郦君玉也来了,她看到众人的目光有些神秘和不祥。一个胖子说道:"出怪事了,住在我们同一间客栈的几位举子,一夜之间,突然失踪了!"另一个瘦举人道:"更莫名其妙的是那个扬州人,昨晚竟被官府捉去了!"君玉忍不住问:"学兄,你说的是哪个扬州人?"瘦子:"还能是谁?就是前日与姓刘的在赛诗会上斗扬州诗斗赢了的扬州人呗!"君玉:"哦?官府说他犯了什么法?"瘦子:"可笑得很,说他脱口而出的诗里犯了忌讳,居然用隋炀帝典故影射当今皇上!"胖子:"那些都是唐人的诗,其中就有我先祖李白的诗,他不过随口背出来而已!"瘦子:"快别这么说,官家说犯忌讳,就是犯了忌讳!谁替他辩解,谁就是他的同党……"举子们:"天哪,这不是文字狱吗?"瘦子:"莫谈国事,莫谈国事!"举子们:"对对对,喝茶,喝茶……"

郦君玉再看看周围的人,神色凝重起来。

终于挨到考试了。郦君玉早已成竹在胸,她不慌不忙地在号子里填写答卷,一边写,一边注意倾听左邻右舍的动静。昨天茶社里的胖子已经交卷,瘦子仍愁眉苦脸,不住地唉声叹气,好好的笔头快被他咬烂了。郦君玉完成后,故意拖延时间,她一遍遍地回头看着,用笔在卷子上涂涂改改。把好好一份卷子弄得很难看,这才满意。直到钟声响起,监考官员前来催促交卷。他们夺下瘦子还没写完的试卷,瘦子当场哭出声来。轮到收缴郦君玉的卷子,她恭恭敬敬地交上去。

贡院大门前,照壁墙上,贴起长长的榜文。君玉和荣发前来看榜,榜墙前聚满了举子,人头攒动。刘奎璧也在其间,他的下人很快就帮他找到了他的名字:"大少爷,在这里哪——会试进士及第,第一甲第一名,蒋州刘奎璧。哈哈,不出老爷所料,名列前茅啊!刘公子!恭喜你呀!"刘奎璧勉强露出笑容,他如释重负,从人群中退了出来。正值郦君玉往里挤,四目相对。刘奎璧:"哎,是你?"君玉无处可躲,只好应付:"啊……刘公子?"这时,荣发已找到郦君玉的名字:"郦

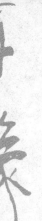
公子,你中了!在这儿,第六十七名,郦君玉!"君玉:"啊……"刘奎璧挤出一丝笑容:"很不错嘛,祝贺你!"他又特意凑近了榜墙看:"六十七,济州郦君玉?郦贤弟,我们同年同榜了!"君玉忙道:"不敢高攀,刘公子可是第一名!"刘奎璧得意道:"小试牛刀罢了,底下还要看殿试呢!"

郦君玉拉着荣发,赶快走了。

中了进士的举子们,自然而然地又聚到茶楼里。郦君玉低调地夹在里面,听他们海阔天空地侃侃而谈。进士们:"一百二十名新科进士,按黄榜名次,报门而进,席地而坐,听候皇家主考官宣布对策试题……"一进士:"不是由皇上亲自出题吗?"进士们:"自从先帝抱病,不能视朝以来,历届主考都是梁丞相!"郦君玉精神一振,以为总算可以见到梁大人了,可这时,便又有另一个人道:"换了人啦,是吏部尚书刘捷!"君玉忍不住脱口而出:"刘捷?"她打了个寒噤,手中茶杯险些落地。

君玉回到住宿地。荣发还在灯下缝补衣服。荣发:"你去哪儿啦,这么晚才回来?师太也为你中了进士高兴,特意送来几两银子,说是让你买一套新衣裳,上殿也显得光鲜些!"君玉有些心不在焉:"难为师太了……"荣发:"她还送你一只莲花香囊,我把它缝在你的小衣上,明儿穿上去见皇上,一定大吉大利!"君玉:"明天见不到皇上。有人代皇上出题,这人就是我不共戴天的仇家!"荣发呆住了,君玉一时激动:"老贼,该到你给映雪姐姐偿命的时候了!"她从包袱里翻出一把老康给的防身的短刀。荣发看到君玉忽然这么激动,一下子愣住了,不知道该怎么办才能劝她,却看到君玉忽然又松开了紧握的短刀,自己喃喃道:"可是,师傅……我还有师傅啊……"荣发也反应过来:"对,师傅!我看,这个时候,还是听听老康师傅怎么说吧?"她取出老康的第二个锦囊,这次只有一页字纸:越在此刻,越当谨慎,按部就班,君子报仇,十年不晚……老康真是料事如神。

荣发这才说道:"姐姐,前两天看榜,我还纳闷,凭你这一肚子墨水,怎么只考了个中不溜丢的第六十七名?后来想想,你有道理啊!只有不显山、不露水地去一步步接近你的仇人,才能保护自己,再出其不意地击败他!老康师傅教给我们的忍,大概就是这个意思吧?"郦君玉噙泪点头:"好妹妹,我知道,我刚才太不冷静了……"

次日,皇宫文华殿。郦君玉与众考生头一起进入皇宫。巍峨的建筑群,阔大的广场,高高在上的台阶,威严的御林军……这一切,都使他们内心深受震撼,充满敬畏。此时君玉明白了老康的良苦用心。看看这深宫大内,她昨日的冲动,是何等的幼稚!

众人排队进了文华殿。这里的豪华和肃穆,同样令他们透不过气来。刘捷站在空空的龙座一旁,威风凛凛地扫视每一个考生,当刘捷的目光锁定在郦君玉身上时,她陡感一阵彻骨的寒意,禁不住双腿微微颤抖。她急忙低下头,努力克制自己的失态,但在同时,往事一股脑儿翻滚上来,历历在目。恩怨情仇纠葛不清,令君玉越是想平静,越是忐忑紧张。好歹,刘捷只是装装样子,就挥手命考生们各就各位。君玉有惊无险,深吸了一口气,酝酿了很久,等心情平复下来,才开始下笔。刘奎璧也在应试。他跟郦君玉正相反,文思泉涌,写得太快,冲劲十足。刘奎璧进行得太顺利了,本想得意洋洋地第一个交卷,但被刘捷威严地一瞪,只好装作再反复查看。直到有人交卷了,他才迫不及待地交了上去,父子二人会心地微微一笑。刘奎璧走出大殿前,关心地看了郦君玉一眼。她正埋头书写。他怜悯地摇摇头,走了出去,君玉最后一个交卷。

吏部密室,刘捷收了卷子,匆匆浏览。邢师爷给他打着下手。当最后看到郦君玉的卷子时,刘捷不禁击节惊叹:"奇文哪!万没想到,考生中竟然还藏着这么一个厉害角色!"邢师爷吃了一惊:"啊?"刘捷:"邢师爷,你是怎么搞的?不是说,天下高手已被你一网打尽了吗?"邢师爷似乎不敢相信:"我看看,哪来这条漏网之鱼?"他看了一眼试卷封头,又翻看花名册。"啊,在这里呢!六十七号,郦君玉,济州人氏,十九岁……哈,还是个毛孩子呢!"刘捷不满:"毛孩子也不可小觑!看他文章的老辣潇洒,不在奎璧之下……"邢师爷谄媚地笑道:"大人哪,您放一百个心!上下关节,卑职早已打通,这个郦君玉再厉害,他也逃不出大人的手心!状元的头衔,不是全靠你刘大人,用朱笔这么一圈吗?"刘捷:"这个无需你提醒,但郦某人的存在,终归说明,我们百密一疏!"邢师爷:"是是是,卑职疏忽,卑职知错……"

他擦着额头上冒出的冷汗。

刘捷刚刚放下心来,大笔将要一挥,决定考生的生死命运。当着几位副考官的面,他又惺惺作态起来:"这是怎么回事?谁把我儿子的答卷放在最前面?"副主考:"刘大人,这……这个刘奎璧,竟是大人的公子?"刘捷:"怪了,你们不知道吗?"副主考:"恕罪,恕罪,下官们真不知道!我等阅卷,只看文墨,不计人名，都觉得这篇文章好，故而一致推荐。"刘捷故意推托："唉！诸位大人哪，小儿文墨再好，本部堂也是要避嫌的，所以把它压在了最后，哪料到你们又将它摆到了头里，这不是要陷我刘某人于不公不义、不明不白之地吗？"副主考："刘大人多虑了！令郎妙文，就是张贴在贡院墙上，也是响当当的，经得起天下人评说！大人如再谦让，倒显得不公不明，我等考官愿意在大人之后，集体签名，以示严正！"众考官异口同声地附和："我们为国选材，不为大人谋私！"刘捷拱拱手："承情，承情，既然如此，本部堂也只好照章办事了……"他提起朱笔，刚想落墨，外面传来喊声。"圣旨下，刘捷接旨！"

刘捷一惊，放下笔，离座跪下。小太监捧着圣旨进来，当堂展诵："奉天承运，皇帝诏曰：元年恩科，群贤毕至，朕思谋良久，决定在廷试外，须加试一场，亲自查验真才实学。望吏部尚书刘捷做好筹备，不得有误！钦此——"刘捷："啊……吾皇万岁，万岁，万万岁！"小太监："刘大人，起来吧，你快点通知考生，皇上明天就来考他们了！"刘捷忙不迭地点头："是是是，下官照办，照办……"

他和同样慌张的众考官对视一眼。

人人都在心里叫苦不迭。

<h1 style="text-align:center">十一</h1>

这日，郦君玉和荣发，同青莲庵的尼姑们一道念经。门外忽然来了一位公差。"请问新科进士郦君玉是住在这儿吗？"君玉急忙站了起来："我就是，差官有何贵干？"公差："吏部紧急通知，皇上有旨，明日加试一场廷对，皇上要亲自考问，请郦进士准时入宫，不得有误！"众尼停止了念诵，惊羡地看着"郦君玉"。老尼："恭喜呀，郦进士，见到皇上，青云有路了！"荣发高兴地说："公子，好好考吧，拿下头名状元来！"君玉笑笑："我会努力的……师太，请恕君玉告退，我还要再准备准备。"老尼："去吧，贫尼将为你焚香祈祷。"

回到厢房，荣发显得比郦君玉还要紧张激动："姐姐，你怎么坐得住的？想想看，明日皇上就要亲自考问你们这些读书人了！他长得什么样？威严还是慈祥？问话随和，还是刁钻古怪？"君玉瞪了她一眼："你尽操没用的心！皇上是何态度，我们无法左右，只有想好怎样发挥平日积累的学问，临时不慌不乱就行了。"荣发一吐舌头："倒也是,刘捷主考,你不也挺过来了吗?"

忽听有人敲门,荣发开门一看,却是扬州举子。荣发和郦君玉一愣:"你……你被放出来了?"扬州举子叹口气:"唉,错过了应考,自然就被放出来了,郦兄,我能进来吗?"荣发没好气地说:"你还有脸来见我们公子?"郦君玉喝止了荣发,忙让他进屋。

坐下后,扬州举子又叹了口气:"路上的事,我就不多说了,这一趟赶考,给了我许多的教训!唉,做人难啊……"郦君玉问道:"学兄,你是如何被抓进去,又是如何被放出来的?""说实话,我真的莫名其妙。直到今天,我的一位昔日同窗,翰林院前科状元王大人,在接我出狱,为我摆酒压惊时,不经意间,一语惊醒梦中人!"顿了顿,接着说:"他说,你呀,吃亏吃在锋芒毕露上!是啊,细想想,我去赛什么诗,斗什么气?老老实实地进考场,答卷子,不就平安无事了吗?"郦君玉:"吃亏的似乎还不止你一人……"扬州举子:"这正是我冒昧登门的原因,想提醒郦兄,万勿重蹈我的覆辙!"

郦君玉一惊:"此话何意?"扬州举子:"我听说,前日殿试,有几个人的文章做得才华横溢,大有问鼎之势,可是状元只有一个啊!这本来不关我的事,我已经寒透了心,这辈子不想再来跳这个火坑了……但郦兄在京郊解过我的围,而当时我竟落荒而逃,欠下你一个大大的人情!"郦君玉笑了笑:"区区小事,不足挂齿。"扬州举子一拱手:"你是个君子,我无以回报,只能说一句,害人之心不可有,防人之心也不可无!时辰不早,告辞。祝你一帆风顺,后会有期!"郦君玉要送他出门,举子忙制止:"留步,眼下你我的举动,恐怕都有人盯着呢!"

看着他的身影隐入夜幕中,郦君玉忧心忡忡,禁不住激愤地说:"豺狼当道,士人怎有出头之日?"荣发:"姐姐,明天就可以见到皇上了,你把这一切黑幕都撕破了给他看!"郦君玉冷笑:"只怕有人不让我见呢……""你是说,还会像那个扬州人一样,把你关起来吗?""关起来是手段,错过见皇上的机会,才是目的!"荣发惊呼:"天哪,那……那怎么办呢?"两人大眼瞪小眼。郦君玉灵机一动:"你那天说,师太送给我们几两银子,让我买一套新衣服?"荣发不解地说:"是啊,可你舍不得用……"郦君玉笑了笑,神秘地说:"这回派上用场了!"

第二天一早:"郦君玉"出了庵门。她伸了个懒腰,从容地步入早已雇好的轿子。"郦君玉":"师傅,进皇宫,麻烦你们快些!"轿夫:"没说的,公子一定是去赶考,祝你步步高升!"他们颠起了轿子。半路上,轿夫突然被蒙面歹徒持刀迫住喉咙威逼。轿夫们大气不敢出,作声不得。他们被带往和皇宫相反的偏僻方向。轿中的"郦君玉"浑然不知。骑在马上的邢师爷远远地看着郦君玉被带走,脸上露出得意之色。其实,轿中的"郦君玉"正是换了书生装的荣发……

大殿上,新皇帝亲自主考。考生们看皇帝岁数不大,面容和善,心下稍安。刘捷意外地发现,郦君玉赫然在座,大吃一惊:"这……这个六十七号,怎么冒出来的?"郦君玉笑吟吟地看着他,裤腿上还沾有泥点和青草,显然是抄小路走来的,可满心愤怒和怀疑的刘捷哪还顾得了这些!?

皇帝并没有注意到刘捷的不安,而是径直冲着梁丞相:"梁丞相,你先出个题,让考生们热热身。"梁丞相:"是。"随后面对众人道:"大家听了:'子曰,逝者如斯夫,不舍昼夜!'是感叹时光的易逝,还是赞美大千世界的变幻无穷?"此题一出,众进士跃跃欲试,纷纷举手。梁丞相随意指出一人,让他起立作答。那人侃侃而谈,唾沫横飞。皇帝稍稍皱眉。又有人见机而为,站出来驳斥,言词和动作也是慷慨激昂。梁丞相一脸微笑,刘捷不动声色。进士们受到感染,克服了畏惧心理,争相发言。但大多只是虚张声势,拼命逞能。唯有刘奎璧、郦君玉等少数人,不温不火,娓娓道来。皇帝与梁丞相注意的目光,渐渐聚焦到这二人身上。刘捷看在眼里,内心为儿子骄傲,他不失时机地在皇帝耳边低语几句,皇帝微微点头。

于是,刘捷向众人摆了摆手。廷下顿时又鸦雀无声。刘捷:"众位考生,现在恭请皇上亲自出题!"皇帝笑笑:"朕只有一题,古人云'穷则独善其身,达则兼济天下',此话是对,是错?"众人面面相觑,不敢贸然回答。刘奎璧有了先前的经验,成竹在胸,抢先举手出列:"小臣刘奎璧,抛砖引玉,敬请皇上圣裁!"皇帝十分欣赏他的勇气:"好,你说吧。"

刘奎璧:"'穷则独善其身,达则兼济天下',语出《孟子·梁惠王下》。圣人出身草莱,志存高远,是以未出仕时修身、齐家,为君王所用时治国、平天下,互为补充,相得益彰,可谓人生最高境界,也成为历代读书人万世师表!孔孟先圣,虽生不逢时,未遇明君,转而发奋著书立说,开千秋之学风,而董仲舒、诸葛亮等重臣,位列三公,形同肱股,辅佐英主开疆拓土,鼎定勋业,留万古之芳名。这一切都证明了,无论穷与达,人的修养至上!否则,穷与蝼蚁为伍,达同禽兽无异,没有灵魂,没有目标,也没有进取之志和廉耻之心……"这番抢答后,群臣点头称是,考生们竟一时无人辩驳。刘捷洋洋得意。

只有郦君玉听完，不禁皱了皱眉头。皇帝扫视众人："刘奎璧言之有理，也言之有据，文思缜密，不愧少年英才！可有人与他立论不尽相同？"郦君玉从容不迫地出列："皇上，小臣郦君玉，不敢苟同刘奎璧的高论！他方才这番言词，是在演绎古人的话语，并无新意，也不切合当今的实际。"皇帝颇感意外："哦？你说下去！"君玉："是。穷者，谁不想达？达者，更畏惧穷！为求发达，穷人兢兢业业，辛辛苦苦，农耕其田，工利其器，商务其业，学读其书，人人都在独善其身。可是，除了几个少得可怜的穷书生，通过科举，做了官吏，绝大多数人依然过着艰难困苦的日子！是他们不努力吗？是他们不上进吗？非也，盖因如今的达者，不愿意，也不允许把发达的机会赐给穷人！"

她回忆起进京赶考的路上，被饥民所拦的情景，感慨万分。

"达官贵人们不想和穷人分享锦衣玉食，他们视穷为一种羞耻，更因目睹诸多曾经显贵的人，在尔虞我诈中失败，沦为穷人，故而倍加恐惧贫穷……因此，他们便不遗余力地压榨穷人，聚敛财富，把持权柄，以图这样的发达永远保持不变，福荫子孙。在这些人眼中，所谓天下，就是他们鼻子尖上的那一点金钱与地位！"群臣咋舌，个个听得面红心跳。刘奎璧惊讶之余，更是一脸的不服。

郦君玉回忆起白大横行乡里，老康沉冤入狱，百姓送盘缠给自己进京的种种过往，更加义愤填膺。"上行而下效，穷者见达者做出如此不光彩的榜样，为求发达，不得不另辟蹊径，农弃田亩不耕，或进城流浪，或落草为寇；工弃材具不用，或聚赌成瘾，或狂饮寻欢；商弃贸易不做，或巴结权贵，或放贷渔利；学弃功课不专，或投机取巧，或攀龙附凤。尽管有些人，还时时把圣贤道德挂在嘴上，却不过是修炼成了伪君子而已！皇上，圣人古训本来不错，但在今天，该反过来扪心自问一下了，穷时，我们心忧天下了吗？而当朝的达者，更不要忘了独善其身，诚所谓'己不正，焉能正人'是也！"

皇帝听得呆了。激辩之后，大殿里安静得令人窒息。下面冷场，无人能接，也无人敢接这个话头。刘奎璧愣愣地看着郦君玉，不知道说什么好。因为他根本没有这些民间苦痛的体验。皇帝笑笑："梁丞相……"梁丞相："臣在。"皇帝："既然无人应战，依朕之见，今科状元……就在这两位中选一个吧。你说，该是何人啊？"老丞相故意耍滑头："皇上，刘捷大人今年主考，还是他来说吧！"皇帝故意又转向刘捷："说的也是，国舅你看呢？"刘捷张口结舌："这个……皇上圣明，恭请御笔钦点！"皇帝顺水推舟："好，刘奎璧听旨——"刘奎璧心如鹿撞：

"臣在。""你反应灵敏迅即,思路不温不火,面面俱到,跟你的年龄比起来,思想难得成熟老到,勇气更称上佳。朝廷有了你这样稳健宽博的青年才俊,朕看到了希望……"刘奎璧十分感动,可皇帝却话锋一转。好像突然看到了郦君玉,很自然地转向了她:"郦君玉听旨——"君玉:"小臣在。"皇帝:"你年纪轻轻,思想如此偏颇古怪,言辞激烈,离经叛道,句句带刺,字字见血,自以为切中要害,其实很容易授人以柄!"

君玉心中一惊,一时不知道说什么是好。刘捷松了一口气,认为状元非儿子莫属,幸灾乐祸地看着她。没等郦君玉反应回话,皇帝接着往下说:"但是,难得你振聋发聩,直抒胸臆,朕欣赏看中的,恰恰是这种初生牛犊不怕虎的精神!更盼望天下书生,都能以你为榜样,敢想敢说,敢作敢为,百花齐放,百家争鸣!朕……朕就钦点你为……新科状元!"君玉几乎不敢相信自己的耳朵,她惊喜万分,连忙下跪:"谢主龙恩!"群臣愣了一下,这才山呼:"吾皇万岁!"

此时在郦君玉的眼中,大殿如同一艘浮游在海上的巨船,轻轻地摇晃着。

钦点状元郎宫花帽翅,跨马游街。万人空巷,争看郦君玉的风采。君玉高高在上,满眼都是迎接她的张张笑脸。她如释重负,悲喜交集,跟大家挥手示意。

可是隔着一条街,老康被关在一辆囚车内,衣衫褴褛,凄凄惨惨被押送刑场。看押犯人的士兵,穷凶极恶地喝退路人。"闪开,闪开!闲杂人等一律回避——"两队人马仅距一条街,却大喜大悲两重天地。

隔着建筑的缝隙,郦君玉仿佛有心灵感应般蓦然侧首,发现老康正在囚车中赴死。"师傅?怎么会是师傅?"她不敢相信自己的眼睛,大惊失色,不顾众人,急忙下马狂奔而去。人群一阵骚动。郦君玉的随从看她跑了,也不放心,紧紧追来。君玉向着囚车前行的方向一路狂奔。衣冠太重,她顾不得了,抛下的宫花帽翅扔了一地。街道转角处,囚车终于停下。

郦君玉愣住了,原来这里竟是刑场。她拼命地挤过人流,想靠近老康,却被士兵拦住了去路。君玉声嘶力竭:"放我过去,我要见我师傅!师傅——是我,郦君玉啊——"老康在囚车上也看到了郦君玉,目光激动,却动弹不得。老康喃喃地:"君玉,真的是你吗?"一通号炮,他的囚车被兵士打开。人群中,有人认出新科状元。这时,监斩官入席,看到人群中的骚动,监斩官:"何人喧哗?"声音威严,骚动的人群慢慢安静了下来。君玉看清楚状况,立刻跪爬着去求监斩官。"大人……大人刀下留人,车中人犯老康无罪!他是被冤枉的!"她一步一跪一磕头，靠近监斩官。监斩官看清楚来人居然是新科状元，颇感为难。"郦君玉？状元公？"郦君玉："是的，是我……大人，通融一下，万万斩不得，老康是被人陷害的呀……他是我师傅，是我的义父，没有他就没有我郦君玉啊……"

众人轰动。二通号炮，老康被押到刑台上跪下。他听到郦君玉的哭诉，故意装作不认识她："不，我不认识这个人！"君玉一惊，随即明白了，转向监斩官："大人，你高抬贵手，放了他，放了我师傅！"

老康："不要听她的！我跟她没有一点关系！你们快动手，还等什么？"君玉又跪向老康："师傅，师傅！求求你不要开口，有话让君玉代你向大人说吧……"老康内心虽然矛盾，但仍怒斥道："闭嘴！我不是你师傅，我什么也不是，你们不要搭理他！"

三通号炮，监斩官举起了令牌。刽子手磨刀霍霍。郦君玉一个箭步扑过去，紧紧抱住老康，以自己的身体掩护他。她声嘶力竭地喊道："斩不得，斩不得呀！"监斩官："郦状元，这……这到底是怎么一回事？"君玉："大人，大人，要杀要斩，你让我代师傅吃这一刀吧！在下真的是他徒弟，是他螟蛉义子，是他唯一的亲人啊……"老康挣扎着哭叹："君玉，君玉！你这是何苦？你这样既救不了我，还要白白搭上你的一切呀！你……你太让我失望了……"君玉："师傅，徒弟今天救不了你，甘愿同你一道赴死！"监斩官："唉！郦状元，本官总算看明白了，可是爱莫能助呀！本官只能公事公办，奉命监斩，无权查核冤情……"

郦君玉发疯一样磕头，她的额头磕出斑斑血迹。君玉："大人，黑白颠倒、善恶不分、乾坤倒转、天理不容！人生只有一次，人死不能复生，人命关天啊，大人！求大人发发慈悲，延缓刑期，我一定能证明老康的清白。如果乌纱帽还不够，我愿意拿性命担保！大人——"

众人见新科状元如此凄惨可怜，议论纷纷。与此同时，乡亲们也赶来和郦君玉汇合了，他们向监斩官递上了血书一封，然后集体跪在监斩官面前："大人给草民做主！老康师傅是替我等乡民办药房，遭人陷害的。要死，也该我们先死！这是我们乡里一百多位农民联手写的血书，按的血手印，请大人亲自过目明察！不然，我们绝不回去，就跪死在这里……我们死也要跟老康死在一起……"君玉感动得说不出话来，她和乡亲们跪在了一起。

乡亲们一遍遍为老康求情，黑压压跪了一片。跟着郦君玉过来看热闹的群众，越聚越多。这时荣发带着一群人也赶到了。弄明白了眼前的情形，荣发也带

头跪下了："官军大人们，你们不能错杀好人啊！"监斩官看着黑压压的人头发怵。人群越聚越多，赶都赶不走。官员们百般无奈，交头接耳。监斩官无奈："状元公，是否冤假错案，本官真的无权过问。但看这刑场，群情激愤，极易惹发新的事端，若被别有用心的人煽惑，造成大祸，状元公与我等均吃罪不起！还是请大家都冷静，散开，好吗？"君玉："大人若能宽限时日，郦君玉自然劝说乡亲们遵纪守法！"监斩官："也罢，你们通情，我也达理，本官就在能力范围内，尽量成全你。这样吧，死囚老康因故缓期一天执行死刑！郦君玉，下面的事，本官可就帮不了你，只有看你们怎么做啦……"郦君玉连连叩首："谢谢！谢谢大人！"

看到老康又被押走了。君玉不得不一边流泪一边组织大家，给老康他们让出一条路，老康也泪流满面地看着君玉。

郦君玉马不停蹄地跟众人一起赶到顺天府衙门，发疯一般击鼓喊冤。知府大人看到当今的新科状元帽子也不见了，披头散发地跪在堂上，不由大吃一惊，待听完了郦君玉的陈述，了解了这其中的冤情，很是同情这父子二人，激愤之下，他向郦君玉担保一定不遗余力地将此案查个水落石出。有了知府的承诺，郦君玉紧悬的心放下一半，与知府约好了第二天再来向他提供一些证据，君玉满怀希望而去。

到了晚上，郦君玉打通狱卒，进入了顺天府大牢。狱卒看到郦君玉的乌纱帽，卑躬屈膝，阿谀逢迎："原来是状元郎，请进，请进！"他还想多说，看到郦君玉脸色凝重，才识趣地走开。郦君玉一见到老康的憔悴面孔，涕泪横流："师傅，你瘦多了！……都是我不好！郦君玉不该劝师傅，开这个惹是生非的药房，不该离开师傅，独自到京城赶考！徒弟险些再也见不到师傅了……这都是我的错！师傅有什么三长两短，我……我会后悔一辈子的……"老康故作轻松："哎，此话差矣！老康今日免于一死，喜也！君玉你得中了状元，喜也！咱师徒俩能在这地方又见上一面，喜也！你看，三喜临门，高兴还来不及呢，你哭什么呀？"

君玉听到这话，更是泣不成声："这个世界，是非颠倒，人妖混淆，歹人作恶多端，好人反受惩罚……这个世界，要一个状元头衔有何用？只是一纸虚荣而已！只要能救师傅出狱，我宁可不要这个状元！师傅你再忍一忍，明天上殿见了皇上，我拼了性命要向皇上说个明白，给你讨回公道！"

老康突然给了她一个巴掌："呆子！皇帝什么小事都要操心，他还是皇上吗？郦君玉，你记住，你最大的优点和缺点，都是感情用事！你的感情太强烈，既会伤害自己,也会伤害到别人!"君玉呆呆地:"殿试的时候,皇上也是这么训斥君玉的。"老康点点头:"皇帝既然训斥你,又选你当状元,自然有他的谋略。你记住,当官千万不可意气用事,急于求成!尤其是你,困扰重重,很容易惹祸上身,一定要沉得住气,顾全大局,才有可能拨云见日……如果你因为老康,给人落下把柄,影响了仕途前程,老康我教徒无方,羞愧难当,还不如现在就一头撞死!"君玉无奈,又哭道:"师傅,你要郦君玉学会无情无义,徒弟做不到!"老康爱怜地看着她:"君玉,一切顺从天意吧。我老康一把年纪,还劳烦那么多的乡亲随我进京,冒着性命之忧替我求情!老康何德何能……早就知足了……"郦君玉:"师傅,你千万不要悲观,不要放弃,等我们的好消息!"老康:"伴君如伴虎,你的路还长着呢,记得要韬光养晦、慎思善行。皎皎者易污,佼佼者易折啊!你要吸取师傅的教训……其实,死不可怕,最可怕的是心死!心死了,人不过是行尸走肉,过去你把师傅的心救活了,现在就算师傅即刻死了,也知足了……"

君玉含泪说道:"等师傅出来,我要好好孝敬师傅,我还有那么多不懂的道理,要请教师傅!郦君玉离不开你的教导啊……"老康摇摇头:"师傅教你的汤头歌,还记得吗?再背给师傅听听!要是背不出来,罚你不许吃晚饭!"

郦君玉含泪带笑,背起汤头歌:"保和丸——保和神曲与山楂,陈翘莱菔苓半夏;消食化滞和胃气,煎服亦可加麦芽。大安丸——保和加术名大安,建脾消滞又何难。……"

老康听着,满意地点头。

第二天,郦君玉精神抖擞,满怀希望地再去拜官。谁知道知府大人不见客,出门的是师爷,师爷告诉她知府大人只留了一张纸条给她,她看了之后自会明白。君玉急忙打开纸条,却只看到这样一句话:"本官临时有重任在身,实在来不及为郦状元查访案情,万望宽谅……"

师爷看到郦君玉心急如焚的样子,摇头叹道:"状元公还是省省心吧!实话跟你说,此案背后,通着一位藩王呢!原告本人,正是武胜王爷的亲戚。王爷向来飞扬跋扈,皇上都让着他三分,就算知府大人有心帮你,又能拿王爷怎样?"听闻此言,君玉才真正了解,官官相护的第一招,就是打不疼不痒的太极拳。她愤怒了:"哼!王爷、王爷,官大一级压死人,你们根本就是不想办!"师爷不恼反喜:"哎,郦状元说得太对了,此案通天,你爬到九天最高一层,也就见亮了!"

郦君玉绝望,拂袖而去。

君玉看出事情有异，急忙再赶到监狱。狱卒拦她不住，被她闯进了牢房，可却发现牢内空无一人。

郦君玉大惊，狱卒只好战战兢兢地说："郦状元，你听我说……犯人他半夜撕碎囚衣，搓成布条，将自己吊在栅栏上，死了！"君玉如雷轰顶，狱卒看着面目变得狰狞的郦君玉，招架不住，慌忙去叫狱官。君玉像发怒的狮子一样团团转："师傅！师傅！"

狱官早知道有麻烦，不紧不慢地来了："郦状元，犯人老康突然不想活了，我们也没办法，而且我们怀疑，犯人自杀，就是被你郦状元逼出来的！"君玉浑身一激灵："你……你什么意思？"狱官："明摆着的，昨日只有郦状元你一人来探监，和老康说了半天的话。你一走，他就又哭又笑地喃喃自语，说什么徒弟中了，我也该走了……"君玉疯了一样摇头："是我杀了师傅？不可能！你们骗我，你们一定是都串通好了，知道我要来，所以把他藏了起来，我要见到他！活要见人，死要见尸！我一定要见到我师傅！"她瞪着血红的双眼，摇着狱官的衣领要人。"你们这些杀人狂！杀人不眨眼的魔鬼！你们害死了他，还要说是他自尽的，我不信，我绝对不相信！师傅哪里有错？你们要这么对待他？为什么？你们还不如直接杀了我……"狱官被她揪得龇牙咧嘴，透不过气来，狱卒急忙上来拉开郦君玉。

君玉用尽了全身的力气，急火攻心，又是一阵晕厥，险些昏倒。

她强保镇定，一路踉跄，要闯进皇宫告御状。守门提督用兵器拦住她，警告她："昏了头了，你算老几？没有诏令，谁也休想擅闯皇宫！国有国法，家有家规，奉劝你注意自己的身份，不可枉用了状元招牌，假公济私！"

郦君玉恍惚间明白，她要对付的，是一张看不见的大网。她绝望地哭喊着："为什么？为什么你们每一个人都说一样的话？谁教你们的？如果是你们的亲人冤死，你们也会说这种冷漠无情的话吗？回答我！为什么我师傅要死？他没有伤害任何人！为什么他只能被伤害？为什么我帮不了他？只能害了他？为什么？"守卫保持沉默。只有手中的兵器发着阴冷的光芒。整个皇宫，从外面看上去灰蒙蒙，冷冰冰的，郦君玉寒彻心扉。监斩官、知府、师爷、狱官、提督等眼前人的嘴脸，突然重叠、漂浮起来。她眼前一黑，终于晕倒了。

醒来的时候，郦君玉已身在庵堂西厢。窗外狂风暴雨大作，雷电交加，仿佛都在为老康鸣不平。雨下了一夜，而郦君玉就在庵堂里整整坐了一夜，没有合眼,没有说话,也没有流泪,仿佛泪水,已经流干了。

天亮了,雨后的天空,清新明朗,又透着淡淡的一丝哀愁。恢复了理智的郦君玉,身穿孝服,平静地把老康的骨灰交给乡亲们:"乡亲们,老康师傅就交给你们了。"乡亲们:"你放心吧,我们会把他平安带回家乡的。在他最喜欢的那棵大树前埋下,他就不会寂寞了……"君玉平静地点点头,和乡亲们一一拥抱作别。大家亲热地拍拍她的肩膀,君玉默默地看着他们走远。

君玉转身,不经意间发现口袋里掉出一样东西。一阵风吹过,锦囊随风起舞,缠缠绕绕,又飞回到了郦君玉的面前。荣发眼尖:"哎,这不是师傅的第三道锦囊吗?难道是师傅有话要带给我们?"

君玉眼前一亮,急忙颤抖地打开锦囊。没想到,第三道锦囊里面竟然是白纸一张!荣发:"啊,什么都没有?师傅是不是弄错了?"君玉久久地回味,深思良久,她微笑着说:"不,师傅跟我们说了很多……师傅说,我们从此不靠天不靠地,只有靠自己了,就像这张白纸一样,从头开始!"她把纸条抛向空中,看它渐渐随风飘远。君玉坦然地对着那远去的纸条深情说道:"师傅,你放心吧,我答应你,从此,不以物喜,不以己悲,感情不会再阻拦我的前进……不管遇到什么,绝不掉一滴眼泪!"

此刻,她的目光,冰冷如水。

十二

深夜,庄园宅第里的郦君玉卸下状元袍,在院子里吹着竹笛,对月遥寄着对皇甫少华的相思。许久没有少华的消息了,你在哪里?在做什么?是跟刘燕玉在一起么?难道,你把我忘了么?少华啊少华,真是造化弄人……

殊不知,那日燕玉帮助皇甫少华从刘家逃出,皇甫少华正急匆匆地赶去找孟丽君,不想,在路上碰到了抓壮丁的兵士,不由分说,就将他送上了去往边关的路程。一边是救爹爹的希望,一边是心仪佳人的殷殷期望,皇甫少华左右为难,却又无法选择。唉!这一对命运多舛的恋人,刚刚相聚,又要分开。看着西边沉沉的落日,少华的心里,分外惆怅。

来到边关,少华不敢用自己的真名,只好化名为"王少甫",做了一个普通

115

的兵士。

一天，王少甫驻守的边境小城，又遭番军突袭，城中一片混乱。守成的参将这时却又不顾百姓的死活，下令所有兵士撤退。王少甫不愿撤退，抗令带领一些自愿留下的兵士们苦守城墙，更从城中的百姓中挑选出了二百名壮汉组成民兵，死死地保卫住了这座边城。混乱之中，他居然遇到了自己原来的家将曹矜，两人都没想到此种境地下竟然还能重逢，他乡遇故人，这样的重逢又给了他们力量，两人越战越勇。

再说处心积虑的刘捷，眼睁睁见到状元乌纱落在别人头上，正气得寝食难安。正在这时，邢师爷却走进来向他禀告了一件新奇的事情，刚刚得志的郦状元竟大闹法场，弄得满城风雨。刘捷的心情忽又大好，这少年莽汉真是给了他一个绝好的机会。

次日，皇宫大殿上，郦君玉首度上朝，一脸肃然。有人看她年纪轻轻，很不顺眼，蔑视地瞥了一眼后，开始奏本："启禀皇上，据顺天府尹奏报，新科状元郦君玉，得意忘形，擅闯刑场，哗众取宠，实属无法无天，请下旨着即革去此人功名！"皇帝："哦？郦君玉，这可是事实？"君玉不慌不忙，出列行礼："皇上明鉴，死刑犯的确罪不当诛。小臣本来斗胆要给他鸣冤，但此人福薄，天不亮就死了，可见命该如此。"刘捷此刻故意摇头叹息，插话道："郦君玉年纪轻轻，全然不懂为官的规矩，实在辜负了皇上对你的厚望！"大臣："这种人难以在朝廷留用，臣奏请皇上，将他贬到边远小县磨砺，以示惩戒！"皇帝："梁丞相，你看呢？"梁丞相："从情由来看，郦君玉行事确实鲁莽了些……但方今正是国家用人之际，新状元的才学，为大家所公认，又是皇上钦点的。老臣以为，训诫必要，知人善任也很必要，不妨将他留在京中，安排一处妥当的官职。"皇帝："那在哪里为妥呢？"刘捷此时又来抢白："依臣所见，最适合他的地方，该是去翰林院攻书修史，陶冶性情。皇上，臣请才高八斗的郦状元，去翰林院参与编修国史，此乃天下之第一要务啊！"

皇上明白，这是刘捷不服气。但是也无话可说。

刘捷看到皇上许可，心安之外竟得寸进尺："皇上新科进士一百二十名，吏部已列出三省、五院、六部及全国州县官职缺额，请皇上圣裁，使他们人尽其才，各得其所。"皇帝："好啊，状元做了翰林编修，那榜眼、探花呢？"刘捷："禀皇上，第二名即是老臣犬子刘奎璧，能文能武，谋略过人，宜调兵部。"皇帝："兵部？"

兵部大臣出列:"启奏皇上,臣辖下兵部,正空缺一名五品枢密之职,刘榜眼可以胜任!"皇帝一愣:"五品枢密?"他眼看着梁丞相,梁丞相却假装累了,闭眼休息,头却在一点一点的。皇帝无可奈何:"既然如此,国舅,代朕拟发任命吧!""遵旨!"

刘捷用眼瞧了郦君玉一眼,得意洋洋、自命不凡。郦君玉面无表情,目光冷冷。

第二日,任命的圣旨一下,郦君玉便循例到相府去拜见梁丞相:"梁大人,晚生郦君玉,幸蒙大人赏识,在皇上钦点状元、有人参劾晚生时,公允持正,雍容大度,诚令晚生感佩在心!"

梁丞相笑笑:"郦状元话里有话啊!老夫这辈子主考过二三十场春秋闱试,在我笔下圈过的进士,少说也有千人,但像你这样出类拔萃的奇才,倒见得不多。不瞒你说,你在贡院的那份试卷,老夫也特意调来拜读过了,实在平平,而且涂涂改改,和后来的殿试答卷判若两人!老夫真的有些怀疑你,是不是雇了枪手,冒名顶替?然而,皇上亲自考问的那一场,你极尽才情,慷慨陈词,洋洋洒洒,气贯长虹,使老夫不由得不刮目相看!君玉啊,今日思之,你很有心机哟,懂得何时守拙,何时脱颖,这番功力,不是你小小年岁修炼得出的!说吧,究竟是谁,启蒙教导于你?"君玉:"老相爷,晚生恩师是有一人,他……就是蒙冤受屈,抱憾而死的游方郎中老康!"梁丞相:"老康?他……他有什么来历吗?"君玉犹豫一下:"晚生只知他大号老康,一肚子学问,别的都不知晓。请老相爷谅解,恩师从不自夸,晚生也不便打听。"梁丞相点点头:"哦,我也曾结交过一位姓康的朋友,功成名就之时,他便急流勇退了……你做得对呀,世外多少高人,甘隐林泉,耻于做官,终老一生,布衣芒鞋!可这个老康,竟怂恿你赴考,独占鳌头,也算得上是一个怪人了!……君玉,从你的言谈举止看来,大概吃过不少苦,受过不少人生的历练吧?"君玉:"是,晚生出自寒门,父母双双亡故,童年起即为师傅收留,情同父子。他教我读书识字,我随他采药行医……"梁丞相:"这就是了,难怪你对民间疾苦如此熟悉,又如此关切!好好做官吧,会有机会让你施展才华,报答乡里的!"君玉谦逊地说:"既如此,晚生便不揣冒昧,请教相爷为官之道?"梁丞相:"积老夫一生经验,做昏官容易,做好官难,做个聪明的好官就更难!"君玉:"晚生愿做聪明的好官!"梁丞相:"那你切记,水至清则无鱼,但心不可不清!"君玉点点头:"可是,相爷,如果身边的水不清了,心怎么能清呢?"梁

117

丞相：“这……这就是聪明与不聪明的区别，你慢慢体会吧！”

郦君玉若有所悟。

稍后，郦君玉又带上荣发，硬着头皮去拜刘捷。门房看了她帖子一眼，便闪身进去通报。留下君玉在门口踱步。她看看左右无人，从怀中掏出老康留给她的手术刀，看了看又收在袖笼里。荣发看在眼里。“公子，你叫我陪你来，是帮你动手，还是提醒你冷静？”君玉笑笑：“都不是，我只想万一出点意外，好有个报信的人。”荣发：“我懂了……”

她倒显得紧张起来，一边不停地踱步，一边叽咕着：“大户人家就是会摆谱，这么长时间了，还不出来叫声请，让我们在门口喝西北风！”君玉：“你安静地等半炷香，我猜啊，老家伙是在拿架子呢，多半连他的面都不会让我们见！”荣发：“那你还来干什么？”君玉：“这叫俗套，新官上任，都得拜一下吏部尚书，表示不忘他的提拔栽培之恩。”

门房终于回来了。“实在对不起，我家老爷不在，里面留下了帖子，说是等老爷回来告诉他，郦状元来过了。”君玉：“哦，既然如此，是我无福，告辞！”门房：“郦大人走好……”郦君玉倒是松了一口气。刚退出刘府大门，她们巧遇回府的刘奎璧。刘奎璧：“哎，这不是郦状元吗？”君玉：“啊，是刘年兄！”“怎么，到了寒舍门前，不进去坐一坐？”君玉：“门房告知，令尊不在，只得抱憾而归。”刘奎璧：“哦，那下官回来了，也可以一起聊聊天嘛。”君玉：“改日吧，专程来向枢密大人讨教……”刘奎璧笑：“翰林修撰大人想必已去就职，但不知此刻，状元公是兼济天下呢，还是独善其身？”君玉正色以对：“刘大人，下官抱定的宗旨，是不管做什么，都要对得起自己的良心！”她拱拱手：“后会有期！”

她大踏步走了。刘奎璧还定在原地：“哼，还是那么狂妄！”

郦君玉恨不得走得越远越好。

翰林院里，众官员正在谈论就要来供职的郦君玉。学士们：“坊间都在传说，郦状元才高宋玉，貌比潘安！跨马游街那天，多少思春的小姑、大姨子，都被他弄得神情恍惚，死去活来……”一官员：“才高不稀罕，咱翰林院不缺才子，貌美那就金贵了！诸位，郦君玉一来，有一个人是要伤心欲绝的……”大家的目光立刻聚焦到独自坐在一旁的王湘身上。王湘放下时刻不离手的铜镜：“看我干什么？才貌能比过我王湘的人，还没生下来呢！”正说着，有人在外边喊：“新任翰林修撰郦君玉到！”众人一凛。

王湘藏起镜子,端起架子。郦君玉身着一身新官服走了进来。众人暗暗惊叹。郦君玉:"各位前辈,晚生郦君玉,这厢有礼了!"她虔诚地一躬到底。再等她站直了,与虎视眈眈的王湘四目相对时,彼此都惊呆了。

王湘:"你……"君玉:"你?"众人误会:"哈哈,既生瑜,何生亮!有戏唱了!"他们都以为王湘要向郦君玉发难,不禁打趣道:"王湘,你还等什么?人家新状元来了,你这老状元,总该有点表示啊!"王湘:"啊……哦……"他一跃而起,激动地走过去,抓住郦君玉的手:"郦君玉,你……你是不是有个姐妹,流落在民间?"君玉虽然有些慌乱,但还能镇定:"啊……在下没有。"王湘:"不对,一定有!"

众人看糊涂了,可王湘仍抓着郦君玉的手不放:"各位,去年我赴京赶考途中,遇到一位奇女子,她给我测字说,一定能中状元,果不其然!那位美人儿,与郦君玉像是一个模子脱出来的!"君玉忙道:"我……我真不知道,天底下竟有这样的奇巧之事?"王湘:"贤弟,也许她是你的孪生姊妹,从小失散而天各一方……不要紧,我会抓住你不放,抓住你就能找到她,找到她就能圆我的梦!"众人忍不住打趣他:"你有个什么梦啊?"王湘一本正经地说:"我亲口对她说过,一旦考中,就迎娶她做我的状元娘子!如今小舅子已在眼前,他姐姐还会远吗?"

众人哄笑。郦君玉哭笑不得。

翰林院小书房,郦君玉上班撰写的第一篇文稿,遭到领衔大学士训斥:"郦君玉,叫你写出前朝后宫世系,你竟不知避讳,将所有皇子、公主的名字一律书写,不分正出庶出,岂不混淆了龙脉?"君玉:"大人,晚生只知照录先帝《起居注》,都是龙种,只有长幼寿夭之分,哪里搞得清他是正出庶出?"大学士:"你的脑袋里难道都是浆糊?这样的东西,拿给皇上看,十个脑袋也不够砍的!"他撕碎了文稿,丢在郦君玉脸上。"回去重写!文章不在你有多华美,而在你考据是否翔实,懂不懂?"君玉:"晚生明白了。"她垂头而出。躲在窗外偷听的一帮学士们,捂嘴窃笑:"大快人心!是得让这小子尝尝下马威……"

众人有意孤立郦君玉,故意在大学士面前搬弄是非,让她感到举步维艰。白天,大学士的吹毛求疵令郦君玉更增一层压力。是夜,她只好连夜赶写那篇大学士要求的文章。现在,就连思念少华的时间,对她来说也是一种奢侈了。

第二天,皇帝来翰林院审看史稿。众人站成一排伺候。大学士还在生郦君玉的气,唯独没有通知她。皇帝感到奇怪:"新科状元呢,怎么没有见到他?"大学士:"禀皇上,这个郦君玉,太……"王湘忙抢过话头:"太刻苦了!为了考证前朝谱系,他连续三天三夜,吃住在皇史宬,眼睛都熬红了!"皇帝:"哦?这倒难得,王湘,你去传他前来!"王湘遵命匆匆出去。

皇帝对大学士:"大学士,似这样勤奋好学的新人,你该多多奖励扶持呀!"大学士尴尬地:"是是是,老臣一定照办……"

郦君玉跟随王湘来了。君玉:"小臣郦君玉,参见皇上!"皇帝:"平身。郦君玉,听说你在考证前朝宫闱,有什么心得?"君玉:"皇家世系,盘根错节,大内的有据可稽,倒不算难。最复杂的是分封在外的藩王郡国,他们或因年代久远,或因文字粗疏,记载得都不甚明细,令今人史官捉襟见肘!"大学士不满:"哼哼,郦君玉,你这话,是不是在为偷懒找托词?"君玉:"大人,是您教导晚生大胆设想,小心求证,故而我不得不在分封王的后嗣名牒上,多下苦功……"大学士故意为难她:"举例来说呢?"君玉镇定自若地:"譬如皇叔武胜王爷,男女子嗣四十一人,正出七子三女,庶出十二子十五女,皆可考订……"大学士:"还有四人呢?"君玉面露难色:"这……皇上,不知小臣当讲不当讲?"皇帝:"有什么不可以讲的?"君玉:"是,其余四人,只见生年月日,不明出处。小臣一一考核,方知他们全为民间女子所生。"皇帝:"民间女子?既然传下后嗣,怎不接纳进宫,取得名分?"君玉:"皇上,因为她们原是娼家,无法入籍!"

大学士听她如此直白,煞是惊慌,急忙看皇上脸色:"大胆郦君玉,竟敢污漫皇叔,丑化藩镇!你还不快向皇上谢罪,以免重责?"君玉举着一大本图书:"大人,晚生秉承您的教导,小心求证,以这四人的生辰,倒推十个月,查看王爷当时在哪里,做什么?结果发现,他老人家正在花街柳巷,寻欢作乐,这里有一帮门客名流的诗词唱和为证,白纸黑字,铁证如山!"众人掩口偷笑。

皇帝若无其事地:"郦君玉,你的心倒是蛮细的!居然找出这么多的蛛丝马迹……以你之见,这些孩子,是该说明来历呢,还是应当为尊者讳?"君玉:"皇上,历来正史,只记嫡传,枝枝蔓蔓,语焉不详。但修族谱,又当精细入微,免生遗珠之憾。谁能预料,这四个人中,也许有人会做出一番大事业来呢!"皇帝:"你是说,他们能成大器?"君玉:"小臣并不能断言,何人会有出息,一切要看命运造化,但个人的努力奋斗,必不可少!所谓'英雄莫问出处',就是此意……"皇帝:"你这样讲,是不是也有切身体会?"

君玉:"小臣的老师,早就劝诫过我,艰难困苦,玉汝以成!小臣随师傅采药种茶时，也常见苦丁茶岁寒而不凋，鸟啄而不辞，沏之少许，苦味深浓，但愈泡愈见其味隽永，愈品愈觉其苦犹甜，皆因它吸收了天地之雨露，日月之精华，浓缩在小小的茎干叶脉之中！"她的这番比喻，让皇帝心动，他又想起了在京郊山林听到的"神女姐姐"的言谈。

郦君玉发现，皇上正定定地盯着自己，急忙低下了头。大学士："皇上，郦君玉之论，是否妥当？武胜王一脉，是否这样详记？"皇帝这才回过神来："啊……好，就依你们所奏。但成稿后，一定先呈朕阅览，不得外传！"大学士："遵旨。"皇帝起身："今天就到这里吧，朕有点累了。郦君玉——你也要爱惜身子，不必太辛苦，来日方长，知道吗？"君玉："是。"

众人跪送皇帝。大学士第一个爬起身来："郦君玉！你不要以为皇上勉励你两句，就尾巴翘到天上！修史的学问大着呢，你过去既然吃过苦，就更应当懂得珍惜眼下的读书机会！只要我这个老不死的还有一口气，会一直看着你！"君玉："谨遵教诲！"大学士笑："哼，现在你毕恭毕敬，掉过脸来，是不是又会骂老夫？"君玉："岂敢？"学士："谅你也没这个胆子！"拍拍她的肩："走吧，到我书房去，把这篇稿子再润一润。"

两人相安无事地走出去，众学士很惊讶，面面相觑。

郦君玉的出色，更遭同僚们的嫉妒，只有王湘，处处维护郦君玉，众人都说他鬼迷了心窍，见色忘友。可王湘丝毫不理会别人怎么说，天天缠着君玉，想要打听出她是不是真的不知道自己的孪生姐姐在哪里，甚至拿出一幅丽君的画像来给她看，君玉不敢多与他纠缠，只好处处躲着他。

翌日，皇帝难得在花园里小憩。小太监捧来一篮贡茶："皇上，这是江南刚刚进贡的新茶，您要不要尝一尝？"皇帝："好啊！哎，你去翰林院，召那位郦状元来，与朕一同品茶。那天，他说的苦茶道理，朕倒是难以释怀。"小太监离开了。皇帝捧着新茶，闻了又闻。

郦君玉步履匆匆地应召入宫。水榭楼台，曲廊假山，都令她思绪万千。不知不觉间，她已来到新皇帝近前。她向新皇帝行礼："小臣郦君玉，蒙召前来。"皇帝："郦爱卿，来来来，坐下，这里没有外人，不必拘束！朕因江南新进贡茶，唤你前来一同品评，也想听你讲些茶道。"君玉："哦……皇上，小臣是采过茶，种过茶，但那都是乡野之茶，难登皇家大雅之堂。"皇帝笑："你看朕的御花园里，何曾栽培茶树？老宫人们讲，早年也曾移植过江南名茶，可寒暑两季，都凋亡了！

是不是水土不服啊?"君玉道:"是的,茶树的确娇嫩,离土便枯,这是它独立特行的一种禀赋。不然,天下就没有那么多的名贵品种了!但说也奇怪,蒙顶茶、云雾茶之类,长年生长在高山之巅,土壤极薄,天气极寒,飞鸟难越,人迹罕至,可它们却依然活得郁郁葱葱,清新欲滴!"皇帝感慨:"岂因地气暖?自有岁寒心!"君玉:"皇上所言极是!前人茶经云,茶之苦,苦在风霜催逼,茶之涩,涩在心有不甘。品茶人得其三昧,人生事业有成矣……"皇帝:"讲得好!与君一席话,胜读十年书……君玉,你入朝也一月有余了,朕想听听你对朝廷新政的看法,不要有什么顾虑,想到哪儿就说到哪儿。"君玉:"是,皇上,那就容小臣如实道来……"

可就在这时,刘捷匆匆而来,皇帝有点讶异:"国舅,你怎么来了?"刘捷:"臣该死,打扰皇上和郦状元的雅兴了!昨日老臣到太后那里问安,太后提起先帝爷的忌辰。所以今日老臣前来,请皇上过去商量一下……"皇帝有些错愕,这未免有些太巧和了:"哦……就现在吗?"刘捷赔笑:"太后娘娘是个急性子,皇上您是知道的。"皇帝无奈:"好吧,走!"君玉:"小臣告退——"皇帝:"哎,郦君玉你别忙走,待会儿朕回来,接着聊!"君玉:"是。"她恭送新皇帝与刘捷离开。心下不禁想到:这帝王看来也并不是随心所欲之人,也有一本难念的经呢……

想到这里,她略感轻松了一些,就随意在花园里漫步起来。走着,走着,她迷了路。正努力寻找回程时,却意外地发现皇甫长华此刻正在回廊给一只笼中小鸟放生,神情无比忧郁悲切。猛一抬头,她也看到了郦君玉。君玉更加确定她就是长华。"长华姐姐!"皇甫长华一愕。郦君玉像见到亲人一样,忘情地冲了上去,与她握手。长华不敢相信自己的眼睛:"啊?"君玉久别见亲人,喜极而泣:"想不到真的能在这皇宫里见到你……"这极不寻常的亲密动作,让远远地躲在假山后面的潘公公看了个正着。

原来,皇上传郦君玉到后宫的事,让梅妃知晓了。便去刘太后那里嚼舌头。太后虽然给她讲了一番如何做皇后,母仪天下的道理。可毕竟还是不放心,便派潘公公去看看这两位君臣在谈什么。

潘公公如获至宝,把御花园发生的事告诉刘太后。太后震惊,急于向皇上问个清楚,一行人怒冲冲出了大殿。皇帝闻讯大怒,严词讯问郦君玉。捆绑在地的郦君玉,焦虑之中,情急生智:"皇上,小臣冤枉啊!"皇帝愈发恼火:"你还喊冤?光天化日之下,深宫禁苑之中,你拉着默妃的手,难道是朕错怪了你吗?"君玉：“皇上明鉴，只因小臣略懂一些岐黄之术，眼看默妃娘娘面带青色，似有中毒危象，情急之下，顾不得礼节，伸手给娘娘搭脉，并无其他不逊之举啊！”皇帝："你说什么？默妃她……她中了毒？"君玉："是啊，皇上！"皇帝并不相信："哼，传太医和御厨来！若验出默妃果真中毒，情有可原。若你又在巧言骗朕，罪加一等！"

太医和御厨战战兢兢进殿。皇帝："你们听着，郦君玉说默妃面带青色，似有中毒危象，是不是事实？"太医："郦君玉胡说！老臣刚给默妃娘娘把过脉象，一切安好。"御厨："郦君玉撒谎！奴才查了三日内食谱，并无相克菜肴。"皇帝冷笑："郦君玉，你还有什么好说的？"君玉绝望地闭上双眼，一言不发。皇帝："来人，将这个欺君犯上、信口雌黄的狂徒打入天牢，听候发落！"

两个御林军上前，拖起郦君玉。

御书房内，皇上正在看书，可是气还没消，心乱如麻，根本看不下去："这个郦君玉，真是混账透顶！"这时小太监突然报告凶信："皇上，大事不好！默妃娘娘她……"皇帝急了："她怎么了？"小太监："娘娘正在花园行走，走着走着就晕倒了！"皇帝："啊？快传太医呀！"小太监："传了，太医却查不出病由。"皇帝："岂有此理？快随朕看看去！"

大殿上，皇上忧心忡忡："默妃昏迷不醒，太医束手无策，这……这可怎么好呀？"梁丞相："皇上，老臣一向看郦君玉是个谦谦君子，不相信他竟会不顾君臣之大防！想来默妃娘娘定有隐疾，而郦君玉的说法怕是有些根据。是不是请他出来，为默妃看看病啊？"皇帝犹豫了："这……"刘捷奋力反对："荒唐！那郦君玉分明是个轻薄小人，他要是出了狱，怀恨在心，给娘娘开的药里下了毒，弄出节外生枝的大祸，如何收场？"皇帝："是啊，郦君玉下狱，朝中尽人皆知，再将他放出来，朕岂不是出尔反尔？"梁丞相："皇上……"皇帝："不说了，二位爱卿，还是替朕再想想，京城还有哪些名医圣手？统统请来为朕诊治默妃之病！"梁丞相和刘捷只好唯唯而退。

皇甫长华的病情似乎更重了，昏迷不醒，嘴里开始发出奇怪的声音。皇帝急得像热锅上的蚂蚁。他对着跪了一地的医生大发雷霆："事到如今，你们连她得的究竟是什么病都说不清，朕要你们这些太医、名医有何用处？"医生们磕头如捣蒜："臣等无能，皇上恕罪……"小太监悄声进言："皇上，看情形，非得放郦君玉出来为娘娘诊治不可了！再拖下去，怕是性命不保啊……"皇帝咬牙切齿：

"好吧,你去带他来。对他说,如果治不好,朕就立即砍了他的头!"小太监:"小奴明白!"

他匆匆出去。

十三

后宫寝殿,郦君玉被再度召进宫中,为默妃看病。只见皇甫长华昏睡在牙床上。皇帝焦灼不安地守在一旁。小太监:"郦君玉,好生给默妃娘娘诊治,这可是你活命的唯一机会!"君玉故作沉着:"明白!皇上,罪臣要为娘娘把脉了。"只见她在水盆里净手,擦干以后,不慌不忙地为默妃搭脉。皇帝眼也不眨地盯住她。君玉触摸到默妃的手腕,感觉到这只手在轻微一动。她心里有数了,又煞有介事地轻轻翻开默妃的眼皮。那两只眼睛,先后与郦君玉迅速对视了一下。她罢了手,站起来长叹一声。皇帝急切地:"怎么样?"君玉信心十足地道:"皇上,罪臣前日在御花园见到默妃,就看她面色发青,像是中毒,正欲为她诊脉,不想被人撞见,引起误会。其实,当时我就想向皇上报告,御花园中满是青桃树,默妃娘娘大有可能是天生对青桃敏感,闻之则晕,去之即好!"皇帝狐疑:"哦?那你为什么不早说?"君玉低头:"罪臣不敢再触犯龙颜……"皇帝:"……郦君玉,朕希望你说的默妃之病,果真是由青桃酿成的!"君玉:"臣说话向来负责!没有几分把握,臣怎敢胡乱开口?"皇帝听了这话,转忧为喜:"好,来人——吩咐下去,将御花园里的青桃统统摘掉,今后再不许栽种桃树!"

从一开始被打入天牢,郦君玉以为这次自己死定了,到后来为默妃治病化险为夷,两天之内君玉徘徊在生死边缘,真正地了解了什么叫做伴君如伴虎。可谁知,两天之后,刘太后又将郦君玉召进宫中,特意要求她为自己把脉看病,君玉心中清楚这是太后存心刁难,其实刘太后根本就没什么大病,本以为这次又是凶多吉少,可凭着默妃的暗中帮助和老康留下的医书,郦君玉竟在无意之中治好了太后多年以来腹胀积食的顽疾,正可谓是因祸得福。现在的郦君玉不但深受皇上的宠信,就连太后也把她当成了自己的座上常客,刘太后把她看作神医,时时召问,连那梅妃也常常来凑热闹,郦君玉只好小心敷衍。

皇家对郦君玉的恩宠,让刘捷惶恐不安,可是看到皇上和太后的态度,他又不敢轻举妄动,来硬的不行,就只好先换换招数。

这日,郦君玉的宅中,摆着刘家给郦君玉送来的一份厚礼。红艳艳的礼箱,煞是扎眼,郦君玉怎么看都别扭,便将礼物放进一口檀木箱中。荣发撇嘴:"姑奶奶,刘国舅家送的东西,你也敢收呀? 小心吃下去,吐都吐不出来!"君玉笑笑,在箱子上贴上一张纸条,纸条写着"宣德二年四月廿八日刘府第一次赠礼"。君玉道:"这叫有案可稽,有据可查,将来不愁说不清楚……"荣发歪着脑袋,想它的用处。

这天,梁相的义女梁素华从青莲庵烧完香回到家。路过书房时,梁丞相刚好看完郦君玉的奏折,连声叫好。素华好奇,忍不住进屋去看个究竟:"爹爹,你怎么了? 从来没见过爹爹这么高兴过!"梁丞相:"女儿呀,你来得正好! 为父正在欣赏郦状元的文章,文采飞扬,朗朗上口,字也写得漂亮! 这样的青年才俊,打着灯笼都难找啊!"素华:"爹爹这是爱才,不会把他捧得太高吧?"梁丞相:"哎,为父可不会看错了人,不仅如此,我还想……呵呵呵呵,成全更大的好事呢!"素华:"哦? 爹爹,什么好事啊?"梁丞相:"据我所知,这个状元郎,还未曾婚配,好像是前缘注定,专门在等着一位佳人。老夫啊,就想做个月下老人,哈哈……"素华:"爹爹,那位佳人,又是谁家闺女?"梁丞相憋住笑:"这个嘛,时辰未到,暂且保密!"素华也笑了:"爹爹不说,女儿也能猜得到!"梁丞相很惊讶:"哦?"素华:"十有八九,是宫里某位即将成年的小公主!"梁丞相哈哈大笑:"素华你怎会这样认为?"素华:"本来的嘛,状元配公主,相爷来作伐,这样的故事,书上都写烂了!"梁丞相:"女儿呀,我看,你是这样的烂书读得太多喽,哈哈哈哈!"两人都开心地互相取笑,素华却不知,梁相已经有了绝妙的打算。

第二天,郦君玉上朝归来,心绪不宁。荣发忙问她发生了什么事,君玉:"梁丞相散朝后,拖住我东拉西扯,最后问起我,在家里定没定过亲? 我一时慌乱,说了句没有……"荣发:"他怎么样?"君玉:"他拍掌大笑,说好好好,老夫的女儿也还未出阁! 你明白这是什么意思吗?"荣发笑:"当然明白,状元公交上桃花运了!"君玉:"去你的! 我懊悔死了,早知道回他一句,家里已经有了,不就万事大吉了?"荣发打趣:"公子哎,上次听轿子里梁小姐的声音,千娇百媚,一定是个美人胚子! 你的艳福不浅啊,羡慕死小人荣发了!"郦君玉满脸无奈,想起曾无意中听到过的梁小姐的语声,反而陷入沉思。君玉:"你不提还罢,这一说,我老觉得她的声音,有些耳熟……"

边城一役后，王少甫被总兵亲自擢为裨将，深得总兵的器重。彼时他与曹矜选出的二百勇士，袭扰番军，陷敌疲惫，现在总兵又给他点拨了五百精兵让他指挥，王少甫亲率这一前锋，追击敌寇，深入不毛，总兵又率其余部队跟上，巩固战果，以楔形攻势恢复了失土。番兵闻风丧胆，丢盔卸甲，溃不成军。大明战旗在空中高高飘扬。

前线战报传到京城，听闻大明南疆出了这样一支所向披靡的"王家军"，皇帝大喜，立刻决定重重褒奖这支军队，并派出兵部尚书即日赶赴边陲，代表朝廷犒劳守军，勉励他们奋勇杀敌，以扬大明国威！

明军王家军的骁勇善战，乘胜追击让邬必凯颇为忌惮，整日愁眉不展，如何才能消除这个威胁呢？这一日，他想起了大牢里的皇甫敬。对了，皇甫敬是明军中德高望重的老将军，也许，他可以作为人质……于是，邬必凯破天荒地来大牢里看皇甫敬。

他走到皇甫敬的牢房前。皇甫敬像一具僵尸似的，直挺挺睡在石板床上。他的须发全白，瘦如枯柴。邬必凯假惺惺地说问道："老将军别来无恙啊？"皇甫敬冷笑道："我还以为你早把我忘了……"邬必凯哈哈大笑："岂敢？真正忘了你的，是你们大明朝廷！"皇甫敬："如此说来，你邬必凯一定也很失望，奇货不可居了呀！""唉，岁月不饶人，江山常代谢……老将军也许还不知道，你的老皇上已经驾崩了，新君即位……"邬必凯话还没说完，皇甫敬却已经老泪纵横，咳喘不已。邬必凯并不理会，自顾自说下去："新朝倒也有新气象，明军里冒出一支王家军，今日已到我城下来叫阵了！""哦？"皇甫敬转悲为喜："莫非你想投降了，请老夫替你求饶？"邬必凯难抑愤怒："你想得美！来人——把老东西带走！"番军进来，架起皇甫敬，他却大笑着："邬必凯，你的死期也不远了！哈哈哈哈……"

边关敌军城楼外，两军对垒。王少甫指挥若定，观察着地形。曹矜过来，一脸的汗污，向少甫汇报，这一战是敌酋邬必凯亲自在城楼上督战！少甫一听士气大振，救父亲的机会终于来了。突然，曹矜瞪大了眼睛，手指着城上："少帅，你看！"王少甫凝望城楼，原来，被俘的父亲竟赫然出现在敌军城楼之上，他不禁喜出望外，大叫起来："啊？父帅！父帅！父帅就在上面——"他又惊又气又喜，疯了一般，不顾一切地冲上前去，加入攻城队伍。曹矜忙叫："大哥？危险！王将军……"他举起一面盾牌，紧跟着王少甫，帮其遮挡飞箭。

敌军城楼内,皇甫敬被推到了城楼边上,眼前黑压压的明军士气高昂,让久违战场的老将军感慨万分,胸中立刻豪气万丈。突然,他看到了一骑白马冲着邬必凯的大营而来,身姿甚是矫健,而且十分熟悉。他定睛一看,竟然是儿子皇甫少华,老将军百感交集:"少华?儿子!我的儿子!"

邬必凯闻言大惊:"啊?皇甫少华?他还活着?"他也瞪圆了眼睛,仔细一看,原来王家军的首领王少甫,就是你皇甫敬的儿子?皇甫敬十分自豪:"好哇,我就说过,皇甫家没出过孬种!少华!替老父报仇,狠狠宰这些狗娘养的……"

邬必凯冷笑一声:"哼哼,老家伙,亲人相见,咫尺天涯,滋味很不好受吧?你喊,拼命地喊呀,你的大孝子会忘乎所以地来救你的!"真是意外之喜,原本就要用皇甫敬作人质,诱敌深入,没想到把明军的首领就是皇甫敬的儿子,那这一招就更万无一失了!

皇甫敬扭头看看邬必凯,终于明白了他们此举的目的:"呸!你以为拿我做诱饵,就能激我儿子中你的圈套吗?你打错算盘了!"邬必凯冷笑着撇开他,走到城楼前,朝下面观望。皇甫敬拼尽全力挤到城楼前,向着王少甫的方向高呼:"少华,不要上当,城里有埋伏!"无奈,嘈杂的城楼,风声呼呼作响,根本听不到他在喊什么。王少甫在城外,不顾一切地往里拼杀,像一头野狼,已经冲到了最前面。邬必凯麾下所有的弓箭手,早就埋伏在垛口后面,箭上弦,瞄准着王少甫冲杀的方向,都在等着他渐渐靠近。

皇甫敬看到自己拼命喊叫无济于事,便急中生智,趁守卫不备,拔下对方的尖刀,一刀砍断自己的左臂,借以挣脱身上的锁链。

血色残阳下,皇甫敬只剩一只独臂,一个箭步,纵身跳下城楼。邬必凯和他的手下措手不及,全都看呆了……

皇甫敬突然坠城,被城下的王少甫看得真真切切。他一时从巨大的惊喜跌落至巨大的悲痛,裂目眦眭,肝肠俱碎,撕心裂肺地喊着:"父亲——"便不顾部下的阻拦,飞速跑到皇甫敬坠落之地,抱起了父亲的头,悲痛欲绝。

邬必凯在城楼上恼羞成怒,命令等候多时的弓箭手放箭。箭镞像冰雹般砸下来。幸亏曹矜眼尖腿快,举着盾牌,跑来为皇甫父子遮挡箭雨。少甫声音变得嘶哑:"父亲……"皇甫敬气息微弱,躺在儿子怀中,努力露出一丝微笑:"少华,我的好儿子,我们……又在一起了!真好……"他用剩下的那只手,颤颤巍巍举起一只系着流苏的小玉佩:"拿……拿着……替我报仇……然后……后……"少

甫:"父亲?这个玉佩是什么意思?"曹矜:"老爷,你是说少爷和丽君的婚事?"皇甫敬:"不,不……"他头一歪,断了气。王少甫:"父亲——"曹矜:"老爷!"

两人抚尸大哭。王少甫抬起头来,撕心裂肺,狂啸不已:"啊!我跟你们拼了——"他杀敌杀红了眼,以一当十,向死而生。王家军愈战愈勇,人人心里只有一个念头,为老将军报仇!王家军很多兵士中箭,双方都损失惨重。曹矜费了九牛二虎之力,拉住王少甫,可他还在逞勇攻城。曹矜眼里流出血泪:"大哥!你难道置老将军的遗骸与嘱咐于不顾吗?他岂不白白为我们而死?皇甫家岂不是无后?"少甫冷静下来:"你……你说得对……"他咬着牙喊:"撤!"随后和曹矜等背起皇甫敬的尸体,向后方撤退而去。

边关一片肃杀荒凉,别是一番景象。犒军的兵部尚书已来到边城。随行的,还有刘奎璧。这是他主动要求的,父亲刘捷既然安排自己在兵部任职,不上边关闻闻血腥,长长见识,将来怎好领军挂帅?作为武官,整日在朝堂会有什么作为?什么时候,他刘奎璧何时才能立功请赏,显示出自己的英才英德?

大营中,总兵盛情款待朝廷官员。酒酣耳热时,王少甫浑身缟素、血迹斑斑地闯了进来,向总兵报告军情。他仍沉浸在丧父的沉痛之中,痛不欲生。少甫向总兵勉强汇报着:"总兵大人,四十里铺要塞,已被我们王家军攻下来了!"尚书一时不解:"这位是……""哦,他就是下官屡次禀报的王家军领兵,我的帐前裨将王少甫!少甫,快快见过兵部尚书大人!"王少甫强忍悲痛,行礼。

总兵:"这一位,是兵部枢密刘奎璧,刘大人!"皇甫少华一下顿住了。刘奎璧也认出了皇甫少华。刘奎璧却不露声色:"王将军,幸会。"当着众人,二人心照不宣。总兵及时地解了围。"少甫,来来来,入席!今日既是为兵部大人接风洗尘,也算对你的王家军屡战告捷表示祝贺,干了它——"王少甫举起酒碗,却颤抖着悲痛欲绝:"总兵大人,各位特使大人,请恕我不能干了此酒……"众人愣住。

"今日城下一战,我军惊见老元帅皇甫敬,从三丈高的敌城楼上跳下,壮烈捐躯……"尚书:"皇甫敬?他……他不是……"少甫:"一直风传他投降了番邦,不,老元帅今日的壮举,为自己血洗了污名,也警示我军,城中有伏兵,不可强攻!他……"少甫哽咽着:"他死得惨哪……"

他大恸,站立支撑不住,一下子跪在地上,手下急忙扶他。酒碗破碎,酒全部洒在了地上。众人见状,也纷纷以酒酹地。

酒宴散后,刘奎璧叫住王少甫,他冷笑道:"搞了半天,王家军的头目就是你,天大的笑话!你好大的胆呀,竟然又混入了军中,是不是在替番邦做内奸?"王少甫大怒:"我与番邦有杀父之仇,恨不能剥他们的皮,喝他们的血!"刘奎璧不屑地说:"这话哄谁?当初战败,没见你去救回你父亲,也没见你剥了谁的皮,喝了谁的血,却只见你从战场上逃了回来!你根本就是个软骨头!""你可以这么说我,但我父亲,是个顶天立地的硬汉子!他……他就死在我的怀里,眼睛始终没闭……刘大人,你现在是朝廷要员,请回去时为我父鸣冤!"王少甫知道自己化名参军的事早晚会被查出来,但是,他希望已经官拜兵部的奎璧帮他找到父亲沉冤雪耻的机会,只是他想不到,现在的刘奎璧已经不是从前他的那个好兄弟了,而是一个他从来都不认识的刘奎璧,一个一心想置他于死地的刘奎璧。刘奎璧冷笑一声:"哼,冤不冤枉,自有公论,但你如今正是朝廷通缉要犯,老实跟我走,也许还可保个全尸!"说着,他抽出佩剑,命手下将王少甫绑了起来。

　　营帐内,兵部尚书在听取刘奎璧的报告。"真的是他?"刘奎璧:"是的,大人。"尚书兴奋起来:"好哇,这个皇甫少华,竟敢改名从军!哈,这要算本部堂到边疆后最大的收获了!你……给我看牢了他,明天带回京城,向皇上请示定夺。"

　　他的话音未落,知道少甫被抓的曹矜领着王家军怒气冲冲地闯进了兵部尚书的营帐,一把将尚书从椅子上揪了起来。尚书被这突如其来的变故吓得魂不附体:"你……你们,要造反?""不是我们造反,而是你们这些混蛋,逼着我们要反!哼,王少甫立下多大的功劳,你们要把他关起来?"兄弟们都愤怒地附和着。"他……他是朝廷通缉要犯……"曹矜大怒:"狗官,说王少甫是死罪逃犯,就是说我们也是同伙、反贼了!我们出生入死,流血牺牲,换来的竟然就是这样的奖赏吗?"

　　正说着,又有人将刘奎璧也捆绑进来,绑他的士兵说:"曹哥,就是这个狗东西,陷害了王将军!"曹矜:"王将军呢?""已被我们劫出来了。"这时的刘奎璧还嘴硬:"反贼,你们冒犯朝廷命官,是要后悔的!"曹矜更火了:"哼,一不做,二不休,我们今天就送你们这两个黑白不分的狗官上西天!弟兄们,放火!"兵部尚书吓傻了眼:"饶命啊,不能啊……"

　　众人已点起了火把。帐外传来王少甫的喊声:"住手!"他冲了进来:"曹矜,不要冲动,放了他们!""少……少甫,你没事吧?""王将军!"众人齐喊道。少甫向大家拱手:"没事,我没事,兵部大人们对我都挺好的……弟兄们,我真名不叫王少甫,而是皇甫少华,皇甫敬老帅的儿子!"众人愕然,刘奎璧一副幸灾乐祸的模样,兵部尚书叹了口气。

少甫:"弟兄们,原谅我瞒着大家这么久了……其中的苦衷,我也不想多说,但今日事发,我不想再沉默!我的父帅……为国捐躯,至今还蒙着冤名,我拼着一死,也要同朝廷大员们回去,到皇上面前力辩沉冤,为我全家讨个公道!弟兄们,看在平日里与大家同生共死的情分上,请放了尚书大人和刘枢密……"曹矜忍不住插嘴:"少将军?你不要傻了!这一去只怕性命不保啊!"少甫:"曹矜,当年兵败,首责在我,朝廷追究,合情合理,我们不能一错再错、错上加错了!"

曹矜无奈地解下兵部与刘奎璧二人身上的绳索。王少甫向他俩行了一礼:"二位大人,请不要怪罪他们,好汉做事好汉当,这犯上作乱的处分,给我皇甫少华一人好了!"众人齐喊:"大哥!"尚书惊魂稍定,点点头:"好小子,你还识时务!"刘奎璧愕然地看着王少甫。

少甫并不理会他的目光,他恳切地拜托曹矜:"曹矜,哥哥今日只拜托你一件事,代我安葬了父帅,待沉冤洗刷了之日,我定会回来,重新扶灵,运返江南的……""大哥,你放心地去吧,老爷的后事,曹矜一定竭尽全力办好!"少甫点点头:"尚书大人,请吧——"他主动伸出了双手。

次日,皇甫少华被押上了囚车。全军官兵含泪送他上路。皇甫少华挥手与他们告别,目光凛然不侵。

宫中日升月落,一切依旧。这日早朝,兵部尚书回到京城,奏报劳军情况。听到镇守边陲屡立战功的英雄,竟然是朝廷一直通缉在逃的罪犯,皇帝既震惊,又生气。刘捷趁着这个机会,在朝廷上添油加醋了一番,断言番邦一定是收买了皇甫少华,运用苦肉计,让他打入我军,充当卧底,目的在于替敌军制造混乱,火中取栗!梁丞相虽然想帮皇甫少华争取一个说话的机会,可奈何兵部尚书吞不下在前线被绑的那口恶气,在皇帝面前又参了少华一本,说他是朝廷的祸患。皇上盛怒之下,将皇甫少华打入天牢,待刑部查核罪证以后,晓谕天下,凌迟处死。

可怜那皇甫少华根本没有说话的权利和机会,就被打入了黑漆漆的死牢。他仍沉浸在丧父的痛苦中,跟他的父亲当年被关在番军牢房中一样,不吃不喝,仿佛泥塑,对前来送饭的狱卒不理不睬。

这个死牢,正是前些日子郦君玉呆过的地方。皇甫少华无意中见到郦君玉在地上用稻草拼成的大大的"冤"字，眼神终于动了一下，刹那间心念电转。想起敌军城下，皇甫敬临终前对儿子的交代。皇甫少华心中一凛。他从怀里掏出父亲的遗物，这代表着什么？父帅，请你告诉我……不行，我困在这里，什么答案也不可能得到！我必须活着出去！他猛烈地摇撼铁栅栏："来人哪！放我出去，我要见皇上！"

呼喊声在空旷的牢狱内回荡。

王少甫被押回京城的消息很快便传到了翰林院。众人叽叽喳喳，议论纷纷。郦君玉躲在一边，两耳不闻窗外事，一心只读圣贤书。偏偏那王湘要凑过来，传达这个小道消息，以示亲密，郦君玉猛然听说皇甫少华被抓，如今又死罪难逃，如遭晴天霹雳，失魂落魄。顾不上还在说话的王湘，她跟跄着夺门而去。

郦君玉冲到了死牢门外，站在门口的卫兵，冷冷地看着她。君玉自知，她没有任何理由能够进去看上半眼。她躲到了角落里，无奈地靠在墙上。少华呀，你可知道？丽君和你，此刻只隔一道高墙……我恨不能一头把这高墙撞破！她如热锅上的蚂蚁，束手无策。

郦君玉垂头丧气地回到翰林院。这里的大小官员正在讨论梁丞相有意将女儿许配给郦君玉的事情，一看她回来了，立刻围着她，端茶送水。大学士先说话了："郦状元，少年得志，前程无量啊！"众人也附和："是啊，是啊，有梁相垂青，非同小可！"郦君玉神情颓唐，不言不笑。大学士："郦状元，怎么，你还不高兴？"众人笑道："八成是嫌屈才，恨不得立刻被敕封个八府巡按吧？哈哈！"王湘注意到郦君玉的表情，便来帮她解围："好了，好了，众家大人不要再开玩笑了！"大学士也说："是啊，笑也笑过了，该干什么干什么去！"众人一哄而散。郦君玉仍僵立在原地，仿佛死了一般。王湘走了几步，又怀疑地转回来："君玉？郦状元！你……你一定有心事！为什么事发愁啊？哦，是不是为了梁丞相招亲之事？给哥哥说说，莫非梁相之女很丑？是个母夜叉？如若不然，你应该高兴才是呀！难道是高兴傻了？"郦君玉被他惹火了："真是啰嗦！走开！不要烦我！"她抓起桌上的书，砸向王湘。王湘抱头躲闪着："好好好，我走，我走……什么怪脾气？"他悻悻而走。

这时，荣发正匆匆忙忙赶到了翰林院门口，边走还边喃喃自语："饭也不吃，觉也不睡，连稿子都忘了拿！这样下去怎么得了？"正说着，就被门口的士兵拦住了去路。荣发跟门卫搭讪："我不进去，拜托你把郦翰林的东西交给他。"门卫:"你是……"荣发:"我嘛,是郦君玉的书童,拜托拜托!"她刚刚转身要走,正巧王湘从里面出来。王湘抬头一见荣发,像见到鬼一样:"哎?你……"荣发也认出了她:"你?"王湘还没回过神来:"你……你长得像一个人!"荣发遮遮掩掩:"大人,你说什么呀?""说话口音也像!"荣发故意换了个腔调:"像谁咧?"王湘更怀疑了:"像那个骗吃骗喝的坏丫头!"荣发:"你……你这人,神经病!"她匆匆溜走,边走还边嘟囔:"哎呀,晦气晦气,倒霉透顶!怎么这么不巧?碰到这个冤大头……"王湘发愣,揉揉自己的眼睛:"哎!别走哇……怎么会呢,世上竟会有这么多相像之人?还全都让我赶上了!"

门卫看他发愣,叫住了他:"王翰林,请你把这个书稿带给郦翰林吧。""书稿?谁给你的?""刚刚那个书童啊。"王湘清醒过来:"什么?你说他是郦君玉的书童?"门卫莫名其妙:"是啊。"王湘一拍大腿:"哎呀!这就对了!就算天下有两个长得一模一样的人,怎么可能又恰好是一对主仆呢?这里面一定有问题!"说着就敲起自己的脑袋:"王湘,你真是聪明一时,糊涂一世啊!"

门卫被他吓了一跳。

相府内,梁素华闷在房中,坐立不安。刚刚梁丞相跟自己说他已经决定要给自己和今科状元做媒了,看义父那高兴的样子,他一定是认真的。怎么办?怎么办……她在房中踱来踱去。这时梁夫人进来了。"娘?""孩子,老爷什么都对我说了,郦状元那么好的人,你怎么还不想嫁呢?"素华:"我……娘啊,我只想伺候义父义母终老一辈子!"没想到梁夫人听得落下泪来。素华慌了:"娘,娘,女儿说错了吗?惹得娘生气了……"梁夫人摇摇头:"我不怪你,娘只是又想起了宝儿……""宝儿?""就是你死去的小姐姐。她活着的时候,也跟娘说过一模一样的话,娘听着也很舒心……可是……可是真指望她陪伴在膝下,小小年纪竟撇下我们白发人去了……""娘!""素华,老爷和我,真心希望你得到幸福,也好代替宝儿了却爹娘的心愿啊!"

她泣不成声。梁素华无言以对。

十四

这天，翰林院内，梁丞相又来找郦君玉商谈婚事。郦君玉还沉浸在焦虑悲痛中，一口回绝。看老丞相一脸的不悦，君玉也不敢太过造次，便找借口推托说怕被人讥讽为高攀相府，靠裙带升迁，所以有些忌讳，谁知这样一说，梁丞相反而更高兴了，连连夸赞郦君玉是个正人君子！还安慰她不必多虑，说自己会把这件事讲到朝堂上去，让尽人皆知！话说开了，倒免得那些好事之徒在背后嚼舌头。君玉大惊，没想到自己来了个弄巧成拙，刚想再说什么，梁丞相却已经自鸣得意地走了。

回到家，郦君玉长吁短叹。她烦躁不安地取出竹笛，看了又看，心事重重地试吹了几句，可都不成腔调。荣发闻声进来："丽君姐姐，你是不是又在思念姐夫了？"君玉："别胡说……""我不是胡说，从认识你到如今，我没见你这么苦恼过！这笛声，听得我揪心！……香梅没心没肺，不懂感情，可我愿意帮姐姐分担，只要你把它说出来，闷在心里，会闷出病来的呀，姐姐！"君玉感动，一把抱住了她。"好妹妹！我……我什么都不瞒你了，被关在刑部大牢里的皇甫公子，就是我的未婚夫……""我早就猜到了。丽君姐，当务之急，是救公子一命啊！再耽误下去，他必死无疑。""我正是这么想的，可仅凭我一人之力，怎么可能将此惊天大案扳过来呢？"荣发低头思索了一会："我想来想去，想到一个人！""谁？""梁丞相！"君玉一听更痛苦："他……我当然想过……可他这几天正盯着我，说什么也要把他女儿嫁给我，让我哭笑不得！好不烦恼……""姐姐呀，我要说的就是这件事！既然梁丞相想招你为婿，只有这棵大树好乘凉！别人想攀，还都攀不上呢！"君玉想了又想："你说的也不是没有道理，可是如此一来，我进也不是，退也不是，怎么着都是死路一条……罢罢罢，不管它了，救人要紧！"

她面露难色，又毅然决然。

朝廷上，以刘捷为首的大臣，坚决要求处决皇甫少华，郦君玉听着，冷汗直冒。梁丞相一直一言不发。君玉盯着他的嘴，心紧张得快要跳出来。皇帝再次看看左右："刑部查核的情况如何？""启禀皇上，那皇甫少华拒不认罪，尽管多次刑讯，他闭口不招，只喊冤枉……"皇帝："哦……那么兵部呢？以过去王家军连克数城,收复实地的战绩,有可能将功折罪吗?""皇上,皇甫少华冒名投军,拉帮结伙,这是兵家之大忌!另据边关官兵揭发,此人还屡次违抗军令,擅自做主,好大喜功,冒险出击,这些……皆为纪律严明的我大明军队所无法容忍!"

新皇帝:"这个家伙,真是无法无天哪!"

郦君玉听到这里,完全绝望了。她打算拼死相谏了。嘴巴刚刚张开。可就在这时,皇帝似乎想起了梁丞相还未发言:"梁丞相,你意下如何?"梁丞相慢条斯理,不慌不忙:"这个……皇上,老臣想不明白,一个投敌之人,怎么会拼了性命去收复失地?一个逃亡之人,怎么会藏在边关,而不越雷池一步?"见皇帝沉吟,梁丞相接着说:"还有,刚才各位大臣列举皇甫少华种种劣迹,却遗漏了一件重要的情节!他被捕前的最后一战,将士们亲目见证,皇甫敬从敌军城楼上自残断臂,挣脱锁链,纵身跳下,死在儿子的怀中……如果这件事属实,那么皇甫父子投敌之说,便是子虚乌有!而朝廷的追查方向,则应是当年的战败之责,这……恐怕又不是三日五晌可以弄清楚的。"皇帝点头:"唔……老丞相言之有理。"

刘捷按捺不住了:"皇上,即便皇甫父子未曾降敌,至少皇甫少华逃回内地是真,而且拒不自首,按律就当斩首!"众臣也附和道:"是啊,这是大明朝的耻辱,留着他,将给我军开了一个逃兵的恶劣先例!"看到皇上又有点犹豫了,郦君玉按捺不住了,忍不住脱口而出,声震朝堂:"皇上,斩了他,就无从查问战败的情由了!三思而后行呀……"众臣惊讶地看着这个排在朝班最末尾的小官。梁丞相断喝:"胡闹!朝堂之上,岂有你小小翰林说话的资格?"皇帝:"啊,是郦君玉呀……"

君玉索性出列:"皇上,天下兴亡,匹夫有责。小翰林人微言轻,但最敬慕的就是捐躯沙场的英烈!皇甫老将军慷慨跳城,已用他实际行动,证明了他是我大明的忠臣勇士,姑不论朝廷怎样评价他的功过得失,他的唯一子嗣,理当得到公正的待遇!不然,将来书写国史,定成一笔遗憾……小臣斗胆,愿为皇甫少华请命!"

她跪下了。受郦君玉感染,王湘一时冲动,也站了出来:"小臣王湘,也赞同郦君玉此议,愿为皇甫少华请命!"他也跪下了。又有几个翰林学士站出来,跪下了:"臣等也愿请命……"皇帝拿不定主意了。刘捷忍不住道:"荒唐!你们这几个书生,懂得什么?竟然也敢乱议国家大事,还不统统退下!"

梁丞相乘机进言。"慢！书生议论，也不是没有道理。皇上一向礼贤下士，广开言路，听听翰林们的真实想法，未尝不可。"皇帝也点头道："啊，他们都是秉笔书写国史之人，朕不想落下个刚愎自用的恶名！"

郦君玉终于暂且松了口气，紧张地看着皇帝。"这个案子，朕看，先不着急下论断，等边关有了确切的报告，再议……"

郦君玉汗透衣衫。她感激地瞥了王湘一眼。王湘美不自胜。

边关，曹矜受皇甫少华委托，给皇甫敬收尸。他看到尸骸上伤痕累累，自断了一条臂膀，禁不住痛哭失声。总兵走过来，也为之动容。曹矜看到总兵大人，跪倒便拜："总兵大人，天底下有这样自我断臂，挣脱锁链，跳下城池，向我军示警的叛徒吗？"总兵摇摇头："真该让朝廷上那帮睁着眼睛说瞎话的人看看，皇甫老将军是何等的忠烈！""大人，请赐末将一个机会，将老总督的遗骸运回京城，末将愿拼着性命，替皇甫大人伸冤！"总兵点头："是得有人出来说句公道话了！"曹矜磕头："谢大人玉成！"

他噙泪为尸体裹上白布，全体将士跪下来，埋头默哀。牛角号呜呜咽咽地低回长鸣，寒鸦掠过天空，招魂幡与瑟抖的枯枝齐舞。八名军士抬着灵柩，一步步走下山岗。曹矜走在最前面，手捧着皇甫敬的惨白灵牌。

郦君玉亲眼见到皇上对皇甫一家案情的态度有了转变，悲喜交集。她压抑了太久的心情，总算有了喘息的机会。于是带着荣发，去庵堂还愿。荣发到底还是小孩心性。在庵堂里待不住，跟君玉说了一声，就蹦蹦跳跳地跑了出来。

王湘在河边散步。每看到一个测字先生，他就上前纠缠一番，拿出他画的孟丽君画像，打听她的下落，却一无所获。王湘一脸颓唐，无奈地卷起画轴。

这时荣发从庵里出来了，她往最热闹的街市走去。王湘无意中看见了她："咦，这不是郦君玉的书童吗？"他鬼使神差地跟着荣发走。

荣发故态复萌，专往有好吃的地方挤。王湘不离左右。犹如去年在集镇上的小吃摊点前，荣发看什么都垂涎欲滴。只不过，这次她腰包里有了钱，挑肥拣瘦起来。荣发嘴里念叨的，竟是王湘当初的那一套："包子……'知人知面不知心'！"挪了几步："烧卖……'一枝红杏出墙来'！"又挪了几步："炊饼……唉！'花无百日好，月是故乡圆'！"最后选了一处："面条……好：'飞流直下三千尺，疑是银河落九天'！"

王湘这下乐了："哈哈，总算抓到你了！"荣发一惊，猛然回头。王湘就站在

135

她身后。荣发大惊失色。王湘抓住她的手说："你就是化了妆的小巫姑娘吧？"荣发尴尬极了："什么小巫不小巫？你这个臭流氓！"她使劲挣脱了王湘，撒腿就跑。王湘紧追了上去，边跑边喊："小巫姑娘，小巫姑娘，告诉我，你姐姐在哪里？她是不是就是……"荣发唯恐避之不及，跑得更快。王湘还在追着。荣发使出看家本领，在人群里七绕八绕。王湘傻了眼。忽而，他顿足大笑："我瞎跑什么呀？找到郦君玉，不就万事大吉了嘛！"他洋洋得意地朝回走，边走边傻笑："这真是'众里寻他千百度，那人却在，灯火阑珊处'！哈哈哈哈……"

第二天，王湘在翰林院里一边溜达一边嘴里不停地哼哼唧唧，迎面遇到了郦君玉，想起为他拆字打卦，笑容可掬的孟丽君，她和眼前的郦君玉叠合成一人。王湘忍不住道："郦贤弟，你……你有个书童吧？"君玉一愣，想不到他会问这个："是啊，你是说荣发？""不对！""怎么不对了？"王湘越想越觉得自己没错："她不叫荣发，而是叫小巫。她也不是你的书童，而是你的妹妹。最最关键的，是你们俩都不是男人，而是我认识的两个姑娘！"

君玉非常气恼："王湘，你头脑又不清醒，胡说八道了！"她不敢再与其纠缠，急忙逃开。王湘却愈发肯定："郦君玉，我敢肯定，你就是她，小巫的姐姐大巫！"

郦君玉急匆匆地躲进书房，好歹摆脱了王湘的纠缠，松了口气。可谁知又见到了在这里恭候她多时的梁丞相。为了皇甫少华的事，君玉之前曾经去求过梁丞相，请他在皇上面前为少华伸冤。梁丞相自以为帮了郦君玉一次，加上梁夫人也对这个状元郎满意有加，所以便又来向郦君玉提起这两家联姻之事。老丞相越说越得意，觉得这门亲事是十拿九稳，可郦君玉却听得是汗如雨下，暗暗叫苦。

好不容易送走了梁丞相，刚刚回到屋内，却发现王湘已经把翰林院闹了个沸沸扬扬，大家现在议论纷纷，都在讨论今科的状元竟是个女的，连大学士都开始让郦状元给个说法，郦君玉心里恼怒，面上却不露声色，撂下一句："王湘他疯了！一个疯子的话，大家要是当真，那翰林院整个也疯了！"说罢便落落大方地离开。哪知王湘却紧追了过去，自作多情地拉住她的手。嘴里还喊着再也不会放开她的手这样的疯话，君玉忍无可忍，把他推下了池塘。王湘在水里胡乱扑腾，惹得众人笑弯了腰。

奇闻终于传了出去。郦君玉一来到翰林院，便招致众人异样的目光，他们从头到脚，反复地盯着她。君玉如有芒刺在背，但也只能强作镇定。风声传到梁丞相耳中,他将信将疑,当面责问君玉。好在他人老眼花,自己看了半天也看不出个端倪,再加上这样的传言也太过荒唐,老丞相对郦君玉还是非常放心的。可是让王湘这样一闹,郦君玉实在是骑虎难下,老丞相的逼婚此时倒是提醒了她,似乎在这个时候,迎娶丞相之女是让谣言不攻自破的最好办法了。再加上君玉无意中从丞相口中得知,丞相的千金原来并不是梁大人的亲生女儿,而是两年前他路过江南时在官船上搭救的一位民间女子,后被他收为了义女。这位姑娘的生辰八字竟与苏映雪的生日完全吻合,听到这些,君玉的心中又燃起了一丝希望,对于梁相的软硬兼施也没有那么抗拒了。

刘捷把传闻当事实,专门上奏新皇帝。本想给郦君玉找点麻烦,却逼得一心维护君玉的梁丞相当朝之上宣布了郦君玉与自己女儿的婚事,以正视听。刘捷在皇帝那里碰了一鼻子灰,可是这样一来,郦君玉与梁素华的婚事也成了箭在弦上,不得不发了。经过这么一闹,郦君玉只能下定决心跟命运赌一次了,她唯一的赌注就是梁丞相之女梁素华的身份,她将面临的结局只有两个,要不就是冒险成功,侥幸过关,要不就是身败名裂,任人宰割。可是,她如今已经没有退却的余地了。

当夜,郦君玉就打发荣发给梁府送去了求婚聘书。

深夜,新皇帝不辞辛苦,批阅奏折。皇甫长华依旧是弹琵琶助兴,轻柔舒缓曼妙的曲子,令皇上打了个哈欠,竟然睡着了。长华爱怜地笑笑,起身帮皇上披上一件衣裳。百无聊赖之中,她接过皇上手里的工作,帮他整理书案。

无意中,她看到一份刑部奏折:"叛贼皇甫少华仍拒不认罪,坚称冤枉,实属冥顽不化!刑部叩请皇上御批,定于何时正法问斩?"她吓得魂不附体,奏折咣当一声砸在了地上。皇上一下子惊醒了:"爱妃?你怎么了?"长华惊魂未定,默不作声,微微颤抖。"难道你也做噩梦了?唉,这么晚了,朕还让你陪着,是不是太自私了?"长华摇摇头,眼睛里还有惊恐的泪滴。皇帝爱怜地看着她:"有时候,朕真希望你,能开口陪朕说说话啊……走吧,回去睡吧。"他扶着皇甫长华离开,长华忍不住回头,黄灿灿的奏折掉在地上,依然刺目惊心。

次日,默妃一天都魂不守舍,坐立不安。一向温顺的她,竟然发脾气赶走了伺候她的宫女。宫女们吓得纷纷而退。皇帝退朝后,回到默妃寝宫:"默妃,朕累得很,你弹一首曲子解解闷吧。"皇甫长华忍着悲愤,拨响琵琶。可不过几节乐句,琴弦连断了三根,长华倒地便跪。皇帝惊讶万分:"你……你这是怎么了?哪里不舒服？快快起来！"

　　皇甫长华猛然不住地磕头，泪流满面地开口说话："皇上！救救我弟弟吧……"皇帝吓了一大跳，愕然看着她："你你你……你会说话？"长华："是的，我不是哑巴，我只是被迫装哑……""啊？你……你究竟是谁？""臣妾真名皇甫长华，皇甫敬的女儿，皇甫少华的姐姐。"

　　皇帝吓得连退几步："天！你……你竟然是皇甫敬之女？"长华泪流满面："皇上，我父不是叛臣，我弟弟也不是反贼呀！他们兵败，必有缘由，一定是有小人从中作祟，无端加害的……"皇帝终于镇定了些："你说这些，可有证据？"长华摇摇头："没有……可是，我的母亲，一个柔弱无助的老妇人，一辈子吃斋念佛，连只蚂蚁也不敢踩死，竟在官军解押来京途中，惨死于歹徒的毒镖之下！她……她用身躯掩护了女儿，使我幸免于难，临终前，嘱咐我一定要活下去，为全家鸣冤叫屈……"皇帝："就是在那一刻，你遇上了朕？"长华点头不住。

　　皇帝沉吟："蹊跷！整个事件都甚为蹊跷……"看到皇帝有所怀疑，长华更加心痛："皇上，臣妾隐姓埋名，装聋作哑，自知犯了欺君大罪，万死不辞，但求皇上赦免了我弟弟，为世代忠良的皇甫家留下一条独根吧……"她伏地哀泣，痛彻肝肠。皇帝乱了方寸："你……你容朕想一想，好好想一想……"

　　半夜时分，梁丞相被下人唤醒，他衣冠不整地出来见客，颇为不满："是谁如此无礼，半夜要见老夫？"下人有口难言："老爷，来人关照，不得说他是谁……"梁丞相一听，更加不满："岂有此理！"正要看个究竟，那来人忽然道："梁丞相，辛苦你了——"梁丞相大惊："啊？皇……"只见天井里站着新皇帝，浑身上下裹着一件猩红斗篷，只露出一双闪闪发亮的眼睛。他身边的小太监，也是一身便装，手里提着灯笼。梁丞相张口结舌："皇……皇上深夜驾临，老……老臣……""什么都不要说了，烦劳老丞相，随朕往刑部大牢里走一遭！"看到梁丞相一副不知所措的样子，皇帝只得又说："默妃刚才开口说话，说皇甫少华是她弟弟……"梁丞相不知道该说什么好："天哪！"他忙给皇帝带路。

　　皇帝带梁丞相，深夜亲临天牢。梁丞相一路唠叨着："不可思议，不可思议！默妃居然会开口说话，而且她是皇甫敬之女、皇甫少华的姐姐……"皇帝不由没好气地说："哼，再有人来奏，说太阳从西边出来了，朕也不会惊讶了！"他们来到关押皇甫少华的监号。狱官开了牢门上的大锁，并向里边喊道："皇甫少华，有人来看你！"蜷缩在墙角里的少华，猛然惊醒："谁？你们是谁？"梁丞相道："皇甫少华,你父亲被俘后,你为何逃离战场?""不,不是逃离!我是回后方搬请援兵。""朝廷派出的援军,不是早就归你父亲节制了吗?"少华道:"是的,但那是一纸空文!"皇帝忍不住出声:"什么意思?"少华据实回答:"援军被临时征用,说是镇压江南盐工骚乱去了……"皇帝与梁丞相对视一眼。梁丞相又道:"你是说,你们当时实际上是在孤军奋战?""正是。因我轻敌,长驱直入,父帅的中军大营突遭邬必凯偷袭,损失惨重……"皇帝又问:"邬必凯如何得知老将军大营的所在?"少华也感到困惑:"这正是我总也想不明白的地方!似乎时间、地点、兵力虚实,都被敌军算得一清二楚……"皇帝猜测:"哼,难道没有这样一种可能?你父亲将此情报泄露给了番邦,内外勾结,引狼入室!"

一听这话,少华怒吼:"胡说!有哪一个军人无耻到这种地步?自己找挨打,自己找辱骂,自己找灭族大祸……你们也不想想,我父伤重被俘以后,为了警告攻城我军不要冒险,竟自断其臂,跳城明志……青史上出过这样内外勾结、引狼入室的叛徒吗?皇甫少华死不足惜,切齿痛恨的,就是你们这帮信口雌黄的狗官!忠臣良将,生前要受你们的陷害,死后仍不罢休,还要往他身上泼污水!我活着,只要有一口气,就要为我父喊冤,就要同你们这些不知人间有羞耻事的乌龟王八蛋讲理!"

皇帝反而很平静:"你骂够了?"少华控制不住自己的情绪:"没有!叫你们的主子来,叫刑部尚书、兵部尚书,乃至宰相大人来,我还有难听的话要说呢!"皇帝不动声色:"若是皇上也来了呢?"少华:"我还是要骂!只要我父帅的冤案一天不平反,我就要骂下去!你们砍了我的脑袋,把我剁成肉泥烂酱,这一缕冤魂也不会散,在阴间变成厉鬼,我还是要骂!让昏君饭也吃不香、觉也睡不稳……"

旁边的梁丞相听不下去了:"放肆!皇甫少华,睁开你的眼睛看看,站在你面前的,究竟是谁?""谁?"少华毫无惧色,这时,小太监才敢放声:"皇上在此,你还不跪下?"皇甫少华一怔,再看看皇帝,又看看小太监手提灯笼上的"大内"二字,不敢相信自己的眼睛:"你……你真的是皇上?"皇帝笑笑,摘下斗篷。那一身杏黄色衣帽,印证了他的身份:"朕确是你骂的昏君。这一位,也是你想骂的宰相大人……"

这时少华才大惊失色:"啊?皇上,罪臣一家冤枉啊!"他匍匐在地,大放悲声,梁丞相听得心有不忍:"少华公子,不要这样,有话慢慢讲……"少华还是哭

道:"皇上,梁大人,你们要为我惨死的先父主持公道啊……"皇帝见他衣衫褴褛,遍体鳞伤,也落下泪来。他解下自己的披风,亲手给皇甫少华裹上。皇甫少华的身子,仍在微微颤抖。皇帝安慰道:"好了,好了,少华,你也不要过度哀伤,这一切,朕定会理个明白的。梁丞相——""老臣在。""走,随朕再去一趟兵部!""是。",梁丞相转身对狱官说:"好生照料皇甫公子,稍有差池,先要了你的脑袋!"狱官忙不迭地答应。

临走,皇帝又道:"皇甫少华!你再耐心地等一等吧……"少华哭着:"皇上,只要我父帅的冤情大白于天下,罪臣就是把牢底坐穿,也无怨无悔……"皇帝抹了一把泪,带着梁丞相等出去。

君臣来到兵部时,正赶上曹矜一行人上访无门,抬着皇甫敬的棺材,要闯兵部衙门。兵部大臣蛮不讲理地阻拦着:"翻了天啦,你们竟敢用一具臭烘烘的尸体,来要挟本部堂?告诉你们,反贼皇甫少华,已被皇上口谕打下死牢,不日就要问斩!你们是想步他后尘吗?"皇帝大步上前:"棺椁里入殓的是什么人?"那大臣闻言一惊:"啊?皇上……"众人纷纷跪下。皇帝没有理会众人,径直向曹矜问道:"打开棺盖!"见那大臣还想阻拦,曹矜忙道:"皇上,小民曹矜,原为皇甫敬大人的家将,半月前与皇甫少华公子冒死抢回老将军的遗骸,等不及安葬,少华公子就被兵部大人带回京城,小民为了救主,千里迢迢运送棺椁,恳求皇上亲眼见一见老将军的英灵!"他说着,掀开棺盖。皇帝上前,俯看皇甫敬的尸体。那只断臂触目惊心!脸上身上遭虐待的伤痕历历在目,惨不忍睹。皇帝潸然泪下,曹矜率差役们哭成了一片。曹矜道:"皇上,皇甫老将军死得冤哪!我等王家军心里不服啊……"差役们也道:"皇甫一家义薄云天,气壮山河,少华公子斩不得呀,皇上!"皇帝感动,仰面流泪不止:"父皇,父皇,你冤枉皇甫敬了!儿臣代你向老将军赔罪……"他跪倒在棺材前,梁丞相和兵部大臣等也随之跪下,哭声惊天动地,直响彻了整个紫禁城。

曹矜连夜跑进了天牢:"少将军!少将军,你在哪里?"少华:"曹矜?我在这儿……""少将军,我可算见到你了!"他亲手打开了牢门:"皇上传旨,你被释放了,你重获自由了……"少华:"好兄弟,没想到还能活着在此重逢!"两人的手紧紧握在一起。曹矜满面泪痕:"少将军,我把老大人的尸骨运来了京城,皇上亲眼看到了,他要亲自主持老将军的国葬!你们一家,全都云开雾散,重见天日啦!"

皇甫少华喜极而泣，跪在地上，仰天长啸："父亲，父亲！你听见了吗？父亲……"他长跪不起，背对曹矜，浑身抽搐不止。曹矜知道他百感交集，让他一个人独处……悲壮之情弥漫了整个阴森的大牢。

次日，皇上临朝，一脸的凝重："朕昨夜亲自审案，才知忠君护国的老功臣，前江南总督、西南边防兵马都元帅皇甫敬，在被番军俘获并遭百般凌辱后，坚贞不屈，慷慨就义。为褒奖烈士英灵，朕宣布，以往一切污蔑不实之词应予推翻，皇甫敬将军及其家眷所蒙之冤一概平反昭雪！传旨国史馆，即日起修撰皇甫敬列传，老将军遗骸以国礼厚葬，朕将亲临祭奠。英烈之子皇甫少华，含辛茹苦，颠沛流离，但从不放弃为父鸣冤的努力与信念，不愧为忠良后代，国家栋梁，着即任为御林军统领！"少华穿着一新，叩谢天恩："臣皇甫少华谢恩，吾皇万岁、万岁、万万岁！"群臣如坠雾里，啧啧称奇。刘捷在一旁恨得就差咬碎了牙齿。

消息不胫而走。翰林院里，郦君玉正在和翰林们聊天，王湘又粘了上来。君玉看到他气就不打一处来："离我远点！池塘里的水还没喝够，是吗？"王湘不放弃："我想通了，我真的想通了！你听我说，与其彻底失去你，不如远远地站在一边祝福你，不管你是谁，不管你是男是女，是嫁是娶，我王湘的心永远跟你在一起！"见君玉起身就要离开，王湘忙放声道："各位，朝廷上下，大大小小的事情，你们想听什么？最新消息，皇上为三年前兵败捐躯的皇甫敬将军平反了，你们不知道吧？"看到郦君玉果然停下了脚步，王湘得意极了，继续道："他的尸骨已经运回京都，断臂跳楼明志的故事到处传开，儿子皇甫少华不但免于一死，还被封为御林军统领！啧啧……既然沧海都能变桑田，这样离奇的事，就见怪不怪了！像你郦君玉，究竟是凡是仙，是男是女，又有什么关系呢……"郦君玉顿时傻了眼，她脸上的表情扭曲，极其怪异。"喂喂，你又怎么啦？"她不管不顾地走了，王湘更加疑惑。

后宫之中，皇甫长华表露了身份以后，皇帝虽然没有治她欺君之罪，却成日里愁眉不展，唉声叹气。他只是不断地思念着那个曾经一言不发的默妃，想着那个他在野外搭救、带回宫中、总是带给他惊喜的小哑女，怀念着那个安静而又能帮他分忧的红颜知己。这一切琴瑟和谐，都在她突然开口时戛然而止。一切都改变了，他过去熟悉的那个温顺乖巧、不言不语的默妃，陡然间成了烈士遗孤，满腹的苦水，还有那么多他所不知道的秘密！从今往后，他不知道自己还会相信谁？连枕边人都可以经年累月地瞒着自己，这个皇帝，不，自己这个穿着黄

141

袍的男人，是不是做得很窝囊？此时的皇帝早已没有了在朝廷上平反皇甫家冤案时的豪情与斗志，现在的他倒像是一个感情上受到打击的普通男人，他狠着心，一直没有去看过长华，因为他不知道该如何面对那个他曾经最信任喜爱的女人。

这天晚上，郦君玉强压懊恼，按惯例来宫里为后妃们看病。她见皇甫长华正在月下独坐，刚走近，就发现皇甫长华正拿出药粉，要吞下肚去。君玉吓了一跳，急忙冲过去，打翻药粉："长华姐姐，你这是要干什么？"皇甫长华哭出声来："好妹妹，我受不了皇上的冷漠！他认为我太有心机，一直是以装哑来接近他……""可你不是有意的！"长华摇头："任何解释都无法挽回，我决心喝下这哑药，变成真正的哑女！也许只有这样，才能让皇上明白，默妃还是他原来熟悉的那个默妃……"君玉又急又气："胡说！长华姐姐，老将军和少华的冤情方得洗雪，一切都正在往光明里走，你怎么好自暴自弃呢？"长华苦笑："难道你不知道，正是为了先父和弟弟，我才强撑着，熬到了今天……冤案平反了，父母安葬了，少华又有了功名，我却在皇上那儿永远失去了信任！这生不如死的日子，还有什么意义呢？"君玉只好安慰："什么也别去想了，等皇上想通了，他自然会来找你。"长华感激地看着她："谢谢你！丽君，现在我也只有你能说话了，你……能不能常常来陪陪我？"君玉一时语塞："我……我怕我一时来不了……""丽君，你很忙，是吧？在外朝见到少华了吗？"这次是君玉长叹一声："造化弄人哪，姐姐，少华虽然重获了自由，可我……却又要身陷牢笼了！"长华一惊："怎么回事？"君玉："我已经答应了，娶梁丞相之女为妻……"

长华不由站了起来："啊，你怎么能这么糊涂？不行，我……我要把这一切统统向皇上讲清楚！"君玉一听此言，大骇："万万不可！我这女扮男装，和姐姐的装哑全然不同，一旦捅破了，天都会塌下来的！还是……还是走一步，看一步吧！"

两人相对无言，本来是沉冤昭雪了，可是事情却越来越复杂了。唉……这一声叹息，代表了多少不能言说的苦楚。

相隔几日，皇帝召见梁丞相，传旨受皇甫老将军一案牵累的大学士孟士元一家，也即刻平反，官复原职，财产发还，另给予优厚抚恤。在一侧的皇甫少华也主动请缨，要亲自去沙门岛迎护孟大人夫妇还乡。

时间并没有因为苦难而对孟丽君有所眷顾。吉日来临，那郦君玉硬着心肠，

石小群 饰 苏映雪

大型古装青春励志传奇剧

《再生缘之孟丽君传》

摄像师 郭智仁（港台顶级摄影协会"大联盟"中流砥柱）

电视剧作品：

《风云》、《飞刀又见飞刀》、《荆柯传奇》、《一生为奴》、《铁将军阿贵》。

剪辑师 周影（22届金鸡奖"最佳剪辑奖获得者"，冯小刚、陈凯歌导演长期合作）

电影作品：

《无极》、《天下无贼》、《和你在一起》、《甲方乙方》、《玉观音》、《阳光灿烂的日子》等。

电视剧作品：

《香樟树》、《天下第一楼》等。

音乐 鲍比达（全球华人音乐顶尖创作家，多次获得亚洲各地重要音乐奖项，《夜奔》音乐获第46届亚太影展最佳音乐）

代表作品：

《新不了情》、《新夜半歌声》、《夜奔》等。

更换新郎吉服,跨上高头大马,向梁府走去。锣鼓喧天,鞭炮震地。全城百姓还像数月前观看状元游街那样,欣赏相爷之婿的神采。没有人知晓她内心的酸楚。

她只有在心里念着:少华,爹和娘就拜托你了……

想到出嫁刘奎璧时的苦楚,想到高中状元时的百感交集,郦君玉仰天长叹。

十五

郦君玉站在池水边闭着眼睛吹笛,笛声哀怨。荣发慌慌张张地跑进来,四下寻找,终于看到了孤独的郦君玉,她知道公子此时心绪难平,骑虎难下,心疼地叫了一声:"公子!"曲声戛然而止,大堂里面热闹的声音隐隐传来。郦君玉缓缓将笛子放下,轻叹一声。荣发上前,低声地说:"姐姐,都什么时候了,快进去吧。都等着你一个人呢!"郦君玉幽幽地说:"让我再静一静,想一想。""姐姐,实在不行,还有一招——跑!马车我都准备好了。就在后院偏门备着。"郦君玉沉着地露出轻松的笑容:"如果真出了什么事,留着你自己逃命用吧。走!"

她笑了笑,径直走向大堂。

大红的喜字高高悬挂,大堂里面人声鼎沸,人头攒动,推杯换盏,一片喜庆。

洞房内,一双红烛影影绰绰,房间内被装点得喜庆热烈,却掩不住一颗落寞的心。原来,新娘子梁素华就是当日落水的苏映雪,自从被梁相夫妇搭救,并收为义女后,两位老人待她视如己出。为了保护孟氏夫妇和丽君,映雪没有报上自己的真实姓名,而是谎称自己本名素华,所以,到了梁家,自然就改名为梁素华了。梁相为自己安排的这桩婚事,自己左右为难。在映雪的心中,与刘奎璧的一段情,可谓情比金坚,更何况,当日已经入了洞房,差点就做了夫妻。此时此刻,端坐在婚床上的苏映雪,缓缓掀开盖头,看着满屋子的喜庆气氛,那巨大的喜字,那一双红烛,滴滴烛泪,恰似自己内心在流泪流血,想当初自己跟刘公子的丝丝柔情,情深意笃……

看着摇曳的红烛,梁素华从回忆中醒来,早已是泪流满面。她痛苦地走到窗旁,推开窗子,让冷风吹拂着自己的脸庞。

想不到我苏映雪的命这么苦,两入洞房,依旧找不到自己的幸福……

她擦去泪水,手中紧紧握着刘奎璧送给她的丝帕,侧头看到桌子上放着的

玉如意,暗暗下定了决心:奎璧,你我今生无缘,来世再见……

贺喜的宾客们觥筹交错。荣发暗自将烈酒换成白水,郦君玉假意豪饮,不胜酒力,在荣发的搀扶下,向洞房走来。荣发把酒壶递给她:"拿进去,干脆把新娘子也灌醉算了……"郦君玉摆摆手:"不妥不妥,躲得过今日,躲不过明日啊!"她苦笑着摇头要推门进去,但又停住了,手放在门上犹豫着。荣发低声道:"姐姐,可得想好了! 这门一进去,就听天由命了。"郦君玉深吸了口气,推门进去。

新娘子静静地坐着,手中紧紧握着玉如意。郦君玉也兀自在房间中踱着步。两人无语良久。

过了好久,郦君玉终于把心一横,早晚也要过这一关,干脆跟新娘子挑明了,然后是死是活再说吧。想到这儿,她便走到梁素华跟前,行礼道:"素华小姐,下官郦君玉有礼了。"梁素华依然不为所动。郦君玉一边说话,一边仔细观察她:"素华小姐,君玉早就听闻小姐冰雪聪慧,明眸皓齿,肤如凝脂,今日得与小姐成亲,君玉三生有幸。"

梁素华脸藏在盖头里,紧紧咬着嘴唇。郦君玉发愁,犹豫良久:她老不出声,让我如何是好……她又想了想,看到桌子上的茶碗,过去倒茶,对着新娘子行礼道:"娘子,君玉敬你一杯茶,从此后你我白头偕老,幸福美满。"说着,便坐到她身旁,伸手搭在她肩头上,梁素华推开她的手,挪到一旁去:"不要碰我,请你放尊重些! "

郦君玉听到这熟悉的声音,微微一怔! 这声音,如此熟悉的声音,从小朝夕相伴的声音,这,这,难道? 难道真的是? 她不会听错,一定是……一定是! 一种巨大的喜悦冲上心头,她一把掀开盖头,看到的却是一张怒目而视的俏脸,正高举着玉如意,口中说着:"你这! ……"

果然是苏映雪,是我的映雪姐姐! 而梁素华也呆住了,傻傻地看着她,不敢相信自己的眼睛。"砰"的一声,玉如意落地。

梁素华喃喃地说:"小姐……真的是你?"郦君玉走到近前,柔声说:"映雪姐姐,是我!"梁素华恍如梦中:"丽君,你……你怎么变成了郦君玉? 你怎么成了这个样子? 我不是做梦吧?"郦君玉潸然泪下:"一言难尽……映雪,我的好姐姐!"失散的姐妹紧紧抱住,放声大哭起来。刹那间,二人心中所有的委屈,都在这见面的喜悦中倾泻出来。

郦君玉抱着梁素华："姐姐，今夜若不是你，我还生死未卜，不知道怎么收场呢？"梁素华抹去眼泪，拉着她仔细端详："小姐，你……你受苦了……"郦君玉忙说："苦的是你！映雪姐姐，你为我两次赴死，请受我一拜——"说着，要给梁素华下拜。梁素华急忙拉扯。直到两人都跪下，她们互相看着对方，笑着流下泪水。

两人细诉了当年往事，梁素华将在大船上听到的刘捷和邢师爷的一番话原原本本地告诉郦君玉，郦君玉也将容兰之死，自己遇到老康，如何女扮男装赶考，一步一步升为翰林细细道来，两人一直聊到天亮，决定假戏真做下去，从此，郦君玉就是梁丞相的乘龙快婿了。

悠扬的笛声响起，宽阔的驿道上，一辆马车飞驰而来。车上，皇甫少华扬鞭催奔。车帘轻轻撩开，孟士元夫妇坐在车里，孟士元正向外观看景色。驿道旁有口水井，水井上面的吊桶，在阳光下滴落着水滴。皇甫少华勒马，将车停下。他递给孟士元和孟夫人水碗，服侍他们喝水。自己则靠在井口旁，用水瓢喝水。

夕阳笼罩着大地，井口上一根狗尾草逆光在风中摇曳。笛声中，皇甫少华看着狗尾草发呆，思念起孟丽君。猛然，一袭白衣的孟丽君从远方渐渐走近视野，皇甫少华面露欢喜，待皇甫少华再定睛一看，荒漠的地平线上只有几缕青烟，哪里有人！

马车疾驶而去，卷起漫天尘灰。不久，来到一家客栈。安顿二老休息，少华倒上茶水，端给孟士元和孟夫人："伯父、伯母，回京北上这一路旅途劳顿，二老受苦了。待上朝面见过皇上，少华再替二老做些打算。"孟士元："可惜丽君不在身边，不然我们一家苦尽甘来，阖家团聚多好……"孟夫人落下泪来。少华叹了口气，有些愧疚："伯父、伯母放心，少华一定会把丽君找回来的。少华一直心中有愧，若不是当年我与父亲追查盐案，得罪了刘捷，又难为了伯父，想必现在——"孟士元："唉，不说这些了。皇甫将军已经故去，老夫想与老将军再论对错，也没有机会了。现在我们别无他念，只希望丽君能平平安安回到我们身边。你们两个成亲完婚，修成正果，我们多年的心事也就了结了。"少华却不知道如何接口……

少华忘不了父亲那决绝的话："告诉你，这门婚事我绝不同意！"他痛苦万分，独自来到酒馆借酒浇愁，一杯一杯，喝得酩酊大醉，直到天亮。

大街上，拎着酒坛的少华踉踉跄跄地走着，许多行人捂着鼻子从他身边经过。一个姑娘躲闪不及，险些被他撞倒，少华却继续踉跄着走，没走两步，险些歪倒，扶着大树呕吐起来。那姑娘愣愣地看着他，叫了一声："皇甫公子？"原来正是刘燕玉。呕吐过后的少华瘫在地上，不省人事，燕玉用力将他搀扶起来，一路扶着，将他扶回了客栈。

少华倒在床上便鼾声大起。刘燕玉看着少华的样子，摇了摇头，转身拿过脸盆，坐在床边为他擦拭脸庞。

少华，隔了这么久，你一点都没变。原来我也没变……我以为早把你忘了，可是一看到你，心又开始痛，痛得像数九寒冬的冰……喝成这个样子，你的心一定也很疼吧？只不过让你心痛的那个人，肯定不是我……

少华仿佛听到她的心声，嘟囔了一声，随即翻身，伸手几乎搂住刘燕玉，喃喃地说："你别走……你不能走……丽君，丽君！你不能走！"刘燕玉愣了一下，茶碗咣当落地。她急忙停手，蹲下收拾。少华听到声响，迷迷糊糊地醒来，发现刘燕玉在房间里，迟疑地问："燕玉姑娘？你……"刘燕玉大窘："公子，许久不见。"少华强欲起身，却感到头痛欲裂，只得靠在床上："燕玉姑娘，我这是……"刘燕玉便告诉他，今晨巧遇，见他酒醉街头，担心受了风寒，便服侍他回到客栈。

少华挣扎着起来，很不好意思："噢……想不到我们每次相遇，都要麻烦姑娘出手相救。"刘燕玉急忙为他倒茶水："躺下别动，公子这些年的故事，我都听说了……恭喜你，总算守到拨云见日了！"少华喝了口茶："真是惭愧，一看到姑娘，我就想起亏欠姑娘太多，不知何年才能还清？"燕玉淡然地说："好在燕玉有自知之明……只要你能快乐，不再伤害自己，折磨自己，哪怕是为了孟姑娘，燕玉也愿意主动消失，决不会让你为难！燕玉从小就不喜欢给人添麻烦，我知道，自己也许什么都不如别人，但有一样并不缺少，那就是自尊！如果有一天，你想起我，你一定要记得，不是我放弃了你，而是在成全你……公子，我走了，你好好保重。"

少华被深深感动，一时不知所措。

太阳冉冉升起。又是新的一天。今天，皇上要亲自为孟士元平反昭雪。上朝路上，一队士兵开路，曹矜和皇甫少华骑马走在孟士元夫妇两顶轿子前面。而街道对面也过来一支队伍，声势浩大。两顶轿子走在中间，梁府管家跟在一旁。曹矜看见，急忙纵马到自己队伍前，勒马停步，避让开梁府队伍，他们从皇甫少华等人面前经过。

皇甫少华走到曹矜身旁观看:"曹兄,这是何人上朝?阵势不小!"曹矜道:"当朝首辅大臣梁丞相。"少华点点头:"哦,原来是梁丞相。怎么后面还有一顶轿子?""那应该就是梁大人的乘龙快婿了!听说前日刚刚入赘相府,一下子就身价百倍啦!"少华笑笑,不经意地看了看后面的轿子。忽然吹来一阵风,将郦君玉的轿帘吹开,露出她的清秀脸庞,在少华眼前一闪而过。少华惊呆了,愣了半晌,又问曹矜:"曹兄,你刚才说,后面的轿子是谁的?"曹矜纳闷:"新科状元郦君玉啊!怎么了?"少华以为又是幻觉作祟,长长地出了口气:"没事……咱们走。"他策马离开,白马一声长长的嘶鸣。

而轿中,郦君玉听到马嘶,忽然心中一动,无意间看到外面皇甫少华的白马一闪而过,也是一惊。等她掀开轿帘张望时,队伍却已转弯,只是看到少华马背上的身影,人已经看不真切了。郦君玉眼皮乱跳,直觉有事要发生。

皇宫之内,大殿之上,见过百官之后,便宣孟士元夫妇及皇甫少华上殿觐见。殿上的郦君玉一愣:怎么,爹爹和娘都回来了,可是,他们要是在殿上认出我来,可要招惹杀身之祸啊……

只见,孟士元夫妇和皇甫少华大步走上殿来,一同跪倒在阶前。皇上走下龙座,亲手扶起孟士元夫妇:"孟学士快快请起!当年军情不明,先帝错怪了皇甫老将军,又牵连了孟学士一家。朕即位以来,忙于琐务,竟使得你们的不白之冤直到今日方才昭雪,愧对孟学士,愧对为国尽忠的皇甫老将军啊!"孟士元感动不已,老泪纵横,而郦君玉在群臣里偷看他们三人,强力克制着内心的慌张:爹啊,娘,好不容易劫后重逢,女儿竟无法与你们相认……怎么办?

擦了擦眼泪,孟士元对皇上说:"陛下,老臣还有一事相求。"他准备将丽君奉旨嫁入刘家,被逼跳河一事当面向皇上呈奏,边说,边将目光射向刘捷。突然,他愣住了,在百官中,他见到了一张熟悉的面孔,他觉得自己眼花了,赶紧擦了擦眼睛,定睛又看。

郦君玉急忙低头。孟士元呆住了,甚至已经听不见皇上的问话,伸着脖子看藏在朝臣身后的郦君玉,吃惊地说:"啊?你……她……"皇甫少华此时也发现了郦君玉,他也不敢相信自己的眼睛,这分明就是丽君,可是她怎么会一身朝服,站在这大殿之上?

皇上此时发现了郦君玉的窘态:"怎么?孟学士也认识郦君玉、郦状元?郦爱卿,来拜见孟大人!"郦君玉情知躲不过去了,硬着头皮出列:"臣在。下官郦

147

君玉,恭贺孟大人和孟夫人否极泰来,重见天日!"孟士元与孟夫人正面看到她,大惊失色。众人都看出孟士元夫妇的失态,开始议论纷纷。皇上也审视着他们。刘捷也一直在强作镇定地观察着。郦君玉忙说:"孟大人一直是我朝文坛翘楚,士林领袖,君玉就是读着大人的文章长大成才的。今日有幸忝列朝班,又蒙梁丞相眷顾,与相府千金结为秦晋之好,孟大人如若不弃,请赏光吃一杯下官的喜酒。"

形势急迫,不管怎么说,先把这一关过了再说,于是,少华赶紧上前一步:"恭贺郦翰林新婚之喜!"孟氏夫妇虽十分狐疑,但也赶紧道喜,孟士元吓出一身冷汗:糟了!这可是在朝堂之上,丽君惹下欺君大罪啦……

皇上看出一些端倪,似乎事有隐情,便开口相问。郦君玉赶紧上前一步:"启禀皇上,小臣以前曾向孟大学士请教过学问,所以相识,还听孟大人提起过,他有个女儿,与小臣的年龄相仿。依小臣推测,怕是孟大人见到小臣,便不由自主地联想起女儿来了吧?"孟夫人忙说:"是啊,小女丽君的确与郦状元同庚,只可惜,小女没这么好福气,至今生死不明……"说着,就要哭。孟士元已然恢复常态:"启奏陛下,小女命苦得很!方才听闻郦翰林新婚,一喜一悲,触到痛处,不禁失态,万望皇上恕罪……"

刘捷皱着眉头,看着他们,冷言冷语地说:"我看没那么简单,孟大人言语失态,想是他们之间,还有什么难言之隐?"郦君玉正色道:"刘大人何出此言?要说恩怨,谁人不知刘大人您与孟家的是非恩怨……"一直坐在前面一言不发的梁丞相,连忙使眼色让郦君玉妥协,郦君玉没有理会。刘捷一愣:"你——哼!郦君玉,你一个小小翰林,敢对老夫指手画脚,你有何资格?"郦君玉不卑不亢地说:"我只是替孟大人鸣不平!孟小姐新婚之夜,莫名其妙地投河自尽——"刘捷被捅到痛处,冲动地打断她:"郦君玉你要搞清楚,孟丽君投河,只是生死不明!"孟士元转向他:"刘大人,老夫总有资格问你吧!我问你,小女丽君到底是怎么死的?"孟士元说着说着,老泪纵横,孟夫人也哭了起来。

朝堂上立刻议论纷纷。

刘捷这老贼赶紧编了一套瞎话搪塞过去。他转向孟士元夫妇和皇甫少华,假意毕恭毕敬,和颜悦色地说:"孟大人,孟夫人,还有少华将军,下官当初不明真相,误会了皇甫老将军,害得丽君姑娘含恨投河,实在有愧……当着皇上和众家大臣的面,刘捷给你们赔罪了!"说着,他向三人抱拳,深深地鞠了一躬。

皇上大喜,看来三家恩怨已了,皆大欢喜。孟士元夫妇执意告老还乡,皇上也允了,并传旨命江南布政司给出库银,在蒋州建造汉白玉牌坊,旌表孟女之节烈,配享百姓之供奉。

退朝之后,郦君玉大大松了口气,当然,他在朝堂上当面顶撞刘捷,被梁丞相狠狠训斥了一通,意气用事,招惹事端,必有后患。郦君玉连连称是,然后赶紧回府,换了衣服,就向着孟氏夫妇下榻的客栈而来。

一家三口终于团聚,自是哭成一团,少华也在旁边落泪。哭过之后,君玉便将分别之后的凡此种种,她的经历,苏映雪的经历,入赘相府居然"娶"了映雪姐姐,一一道来。郦君玉哭道:"爹,女儿不孝!身体发肤受之父母,女儿不该破嗓毁音,不该混迹于山野粗汉之中,不该日日饮酒,留恋勾栏瓦肆……可女儿知道,要想洗清爹娘冤仇,唯有冒死扮作男装,科举高中,方有出头之日啊……"孟士元也早已老泪纵横,边流泪,边点头:"嗳,好女儿,不哭不哭,我们一家好歹盼到团圆之日了……"

少华悲伤地说:"这么说来,刘捷为了将你娶入刘府,方才想出按兵不发之计……爹,你死得好惨!"郦君玉闻言一怔:"少华,此话怎讲?"少华悲愤地说:"想不到刘捷为了一桩婚事,竟然置数万将士生死于不顾!"

他转身出去。郦君玉呆呆地坐在房中,回味着他的话。孟夫人赶紧示意她去看看。

树林边,看着满天的星斗,皇甫少华悲愤满胸。郦君玉追了上来,看到他悲伤的样子,停住脚步,远远地看着他。少华拿出皇甫敬留下的玉佩,攥在手里:"爹,孩儿悔不该违抗父命,去夺那射袍姻缘!这叫我如何面对这样的后果?叫我如何面对丽君……"郦君玉听了大惊,仿佛被雷击中一般,浑身一震:"少华!你为什么这样说?"皇甫少华看着她,叹口气,想回避走开。郦君玉又急又委屈:"少华,你这是怎么了?是不是老将军他对我有什么误会?"皇甫少华十分难过,抱头不语。

郦君玉看到他这副样子,几乎崩溃:"为什么?到底为什么?我孟丽君做了什么对不起你家的事情?"

稍顷,少华才说:"我担心……是我爹爹对你有所误解。可如今,他老人家已经归天,我再也没有机会去改变他的想法……爹走了,剩下我一个无从释怀,无法交代……唉!"他一拳砸在树上。郦君玉失落地缓缓摇头:"是你后悔了？还是老将军他从来都不同意我们在一起……"千辛万苦的重逢，想不到，竟是这样的结果。郦君玉失神地看着远方："为了你，我什么都可以改，从孟丽君变成郦君玉都可以！可唯独你爹对我的看法，我无法改变，我孟丽君此生就是孟家的女儿，无法更改。少华，我该怎么做？你告诉我，我应该怎么做……"

皇甫少华不语，只是摇头。郦君玉长叹一声："当年在义父那里学艺，苦到想要放弃的时候，我就在想，日后若是两家沉冤昭雪，我和你离开这恩恩怨怨，到一个没有人认识我们的地方长相厮守，没想到……"她只觉得精疲力竭。少华看到她痛苦的样子，自己也万般痛苦，走到郦君玉面前，扶住她："丽君，对不起，我答应过要保护你一辈子的，你要相信我……"

窗外的月亮穿梭在云彩里。床上，郦君玉睁着眼睛，默默流泪，梁素华翻身过来，睁眼看到她满脸泪痕："丽君，你这是怎么了？是不是老爷夫人还是不能原谅你？"郦君玉摇摇头："没有，映雪你快睡吧。"梁素华翻身起来："那就是皇甫公子！他怎么对你了？"郦君玉忍着眼泪，闭上眼睛不说话，只是一个劲儿地摇头。梁素华感觉事情严重了："皇甫公子他不理你了？难道说他也娶亲了？"郦君玉缓缓睁开眼睛："映雪姐姐，都怪我的命太硬！你告诉我，皇甫老将军是不是被我害死的？"梁素华明白了："丽君，你在说什么胡话？""我连累的人太多、太多了！""一定是皇甫公子说了什么气话！不要当真，他可能是一时冲动，口不择言。毕竟你们一家团圆了，可老将军和老夫人都已然身故，他孤苦伶仃一个人，除了你，什么都没有了……丽君你要多体谅，多关心他啊！"

郦君玉擦去眼泪，点点头："你说得对。"梁素华心疼地紧紧抱着她："丽君……你受委屈了……"

皇甫少华又去喝过酒，拎着酒壶，晃晃悠悠地回来。走到门口，忽然站住了，只见刘燕玉手拎一包供品纸钱站在门口，诧异地问："燕玉姑娘，你这是？"刘燕玉说："今日是七月半中元节，我来给老将军……"一听老将军三个字，皇甫少华的酒醒了大半："谢谢，你来晚了，该做的我已经都做过了。"他不再多说，推开门进去。刘燕玉一愣，急忙跟了进去。

此时，郦君玉一身素服，手中也拿着一些供品纸钱，缓步走上楼来。她走到门口，徘徊着，正在犹豫是否进去。忽然听到屋里传来女人的声音："皇甫公子，你答应我不再喝酒的！"郦君玉一惊，心慌意乱，走到门口，发现门未关严，便向里面看去。

少华又要喝酒,刘燕玉连忙阻拦:"少华,老将军在天之灵也不愿看到你这样!"说着,将一包供品放在桌上,去搀扶皇甫少华,一把夺过酒壶,少华茫然地看着她的举动。刘燕玉边整理供品边说:"老将军生前一世清白,不少刚正不阿的文人墨客,为纪念他,特意书写了一批字画。我带来一些,相信老将军一定会喜欢!"少华十分感动,从怀里拿出玉佩,燕玉接过,将它放到了供品旁边。

这一切,郦君玉都看在眼底,少华的玉佩她碰不得,而刘燕玉却拿得,这让丽君大受刺激。一失神,她手中的供品散落一地。少华抬眼看到了郦君玉,情知不妙。而郦君玉忍着眼泪,已快速落寞地转身离开。少华连忙起身追出去,燕玉也愣了,留在屋里,不知所措。

十六

郦君玉失魂落魄地走在大街上。熙熙攘攘的人流,更显得她孤寂落寞,泪水渐渐模糊了双眼,慢慢地溢出来,最后如决堤之水,泪流满面。她发足狂奔起来,渐渐陷入快跑的痴迷,跑到最后大汗淋漓,连靴子跑丢了一只都不自知。皇甫少华被她远远地甩到了后面。郦君玉感到一阵虚脱,身子一软,跌倒在了街边。

远处,皇甫少华看到她晕倒,急忙追上来抱起她,将她背回曹矜的客房。

昏迷中的郦君玉和衣安详地躺在床上。皇甫少华端着水盆,看着郦君玉长叹一声,为郦君玉擦拭伤口。一不小心,他被郦君玉脱下的靴子绊了一下。少华诧异:什么东西这么沉?拿起来仔细一看,发现靴底比寻常的硬。他扒开郦君玉的鞋底,沉甸甸的铁片掉了出来。少华恍然大悟,心疼地看着郦君玉:皇甫少华,你太没用了!你让丽君一个人都经历了些什么啊!?他放下铁片,握住郦君玉的手。郦君玉抬起的手,露出了臂膀上捆绑得结结实实的绷带。少华愣住了,一把撸起郦君玉的袖口。只见她的整个臂膀上,全部捆绑着绷带。少华心痛不已:你究竟吃了多少苦头?承担了多少我不知道的重量?你说话呀!丽君!

昏迷的郦君玉皱紧了眉头,慢慢苏醒,缓缓地睁开眼睛,看见皇甫少华关切爱怜的双眼。少华高兴地说:"你醒了?"郦君玉恍然不知身在何处,伸手摸摸脑袋,突然看到自己赤裸的臂膀,吃惊地羞红了脸,急忙缩起来,躲到被子里。少

华也尴尬起来,不知如何是好。郦君玉面色娇羞,借口要镜子看看额头的伤,少华急忙躲了出去,君玉借机匆匆穿衣下床。穿靴子的时候,她发现靴底的铁片垫上了厚厚的布套,走起路来舒服多了。君玉心中涌起一阵暖流,此刻,少华也拿着镜子回来了,看到君玉正在端详靴底,腼腆地说:"怎么样?手工太笨,还梗脚么?"郦君玉连忙掩饰心中的感动:"恩。天色不早,我要回去了。"少华还想说什么,可又说不出来,只好笨笨地说:"好,你要好好照顾自己!"

两人似有万言,却又相对无语。他们知道,也许,彼此还需要些时间。

皓月当空,院子中树影印在地上。曹矜与皇甫少华在院中对剑,少华却心事重重,不一刻,便放下剑坐到一边歇息,闷坐不语。曹矜知道他还在为孟丽君的事伤神,干脆建议他忍痛割爱,彻底了断!所谓长痛不如短痛。

而在少华看来,他与丽君经历了那么多生离死别,大悲大喜,仿佛冥冥中谁也无法离开谁。但是,每次见到她,耳边总会响起爹爹的咒怨,挥之不去。可每当思念爹爹的时候,又会想起丽君那双饱含委屈,还要故作轻松的眼睛……唉!自己真是没用!

曹矜干脆建议少华:逃!逃的目的是为了回来。在事情变得更糟之前,分开一段时间,只有好处,没有坏处。少华英雄少年,又为皇上所倚重,应当珍惜时机早立功名。待日后功成名就,与孟姑娘是分、是合,自然水落石出。少华知道丽君看中的并不是这些。再说圣上赐给自己功名,不过是缘于愧对于爹爹罢了。少华怎会靠祖上荫庇,谋取一己之私!

曹矜摇头不语,感慨少华身在福中不知福。想当初,他们两人在边关茹毛饮血、出生入死,始终不过是一个小小的参将。而那些贪官污吏,屁事不做,蝇营狗苟,却一个个脑满肠肥,用兄弟们的血汗性命升官发财!唉,这个世道!少华不以为然,为国尽忠,何必在意品制高低?人生在世,功名利禄无穷尽,哪比得上父母健在、兄弟妻小团聚一堂美满?只是自己如今落得愧对爹娘,又负了心上之人,唉!

曹矜见劝也无用,只好又拉着少华喝酒去,一醉解千愁,醉了,就什么烦恼也没有了!

客栈中,少华和君玉在帮助孟士元夫妇打点行装。少华发现,已经有人盯上孟氏夫妇和自己了,所以建议他们赶紧离开,以免遭遇不测。他们准备连夜出发,离开京城。否则,夜长梦多,久待此处丽君会有暴露身份的危险。少华决定亲自前往护送,并回乡安葬父亲。君玉想不到他已经做好了决定,心中无限失落。

孟士元也很诧异地问少华:"怎么,你不多陪丽君几天?"君玉艰难地说:"爹,就听少华的吧。我尊重他的决定。"孟夫人也问少华:"那少华你什么时候再回来?"少华懦懦地说:"不知道,也许三五个月,也许三年五载……小侄还没来得及深想……"孟夫人心急道:"什么?那我家丽君怎么办?就眼巴巴地等你三年五载!?你们呐,不要再拿着刀在对方的心里面剐了!听我一句,留下来好好谈谈,再走不迟。"孟士元:"对对对,我们两个,风烛残年,大难不死,已然很庆幸了,不用你们操心!你们还是操心自己的事吧……"少华只是说:"孟大人,孟夫人,小侄绝不是无情无义之人!待我将父亲的后事安顿完毕之后,自会给丽君小姐一个交代。"言罢,屋子里一片沉默。

荣发看看他们,嚷嚷起来:"哎哟,听得我头都大了!干脆,大家一起走,路上一块再商量。管他这个那个的,咱们就活咱们自己的。想怎么活就怎么活。"荣发一席话让大家全都哑口无言,受到震动。郦君玉:"一起走?"荣发道:"是啊,既然老爷、夫人舍不得小姐,小姐也舍不得老爷、夫人,既然公子舍不得小姐,小姐舍不得公子,那就一块走呗……"君玉如梦初醒:"对啊,要走一起走!丽君除了你们,还有什么割舍不了的?爹、娘,女儿愿意放弃一切,跟随你们离开。"她热切地看着孟士元夫妇。二老也激动起来:"好女儿!咱们走!走得远远的!到一个没人找得到的地方,重新来过!"君玉充满期待地看着少华,可他却躲避开君玉的眼神。孟士元替女儿发问:"少华?你说呢?"少华犹豫:"我还是那句话,护送伯父伯母回乡,义不容辞。"君玉隐隐有些失望。

连夜兼程,一路无语。少华撩开车帘,东方渐渐发白,天快亮了。车子轧到一块石头,猛烈晃荡了一下,郦君玉被抛进皇甫少华的怀中。她磕到头,本能地捂住额头。少华急忙查看:"怎么样?有没有伤着?"君玉急忙从他怀里起来,害羞地摇摇头。孟士元夫妇见此情景,欣慰不已,相视而笑。君玉和少华被瞧得不好意思起来。

突然,砰的一声,一支利箭射了进来,穿透车厢钉在马车上,丽君不禁惊叫一声,众人恐慌,荣发紧急停下车。少华忙让大家都坐着不要动,他掀开车帘翻身下车,横在马路中。这时,两个蒙面人骑马冲过来,在快到皇甫少华面前时,两人从马上跃起,同时挥刀劈向少华。

一番较量后，皇甫少华制服了两个蒙面人，一脚踩住一个，用剑抵着另一人的咽喉，厉声问道："你们到底是什么人？谁派你们来的？"蒙面人战栗着："我，我只负责送你们一句话！从哪来的滚回哪儿去，最好别再踏进京城半步！"少华："岂有此理！滚！"两个蒙面人仓皇逃走。

车内，孟士元夫妇惊魂未定。少华安慰孟氏夫妇，那帮蒙面人只是一群无耻之徒，恶语相向，出招却不致命，看来是受人钱财，专程跑来唬人的。一定又是刘捷这个家伙干的。

众人虚惊一场，正准备再次上路，郦君玉内心挣扎了很久，忽然恳切地对父亲说："爹，我还是不走了。"孟士元一愣："都要出关了，怎么突然不走了？"君玉："那帮不速之客来头不小，我不想一走了之。"众人沉默了。

少华看着她："丽君，对付刘捷这个小人，不是一时半刻的事情。"郦君玉却说："少华，我们别再欺骗自己了。"皇甫少华愣了。郦君玉："你真心愿意跟我一起走么？"少华犹豫了一下："是的。没有和你在一起的念头支撑我，我皇甫少华活不到今天。"郦君玉低下头，黯然地说："可是我已经变成了你的负担……成了你心中的一块大石头。这不该是我们历经磨难换来的结果。"少华："不是这样的……"他想解释，却又无从解释，只能默默地看着她。

两人默默相望，他们不愿意分开，但是，也许，至少此时，必须要分开。

"少华，自从和你失去联系，漫长的日子里，我强迫自己不去想你，可总是越想越苦，越苦越想。当我们好不容易重逢的那一刻，我感到的不是喜悦，是窒息。幸福来之不易，仿佛不是真的，只有铺天盖地的苦难才是真的。少华，我不想再增添你的负担，我只想弄明白我们究竟该怎么样。"

"丽君，我说什么你才能觉得好受一点？"

"少华，前面的那扇大门，就像你我的未来，门外是一片新天地，只要迈过去，你我就能抛开一切，远走高飞。门内却依然是咫尺天涯、心魔重影，如果你心中还有半点牵绊，我宁愿留在门内这个磨难的世界，等你回来。"

"丽君，不要逼我。未来太沉重了，你让我一下子怎么决定？"

"我若是一厢情愿跨出那扇大门才是逼你。"

"如果非要选择，我宁愿人不在心在，也不要人在心却不在了。我这个人已经对不住你了，我不能心也对不住你、对不住自己、对不住爹……"

"这一次我的勇气已经耗尽了，我不知道还能坚持多久。"

"丽君,你一定要等我回来……总有一天我会回来的。在边关,我曾无数次憧憬我们在一起的生活。我多想再为你采一次花露,再回山上看一次星星。哪怕再为你挨一次爹爹的打,我都渴望不已。"

"可以的,我可以在城中开一家茶坊,为你采集花露,等你回来,等着那一天到来。"

……

郦君玉感觉那几句离别的话,仿佛用透了全身力气。她咬紧了牙关,拼命止住了眼中的泪水,用尽全身的力气,朗声说:"孟大人、孟夫人,还有皇甫大人,千里相送终有一别,下官就在此恭送大家,祝你们一路平安!"

孟士元无奈,叹了口气,扶着孟夫人大步走向城门。皇甫少华也压抑住满心的离愁别绪,转身上车,挥动马鞭,马儿嘶鸣,跑远。

郦君玉一直看着马车远走,忽觉天晕地转,身子一歪。荣发一把扶住她的臂膀,攥着郦君玉的手,一步步往回走。

皇甫少华赶着马车飞奔。车内,孟士元突然醒悟,他掀开车帘:"少华,停车!停车——"皇甫少华勒马停车。孟士元扶着孟夫人下车,少华想要来搀扶,孟士元却推开他的手,少华愣了一下。孟士元问:"皇甫少华!丽君做错了什么?你要这么折磨她?"少华:"我……丽君没有错,错的是我。"孟士元厉声道:"你以为,老夫真的看不出她留在京城的原因吗?"少华不语,只是痛苦地摇头。孟士元:"什么都熬过来了,你当真吝啬一句承诺?"皇甫少华:"少华为了丽君,命都可以不要,但不能做违心的事情……"孟士元扶着孟夫人要走:"冥顽不化,我们没有必要与他同路!我们自己有腿,自己走,不欠他皇甫家一丝人情。"少华追上:"伯父!我答应过丽君,护送你们回乡。"孟夫人:"老爷,少华肯定有他的苦衷。"孟士元仰天长叹:"唉,可怜丽君对你还痴情一片……"孟夫人从怀里拿出《敬茶图》,递给少华:"这幅图,留在你身边吧。这一别,还不知道他们何时才能相见?我相信少华虽不会甜言蜜语,但一诺千金,总会给女儿一个交代的。"少华百感交集地接过《敬茶图》:"谢谢伯母大恩!路途遥远,伯父还是上车吧。"他期盼地看着孟士元。孟夫人拉了拉孟士元的衣袖,孟士元叹了口气,只好又回到车上。

马车卷起尘土,疾驰而去。

国舅府中,刘捷正在凝神读着武胜王的来信,说的是想立梅妃为后的事情。这两天朝堂内外,闹得最凶的莫过于立后的事情。立后成了各派势力明争暗斗的焦点。武胜王这封信言辞之中充满了居高临下的狂妄,看来是非要让他国舅爷帮着扶助梅妃立为皇后了。

刘捷正看得眉头紧锁,邢师爷匆匆走进来,告诉他一切已经办妥,皇甫少华和孟士元得了顿教训,垂头丧气,逃回老家去了。刘捷笑了笑:"哼,和我斗,不自量力!"他把武胜王的信推给邢师爷:"看看这个吧,很不简单哪……"邢师爷接过信看了一遍,也皱起眉头:"老爷,想不到武胜王这么狂妄!"刘捷沉吟道:"其实,梅氏立后倒不是不可,只是老夫还摸不清皇上真正的心思。"

邢师爷低声说:"老爷,小人觉得,立梅妃,对我们大大不利呀。小人说句不中听的,太后体弱多病,撑不了刘家一世。等到梅妃当上皇后,武胜王会更加嚣张跋扈,上下官员会以他马首是瞻,对老爷的势力只有威胁,没有好处。"刘捷点头:"如今皇上羽翼未丰,几个皇叔年富力强,皇上担心他们不服而乱……当年,就是武胜王险些夺得皇位!其实,废立皇后之事,不过是武胜王与皇上开始较量的一步棋……当务之急,先搞清楚皇上的意思再作安排。咱们静观其变吧。"

正在此时,下人来报,说门外有工部、户部、礼部三位大人求见,说有急事跟老爷商量。刘捷一笑,看来武胜王费了大功夫,请了不少说客来帮忙啊!倒正好投石问路,还要推波助澜,哼哼。闹吧,闹吧,闹得鸡飞狗跳才好,到时候么,我刘捷就可以坐收渔翁之利了!

窗外,几个大臣正匆匆赶来,而花园里,刘燕玉正对着花丛中的翩翩蝴蝶认真临摹刺绣。刘捷站在窗口望着刘燕玉,动起了心思。

荣发和梁素华在院子里忙碌着,为郦君玉调配草药、煎着汤药。郦君玉在屋内修养,躺在床上不停地轻轻咳嗽着。荣发一肚子怨气:"我真是搞不懂,那个皇甫公子说走就走了,可丽君姐姐还是每天魂不守舍的,搞得病老不见好,太不公平了!"梁素华笑笑:"你呀,等日后看上了哪家公子,就明白了。"荣发一梗脖子:"我可没那么好欺负!要有人敢这么对我,我一定以牙还牙,把他骂得狗血喷头!"

屋里传来茶壶落地的声音。梁素华和荣发急忙丢下手里的东西,跑进屋子。荣发和梁素华冲进屋子,看到郦君玉坐在椅子上喘息着,茶壶打碎在一旁。两人连忙将郦君玉安顿上床。荣发倒了水,端给她喝。

郦君玉喝了口水,放下杯子。荣发叹口气,姐姐的病还没好,怕是又要落下痴呆的毛病。她忙说："小姐若是担心少华公子提前回来，那就更应该早日把病养好。要不然到时候变成一个病西施，少华公子又要跑了。"君玉倒被她逗乐了："好吧，我听你们的，荣发小儿，快快把药拿来，本大人现在要吃药了。"三人都笑了。

皇宫内，皇上正在批阅奏章，书案上奏折堆积如山，连翻了好几个奏章后，他不禁眉头紧皱。立后立后，都是立后，他索性放下奏章，靠在龙椅上，按着太阳穴。这武胜王最近对于立梅妃为后的事情催得很紧，而且，如不应允他立梅妃，他就要梅妃回家省亲，这不是明摆着跟皇上作对？

窗外隐约传来琵琶声。皇上听了一怔，随即出门。

御花园里，皇甫长华坐在石凳上，一身素衣，抚弄琵琶，一身孤寂。琴声悠悠，无限悲戚怅惘。皇上慢慢踱到她的身边，长华一见，立刻跪地不起。"默妃，你这是干什么。""皇上，臣妾欺瞒皇上，罪责难逃，宁愿降为侍女，甚至于离开内宫，回归民间，以求赎罪……""默妃，朕多日不见你，并无嫌弃你的意思。""皇上虽然不咎臣妾欺君之罪，可臣妾不能原谅自己！请皇上责罚，哪怕是将臣妾赶出宫去，臣妾也绝无怨言。"

皇上没有说话，只是向她靠近了一些。长华一直紧紧地抱着琵琶。皇上伸出指头轻轻勾动琵琶弦，发出"嗡"的一声："唉，还是为朕再弹奏一曲吧！"

好吧，也许这是今生为皇上弹奏的最后一曲了，长华掩饰着眼角的泪痕，坐好姿势，弹奏起来。琴弦拨动着，她缓缓闭上眼睛，默默流泪。琴声让皇上回忆起与长华相识相知的种种，那种温馨与默契，让人留恋。人生若只如初见，该多么美好！

琴弦突然崩断，琴声戛然而止。皇上也从回忆中醒来，擦去眼角泪水。长华将琵琶放在地上，泣不成声："皇上，臣妾该走了，这把琴也哑了……请恕我不能再为皇上解忧，为皇上拨动心弦。皇上看到它，就当是看到过去的那个哑女吧……"皇上眼睛也湿润了，一把拉住她："默妃，朕不会让你走！朕从来没有怪罪过你，朕也没有在意过你是不是哑女，只是……只是你心里埋藏了这么多事情，却不愿朕与你分担！朕也有怨气，怨你不能把朕当作最亲近的人，不愿意让朕和你同甘共苦。你……你难道忍心让朕一辈子做个孤独的皇帝吗？默妃，不要走。"

长华垂泪，不敢看着皇上期盼的眼神："皇上，臣妾也不忍离别……皇上……"皇上紧紧抱着她，轻声说："朕答应你，朕再也不生气了。"长华抱紧他，喃喃地："长华要真是哑巴就好了……"皇上扳过她的脸庞，轻轻擦去泪水："傻瓜，你若当真喝下那哑药，朕才会生气。"长华吃了一惊，害羞地说："皇上都知道了？"皇上点点头，笑了。长华也破涕为笑。

皇上亲手把断了弦的琵琶修理好，递给长华："朕最近被梅妃搞得焦头烂额，没有时间陪伴你，切勿挂怀。"长华抚摸着琵琶："臣妾未曾替皇上分忧，臣妾有罪。"皇上忽然觉得有些头疼，长华正要传御医，皇上忽然想起什么，问道："默妃是否还记得曾为你诊治过病的那个郦状元？"长华一愣："怎么？皇上想让她来看病？"皇上若有所思地点点头："此人近来一直托病不上朝，朕倒想跟他聊聊……来人，传翰林院编修郦君玉觐见，就说朕偶感风寒，让他为朕把脉。"

一个太监领着郦君玉，一路穿过花园，来到回廊前。叩见过皇上、默妃娘娘，郦君玉上前为皇上把脉，但显然皇上脉象并无任何异常，那就一定是心病了。如今朝廷貌似波澜不惊，可其中暗藏玄机。皇上此番，也是有心要试探一下郦君玉。

郦君玉胸有成竹地直切主题："依臣所见，皇上恐是心病缠绕。恕微臣直言，如今朝中人脉重重，网罗交织，这都是历朝沉积所致，正可谓冰冻三尺，非一日之寒。即令英明睿智的陛下，也须得投鼠忌器，慎之又慎。更何况各藩镇亲王的力量，在暗中左右朝政，比如……"皇上眼睛一亮："比如谁？""比如与皇上关系最近的武胜王。""爱卿何出此言？""据微臣所知，武胜王早就想立梅妃为皇后，母仪天下，并且为此还曾向皇上施加压力，联络朝中大臣，纷纷进表上书。这倒不算什么，相信皇上自会处置好后宫之事，微臣不敢多言。不过，天下人尽知，武胜王当年在皇上荣登大宝之际，曾有一系列动作，都被皇上识破，而不敢轻举妄动。但江山易改，本性难移，这把九五之尊的龙椅，毕竟太诱人了！故而王爷他拿出一副皇叔的派头，对皇上仍然像侄儿一般，大不恭敬，实在叫人气闷……"

皇上点点头："君玉，你既挑明了，朕也不想再瞒你，朕的心病确在这里！每日上朝，放眼望去，下面跪着黑压压一片的文武大臣，却没有几个真正可为我所用，也没有几个真正舍得身家性命为朝廷效力！尤其如你所言的各地藩王，太祖皇帝留下此制，无非寄希望于这些皇叔、皇兄们，能够守疆卫国。可如今，朝廷为他们背着沉重的钱粮负担，而他们却在自己的属地上为非作歹，拥兵自重，根本不把我这个天子放在眼里！"

郦君玉试探道："如此说来，即便梅妃身为太子元配王妃，皇上也不能立她？"皇上被她说出心里话，十分痛快："对，朕不能立梅妃！否则，只会壮大皇叔的势力，将朕掌控于他的阴影之下！"皇上禁不住激动地上前拍着郦君玉的肩膀说："知我者，君玉也！"

入夜，郦君玉来到相府，与梁老丞相下棋，对战正酣。她执黑，在星位先落子。梁丞相执白，亦在另一角的星小目落子，边对战，边问君玉："皇上召你进宫，是不是忧心立后之事？"郦君玉点点头。梁丞相忧心地说："本来，太子妃封后，名正言顺，并无多大讹错。只是被武胜王这么折腾一番，恐怕皇上应当能看出来，梅妃不但不能立，而且武胜王的野心，也到了不可不虑的地步！立后这样的大事，皇上必须考虑更多的因素，家世、品行、仪容等等。所以，不到最后一刻，谁也说不上十拿九稳。后宫竞争激烈，就怕节外生枝。"

"节外生枝？"郦君玉一愣，梁丞相点点头："等着瞧吧，肯定还有人蠢蠢欲动呢！"郦君玉点头，深以为是："想不到，武胜王催皇上立梅妃为后，竟然引出这么多错综复杂的问题！"梁丞相笑了笑："要害之处，还是武胜王！他清了，别的也清了。"郦君玉对他的料事如神心生敬畏，不过呢，丞相身为内阁首辅，官居极品，可为何很多时候并不问政？如刚才所言种种，他怎么不向皇上阐明？梁丞相笑了笑，告诉郦君玉，皇上命他管领内阁，其实有两方面意思，一则因为他是三朝元老，德高望重，百官膺服。再则，他若不位居首辅，如今朝廷权臣便非国舅莫属，整个朝廷就会倒向他一边，皇上如何制约？

郦君玉一愣："难道说，皇上只是将您当作一枚棋子？"梁丞相笑了："我不愿、也不可能再卷入任何的漩涡之中！不过，有老夫在，任何人都要有所顾忌。所以，就算仅仅是一枚棋子，也是一枚好棋子。因此，老夫情愿顺水推舟，当好这枚棋子。"郦君玉深深地点了点头。

寝宫内热闹非凡，太监、宫女们来来往往，在收拾行李。梅妃颐指气使地指挥着太监、宫女搬运行李。然后左顾右盼期待着皇上出现。

皇上一来，自是气不打一处来。梅妃盈盈一拜，禀曰："臣妾刚刚得到消息，姑父武胜王爷忽染重病，要臣妾回去。唉，事发突然，臣妾来不及禀告皇上。"皇上强忍怒气："胡闹！回乡的事情，是皇叔的意思，还是你的意思？"梅妃故意说："是姑父和臣妾两人的意思。唉，反正臣妾在这后宫中，没名没分的，皇上忙于国事,臣妾也帮不上什么忙。按姑父的意思,还不如回乡探视他老人家一段时间。等皇上忙完了,姑父的身体也康复了,臣妾再回京。"

皇上被气得直喘,直直地逼视着梅妃。梅妃有些害怕,避开他的眼神。皇上忍了半天,终于缓了口气:"爱妃的孝心,朕能够体会,朕将安排太医院医官,去为皇叔诊治,爱妃就不必挂牵了。"梅妃却不松口:"可姑父待我如己出,臣妾若不回去照应,恐怕被天下人讥为不孝!"皇上不耐烦地打断她:"来人,将梅妃行李搬回寝宫!"说完,他转身离去。

梅妃看着皇上的背影,笑了笑,也转身回宫,命人将行李再搬回宫中。

不远处,刘捷正陪着刘太后散步,这一切尽在眼底。刘太后叹了口气:"梅妃这样孩子气地胡闹,我看皇上是断不会立她了!"刘捷心下得意,说:"噢,对了,今日进宫之前,燕玉这丫头说,好些日子没有见到太后娘娘了!她昨夜梦见太后,十分挂念,托臣弟向太后问安呢。"刘太后十分高兴:"还算这丫头有孝心,没白疼她,让她赶紧来见我吧。"

于是,刘捷顺利地将女儿刘燕玉送入了宫中,开始了他的下一步计划。

十七

紫禁城慈宁宫外,一片鸟语花香。刘燕玉坐在树下练习女红,绣着一条汗巾,嘴里还哼着不知名的小曲儿。这是她要送给皇甫公子的,多日不见,不知他怎样了,在哪里,是不是还记挂着自己?

这时,慈宁宫里的潘公公领着皇上走了过来。这潘公公收了刘捷的好处,目的么,自然就是让自己的女儿刘燕玉迅速接近皇上,得到宠幸,再加上刘太后的推波助澜,然后,自己再那么运筹帷幄一番,立后之事,自然就落到了他刘家。

潘公公安排皇上见到刘燕玉,是件太容易的事情。他假意告诉皇上,太后想见他,然后就带着皇上来到刘燕玉正在绣汗巾的花园中。那汗巾刺绣的颜色十分鲜艳,两只飞舞的蝴蝶栩栩如生,吸引了皇上的视线。而绣花的这个女子,稚气未脱,天真烂漫的样子,也引起了皇上的关注,禁不住走到她身边,伸手拿起汗巾仔细看。

刘燕玉抬头一看,此人身穿龙袍,气宇非凡,大吃一惊,赶紧跪拜。皇上赞她心灵手巧,要将汗巾留下,刘燕玉很是为难,皇上见她样子可爱,有心逗她,便故意将汗巾收入怀中。刘燕玉眼巴巴地着他把汗巾收走了,满脸无奈。皇上窃笑离去,潘公公在他身后,对着刘燕玉意味深长地笑了笑。

而刘燕玉看着皇上远去,神色黯淡下来:真是的,本来要送给皇甫公子做纪念的,只好从头再绣一条了!

这时,刘捷进宫来看望女儿了。燕玉告知汗巾一事,刘捷意味深长地对她说:"燕玉,皇上拿走了你的汗巾,这说明他是对你有意呀!真正天大的好兆头……你想想看,皇上万乘之尊,后宫佳丽无数,他怎么会单单捡起你的汗巾?这不是天赐机缘又是什么?爹说句实在话,你若能讨得皇上欢心,绝对是刘家上下莫大的荣幸!这个缘分,不是什么人都能修得来的。爹回去就为你烧香!我的后半辈子全靠你了……"

刘燕玉如遭晴天霹雳一般,浑身一震:"爹!女儿绝不想入宫!"刘捷一愣:"嗯?你说什么?"刘燕玉渐渐变为哀怨,默然流下眼泪:"女儿不喜欢这里,女儿喜欢自由自在的生活。"刘捷怒道:"放肆!这是天大的好事,你哭什么?成为皇帝的女人有什么不好?爹又不是害你,当上皇后,母仪天下,还有什么是比这更好的出路?"刘燕玉哭着说:"爹!爹呀,你可不要把女儿往绝路上逼呀!"刘捷说:"什么话?你娘去世得早,我含辛茹苦把你养大,就是为了让你气我的吗?告诉你,这是你唯一的归宿,别无选择!"说罢拂袖而去。

刘燕玉瘫坐到地上,绝望地流下眼泪。

入夜,刘太后命潘公公为刘燕玉换上一套妖娆的衣服,浓妆淡抹、巧施粉黛,燕玉顿时楚楚动人,我见犹怜。而刘燕玉却仿佛行尸走肉,断线木偶。

装扮完毕,潘公公从一个梳妆盒中拿出一粒红药丸,走到刘燕玉身后,将药丸藏入刘燕玉的发髻当中。刘燕玉不解地问:"这是什么?"刘太后笑而不语。潘公公阴阳怪气地说:"此乃香丸,并非普通熏香,内含催情之药。你可要小心,别让外人发现!"刘燕玉大惊:"啊?用这个对付皇上,这是大不敬啊!"刘太后紧张地变了脸:"你胡说什么?哀家用什么对付皇上?"刘燕玉小声说:"香丸啊。"刘太后脸一沉:"什么香丸?哀家怎么不知道啊?"刘燕玉立时语塞……

潘公公领着刘燕玉来到御花园,自己悄然离去,留下刘燕玉独自漫步,满腹心事,进退不得。不一会儿,潘公公提着灯笼,领着皇上进了御花园。一脸倦意的皇上突然听到有人在哼唱小曲,倒来了些兴致,循着歌声找去。但见假山边,一个女子正背对着他，轻声哼唱着："奴本是百莲池荷花仙，天上一牡丹，生长在月团，佛祖将奴贬下凡，杭州西湖畔，开放十八年，每日里民间民女打扮，西湖池中驾动花船……"

听着听着，皇上禁不住鼓掌："好！唱得好！这种民间小调，朕还是第一次听闻。"刘燕玉见皇上来到，连忙跪拜。皇上见是那日绣汗巾的女子，更来了兴致。潘公公已告诉他，这是刘国舅的女儿，想不到刘捷那个老奸巨猾的家伙，居然有这么一个天真可爱的女儿。

微风吹拂刘燕玉的长发，使发髻中的香丸显露出来。皇上渐渐被香丸的香气所诱惑，心绪不宁起来，他拉起燕玉的手，让她坐到身边，刘燕玉战战兢兢地坐过去。皇上热切地望着她，眼神迷离："你再走近些，让朕好好看看你。"

刘燕玉慌了：糟了！莫不是香丸起作用了？

皇上开始拉扯她："燕玉姑娘，你今晚看上去很特别。上次你送朕的帕子，朕不知道放哪了？燕玉姑娘多才多艺，你再送朕一件礼物，好不好？"刘燕玉慌了，连连闪躲，皇上反而说："朕就喜欢你惊慌失措的样子。"说罢，捧起刘燕玉的脸庞，轻轻亲吻。刘燕玉闭上眼睛，泪水挂在眼角。皇上的手无意中拨散开了她的长发，香丸掉落在地上。刘燕玉用力将皇上推开："皇上！你醒醒！"

皇上渐渐清醒过来，有些迷惑地看着她，刘燕玉跪下哭道："皇上，燕玉不愿意违背自己，燕玉心里已有意中人了。"此时皇上已完全清醒了，看到她衣衫不整，明白了自己刚才的所为，十分尴尬："哦，好好好……朕这是怎么了？"刘燕玉含着眼泪，不语摇头。皇上有些懊恼："燕玉姑娘，你不要哭，朕可以下旨，将你留在宫中……"刘燕玉终于哭着说："对不起，皇上，燕玉无法接受皇上……求皇上放过燕玉，让我出去……"

正说着，只听不远处有人喊皇上，原来是梅妃和几个宫女走了过来："皇上好休闲啊，三更半夜，跑到这儿来听小曲儿！让臣妾也凑个热闹，行不行啊？"皇上脸上一阵红、一阵白："这……朕刚才经过，听到燕玉姑娘唱曲，不禁驻足。"梅妃不依不饶："没有打扰你们吧？皇上好像不光是听小曲儿，还把人家衣服都听破了？"皇上脸色异常难看，不语。梅妃看着刘燕玉："你是谁家的野丫头，怎么跑到宫里来的？"刘燕玉赶紧说："民女是吏部尚书刘捷之女，入宫探望太后娘娘。"梅妃一愣："哟，还是刘大人的女儿，真看不出来！也罢，给刘大人一个面子。皇上，臣妾派人送她出宫吧。"然后她看了看皇上，又说："皇上，既然不是正选入宫的,宫里不能收留这种没名分的女人!臣妾没有说错吧?"

皇上冷冷地说:"随便你怎么说,朕懒得跟你计较。"说完悻悻而去。刘燕玉也想赶紧离开这是非之地,梅妃却并不饶她,走到她面前,抬起她的下巴:"别着急走啊,让我好好欣赏一下你!看看你到底用什么功夫把皇上迷得魂不守舍!哼!你的野心还不小啊!一个黄毛丫头,仗着刘捷的名号,敢跟我争夺皇上!也不看看你自己的分量!"说罢,命两个宫女来掴刘燕玉的脸,将她嘴角打出血来。

这时,皇甫长华正在两个宫女的陪伴下经过,看到宫女在梅妃的指使下欺负刘燕玉,非常吃惊,急忙赶过来,喝令住手!长华看这姑娘的装扮,好像并非宫中侍女,便命人扶回自己宫中,找些干净衣服给她换上。梅妃气急:"好哇,我教训人你也要管,成心跟我作对是不是?真是反了!"长华不卑不亢地说:"梅妃娘娘,得饶人处且饶人,就当给姐姐一个面子吧。"梅妃骄横地说:"皇甫长华!你少得意,你有什么资格说我?别以为仗着皇上偏心,就不知天高地厚。我告诉你,只要有武胜王在,我迟早都是皇后!到时候,看你还有没有这么嚣张?你等着瞧!"

她拂袖而去。皇甫长华上前还想跟她多说两句:"梅妃,我们能不能不要每次见面都不欢而散?我知道,你心里一直有个疙瘩。其实,我们尽心服侍皇上,皇上自然会钟情于你,你刚才那些大逆不道的话,姐姐劝你尽早收起来,不要给人落下把柄……"梅妃推开她:"放我,少在这假惺惺的!皇上不在,你做给谁看呢?"拉扯之中,梅妃不小心把皇甫长华推下了池水,见到长华在水中挣扎,梅妃不禁哈哈大笑,幸灾乐祸地走开了。

刘燕玉被梅妃羞辱,回到家中,跟父亲禀告,谁知刘捷却勒令她回宫向梅妃道歉。刘燕玉死活不从,被刘捷狠狠训斥,悲愤之下,刘燕玉去了"三山庵",决意遁入空门。亲生父亲如此待她,她还有何留恋?只是,她还希冀着能见到心爱的皇甫公子。

听到这个消息,刘捷虽有一丝不忍,但是,细想之下,罢罢罢,这种不孝之女,愿意吃糠咽菜,忍受清苦,算她咎由自取。况且,在他刘捷心中,从来只有奎璧一个独子。

皇甫长华落水受了风寒,卧病在床,咳嗽不已,皇上越发生气,少不了又狠狠地呵斥梅妃的嚣张气焰。梅妃气不过,干脆给武胜王写了血书,说自己在宫中受尽凌辱,请姑父为她出气。

武胜王愤而将血书拍在桌上："这还了得，欺人太甚！打狗还要看主人，他一个娃娃皇帝，寸功未得，纯粹是靠祖宗传下的位子吃饭，却压根不把我这个皇叔老泰山放在眼里！今天欺负我好侄女儿，明日就会骑在我脖子上拉屎撒尿了！"武胜王手下的胡大人上前说："王爷，梅妃娘娘太可怜了，终日在宫里以泪洗面，度日如年，望眼欲穿啊！小人听出外采买的太监说，娘娘自知立后无望，几次收拾好行装，准备回来省亲，都被皇上训斥阻止了。"

武胜王更怒："岂有此理！你带上本王的亲笔信，进京面见小皇帝，对他说，要么立刻册封梅妃为皇后，要么让梅妃回乡省亲休养，两条由他任选一条。如果皇上拖着不办，就说本王以二十天为限，超过一天，我就认为他君不为君，那也休怪我臣不为臣了！记住，就是二十天！这叫先礼而后兵，本王在塞上的二十万大军可不是吃素的。"

烈日下的紫禁城，巍峨耸立。金銮宝殿上，皇上立于金阶之上，威严地看着下面。文武百官分列两厢，胡大人向皇上奏事："皇上，武胜王爷明言，二十天内，请立梅妃为皇后，管束后宫而母仪天下。或者，放她回乡归宁省亲，免受两地相思之苦……"这分明是武胜王的最后通牒，欺负新君基业未稳，虎视眈眈啊！胡大人依仗武胜王的势力，言语间十分嚣张，连皇上都不放在眼里，但一班大臣也都鸦雀无声。梁丞相依然端坐在皇上下首，默不作声。郦君玉站在大臣中，眉头紧蹙。

这时，刘捷出班奏曰："启禀皇上，老臣以为，胡大人所言，并非全不在理，皇后也并非不可立。""此话何意？""皇上，宫闱无后，嫔妃多妄自尊大，难以束缚，而眼下国无储君，只怕有许多人会另作他想。武胜王言语冲撞，心意却是好的，他也是为皇上预作考虑啊！皇上如若觉得，现在就立皇后，太过局促，那不如先将梅妃品制提高，有别于后宫其他妃嫔，待日后时机成熟，再正式册封。此乃笼络武胜王忠心保国的不二法门！"

皇上冷笑一声："朕知道了。还有谁赞成立后？"大殿上一片死寂。"你们都不说话，那是不是都同意？"堂下依旧是一片死寂。梁丞相坐在椅子上微微一笑，郦君玉左思右想，上前半步："臣认为，决不可立梅妃！"

满朝文武臣工炸了锅一般，议论纷纷。梁丞相不语，看着郦君玉。刘捷也斜眼瞥着她。郦君玉上前一步接着说："皇上，武胜王派来的人，已明明白白讲清了意图。所谓司马昭之心，路人皆知！如皇上迫于武胜王气焰，册立梅妃为后，则皇上的天威尽失，朝廷的脸面尽失，而武胜王更会得寸进尺，以太上皇自居，梅妃也会在宫中作威作福，处处钳制皇上，甚或做起女主……"

梁丞相试图制止郦君玉，但皇上显然饶有兴致。郦君玉接着说："如皇上拒绝武胜王，则可想而知，他将倾巢而出，兵临城下，欲以武力逼迫皇上就范，甚至索性取而代之，颠覆朝廷！这就叫——立，他也反，不立，他也反！不过时间迟早而已。"皇上微微一笑："这么说，无论立与不立，朕的这位皇叔，都会谋夺朕的帝位了？依你之见，应当如何？"郦君玉凛然地说："堂堂正正地昭告天下，梅妃无德，不宜做后。若武胜王敢冒天下之大不韪，以一己之私，反叛朝廷，挑衅皇权，则全国共讨之，全民共诛之！"

梁丞相忙开口说："这一来，刀兵相见，老百姓又要遭殃了！"郦君玉对曰："兵，凶器也，圣人不得已而用之。如果有人蓄意谋反，你想躲是躲不过去的！皇上，只要你坚信，公理、正义是在你手上，那就不必畏惧战争。得道多助，失道寡助，武胜王敢动第一枪，他首先是在道义失了人心，一定不会长久的……"

梁丞相再谏："皇上，君玉所言，不无道理，但此事太重大了，还须三思而后行啊！"皇上点头，挥手退朝。

百官退朝，众人离去，刘捷走过来，冷冷地说："郦大人好一番高谈阔论啊！"郦君玉正色道："食君俸禄，为君分忧，这是做臣子的本分。"刘捷大笑一番，忽然停止："你真的不怕武胜王拿你做出头椽子？先开一刀！嗯？"说完，拂袖而去。梁丞相走过来："贤婿啊，祸从口出，我可是为你捏一把汗呀！"郦君玉说："岳父大人，是福不是祸，是祸躲不过。"

从朝堂退下，刘捷又到御书房面见皇上以表忠心："皇上，朝堂上老臣所言，全然是为当下形势考虑，望皇上体谅。老臣在朝堂上说的，不过是一条缓兵之计，希望将武胜王安抚下来，再作打算，以免有所闪失。国家大事，小心谨慎为妙，如果大家都像郦君玉一样年轻气盛，不计后果，国将不国！"

皇上点点头："国舅思虑深远，朕完全理解。不过，郦君玉敢做敢言，朕觉得如果有人调教，还是大有可为！来人，这就传郦君玉觐见。"刘捷一愣："这……"

皇上背手看着窗外。御书房的屏风后，有一个影影绰绰的背影，纹丝不动地坐着。太监领着郦君玉进来，皇上示意太监离开，然后拉着郦君玉的手说："君玉，你在朝堂上，真是说出了朕的心里话！"郦君玉忙道："微臣贸然进言，如有不周，还望皇上恕罪。"皇上摆摆手："仗义执言，何罪之有啊？朕很庆幸有你这般贤能辅佐,何愁武胜王骄纵跋扈!郦爱卿,如今武胜王气焰嚣张,尾大不掉,要解决他,也并非一朝一夕的事情啊……正如你刚才所言,朝廷还要依靠刘国舅等一班得力老臣,联合起来与藩镇分庭抗礼!"

郦君玉一愣:"刘国舅……可刘捷他……"她刚要接着说,忽然想起梁丞相的话:"贤婿啊,祸从口出……"她忍住了:"对,对,皇上所言极是,刘大人功不可没!"皇上接着说:"武胜王轻慢于朕,刘大人何尝不知?朝堂之上,无非要向武胜皇叔示好,作为缓兵之计而已。武胜皇叔的事情,真的到了不得不动的地步!所以,朕派你去吏部,刘国舅手下,听候他的调遣。"郦君玉只好从命。

刘捷从屏风后转出来,笑着对郦君玉说:"郦大人果真年轻有为啊!"郦君玉顿时惊出一身冷汗,幸亏刚才想起了梁相的嘱托。刘捷转而对皇上道:"老臣认为,先同意武胜王的立后建议,再慢慢准备,拖上个一年半载不成问题。不过,同时还要罢黜其他贵妃的册封,收回金宝金册,只留下梅妃一人的,给武胜王一个暗示,没有任何人能够和梅妃争夺。这是一条缓兵之计,余下来,便是看我们还是武胜王的动作快了!"

皇上转向郦君玉:"郦大人有何高见?"郦君玉还未完全从刚才一系列的意外中恢复过来,有些愣神,见皇上问自己,忙说:"噢,下官认为,刘大人的缓兵之计,未尝不可试一试,先蓄势待发,静观其变,再作权谋。不过,调兵备战,是一定要做的!"皇上笑了:"君玉,你已经有了些大将风度了!那就按国舅的计划行事。"郦君玉将信将疑,满怀心事。

从宫里出来,郦君玉赶忙去了相府,将皇上的旨意告知岳父。梁相喝了口茶,放下茶碗:"如此说来,皇上与刘捷早已安排好了,等着你入瓮呢。"君玉当时的确惊出一身冷汗,若是说错半句就万劫不复了。梁相语重心长地说:"唉,学会自我保护、见机行事,才算入了为官之道。"君玉摇摇头:"可是与人周旋,有悖君玉本性。学生只想脚踏实地为百姓做点事情,上不愧对国家,下不愧对黎庶。如今把精力都放在揣摩皇上的意图,与藩王、权臣们的勾心斗角上,学生深感心力交瘁。"

梁相目光炯炯地看着她:"你若不跟他们斗,如何能实现你的理想?上不愧对国家,下不愧对黎庶。谈何容易!日后的路很长,你自己体味吧。至于刘捷,他是否有私心先不去管他。皇上这次将你安排在刘捷手下,就是为了武胜王一事。只要将此事办妥,将来或许另有派遣。你不用太过担心。"君玉点头称是,看来只有走一步看一步，周旋到底了。

十八

　　自从进了尼姑庵，刘燕玉便潜心修佛，一心一意，再无它念。这一日，她正在庵内打扫，哥哥刘奎璧走了进来。看到妹妹尖瘦的下巴，和小屋内简陋的摆设，刘奎璧一阵心酸。他与刘燕玉虽非同母所生，但也情深意重，从小，奎璧就是燕玉的保护神，有了奎璧，刘府中那些毒气一样的流言才不会更深地伤害到燕玉那颗敏感的心。

　　当然，奎璧也明白燕玉的性格，倔强而孤傲。他既然来到这里，恐怕是不会回家了。临来之前，爹爹说："如果她还是不肯知错回来，你就忘了还有这个妹妹吧！"奎璧还是劝她："跟我回去吧！爹他……他老人家的气已经消得差不多了。我领你回去，好好向爹赔罪认错，他一定会原谅你的。"

　　刘燕玉冷冷地说："原谅我？小妹从未做过对不起爹、对不起刘家的事情，何来的原谅？"她已经对父亲彻底死心了。刘奎璧说："不管怎么样，爹毕竟对你我有养育之恩，你不能说走就走。"刘燕玉伤心冷笑："爹？有哪个爹身居高官，却把女儿往火坑里推？有哪个爹冷酷无情，逼着女儿向人投怀送抱？我不会回去的，我情愿不是他的女儿！"刘奎璧忍着火气道："燕玉！你怎么能这么说爹？"刘燕玉强忍泪水："你不明白！如果爹也逼着你，接纳一个你根本不爱的人，你也会和我一样的心情！哥，你走吧。"

　　刘奎璧沉默了片刻，叹息着拿出那张银票，塞到妹妹怀里，又摘下腰上的一块玉佩递给她："毕竟寄人篱下，身边没点香火钱，要遭人白眼的……你留着吧，接济不上的时候，可换钱安身。况且，这种地方，也不是长久之计……"刘燕玉看了他一眼："哥，你不用可怜我，燕玉不过是爹已经没有任何利用价值的工具，难保你日后不是同样的下场！"

　　刘奎璧脸色一沉，推门出去。刘燕玉闭上眼睛，感到心力交瘁，身体摇摇欲坠。

　　回到家中，刘奎璧去见父亲，他不明白，妹妹何以如此仇恨父亲。刘捷却愤愤地说："怎么了？我还没问她怎么了！爹让她侍奉皇上，这是她的福分，她还有

167

什么不满意？再说，后宫里面乱成一团，此时燕玉接近皇上，正是大好时机，说不准日后能做皇后，为刘家光宗耀祖，对爹有莫大的帮助……"刘奎璧有些听不下去，打断道："爹，你有没有为燕玉想过？她是个人，她也有自己的情感。您这么仓促地改变她的命运，对她有多大的伤害？"刘捷怒道："混账！我是让你去教训她的，怎么轮到你来教训我？没错，她现在确实对刘家已经没有用了，从此以后，我根本就没有这个女儿。你也给我好自为之！"说罢，愤怒地甩袖离开。

刘奎璧沉默了，心绪不宁，一拳打在院中的树干上。积郁在胸，无法排解，他只好出门买醉。酒是好东西啊，不开心的时候，它就会一直陪着你，陪着你把所有不开心的事情忘掉。一边喝，刘奎璧的脑子里一边回响着妹妹说过的话。

"有哪个爹身居高官，却把女儿往火坑里推？有哪个爹冷酷无情，逼着女儿向人投怀送抱？"

"如果爹也逼着你，接纳一个你根本不爱的人，你也会和我一样的心情！"

"你不用可怜我，燕玉不过是爹已经没有任何利用价值的工具，难保你日后不是同样的下场。"

哈哈！

想到这里，刘奎璧用力将酒壶掷在地上，爆裂开来："不会的！我不是！我不是工具！"

晃晃悠悠地走着，刘奎璧一阵恶心，靠在墙角呕吐起来。他又挣扎着走了几步，坐在一口井边上，捧起木桶大口喝水。

这时，远处一队轿子走过来，那轿中正是梁素华，刚去庙里烧香回来，正撩开轿帘，与丫环聊天。经过刘奎璧身边时，她愣住了，盯着刘奎璧的背影发呆。连忙叫停轿子，找了个借口将丫头先打发回家，急忙向着刘奎璧离去的方向跑过去。

清晨，天还没有完全亮，街上依旧有薄雾覆盖。刘奎璧步履凌乱地走着，隐隐觉得有人跟踪他，虽然酒醉，但仍不乏机警，他悄悄地躲到一棵树后，等待跟踪他的人走来，他立刻出现在她身后，一把捂住她的嘴："不许喊！你是什么人？竟敢跟踪我！"然后一把她的身体扳过来。

梁素华已经完全呆住了，直直地看着刘奎璧。刘奎璧放下捂着她的嘴，梁素华的脸显露出来。这回轮到刘奎璧目瞪口呆了，如雷击一般："你……你没有死？"

刘奎璧紧紧拉住梁素华的手。素华不说话,想把手从他的手中抽出来,虽然十分费力,但终于挣脱出来,转头欲走。刘奎璧急忙冲上去,拉住她:"苏映雪!你站住!"梁素华故作镇定:"什么映雪?我不认识。请公子放我走——"刘奎璧却不肯不放手:"映雪,我找你找得好苦,这次我决不再放手了!"

梁素华虽然背对着他,但已经被他感动。可是,她只能说:"对不起,你认错人了。"刘奎璧用力将她拉转过来,面对面看着,渐渐露出笑容:"没错,你就是我的映雪,我的新娘子!还在生我的气吗?"

他一把将梁素华抱住,紧紧搂在怀中。梁素华被他搂在怀中,不停地落泪,但很快清醒,推开刘奎璧:"这位公子,请你放尊重些,我并不认识什么映雪。"刘奎璧摇头道:"不,你认识,你当然认识。因为她就是你!"他还死死地拉着梁素华。她使劲掰开刘奎璧的手,情急之中,反手扇了他一记耳光。

刘奎璧愣住了,呆呆地看着梁素华。梁素华只好说:"这位公子,我乃梁丞相之女梁素华,并不识得公子,公子想是认错人了,我家相公早朝归来,我要赶紧回家去了。"刘奎璧呆傻傻地站在原地:"不可能,不可能的!我苦苦守候你,甚至想为了你终身不娶!你……你怎么能成亲呢?不可能,你不可能抛弃我的!你一定是被迫的!对不对?"

此时此刻,相识相爱的那些过往,一幕一幕在眼前闪现,那小鸟,那回眸一笑,那洞房的相拥……趁着刘奎璧还在恍惚中,梁素华扭身转进巷子,慌慌张张地回到府中。而刘奎璧也随后追了进来。

梁素华满怀愧疚地对郦君玉说:"小姐,都是我不好!回来的路上,我不小心被刘奎璧认了出来。他一路跟过来了!就在门外!怎么样都不肯走!这可怎么办?都是我不好,我一时糊涂,跟踪他,却被他发现了……"

郦君玉喃喃地说:"别慌,想想办法。千万不能再出岔子了,惊动了老爷、夫人麻烦就大了!不论发生什么,一定要保持冷静!无论如何,不能承认过去的事,否则,我们的秘密不保,后果不堪设想!"梁素华慌得胡乱点头。

此时,刘奎璧正在相府门前闹着要见苏映雪,郦君玉正欲出门与之周旋,不想,梁相也听到喧哗声而来。刘奎璧口口声声说梁素华就是他的妻子苏映雪,正在纠缠,只见梁素华走出来。她明白,只有她,才能收拾这个烂摊子。

梁素华冷冷地对刘奎璧说:"刘公子,我都跟你说过了,你看错人了!我不认识你,也不认识你说的那个人。"刘奎璧有些着急:"映雪,你是病了,还是呆

169

了？是不是他们胁迫你，不让你与我相认？你放心吧，有我在，谁也不敢欺负你！谁也不能！我发誓！"梁素华故作怯弱地说："我与你无冤无仇，无亲无故，你为何老是纠缠不休，污我清白？爹，相公，你们要为我做主啊！"梁丞相生气地说："刘公子，请你注意言行！现在这个厅堂之上，并没人胁迫我女儿不认你，倒是你在不停地逼迫她！"郦君玉急忙插话："刘大人，你看清楚再说话，可不要吓坏了拙荆！"

刘奎璧不相信地摇头，推开她："不会的！难道是你落水的时候受了伤，把过去的事情都忘了？映雪你醒醒，是我啊！"梁素华一个劲地往郦君玉身后藏："爹，女儿头痛，想回房了。"说罢，郦君玉扶着梁素华离去。

刘奎璧痴狂地不顾阻拦，冲到她们面前："别走！你别走！映雪是绝不会忘记我的！"说着，他一把扯裂衣服，露出被苏映雪刺伤的臂膀："你看看，你不认识我了，可这伤疤，你总会记得吧？"梁素华死死地盯着他肩膀上的伤疤，她的手有些颤抖，紧紧攥着郦君玉的手，百感交集，却必须强忍着情绪，摇着头，一字一句地说："不认得，刘公子，我真的不认得你！"

刘奎璧直愣愣地看着她的眼睛。梁素华避开他的眼神。郦君玉上前，一把拉住刘奎璧的胳膊，虚张声势，故作恼羞成怒："刘奎璧，你不要欺人太甚！你不但造谣中伤拙荆，还赤裸臂膀羞辱她，到底是何用意？走！去请刘捷大人讨个公理！"梁丞相赶忙息事宁人："算了算了，都是有脸面的人，不要把事情闹得太不堪了。刘公子，这件事老夫就当没发生过，不然闹到刘大人那里，不说别的，你的酒肯定是要戒了。"

刘奎璧听到父亲二字有点蔫了："我……"梁丞相下令送客，梁素华转身离去，刘奎璧突然说："等一等！让我再看看你的眼睛！苏映雪的眼睛是不会撒谎的！"梁素华绝望地回头一瞥，刘奎璧顿生寒意，禁不住喃喃后退："你，你不是苏映雪……我的映雪不会如此冷酷无情！"

说完他跌跌撞撞地离开。

梁素华走进屋子，再也忍不住泪水，攥着当初刘奎璧送给她的汗巾，掩面而泣："奎璧，对不起，真的对不起……我也不想这样的……"郦君玉轻轻地揽过她。看着她如此难过，自己也很痛苦："映雪，都是我不好，当年若不是因为我，哪会有今天的苦闷？"梁素华哭着说："小姐，别说了！怪只怪映雪命苦，有缘相识，无缘相守……"郦君玉愁苦道："我知道，这对你很不公平！孟家与刘家的恩怨情仇,偏偏落在你身上,让你无端地承担这一切因果报应。丽君亏欠你太多、太多!映雪姐姐,丽君此生无以回报,来世做牛做马,偿还孽债吧……"

"小姐,别说了……"二人相拥痛哭起来。

武胜王寿辰将至,王府上下忙着操办寿宴。他给朝中的文武百官都下了帖子。百官中,不少是不敢得罪他的,于是纷纷打点行装,亲自去山西为武胜王贺寿。皇上大怒。此事足见武胜王的势力已经非同小可,必须要有所行动了。他决定派刘捷率郦君玉等人前去贺寿,敲山震虎,同时也查探一下武胜王的虚实。刘捷是国舅,自己对他一向信任,郦君玉是难得的可造之才,但是还需磨砺,此次,就让他跟随国舅锻炼羽翼吧。临行前,皇上还特意嘱咐郦君玉,此番前去,定要显出朝廷威严,震慑其党羽。同时,此行凶险,要有所提防,不可大意!他为郦君玉等人撰写了一道总督山西各路人马的钦差密旨,以保他们的安全。

临行前,皇上语重心长地对郦君玉说:"头痛医头,脚痛医脚,眼下武胜王已成肘腋之患,这比惩办几个贪官要紧得多,也困难得多!你呀,还是好好向刘国舅讨教。仕途凶险,任何事都要谋定而后动,保护住了自己,再议其他。你……明白朕的意思吗?"郦君玉想了想:"微臣明白。"皇上又说:"不要把你的对手想得简单了,任何人都有值得你学习的地方,包括你的仇人。"郦君玉吃了一惊:"皇上如何知道我有仇人?"皇上轻轻地说:"就算是武胜王,也有许多朕该学习的地方,万不能低估了他!"郦君玉松了口气,不由得佩服皇上的心胸和远见。

君玉整装待发,梁相却眉头紧锁,深夜入宫面见皇上。丞相言明:如今武胜王已经不再避讳与皇上之间的矛盾,就算他二人只是贺寿特使,但是,一旦惹怒武胜王,恐怕当即会沦为人质,从而引发大乱。此番贺寿之行,一定会凶多吉少。当务之急就是调兵遣将!一来是保护刘捷、郦君玉,二来,一旦皇叔有所图谋,就地解决。他并举荐皇甫少华担此重任,因他常年在边关作战,与朝中各方势力均无瓜葛,当是最佳人选。

皇上点头称是,连夜擢升皇甫少华为正三品指挥使,赐他调兵虎符,以备不测,命他务必保证朝廷贺寿特使的安全,一旦武胜王有所动作,即刻弹压下来,绝不能引发战事!少华连忙受命,连夜出发。

贺寿的队伍已来到山西,前面不远处,就是武胜王府,远远望去气势恢弘,颇有王者之相。众人被王府的气势震撼,看这等气势,不比皇宫逊色啊!

正行进间,突然身旁疾奔过一队人马,为首的是一匹快马,险些伤及他们。

171

刘奎璧大怒,上前大喝一声:"站住!"那马上的是一个少年郎,勒马回身,斜眼看他们:"你喊我?"刘奎璧刚要发火,刘捷一把拉住他,揽在身后:"没有,没有,公子误会了。"少年郎瞥了一眼刘奎璧,向地上啐了口吐沫,拨转马头离去。

刘奎璧怒道:"爹,这家伙如此嚣张,你为何还低声下气?"刘捷瞪了他一眼:"此地是非,你知他是不是与武胜王有瓜葛?若贸然动作,坏了皇上大计,悔之晚矣!"大家暗自点头,一行人继续前行。

只见那少年的马还未走远,马失前蹄,撞上了路边一个商铺,少年摔倒,磕破了头,众护卫急忙跑过来:"世子!世子!你还好吧?"店家出门看到这副情景,吓得扑通跪倒在地:"殿下饶命,殿下饶命啊!"那少年原来就是武胜王儿子,一向跋扈惯了,跳起来一摸额头有血,大怒,拿起马鞭,上前抽打店主:"你瞎了眼,敢在这里开店,害得本宫堕马!"护卫中的小头目也上前痛打店主:"你这昏人,胆敢摔伤世子!殿下若有闪失,你全家性命不保!"那小王爷打累了,丢下马鞭,对小头目说:"告诉你,下午他家若是还有一人活着,你就来顶罪!我们走。"众人呼啸而去。

目睹这一切,刘捷等人眉头紧锁,摇了摇头。

来到武胜王大殿前,武胜王迟迟不出来迎接,显然是向朝廷示威。许久,一位属官走了出来,传王爷旨意,让各位大人去驿馆安歇,明日再来赴宴。并说,王爷还问起梅妃娘娘为何迟迟不能封后?明日要给王爷一个交代!

刘捷、郦君玉一行人只好往外走。刘捷心事重重,皱眉紧锁:这可怎么办?皇上让我们试探他,是霸道跋扈,还是有不臣之心?可只有在明日寿宴上,才能见到武胜王一面,然后我们就该打道回京了,如何试探?

郦君玉气愤地说:"武胜王对钦差尚且如此,百姓平日里不知受他多少荼毒!"刘捷一愣,有些呆呆地看着郦君玉。郦君玉说:"怎么?刘大人,我说得不对吗?这一路上,您可都亲眼看到了。"刘捷看着她,突然眼波一闪,动了心机:"想不到武胜王竟然如此狂妄!百姓深陷水深火热之中!我本想见了武胜王,向他提一提,我们这一路的所见所闻,说说百姓的疾苦,请他加以约束。现在看来,完全是上梁不正下梁歪,求他无异与虎谋皮!可怜这一方的百姓,只能任人宰割啊!"郦君玉喃喃地说:"任人宰割?任人宰割……"眼前回忆起刚刚的那一幕,突然头也不回地说:"去刚才那个出事的店铺。"众人连忙跟了上去。

只见半天功夫,店铺已经被拆毁,店主的家眷正被几个士兵拖出来打。店主已经被一剑砍死了，躺倒在地上。一个妇女护着女儿，瑟瑟发抖，直喊饶命："大人饶命啊！孩子是无辜的，求您放过她吧！"小头目不依不饶："你们都看着，这就是触犯武胜王爷的下场！"

郦君玉忍无可忍，大喊："住手！"可惜晚了一步，众护卫已挥刀，向那抱在一起苦苦求饶的母女砍去。鲜血飞溅，溅到了郦君玉的衣襟上。郦君玉看着前襟上的鲜血，又看看血泊中的母女，一时呆愣住了。她慢慢抬起了头，眼中已满是泪水，死死地盯着小头目，一字一顿地："杀——人——偿——命！"小头目回头看她："你是何人？胆敢阻拦本将军执法！"郦君玉怒道："执法？此人所犯何法，当满门抄斩吗？"小头目打量着他："他们触犯了武胜王世子，理当诛杀！我看你们是外乡人，奉劝一句，不要在这里指手画脚，否则……"郦君玉步步紧逼："否则怎样？也将我等当街砍死？朗朗乾坤，武胜王世子竟敢纵仆行凶，天理何在？王法何在？"小头目大怒："王法？武胜亲王就是王法！我们走！"众士兵转身就走。

郦君玉命曰："来人！将这狂徒拿下！"刘捷向刘奎璧使了个眼色，刘奎璧抽出宝剑，率领随从冲上去，他武功高强，将几个兵士打败，将那小头目拿下。刘捷转头问郦君玉："郦大人有何打算？""刘大人，下官打算将他们送到衙门，再治小王纵仆行凶之罪。"刘捷笑了笑："郦大人言之有理。奎璧，让他们将人犯押送布政司衙门。老夫回驿所休息。"

望着郦君玉离去的背影，刘捷脸上已全无一丝焦急之色，嘴角浮现出一抹得意又诡异的笑，转身离去。无意间看见父亲神态的刘奎璧，眼望父亲，满脸惊疑。

十九

郦君玉仍在不依不饶地质询布政使，案情如此简单明了，为何迟迟不判？此人按律当立斩不赦！王大人正为难间，跪在下面的小头目大惊失色："王大人？王大人救命啊，你可是收了世子不少的好处啊！你要杀了我，世子不会放过你的……"王大人慌了，立刻发怒，企图遮掩："胡说！本官乃朝廷命官，一向廉洁！你胆敢诬蔑本官，来人，给我掌嘴！"两个差役上前，用木板猛抽小头目的嘴，打得他满脸是血。小头目喊的话，也含糊不清了。

王大人侧头看着郦君玉："案犯嚣张，十恶不赦，斩立决！郦大人，下官这样判，如何？"郦君玉冷笑道："且慢！此案定有幕后主使，还望王大人明察。"王大人装傻充愣："幕后主使？刚才他都招了，就是一时误杀，哪来的幕后主使啊？"郦君玉正色道："王大人！他不过是武胜王世子的一个小小护卫，没有世子的命令，怎敢带领手下当街杀戮店主一家？你这分明是妄图袒护世子！"王大人轻声道："郦大人，这里是武胜王的属地，有些事情，下官也是无可奈何。"郦君玉哼了一声："我看不是无可奈何，而是内勾外联。"王大人腾地站起来："郦大人，你说话可要有凭据！"郦君玉正色厉声："我乃皇上钦命钦差，现督办你前去捕拿凶犯幕后主使武胜王世子前来受审，你可明白？"王大人立刻傻了，话还没出口，只听一个衙役飞报："报——大人！武胜王世子他……"话音未落，小王带人闯入大堂："姓王的，你好大的胆子！"

王大人看到是小王，急忙卑躬屈膝地凑过来："世子来了，有失远迎，卑职该死，卑职该死。"小王嚣张道："听说你要斩我的护卫？瞎了你的狗眼！"王大人眼神递向郦君玉等人，谄媚地说："世子，卑职哪有那个胆啊！这不是有人胁迫小人嘛！"小王斜睨郦君玉等人："是你们？"郦君玉正色道："你来得正好，本官正要差人去拿你归案！"小王大笑："哈哈，拿我？哈哈哈，小爷爷我还从来没被人拿过，正想尝尝这个滋味……"众手下和王大人跟着一起嘲笑。

郦君玉不为所动："来人，将他与我拿下！"一个随从应声过去就要捉拿小王。走到近前时，小王突然出刀，将随从砍死。他的护卫也呼啦啦将郦君玉等人围住。郦君玉怒道："大胆！你要做什么？本官可是皇上钦点特使！""什么特使？狗屎！"小王命令手下："给我上！把他们统统抓起来。"士兵们蜂拥而上，郦君玉的随从也奋力保护，衙门大堂乱作一团。小王得意地对郦君玉说："怎么样？只要你跪地磕头求饶，小爷就饶你们不死！"郦君玉大声说："光天化日，朗朗乾坤，你们目无王法，忤逆圣恩，大逆不道，我等誓死效忠朝廷！"小王怒道："姓郦的！这可是在我家的领地上，你掂量掂量自己的分量再说话。给我杀！"

正在危急时刻，皇甫少华带队赶到："住手！"郦君玉："皇甫少华？"她没想到，少华也跟随而来，心中一阵欢喜。皇甫少华看到她也吃了一惊："丽……郦君玉？"他没有想到，皇上派自己到山西保护的朝廷贺寿特使，就是君玉。

就在他们发呆的时候，小王早就拉弓瞄准了皇甫少华："砰"的一声，放箭过来，皇甫少华还在愣神，曹矜眼明手快，一刀斩落箭柄，大喝一声："大胆！何人竟敢谋害朝廷命官？这是新上任的都指挥使皇甫少华将军！"

小王刚想叫嚣，旁边侍卫低声耳语："殿下，他们是都司的，人多势众……"小王想了想："我这里正在抓捕叛军，你们不要多事！"皇甫少华："叛军？这分明是朝廷的钦差！"小王跳着脚嚷道："我说是叛军，就是叛军！"王大人会意："对，对！他们是叛军，围攻殿下，理当处死！"郦君玉大怒："你们颠倒黑白，草菅人命，反倒诬陷我们为叛军？"王大人："我们草菅人命？你有何证据？既然没有证据，皇甫将军，还不快快协助我们，弹压这帮乱匪！"皇甫少华一时语塞，看着郦君玉。

郦君玉犹豫片刻，还是从怀中拿出圣旨，上前一步，朗声宣读："山西布政使听旨！奉天承运，皇帝诏曰：今山西流寇肆行，民不聊生，赤地千里，特委吏部郎中郦君玉代朕巡狩，总督山西行省三司一切政务自定。钦此——"王大人连忙滚到地上接旨，郦君玉道："王大人，本督叫你保护乡民，你可听令？"王大人一愣："这，这……"小王指着郦君玉的鼻子叫骂："你这白面娘娘腔，少在小爷面前指手画脚，在我家封地上，圣旨就如同废纸！"郦君玉大怒："大胆狂徒！见圣旨如上亲临，还不下跪？"小王大笑："笑话，我只跪我爹一人！闲杂人等都给我滚远些，不要妨碍小爷办事，来呀，将他们给我拿下！"

众护卫喊杀着冲向郦君玉等人，皇甫少华大怒："将士们，冲！救下钦差大人！"

正在僵持中，刘捷父子从围观人群中出来："大家放下兵器！都是一家人，怎么打起来了？"皇甫少华没想到刘捷也来到了山西："刘大人，小王目无国法，竟要伤害钦差！"小王仍蛮横地说："杀了他又怎样？不过是一条走狗！放开我，否则要你们好看！"

郦君玉激愤地说："刘大人，他荼毒百姓，不除之不足以平民愤！若因此触犯武胜王，下官宁愿一人担当，绝不连累他人！"刘捷一把抓住她，板下脸，压低了声音："你是钦差，你除他，就是逼皇上和武胜王即刻开战！那会让多少百姓遭受荼毒？太原城将有多少人家破人亡？郦大人，你要用万人的性命，换你的正义吗？你一人担当？引发了战事，你担当得起吗？上万百姓的性命，你担当得起吗？"

郦君玉顿时怔住，呆呆地看着他，说不出话来。刘捷高声道："皇甫少华，快

放下剑！休得无礼！"少华看着郦君玉，君玉向他点了点头。皇甫少华缓缓放下剑。

武胜王正在和几个官员吃饭，护卫们匆忙进来，禀告武胜王郦君玉深藏圣旨，原来是皇上钦命刘捷和郦君玉等人总督山西，新来的都指挥使皇甫少华，正带兵与世子交战。武胜王大惊，看来他们是有备而来啊！想不到郦君玉如此强硬，刚到我的地盘，就出了一步快棋，我倒要看看，他究竟有多大能耐？

他带着人马，满面怒容地闯进布政司，大门轰然打开，小王立刻叫了起来："爹爹，你可来了，快救孩儿啊！"刘捷突然高喊一声："来人，把郦君玉给我绑了！"众人大为震惊，一时都呆住了。皇甫少华欲冲过来阻拦，却被郦君玉的眼光制止。

武胜王见到小王被俘，大怒："你们好大的胆子，竟敢在太岁头上动土！本王倒要看看，谁敢造次？"小王："爹，杀了他们！这些朝廷的走狗！杀了他们，给孩儿出气！"刘捷上前："武胜王殿下，今天的事情全系误会，还望王爷息怒。"武胜王："哼！误会？刀都架到世子脖子上，这叫误会？"他怒目转向皇甫少华："你就是皇甫少华？"少华应道："正是。"武胜王："好，你们如此羞辱本王，本王绝不会就此罢休！你们立刻给我滚出山西，告诉皇上，我这个叔叔，他还认不认？到时候，小皇帝若不治你们个满门抄斩，本王决不答应！"

郦君玉虽然被绑缚着，但仍在挣扎："王爷，世子纵仆行凶，触犯王法，理当论罪，冒犯钦差，又错上加错！难道我总督山西，还不能还百姓一个公道，惩办凶徒吗？"武胜王："好你个伶牙俐齿！有你跪地求饶的时候！"刘捷斥道："郦君玉，不可无礼！王爷，下官管教不严，还望恕罪。"武胜王："哼，亏你还是朝廷重臣，竟然调教出如此货色！今天误伤世子，你难逃其咎，不给本王一个满意的答复，本王可就不客气了。"刘捷笑了笑："王爷，郦君玉年轻气盛，言语多有冒犯之处，还望海涵。"说罢，他转过身看着郦君玉，使眼色示意她不要轻举妄动："来人，将郦君玉押入大牢，重责之后，押回京城！"

皇甫少华吃了一惊："住手！郦大人秉公执法，为何反倒要遭受牢狱之灾？"刘捷："皇甫少华，本官教训属员，与你何干？"郦君玉明白他的意思，便要制止皇甫少华："这次多谢将军救命之恩，刘大人会给君玉一个说法的。"

武胜王冷笑一声："哼，押入大牢就算了事？不行！本王要看看，你如何重责郦君玉！"刘捷想了想，十分客气地说："是。王爷看不惯郦君玉口舌刁蛮，下官当要为王爷出气。"他走到郦君玉面前,死盯着她看,突然伸手狠狠扇了她一记耳光。众人都愣了,武胜王也很是意外。刘捷:"你忘了皇上的嘱托了吗?忘了皇上是让你来为亲王贺寿的吗?"皇甫少华大怒:"住手!"刘捷根本不看皇甫少华,挥手又是一记耳光:"胆大包天,竟敢忤逆小王!忤逆小王,也就是忤逆老王爷,就是忤逆皇上!"

丽君的嘴角流出了鲜血,皇甫少华忍无可忍,拔剑冲上前去。刘奎璧猛然出步,挡在他身前。郦君玉猛然瞪了皇甫少华一眼,示意他不要过来。少华郁闷之极,咬紧了牙关,狠狠将宝剑灌入剑鞘,一把推开刘奎璧,转过头去。

刘捷命随从将郦君玉押入大牢,然后笑容可掬地走到武胜王身旁,躬身而立:"王爷解气了吧?"武胜王不置可否:"哼!走——"他带着卫队离去,刘捷急忙出门相送。转身回来,刘捷等人又走回大堂。王大人谄媚地过来讨好,刘捷不动声色地命刘奎璧关上门,然后环视大堂。堂中大多是他自己带的随从,还有王大人和几个衙役,他慢慢点头,突然怒喝一声:"都给我绑了!"随从们一拥而上,把王大人和几个衙役五花大绑,嘴里也塞上了破布。

刘捷轻描淡写地对刘奎璧说:"拖下去砍了吧!"刘奎璧一惊:"爹,为什么要杀他?这岂不又要触怒武胜王了?"刘捷道:"难道还让他留在身旁,钳制咱们吗?"王大人等人早已吓得魂飞魄散,挣扎不休,随从们上前押着他们出门。

牢狱中,皇甫少华在为套着枷锁的郦君玉擦拭伤口,痛惜地说:"刘捷他竟敢对你下这样的狠手!你都被伤成这个样子了,是可忍,孰不可忍!"君玉深情地说:"不,有你在,我才觉得有了依靠,才会与武胜王去斗!"少华:"我真后悔,当时没一刀杀了刘捷!为何不让我出手?"

郦君玉:"不,如果你出手,就等于在逼武胜王动手!刘捷说得对,我不能意气用事,害一方百姓于水深火热中。"少华含泪说:"可眼睁睁看你被刘捷打,遭受屈辱,我,我真是心如刀绞!"君玉安慰他:"他不这样,怎能安抚住武胜王父子?不如此,今日如何收场?唉,都怪我操之过急。是我该打!""哼,刘捷心狠手辣,绝不是好东西!"君玉耐心地说:"皇上让你来山西,显然是对武胜王手握兵权不放心。现在兵权都在武胜王手上,时机未到,我们这就和他反目,马上会激起兵变啊!不管怎样,今日一场较量,显出刘捷老谋深算,我们得好好向他学习。"

突然传来击掌声,少华急忙和君玉分开,原来是刘捷带着刘奎璧,鼓掌走了

177

进来："郦大人真是好大的心胸气魄！快，奎璧将大人的刑具去掉。"然后，刘捷深施一礼："刘某出此下策，也是迫不得已啊！还望郦大人、皇甫将军见谅。"郦君玉忙说："大人，怪都怪下官操之过急。下官正在忧心，无法完成皇上重托……"

刘捷转而对皇甫少华："皇甫将军，不知皇上派你来时，有何嘱咐？"少华不语，君玉咳嗽一下，提醒他，少华才勉强开口："皇上说，武胜王现在行事，颇让人担忧，但短时间内，又不可能把山西境内所有军队换防。所以，让我带上心腹家将，到太原后，速将都司府任命的参将全部换血，以防万一。同时，皇上会速调军队来，三四日内可抵山西。皇上命我与两位大人紧密配合。"

刘捷认真地听着，思索片刻，点点头："皇上英明，布置周到！可是，今日这一番折腾，暴露了皇帝的密旨，恐怕我们等不到大军抵晋那天了。"郦君玉一惊："大人是说，武胜王这两天就会有行动？"刘捷点头："我们要做好随时兵变的准备！"君玉悔恨地说："都怪我打草惊蛇！"刘捷安慰道："事已至此，郦大人不用再自责了。咱们当务之急，要先把兵权抢到手，速战速决。"

郦君玉想了想："刘大人，如果武胜王并无谋反之意，我们如此一来，会不会反而激他起事？"刘捷轻轻一笑："郦大人又书生意气了！连你这个钦差他都敢杀，足以说明他的不臣之心！蛇要咬人，已确定无疑，还要等它伤了人再采取行动吗？"郦君玉一愣，然后连连点头，眉头却皱紧了。刘捷对少华道："我想，皇上派皇甫将军来时，一定将山西各处的布防图交给你了。"少华从怀里取出布防图，在桌上展开，众人围拢过来。

刘捷仔细想了想，然后布置道："东面，西面，即刻派人去换防。这两面加起来，有太原城的一半兵力。南面老营堡，占有太原城的另一半兵力，请皇甫将军带人去换防。务必在明日寿宴前完成！皇甫将军，你看如此部署，可否？"少华见他如此周密布置，也不由点头认可："好，只是老营堡路途遥远，明日未必能赶回来。"刘捷："兵贵神速，将军务必要换防成功！"

郦君玉："武胜王刚愎自用，今日的苦肉计，应当能让他麻痹一阵子，皇甫将军正好得空。"刘捷："郦大人，今天苦了你了！老夫还有一事相求，明日百官云集，制武胜王也需服众。到时，还要你仗义执言，以显皇威，而武胜王的脾气，一向暴躁，他定会雷霆大怒，当众口出逆言。这样一来，我们就师出有名！"君玉点点头："是，一切听刘大人安排。"

刘捷又对儿子说:"奎璧,你安排人手,即刻清缴民间兵器。皇甫将军,也请你命令各个卫所、军队,绝不能流出一件兵器。"众人领命,刘捷又说:"此地不宜久留,我和奎璧先回驿馆,你们到子夜行动。郦大人,就委屈你在这里,等到明日,我们来接你。"郦君玉点头,忽然想起什么:"刘大人! 布政使王大人身在何处?"刘捷笑了笑:"在阎王那里呢。"郦君玉一愣:"斩了?"刘捷:"难不成留着他给武胜王通风报信吗?"郦君玉和皇甫少华对视一眼,沉默了。刘捷叹了口气:"如今生死关头,万不能有妇人之仁! 奎璧,你接任山西布政使。这样,山西军政尽由我们统帅! 郦大人,你看如何?"郦君玉回过神来,忙应曰:"刘大人考虑得周到。"

刘捷父子离去。郦君玉忽然有些眩晕,少华急忙上前搀扶:"丽君,你怎么了?你呀劳碌了一天,赶紧坐下!"君玉坐下,歉疚地笑了笑:"对不起,让你为我担心。"少华为她擦去头上细微的汗珠:"何苦这么拼命?凡事让刘捷出头就行了。"君玉若有所思,目光深邃地说:"刘捷真是个可怕的老狐狸!"少华:"你是说,他让刘奎璧任布政使?"

君玉摇摇头:"这是一点私心,并不可怕。可怕的是,今天发生的一切,都在他的算计中。也就是说,是他控制了今天的一切! 我们刚进山西的时候,他就用激将法,让我去与世子较量,再用我的意气用事,来试探武胜王。是进是退,全掌握在他手中。我们已然是刘捷的工具,一旦没有了利用价值,很有可能要遭他的毒手……"少华叹曰:"唉,想不到刘捷这么处心积虑地对付我们! "

君玉:"我是心甘情愿来做这枚棋子的,也只有我,才能在寿宴上对武胜王敲山震虎!少华,老营堡代州卫的调兵换防,你不得不去,但是一定要多加小心,防备刘捷借刀杀人。"少华想了想,点头:"是啊,刘捷太狡猾,安排我去老营堡换防,谁不知那守将与武胜王早有勾结,是个烫手的山芋。去了,很难从那里调兵出来,不去,一旦老营堡出兵断了我们的后路,也是十分危险。不但如此,他还让你在寿宴上挑衅武胜王,万一武胜王恼羞成怒,他刘捷还有后路,而你就被他当作替罪羊! 丽君,当初要是我答应你远走高飞,也许你就不会受这些苦了……都怪我! "

君玉深情地说:"少华……大敌当前,你我当为江山社稷着想。一切都还来得及,平定藩乱之时,就是你我远走高飞之日。""我明白。为国捐躯我死而无憾,只是不想看到你再受任何伤害!"少华忽然想起了什么,从怀中掏出虎符:

"丽君,这是皇上授我军权的虎符,你留在身边,可调配亲兵来保护你。"君玉推给他:"不,武胜王根基很深,你要深入卫所,调兵遣将,应当留在身边,以防不测。"少华:"你放心吧。别说一个小小的卫所,就是再来十个八个,我也当他们都是馒头,一口气吞下去! 可是,我若是连自己所爱的人都保护不了,还有何脸面为天下百姓做事?"郦君玉愣了,没反应过来,只是呆呆地看着他,接过虎符:"好,你一定要多加小心!"少华用力地点点头,转身离去。君玉轻轻叫了声:"少华!"少华回头看着郦君玉,走过来,轻轻捧起她的头,在额头上吻了一下。君玉身子一震。少华深情地看了她一眼,转身离去。

郦君玉攥紧了虎符,百感交集。

金碧辉煌的大堂,武胜王高坐中央,各路官员一一晋见。刘捷等人走在后面,看到这阵势,互相对视一眼。

走在他们前面的几个官员,在武胜王面前行三拜九叩大礼。郦君玉义愤地说:"这俨然是参见皇上的礼节!"刘捷看了她一眼:"郦大人,恐怕该我们登台唱戏了。"郦君玉点点头:"放心吧,刘大人。"说罢,上前一步,对刚刚行完礼的大臣说:"下官刚才看到,几位大人向亲王行三拜九叩大礼,这明明是拜见天子的礼仪! 不怕僭越吗?"官员互相看看,十分尴尬,拱拱手走开。

武胜王怒道:"郦君玉! 你是何居心?"郦君玉不紧不慢地说:"王爷,下官只是看到有些大人没有礼数,纠正一下他们。我想,王爷也不愿意因为这几位的行为,便使王爷背上觊觎天子之位的骂名吧?"武胜王一时被噎住。刘捷忙上前:"武胜王爷,下官吏部尚书刘捷,见过殿下,恭祝王爷福如东海,寿比南山!"武胜王哼了一声,转头不理。

属官引着刘捷等人来到大堂的一个角落里落座,刘捷问:"为何将我等安排在如此偏僻的角落? 皇上钦命贺寿特使,当坐在众人上首!"属官却转头就走,将刘捷等人撂在那里不管。郦君玉对刘捷低语道:"看来,武胜王是向我们发威啊! 刘大人。"

忽然鼓乐齐鸣,贺寿大典仪式开始。武胜王走到御座前坐下,百官遂站起来,向他行赞拜大礼。殿外鞭炮齐响,仆从鱼贯而入,为百官倒酒。百官也纷纷起身祝酒,祝王爷万寿无疆,武胜王大喜,豪爽地与众官饮酒。

这时, 一个官员上前:"下官祝武胜王福如东海长流水,寿比南山不老松! 祝殿下寿与天齐。"武胜王哈哈大笑:"好好,寿与天齐! 天的寿命,不止万年万岁吧？哈哈哈……"

郦君玉腾地起身，指着那个官员："你放肆！胆敢口出狂言，忤逆皇上，你这不是把武胜王向大逆不道的路上推吗？"武胜王拍案而起："郦君玉！今日是本王的寿诞，你几次三番败我兴致，意欲何为？"郦君玉从角落里走了出来："刘国舅与下官乃皇上钦命特使，专为王爷贺寿而来。可是，由于王爷疏漏，竟让代天子出巡的钦差落座偏位，朝廷威严何在，皇上恩义何在！？还有你们，觊觎皇宫礼数，仿制大宴仪，难道你们把这里当成金銮殿了不成？"

百官哗然。郦君玉接着说："在座百官，你们对亲王行三拜九叩大礼，忤逆皇上圣尊，难道还想在山西跪出一个皇上来吗？"百官大惊失色，议论纷纷。刘捷则面色沉静，把玩酒杯。

小王跳起来对着郦君玉说："你口口声声说跪出一个皇上，忤逆圣意！皇上不就是我父王的一个侄子吗？朝堂之上，我爹叫他一声皇上，入了后宫，他还是要向我爹行叔侄大礼！我劝你，不要在这里离间我皇家情分，要不然，天下皆以为皇上心胸狭隘，受不了我爹长命百岁，派你来触我爹霉头！"

一时间，百官如炸了锅一般议论纷纷。郦君玉不为所动："武胜王，皇上乃一国之君，岂容你随意评判？今日若不能撤去筵席，一切按照简礼贺寿，下官就要在皇上那里参上一本了。"武胜王狂妄地说："哈哈，本王还怕你不成？我告诉你，本王既然是皇叔，为我大明朝立下赫赫功勋。别说这儿只与侄儿礼数一样，就算超过他的，又有什么了不起？"

郦君玉怒道："武胜王，你口出狂言，当真要觊觎皇位，妄图取而代之？"此话一处，大殿内一片死寂。

良久，刘捷笑盈盈地起身："郦大人，你真是曲解了殿下一片好心啊！武胜王劳苦功高，外退瓦剌犯境，内守江山太平，真乃国之肱股，世之栋梁。朝廷和天下百姓，都要仰仗老王爷和各地藩王镇守边疆呢！在座的各位大人，也要受皇上所托，协助王爷戍边，方为正道。"武胜王："本王不听你废话，你到底要说什么？"刘捷拉下脸来："下官没有别的意思，只是刚才听世子小王爷一口一个皇叔、皇侄的，忽然想起来，如果没有皇上，武胜王恐怕也不会是皇叔吧？如今武胜王陈设一应俱全，上下衣食富足，这一切不都是皇上给的吗？我们此次来，不但要为王爷祝寿，还要通知王爷，梅妃立后不日就可确定。到时候，皇上一定还会赐给老国丈更大的藩地，更多的封赏！"武胜王哼了一声："哼，想封住本王

181

的胃口，未免太小瞧于我了！"郦君玉接道："难不成，王爷还想裂土分疆，改朝换代？"

满堂又是哗然。郦君玉看着众多官员："如今皇上任人唯贤，虚心纳谏，朝廷上下政通人和，百姓户给人足，人心向背，一眼便知。得人心者得天下，这个道理，没有人不知道。下官劝在座诸位，用心辅佐皇上，为朝廷尽忠尽力，皇上自然会赏罚分明，决不疏漏！至于如何对付贼心不死、执迷不悟的逆臣，皇上绝不会手软，交代大军随时恭候。如今驻守兵马全部换防，以备不测。大半兵力在皇上手上，天下可说高枕无忧。请各位大人三思。"

武胜王一惊，百官皆面面相觑。武胜王哈哈大笑："口气不小，驻守兵马一夜之间全部换防了？本王倒头一次听说……"突然，护卫慌慌张张地跑来，跟武胜王附耳。武胜王闻言大惊，把护卫拉到幕后密语。

护卫气喘吁吁地说："殿下，大事不好了！昨夜刘捷等人将布政使王大人给杀了，而且连夜撤换了好几个州府的知府、通判。那个新任的布政使刘奎璧，将各个卫所、驻军的所有闲置兵器封存入库。昨天后半夜，都指挥使又星夜兼程，赶往各地卫所紧急换防。"武胜王大惊："什么？连夜换防？你们这些蠢才，怎么不早些通报！"思忖片刻又说："你立刻派人赶往老营堡，通知东路代州左参将，如果皇甫少华前来换防，将其就地斩杀！"

护卫匆匆离去，属官上前："王爷，起事是否依旧以王爷摔杯为信号？"武胜王点头："不要轻举妄动，看我信号。"

百官见武胜王慌张与护卫退到幕后，人心更加涣散，窃窃私语。武胜王重返大殿，官员看武胜王久久未出，气氛已经发生扭转变化。众官纷纷称病，上前道别。一时间百官拜别，殿中大乱。

武胜王怒目而视。大殿两侧帷帐后，有众多兵士全副武装，在属官带领下埋伏着。属官从侧幕偷看武胜王。武胜王端起茶碗。属官抬起手，准备发暗号。兵士们拔出刀剑。武胜王攥着茶杯的手，微微颤抖，犹豫着摔还是不摔？属官在后面看得着急。片刻，武胜王轻轻笑了笑，稳稳地将茶碗放下。

大殿之上，只剩下三五个武胜王的死党，还有刘捷等人，显得冷冷清清。

武胜王大喝："开宴！"鼓乐声再次响起，仆从们鱼贯而入，给在座的几位大人上菜。郦君玉端着酒，对武胜王说："老王爷，不要这么大火气嘛，来，下官敬王爷一杯——祝王爷忠心保国、晚节生辉，鞠躬尽瘁，死而后已！"武胜王端起酒杯，在口边停止，与郦君玉对视着，双方剑拔弩张。

这时，小王带领着一队护卫冲了进来："郦君玉！你这大胆狂徒，这里不容你造次！"郦君玉呵斥："武胜王世子，你胆大包天，纵仆行凶，围攻钦差，鱼肉百姓，无恶不作，来人，与我将他拿下！"小王："今日让你们进得来，出不去！"呼啦一下子，众多护卫将刘捷等人围起来。

郦君玉拿出皇甫少华送的虎符："本督凭皇上调兵虎符，总督山西全权军务，尔等亲王护卫亦在本督节制之下，还不快快退下！"众多护卫有些迟疑，看看小王，小王："别听他胡说，给我上！"郦君玉大喝："大胆！你们谁敢上前，就是造反！"众护卫又却步不前，回看武胜王。

武胜王端着酒杯的手在颤抖，手越攥越紧。小王上前一步："爹！都到了这个时候了，你说话啊！"武胜王强压怒火，喝酒。突然，他喷出一口鲜血，手中的酒杯也随之跌落，在地面上摔得粉碎。武胜王向后倒去，昏厥。

一时间，大殿之上乱作一团，众人扑上去。刘捷轻咳一声，给郦君玉使眼色。郦君玉高举虎符，一步一步退出大殿。

回到布政司，众人松了口气，刘捷对郦君玉说："郦大人，今日你在堂上与武胜王针锋相对，功不可没啊！"郦君玉焦急地向外张望着："奇怪，皇甫少华呢？他怎么没来？"等了半晌，一直没有少华的音讯。这时，只见曹矜快步跑过来："郦大人，末将刚刚得知，皇甫将军在老营堡被俘！"原来，卫指挥使蔡大人受武胜王护卫的指使，借口皇甫少华造反，将他羁押了起来。

众人大惊，郦君玉立刻要去解救少华，刘捷却认为当前最重要的是保全大局，待到手中掌握兵权，再作打算。郦君玉腾地站起来："刘大人，皇甫少华必须救出来！不然，我们会被前后夹击，任人宰割。如果没有皇甫少华，我们的行动就此作罢！"

刘捷一愣："你……你这是什么意思？"郦君玉："下官定当救出皇甫将军，不但如此，还要帮助他调兵遣将，一举剿灭武胜王！曹将军，还请协助本官点兵五百，前去营救皇甫大人。"刘捷："郦君玉，不管你如何打算，本部堂不会派兵救援。不要忘了，我们现在掌握的兵力勉强过半，派出去送死，兵力少于一半，就更无胜算了。所以绝不可能调派一人出征！"

郦君玉气结："刘大人，你何苦对皇甫少华落井下石？"刘捷："你太小瞧我刘某人了。明眼人都能看出，皇甫少华已是凶多吉少，此时危机四伏，成败不过是转身之间。放弃皇甫将军而保全大局,乃是明智之举,何来的落井下石?"

郦君玉语塞,因为她知道,刘捷所言,句句属实。郦君玉忍了半天,拿出虎符:"刘大人,莫怪郦君玉一意孤行。曹矜听令!本督命你即刻点兵,营救皇甫少华,不得有误!"刘捷拍案而起:"郦君玉!你不要肆意妄为,坏了皇上的大计,沦为大明的罪人!"

郦君玉备受打击,瘫坐在椅子上。曹矜十分焦急:"郦大人,曹某情愿单枪匹马,营救皇甫将军!"郦君玉重拾信心,起身:"好!你我只身前去。刘大人,我们此次行动,不用大人负责。全部军队,悉数交由大人节制。士为知己者死!能与皇甫将军和曹将军为国战死,我郦君玉无憾!我们走!"说罢,二人昂首离去。

刘捷失落跌坐,对刘奎璧说:"你记住,日后郦君玉若能得势,定是我刘家的死敌!"

二十

却说皇甫少华回到布政司,曹矜呈上皇上的亲笔信,得知皇上正集结各地勤王之师,赶往山西,不日便到,遂亲自去各地卫所换防。不想,来到代州卫卫所,那卫指挥蔡大人慑于武胜王淫威,反倒将皇甫少华羁押了起来。

那蔡大人正在沉思如何处置皇甫少华,突然收下士兵来报,钦差郦大人亲自拜访。蔡大人带领一干偏将出来。见郦君玉只身一人,并不把她放在眼里。郦君玉也面无惧色,寥寥几句,将当前形势一讲,武胜王惊风瘫痪,坐卧饮食皆不由自主。别说是叛乱起事,日后就算是起身,也很困难。蔡大人听闻,大惊,立刻眉头紧锁,犹豫不决。

郦君玉看到他神情的变化,微微一笑,拿出皇甫少华给他的虎符,并将手中圣旨展开在蔡大人面前:"蔡大人,这枚虎符,可是皇上钦赐给皇甫将军的。你若认得,就即刻放人,调兵遣将!(抬起右手上的圣旨)这是皇上专门为本督下的圣旨,你看好了!"蔡大人目瞪口呆。

郦君玉刚要读,忽然看到了圣旨上"总督山西行省三司"这一行,愣了一下,总督山西行省三司,一切政务自定……糟了!这道圣旨只是叫我署理政务,并非涉及军事,这可怎么办?难道救少华,就这么功亏一篑了?顷刻,她灵机一动:

有了，只要重新断句就行了！于是，她咳嗽两声："蔡大人听旨！奉天承运，皇帝诏曰：今山西流寇斐然，民不聊生，赤地千里，特委吏部郎中郦君玉，总督山西行省三司一切！政务自定。钦此！听见没有，皇上命我总督山西，署理一切！"尔后，她高举圣旨："本钦差即刻任命蔡大人，升任山西副督军，立刻释放皇甫少华，调配军队！"

蔡大人忙行礼遵命，将皇甫少华从牢狱中放了出来。少华安排曹矜负责换防、调配之事，自己随郦君玉赶回布政司。

此时，布政司内，刘奎璧正靠着窗户打瞌睡，刘捷坐在桌旁书写奏折。一个随从来报："大人，还未见到郦大人踪影，只怕凶多吉少。"刘捷轻描淡写地说道："知道了，下去吧。"半晌，他搁下笔，长舒一口气："奏折终于写完了，天一亮就发给皇上。奎璧，这次我父子平叛，首功一件哪！"刘奎璧笑了："就算皇甫少华和郦君玉再怎么卖命，也不过是给爹添砖加瓦。""等过两天，这里消停了，我们就启程，回京面圣。""回京？这么快？""武胜王已成废人，树倒猢狲散，他不可能再起波澜了。"正在这时，几个随从冲进来，其中一个喊道："大人！出事了！今早世子带兵向这里进军！说是要为武胜王报仇。""什么？这小子真是不知轻重，还想垂死挣扎！"刘奎璧站起来，刘捷紧张思考："看来，他要拼个鱼死网破！"他一把抓过来一个随从："快！去都司搬救兵！能来几个就是几个！"随从撒腿就跑，众人也匆忙离开。

不一会，小王真的率领着众多护卫过来了。布政司大门轰然打开，刘捷父子仓皇出来。小王非常狂傲："出来得正好！来人，给我杀！杀死刘捷，赏银十万！"护卫们杀声震天地冲向刘捷等人。刘奎璧拔剑护卫刘捷："大胆反贼！竟敢围攻钦差！还不快快退下！"军队冲上前，将刘捷等人包围。小王冲到近前："刘捷，你这奸贼！挑拨我爹与皇上关系，逼他中风卧床，今日若不叫你付出代价，小爷白活这一遭！"刘捷居然拱手："小王爷，真正要与武胜王作对的，是那个郦君玉啊！下官也是奉旨行事，还望世子高抬贵手。"小王更加猖狂："也好，你们跪下向我磕头赔罪，我就考虑饶你们的狗命。"刘奎璧大怒："大胆！你不要欺人太甚！"小王露出凶相："怎么样？我就欺负你，谁让你骨头软的？"刘捷与小王四目对峙。刘捷大喝："你们若敢动手，就是造反！皇上绝不会放过你们！奎璧，我们拼了！"刘奎璧早就憋着怒火，一下子蹦起来，挥剑刺向小王。

这边，郦君玉与皇甫少华二人一路奔波，渐进王城，突然见刘捷的随从快速骑马奔来，见到二人，滚落马下，气喘吁吁地报道："皇甫将军，郦大人，大事不好，小王带兵到布政司围攻刘大人！"二人大吃一惊，一勒马肚，加紧进城。

此时，刘奎璧正在浴血奋战，布政司内已是尸体遍地。小王全副武装，挥刀冲到刘奎璧面前，正要举刀："砰"的一声，一只飞箭射穿小王手臂，将他钉在墙上。原来是皇甫少华和郦君玉赶到了。曹矜也带着人马赶来，王府护卫们顿时乱了阵脚，他们冲上前，将小王从墙上抱下来，扛着就跑，皇甫少华回首见他们要逃，搭弓射箭，一箭射死那小王爷，护卫们惊呆了，无心恋战，四散奔逃。

医官们赶紧为刘捷父子包扎伤口，经过这几日的奔波和战斗，大家都筋疲力尽了。郦君玉正要歇息片刻，可是总觉得心里不踏实，毕竟我们杀死了小王爷，怎么会还是那么平静？太平静了，有点不正常啊……一切太过风平浪静了，有些蹊跷。武胜王病倒，小王起兵被杀，一切就迎刃而解了？事情恐怕没有这么简单。

京城中，皇上已得知胜利的消息，龙颜大悦，颁旨令刘捷、郦君玉等人班师即刻回朝。各地勤王之师，亦当回归原处，共享太平。刘捷在武胜王府颁布了圣旨，只见那平日里作威作福的武胜王，已然呆滞，全无平日威风。但是，郦君玉却特意留心观察了武胜王的衣服，十分的整洁，并无半点污浊。迷失心智的人，嘴角总会有些涎水，可是宣读圣旨前后那么长时间，他的嘴角始终很干净……她将自己的怀疑告诉了少华，少华点头认同，武胜王突然病倒，此事确有蹊跷，必须要探查清楚。

皇甫少华和郦君玉悄悄来到武胜王府，二人小心谨慎地隐蔽在墙根下。大门紧紧关闭，一片寂静。如此平静，有些异常。少华沉着地说："丽君，我进去查探一下，你在这里等我。"少华边说边转身就走。郦君玉一把拉住他，从怀中取出汗巾，蒙在他脸上："多加小心，一定要早点回来！"少华点点头，蒙面转身，跃上墙头。

少华蒙面俯身跃下墙头。院子里竟然一个人影都没有，只有隐隐约约传来的虫鸣。少华一脸疑惑，忽然看见前面远远的大堂处有亮光，便悄悄走过去。只见大堂外面空荡荡的，依旧是一个人影都没有，只有大殿里面隐隐有微弱光亮。少华一闪身出来，四下看看，在阴影处贴着墙壁凑到窗户旁，捅开窗户纸，向里面张望。

大殿内，空旷的殿堂中央有一个背影坐在火盆前，一张一张地烧纸钱，哭泣中透着杀机："……孽子！你这孽子啊！爹都不心急，你怎么就那么急，如今白发人送黑发人，你这小子不孝啊！"窗户旁，少华听到了这话，不禁大吃一惊，忙又悉心倾听，只听那背影又咬牙切齿地说："……儿，你是不是还在怨恨爹没有派兵救你？当时若爹将你救下，那全盘计划都被打乱，我们再无出头之日！爹不能去，不能去啊！郦君玉、皇甫少华！是你们，是你们杀了我的儿！我要亲手将你们碎尸万段祭奠我儿！"少华一愣，原来是武胜王！？只听武胜王最后发狠地说："三日之后，我定要这乾坤倒转！我的好侄子，我要你加倍偿还我儿性命！"

躲在暗处的皇甫少华听得眉头紧锁。这时，有一个熟悉的身影出现了，居然是——林达人！只听林大人对武胜王说："都司所辖军队，大部分人马已被我安排离开驻地，至少要五六天方可回来。皇甫少华调派的几个卫所，路途遥远，大军一日之内亦不可能赶到。王爷，我们抓紧时机，要快啊！"武胜王点头："林大人辛苦了！"然后，从怀中掏出一个小册子，递给他："这个是曾经暗中投靠于我的各路督抚，林大人即刻前去联络……有这些援军相助，本王的计划才能算万无一失！"林大人接过册子告辞，武胜王也回身进入寝宫。

皇甫少华急速离开王府，将看到的情形告诉郦君玉，让她速速回到布政司，禀告刘捷，自己则策马去追赶林大人。那赶路的林大人感觉有异，勒马回头，看到皇甫少华在房顶上紧紧跟随，大惊失色。皇甫少华纵身跃下，堵住了林大人的去路，马儿受惊，林大人也只好下马。

林大人害怕地说："皇甫大人，你……你这是干什么啊？"皇甫少华用剑指着他："姓林的，你好大的胆，竟敢私通反贼！"林大人急忙狡辩："没有啊……大人，下官是去探望武胜王爷的病情而已，大人明察啊！"皇甫少华哼了一声："本官亲眼见你与武胜王沆瀣一气，还敢抵赖？快把花名册给我交出来！"林大人闻言一惊，突然一剑刺向皇甫少华，皇甫少华急忙闪身。林大人无心恋战，虚晃一剑逃跑，皇甫少华刺出一剑，从背后杀死了他，然后走过去，从他身上拿出花名册，翻看了两眼，收在怀里。

郦君玉回到布政司，赶紧来见刘捷父子，跟他们讲述了皇甫少华在王府中所见，难保武胜王不是在隐藏实力，伺机造反！

房间里面一片沉默，刘捷满心震撼，若有所思地看着她，有些尴尬，内心暗暗盘算着。郦君玉敦促道："刘大人，下官认为，武胜王已经厉兵秣马，枕戈待旦，咱们要快做决断，不能误了大事！"刘捷低头道："唉，老夫也怀疑过武胜王，可没想到,他竟肯牺牲儿子的性命,来迷惑我们。"刘奎璧赶紧说:"爹,我们赶紧撤回京城吧,此处怕是不可久留!"刘捷摇摇头:"只怕武胜王的人,已经在路上了……"郦君玉:"走,已经来不及了,现在只能等待皇甫将军的消息。"刘奎璧:"皇甫少华至今未归,难道是失手被擒?"

郦君玉焦虑地在心里说:"少华,你在哪里?是不是遇到了什么危险?你现在可千万别回来啊!"

三人谁也没了主意,屋子里死寂。这时,随从来报,说是王府派人求见,请两位大人去王府,为大人饯行,而且,门口已是黑压压的军队。这明摆着是鸿门宴,看来,武胜王开始行动了。三人整了整衣冠,出了门,军队包围着他们,阵势如同押送犯人。

忽然,队伍停下来了,郦君玉满心疑问,抬头向前观看,一下子愣住了,顿时百感交集,泪水忍不住夺眶而出。原来是皇甫少华威风凛凛,孤身站在大道中央,与整支队伍对峙。郦君玉动容,心中默念:少华,你走啊!我不要你来白白送死!皇甫少华深深地望着郦君玉,一言不发。两个人的眼前,却都闪现出以往的一幕一幕:

荒原之上,两人骑马并行,耳鬓厮磨。

皇甫少华:想不到你竟敢只身来闯营……

郦君玉:算我上辈子欠你的。

皇甫少华:丽君,你有没有想过,这有多危险!很可能你是来白白送死……

郦君玉:我来了,至少能换你出来,一命换一命……

……

皇甫少华在心中默默地说:丽君,我来了,哪怕是一命换一命,就算是上辈子欠你的,这辈子来还……

王府的属官大笑:"原来是皇甫大人,一并押走!"皇甫少华一言不发,望了郦君玉一眼,跟进王府。郦君玉和刘捷等人也被押进去。

大殿的两厢,已经为每个人摆上了宴桌和酒菜。只见武胜王一个人在自饮自酌。看都不看他们一眼,顾自悲伤地说:"儿啊,是爹对不起你,对不起你啊!今天爹特意准备了几样你最喜欢吃的菜食,还请来了你的几位老朋友陪伴你。"

几个侍卫走过来,为刘捷等人倒酒,并且将杯子举起来递给他们。皇甫少华一掌将杯子打碎："武胜王！如今你已是司马昭之心，路人皆知。有什么话，还是挑明了说吧！"武胜王放下酒杯："皇甫少华，你不要太猖狂！那个姓蔡的，已经被我砍了头，祭奠了我儿。这也是你的下场！""哼！你若现在跪地投降，或许皇上日后开恩，免你一死。不然——"武胜王大怒："放肆！"

众多护卫从大殿的各个方向冲出来，将刘捷等人包围。他们亮出兵刃，胁迫郦君玉等人。刘捷大吃一惊。皇甫少华探身护在郦君玉身前，拔出剑来："执迷不悟，那今天就拼个你死我活！"刘捷急忙上前："王爷，万万反不得啊！各地勤王之师，正在集结汇合，不出两日，就会赶到此地。你可要三思啊！"武胜王："反不得？那个皇位本来就是我的！我要回自己的东西，有何不对？你们三番五次逼迫于我，竟然还敢对我儿子下毒手！今天我要让你们加倍偿还！来呀！将他们几个给我乱刀砍死！用这几个朝廷走狗的鲜血，祭我大旗！"

众护卫冲了上来，将刘捷等人围在中间。刘奎璧和皇甫少华同时拔剑，两人背靠背站立，大喝一声，冲向叛军。

门外忽然嘈杂声起，一个卫兵冲进来："王爷，不好了，都司的军队攻进来了！"武胜王大惊："什么？都司的军队？怎么会有军队？林大人呢？""林大人被皇甫少华斩了！"武胜王倒吸一口凉气，属官吓破了胆："这下完了，林大人身上有我们的名册，咱们没有援军了！"武胜王咬牙大怒，拔剑大喊："来呀，跟我冲出去！杀！"属官也拔剑挥手，率领众护卫跟随武胜王向外面冲。大殿外，曹羚带头冲了进来。少华面露喜色，护着郦君玉："郦大人，曹将军赶到了！"君玉也激动地点头："武胜王气数已尽！"刘奎璧也燃起斗志，奋勇杀敌。少华大喊着："奎璧！一定要守住！"刘奎璧呐喊着，扑向冲在前面的几个叛军。属官强拉着武胜王，趁乱跑开，这一幕被郦君玉看到了："少华，武胜王跑了！"皇甫少华看到武胜王逃跑，便从一旁的偏门追出去。刘奎璧目睹这一切，也追出去。

王府侧门打开，一个亲王护卫溜了出来，后面跟着武胜王和几个护卫。众人刚走了两步，便停下了。正对面，站着皇甫少华和郦君玉。属官拉着武胜王，返回头向另一边跑去，却也停了下来，那边站着刘奎璧。刘奎璧喝道："反贼！还不束手就擒？"武胜王等人陷入绝境，突然，属官拔刀，架在武胜王的脖子上。"我抓到武胜王了！皇甫将军，我投降！"他押着武胜王，向皇甫少华走去。众人皆吃了一惊。武胜王怒不可遏："你……你这畜生！卖主求荣的畜生！"属官："闭嘴！反贼人人得而诛之！"刘奎璧不悦，突然放箭，射死了属官，武胜王见状，撒腿就跑。皇甫少华和刘奎璧对视一眼，两人同时拉弓搭箭，瞄准武胜王的背影。箭羽从皇甫少华手中飞出，箭势偏高，刘奎璧的箭矢，则贴着地面飞驰。皇甫少华的箭矢抢先正中武胜王后心，将他贯穿！武胜王中箭，愣了一下，跟跄向前走了几步，坚持住没有倒下，这时，刘奎璧的箭矢，方才抵达目标，武胜王又中第二箭。武胜王终于倒地，双眼圆睁，死不瞑目。刘奎璧与皇甫少华对视一眼，生气地拂袖而去，刘奎璧心中不爽：哼，劣行不改，什么都要抢在我的前面！

终于平定了武胜王的叛乱，郦君玉感激地对刘奎璧说："若不是奎璧兄独当一面，我等早就遭人屠戮，日后定要禀明皇上，嘉奖兄台！"刘捷笑了笑："郦大人，你与我父子同心协力，平定藩乱，功不可没！日后可要与老夫同力辅佐皇上，共享太平啊！"郦君玉明白他的拉拢之意："蒙大人错爱，下官岂敢与大人同列？刘将军有伤在身，需要静养，下官告辞了。"

她说完离去，刘捷眉头拧在一起，脸色阴沉地说："这个郦君玉，若不是他识破武胜王诡计，恐怕我们早已身首异处！想他刚到山西的时候，还是莽撞生事，毛手毛脚……连我都被老奸巨猾的武胜王给骗了，他一个白面书生，居然看出其中有诈！厉害呀！此人胆大心细，成长迅猛。日后再稍加历练，绝难对付！难保不在我等之上啊……"他越分析，越是心惊肉跳。

突然，兵士来报，刘府幕僚邢师爷求见。刘捷一愣，莫不是？赶紧让邢师爷进来。原来是私盐船半路被扣，不知道对方什么来头，不敢擅自决断，所以赶到山西请教刘捷。刘捷大惊，一旁的刘奎璧更是一震，愕然地问："爹，怎么回事？难道咱们家与私盐确有瓜葛？"

刘捷只好说："事到如今，也就不瞒你了。这么多年，为父在宦海沉浮，上下打点、左右逢源，全靠了一个字，钱！刘家虽说家大业大，可凭爹爹这点儿俸禄，无异杯水车薪……"刘奎璧大惊："爹，使不得啊！这么多年的私盐，足够将我们刘家杀光好几遍的。"刘捷怒斥道："笑话！为父不还是好端端地位居百官之首？儿啊，知道武胜王败在谁手吗？不是你我，不是郦君玉和皇甫少华，甚至也不是当今皇上，而是败在他自己手里！谁叫他那么飞扬跋扈？谁叫他一旦谋反，又优柔寡断，反反复复？谁叫他不斩草除根，倒让仇敌反戈一击？古往今来，成者王侯败者寇，既已做了礼法不容之事，那就不能再后悔！上天不会给你第二次机会，你给我牢牢记住！"

刘奎璧摇头，震惊地说："想不到爹是这种人！这些功名利禄，都是这样来

王　玲　饰　刘燕玉

大型古装青春励志传奇剧

《再生缘之孟丽君传》

主 要 演 员

李冰冰 饰 孟丽君　　　　黄海冰 饰 皇甫少华

陈　龙 饰 刘奎璧　　　　高　鑫 饰 皇　帝

石小群 饰 苏映雪　　　　孙　兴 饰 刘　捷

王　玲 饰 刘燕玉　　　　贾雨萌 饰 香　梅

董丽丹 饰 梅　妃　　　　宋思轩 饰 王　湘

孙　宁 饰 皇甫长华　　　马文龙 饰 曹　矜

王明智 饰 梁丞相　　　　胡　明 饰 邢师爷

刘卫华 饰 皇甫敬　　　　徐美玲 饰 刘太后

的！爹，你为什么要告诉我这些？你让孩儿今后怎么听得下爹的教导？"刘捷："混账！爹这一切不都是为了你？为了这个家？你却毫不领情，还敢教训起爹来！跪下！家法伺候！"

邢师爷赶紧来劝，刘奎璧扑通一声跪下："爹！不能再这样继续下去了！孩儿求您收手吧！"他话音未落，被刘捷一个耳光扇过去，顿时嘴角流血："看我不打醒你！天下皆贪，我如何不贪？你以为是爹利欲熏心吗？是利欲追着为父跑，让为父不得不这么做。我为了这份家业，费尽了脑筋，到头来还要你来教训我！"刘奎璧痛苦地摇头："我明白了，燕玉说得没错，小妹为棋子，我也只是鹰犬……"

刘捷冷笑道："比一比武胜王，为了谋成大业，竟然牺牲自己亲生儿子的性命，我待你算是仁至义尽了！你要怨，就怨你生在官宦人家吧，什么叫身不由己？情势所逼？日后你自有体会！起来吧，同样的话，爹不会再教训你二遍！"刘奎璧泪如雨下："孩儿到底是不是您的亲生儿子？为什么爹的事，孩儿老是不懂……"

刘捷叹口气："唉，你自幼与皇甫少华交好，为何他做英雄，而你总是郁郁不得志？夺妻之辱，新娘子当夜投河；考状元，又半路折戟；随我削藩，拼尽全力，却只见郦君玉和皇甫少华屡建奇功……你文武皆不如人啊！但要想还在人之上，你就得另辟蹊径，甚至不择手段，想想清楚吧！"

刘奎璧木讷地坐到地上，这些话，句句戳在他的心窝上，好痛！过去一幕幕耻辱的画面，纷纷闪现在眼前。爹爹的话无异于揭开了自己的伤疤，鲜血和羞辱的感觉喷涌而出。良久，他终于起身，神情已经变得冷酷起来："原来爹一直看不起孩儿，孩儿迟早会把这口气争回来。您等着瞧！"

入夜，一轮明月分外明亮。都司府的内院，皇甫少华坐在石桌旁擦着宝剑，郦君玉轻轻走到他身边。少华轻轻抓住她的手："丽君，我们成功了。"郦君玉脸红了，嗔怒着挣扎道："快放开，让别人看见！"少华笑了："怕什么？很快，我们就可以无忧无虑地生活了。"君玉面色娇羞地说："我可是朝廷命官，你好大的胆！"说着，她忽然转身，对着皇甫少华的胸口就是一拳，顽皮地笑着说："这一拳，就是对你的惩罚！嘿嘿！"突然，她看到少华脸色骤变，表情异常痛苦，吃了一惊："少华，你怎么了？我……我没有用力啊？"少华强忍着疼痛，笑了笑："没事，没事，我是装出来的。"

可是，他的表情分明不是装的，郦君玉觉得有问题，一定要看看他是不是受伤了,少华捂紧衣服,故作轻松地开着玩笑:"非礼勿视,不行,不行。"郦君玉又是生气,又是心疼:"皇甫少华,你竟然骗我!你过来,坐下。"少华见她真生气了,只好乖乖坐下。

郦君玉按着他,将他外衣脱去,他的内衣已经有部分被伤口粘住,解不下来。她不忍用力,轻轻地撕着。少华则安详地坐着,任凭郦君玉摆布。只是,撕到伤口的时候,他还是会不由自主地皱眉。君玉便更加小心翼翼,缓缓地用嘴向伤口哈气,这才轻轻撕开衣衫。伤口显现了出来,红红的一片,郦君玉的眼睛顿时红了,她只好捂着嘴不让自己哭出来:"少华,我们走,走得远远的!"少华望着她,点点头。

都司内堂中,曹矜正在桌旁专注地翻阅公文。有一份公文引起了他的注意:漕运遭劫?这些匪徒,胆大包天!他立刻着令点兵到漕运衙门,专事山西行省押运。

漕运衙门外,人来人往,十分繁忙。曹矜带着兵来到衙门口,正见到一位官员送邢师爷出门。曹矜看到他,愣住了,这张面孔,好熟悉……那次在番兵大帐外,那个在大帐门口指认皇甫将军的家伙……

看到曹矜呆呆的眼神,邢师爷十分奇怪:"这位是……"官员连忙给两位互相引见。二人遂拱手行礼,寒暄道别。曹矜疑惑地看着邢师爷消失在人群中。

<h1 style="text-align:center">二十一</h1>

孟丽君站在空空荡荡的仓库里沉思着,皇甫少华带着随从走了进来。"郦大人,您有事找我。"随从退了出去,少华来到孟丽君身边。丽君环视着周围:"你没发现这里变化很大吗?"少华也随着她的目光观察着,大吃一惊,这里两天前还堆满了金银财宝,精锐兵器……短短几个时辰,它们就都不见了。"难道是刘捷太想邀功领赏,瞒着你我先把这些东西都运回宫里了?"丽君摇头:"只怕是没那么简单,有探子看到,装运走的这些物品被分别做了奇怪的记号,而且码头戒备森严。"少华皱紧了眉头:"财宝、兵器?刘捷究竟想干什么?"他思索了一会儿,突然想起了什么:"哦,对了,刚才我听曹矜讲起,在前线打探敌情时,他曾经亲眼看到邢师爷出现在邬必凯的帐篷里。"丽君一惊:"什么?刘捷的师爷

在邬必凯的军帐里？这里面有文章……""你猜到了什么？"

丽君沉吟一下："你有没有想过，你父亲久经沙场，建功无数，怎么可能轻易惨败？"少华回想着："当年我随父亲出征，情况危急之时，咫尺援兵被刘捷扣在手中，用去平叛盐工之乱，所以我们无法胜敌，而邬必凯又似乎了解我们的兵力……"

少华终于把前因后果想清楚了，一时怒不可遏："好你个刘捷！竟然出此毒计陷害我一门忠良！我与你不共戴天！"他一把抓起佩剑要出去。丽君急忙阻拦他："少华，你冷静些，就凭曹矜见过邢师爷一面和我们的推断，只要刘捷矢口否认，谁也无法给他定罪啊！"少华一愣，站住了。丽君接着道："少华，在你的肩上还负有皇上的密令。那本武胜王花名册上的人物，是皇上下了密旨要全部处置的。你的责任重大呀！"少华强压了心头怒火，用力捶了柱子一拳，长叹一声。

布政司大堂里，邢师爷正在向刘捷父子汇报："幸亏我眼尖，看到曹矜的神色不对。结果果然听到了这个秘密，原来他在邬必凯的军营里见过我。"听了邢师爷的话，刘捷没开口，刘奎璧也冷眼看着他。邢师爷有些心虚："老爷，不然，我去把他做了？"刘捷不屑："一个小臭虫，能有多大本事？找个理由他就没命了。"刘奎璧却说："父亲，儿子倒有一个主意。"刘捷和邢师爷不解地看着刘奎璧。"曹矜是个小人物，可若是我们能把他变成安插在对手身边的一根钉子，他可就不仅仅是个小人物了。""依少爷的意思，是要我们收买曹矜？"刘捷也赞赏地点了点头："这主意不错。儿子，你学聪明了！邢师爷，你去把曹矜请来。"

丽君和少华站在仓库的大门口，屋内阴森昏暗，门外一片阳光灿烂。"少华，我知道，你父亲的死给你和你的家里带来了太多的伤害！可是我还是想对你说，皇甫老将军一定希望你比他活得更好，更幸福。"少华被丽君的话打动了，神色缓和了一些。丽君又道："你看，这门外的一片阳光，看着它心里都会感到暖洋洋的。"少华感动："如果我们跨过这道门坎，就会真的走进温暖了。"少华拉起了她的手，两人一起走进了阳光里。阳光下，两人抬起头来感受着灿烂的温暖。少华深情地看着丽君："你等我，我一定要带你离开京城，我们一起去真正地享受阳光的温暖。"丽君的眼角噙着泪："真的？"少华坚定地点点头。

次日，郦君玉便和刘氏父子踏上了返京之路。几日后，京郊官道，三人昂首阔步，威风凛凛地从山坡下走了上来。一个探子跑了过来跪下。"报——！"三人甚是奇怪，停下马来看着探子。"何事急报？""皇宫飞马快报，说是皇上亲自出

城迎接平蕃钦差来了！"听到这话，三人慌忙下马，惊喜地整理衣服准备迎接。

御花园里，皇上正和郦君玉在紫藤架下下着围棋，皇帝捻着一枚棋子注视着棋盘。心思却飘回昨天的朝堂之上，他下旨要赏赐刘捷、刘奎璧和郦君玉，可那刘捷当朝之上，却坚辞不受，让皇上下不来台不说，还用苦肉计，想让郦君玉也不能接受封赏。好在君玉经过武胜王一役的锻炼，已经不是当初那个青涩的状元郎，她不卑不亢地接受了封赏，让那刘捷落得个有苦说不出的下场。想到这里，皇帝忍不住说道："真是一招好棋啊！"正在认真下棋的丽君，抬头看着皇帝，会意一笑。"朕还真怕你也不接受封赏呢！"君玉笑了："皇上让微臣连升三级，臣为什么不接受呢？臣还要多谢皇上的赏赐呢！""郦爱卿不惧权势，身陷险境而不畏，能机智地及时阻止反叛行动，真乃是朝廷难寻的良才啊！""皇上过奖了，作为臣子，为民为君分忧理所应当，看样子皇上对君玉这枚棋子还算是满意？"看到她的坦然，皇帝默然相对，用手指轻轻敲打着御案。君玉看到皇上陷入沉默，索性反问皇上："皇上召见君玉，不光是为了下棋吧？"皇上有一点尴尬："哦，也没什么。只是觉得郦爱卿辛苦了，想当面感谢。"君玉笑了笑："这，皇上也已经说过了。""噢。朕，其实想问问当初你身赴险境，是不是有些抱怨朕？"皇上释然道。"常言道，君要臣死臣不得不死。再说，作为臣子要是不能理解一国之君持国的难处，那怎么算得好臣子呢？更何况皇上后面不又密旨皇甫将军为我们护航，君玉真是感激还来不及呢！"

听了这话，皇上很是感动地回望着郦君玉，伸出手抓住她的手："爱卿真乃知我者啊！"君玉突然被皇上的亲近感到不好意思，脸色红润，皇上没意识到，君玉急忙岔开话题："皇上，以臣的看法，刘大人的拒封，恐怕大有文章啊！""郦大人也有这种感觉？""当然，刘大人不会仅为阻止君玉的提升而拒绝封赏。""那对刘捷拜官不授的事情，郦大人是如何看的？"君玉陷入沉思："这，臣还没猜透，不过按以往的听闻，刘大人一向对此颇为看重，怎会突然转性了呢？"皇上也觉得困惑："他还不如痛痛快快地说到底想要什么，朕给他便是了。"君玉摇摇头："刘大人想要的东西，肯定十分珍贵，只怕是皇上也难以出手。"皇帝站起身来："是啊，朕也难以出手，该不会……"

他这一起身，桌上的棋子被带了下来，君玉弯腰去拾，不留意沙尘飘进了眼睛，她忍不住连声呼痛，皇帝连忙上前，要仔细为其观看……偏巧，远处长华在宫女的陪伴下正向这边走来。她看到丽君与皇上的神情亲密，不由得愣了，停下脚步。一旁的宫女倒先开了口："皇上忘了啊,明明约见了娘娘,怎么又召见了郦大人?"然后看四下无人,又悄声地说:"娘娘,奴婢听市井间还有传闻,那个郦大人面如桃花,雌雄莫辨呢。"长华皱眉:"胡说!堂堂状元怎会不分男女。你们都记住,在宫中不要多嘴做长舌妇。"宫女害怕了:"是,娘娘。奴婢错了,奴婢该死。"

长华带着众人离去,走了几步又停下,回望皇上二人。皇上似乎询问着什么,郦君玉眨动着眼睛微微一笑,韵味十足。长华犹豫片刻,还是转身离去了。

凉亭内,君玉忽然看到长华离去的背影,一愣:"皇上,好像默妃娘娘来过了。""哦?"皇帝回头看见长华离去:"噢,朕都忙糊涂了,原本约了默妃议事,不想见了郦爱卿,竟把此事忘得干净。呵呵……"君玉想了想:"皇上还是去探望娘娘吧,下官告辞了。""唉,你我的棋局还没分出胜负,再说,朕只是想和默妃商量废黜梅妃之事,稍后再议无妨。""这……"皇帝不耐烦了:"爱卿怎么忽然婆婆妈妈起来,像个女人似的。"

君玉一愣,稍一转念,落下一枚棋子:"好,皇上,看招!"皇上一看棋局立即愣住了,左思右想解不开:"好棋啊,啊?这不是当代棋王的留客棋吗?"君玉趁机道:"皇上,微臣有事,先行告辞了!"皇上专心解招,没顾上她的离去。

君玉追上长华,施礼叩拜。"叩见娘娘!"长华微微点头"郦大人,此次征战辛苦了!""谢谢娘娘夸奖,此次胜算,也离不开皇甫将军的功劳!君玉有事先告辞了!"她转身走远了,皇上还在专心致志地研究棋局。长华去也不是走也不是,她眉头微蹙,双手扭结着手帕。

正在这时,一个宫女匆匆跑了过来:"娘娘,出事了!"长华一惊,随即脸上恢复了淡定神态,径直走了过去:"内宫之中大呼小叫成何体统。说,出什么事了?"宫女咽下口水:"娘娘,淑妃和敬妃两位皇贵妃把梅妃给打了!"

长华和宫女匆匆来到梅妃的寝宫中,却被眼前看到的景象吓住了,只见梅妃呆愣愣地坐在地上,身上衣服被撕破,头发被抓散,满身污痕。一滴眼泪从梅妃目光呆滞的眼中流出,经过脸庞,滑过一道长长的伤痕,上面血迹未干。寝宫里被砸得乱七八糟,衣服、物件七零八落,长华轻叹一声,暗示宫女赶快收拾。梅妃忽地站起来,拦住正在收拾的宫女:"不许动,你们不许动我的东西。"梅妃的举动让宫女吃了一惊,她们连忙后退,长华走上前去,梅妃以为长华要打她,自己护着头又蹲下了。长华也蹲了下来,将梅妃搂在怀中,抚摸着她的头发。梅

195

妃呆呆地转过头，直愣愣地看着长华，长华怜惜地为她擦去泪水。她终于忍不住号啕大哭起来。梅妃手里依旧攥着一个东西，紧紧攥着，从未放开。

烛光下，长华为梅妃上药。梅妃的伤口血迹斑斑，稍一触碰，剧痛无比，每碰一下，她都浑身一震。长华又将梅妃的眼泪擦去。"妹妹，放宽心些，这些日子总会过去的。"梅妃苦笑："想不到最终能对我好的，竟然是你。"长华安慰道："我知道，你并不是一个坏女人，至少对皇上是忠心的。"梅妃的眼泪又流了下来："我真不知道姑父为何会做出如此大逆不道的事情，这让我日后如何面对皇上。"长华抚慰梅妃："皇上九五之尊，心胸广阔，能容天下，冷静下来之后，还是会给你一个交代的。"长华说完，微笑地看着梅妃，握起她的手，梅妃又是一阵钻心的剧痛。梅妃低下头，看着自己手里握着的东西，凝神思索。刚才的纷争就是因为她手里的这把玉梳而起，敬妃抢不到这把梳子，便把她推倒，一脚踏在她手上。

梅妃受伤的手依旧紧紧握着，长华轻轻掰开她的手指，梅妃的手微微颤抖，里面一把断成两截的玉梳子，上面沾染着梅妃手上的鲜血。长华动容："妹妹，你这是何苦啊……"梅妃强忍着眼泪："这是皇上送我的定情之物，也是我的全部。谁也不能把它拿走，除非我死。"长华看着梅妃坚定的表情，摇头慨叹。

正在这时，忽然传来太监的宣召声："皇上驾到——！"长华和其他宫女都跪了下来，皇上走了进来。梅妃惊喜而委屈地扑了上去，倒在皇上的怀里哭了起来。皇帝却轻轻推开梅妃，扶起了一旁跪拜的长华，然后又转过身来面对梅妃："成何体统，一个妃子居然为了一点首饰弄成这副模样。"梅妃愣住了，一时不知道该说什么。皇上则继续："听说你今天还打了敬妃？"梅妃奇怪："我打了她？""难道是朕错怪了你？你不是一向好胜争强，事事都要和别人比个高低吗？"梅妃发了疯似的狂笑起来："哈哈，是，都是我的错，是我打了她们，因为她们该打！"皇上不满地站起身来，"梅妃！你不要恃宠狂傲，你当年陷害默妃之事，朕也会和你清算的！"梅妃更加大声地哭闹："清算，清算吧，反正我什么都没了。"长华正想说什么，皇上却甩袖走出："起驾，回宫。"

大厅里突然安静了下来，长华走近梅妃安慰她。往日金碧辉煌的大厅透出几分萧瑟，一个小宫女跑了进来："娘娘，不好了，皇上刚刚下令，梅妃被废了……"梅妃一听立刻转脸瞪着小宫女，小宫女吓得大气不敢出了。长华只好说："好了，你先下去吧。"宫女吓得转身疾步离去，梅妃两只眼睛顿时失去了神采。

看着梅妃呆滞的样子，长华关心地唤道："妹妹，妹妹……"梅妃一动不动。长华着急地握着梅妃的肩膀："妹妹，你不要这样，你说话啊！"梅妃缓缓转身，冷冷地看着长华，良久，忽然一把推开长华搭在自己肩头的手，起身就走。长华愣了："妹妹，你怎么了？"梅妃已经走到门口，听到声音停下了脚步，看着颤抖的手中紧握着的玉梳："枉我还对你保留一份情意，想不到你竟对我如此绝情！"梅妃转身扬手向桌子拍去。长华吃了一惊。眼看梅妃就要将玉梳子拍碎，忽然，她的手停在桌面上，并没有落到桌子上，而是缓缓地将梳子收入怀中。

长华急忙上前："妹妹，你不要太伤心，姐姐我会为你求情的，请皇上念在往日恩情上——"梅妃突然转头狠狠地盯着长华："好了！皇甫长华，你记住，我不需要你的怜悯，不需要虚情假意！你，给我马上出去！"长华愣住了——

第二天，梅妃自己抱着衣物走在前面，后面跟随着押送的太监和宫女，穿过御花园走向冷宫所在。太监边走边说："……也不知你哪辈子修来的福分，默妃娘娘也为你求情，皇上才对你这贱人网开了一面，现在将你打入冷宫，好好反省反省吧。日后若有造化自然还会重见天日，若那时，你第一个要去谢谢的，便是默妃娘娘……"梅妃面无表情地一路走来，太监打开冷宫的门，梅妃进去，她的物件被太监和宫女丢进屋子里。大门轰然关闭，关闭的瞬间，门缝中的梅妃缓缓闭上眼睛。一串泪水流下面颊，手中的玉梳越攥越紧。

这日，下了朝的郦君玉在太监的引领下路过冷宫门口，正好两个宫女走出来，手里拿着物件，兴奋地低声议论，并没有看到郦君玉："……想不到梅妃进了冷宫，身上还有这么值钱的扳指，昨晚上我还看到一个发簪，更是名贵……""我劝你小心点吧，毕竟我们是来服侍她的，拿些水粉胭脂就够了。""服侍她？哼，你见冷宫中什么时候有人服侍过。再说，她已经是这副模样了，怕她什么……"两宫女渐渐走远，君玉不禁停步叹息。耳边忽然响起皇上的声音："郦爱卿。"她一愣，急忙转头，发现皇上早就来到了身后，脸色微沉。

皇上与君玉在御花园中散步，两个人半天没有说话。君玉打破了沉默："梅妃被打入冷宫了？"皇上有些心虚："嗯。不过，这个女人骄横跋扈，依仗武胜王势力祸乱后宫，曾经害过默妃，如今失势还不思悔改，找其他妃子的麻烦。朕本意将她贬为宫女以儆效尤，无奈默妃力保，朕才将她打入冷宫以示惩戒。"君玉不语思忖。皇上停步："怎么？郦爱卿是不是觉得朕惩戒得还不够？"君玉摇头："臣以为理应宽以待之。毕竟梅妃的姑姑一家均死在朝廷手上，朝廷若能大度

容人,天下自然赞颂皇上深仁厚泽。而且失去亲人的痛苦远比吃苦劳作的惩罚更让人刻骨铭心。"

这次轮到皇上沉默不语。君玉看着皇上,打岔地试探着:"皇上,你对梅妃……还未恩断义绝吧?"皇上愣了一下,旋即笑了:"这个娇宠的梅妃终于离开了朕,朕高兴还来不及呢,怎会还有牵挂。"君玉笑了:"臣妄自揣度,皇上是个多情之人,日后梅妃会怎样,还不知道呢。"皇上面色微窘:"呃,也罢,待日后再放她出来吧。"忽然转过头盯着她:"爱卿仿佛很了解朕啊!奇怪,朕从来不与大臣们谈论家事,可你总是一眼就能把朕看穿,让朕不得不和你讲出这些话。"

君玉低下了头:"微臣不敢。臣只是觉得,皇上是个性情中人,有时难免把持不住。"皇上大笑:"哈哈……爱卿太小瞧朕了,朕怎会把持不住?你说朕是多情之人,朕与爱卿交往甚密,难道朕对爱卿也算多情吗?"君玉意外,十分窘迫:"这,这,臣不是这个意思,臣……"

皇上笑了:"好了,这几日有大臣进奏折屡次称赞国舅德才兼备,满篇阿谀奉承之词,他们力谏立刘捷为王。君玉,你有何感?"君玉:"这恐怕就是国舅要的,皇上万万不可答应啊!"

皇上思忖。他与君玉谈论政事,长华早已站在远处看着。长华想了想,还是走了过来。

皇上:"……但是,刘捷平藩的确建功显著,朕不得不封啊!太后也一再询问这事呢。"君玉想了想,点头:"微臣明白,不过,皇上还是不宜要后宫干政啊。况且,王的权势会让刘捷家族势力过大,长此以往,朝廷定会被这些——"

这时,长华忽道:"皇上。"皇上和丽君一愣,回头一看,长华已经过来。"皇上还在忙于政务?""爱妃来得正好,朕正与君玉谈及国舅封王的事情,爱妃如何作想?"长华听到皇上直呼君玉名字,有些意外,但依旧微笑着转向君玉:"君玉?噢,郦大人,这就是你的不对了,皇上已经回到内宫之中,怎可再用政务烦扰皇上。"君玉笑了笑:"微臣知罪,还望贵妃娘娘恕罪。"长华微笑着:"既然知错就应该即刻改正啊!"

君玉明白了长华的意思,躬身对长华和皇上行礼:"默妃娘娘,微臣若有唐突之处万望娘娘恕罪。万岁,龙体为重,微臣告辞了。"皇上一愣:"君玉刚才的事情还未说完。"郦君玉躬身退出,不容置疑地说道:"微臣告退。"说完便转身离去。皇上:"郦君玉为何这么急着走了?"长华嗔怒:"皇上,你太过操劳了。你不是答应过臣妾,回到内宫之中,前朝的事情就不再想了吗? 如今怎么又食言? 这样下去皇上的身体怎么受得了! "皇上看着长华嗔怒时俏皮美丽的样子,莞尔一笑。"好,朕都依你,不再想那些政事了。"长华高兴:"一言为定?"皇上:"嗯,一言为定。"

二人漫步在后苑的景致之中,有说有笑其乐融融,只是长华偶尔看看君玉离去的方向,若有所思,目光深远。

田野上,野草迎着朝霞在风中摇曳,皇甫少华领着兵士快速地赶路,到了河边却发现河水上涨,已经无法横渡。众人只得到河边休息,等待船家载他们过河。曹矜心情有些落寞,靠着大树有些愣神。少华看到曹矜望着远处沉默不语,便走上前:"曹兄怎么了? "曹矜闷闷地:"你真的想回京城? "少华点头:"是啊! 你不想回去吗? "曹矜躲开少华的眼神:"呃,是。不过……不过回了京,哪有我们的用武之地。"江边渡口停放着几艘运粮船,少华的眼睛盯住了它们,忘了回答曹矜。曹矜发现,少华看着漕船没了笑容,眉头紧锁。船身吃水很深,且十分平稳。"少华兄,你这是怎么了? ""曹兄,那些船有问题。你看,这些船只吃水很深,在风浪中还十分平稳,可见不是空船。而从京城返回的漕船,应当是空的。"曹矜明白了:"噢,也就是说船主他违法私自运货。""不但如此,我还怀疑他们用此来运送私盐。"他冷笑一声:"不会又是某人的老把戏吧。"少华大步向漕船走去。

船舱里一袋子一袋子的货物摆放着,少华和曹矜一路走来,脸色铁青,船主被士兵押着跟在后面。

少华停步:"来人,将货物打开! "船主慌乱:"慢着! 你们不能打开! 我的货可是有吏部关防! 万一朝廷追查下来,我看你是吃不了兜着走! "少华一愣:"这货物有吏部关防? "船主见少华愣了一下,得意:"哼,当然! 还是刘大人亲手所写! ""刘捷? 果然是你,这么多年也不知道换个把戏。来人,开仓验货! "曹矜也吃了一惊,犹豫不知该如何是好:"这,大哥,这货物毕竟有吏部关防,我们私自拆封恐落把柄啊,小心被朝中有些人利用。"少华果然迟疑了,忽然想到当年在船上,丽君用竹子制作工具,刺探大米中藏私盐。他又笑了:"这个好办! 去找来一节竹子,我自有办法。"曹矜笑了:"这北方荒原上何来竹子啊。""无妨,将撑船所用竹篙拿来。"众人一愣。少华手执宝剑将竹篙削成竹箭,将货物口袋射中,里面果然显示出有两层内容,外层是大豆,内层则是私盐。少华冷笑一声:

199

"哼，看你还如何抵赖！"船主扑通跪倒："大人饶命，大人饶命啊，小的什么也不知道！""来人，将他拖下去，然后将所有货物拆开检验！"士兵："是！"

夜晚，刘府大门紧闭，灯笼在风中摇摆。卫兵们来回巡视着，书房内，刘奎璧进门来看到父亲一副一筹莫展的样子，大为不解，忙上前问道："父亲，有什么不顺心的事吗？""老夫还真是小看了这个郦君玉，本想用个苦肉计控制他别爬得太快，没想到被他识破了，还趁机反咬了老夫一口，这事能叫我痛快吗？"刘奎璧："看来郦君玉也不过是个处心积虑的官迷，他能斗过父亲吗？""哼，一个毛头小子还掀不起大浪！我让你问的事情怎么样了？"刘捷不屑。"听吏部官员说，皇甫少华正在山西逐一剿灭武胜王党羽。"刘捷一愣，眉头紧锁："噢？这是怎么回事？"邢师爷压低声音："以小的猜想，这可能是皇上的暗中授意，否则……"刘捷点点头："看来，我把这个外甥想得简单了，竟然早就暗中发出追缴密令了。"刘奎璧也附和道："真没想到，皇上还在咱们背后留了一手。"邢师爷："老爷，我们要不要有所行动？"刘捷摇头："其实，皇甫少华原本是个照命行事的武夫，可他和郦君玉联合起来，再加上个梁相，可就是大难题了，看来我们要一个个地击破了。先收拾郦君玉，挫败梁相的威风。奎璧，你拿着我的名帖，去见见王大人和李大人，请他们有空来一趟。"

刘奎璧出门走了，刘捷走到桌旁坐下："邢师爷，让你盯着的事有什么结果了吗？"邢师爷："是，小的发现了一些蛛丝马迹：每月二十八日会有马车驶进梁相家中，跟着就会有一大车东西拉出城。看样子，这郦君玉仗着是梁相的女婿还真没少捞。"刘捷："今天是什么日子了？""二十六了，过了今晚就到了二十七了。""好，也该给郦大人一点颜色看看了。"

几日之后，还是在刘捷的书房里，啪的一声，一封书信被拍在桌上。刘捷气得在屋子里快步踱步："皇甫少华！皇甫少华！老夫定不能轻饶了你！"邢师爷："是啊老爷，这次损失了逾千石的私盐，白花花的银子打了水漂，十分惨重啊！""你即刻通知曹矜，让他耍些手段，牵绊皇甫少华，至少要让他收敛些。"邢师爷："是，不过曹矜说皇甫少华已经提前回京了，所以小人想……"他做了个杀人的手势。刘捷顿了一下，想了想，摇头："不妥，如今我正在谋划那件事情，万万不能出现任何差池。"邢师爷："是。"刘捷发狠地："皇甫少华，这次算你运气好，等到我办妥那件事，再来对付你，一定叫你生不如死！"

是夜，梁府后院灯火辉煌，君玉指挥着家丁正在准备着一些行李包。荣发和车夫拉拉扯扯地走了进来,君玉奇怪地问:"你们怎么了?"荣发:"大人,你明明吩咐过要多加小心,可是都到了家门口了,他还叫人偷走了银子。""偷走了银子?怎么回事?"车夫:"小的该死!本来好好的,忽然一只箱子从车里滚落出来,把银子洒落在地,小的尽力地拾拣了,可是谁知会少……"荣发:"什么可是,明明是你不小心,让人白白拿走了银子,你赔吧!"车夫:"哎呀,大人,这可使不得,小的真的没看见,也尽力拾了……"君玉:"好了,你进屋休息休息吧,一会还要赶路呢。"车夫千谢万叩地随家丁走进了屋内,君玉拉过荣发仔细问到:"你到底看到什么了?"荣发仔细地讲着自己看到的情景,刚刚有两个人一直在门口鬼鬼祟祟的,银子滑落出来的时候,有个人还趁机拿走了一锭,可奇怪的是他也不多拿,只拿了一锭就匆匆和另一个人一起走了。君玉陷入沉思:"看样子这是有备而来的,荣发,你去告诉相爷,"她唤过荣发,对着她的耳朵轻声地吩咐着……

天上一轮皎洁的明月,相府后花园里百花齐放,暗香浮动。君玉坐在石桌旁,独自泡茶饮茶,茶杯茶壶旁,是少华送给她的竹笛。她放下茶杯,看着竹笛,微叹,轻轻拿起来,手在上面缓缓摩挲着。月光竹影下,君玉起身,将竹笛横在口边,悠扬的乐曲声飘荡出来。起风了,君玉的衣衫摆动。她投入地吹奏,曲声中略带哀怨。梁相走过门口,看到后花园中的君玉便走了过来。君玉睁开眼,曲声也戛然而止:"小婿拜见岳父大人。"梁相在她身边坐下,看着她刚才写下的几个字:"刘捷""贿银"。梁相放下纸:"你怀疑,刘捷要用这个制约你?""是的,刘捷有的证据不过是这些吧,学生自会把这些贿赂之银的去处好好说明一下。""贤婿啊,这次平定藩乱回来,刘捷的势力大增,朝内朝外不肯与他同流的人不多了。"君玉正色道:"只要有学生在,就不会随波逐流,哪怕势单力孤,也绝不与他同流。"梁相:"好,不论日后结果如何,老夫会助你与他斗到底的。"君玉坚毅的面孔映在月光之下。

奉天大殿之中,一群舞女在跳舞。如今反贼余逆皆已剪除殆尽,天下太平,又逢十五佳节,皇帝特意宴请百官,犒赏功臣。宴席之中,皇帝龙颜大悦,还特地赐给刘捷和郦君玉二人御酒,席间一副君臣和乐的景象。坐在条案后面的刘捷脸上始终带着微笑,看到时机差不多了,他忽然向对面一个大臣微微点头,那个人点头回应,又看向另外一边的一个大臣,挤眉弄眼打暗号。

郦君玉坐在梁相旁边,他二人虽然也在喝酒,但一直看着刘捷,看到刘捷的

201

小动作,君玉对梁相轻语:"岳父大人,看来刘捷辞官不授的谜底,今日就要揭开了!"梁相:"哼,他早就等不得了!"

刚才与刘捷打暗号的大臣起身高举酒杯:"皇上,微臣祝愿陛下龙体康健,寿山福海,创我大明煌煌万世基业!"皇上大悦举杯:"哈哈,好!朕要创万事基业少不了在座列位的鼎力辅佐,望我君臣同心永固江山!"皇上干杯,那个大臣眼睛瞥了瞥刘捷,又举起杯:"万岁,微臣以为今日的天下太平,少不了一位肱股之臣的功劳。""哦?何人?"大臣:"吏部尚书,国舅刘大人。"皇上一愣,感觉对方似乎是有预谋的,脸色微沉,看着刘捷。刘捷急忙起身:"微臣何德何能受李大人如此谬赞,万万不可啊!"

君玉微微一笑,低声对梁相:"岳丈大人,好戏开始了。"

皇上笑了声:"刘大人功勋显赫天下皆知,朕也想好好封赏刘大人,无奈国舅总是坚辞不受,这很让朕为难啊。"这时刚才接受暗号的另一个大臣起身:"皇上,依微臣所见,刘大人此番平定武胜王功高盖世,皇上定能给刘大人一个相配的嘉奖,以示皇上恩威并重赏罚分明啊!"皇上脸色有些变了。

君玉起身:"大人此言差矣,下官依稀记得皇上曾封赏刘大人升授光禄大夫、入值文渊阁,这已是位极人臣与梁相同列了,这难道还不相配吗?"大臣:"哼,我看是郦大人想与刘大人争功吧。这配不配还轮不到你来说吧?"皇上厉声道:"好了!"众人收声,皇上缓和口气:"今日乃喜庆之日,何必一个个剑拔弩张的。这样吧,朕今日就给国舅一个满意的答复。刘大人,朕除了前日封授,今日再为国舅加封太师衔,位列三公!"皇上说完便面带微笑地看着刘捷,等待他谢恩。朝堂上十分安静,众人都屏住呼吸看着刘捷。殿外的旌旗招展,只有风声呼呼作响。皇上的脸渐渐拉了下来。

刘捷沉默良久,双膝跪地:"臣,老朽昏花,恐不胜此重任,还请皇上收回成命。"皇上一下子愣住了,看着刘捷,一时说不出话来。君玉和梁相对视,梁相微微摆了摆手,她也没再言语。大殿上的空气都凝滞了,就这样数十号人鸦雀无声地站着。皇上端起酒杯一口喝下去,众官员不知如何是好,互相看看,尴尬而小心地喝酒。皇上起身:"刘爱卿,朕几次赏赐你全都拒绝,到底是什么意思?今日要给朕一个交代!"刘捷跪地不起:"臣罪该万死。"皇上被磨得失了耐性:"国舅啊,你想要什么封赏,还是什么官职,你说吧,朕定当满足。"

刘捷纹丝不动。

一个大臣插嘴："皇上,微臣斗胆一句,刘大人此次剿灭武胜王,那可是为朝廷擎起了半壁江山啊,别说入阁赞襄机务,就是封王亦不为过啊!"此言一出,朝堂之上百官哗然,皇上意外,身子一震。另一位大臣又出来附和:"是啊,刘大人贵为皇亲国戚,又为朝廷不顾生死平定藩乱,理当封王。"又有一位大臣上前一步:"刘大人高风亮节,乃我辈之楷模,若不封王,天下百姓可不答应啊!"紧接着几个大臣跪在皇上面前。"皇上,臣等力举刘大人封王!"很多举棋不定的臣工看到这个样子,也纷纷跪下:"刘大人应该封王⋯⋯皇上请为刘大人封王⋯⋯"

君玉忍无可忍,终于起身,梁相一把将她拉在身后:"尔等臣子竟敢胁迫皇上!妖言惑众!还不快快退下!"一个大臣斗胆:"首辅大人,何必大动肝火?难道是怕刘大人封了王,抢了您的风头,让您难堪了是吧?"梁相:"放肆!我乃堂堂三朝元老,早已无心名利之争——"有人上来打断梁相:"梁阁老您若不是嫉妒刘大人,那又有何理由阻止皇上封王呢?"郦君玉挺身上前:"梁相束身自修,从不与人争名夺利!你们不要欺人太甚!"

皇上看着刘捷十分冷静:"国舅当真想封亲王?"刘捷躬身:"微臣不敢,不过⋯⋯""不过什么?""不过,微臣也没有想到朝中同仁竟会如此推举微臣,真是令微臣汗颜哪!再说那天殿上郦大人也曾经说了,领赏无非是想更多地为国为民谋事,老臣也应接受吧?"皇上听得脸色阴沉,看着刘捷,刘捷则低下头。梁相已经被气得说不出话来,他抬手指了指,示意让君玉去帮助皇上。君玉整装起身,皇帝却笑了起来:"好,今天,朕终于明白了国舅的心思,不过酒席宴上不便宣旨封赏,各位大臣放心,明日早朝,朕,定会给大家一个交代!"

乐声又响起,梁相和君玉不解地互相观看,刘捷却露出得意的神色。

第二天,艳阳高照,阳光中的紫禁城更显威严,可今天,这威严之中又透着几分肃杀之感⋯⋯

王湘当朝宣读圣旨:"⋯⋯封吏部尚书刘捷为忠义王⋯⋯钦此!"

殿外当值校尉精神矍铄地站岗。

刘捷朗声道:"⋯⋯盐乃立国之本,本王以为,如今私盐泛滥,盐引息银多有亏空,伤国伤民⋯⋯"刘捷躬身禀奏,皇上高坐堂皇,百官立列两厢,梁相端坐百官上首。君玉听着刘捷的话偷看皇上,皇上有些不解地眉头紧锁。昨晚他和君玉刚刚商量好,虽然今天立刘捷为王,但是要借由调查私盐之事打击他的势力。

没想到这刘捷的动作真快，又被他占了先机。那君玉的想法对吗？皇上有点顾虑了。刘捷看皇上愣神："皇上，皇上？"皇上回过神来："噢，彻查盐务，对，朕一定要彻查！众位卿家，谁可担此重任？"满朝文武互相看看，竟然没有一人出声。梁相起身拱手："皇上，老臣愿竭尽全力彻查盐务。"

皇上意外："梁相？不，此事凶险，各地盐枭凶狠粗鄙，老大人万一有所闪失，寡人可对不起先皇先祖啊！"君玉出班："皇上，微臣愿意代替梁相查盐。"刘捷微露笑意，眯起眼睛看着她。君玉："皇上，正如刘大人所言，盐不可一日不查，为国为民，为皇上，微臣定会一查到底！"皇上："好！朕命你巡盐御史督办盐务。传朕旨意，不论王公侯伯、五府、六部、十三科道、督抚提镇一概钦尊。尚有不尊，许你参奏，如有枉法，可先斩后奏，不必面君请训。"君玉叩首："谢皇上隆恩！"

刘捷则一直微露笑意地看着君玉，直到她亲身回列，方才不紧不慢地出来："皇上，让郦大人奉旨彻查盐务，微臣认为有所不妥。"皇上一愣："有何不妥，请国舅明言。"

刘捷转向郦君玉："郦君玉贪赃枉法！"

二十二

金銮殿上，刘捷此言一出，朝堂上百官哗然，皇上也是大吃一惊："什么！？刘大人这么说，可有证据？"刘捷："皇上放心，老臣绝无虚言。"君玉不语，只是静静地看着刘捷。"皇上，您可以马上传唤微臣找到的证人，他们正带着证据，在午门外等候上殿呢！"皇上感到奇怪不已，即刻下令传唤证人。

刘捷得意地拿出一锭白银笑着面向皇上："皇上，微臣查到，郦大人府上每月二十八日前后，均有大批财物进出。"他又转向郦君玉厉声道："这，就是昨天从梁府马车上掉下来的银两，郦大人，你作何解释？"君玉并不慌张："刘大人，凭借一锭银子，就能指正下官贪赃枉法吗？""哼，看来你是不撞南墙不回头啊！今晨从郦大人府上出发的马车和车夫，本王已经派人将他们拦截在途中，他们马上就能证明我的说法。"一名侍卫带着车夫走上殿来，车夫将手里的清单交给了太监，太监交给了皇上。刘捷把银子递给车夫："认识这银子吗？"车夫闻了闻惊讶地说道："银子上有草药味道，像是小的丢失的。"刘捷得意地看着郦君玉，继续追问车夫："说，这银子哪里来的？"车夫："这是敬康堂购买草药的周转银啊！"

大堂上百官不解地议论纷纷。皇上接过清单看后，也感到奇怪："这里都是些治病用的药材，没有什么值钱的物品啊？"刘捷也愣住了，他看着跪在堂上的车夫，斥道："你每月到梁府有何勾当？还不如实交代！"车夫吓得连连磕头。"回万岁爷，回大人的话，小的只是每月给敬康堂拉药送钱，可从未干过违法的事啊！"刘捷："你说，这敬康堂跟郦君玉有什么关系？""那，那是郦大人出银子开的药店啊！"刘捷又得意了："皇上，本王没说假话吧？郦君玉竟然有钱开办药店，这分明是用贪赃受贿的银子为自己牟利嘛！"

皇上沉吟了一下："郦大人，你能向朕和诸位讲明，是哪里来的钱开办的药店吗？"

郦君玉深沉地回答："皇上，各位大人，君玉进城赶考，是香河的义父和百姓卖了家当，凑钱送进京来的，可他们却穷得没钱看病。我义父老康，只因为开办平民药店而送掉了性命。作为百姓的父母官，面对亲人一般的父老乡亲，我是不是该为他们尽责尽力啊！所以，君玉进京后，拿出了自己的俸禄和夫人的首饰钱，为香河百姓开办了一家平民药堂——敬康堂，敬康堂只是为完成义父老康的愿望，为百姓活命而立，为报恩而行的。"郦君玉拿出一些记录奉上："皇上可查，下官每月送出去的草药，有的是从自己俸禄中拨出的钱款购买的，还有的是下官亲自进山摘采的！每月拉进府的银子无非是一些购买药材的周转银！"梁相也起身："刘大人是不是还要问，为什么总在每月二十八日进出啊，不说诸位也应知晓，二十七日是领取俸禄的日子嘛！"各位大臣听了议论纷纷。

皇上感慨："真没想到郦大人还有如此怜悯百姓之心啊，分明是个难得的好官，怎么能说是贪赃枉法啊？"刘捷看到殿上百官的反应，又听到皇上的话，干笑了两声。"哈哈，真是抱歉，各位均知道近期盐款大量流失，而郦君玉又有些古怪的行为。也因老夫思民心切，加上近日公务繁忙，多有误解，望皇上恕罪。"皇上笑了："国舅心系黎庶，为朕分忧，何罪之有啊？只是错怪了郦大人实为不该。"刘捷连忙说道："是，是。微臣引以为戒。"梁相和郦君玉对视一眼，沉着地笑了，一旁的刘奎璧暗咬槽牙。

皇甫少华回到了朝中，连府都顾不上回就到皇上那里去向他汇报关于刘捷贩运私盐的线索，却得知刘捷竟然在朝堂之上，当着百官的面提出要彻查盐务，这样也就是表白了他自己。这时拿出船家的供词可以说只能扰乱大家的视线，反而奈何不得刘捷了。

　　御花园里，长华和少华坐在凉亭下。少华皱紧了眉头："刘捷这个老狐狸，又让他抢先了一步。"长华也说："一定是被查的船家设法告诉了刘捷，让他们有了准备。""我只慢了半步，要不然，一定会揪住他的尾巴。""事情没有那么简单，你也别太着急了。"少华无奈地出了一口长气。长华为弟弟倒了一杯清茶。她低声说："还没见到郦君玉吧，最近宫中可有不少她的传言。"少华听到这话，担心地看着长华。

　　"有人说她贪图荣华，居然当着满朝大臣争起官位了。"少华笑了："郦君玉不会看重这些的。""我也是这样想，可她那什么都较真的性格，很容易让别人抓住把柄啊。"少华不以为然地笑了笑。长华担忧地劝道："少华啊，这皇城里面危机四伏，风云莫测，姐姐真的担心你们啊！连以前皇上都要让她三分的梅妃，如今也落得个空守孤灯，更何况一位女扮男装的吏部左侍郎……"少华看着关心他们的姐姐，放下手中的茶杯，一抹阴云布上眉头。

　　炉火泛着蓝焰舔着陶罐，郦君玉换回了女装，正在摆弄着茶具，少华静静地站在她身旁注视着她。陶罐中的水冒出一串一串水汽，君玉额头上冒出细细的汗珠。新茶从茶桶里扑散出来，君玉挥手，轻纱飘掠，沸水卷入茶壶，茶叶在茶壶中旋转，君玉转身衣带飘飘，她轻轻捏起闻香杯，双目微闭，闻香杯上水汽袅袅，晃动的闻香杯，仿佛牵动着少华的视线。君玉看着呆呆望着她的少华，不禁笑了起来，不想茶水泼出烫了自己的手。君玉轻呼，少华不由自主急忙抓起她的手轻轻地吹着。她红着脸拖回了手指，摇摇头微笑着递过一杯茶。少华接过茶水，轻轻吹拂，看到君玉注视着自己，少华使坏，假装要细细品味，忽然一口将茶水吞下肚，君玉吃了一惊。少华装作满足状长出一口气："啊，果然解渴。"君玉嗔怒："你这呆子，真是暴殄天物。"她转过身假装生气不理少华。少华走过来，扳过她的身子："总有一日，你会天天为我泡茶的。"君玉回过身痴痴地看着少华，明白少华在给她承诺，她刚想说些什么，大门突然开了，两人吓了一跳，原来是一直在门外看门的荣发直挺挺地躺倒在门口的地上。两人急忙过去。荣发躺在地上，脸上还带着微笑，微微打鼾。君玉又气又笑急忙扶起荣发，让她靠坐到了椅子上："荣发，你怎么这样就睡了？"少华制止她："让她睡吧！"君玉不解地望着他，少华拉起了她的手，微笑着走出了房间……

一弯明月，少华和君玉相依坐在廊下。君玉轻声道："……这天上的星星都已经认识你了。""哦？它们认识我？"君玉笑了："是啊，因为我总是和它们说起你啊。"少华也笑了："那哪天我一定问问它们。""问它们？""是啊，问问它们，你说了我多少坏话！"君玉要打少华："怎么，你取笑我。"少华握住了她的手，深情地望着她。君玉打不下去了，也痴痴地望着少华……

一颗流星划过上空，月亮发出圆润的光环。君玉靠着少华的肩膀。"真希望我们可以永远这样在一起。""是啊，但愿能早日离开这里。就连姐姐也希望我们能早点离开京城。"君玉兴奋地说："真的？"

少华看着她："可是，几天前曹矜对我说他在敌营中看到了邢师爷，在回京的路上，我又发现偷运私盐的官船的手里拿着刘捷的批示。"君玉坐正了身子，认真地看着少华。他点头："看样子，刘捷这个奸臣披着的羊皮，正在一点点地脱落呢！""所以你一回京，就进了皇宫？"少华叹道："是啊，我把船主的供词交给了皇上。""可是，刘捷已经抢在你前面，主动提出了要严查官盐走私。""就是因为刘捷的主动，结果，船主的供词已不足以指证他，需要有更确凿的证据。这只老狐狸，我心里不服啊，为什么他的阴谋总能得逞？我总感觉父亲的死也与他有关，我必须要找他清算这笔账！"君玉理解少华的心情，轻声道："我知道，知道你的心。可是刘捷主动要求查盐案，就说明这件事他已谋划周全。"少华放缓了语气，叹了口气。"这次回京本想借助盐案找到刘捷的破绽，没想到他又把口袋摆好，等着我钻。看来又要无功而返了。"君玉知道少华失望，想了想："不过，我们还有一线希望。"少华来了精神："哦？什么希望？"

君玉犹豫："这样会比较危险。""危险我不怕，只要能为我爹报仇，为我皇甫家一雪前耻，让我干什么都愿意！"少华着急地拉紧了她的手，君玉笑了笑。"你真是个急性人，不过我欣赏的就是你这真性情。"她认真地说："少华，不管有什么样的危险，我都会和你在一起的。"少华感激地搂住她："丽君，对不起。你再等等，等我替父亲报了仇。我一定会带你离开的。""我知道，我会等的。"

少华面对她，轻轻拉紧了她的手，看着她的眼睛。"丽君，其实，能早日看你天天穿女装，品茶吟诗，是我心里最大的愿望。"君玉点点头："能和你朝暮相伴，也是我的心愿啊！"少华被君玉的理解感动，面对夜空无语长叹。君玉有意转移话题："其实，盐案对于刘捷来说，是怎么也洗不掉的瑕垢，只有险中求胜，加紧查案，逼迫他露出蛛丝马迹。不过，这就看我们双方谁的动作快，谁能抓到对方

的咽喉。"少华点头:"好,我们就来他个——狭路相逢勇者胜。""不过要想办成这件事,还少不了一个人相助。""谁?""皇上。"少华吃惊:"皇上?"君玉点头,少华心领神会。

明月高照,微风吹过,灯被吹灭了。少华看着君玉:"丽君,我要走了。"君玉点头:"好,明天我们一起去见皇上。"少华点点头,转身大步离去。君玉一直凝视着少华的背影,越走越远。

忽然,荣发撇嘴说道:"哼,什么公子,枉我家小姐这么目送你,竟然都不回头。"君玉吓了一跳,回头看见荣发睡眼惺忪地站在一旁。君玉笑笑:"我们走吧,天都快亮了。""小姐,亏你还记得时辰啊。"主仆二人刚一转身打算离开,远处的皇甫少华缓缓停下脚步。君玉仿佛有所感应般停下来转身看着,只见少华很快地跑了回来。她不解地望着少华,少华笑了笑,从大门边取过一样东西,放在她的手中,然后转身迅速离去。君玉低头一看,原来是一束美丽的野花,她脸上露出笑容,慢慢地将花捧到脸前。

刘捷的书房内,曹矜进门,刘捷正生气地在房间里踱步。"末将参见刘大人。"刘捷瞥了他一眼没说话。刘奎璧却道:"还不改口!?"曹矜恍然:"噢,末将叩见亲王殿下。"刘捷这才说话:"我问你,皇甫少华有什么动向,你可知道?"曹矜压住气:"末将不知。不过,末将知道少华赶回京城打算从何处针对殿下。"刘捷:"哦?你快说说。"刘奎璧插嘴:"我想他会不会与他爹一样,也从私盐下手。"

曹矜沉默。邢师爷急忙上前:"曹将军,请坐下来细说。"刘捷也缓和了口气:"对,坐下再说吧。""谢殿下。刚才奎璧,刚才世子所言不假,皇甫少华肯定会从私盐下手,不过,如今他若是知道了殿下已经将私盐的圈套码好,恐怕是不会直接往里面跳了。更何况,以下官这次随他到山西办案的了解,皇甫少华肯定还会去找郦君玉商量查案的。"邢师爷:"是啊,一个死缠烂打的皇甫少华已经搞得我们很头疼了,要是再加上一个有梁相做后台的郦君玉,这事情恐怕就更难办了。""不过,有一个办法可以让皇甫少华放弃查案。""哦?"

曹矜从怀里掏出一幅图:"这是下官偷取的皇甫少华随身的物品,上面绣的就是他最珍爱的女人。"一幅《敬茶图》展示在他们面前,上面写着:孟丽君自绣像。刘捷:"孟丽君?"邢师爷:"她不是早就跳河淹死了吗?"刘奎璧看后一惊,刘捷也觉得有些不对。曹矜胸有成竹:"未必!从皇甫少华的谈吐中,能感到这个孟丽君还活着。而且皇甫少华也曾经说过,这个女人是值得他放弃一切去爱的人。他之前放弃做官返乡,也是为了这个女人。如果能把他的孟丽君抓到手,就不怕皇甫少华不会放弃查盐。"

刘捷点头,眼神闪烁,"嗯,有道理。好了,你先回去吧,要记得随时盯住皇甫少华,把他所有的行踪和情况及时报告给我们!"曹矜点头走了,邢师爷不解:"老爷,咱们不是亲眼见到孟丽君跳河的吗?至今也没什么消息啊?"邢师爷左看右看《敬茶图》,刘捷却把尖锐的眼光盯到了刘奎璧的脸上,刘奎璧心虚地躲闪着父亲的目光……

皇帝的御书房,太监引着皇上进来。他抬头一看,愣了一下,看到郦君玉和皇甫少华正在等他。"哦?皇甫将军,你也来了?"少华:"皇上,微臣愿为查盐之事尽心出力。"君玉:"皇上,也是微臣自作主张,请皇甫将军一同商议彻查盐务之事。毕竟皇甫将军当年在蒋州就与私盐贩打过交道,谙熟此道。"皇上点头:"原来如此。好,朕准了。有二位大人力主彻查,此事一定会有个好的结果。皇甫将军,打算如何进行啊?""回皇上,臣以为先从盐引息银入手,从朝廷入手,然后再下以州府,方能根治。"皇上:"君玉有何见解?""臣也如此想。涉及盐务应分上送、下运、外发三个步骤,此举涉及了诸多的部门和官员……"君玉与皇上侃侃而谈,少华在一旁听着。她与皇上一同翻看案卷,两人讨论,少华则被晾在一旁,皇上看看少华,少华只得尴尬笑笑,心中品味皇上与郦君玉商议政事十分默契的样子,心中五味杂陈。

"……不过,微臣以为,要动大树先去枝蔓,清查盐案正是最好的方法。把此案涉及众多的官员各个击破,将走私官盐的黑势力从外围慢慢向内侵蚀,等到日后就剩下一个主谋孤臣孽子的时候,谅他也掀不起什么大的波澜来。不过依臣之见,刘捷与此案脱不了干系!"皇上点头:"也好,不过你们不能操之过急。至于刘捷,有牵连更好。朕是想把盐案作为削弱他势力的第一步棋,让他知道这个亲王不是那么好当的。不过,也不要再给朕逼出个武胜王啊!""遵命。不过为臣还想向皇上要一个人。""谁?""王湘。"皇上明了:"因为王湘一直熟悉盐局官文的来往?"郦君玉点头:"是。微臣以为,为防止打草惊蛇应尽快开始查案,还请皇上即刻颁旨封职。"

皇上与君玉互相感觉默契,相视而笑,这才想起少华一直站在一旁。皇上转向少华:"好,皇甫少华,朕钦命你为锦衣卫都指挥使,专管刑狱监察。王湘为绣衣文使,专查盐局文书,找出证据。盐案之事,由你们暗中调查,君玉爱卿任

209

巡盐御史,督办盐案,他从明处打击私盐黑市。你们几人相得益彰,定要查个水落石出,一来为朕出口气,为朝廷清清淤,二来也好好灭灭国舅的嚣张之气。"

郦君玉、少华叩首:"是,皇上!"

少华和郦君玉走出御书房大门。君玉偷看少华,少华则装作没看到,大步向前走着。君玉轻咳一声:"少华,你刚才是不是有些不高兴啊?""不高兴?没有的事。"君玉停步:"你瞒不了我,是不是因为我与皇上交谈冷落了你?"少华有些硬撑:"不会啊,你是巡盐御史,当然要多和皇上交谈。我真的没有不高兴。"君玉一笑:"还说没有,看看你的脸就知道,眉毛都拧在一起了。"

少华一愣,知道自己瞒不过郦君玉了,舒了口气,换了个话题。"对了,为什么你还向皇帝要王湘?"君玉看着少华笑了:"你这是怎么了?皇上都知道王湘熟悉盐局的文书来往。""唉,我,我只是担心……丽君,你说万一已经有人知道了你的真实身份怎么办?"君玉有意为难他:"你是不信任我?还是在吃醋?"少华有些不好意思了:"不,都不是。就当我什么都没说吧。"君玉走到少华面前看着少华笑了:"怎么?你真的是……?"少华看着君玉红了脸,赶紧向前走去。君玉笑得更灿烂了,急忙赶了上去。

吏部衙门内堂中,孙大人送出邢师爷。"邢先生放心,下官都已准备妥当了,会把它们全部烧掉。"邢师爷点头,从侧门出去了。孙大人急忙拿起桌子上准备好的各种信纸证据等,一边放入火盆内烧着,一边翻动着。这时外面传来脚步声和争吵声。"王大人!王大人你不能进去!"王湘发怒:"我已经等了几个时辰了!为何还不让我进去,我看他是心里有鬼!闪开!本官可是受郦大人所派彻查盐务的!"

孙大人抓紧翻烧,同时又拿出一些卷宗放在桌上。王湘闯了进来,孙大人慌张着,挡住火盆。王湘看到火盆里有文件被焚烧,大惊,他刚想冲上去。孙大人为了掩护自己的行为,赶紧抓起桌上的案卷,紧紧抱着。"王大人,本官奉命马上处理重要文件,你怎能随便冲进来啊。"王湘看见孙大人手里的文件,便和他争夺起来。孙大人喊道:"这是不能外传的官文,你不能拿去。"争夺之中,孙大人假装失手把文件落入火盆:"哎呀!王大人!你看看,烧毁这些盐卷是要杀头的,你就给下官留条活路吧……"王湘推开孙大人,打翻火盆,从火堆里抢出几份文件,踩灭,拿起观看。

王湘看完一拍桌子:"这根本不是本官要的东西。说,刚才我进门时,你烧的才是有关长芦盐场的十八万斤官盐的文件吧？你为什么要销毁它们，为何没有录入府库!？"孙大人指着火盆："长芦盐场的文件是被王大人碰落在火盆里烧毁的，这跟下官没有干系。""一派胡言，哼! 你们这些贪官蠹役，本官定不轻饶，来人，将他与我拿下!"看热闹的门房和衙役没有动。"还不动手! 小心你们项上人头!"衙役们还是没有人动。"王大人，你有抓人的圣旨吗？"

一个有力的声音传来："他是没有，可是本将军却有。"王湘转头看见皇甫少华手拿金牌站在门口。"你们再不动手，可别怪本将军不客气了。"王湘大喜："皇甫将军! 你来了？太好了，看你们还敢不敢造次。"少华厉声："还不快快动手!"衙役七手八脚将孙大人绑了押下去。

王湘扔掉手里的案卷："这里的证据都被烧掉了，"他思索着："不过，只要去趟天津长芦盐场，照样能拿到你们贪赃枉法的证据!"少华当即："好，你先去向郦大人报知这里的情况，我即刻飞马去趟天津长芦盐场!"

御史衙门内堂的大门被撞开，荣发跑了进来："郦大人，不好了。"正在谈事的郦君玉和王湘都站了起来。"出了什么事情？"荣发："刘捷父子真的一大早就去了天津，听说他们还带了不少人马。"王湘："坏了，恐怕这最后的证据，也拿不到了。"君玉："不会，那里的卷宗如果没有皇上的手谕是拿不出来的。不过，为了皇甫将军的安危，我也要去一趟天津。荣发，备马!"王湘深感事情严重："郦大人，让王湘和您一起去吧。"君玉感激地点头："好，我们马上出发!"

与此同时，孟夫人身着布衣，包着头巾，抱着一只瓷罐在梁相府门口附近东张西望。原来孟夫人与孟大学士听说郦君玉为平定武胜王之事险胜归来，实在是放心不下，便千里迢迢赶到了京城。他们不敢惊动别人，所以只好日日守在相府门口。

这时，门房走了出来，看到她。"这位大婶，你有什么事吗？""哦，我想请问这位小哥，你家郦大人在家吗？""我家郦大人？他刚去天津了？哎，你又是谁？问我们郦大人干什么？""我……我，我是你家郦大人的老乡。"这时，孟士元赶紧走了过来："老婆子，你怎么跑到这里来了？快回去!"他过来一把拉起孟夫人往回走。孟夫人摆脱了他，返回身，把手里的瓷罐交给门房。"你家大人回来的时候，请你一定把这个交给他。"孟士元不让孟夫人再多说，拉着她迅速离开了。

荣发回来了，看着门房抱着一只瓷罐四下看着，感到很奇怪。"梁福，你手里拿着什么？"门房递过瓷罐："哦，刚才来了一位老婆婆，说自己是郦大人的老乡,要我把它送给咱们郦大人。""那人呢? 这里面装的是什么? ""他们已经走了,小的也不知道里面是什么,就请荣发兄弟把它交给夫人吧。"荣发接过瓷罐,进了门。她好奇地悄悄地打开瓷罐闻着:"这到底是什么? 嗯,还真香。"她偷偷捻起一片糖藕吃着,一吃便不可收拾,馋嘴的老毛病又犯了,一面走着一面吃,却被映雪看到了:"荣发,你在干什么?"她吓了一跳,赶紧把瓷罐放在身后:"没,没什么。""没什么? 那你慌什么? 你身后是什么?"映雪在荣发背后发现了瓷罐,仔细打量起来,她忽然变得激动起来:"这个瓷罐是从哪儿来的? 怎么会有江南孟府印记。"荣发被映雪的反应吓了一跳:"说是门外一个婆婆送给咱们大人的,我只是尝了尝。"映雪没听完就激动地跑向门口,不顾一切地追了出去。荣发也赶了出来:"夫人,夫人,出什么事了?"门外四周没有一个人影。映雪停下来,兴奋异常,不停地说:"是他们,肯定是他们!""他们是谁?"荣发不解地问。映雪无力地流下了眼泪:"他们是小姐的父母! 是我的义父母啊! ……"

　　街上的一角,孟夫人一边走着,一边抹着眼泪。孟士元不满:"还哭呢,你跑到人家门口,抱着个糖藕罐说三道四,你这是干什么? ""你找少华,他出门不在家,别的主意你就没了,那我不得自己想办法吗? "孟夫人忍不住抱怨。"想办法? 你这叫什么办法? 穿一件布衣就变了模样啊? 你知不知道,咱们的一点小错就会断送女儿的性命!"孟夫人有些吓着了:"我只是太想女儿了,太想见到她嘛! "接着又伤心地说:"听他们说,女儿去天津了,也不知道什么时候能回来……"两人边说边走远了。从酒楼里走出的邢师爷看到他们的背影停住了,他迷瞪着醉眼仔细地看着。孟士元夫妇没了踪影, 有些醉意的邢师爷摇摇头走了。

　　驿站里,少华仔细地将盐卷包好,放进自己的衣襟内。曹矜急匆匆从外面走来,少华若有所思地等待着他。曹矜进来,少华摆手召唤他过来。曹矜坐过来,低声道:"刘捷和刘奎璧果然也来了,还去了长芦盐场。盐场的人说他们把李大人带走了,我担心李大人可能会被杀人灭口……"曹矜看着少华真诚的眼神在注视着自己,突然愣住了,一时不知如何开口。少华心急:"那他们现在在哪里? 兄弟,你快说啊! "曹矜侧过头去避开少华的目光:"他们把李大人带到城外荒庙去了。"少华沉思:"好! 你先过去盯住他们,我马上找援兵即刻赶过去。千万不能让李大人有一点差池! "曹矜站起来,走了两步又回过身,轻声道:"是不是找个其他人通知援兵,你我先赶过去,否则就晚了。"少华下了决心,起身拿起放在一旁的宝剑："好,你我先走。"

荒野中的一座破庙,里面影影绰绰地闪现着火光,皇甫少华和曹矜两人摸黑过来。破庙门口,少华驻足回头,向曹矜点头示意,曹矜点头回应。少华拔出宝剑,潜入。曹矜犹豫,转身走向另一侧。少华执剑一步一步走进破庙,内院空荡荡的,没有人。他刚进入内院,身后的大门轰然关闭。少华一愣,反身推门,纹丝不动。这时,刘奎璧和众多家丁从树上、水缸里等各个地方冒出来。"皇甫少华,还不快快束手就擒!?"少华冷笑一声:"想不到你们会用这么卑鄙的手段!刘奎璧,你枉为习武之人。"刘奎璧大笑:"哈哈,我算什么人,恐怕你已经没资格评论了,兄弟们上,将那皇甫少华给我拿下!"众家丁纷纷拔刀冲向少华,少华沉着应战,一把宝剑舞得虎虎生风,众多家丁纷纷落败。他越战越勇,刘奎璧在一旁冷眼观看。无奈家丁太多,少华苦战露出破绽,刘奎璧看准时机,一剑劈开了少华衣襟,少华受伤摔倒,刘奎璧又一剑划伤他的腹部,少华已无还手之力,无力地向后倒下,盐卷从怀里滚落出来。刘奎璧立即捡起盐卷,少华欲起身抢回,刘奎璧一脚踢开他,然后举剑刺向少华。

千钧一发的时刻,只听当啷一声,刘奎璧的剑被另一把剑挡开,他抬头,原来是曹矜。刘奎璧狞笑:"你,怎么?来找死呀!""你父亲答应过我,不会伤害他。""你算什么东西!"刘奎璧抛下少华全力向曹矜进攻。二人交战,明显看得出,曹矜多于招架。众家丁围上来要捉拿少华,少华手捂腹部伤口,力敌众人。一旁的曹矜已经完全受制于刘奎璧,刘奎璧发狠,终于将曹矜逼到角落里,他一剑砍断曹矜臂膀,曹矜大叫一声倒地。少华回身,看到曹矜倒地负伤,大惊,他想要冲过来,但被身旁家丁牵绊。当少华杀出重围,却发现刘奎璧已经将曹矜拖进内堂。内堂门口,刘奎璧诡异地看着少华,笑了笑,关门进去。内院中,躺满了家丁们的尸体,少华用剑抵着地面喘息着,周围一片死寂。少华按住自己的伤口,看看紧闭的内堂大门。咬咬牙,大喝一声冲入内堂。

内堂的大门被少华冲破,少华进来,屋顶落下一道黄纱,他撕裂黄纱进入,却发现内堂中为各色幔帐围着,少华小心翼翼地穿梭其中。内堂中央燃起火堆,透过幔帐,他隐约看到火堆旁坐着一个人。少华盘算一番,还是谨慎地向旁边迂回。

那人忽然开口:"这就是你凭借皇令才能拿到,而我却拿不到的发盐卷宗,还真是多谢你的帮忙啊,这下老夫可就万事无忧了!"少华大惊,扯破幔帐冲了进去，刘捷坐在火堆旁手举着盐卷，一旁站着几个持刀的卫士挡住少华。刘捷打开卷宗，撕下一页："这就是你想用来搬倒老夫的唯一证据了吧？可是，它马上就要消失了。"刘捷看着皇甫少华，慢慢地把纸放进了火盆。少华目瞪口呆地看着刘捷，幔帐中隐出更多手执兵刃的家丁。刘捷再撕下一页读着："三月二十三，刘捷取得盐引二百张，四月初十刘捷运精盐五百石。五月二十刘捷发出外盐五百石。你知道这些盐都到哪里去了吗？"刘捷吹了一口气，纸飘飘然然落进了火盆中。少华大怒，执剑冲向刘捷，突然，刘奎璧从旁边刺杀出来，一剑砍飞少华的宝剑，又将少华连踢几脚，重伤的少华摔倒在火堆旁，趴在刘捷脚下。他俯下身子："怎么？就凭你，还想跟我斗？想为皇甫敬报仇？"他拍拍少华的脸，摇摇头："你还嫩得很。"

刘捷当着少华的面，一张一张点燃证据，看到好容易才拿到的证据全部被毁，皇甫少华气得喷出了一口鲜血。"刘捷！你这畜生！禽兽！我要杀了你！我要治你的罪！"刘奎璧将少华打倒，又上来几个家丁将少华死死地按住。刘捷一摆手，几人停手。"皇甫少华，你想杀我？哈哈哈，看清楚！"他拿着最后一张纸："这可是你唯一的机会喽。"

少华眼睁睁地看着最后的信件落入火中，化成灰烬。刘捷蹲下看着少华："小子，我告诉你，这辈子你都不是我的对手，还是认命吧！"他起身离去。少华挣扎着喊道："刘捷，你别得意！告诉你，自从《敬茶图》被盗，我就怀疑你们收买曹矜了，你现在高兴得太早了，我的援兵马上就到。"刘捷看着少华想忍住笑，可还是笑了出来，刘奎璧也跟着哈哈大笑。少华莫名其妙。刘奎璧指着皇甫少华面前不远处："你睁大眼睛看看那是谁？"少华抬头看去，发现自己托付送信的驿使躺在地上，鲜血横流。满脸是血的曹矜也被按倒在刘捷的面前，曹矜已经有些神志不清了。刘捷："曹将军，你还想和你大哥说什么吗？"

曹矜看着少华，努力想睁开眼睛："少华，对不起……"少华喘息地看着曹矜，微微摇头。

此时曹矜的眼前浮现出了数月前的那一幕——刘捷的房间内，邢师爷正在对他说："曹大人，你可是捐了几千两银子方才当上这个小小的六品官。就凭这个，你还敢大言不惭说问心无愧？"曹矜慌张："我与别人不同，我有满腔抱负，捐官也是为了报效朝廷。"刘捷沉下脸色："装腔作势！当年皇甫家因投敌叛国被全国通缉时，你竭尽全力洗刷自己和他们的关系。""你，你怎么会知道这些？"

刘捷得意地笑道："老夫每个月给宫中太监的好处，超过你十年的俸禄，哪个内监没有收过我刘捷的好处？又有哪个内监不愿意为我刘捷通风报信？"邢师爷也添油加醋："只要你愿意替我们老爷办事，保你步步青云，回京后就能升职。但是，如果你不想听我们老爷的，你那满腔的抱负实现不了，小命兴许也就没了。"刘捷："曹矜大人，马上封你个四品，对老夫来讲也是个轻而易举的事，何去何从你自己思量吧！"大门缓缓关上，曹矜眼前一片昏暗，他急忙上前拉开大门："等一等！"刘捷二人站住："曹大人，如何打算啊？"曹矜心情沉重，沉思片刻："刘大人在上，受末将一拜。"

刘捷得意洋洋地打断了曹矜的回忆。他对地上的少华说："说你还嫩，你偏不信。这就是你信任的兄弟，唉，你早就怀疑他了吧？你心里很恨他吧？好，那我就替你除了他……"刘捷突然收声挥刀砍下，少华大惊要挡。"住手！"刘捷的刀刺进了曹矜的胸膛，曹矜大叫一声鲜血四溅。少华呆住了。刘捷将沾满鲜血的刀子贴在少华脸上，厉声道："当年和我斗，斗得你爹死了，你娘死了，如今和我斗，你自己不行了，曹矜也死了，我倒要问问你，还想用什么代价和我斗？哼！"

少华呆呆地跪在地上。刘捷仍不罢休："我今天就让你死个明白，你老子就是我害死的！对，是我没派出援兵，也是我把兵力部署图给了邬必凯，你就是知道了又有什么证据指认我？哼，五尺竖子妄图登天，不自量力！"

少华呆呆地瘫坐在地上，刘奎璧在父亲的暗示下举剑走近少华。曹矜突然跃起扑向刘奎璧，他对少华喊着。"少华快走！"少华大惊，刘奎璧一剑刺进曹矜的胸膛。曹矜紧紧攥住了长剑，慢慢倒在地上。少华悲痛万分，但还是趁乱消失在大堂里面。刘奎璧要追赶，刘捷挡住了他。他拾起一根燃烧着的木条扔向大堂深处。"封住所有出口，把他烧死在里面。"刘捷等人撤出了旧庙，家丁们钉死了门窗。大火在庙里越烧越大……

几个时辰之后，郦君玉从远处跑过来，因为遇到了大雨，在路上耽误了几个时辰，她心急如焚，这时看到残败的破庙，更是大惊失色。破庙几乎被完全烧毁，在大雨后冒着青烟。郦君玉冲进内堂，内堂一处墙上，一股清泉顺墙流下。少华呆若木鸡般跪坐在那里，浑身湿透，满脸尘灰。君玉冲了进来，看到少华，扑上去，呼唤着他。他一动不动，如死了一般。君玉用力摇晃着他，少华依旧没有反应。一串串水滴透过破烂镂空的屋顶落了下来。多亏了这场从天而降的大雨，救了少华一命。

郦君玉紧紧抱着少华,失声痛哭,少华缓缓闭上眼睛,瘫倒在她怀中。

二十三

刘捷的书房内,邢师爷帮刘捷更换着衣服,讨好地替他整理衣襟。两人正说着这下子解决了皇甫少华这个大麻烦,邢师爷更是尽力地拍着马屁。忽然,刘捷仿佛忽然想到了什么,问道:"少爷呢?"

邢师爷:"回王爷,我看见少爷出去了。不过,看上去少爷心情不是很好!"

"哼,没出息的东西!成不了大事。师爷,你去把曹矜送来的《敬茶图》再拿过来。"

邢师爷从桌上拿来画像打开,刘捷和邢师爷两人仔细端详。邢师爷像是发现了什么:"那晚在船上的不像是画上的孟丽君啊?王爷,如果这画上的女子才是真正的孟丽君,那么嫁进刘家的又是谁呢?"刘捷接上:"这《敬茶图》是皇甫少华的,所以,肯定有个巨大的秘密藏在他的身后。说不定,我们能借此扳倒梁相这个最大的对手!"邢师爷不解:"这秘密和梁相有关?小的听得有点糊涂!"刘捷嘲笑他:"有什么可糊涂的?你忘了,当初少爷曾经到梁府大闹过一番,说是郦君玉抢了他的老婆?可皇甫少华却没什么反应。"邢师爷一愣,仔细思索,恍然:"对啊。王爷您还骂了少爷一顿,说他纠缠别人的女人有什么意思。这皇甫少华却和郦君玉走得很近,难道……"刘捷哼道:"据我所知,梁素华就是梁相在江南时收留的落难女子。"邢师爷有些不敢相信:"王爷您是说,梁素华就是喜船上刺杀您的女子,但是她不是孟丽君?"刘捷阴阴地:"这个,恐怕只有奎璧这个逆子心里最清楚。"

邢师爷看着刘捷眼里露出的厉色,心里有些发寒,他忽然想起了什么,小心翼翼地说:"老爷,还有件事不知当讲不当讲?"刘捷气气地:"讲吧!""两天前,我好像在京城的大街上,看到了孟士元夫妇。"刘捷两眼寒光一现:"什么?这两个老东西,居然敢再来京城?"

天津,黄昏中的芦苇滩,郦君玉远远而来。在一处开阔地点,君玉急急地向着一个士兵走去。"皇甫将军在哪里?"士兵向芦苇深处指了指,郦君玉随手望去。皇甫少华直挺挺地跪在一座新坟前,一动不动。君玉向士兵挥了挥手,示意他离去,自己向皇甫少华走去。曹矜的名字刻在新坟的碑上,少华木然地看着石碑。君玉上前也跪了下来，她叹息："曹将军，你曾为皇甫家舍命拼争过，也救过少华的性命，郦君玉谢谢你了！虽然这次你轻信刘捷的蛊惑，做了错事，但我知道，你真的不想伤害少华，苍天也看到了你的一片真心！放心吧，你的命是绝对不会白白丢掉的！"她为曹矜叩着礼，一旁的少华眼里流下了热泪……一阵鸟鸣，飞燕归巢。残阳如血，大地茫茫。

一处高坡上，少华和郦君玉并肩而坐。君玉看到，在少华手里紧紧地攥着父亲留给他的玉佩。她也从怀里掏出了一个小绸包，慢慢地打开，里面是老康留下的锦囊……"其实，我也绝望过，也想到过死……"听到这话，皇甫少华的眼神变得关注了，他转过脸看着郦君玉。"那是在你离开我之后，容兰也为我染病逝去。面对苍天大地，孤零零的我竟找不到如何生存的方法！我想死，想用死来抗争命运带来的不平，想用死来解脱所有的痛苦和磨难。可是，我碰到了老康，他用行为告诉我，死，不是抗争和解脱，是一种懦弱的逃避……"

君玉的眼泪掉到了手中的锦囊上。少华抓着玉佩的手也攥成了拳。君玉感叹到："但是，老康能让我想活下去的真正原因，是他又让我感到了，身边有了关心和爱护我的亲人……"听到君玉含泪的述说，皇甫少华浮现出心疼的神色。落日的余晖映照着远处的海面，波光粼粼。

"可是，少华你不同啊，你还有我，还有长华姐姐！我们都在你的身边，我们都是你的亲人啊！"皇甫少华感动地看着郦君玉，一滴滴热泪流了下来，他一把抱住了郦君玉，紧紧地拥在怀里。君玉也紧紧地拥着他，眼泪不住地落下。

芦苇丛在暮风中舒展，夜色在无声中降临。君玉和少华坐在暮色下。少华沉痛地说："是刘捷在我的眼前亲自烧毁了所有的证据，还告诉我，父亲的死就是他一手造成的。可是我，明知道站在眼前的人就是自己不共戴天的仇人，却没有办法打倒他，没有办法抓住他，我实在是太没用了……"君玉安慰他："都说雁过无痕，可却会留下声音。只要是他刘捷设下过种种阴谋，就不会没有任何线索，没有丝毫漏洞。我已经委托王湘上书皇上，请求重新设置盐局管理制度。就算刘捷暂时没能陷入稽查的围困，也会因此被斩断手脚。只要我们齐心合力，刘捷早晚会束手就擒。"君玉看着少华手中的玉佩："至于皇甫老元帅的死是刘捷阴谋所致，我想……"她轻轻托起玉佩，少华握着流苏，君玉突然想起什么："你曾经说过，老元帅去世前，就是这样把玉佩交给你的。""是啊！"君玉拿起玉佩的流苏仔细地观看着，反复地做着少华刚刚的动作。"生命垂危，一定会有要事嘱托,皇甫老将军的举动另有含义啊。""你是在说,我父亲抓住流苏的举动绝非偶然?"君玉点头:"对,他似乎想向你交代什么!""父亲握着流苏,想向我交代什么?"君玉领悟着:"流苏,留书,皇甫老将军是有留书给你啊!""留书?可,可是我没有发现父亲身上有什么留书啊!"君玉又拿起玉佩观察着,翻转着,忽然坚定地说:"流苏、玉,留书狱中。你父亲有留书在狱中!"

少华恍然,顿时站了起来!"我要即刻赶回京城!"

刘奎璧醉醺醺地走进自家院中,突然眼前的情景让他不由得停住脚步。只见刘捷阴沉着脸站在院中。"孽子,还不跪下!"他酒醒了一半,立即跪倒在地上。"说!你什么时候知道自己娶的不是孟丽君?"刘奎璧一愣:"孩儿,不,不知父亲在说什么?"刘捷啪的一声把手中的《敬茶图》打在刘奎璧的头上。"你还敢不说实话?"刘奎璧低头不语,刘捷气得大吼:"来啊,给我家法伺候!"家丁不敢上前,刘捷抓过藤条打了起来。

邢师爷匆匆赶了进来,看到刘奎璧挨打,愣了一下,急忙走上去,拦住刘捷:"王爷,别气坏了身体,小的这儿探到重要消息了。"刘捷扔掉家法。"王爷,有探子看到孟士元夫妇果然就在京城。"刘捷意外:"哦,这两个不怕死的老东西来干什么?"刘奎璧也感到意外,抬起头来听着。"探子说,两天前,孟士元去皇甫少华的府上打探过消息!"

刘捷思索着,突然转身问邢师爷:"孟士元现在住在哪里?有没有和什么人打过交道?""孟士元夫妇现在住在一家不起眼的小客栈里,似乎没和什么别的人来往,不过为了以防万一,我已经派了手下人一刻不离地盯住他们。"刘捷琢磨:"我们要想想办法,引梁素华出来和他们见见面。说不定他们就是有什么事来找梁素华商量的!"刘捷眉头渐渐舒展,似乎想明白了什么。"哼,看样子,梁丞相这个老家伙,也快被我抓住把柄了!"刘捷慢慢转向刘奎璧:"你是不是还是不想说呀?哼,来啊,把这不孝子给我关起来!"

家丁们应声,刘奎璧却突然开口了:"父亲,我说!梁素华的确是当年代嫁上船的女子,她叫苏映雪,是孟府的丫头。""哦,什么?丫头?你怎么知道的?她又受了谁的指使代嫁的?""她跳河之前曾经给孩儿留下过一封信件,说是受孟丽君的请求代嫁进刘家的,儿子想娶的也正好是……"刘捷没等听完,就道:"太好了,只要抓住这个冒名顶替的孟丽君,我看他梁相和孟士元还有什么可说,我要让他们死无葬身之地!"刘奎璧跪着扑上前:"父亲,虽然映雪是代嫁进门的,可是儿子真正喜爱的就是她啊！父王要杀谁，儿子都可以动手。可是，请父王务必放过映雪啊！"刘捷气极："什么？你就这么在乎一个丫头？居然为她求情？"奎璧叩头："孩儿不孝！孩儿不争气！但恳求父王就答应儿子这一次吧，以后你要儿子干什么，儿子都会听你的！"

刘捷恼怒地看着痛苦的儿子，不再说话了。

孟夫人正在专心地缝制着一件女装，孟士元神色有些不安地走了进来："夫人，收拾东西，我们要尽快离开这里了。""你打听到君儿的消息了？"孟士元一面收拾着一面回答她："女儿还没消息，可是我们不能在此停留了。"孟夫人不满地坐下："女儿还没见到，就要离开？再说我给君儿做的这件衣服还没缝好呢，要走你先走吧。孟士元严肃说道："你要是不想女儿出事，就赶快收拾东西。""啊？老爷，你是不是发现什么不对啦？""这两天，我们的客栈老有人走来走去的打听什么，我怕万一刘捷有所察觉，那说不定会有什么大麻烦呢！""啊？可是我……我还没见到女儿啊。"

房门被敲响了，孟夫人慌了神，孟士元做个手势稳住她："哪一位？""老爷、夫人，映雪来看你们了！"孟夫人对孟士元激动地点头："是映雪！"孟夫人急忙打开了门，苏映雪和荣发走了进来。

映雪进门便跪："老爷、夫人……"孟士元和孟夫人激动地上前扶起了她。

皇甫府门前，郦君玉和少华告别。君玉刚要上轿，一个侍卫走出来看到少华，便上前说道："皇甫将军，您可回来了，孟大人找了您好几天了。""孟大人？"君玉听到也立刻走过来，很兴奋的样子："孟大人？哪里的孟大人？""是江南蒋州的孟大人！"

君玉和皇甫少华听到都很激动："那，你可知孟大人现在住在那里？""不知道，孟大人没有说啊。"看着君玉焦急失望的眼神，少华安慰她："你不要着急，孟大人既然来了，没办完事情，肯定还会住在京城的。"君玉担忧地轻声说："可是时间一长，我担心他们会有事啊。"少华看着郦君玉焦急担心的样子，悄声说："京城耳目太多，我们还要谨慎行事。你先回去吧，说不定映雪那里会有什么消息呢。我会马上到各个客栈去打探消息的。"君玉无奈，但还是点了点头。

孟大人和孟夫人正在和苏映雪交谈，荣发走了进来："少夫人，马车准备好了。"映雪："老爷，夫人，我们走吧。你们先到相府的别院里住几天，等郦君玉回来，我们再一起去见你们！"荣发拿起东西走了出去，孟大人和孟夫人也正准备和苏映雪出门。房门又被打开了，一个侍卫模样的人走了进来叩着礼："请问二位可是孟士元,孟大人夫妇?"孟士元他们疑惑地看着侍卫。侍卫模样的人掏出一张图递给孟士元,孟士元夫妇展开。《敬茶图》赫然展现在他们的眼前,孟士元夫妇和苏映雪都吃了一惊。"你是从哪里拿到这张图的?""小的是这次同皇甫将军一起去天津办案的侍从,不想将军天津遭袭,身负重伤,刚刚才被送回到京城。当将军得知孟大人曾来过府上,就命小人携此图来见二位。请二位到府上会晤。"孟夫人急了:"啊?皇甫将军受了重伤,那郦大人有没有怎么样?"映雪也道:"是啊,郦大人呢?他有事吗?"那人有些糊涂:"郦大人?这个小的就不大清楚了。"孟士元有些慌了:"别问了,还是赶快到少华那里看看吧。"侍卫模样的人连忙带头向外走,三人急急忙忙地跟了出去。

相府内,郦君玉听丫环说少夫人去了一家客栈,急忙吩咐备车也要出去,梁相进来,见到郦君玉一副要出门的样子:"君玉,你回来了?"君玉有些尴尬:"岳父大人,别来无恙!小婿想稍晚些再去拜见您呢!"丫头进来通报:"姑爷,马车备好了。"梁相微笑:"你这是要去觐见皇上?可要老夫同你一起去?"君玉有些犹豫:"我,我是听到夫人的亲戚来了,想去拜会他们一下。"梁相意外:"哦,素华的亲戚到了?那是该见见。可是,君玉啊,依老夫所见,你是不是应当先去拜见一下皇上?"君玉没答应,梁相坐了下来,看着沉默的郦君玉:"这几天,皇上可是很不高兴啊。他把稽查私盐的大案子交给了你,几天过去了,不但事情毫无进展,你还迟迟不肯回京城觐见。"君玉解释:"小婿明白,可是今天……"梁相坚持:"今天,刘捷已经上书皇上,反对你的盐局改制意见。皇上也有些犹豫了。在这个时候,你不忙着去见皇上,而是要去看夫人的亲戚,是不是有些轻重不分啊?"

郦君玉思索着,她示意丫头退下,忽然,她郑重地跪倒在地上。梁相非常惊诧:"君玉,你为何下跪啊?""岳丈大人,小婿有一个秘密要向您禀明,还望大人能多多谅解。"梁相疑惑不已地看着郦君玉,外面传来荣发的呼唤:"相爷,相爷!不好了!"

门被推开,荣发急匆匆地跑了进来:"相爷,不好了。姑爷可能出事了!"荣发还没说完,就看到了跪在地上的郦君玉,她吓得目瞪口呆,指着郦君玉:"你……你是谁?……不对,你,你怎么在家里?"梁相不满:"荣发!休要胡言乱语!君玉只是刚刚回来,你为何如此惊讶?"君玉也奇怪:"是谁说我出事了?"荣发晕乎乎地说："刚才我和少夫人去看孟大人，突然来了个手拿《敬茶图》的侍卫，说是皇甫将军查案受了重伤，请孟大人夫妇去府上一趟，少夫人担心姑爷有事也跟着去了。她叫小的回府先通禀一声，可，可是姑爷你，你怎么出现在家里呀？"梁相糊涂了："什么《敬茶图》，什么皇甫将军受了重伤？孟大人又是怎么回事？你在说些什么啊？"

君玉深感问题严重了，她下决心对梁相赶紧说明。"岳父大人，这是刘捷的一个阴谋啊！""阴谋？这到底是怎么一回事？你快起来说说清楚啊！"君玉起身急忙讲到："岳父大人，素华本名叫苏映雪，她原是江南孟士元家的侍女，也是顶替孟丽君嫁进刘捷家的女子。喜船上映雪听到了刘捷迫害皇甫家的阴谋，要与刘捷争辩，不料被逼跳下了喜船，这才被岳父大人救起。刘捷一直不知代嫁的事情，而喜爱映雪的刘奎璧也没有对父亲说出真相。但是前一段，刘捷为了阻止查盐，派人偷了皇甫少华珍藏的孟丽君的《敬茶图》，这张图可能让他们发现了代嫁的秘密，而恰恰这时孟士元夫妇又来到了京城！"

随着郦君玉的讲述，梁相越听眉头皱得越紧。"请岳父大人原谅，小婿和素华一直没有禀明隐情之过。可今日事已迫在眉睫，孟大人夫妇和素华一定是中了刘捷的奸计，刘捷的目的是要抓住映雪代嫁之事，要挟小婿，以打击我们梁家的势力，借机摆脱他目前陷入的盐案困境。所以小婿必须即刻赶去，解救映雪和孟大人夫妇啊！"梁相沉重："欺君之罪，你如何解救得了！？"君玉不顾一切："不管千难万险，君玉也一定想办法救出他们！"梁相看着君玉叹到："刘捷想要对付的是你，更是我啊。好吧，你快去吧！"君玉答应了，急忙向外走去。梁相转念："等等，既然此事与老夫也有关联，为父要随你一起去！"君玉眼里露出感激的神色，两人没再多说相扶着一同走了出去。

孟士元夫妇和苏映雪来到皇甫少华的府上，府中侍卫把他们迎进客厅。等了一会，见不到半个人影，孟士元夫妇和苏映雪交换着不解的眼神，孟士元明白了，回身去找，那个侍卫模样的人已经不知所终了："糟糕，我们上当了。""孟大人果然聪明！"刘捷和邢师爷带着几个打手闯了进来，孟大人和孟夫人赶快用身体挡住了苏映雪。

"孟大人，别来无恙啊？大老远的来了京城，也不说到亲家府上去叙叙旧？"皇甫府的侍卫要上前阻拦，两个打手用刀架住了他。孟夫人气愤："刘捷老贼！谁跟你是亲家？你不要逼人太甚！"刘捷假笑："本王只是想请你们到我的府上

221

坐坐嘛,你们为何百般推脱啊?难道说,是有什么难言之隐?该不会犯下欺君大罪了吧?"他突然变脸:"当年孟丽君嫁入刘家,那可是皇上下的圣旨。你们竟敢换个丫头代嫁,还私藏罪犯孟丽君,如若老夫上书皇上,恐怕你孟家逃不了枭首九族的厄运吧!"

孟士元与孟夫人愣住了,刘捷露出得意的神色。孟士元强作镇定想带夫人和素华离开,却被打手和邢师爷拦住。

"想逃到哪里去?本王把你们请到这里,为的就是要你们现出原形,将你们一网打尽,就凭你们见到《敬茶图》立即赶过来,老父就知道事有蹊跷,你们逃得了吗?还是赶快交代吧,孟丽君藏在什么地方?说不定,老夫还可以放你们一马!饶你们两个老东西不死。"

苏映雪看到这情景,缓缓走了上来,怒目圆睁站立在刘捷的面前。看到苏映雪,刘捷吓了一跳,随即恍然大悟:"果然是你!假孟丽君!当年在喜船上刺杀本王就是这副嘴脸!你还有什么说的?"映雪毅然说道:"代嫁上船,是小女子自己的主张,与孟大人一家无关!有什么罪责我一人承担!""承担?你一个小小的丫头能承担的了的么?哼!不自量力!来人,先把她给我锁起来!"

孟士元夫妇和少华的侍卫想阻拦,打手们也动了起来。"住手!我看谁敢动我女儿一根寒毛!"刘捷和邢师爷听到这声音,一下子愣住了。梁相和郦君玉走了进来。"什么事情让堂堂的忠义王如此大动肝火啊?竟然还要抓我的女儿?"梁相在苏映雪的搀扶下坐在大堂的椅子上,刘捷和邢师爷不知所措地交换着眼神。看到女儿的出现,孟夫人有些激动,孟士元紧紧地拉住了她。郦君玉站在父母的面前,却只能用眼神和他们进行着交谈。

刘捷醒过神来,可是看到梁相坐在堂上,一时也奈何不得他们,只好收起《敬茶图》,头也不回地走了。孟士元看着刘捷出了门,忙上前拜谢梁相,得知君玉已经将部分的实情告诉了梁相,映雪也上前叩礼,梁相忙道:"不必多礼了,我也是为了自己的家人呀!不过,刘捷不会就此罢休,你们还要多加小心啊!映雪,你和君玉随老夫回去吧,让孟大人夫妇休息休息,压压惊!"君玉道:"不,岳父大人,小婿暂时还不能回去。小婿想讨要岳父金牌,进宫面圣。明日刘捷上朝,一定会提及此事。我想提前进宫,设法规劝皇上不要听信刘捷的谗言!"梁相点头取出金牌,交给了郦君玉:"也好,快去快回!"君玉看了看父母拜道:"孟大人,孟夫人,下官改日再来拜访。告辞了!"

郦君玉和梁相他们一起出了门，孟夫人恋恋不舍地看着郦君玉走出："丽君这孩子，怎么也不留下和咱们说说话！"孟士元低声说："她会回来的，她总要安排好一切再回来。"孟夫人不懂地望着丈夫："安排好一切？""夫人啊，虽然我们暂时躲过了刘捷的纠缠，但是毕竟没有解决问题，还把孩子们也卷进了险境啊。丽君是想保我们万无一失，这才要急匆匆地进宫面圣啊！"孟夫人叹道："是啊，如今看来，刘捷是要把我们一家逼上绝路，方才罢休啊！""我们万万不能让刘捷得逞，也不能再让丽君身处险境，还不时为我们担忧。"孟夫人明了淡笑："老爷，你我二人小心谨慎一辈子，可到头来依然被奸佞所害，骨肉分离不能相认，与其如此窝囊地活下去，还不如拼了老命保护好孩子，让他们能放手地去除奸灭害，把个刘捷这大奸贼，彻底清除掉！干脆，我们就离开这里吧！"孟士元听了夫人的话，大为感动，握着她的手："夫人，士元今世能与夫人携手，不枉此生！"

说着，孟士元拉着孟夫人走在人群中。远远的，孟士元看到了城门，露出笑容："夫人，拐过这个街口就快到城门了。"孟夫人用力地点点头："老爷，我们快走吧。"两个人互相搀扶着赶往城门处。孟夫人想起什么停下脚步，孟士元奇怪："夫人怎么不走了？"孟夫人："糟了，我替君儿缝制的衣服落在客栈了。"她转身就向来路而去。

一条小路上，郦君玉正在向皇宫走去，一个杀手时隐时现地跟在她的身后。杀手渐渐接近郦君玉，他缓缓拔出了手中的利剑。匆匆走来的孟夫人似有心灵感应一般向这边看着，她看到杀手握着利剑向郦君玉刺去。孟夫人大惊失色，不顾一切地向女儿跑去："丽……郦大人小心啊！"孟夫人赶到女儿身前，用自己的身体护住女儿，郦君玉也发现了杀手，她把母亲又一把拉到了自己的身后。杀手没有急于动手，挥剑逼着郦君玉母女步步后退。杀手挥剑刺破了郦君玉的衣袖，孟夫人大声惊呼拼命上前护住女儿。杀手冷笑着举起宝剑刺向孟夫人，不料被一剑隔开，原来是皇甫少华赶到了。孟士元也从远处街头一角赶过来。这时，躲在暗处的刘奎璧悄悄飞出一把匕首射向少华，少华旋转躲过，不料牵动了伤口，疼痛让他停顿了一下，凶手趁机跑掉，去追郦君玉母女。

这边，孟夫人看到了后面追来的凶手，拉着女儿用尽力气跑起来。刘奎璧看到凶手无法接近郦君玉和孟夫人，他飞出一把匕首砍断了悬在孟夫人和郦君玉头上的一块巨大的匾牌绳索。凶手听到了声响，看到了刘奎璧的举动，于是他飞起长剑砍断了固定匾牌另一边绳索，飞掌推了一下，匾牌快速地向前面跑动的孟夫人和郦君玉砸了下来。远处，孟士元看到了飞落下来的匾牌砸向夫人和郦君玉，惊得呆住了。飞落的巨大匾牌快速地拍落着。孟夫人抬头看见落下的匾牌，吃惊的睁大了眼睛。落在后面的少华也看到了危情，拼命赶过来，但已经来不及了。孟夫人不顾一切，一把推开了郦君玉。巨大的匾牌像张开了翅膀的恶魔，飞快地扑了上来，狠狠地砸在了孟夫人的脑后……

刘府，刘捷惊得从椅子上弹起来："什么!? 孟夫人死了!? "刘奎璧："正是，她是为了营救郦君玉，结果被砸死在匾牌之下。"刘捷瘫坐椅子中："坏了，这下坏了。孟夫人是朝廷命妇，如此一来，即便我将苏映雪代嫁欺君的事情说出来，恐怕皇上也会站在他们那边……"刘捷陷入思考："邢师爷，立刻调整计划。既然已经逼死了孟夫人，本王也就不忌惮与他们成为死敌了！"

皇甫少华府上，大堂内挂满白绫，大堂中央放着孟夫人的灵柩。孟士元呆呆地坐在灵柩旁，用自己的衣襟给灵柩内的孟夫人擦拭着嘴角，一丝血迹不断地渗出，孟士元不停地轻擦着，一次、一次、又一次，他的衣袖已经被血迹染红……郦君玉一身白色女装肃然出现在灵柩前。她燃起三炷香向母亲祭拜着。孟士元拉着夫人的手顿了一下，抬头看着身着女装的女儿，泪水泉涌而下："夫人，你想了好久的女儿终于回来了，你快看看她啊！"

孟士元轻拂着孟夫人的脸庞。"你不是和我说过吗，这次见到君儿，就是拉也要把她拉回去吗？你睁眼看看啊，她现在就在你面前，你不拉住她吗？你不让她回到你身边吗？你是不是连你最爱的女儿也丢下不管了啊？夫人——"

郦君玉听到父亲心酸的呼唤，不禁跪倒在父亲身边。

少华正忙着在一个大白灯笼上用心地描写着一个大大的"奠"字，君玉走来，倚靠着门，一旁默默地注视着他。正在忙碌的少华感到了郦君玉的注视，他转过脸来。两人四目相对，郦君玉悲伤地闭上眼睛，泪水流了出来。少华走过来，为她轻轻地擦去泪水。"丽君，我已经遣走了所有的仆人，你就放心地进房，好好休息休息吧。"君玉摇了摇头。

明月挂在树梢，弯弯的，浅浅的。石桌石椅，君玉娴熟地摆弄各种茶具，少华坐在一旁看着。君玉泡了一杯茶，递给了少华。少华轻啜，放下，叹了口气："人死不能复生，丽君，你一定要看开些。"

君玉脸色苍白，转过身，攥着拳头的手微微颤抖，她含泪而笑："对不起，少华！我好累，真的好累。我……我不能在这儿陪你了！"少华要说话，君玉捂住了他的嘴,摇摇了头。"你别说,也别劝我了,我已经决定,要陪爹爹一起回乡了。"她转过身,不敢望着少华。"对不起,少华。我不能帮你为父洗冤了。你以后的路还很长,很难,可我真的帮不了你了,你一定要多加小心了……"少华心疼,一把将她抱了过来:"丽君……你真的要离开我? 不要我了?"君玉不舍地看着少华:"为了我爹爹,我只能不要你,只能离开你了……少华……少华。"

少华将她轻轻地放开,看着她的眼睛。"丽君,从来都是你为我泡茶,今天,你品一品我为你泡的茶。少华不待郦君玉说话,自己忙碌起来,将沸水全部倒入茶罐里。他将茶罐放在炉火上煮。君玉愣愣地看着忙碌的少华。少华用拨片挡在茶罐口上,篦出墨绿色的浓茶。他端起这碗浓茶,递给君玉。她接过来,疑惑地看着少华,少华向她点点头,她喝了一口,皱眉,但强忍着喝下去:"苦吗?"君玉放下茶碗,喘了口气,摇摇头。"你看,茶,是可以互敬的。只要是懂得了其中的滋味,就是再苦的茶,你也会品出它的味道来。"少华拉起了她的手:"丽君,现在对我来说,恩仇已经不放在第一位了,能够守护着自己的亲人,这才是最重要的。明天,我要和你一起回乡去! 我要和你一起守着孟大人,为你们治愈心中的伤痛……"君玉简直不敢相信,痴痴地看着少华,少华扶着她的双肩。"你真傻,我怎么能放得下你? 怎么会离得开你呢?"君玉的神色渐渐从刚才的落魄中恢复,她激动地伏在少华身上痛哭了起来……

第二天,金銮殿上,孟士元和刘捷各执一词。刘捷百般狡赖,还抖出了孟家丫环代嫁,欺君之事。尽管梁相为了孟家据理力争,可是由于自身对于收养了苏映雪这件事也脱不了干系,所以,朝堂之上,竟然奈何不得刘捷那小人。皇上下令厚葬孟夫人,却削去了孟大人的职务,令他不得再进京,至于孟丽君之事,皇上倒也没有再追究。皇帝金口玉言,孟士元纵有天大的冤屈,也只得作罢。

皇甫少华府上,灵堂门是开着的,看得到正中央放置的是孟夫人的灵柩,孟士元跪在旁边,轻轻抚摸着棺木:"夫人啊,你说得对,士元没用,士元太窝囊,从来都保护不了妻小。一品学士,徒有虚名! 夫人撒手长逝,日后的路,士元如何能一人走下去啊……"孟士元哽咽。郦君玉默默地走来,站在门口看着孟士元。老人忍住泪水:"夫人,今日我想拼了老命,一刀为你讨回个公道,怎奈人算不如天算,被刘捷那老贼……唉! 夫人,你在那边很孤单吧? 你不要害怕,你等等,士元这就来陪你了。"

孟士元从怀中拿出一包药粉,打开吞食,郦君玉看到大惊,扑过来打翻药粉,药粉被风吹散:"爹,你千万不能做傻事!你看看我,我是丽君啊,我是君儿啊!""你不是!我女儿早就死了!我的夫人也死了,你还让我一人活在世上干什么啊?"

郦君玉悲伤地大哭。少华、映雪听到动静纷纷跑来,站到门口看到里面的景象,都停住了。君玉伏在棺材上:"娘,你走了,君玉不能再失去爹爹啊!娘啊,求求你保佑丽君,告诉孩儿该如何做?看着爹爹的样子,女儿真的不知道该怎么办好了……"映雪也进来跪在棺材前。"老爷,不要这样啊,夫人泉下有知,会很难过的……"孟士元大悲,看着郦君玉,长叹一声:"君儿啊!"郦君玉扑倒在孟士元怀中:"爹……"

悲声打动了两旁的白纱,它们随着郦君玉的哭声颤抖着……

二十四

夕阳西下,天边映着晚霞。城墙上,旌旗招展。边城守军一派安详之相。突然,一支长箭飞来,射中了一个士兵。士兵惨叫一声,中箭而亡。一个巡城士兵赶忙趴在墙垛上向城外望去,只见绣着"邬"的大旗在远处飘扬着,向着城墙的方向快速移动。

邬必凯缓步登上山头,士兵把一张边关军事地图铺在他面前的帅桌上。邬必凯看了一眼地图,又向远方城楼上望去,城墙上明军大旗被砍断,他那一脸横肉露出得意的笑容。一个番将疾步跑上来,在邬必凯身前跪下:"报大元帅,明军疏于防备,被我军快攻打得措手不及,眼前的城关指日可拿下!"邬必凯大喜:"好!夺下城池,犒赏三军。"番将:"末将以为,敌军守备虚弱,不如乘此机会向北推进,给新登基的皇帝小儿一个下马威,干脆攻到京城!"邬必凯一摆手:"拿下几座边城,就够小皇帝做几天噩梦的了,我们攻得太猛了,逼得他倾全国之力跟我们决战,倒是麻烦。"番将不以为然:"都是一帮窝囊废,怕他什么!"邬必凯沉吟片刻,老谋深算道:"那狗皇帝手下,除了有刘捷那种贪图私欲的,也还有皇甫敬那样不要命的人物,把他们逼急了,怕会打得两败俱伤啊!"他手指地图:"下一步,大军压境,占据边关,然后引而不发,吓破小皇帝的狗胆。再让刘捷从中斡旋,逼迫朝廷多给我岁币,壮我兵马,我的第一步目的就算达到了。眼下刘捷灭了武胜王，又刚被封王，可是个呼风唤雨的角色，连皇上也惧他三分。"说着，他阴险地一笑："但刘捷还是对我有所忌惮的，毕竟他有把柄在我手里，我们可多多用他。"番将忙抱拳："遵命！还是大元帅思虑深远。"邬必凯仰头哈哈大笑。

郦君玉决意护送父亲孟士元带着夫人的灵柩回乡，到皇宫与皇上告假辞行。皇上正在出神地欣赏《敬茶图》，登基以来，事务繁多，郦君玉是他得力的左右，本不想准假，但见她态度坚决，且平藩等事，也的确劳顿她了，就准她告假歇息。他想了想，对郦君玉说："唉，对了，郦大人游历江湖的时候，若看到图上的孟丽君，务必要带入宫，容朕一见。"

郦君玉看到皇上轻抚着御案上面的《敬茶图》，百感交集，只是有些不解，为什么皇上要见此人？皇上说："朕虽没见过她，但觉得冥冥中已经与她很是熟络，似乎有亲近之感。这幅图上，淡淡几笔，勾勒出一个远行的女儿对父母无尽的思念之情，将心中万千语言融入这一杯茶中。唉，如此贤淑明智的女子，如今竟然不知她身在何处。"郦君玉十分意外，皇上竟能将她当年的心情从图上一眼看出，感动之情油然而生，感叹皇上从一幅图上，能看出一个人的内心，称得上慧眼识人，心细如发了。她想了想，有些不放心，犹豫之后，还是提醒皇上，刘捷心存野心，不可不防。盐案原本就是要震慑于他，谁想竟被他翻过来，将朝廷搞得大乱。皇上明白，刘捷胃口不小，势头比之当时的武胜王有过之而无不及。他望着郦君玉，慎重地说："爱卿啊，朝纲不振，朕也有立足未稳的难处，可以全心倚重的人不多呀。所以，朕是真心不希望你走，也请你要小心为上。"郦君玉有些不舍，也很是感动，看看皇上。皇上感觉有些奇怪，不解地看着郦君玉。郦君玉长揖到地："皇上保重，微臣告退。"

皇上仿佛能感觉到郦君玉的异样，注视着郦君玉离去，叹了口气，目光再次落到《敬茶图》上，思忖起来：这个孟丽君，是个什么样的女子呢？怎么觉得似曾相识？

驿站中，郦君玉等人正在休息，突然外面隐约传来铃声，驿卒一听，全副武装，急忙冲出去。大家忙出门观看，只见一匹快马挂着铃铛擦身而过，马上的驿卒高喊："八百里加急！阻者死，逆者亡！八百里加急！阻者死，逆者亡……"

下马的驿卒迅速将信令交与驿站的驿卒。刚刚交割完毕，驿卒的马匹倒地而亡，他也重重摔下。驿站驿卒则继续飞奔赶路，高喊着远去："八百里加急！阻者死,逆者亡……"大家七手八脚将落马驿卒抬入大堂,郦君玉等人忙赶来问是什么急事,原来是邬必凯又来进犯,一连攻下六座城池,危及江南。大家都惊呆了,边关刚刚安定几日又告急,真是一波未平,一波又起。

当晚,驿站的房间内,少华坐在床上正在用碗筷、油灯等小玩意儿摆出简易沙盘,推演兵力。门没有关好,孟士元拍门而入,少华急忙下床:"伯父。"看到少华正在沙盘演兵,孟士元问道:"还在为邬必凯的事情担忧?"少华叹了口气:"少华恨不得能将邬必凯千刀万剐!以报杀父之仇。""好啊,皇甫老将军在天有灵,一定会感到安慰的。"他望着少华,握着他的肩头:"少华,你要明白,日后肩上的担子会更重。丽君虽然有时候看起来很坚强,其实,她更需要有人能够依靠。老朽现在是你们的负担,你不必太为我牵挂了,照顾好丽君,我也就安心了!"少华有些诧异:"伯父,您这是……我不明白您的意思,您怎么会是负担呢,这么说,真是折煞少华了。"孟士元摇摇头:"你们的处境我明白,有这份孝心我非常感动,但……"他欲言又止,叹了口气:"夜深了,你早些休息吧,明日还有重要的事情要做。"说罢便走了出去。少华呆在原地,不知所措。

窗外天色渐亮。君玉仍在熟睡,孟士元坐在她的床边,轻轻为她披好被角。他把写好的信放在女儿的枕边,睡梦中的君玉依旧愁眉不展,孟士元望着女儿,不禁长叹,轻轻将平君玉皱起的眉头,看着女儿安然入睡,孟士元笑了,却擦去眼角泪水。

晨雾蒙蒙,驿站外十分宁静。突然驿站大门被推开,郦君玉衣冠未整冲了出来。四周空旷,没有人踪。少华和荣发也跑了出来,君玉慌乱地四下寻找,手里拿着孟士元留给她的信。她找不到孟士元的身影,眼泪已经流了出来:"爹!爹! 女儿要再见你一面……"少华走到她身旁,轻抚着她的肩膀:"走,我带你去追孟大人。"君玉摇摇头,克制着自己的情绪,把父亲的信递给少华看,大风吹乱她的衣襟,荣发递过来君玉的官帽,君玉叹息,戴上。少华看着信,十分动容:"我父亲的在天之灵也会快慰一些了,孟大人真是高风亮节。"君玉心情渐渐冷静下来:"好,这也是爹娘共同的心愿,女儿一定会实现。"

邬必凯再犯的消息,也让朝堂上下如同炸了锅一般。这次邬必凯来势汹汹,意在直取江南。皇上也急了,恨不能仿效先帝御驾亲征,但被梁相制止:新皇帝登基不久,朝政不稳,朝中不可一日无君,邬必凯乃偏隅小贼,毋用皇上亲征,只要兵将得力,不日可除。

这时,太监来报,郦君玉和皇甫少华求见。皇上诧异,连忙宣上殿来,询问二人护送孟大学士回乡,为何突然折返?郦君玉便答,闻知邬必凯再起祸乱,便连夜回朝。皇甫少华也愿领兵十万收复失地,踏平番邦!皇上大喜,意欲命皇甫少华为征讨大将军,讨伐邬必凯!刘捷却言不妥,皇甫少华刚被皇上免职出宫,便出任征讨大将军,怕人心不服,再加上位高权重,也恐他不能胜任。遂建议借此时机,招考大将军,一举平叛。

　　刘捷当然是为儿子刘奎璧打算,不过,众臣纷纷认为,此法可长治久安,皇上即令择日招考。

　　退了朝,刘捷去找太后姐姐帮忙奎璧做大将军的事情,而皇上则把郦君玉招来密议。他知道刘捷是个狡猾的老狐狸,此次招考,他必定会从中作祟,但是,他毕竟是国舅,如今又被封为忠义亲王,太后那边他也要有所顾虑。不过,虽心有难处,但他心里是有数的。皇上劝郦君玉与刘捷的过节,如果能隐忍,那便最好。

　　说累了,皇上便让郦君玉为自己泡一壶茶,郦君玉泡好茶,躬身敬献。皇上却突然呆住了,目不转睛地盯着郦君玉敬茶的身影。皇上愣愣地看着,又轻轻打开御案上的《敬茶图》,此时奉茶的郦君玉与《敬茶图》中的孟丽君身形十分似,皇上倍感疑惑。

　　而双手奉茶的郦君玉也感觉到了异样,抬头看到皇上正痴痴地看着自己,她也愣住了,忽然看到御案上展开的《敬茶图》,禁不住慌乱起来:到底出什么事了?难不成皇上发觉了我的身份?皇上接过郦君玉手中的茶,目不转睛地看着她,若有所思地说:"如若郦大人有双生胞妹,想必才貌定胜那孟氏丽君百倍。"郦君玉连忙强作镇定:"皇上说笑了。时辰不早,微臣不打搅皇上,先行告退。"皇上微微点头。郦君玉低头躬身退出。目送着郦君玉快步离去的背影,皇上站到御案后面细细观赏起《敬茶图》,嘴角带着笑意,手轻轻在图中孟丽君的脸庞滑过,陷入沉思。

　　出了御书房,郦君玉大大地松了口气,好险,好险!她皱着眉头望望远方,不知以后会怎样?皇上会发现么?然后呢?……天边已是夕阳西下,晚霞映照着天空,一片瑰丽。郦君玉深吸了一口气,不管怎么样,车到山前必有路,还有更重要的事情要做,想到这里,她略带哀愁的眼神,目光渐渐变得坚定,梳理了一下朝服,径直迎着夕阳离去。

校场之上，旌旗招展，鼓声隆隆。招考大将军的比试开始了。通常，招考的规矩是先策略，后弓马，策不中者不许骑射，但是这一次，刘捷跟太后密谋，而后太后跟皇上施压的结果是，加设一门对武，即初试通过者复试互搏，不论生死，胜者晋升，最终得胜者，便是大将军。

皇甫少华和刘奎璧都顺利进入了复试，正准备参加最后的互搏。这时，郦君玉意外看到，一个考试官员在向站在刘捷身后的邢师爷微微点头，十分疑惑。这时，刘捷宣布，为了公平起见，所有选手不得使用自带兵器，必须使用兵部统一提供的兵器。郦君玉眉头紧锁，想了想，与荣发低语，荣发点头，悄悄溜到皇甫少华身边，悄声告诉他，小心，兵器可能有问题。少华一愣，这时，有官员告知登场，少华接过武器，是一把旧剑，而对手，却是一把锋利的宽刀。少华明白，这是故意为难他，他回头看了看端坐在校场前面的刘捷，刘捷也正微笑地看着他。少华冷笑一声，这点伎俩，就想拦住我么？他抖擞精神，进入比试。

皇甫少华与刘奎璧相对而立，二人冷冷相对。昔日的好友，如今已经屡屡成为对手。刘奎璧站在场边，擦拭沾满鲜血的钢刀，待"开始"令下，他便大喝一声，挥刀劈向少华，少华奋力一挡，剑身立刻崩断。郦君玉忙喝："住手！"刘奎璧根本不听，追杀少华。郦君玉大怒，顺手拔出身旁卫士的佩剑抛向场地。少华被刘奎璧攻击倒地，刘奎璧挥刀取命，正好郦君玉抛来的佩剑扎在少华身旁，少华拔剑相抵，大刀砍在剑身上火星四溅。两人刀剑相抵，少华拼尽全力推开刘奎璧。

刘捷质问道："郦君玉，你这是干什么？私用佩剑形同作弊！本王要取消皇甫少华的资格！"郦君玉哼了一声："刘大人竟然会说下官作弊？真是天大的笑话！"她示意刘捷看向另一侧，刘捷望过去一愣，原来是荣发和王湘领着差役押送着一个官员，正是刚才与邢师爷打暗号的那个，那官员祈求地看着刘捷，刘捷将头转开，沉下脸来，不再言语。

场上的战斗在激烈的进行着，人群中有两个人，正各怀心事，目不转睛地看着。一个，是微服观看的皇上，一个，是偷偷跑来的苏映雪。映雪看得十分紧张，不敢再看下去，转身离开，不想，手中那个绣着"刘"字的汗巾，不小心缓缓落到地上。偏巧这时天上刮起大风，汗巾被风卷起在空中。此时刘奎璧正欲刺向少华，忽然余光看到天空中飘过一个东西，刘奎璧愣了一下，再看，那个东西已经落地，被风吹着和尘土一起打滚，展开之后，正是自己当年送给苏映雪的半块

李冰冰 饰 孟丽君

汗巾。他愣住了。

　　少华却看准时机杀到眼前，刘奎璧方才反应过来回手相挡，但已经晚了，少华是个虚招，一翻手拿着刘奎璧往前一带，脚底下绊，刘奎璧被摔倒在场上，少华剑指咽喉。原本稳坐的刘捷一惊，脸色大变，腾地站了起来："住手！"少华冷冷地说："忠义王，你不是说刀枪无眼，伤者自负吗？我倒要看看这一剑下去，你是不是能遵守承诺！"少华仇恨地看着躺倒在地的刘奎璧，举剑就刺，大家都倒吸一口凉气，却听"砰"的一声，少华的宝剑深深扎入刘奎璧眼前的地板上。

　　大家都松了口气。郦君玉遂宣布：招考对武科，皇甫少华胜！全场欢声雷动，只有刘捷的脸色十分难看。皇上在人群中满意点头，转身离去。可是，郦君玉依然看到了皇上，忽然跪下对着皇上："微臣郦君玉叩见皇上。"所有人都愣了，望向皇上的方向。皇上被众人盯着很不自在，转身埋怨地看着郦君玉。众人看到果然是皇上，全部下跪。皇上只好无奈摆手，让大家平身，并亲自宣布："皇甫少华闯过所有关口，理当拔得头筹，朕钦命魁元皇甫少华为征讨大将军，统军靖乱！"刘捷很不服气："皇上，奎璧若不是一时失手，这魁元应当是他的。"皇上："朕意已决，擢刘奎璧为右路将军，佐皇甫少华戍边！以下各等，入兵部登记造册，按才分等，听候皇甫少华调遣。"说罢，皇上甩手而去，隐藏在人群中的御前侍卫纷纷涌出来，护卫着皇上离去。

　　众武将围住少华，将他抛起欢庆。刘奎璧则灰溜溜地来到刘捷身边："爹，孩儿失手了。"刘捷沉着脸，给了他一记耳光，恨恨地说："废物！"

　　空荡荡凌乱的校场上，刘奎璧发疯似的在每个角落找寻那半块汗巾。而草房后面，映雪一直看着刘奎璧。

　　太阳渐渐落下山巅，天上开始下起大雨。终于，刘奎璧在一堆杂物下面找到了已经污损的汗巾，他拿在手里细细地清理，然后紧紧攥在手中，痛苦地瘫坐在地上。雨越下越大，刘奎璧从身上摘下酒壶，大口大口地喝酒，痛哭。而房后的映雪更是伤心，靠在墙上默默落泪。

　　夜深了，雨越下越大。映雪悄悄来到刘奎璧的身旁，为他撑起伞："回去吧，喝酒伤身。"刘奎璧醉醺醺地侧头，见是映雪，赌气拨开映雪的雨伞："我不走，不用你管！"映雪十分难过，转身离去。刘奎璧却又叫住她："映雪！"映雪闻言身子一震，停了一下，还是继续走开。刘奎璧爬起来追了上去，从后面一把抱住映雪："映雪你不能走！"映雪的雨伞、灯笼落地，灯笼一下子灭了，周围陷入黑夜，

她连忙挣扎："你放手！你快放手！"两人纠缠在一起，映雪拼命挣脱刘奎璧的纠缠，狠狠扇了刘奎璧一记耳光。刘奎璧愣了，映雪也被自己的举动惊呆了，停在半空的手在颤抖，两个人就这么愣愣地对着。

突然，刘奎璧像个猛兽一样爆发起来，一把抱住映雪，疯狂亲吻起来，映雪极力反抗，但渐渐地，她被征服，反抗的手放了下来，慢慢地投入了这炽烈的情感之中，这么多年相思的苦，终于都化为这浓烈的热吻中，叫人无法自拔。

缠绵过后，刘奎璧将烛火端在手里，仔细端详映雪，这个早就做了他的新娘，却一直没有享受过洞房花烛夜的娇美女子，今夜终于成了他的新娘。暖融融的烛光下，映雪娇羞得面孔更显得柔美动人。她羞答答地转过身去，刘奎璧微笑着将她的脸庞捧过来，而她，依然不敢抬眼看他。

刘奎璧含笑的眼睛目不转睛地看着她，由衷地说："映雪，我终于等到了这一天。"映雪此时却异常慌乱，天哪，我这是干什么？我如何对得起老爷夫人！想着，禁不住伤心落泪。刘奎璧以为她觉得自己对不住夫君郦君玉，便哀求她："映雪，忘记郦君玉好吗？哪怕只是一时片刻？"映雪内心却充满矛盾，一把推开刘奎璧，下床慌乱地穿上衣服要走，刘奎璧从后面抱住她："留下来，陪我！我们再也不分开！"映雪挣扎着："放开我吧。这样只会让你我更加痛苦。"刘奎璧紧紧抱着她："不，不，我决不放手。你是我的人，我永远不会放手……"映雪靠在刘奎璧的肩膀上，任由泪水流下。

骤雨初歇，窗外的房檐上，还会偶尔滴落几滴水滴。两人坐在床上，映雪半靠在刘奎璧身上，刘奎璧轻轻抚着映雪的头发，轻声道："雪，想不到你竟然还是清白之身，想那郦君玉是个废物……"映雪大窘，羞得满脸通红，想了想说："胡说。新婚之夜，映雪与君玉誓死相逼，将你我的事情与他和盘托出。君玉是个重性情的人，深明大义，约好三年内对我秋毫不犯，而我对他也相敬如宾。君玉是个真君子，日后你莫要害他。"刘奎璧却抱着她不想听，映雪看到刘奎璧怀拥着自己一脸天真幸福的模样，便沉默下来。刘奎璧拿出半块汗巾递给映雪："拿着，以后不许你再丢掉它。这里就是我们的家，日后你若是想见我，便在窗旁挂上一段红绸，我自会前来与你相见。"映雪接过汗巾，点点头。

刘奎璧应考大将军失败，刘捷很是懊恼，他又来到刘太后面前诉苦。太后反倒很平静地劝他："行军打仗也没什么好的。奎璧留在京城多踏实，省得我们为他提心吊胆。他可是我们刘家的独苗啊！你就别往心里去了。"刘捷愤愤不平："想不到皇上如此偏袒皇甫少华。这次奎璧又败在他们手下，真是窝囊。"刘太后："哀家能说的话都帮你说了。皇上执意选皇甫少华，我也没办法。"刘捷："太后，你不能对皇上放任不管啊，起码应当确保奎璧与皇甫少华平起平坐，否则我们刘家的脸面往哪儿搁？"刘太后用息事宁人的口气劝他："知足吧，皇上毕竟不是我亲生的，能卖哀家一个老脸，随你的心意下了圣旨就不错了。"刘捷一愣，随即凑近了刘太后，满脸忧虑："可是，我觉得皇上这道圣旨，根本就是个'明修栈道、暗渡陈仓'的大套子，等着我往里面钻呢。皇上有心让皇甫少华当征讨大将军，削减我刘家的实力，但又不想做得太过明显，伤了你我的面子，所以表面上满足我，暗地里帮着他们。这是皇上在跟我斗心眼儿呢……"刘太后一听，面露不悦之色："哎呀，我听着都烦。你是国舅，又封了王，有些事情，就应该让一让，退一步。"刘捷分辩道："皇上对我已生戒心，我担心退了一步，就会退第二步，一退再退，直到退无可退……"刘太后打断他："行了！与皇上闹僵了，对你对我，对我们刘家有什么好处？"刘捷被噎得说不出话来，心里却暗自盘算起来。

皇上此时也已得知，忠义王刘国舅又去拜谒太后娘娘了，嘿嘿一笑，命人传旨，让刘捷在御花园等他，他要单独见见刘捷。

御花园中，皇上跟刘捷来到凉亭坐下，皇上表面轻松，却用略带讽刺的口吻对刘捷说："这次奎璧一剑惜败，实乃运气不佳，日后定有他大展拳脚的机会，国舅切勿挂怀。选择良将，是以国事为重，你也不必想得太多。"刘捷："皇上放心，奎璧此次未使全力，否则胜负还不好说呢。"皇上突然盯着刘捷："国舅，奎璧如今年事几何啊？"刘捷有些意外："噢，奎璧是壬戌年庚戌月癸未日生人。"皇上："哟，都已二十有四，可婚配否？"刘捷闻言脸色大变，这话可正问到了他的软肋上，皇上急忙拍着头："瞧朕这记性，那个孟丽君……不提了。看来奎璧如今还是没有意中人。"刘捷假笑两声："不知皇上今日召见，有何吩咐？"皇上轻轻一笑："没什么。与国舅聊聊家常罢了。奎璧年纪也不小了，终身大事还需早日定下来啊，如此太后也会很高兴的。到时候国舅子孙满堂，就可以颐享天年了。朝中之事自有年轻人顶上来，朕对他们很放心，你不必过分操劳。你承担着繁重的朝政，总是那么辛苦，倒叫朕心中不安！"刘捷恍然大悟，这是皇上逼我辞官呢！他脸色顿时很难看，讪讪地说："此事老臣自有分寸。"皇上哈哈一笑，意味深长地说了句："国舅啊，太后身体不好，你也不必大事小事都请示她。还是

让太后清静清静吧！"一句话说得刘捷汗都下来了。

回到府中，刘捷大发雷霆："气死我了，皇帝那黄口小儿竟然敢逼我辞官！……我刘捷怎样也是国舅，亲王，位列三公，不是那么轻易就被打发的。"邢师爷在一旁劝道："大人息怒，这事再与太后商量商量，请她在万岁那儿解释一下。"刘捷摆摆手："我看没有这个必要了，皇上此举绝不是感情用事，眼下他明显是有备而来，妄想一点点削减我的实力，一步步逼迫我就范……"刘奎璧不以为然："父王，您是不是过于忧虑了？"刘捷大手一挥，根本听不进刘奎璧的话，烦躁地走来走去，到了窗旁，望着外面长思起来，盘算良久，压低声音，斩钉截铁地说："一不做二不休，如今看来还需要师爷你再跑一趟。"邢师爷轻声说："王爷是说，邬必凯？"刘捷点点头，压低声音说："待我修书一封，邢先生即刻动身。如今能震慑皇上那小儿的，只有邬必凯。你去和他讲，势必要他大军北上进犯，造成与皇上隔江而治的阵势。"刘奎璧慌忙阻止："爹，太危险了！孩儿觉得邬必凯野心很大，绝难满足。"刘捷冷笑一声："我知道邬必凯想要什么，暂且许诺他大量的金银马匹，引诱他为我所用。你爹又不是真要与皇上夺天下，只是将邬必凯骗进来做做样子，吓唬吓唬人。我要让皇上这小子知道，朝廷没了我刘捷，就得塌下半边天。叫我退休，没那么容易！"

234

二十五

大堂之内，梁相端坐在前，少华、郦君玉和五六位青年武将正在议事。梁相："诸位都是此番招考选中的青年才俊，老夫猜想，过不了多久，皇上派兵出征的诏书就要下来。不知诸位将军赶赴边关，有何打算？"皇甫少华意气风发地说："梁大人，学生以为番酋邬必凯逆天而行、觊觎中原是其一败，连下数城、胶着不前却不知退守，是其二败。只要皇上有清除边疆大患的意愿，我等必能以风卷残云之势，剿灭邬必凯，显王师的威风，还边陲的安宁。"

众武将纷纷点头称是，唯独郦君玉低头沉思，与众人兴奋的情绪不同。梁相便问："郦大人，你有何见解？你也是本此招考的主考官，按惯例，诸位将军都算是你的门生，你应悉心教导。"郦君玉环视众将，上前一步道："皇甫将军所说的还边陲安宁极对，但在下以为不能全凭武力获得。其一，我不赞成大动干戈、大肆屠戮；其二，更重要的还是文治，不论番帮还是汉民，都需要休养生息，才能和平相处、长治久安。"

少华感到意外："那郦大人认为，不该消灭邬必凯吗？这真是文人之见啊！"君玉忙说："不不，我不是这个意思，我想最好是擒贼擒王，未必要风卷残云。"少华忽然带着几分陌生的感觉看着郦君玉，君玉先是低下头，然后又坦然地望着少华。少华转眼看梁相，梁相忙缓和气氛："依老夫所见，二位说得都有道理，文治武功，缺一不可啊。皇上果然深谋远虑，提携年轻人成长起来。君玉目光深远，越来越有治理国家的胸怀了，你与众位将军要齐心协力，方能不辜负皇上的一番苦心。"君玉谦虚地说："哪里哪里，我不能上马杀敌，都是纸上谈兵，说得轻巧。"

众武将善意地笑起来，只有少华的脸色有些阴沉。

一方小石桌上，少华捧着一只竹子做的小罐，轻放在桌面上。少华的手打开小罐的盖子，里面是碧绿的茶叶。石桌另一边的郦君玉看到茶叶，惊喜地笑起来。少华微笑地凝视着她："这是江南的明前新茶，我特地请人快马带来的，送给你分享。"郦君玉端起竹罐，闻着茶香，动容地说："好久没有闻到这样沁人肺腑的香气了……"少华抬眼望着郦君玉："丽君，你想家吗？"君玉看着茶叶："当然，我的梦里都是江南的春天。在京城是见不到的，江水如蓝，莺飞草长……"少华望着郦君玉："你好像又是那个采花露的少女了，只是——有些恍惚。""你是说我变了吗？"少华略一思索："不知道，也许你本来就非池中之物，本来就是能安邦定国的奇女子。"闻听此言，郦君玉突然下意识地颤抖了一下，然后看着身上的朝服，又看了一眼少华。

"我当着众人的面反驳你，你是不是不高兴了？"少华摇摇头："不，你说得全对。但，我也在不停地做梦……都是噩梦，是我父亲临终前望着我的眼睛。所以我只想除掉邬必凯，找到父亲暗示我的留在狱中的证据，再向刘捷报仇。然后，与你双双回到江南。"郦君玉点点头："我会尽力帮你的。"

邢师爷风尘仆仆推门进来，刘捷正在和刘奎璧商议事情，刘捷欣喜地说："太好了，邢师爷回来了。情况如何？邬必凯有没有答应长驱直入，帮我这个忙？"邢师爷关上大门："老爷，邬必凯虽然下了五六座城池，可也不愿贸然再进一步了。他们听说皇甫少华将领兵出征，怕真打起大仗来，捞不上好处了。所以，他托小人带话给老爷，让老爷赶紧想办法。"刘捷从鼻孔里哼了一声："让我想办

235

法？哼，这个无赖，不听我的驱使，倒想利用我？他不来配合我，我凭空哪有什么办法！"

邢师爷焦急地说："这……老爷，邬必凯说有个什么东西还在他手上，担心日后落到皇甫少华手里，他说那对老爷十分不利！"刘捷一愣："什么东西？"邢师爷低声说："兵力部署图！当年咱们送给他的皇甫敬的兵力部署图，邬必凯一直留在手里！"刘捷一惊，大怒："啊？这个无耻之徒！居然用这来要挟我！"

邢师爷凑上前说："此图断不可落到皇上手里呀……"然后他眼睛转了转："老爷，不如与那邬必凯里应外合……"刘奎璧一听怒了："邢师爷你什么意思？让我爹真的投敌叛国不成？"邢师爷赶紧表白："少爷息怒。小的不是这个意思。如今朝廷与邬必凯必有一番大战，万一邬必凯被朝廷所擒，兵力部署图大白于天下，这可是里通外国的死罪啊。"刘奎璧还要急，刘捷制止了他们："不要吵！待我想个万全之策……"

刘捷紧张地陷入思考。刘奎璧和邢师爷都不敢出声，片刻，刘捷紧锁的眉头渐渐舒展开，哼笑了一声。

朝堂之上，皇上脸色阴沉地听着军情回报，番军占据六座边城根深蒂固，并互为掎角之势，边防大军反攻不力，户部又拿不出更多的银两维持，边关战事是守是攻，着实难以决断。皇上决定命户部加派练饷，用于征讨，速战速决。皇甫少华在武将军招考中出类拔萃，任命为征讨大将军。但是，对于兵马大元帅的人选，还迟迟定不下来。

刘捷买通的大臣连连举荐他，可惜皇上希望他留在身边，处理朝廷政务，拼杀疆场，九死一生，还是让年轻人去。刘捷无可奈何，梁相也连忙迎合，认为征讨邬必凯正是年轻人历练的机会。郦君玉听出了皇上和梁相话里的暗示，遂主动请缨："臣郦君玉不才，愿以赴死之心，再赴边关，迎战邬必凯。"刘捷闻言，阴阳怪气地说："郦大人倒是年轻气盛，但手无缚鸡之力，是个文臣，如何讨伐？"梁相替郦君玉说道："西南边疆饱受战乱之苦，民生凋敝，政纲废弛，人心散乱，这才是动乱的根源，先以裁乱治标，再以德治治本，才是真正的王道啊。郦大人胸怀治国的良策，正能担当大任。"皇上连连点头，遂任命郦君玉为此次征番兵马大元帅，携皇甫少华、刘奎璧为左右先锋，征讨逆贼邬必凯。刘捷心里很是不服：哼，郦君玉你不要得意得太早，想搞垮老夫没那么容易，跑得再远，你也难逃老夫的掌控！而皇上也看着郦君玉，对他寄予厚望：君玉啊，你要带领着这些武将们快快成长起来，方能有所作为，不辜负朕的一番期待。

　　郦君玉即将远征了，映雪正在为她准备衣物，却有些魂不守舍，时时发呆，不知不觉流下一滴眼泪。君玉见状，轻轻走过来唤她，映雪听闻，忙擦去脸上泪痕，转过身来，掩饰地笑了笑，只是说自己担心小姐到了边关会受苦，毕竟打仗的事，男人都吃力，应付不来……郦君玉倒是信心满满，声言这一次不但要赶走邬必凯，还要查清楚皇甫老将军蒙冤之事，责任重大。而且，有少华陪伴在身边，一切不必担忧。

　　说着，君玉看到了映雪手中的汗巾，明白了她此时的心情，叹息道："唉，你们啊，彼此牵挂，又彼此伤害，不知道什么时候才是尽头。"这一说，又把映雪的眼泪说了下来，她哽咽着对君玉说："小姐，战场上生死难料，他年轻气盛，怕是……我知道刘捷与我们不共戴天，但奎璧跟他爹到底有所不同，他其实是个单纯又可怜的人。"说罢，泪如雨下，这让君玉心中好生难受，只有宽慰她。

　　临行前，刘捷对刘奎璧千叮咛万嘱咐，告知他邬必凯比武胜王更要狡诈凶残，屡屡不按常理出牌，一定要万分谨慎，最重要的是，这次去的目的，关键是为兵力部署图，绝不能让皇甫少华拿到手，只要兵力部署图不落在他们手中，此战，他们爷儿俩就算获胜了，至于郦君玉和邬必凯，让他们绞杀去吧，谁死了都是好事。万一失手，被郦君玉他们获得了兵力图，就一定要除掉他们，决不能手软！刘奎璧点头谨记："不是他们死，就是我们亡！"

　　为了确保万一，刘捷还特别到宫中求刘太后出面，让皇上派潘公公随军做监军，潘公公早就是自己收买的走狗，有他在，再加上邢师爷，就确保无忧了。

　　来到边关几日了，郦君玉只管按兵不动，迟迟没有任何动静，众武将不知这个秀气白净的文官元帅葫芦里卖的什么药，纷纷不满，怨言颇多，刘奎璧更是对郦君玉讽刺挖苦，少华很为她担心："丽君，我看你的计划有问题了，你说原地呆上半个月，麻痹邬必凯，用韬晦之计，但刘奎璧大叫大嚷，潘公公四处串联，我担心敌军还没被麻痹住，我方倒自乱了军心。"

　　而郦君玉的担忧是："杀敌容易，拢住他俩的心难啦。"少华每天守着父亲受冤的牢狱，明明知道那里面有老人家临死的遗书，却不能有一点作为，心中比拼命求死还难受！郦君玉完全理解，但是，两个人一个是先锋将军，一个是统军大帅，没有权利为一己之仇感情用事。她一直在苦想策略：让少华组织一队精锐士兵，这两天分批化装成乞丐、难民，混进城里，集合精兵夺下监狱，取得证据，在西门举火为号，她即刻命令大军攻城，里应外合，必定击垮郐必凯。而且，此事决不能让刘奎璧知道，他也在找机会拿回刘捷叛国通敌的证据。

少华连连点头，回到营中，一一准备。

郦君玉正在沙盘处研究，摆弄着，却见刘奎璧和潘公公领着三五个武将气势汹汹地进来。郦君玉看了他们一眼，不动声色，继续摆弄沙盘。刘奎璧劈头就问："郦大人，我们已经在这儿枯守十几天了，怎么还不行动？"郦君玉："刘将军大可放心，本帅自有安排。"潘公公阴阳怪气地说："郦大人，战事久拖下去，皇上恐怕不会答应的。"郦君玉冷静地说："何时进攻，如何进攻，本帅已经部署停当，日后你们自然会明白。"

几个武将不耐烦了，七嘴八舌地说："元帅大人，还要等到什么时候啊？这几天可把我们憋坏了。""敌人近在眼前，兄弟们都眼巴巴盼着将这帮畜生赶出我大明的土地！不是我们不信你，你打过仗吗？""你状元出身，带兵打仗好不风流倜傥，我们可是行伍出身，做缩头乌龟，威风扫地啊！"

刘奎璧和潘公公对视一眼，颇有几分得意。潘公公："大人既有安排，我也不便多问，不过，全军将士皆在守城，为何不见皇甫少华的踪影？"郦君玉："皇甫将军，本帅另有任用，不便解释。""另有任用？"刘奎璧冷笑一声："皇甫少华当年就被怀疑里通外国、投敌叛国，如今怕是劣性难改，故伎重犯！来人，带细作上来！"

话音未落，两个卫兵带着一个士兵上来，跪在郦君玉脚下。此人是当值校尉，说是巡城的时候，看到皇甫将军和几个兄弟化装逃出城去，赶往番军的方向。众将军都瞠目结舌。潘公公："郦大人，皇甫少华投敌叛国，罪证确凿，罪不容赦！"众多将士大怒，纷纷质问郦君玉，皇甫少华投敌叛国，郦大人不会不知，为何拖延到今日方才暴露？郦君玉忙说："诸位将军息怒，少华确被本帅安排，另有任用，并非投敌叛国。"潘公公："到底是什么安排？郦大人还不能对将士们坦诚相对吗？今日一定要给我们一个交代！"郦君玉明白他们是有备而来，冷笑着环视四周："怎么，难道想造反罢免本帅不成!?"刘奎璧："不错！郦大人指挥不力，监军潘大人当然可以罢了郦大人的兵权！"潘公公上前一步："郦大人，你几次三番袒护叛徒皇甫少华，难道你与番邦也有瓜葛？"

此话一出，众将士纷纷道："皇甫少华到底在什么地方？郦大人给我们一个说法！"郦君玉眉头紧锁，咬紧牙关不语，盯着潘公公和刘奎璧。刘奎璧不依不

238

饶:"郦大人的兵权必须交！一个与番邦不清不楚的人,率领数十万大军为国征战,这不是视我全军将士的生命如儿戏么！"众将官在刘奎璧和潘公公的鼓动下,步步逼近,将郦君玉包围起来。郦君玉从容不迫地看着大家,视线扫过每一个人的眼睛,将士们都避开她的视线,唯有刘奎璧与她对视,神情略有得意。郦君玉一字一句地说:"想要本帅军印,除非先取我项上人头。"

众将官互相看看,不知如何是好,又纷纷看着潘公公和刘奎璧。刘奎璧:"既然郦大人执迷不悟,就不要怪我们不听指挥了。我们走！"刘奎璧转身出了大门,众将军开始还有所犹豫,看看郦君玉又看看刘奎璧,后来索性一股脑跟随刘奎璧出了大门。

郦君玉疲惫地走进大堂,脱去戎装,突然大门外闪出几个黑影,猛然间,大门轰然关闭,将郦君玉关在黑暗之中,外面传来上锁的声音。郦君玉用力推门,门已经被结结实实锁上,她大怒:"开门！什么人,胆敢囚禁我!?"只听外面潘公公得意的声音道:"郦大人,非常时期,本厂督担心郦大人遭受意外,特命手下对大人严加保护……"郦君玉咬牙道:"无耻！为了夺我兵权,竟敢用这样卑鄙的手段。不怕我在皇上面前参你们一本么?"潘公公哈哈大笑:"哈哈……等大人能活着出来,再考虑参杂家一本吧！不过你要愿意主动交出帅印,可以告诉我一声。"说罢,大笑着远去。

郦君玉眉头紧锁,看来刘捷安插潘公公做监军是早有心机。我和少华都中了潘公公这老狐狸的奸计,最叫人忧心的是我恐怕无法给少华外援了,这可如何是好啊？想到此,不禁黯然神伤。

再说那皇甫少华,带着罗将军和几个弟兄顺利地进了邬必凯的大营。当初关押皇甫敬的是九号牢房,他们化装成番兵,悄悄潜入大牢。牢笼边是一张桌子,点着油灯,两个狱卒依然喝得醉醺醺地趴在桌子上,呼呼大睡。皇甫少华点住了他们的穴道,又把他们绑了起来。然后从一个狱卒的腰上解下钥匙,打开了牢门。手下兄弟将九号牢房里的犯人搀扶出去,少华便在牢房里面仔细寻找。

这就是曾经关押爹爹的牢房,少华感慨万分,爹爹一定留给我重要的线索,我无论如何也要找到！他仔细观察墙面,拨开草垫,掀开床板,却都没有发现半点痕迹,渐渐焦躁起来,只好硬压住心头的烦乱,目光四下投射。突然,少华看到拨开的杂草下面的地板上仿佛有印记,他灵机一动,将身旁的水罐打破在地上，取来火把查看。只见水漫过印记，字迹逐渐显露出来，确是皇甫敬老将军的字迹："刘捷狗贼，背叛圣上，串通番邦，出卖我军的兵力部署图，害我大军覆没，实为朝中巨奸！老夫无功，将死谢罪，死不足惜，只求昭告世人：此乃我大明疆土，定有收复之日，刘捷小儿之罪行迟早大白于天下，遗臭万年！皇甫敬绝笔。"读着读着，少华的眼泪缓缓落下，一拳砸在桌子上："爹！你果然被奸人所害！我不为你报仇雪恨，就没脸再以皇甫为姓！"他猛一转身，拔出宝剑要冲出去，回京杀了刘捷老贼！身旁的罗将军连忙将他拦下，让他切勿冲动。大敌当前，如果就此回朝，朝中奸佞只会为将军罪加一等！少华强忍着，平静下来，没错，先杀了邬必凯那个老贼要紧，一切按原计划行事！罗将军点头，还是按原计划出击番军粮草及要害，如果郦大人能够及时发兵，破敌易如反掌！

这时，一个兄弟跑来，说刚才番兵过来巡察，被他们给杀了，此处马上就要暴露，少华冷静而果断地决定去找邬必凯将图取回，这是刘捷罪行的关键证据。罗将军大惊，这太凶险了，万万去不得！但皇甫少华心意已决，他命令罗将军释放这里关押的所有犯人，把兵器发给他们，火速组织暴动，并在西门举火为号。成败在此一举，如果天亮之前，他还未与他们会合，罗将军就带领大家杀出城去与大军会合，不要管他。然后，皇甫少华扯下一片衣襟，匆匆写了一份手谕，让罗将军立即派人带给郦君玉，写完了，他还不放心，拔剑划破中指，以血书写下自己的签名。

互道珍重之后，皇甫少华大义凛然地走了出去。

将郦君玉软禁之后，邢师爷、潘公公和刘奎璧三人在潘公公帐中大吃大喝，得意洋洋地庆祝成功。邢师爷连连称赞潘公公出手老辣，潘公公却小声提醒邢刘二人，皇甫少华潜入敌城，一定是有所图谋，不能让他占了先机。邢师爷点头，建议刘奎璧机不可失，得赶紧连夜行动了。刘奎璧暗自度量，只要将少华的消息告之邬必凯，让他截断少华的后路，哼哼，就算他有三头六臂，也不能活着回来了。想到这里，他暗下了决心，仰头咕咚咕咚喝下一大杯酒，然后猛地摔碎酒杯，起身换上夜行衣，骑马向邬必凯大营而去。

那邬必凯也是老奸巨猾之人，金银财宝很难收买他，他是不会轻易将刘捷的把柄交还给他的。刘奎璧一见这个老狐狸不买账，强压怒火，又以皇甫少华的行军作战计划为条件，要挟邬必凯交出兵力部署图。这个砝码抛出来，邬必凯一惊，只好同意将刘捷投敌叛国的兵力部署图交到他们手上。刘奎璧承诺，等他出了城，自然会告知邬必凯皇甫少华的所在。

邬必凯压住怒火，正要将图递给他，突然，一个侍卫跑进来，报说，城西监狱发生暴动！刘奎璧听闻，上前一把抓住图，邬必凯反应更快，急忙一缩，刘奎璧只是扯断了一角。既然皇甫少华已经行动，那刘奎璧等人显然已经没有任何价值，邬必凯遂令将他们抓将起来，刘奎璧慌忙应战，与官兵打成一团。

却说郦君玉正在发愁如何与少华完成作战安排，忽听门外有人给她送来皇甫少华的血书，看到少华的字，她高兴极了，看来，少华那边一切顺利，我要赶紧派人马接应了，可是，我被软禁在这……沉思了一会儿，她让门口看守她的兵卒去向潘公公汇报，自己乃一介书生，实在不堪承担领军作战的大任，军中不可一日无帅，为不耽误军情，请潘公公召令众位将领升帐，他愿当面把帅印交付给他！

潘公公听闻此事，自是心中乐开了花，赶紧命令升帐。可等他乐颠颠地来到帐中，却见郦君玉坐在帅桌后面，目望前方。一方帅印放置在桌上。潘公公快步径直走向帅桌，直接伸手去拿帅印，目露贪婪，但郦君玉的手却先牢牢地按在了帅印上。郦君玉冷笑："潘公公，难道你想夺本帅的帅印？本帅可是万岁钦点的、名正言顺的兵马大元帅！"潘公公一愣："你说话不算数？你，你，有元帅之名，无元帅之实，你倒是问问众位将军，你有没有统领他们的能力，你有没有指挥作战的水平？"郦君玉猛然站起来，拿起帅印拍击桌面，威严地说："有没有能力，懂不懂军事，不由别有用心的人信口开河，而是由战场的胜负来断定，如今，决战就要来临，胜利就在眼前！"决战？胜利？众将都很惊异。郦君玉接着说："本帅按兵不动，绝不是胆怯怕事，而是麻痹敌军的韬光养晦之计。我已暗中派遣皇甫先锋进入敌城，策动暴乱，然后大军攻城，里应外合，一举歼灭邬必凯。请大家看——这是皇甫将军的亲笔信，也是作战命令：举火为号，即刻攻城！"

郦君玉掏出少华带血书的手谕，发给众将传阅。这时，一个传令官跑进来："报——敌军西城门起火！"众将终于信服，潘公公却傻了，赶忙退在一边。郦君玉立即传令各部调集人马，即刻开始攻城！

监狱暴动，火光四起，邬必凯的大营中，已然乱成一锅粥。打扮成番兵模样的皇甫少华趁乱潜入邬必凯的大帐中，却发现帐中乱成一团，刘奎璧竟然在帐中，而且显然就要被邬必凯的人抓住了，少华一时有些错讹，他想不明白刘奎璧怎么会在这里，怎么又跟邬必凯的人打了起来。还顾不上多想，少华看到邬必凯将图纸藏入袖中，便冲上去和邬必凯斗在一起，邬必凯袖中的图纸落地，少华要去拾起，不防刘奎璧一支冷箭射来，少华扑倒在地，邬必凯回头去看，刘奎璧的第二支冷箭射来，同一时刻，少华绝地而起，拼尽最后气力，一剑捅进了邬必凯的心脏，同时，刘奎璧的箭也射穿了邬必凯，天意捉弄人，刘奎璧竟帮少华灭了他的杀父仇人邬必凯。随着邬必凯轰的一声倒地，少华拾起图纸藏好，也倒了下去，不省人事。刘奎璧冲过来，搜邬必凯的身，却没有发现图纸，正要去搜少华，这时，罗将军回来了，看到少华倒在地上，背后流出血来，大惊失色，赶紧冲了过去。刘奎璧立刻装作在为少华疗伤："皇甫兄，你快醒醒，你快醒醒啊！快来人！"

皇甫少华中的是番帮一种奇怪的毒箭，所幸人没有死，但是依然昏迷半个多月。郦君玉日日担忧，夜夜哭泣。这一日，罗将军来劝她，如今已经过了大军归朝的期限，监军大人和刘将军日日催归。他担心如若不早做决断，可能会有变故。郦君玉有些烦躁，少华现在生死未卜，他无法安心归朝，让他们安抚部下，归朝之事日后再说。罗将军向他言明，大军在外，久滞不归会引起朝廷的猜忌，这是人人都知的大忌，如若有奸佞造谣惑众，他担心郦君玉遭受陷害。郦君玉只好让先锋部队由潘公公和刘奎璧率领回京交割，三日后启程。他留守边关，整顿后续的军政大事，同时也可照顾皇甫将军。罗将军看着郦君玉坚毅的表情，微微摇头叹了口气。

这一令下来，可喜了邢师爷和潘公公。他们认为郦君玉这是自掘坟墓，监军潘公公执掌功罪赏罚，谁是头功，朝廷自然要听他的，实际情况自然是：大军到达边关，元帅郦君玉本无带兵作战的经验，加之叛军的气焰甚是凶悍，郦大人心下胆怯，手足无措，竟然按兵不动、无所作为半月之久，眼看要耽误万岁速战速决的命令。在此情形下，先锋刘奎璧将军率一支精锐人马潜入敌城，杀了邬必凯，在下催着郦大人动手，里应外合，这才大获全胜！而且，彻底推倒郦君玉的机会就在眼前。郦君玉因为高傲孤狂，犯下了一个可以毁掉他自己的大错。按朝廷惯例，私设卫所，可是死罪啊，郦君玉还是不知深浅。三人相视而笑。

潘公公他们回京已经有些时日了，这日，郦君玉正在照顾昏迷中的皇甫少华，潘公公带着钦差大人从京城来传旨。潘公公在皇上面前进的谗言果然起了作用，郦君玉久滞大军不归，又羁留两个卫，私设藩镇，图谋不轨，罪不容赦，皇上下旨将郦君玉即刻锁了遣返回京。郦君玉没有料到事态竟然发展到这一步，但她仍是很平静地随他们而去,她相信皇上是不会冤枉她这样一个忠臣的。

二十六

朝堂之上,刘捷字字句句针对郦君玉,说她拥兵自重,擅立卫所,图谋不轨,如今证据确凿,理当论罪处斩,以谢天下,甚至理屈词穷,一心要将郦君玉置于死地。殿上的大臣们一拥而上,不敢得罪了国舅爷,丝毫不理会这次邬必凯之所以连下六城,皆因明朝边关兵力虚弱,加之连年征战,百姓贫苦,人心不稳。这次能歼灭邬必凯,兵胜险招,实属侥幸。郦君玉百口莫辩,梁丞相在一旁也是爱莫能助。坐在龙椅上的皇上很清楚郦君玉的忠心和苦心,但刘捷一句大明祖训却让皇上哑口无言,明皇祖爷初定天下时,曾有遗训,凡大明臣子,不得私蓄兵器,不得自拥军队,违者立斩!而郦君玉这次在边关的作为虽是从大局出发,毫无私心,但确实给刘捷等人留下了无视朝廷、并与朝廷分庭抗礼的口实,咄咄相逼,皇上迫于无奈,也只能先将郦君玉押入天牢,等候再审。

刘奎璧自前线回来后,对映雪日思月想,难解愁绪,常常借酒消愁,期待着记载着温情岁月的客栈窗口能够见到那段红绸,却每每都失望而归。这日,他仍像往常一样,拿着酒壶,微醉地从酒馆里出来。他在街上溜达,还不时喝两口酒。街上行人纷纷躲避。他走到客栈下面,抬头喝酒,忽然愣住了,酒水哗哗地顺着脖子流下去。楼上窗口挂着一段红绸,映雪来了!酒壶落地粉碎,刘奎璧满心兴奋,快速跑进客栈。

客栈的房间内,梁素华坐在窗前,背对大门。大门猛然被推开,刘奎璧看着她的背影,渐渐露出微笑:"映雪……"梁素华没有动静,刘奎璧关上门,快步走到她身旁,紧紧从后面抱住她。"你终于来了,我还以为你再也不会来了!边关冷漠,生死无情,我一直在想你,跟番军打打杀杀的时候,我告诫自己不能死,我还有一个牵挂的人。我要留着这条命回来见你。"刘奎璧把她扳过来,凝视她的眼睛。"看着我,漫漫征途,你在我心里依然温软可人,触手可及。可回到了京城,每每在这间空屋里徘徊,我却觉得你离我好远,这里面的空气,好像比边关还要冷酷无情。映雪,你怎么才来看我……"梁素华摇头:"奎璧,我来是想求你一件事……"刘奎璧听到了最不想听的话,倒抽一口凉气。"又是为了他?"梁素

243

华无语垂泪。刘奎璧暴躁起来："不是说好了，除了我们两个之间的事，决不谈及他人！"

梁素华："可是事情太严重，太紧急……不到万不得已，我不会来求你……"

刘奎璧放开她，走到窗前，推开窗子，冷风吹进来，掠过他的脸庞。他的自尊受到了伤害，一拳砸向窗棂："不到万不得已，你根本就不会来！要不是为了他，你也不会来！我真可笑，我还以为你是为了我……"梁素华默默地跪在他身后。刘奎璧一回头，愣住了："奎璧，我求你，人命关天，你救君玉一命吧！"刘奎璧不屑："你这是何苦。我爹要杀他，皇上都保不住，我能做什么？即便是我想帮忙，也不可能。我爹他——""你可以，你一定可以！你是他的儿子，你求他放过君玉吧。奎璧，求求你，如果郦君玉过不去这道坎，我也不活了。"刘奎璧愣住了，目光渐渐变得冷酷起来。"郦君玉，郦君玉，全都是郦君玉！你苏映雪已经是我的人了，还惦念着他！？我刘奎璧到底哪一点不如他？"梁素华愣了一下，她被伤害了："奎璧，你不要这样。""为什么？郦君玉有什么地方好？你宁愿为他抛弃性命，而我呢，我在你眼里就不值一提？招之即来，挥之即去。你有没有想过我的感受？"素华忍着泪水："奎璧你不要逼我，你知道不是这样。""对，我真可悲，所有的人，喜欢的，不喜欢的，都把我当作一个利用工具。我爹如此，连你也是如此，活着还有什么意思，不如在边关战死干净！"他转身要走。素华绝望了："奎璧你再听我最后一句……如果有一天我为她而死，也是为了下辈子能和你在一起……"她推门出去。刘奎璧呆呆地看着她的背影，刹那间万念俱灰，一把推掉桌子上的酒壶水杯。酒壶水杯落地爆裂，酒水扑散开来。"映雪，对不起……我做不了任何事，我做不到……我不配跟你在一起……"

月光下，刘府内院。夜深了，刘捷还在侍女的伺候下喝酒吃菜，怡然自得地哼着小曲儿，邢师爷侍立一旁。刘捷："邢先生同坐。今日本王高兴，你我同饮几杯。""是，老爷。"他向刘捷敬酒，二人干杯。"哎呀舒坦！一想到郦君玉马上要人头落地，本王的心里怎么就这么熨帖？郦君玉一死，皇甫少华更无生还之日，剩下一个风烛残年的梁丞相，还有一个自以为是的小皇上……嘿嘿……""老爷，事情还未成定局，不可大意啊！"刘捷不以为然："怎么，你担心梁丞相能保得住他？我问你，是梁丞相大，还是皇上大？是皇上大，还是先帝大？是先帝大，还是祖训大？哈哈！我倒要看看小皇上这次怎么扳自己的口！哈哈，这回我们赢定了！"邢师爷赔笑："小的只是担心这杀头的圣旨，没那么容易下来。"刘捷放下酒杯："那倒是,皇上的心思,是能拖几日便是几日。不行,咱们的第二手方案准备得怎么样了?"邢师爷就等此话来邀功了："老爷放心,派去刺杀皇甫少华的人马,已经出发了……"刘捷点头:"不错。还有,你即刻回乡,招募些乡勇回来。"邢师爷一愣:"老爷的意思是……"刘捷:"以防后患。此事机密,决不可走漏半点风声!"邢师爷:"小人明白。"刘捷把玩着酒杯,一口喝干。

天牢里,老狱卒引着梁素华和荣发入内。她们来到了郦君玉的牢笼旁,君玉还在闭目打坐,梁素华看着她苍白瘦削的脸庞,辛酸的泪水盈满眼眶。郦君玉听到脚步声,缓缓睁开眼睛,看到她们,不由轻叹:"你们走吧。"梁素华强忍着眼泪,微笑着:"丽君,你要多保重,相爷和几位大人都在想办法。听说,皇上也十分犹豫……也许用不了多久——""映雪你不用再说,我很清楚现在的处境。"素华语塞,荣发也哭了。"我怕是已经回天乏术……待我走了之后,你们要尽心照顾老丞相和我爹爹……"荣发灵机一动:"姐姐,香梅愿意换上囚服,替你顶罪!只要能换你出去,一时半刻也是好的。"梁素华眼睛一亮:"我与丽君身形相仿,让我来吧。小姐若能出去见皇上,跟皇上好好谈一谈,或许还有转机。""映雪、香梅不要胡闹……你们千万不能再出任何乱子了!人也看过了,你们走吧。"荣发:"不,姐姐若是不答应,香梅死也不走!"郦君玉转过身去,不再言语,只是紧闭的双眼有些泪痕。梁素华拉着荣发,摇摇头。两人擦去眼泪,一起向郦君玉跪倒。"小姐,你好好保重。你若有不测,映雪决不独活!"荣发扶起了素华,两人看了看郦君玉的背影,无奈地转身离去。君玉紧蹙眉头,睁开双眼,泪流满面。她望着牢房上面的小窗户,窗外,乌云渐渐将月亮吞噬。

素华和荣发回到相府,连晚饭也没心思吃,就躲到了屋子里。梁丞相晚饭后独自一人漫步在后花园中,不知不觉就来到了郦君玉的房门口,看到房里灯还亮着,他叹了口气,想走开,又停下,犹豫不决,伸手刚要敲门,突然里面传来撕扯的声音,吸引了梁相的注意。"你放手!我若救不出人来,定要杀了刘捷那条恶狗,给她报仇!"荣发愤怒的声音让梁丞相一愣,把伸出去敲门的手收回来。窗户未关,他走到树下观看。透过窗户,素华和荣发正在拉扯着。"荣发,你听我说,天牢怎是你能闯得进去的?那刘府又是守卫森严,你去了枉费一条性命,于事无补啊!""皇上已经下旨了,那我们就眼睁睁看着她受死不成?我们一定得为她做点儿什么,就算是缺胳膊断腿,也要救她回来!""老爷身为内阁首辅,都没有办法,我们能做什么呢?如若她真的被刘捷害死,我也一死相随,做鬼也要

245

找刘捷报仇！"听到这里，窗外的梁丞相悲愤难当，转身疾步离去。素华听得外面有声响，急忙开窗："爹爹？"梁丞相只得停步："啊……素华呀，这么晚了，你们还没睡？""君玉生死未卜，女儿怎么睡得着？爹爹可想出了什么法子？""这……儿呀，性急不得，容爹爹再……"荣发忍不住插嘴："老爷，再等下去，公子可就生还无望了！不如让我……"素华将荣发推到一边："荣发小子救主心切，爹爹不要听她胡说。"梁丞相看着她："是啊，小子不要胡说，素华你也不可胡思乱想！"她心头一沉："爹爹你听到什么了？"梁丞相连忙掩饰："啊……倒是没有，我只是担心你们沉不住气，愁坏了身子，那君玉一旦脱险回来，还不要找老夫算账，说我没有照顾好他的娘子？"素华心下稍安，苦笑："啊呀爹爹，这种时刻，你还有心说笑话？""女儿呀，任何时刻，都不要丧失了信心，车到山前必有路。好了，你们都早些歇息了吧，老夫还有些公文要看……"

夜已经深了，此时的梁丞相却站在刘捷府上的大堂门口，身边跟随着相府老管家。刘捷从内堂走出来，看到梁丞相背身等待，桌子上还放着一个礼盒，他不禁得意地笑了。"什么风把老丞相吹来了？"梁丞相回身，直愣愣地看着他得意的样子良久。刘捷被看得有些不自然，收起笑容。梁丞相忽然长揖到地："忠义亲王殿下，贱婿年轻气盛，多有得罪，老夫这厢代他赔礼了！望亲王殿下看在老夫薄面，饶君玉不死，我梁家上下对殿下感恩戴德，永世不忘。"刘捷愣了，过了半晌，方才反应过来，大笑不已："哈哈……想不到一向自诩铁面无私的梁大人，竟然会为一己私情，置大体于不顾，甘愿向本王低头求饶，真乃旷古未有的奇闻啊！哈哈……"老管家怒，刚欲上前，梁丞相一把拉住他："刘亲王若能放郦君玉一命，老朽即刻带着女儿、女婿辞官还乡，此生再不踏进京城半步，后世子孙皆不入朝。从此无人敢和殿下抗衡，殿下可只手擎天！"刘捷冷峻地："梁大人，就别装了，我知道，你打从心眼里就看不起我这个外戚！对，我没有你三朝元老的资格，治国安邦的才能，更没那个跟随先皇征战的运气，所以被你们看不起。你知道我这么多年，一步一步爬得有多苦？如今我熬出头了，你就跑来向我作揖？还不是因为你认错女婿，押错了宝，怕灭九族要遭殃了？迟了，太迟了！哈哈……""忠义王批评得对，老夫过去倚老卖老，一向没有对尊驾表现出应有的敬意，这才连累了郦君玉，害得女儿即将成为寡妇，如今确实悔之晚矣！千错万错，都是我梁某人的错，倘若亲王殿下余怒未消，尽管责罚羞辱老夫，好在梁某已是行将就木之人，恩恩怨怨随之也将烟消云散。为了表白老夫的忏悔之心，特将家中镇宅之宝带来，献给殿下，以赎我翁婿两代人轻慢殿下之罪！"刘捷不屑地打开礼盒，里面是一个玉观音，他故作赞叹："呦，这么名贵的羊脂玉，梁丞相怎么舍得割爱呀？""好东西其实都是天下共器，生不带来，死不带去，即所谓花无百日红，风水轮流转。我一个老头儿，怎可以把宝物得而私之，秘不示人？早该拱手相让了嘛！同样的道理，大人也该得饶人处且饶人，给自己留条退路。世间万物，潮起潮落，盛极而衰，望刘大人有所感悟，手下留情，凡事不要做绝了，留一条退路给人给己，大家都得方便。郦君玉年轻气盛，老夫教育不周，实乃罪过，不过这次已经得了教训，你大人不记小人过，放年轻人一条生路，忘却仇恨，宽容待人吧！""退路？他郦君玉得势的时候，给我留退路了么？"他突然变脸，一把将手中的玉观音摔得四分五裂："啧啧，这么好的东西，一旦破碎，瓦片不如！我可没那么蠢，放了他？就是跟自己过不去！梁丞相你真要有能耐，就让时光倒流，让他乖乖来给我磕头认错！或许我还有点心情愿意帮忙。"老管家听到这里，大惊："老爷？大胆刘捷！你欺人太甚！"梁丞相喝住他："混账！这儿没你说话的份！退下！""老爷，您，您这是何苦——""还不快退下！"老管家心中悲愤，但还是退回门口。

梁丞相弯腰拾着碎片："谁说破的东西就不可修补？凡事不要太过分，都有回旋余地。刘大人不过是心中有气，只要这口气消了，什么都可以重新再来。老夫这就代郦君玉向你磕头认错！"他颤巍巍地要磕头。刘捷冷冷地说："梁大人，你想清楚，捡一片碎片，就得向我刘捷磕一个头，捡一百个碎片，就得向我刘捷磕一百个头！今夜我要你把大堂里面每一个碎片都给我拣得干干净净！我也好跟你讲讲我的道理——凡事都得付出代价！"伏在地上的梁丞相，缓缓闭上眼睛，手攥的碎片已出血。他躬着身子，一下一下捡起碎片。在门口的老管家落泪了："老爷不能啊！老爷！"刘捷压抑着狂喜，看着梁丞相满地捡拾碎片。梁丞相满头大汗，认真地捡着。他颤巍巍地起身，老管家急忙跑过去搀扶，梁丞相头都磕破了。他脸色苍白，喘息着："我……我没事。"又转向刘捷："亲王殿下，你要的我都做了，望殿下遵从刚才诺言，放过郦君玉。"刘捷神色轻松地走到一旁端起茶杯，吹拂着茶碗里的茶叶："梁大人，本王答应你放过郦君玉，可是此事皇上已下了斩令，皇上放不放过他，就不关我的事了。""刘捷，你刚才不是说——""我说什么了？我只是说要时光倒流，也要付出代价，但是成不成功，就不知道了。送客！"他将茶碗扔到桌上，甩手离去。刘府家丁走上前，竟然对梁丞相推推

247

操操："走走走！我家老爷要休息了！出去！"梁丞相还想拦住刘捷："殿下，殿下——"刘捷一把推开梁丞相，梁丞相没站稳摔倒在地，碎片全部跌落，摔得更加粉碎。刘捷转身离去。梁丞相伏在地上，："刘捷，刘捷你这冥顽不化的无赖——"他血气上涌，一口鲜血喷出。老管家大惊失色："老爷？老爷！"梁丞相气喘挣扎着起身："走，我们走……"说完，又是一口鲜血喷出。

此时此刻，御书房内，皇上烦躁，用手不停地挤按太阳穴，看着桌子上的众多奏章，全都是力谏处死郦君玉的。奏章不停地被打开，全是"杀"字！越来越多，越来越大，充满了皇上的眼睛。他不由大怒，将满桌的奏章推在地上。这时，小太监进来，手捧托盘，看到这副情景大吃一惊："皇上，时候不早了，歇息吧。"皇上喘息片刻，收了气，点点头。

皇上孤寂地站在御花园的凉亭外，背手望月。想起往日的郦君玉，犹如左膀右臂，为自己出谋划策，言谈甚欢，形容默契。不由伤心地闭上眼睛，他轻拭泪痕，转身离去，忽然愣住了。原来皇甫长华已经跪在路上，等候着他。他明白长华为什么会这个样子出现在这里："默妃起来吧。你什么都不用说了，朕这一回爱莫能助啊！""臣妾知道，不过，还是想求皇上赦免郦君玉。"皇上叹了口气，满脸无奈："朕若是有办法，怎会被刘捷逼得当堂下旨降罪？你起来吧。"长华起身："皇上一定有办法的。刘捷势力再大，也是臣子，皇上贵为一国之君，就是不杀郦君玉，他们也没办法。"皇上苦笑："朕何尝不想如此？郦君玉是朕难得的知己，如同朕的左膀右臂，可他违背祖训在先，又拒不认罪。朕若无故赦免，岂不落下让人耻笑的骂名？再者，郦君玉论罪下狱，朝中百官派系之争蠢蠢欲动，或放或斩，朕必须早下决断，而刘捷等人早已营私植党，沆瀣一气，朕若是不杀郦君玉，朝中绝无宁日。"

皇上要走，长华连忙追上他，祈求皇上饶郦君玉不死，皇上满脸无奈，万般感慨："朕从立储开始，就没过上一天安稳日子，如今终于平定四方，可刘捷势大，竟然祸起萧墙。郦君玉犯此重罪，朕要杀他，无异自断手足、自坏长城！所有人都看到朕风风光光地做皇上，可又有谁能够体味朕的孤独？朕坐在这个皇位上，没有一天是安安稳稳的，竟还不如市井贫贱小民，躬耕乐道！"说完后，他气呼呼地坐在石凳上。长华动容："臣妾明白皇上心思，郦大人的事情，总会有办法的。不论世事如何，长华都想守在皇上身边，陪伴皇上。"皇上轻抚着她的头发，无奈地摇头，仰天长叹。

相府内，梁丞相在灯下奋笔疾书，不时咳嗽，鲜血染红手帕。老管家端茶上前，不忍落泪。一滴鲜血落在了信纸上，可毛笔仍在信纸上疾走如飞，随着又一阵剧烈的咳嗽，梁丞相吐出一大口血来。老管家看不下去了："老爷您这是何苦啊？姑爷这回八成是没指望了。如果当年皇上登基之后，准了老爷托病辞官回乡，如今什么事都没有了……""我没事。此事千万不要告诉夫人！她一心修佛，我不想扰她清心。"说着，他将刚刚写好的书信装入信封，又从抽屉里拿出一摞信封，放在一起置放在一个木匣里，递给刘管家："老刘，这些东西是我给君玉准备的。"老管家落泪下跪："老爷。"梁丞相也叹息："唉，这么多年过来了，身历三朝，不过是明哲保身而已。虽黑白分明，但终归是无力回天啊……我相信，君玉行，他一定可以！老夫若能将他保住，也算是为国尽忠了。"此时天色渐亮，他走到窗旁，推开窗户。天边露出一丝朝阳，冷风吹拂着梁丞相。"将府中上下唤醒，随我去天牢。"刘管家擦干眼泪："是。"刘管家出去，梁丞相望着初升的太阳，目光坚定。

天亮了，御书房内，御案上摆放着郦君玉的名字，皇上手执朱笔悬于其上。堂下，刘捷和几个大臣用期盼的眼神看着皇上。皇上犹豫再三，终于落笔，勾决郦君玉。

刘捷露出了满意诡谲的笑容。

大街上，刘管家扶着梁丞相及其一家人，徒步走向天牢。梁丞相虽是强撑着病体，但眼神却无比坚定，梁素华和荣发手握着手，紧紧跟在他后面。路人纷纷避让。

牢房内，郦君玉依旧是闭目打坐。牢门开了，老狱卒满眼泪水地进来，将郦君玉的刑具去掉。君玉缓缓地睁开眼睛，轻叹，微微笑了笑，走出牢笼。天牢中央放着一张桌子，上面一杯毒酒，旁边站着一个监督的官员。君玉走到桌子前面，望着毒酒，渐渐闭上双眼。

梁丞相一家来到天牢门口，守门军官诚惶诚恐，但却碍着皇上任何人都不得入内的圣旨不敢让他们进去送别郦君玉，梁丞相也没有为难那军官，他面向大道跪下。梁素华、荣发，还有其他家人，一同跪下。这时，皇上乘坐的轿子来了，梁丞相等人叩首。皇上坐在轿子中，掀开轿帘瞥了一眼，只见梁丞相等人在磕头。他放下轿帘，面色沉重。轿子抬入天牢。

皇上一路走来，天牢中央，郦君玉背身而立，狱卒、官员等人纷纷跪下叩拜。

郦君玉听到皇上来了，缓缓睁开眼睛，看着那杯毒酒，缓缓伸手过去。众人纷纷退下。郦君玉的手碰到了酒杯，皇上急忙上前一步。"郦君玉！"郦君玉连忙下跪，皇上轻轻将她扶起来，深深地叹了口气："君玉，事到如今，你还不低头认错么？""皇上，罪臣以为边关留守乃安邦之略，臣无罪；私自滞留则为属将安危，若有违法度，臣甘愿受刑。""郦君玉，你怎么这么执拗，认罪有这么难么？"君玉正色道："罪臣不愿，也不能去认那莫须有的罪！皇上乃有道明君，君玉有幸能为差遣，死而无憾，望皇上日后铲除奸佞、励精图治，君玉不枉此生。"皇上有些激动，看着她，郦君玉把手伸向毒酒。皇上还抱有一线希望："慢着！你还有什么别的话说？"君玉叹气："罪臣已无话可说，愿郦君玉一死，能化解一切仇恨纷争。"

她举杯欲饮，皇上一把握住她的手，拦了下来。君玉一愣，与皇上四目相对。皇上额头隐现细细的汗水："真的没有了？你难道什么愿望都没有了？朕可以都答应你！""臣无欲无求。皇上还记得，当年派君玉前去削藩时，君玉说的一句话吗？""哦？""君要臣死，臣不得不死。微臣的命早就交给了皇上，此事皇上若向刘捷低头，郦君玉还有什么可争辩的？君玉愿以死报答皇上的知遇之恩。"

皇上看着她坚毅的目光，沉默了。君玉忽然好像想到了什么："皇上，臣临死前还有一事相求！"皇上一听这话，松了口气："你快讲！""皇甫将军现在生死未卜，臣希望，他一旦醒来，皇上不要再治他的罪。这一切，都是臣一人的想法，希望皇上好好善待皇甫大将军！"闻听此言，皇上万分失望，心乱如麻："远征大军还没回到京城，让朕再好好想一想。"他叹息着转身走远了。

皇上脸色沉重地走天牢，梁丞相一家依然跪在门口，梁丞相叩首："皇上，老臣叩请皇上饶郦君玉不死！君玉罪不至死啊……"素华也说道："皇上，民妇求皇上放过君玉，民妇愿为她顶罪代死！""小的愿替郦大人死！"荣发也禁不住说。皇上长叹一声："唉，你们都起来吧。"梁丞相："皇上若是不答应，我等就叩请不起。"忽然远处传来刘捷的声音："梁丞相如此为难皇上，罪责难逃！"刘捷领着几个大臣走了过来。皇上面露不满："你来做什么？""皇上，微臣是来监斩的。微臣担心有人借机闹事！"梁丞相忍不住道："刘捷，你不要小人得志，落井下石，总有一天要遭到报应的！"刘捷笑得奸诈："本王又不会去做什么举兵谋反之事，怎会遭到报应？噢，对了，本王差点忘记，昨晚梁丞相跪在我面前求饶半响，今日怎能再跪街头啊？梁丞相快起来吧，天天这样跪着，对身体可不好啊。"

哈哈……"说完与众人齐声哄笑。梁丞相强忍怒火，一言不发。梁素华和荣发大吃一惊，她们不知道，昨夜梁丞相曾去过刘府，忍受刘捷的百般刁难和嘲弄，一生清高的梁丞相为了救郦君玉甚至向刘捷那样的小人磕头下跪。素华忍不住掉下泪来："爹！你怎能向那畜生低头啊？"皇上看不下去，咳嗽一声："国舅你收敛些！"梁丞相毒火攻心，气得浑身发抖，一步步逼向刘捷："刘捷老贼，你颠倒黑白、无恶不作，以下犯上，罪不容赦！"梁丞相气得浑身发抖，脚步踉跄："你，你多行不义必自毙！今日不能将你正法，老夫做鬼也不放过你！"他回身面向皇上："皇上，老臣宁愿死谏，皇上为国为民，放过郦君玉！"

说完，不待众人反应过来，他一头撞向刘捷身后的大树。皇上大惊："梁丞相，你这是干什么？不值得啊！"素华惊叫："爹！"梁丞相嘴角含笑，缓缓倒下："皇上认为不值得，可老臣认为值得，郦君玉活着，就是老臣活着——"他话音未落，额头的鲜血已汩汩而出，梁相勉强手扶大树支撑着自己不要倒下。刘捷闪到一旁，被这突来的一幕惊得呆在当场。

梁丞相气息微弱，剧烈地喘息着。梁素华悲痛欲绝搀扶着梁相坐倚在树旁，皇上痛心地站在他身边，说不出的酸楚和悲愤。梁相用尽最后一丝力气，颤颤巍巍地开口："皇上，刘捷此贼不除，误国误民！皇上，老臣并非为了一己私利，而是不能眼睁睁看着如此葬送朝廷的肱骨啊！老臣不行了，已经不能再为国尽忠，求皇上赦免郦君玉。他……他实乃栋梁之材——"他终究支撑不住，一头歪倒，没了气息。皇上扑上去惊呼："梁丞相！"素华凄厉地呼喊："爹，爹……"刘捷眉头紧锁。素华和荣发，还有相府家人，扑在梁丞相的尸首身旁放声哭泣。刘捷见状，大吃一惊，有些不知所措，而他身后的几个大臣，悄悄溜走。皇上满脸悲愤地慢慢转头看向刘捷，犀利的眼神令刘捷不寒而栗，张口辩解道："皇上，这都是梁丞相咎由自取，与微臣无关啊！""刘捷，朕从未亏待于你，而你却三番五次逼迫于朕，残害忠良，逼死梁丞相！是不是皇上这个位子，你也想坐啊？""不是，微臣万万不敢啊！梁丞相是自己死的……""来人！废了郦君玉的死罪！谁敢再提，朕就要他项上人头！"刘捷犹豫片刻，但还是开口："皇上，如此一来，就要落得个赏罚不明、徇私废公，有损圣德啊！"皇上厉色道："难道朕的面子比生命还重要吗？梁丞相之死，朕已犯下大错，再不能错上加错！刘捷你枉为国戚亲王，今日之事，你罪责难逃！传朕旨意，罢刘捷荣禄大夫衔，以观后效！日后若有再犯，朕决不轻饶！来人，将梁丞相送回府中，不日入殓厚葬。"皇上转身而去。刘

251

捷倒吸一口凉气,神色黯淡。

　　素华和家人强忍着悲痛,先将梁丞相的尸首安置在府中,又匆匆赶来天牢中探望君玉。郦君玉在牢笼之内听说自己的死罪已免,只道皇上终于想通了,还暗自欣慰。也没有多想,她心里也惦记着梁丞相,素华不敢告诉她实情,只说梁丞相太过辛劳,旧疾复发,多休息两日自然痊愈。她故作轻松地说着,旁边的荣发眼睛却红红的。君玉松了口气:"这样就好。待我出狱之后,索性辞官,咱们一家回乡,伺候老丞相和我爹颐享天年。"梁素华也红了眼睛,荣发侧头擦去泪水。君玉一惊:"你们怎么了?是不是出事了?少华?是不是少华出了什么事?"素华强忍着泪水:"不是,我们只是因为你即将洗清冤屈,喜极而泣罢了。你可不要瞎想啊!""哦……唉,不知少华如今怎样了?""你放心吧,皇甫公子吉人天相,一定没事的。"荣发安慰她,郦君玉信以为真,开怀地笑笑。

　　君玉不知道就在此时的边关,昏迷了近两个月的皇甫少华仿佛有心灵感应般突然醒来,守候的士兵惊喜异常,连忙帮他换上干净的衣物,一个卫兵扶着他走到饭桌旁,桌上放着粥和两盘小菜。卫兵满心欢喜地说道:"将军您终于醒了,将士们全都为你担心呢。"少华:"也不知我睡了几日,浑身软绵绵的。""几日?将军已经在病床上躺了将近两个月了。"少华手一抖:"两个月?怎么会这样……"他沉思片刻:"那郦大人呢?数十万大军今在何处?""唉,罗将军已率大军归朝,郦大人他却被——""郦大人如何?""郦大人被朝廷用八百里加急捉拿回京。"皇甫少华浑身一震。手上粥碗落地,摔得粉碎。"将军,将军!你没事吧?"少华脸色苍白,额头出汗:"八百里加急,八百里加急……郦大人到底犯了什么罪?她是何日返京的?"卫士:"唉,钦差说是擅立营卫,瞒报朝廷,已走了月余……"皇甫少华十分痛苦,一拳砸在桌子上,又是一拳落在桌子上:"对了,你刚才说已经走了月余,可知道朝廷是怎么判的?"卫士也有些疑惑:"不知道,朝廷到现在还没有消息。""那还有机会!也许皇上明白了君玉是被冤枉的……不行,我要马上回京!"他起身冲出去,卫兵急忙阻拦。"将军,将军!你太过虚弱,走不了这千山万水啊!""不行,我若去晚了,只怕夜长梦多,情况有变。""将军不能走,若走,也要待到痊愈之后。否则,将军的状况,根本撑不到京城……"皇甫少华根本不听,打开门,狂风吹进来。他咬牙冲了出去。

　　刘府书房内,火烛即将燃尽,光线很暗。刘捷就坐在火烛旁,一脸疲惫,但瞪着眼睛,眼中显出亢奋神情。刘奎璧推门进来:"爹,你叫我?"门外,邢师爷关上房门。关门声让刘奎璧一凛。"奎璧,过来坐吧。"刘捷说道:"你可知道郦君玉死罪已免?""知道了。不过梁丞相为此殒命,也算是去掉了爹爹的一块绊脚石!"刘捷摇头:"太天真了!你可知道,皇上因此有了底气,第一次敢公开跟你爹撕破脸皮,教训你爹?""哦?这……""爹已被落下了逼死三朝元老的口实,好容易笼络住的人,开始重新观望新的格局。这一次,连皇太后都不肯替你爹说话了……""爹,这不过是个小小的危机,以爹爹的手腕,一切都会过去的。""我且问你,如果我们刘家遭遇灭顶之灾,你会怎样?""灭顶之灾?爹,出什么事了?"刘捷咄咄逼人地:"如果我们刘家犯了诛九族的大罪,你该如何?"刘奎璧神色略有慌张,不知所措:"爹,怎么会呢?不会的!""时至今日,你只需相信一件事——不论是否大势已去,任何人都不要小瞧了我们刘家的实力!你已经知道了爹所有的事情,何去何从,你自己选。"他斜眼看着儿子,推过去一杯茶水。刘奎璧看着茶水,眉头紧锁,犹豫半天,用手指头蘸着茶水在桌子上写了一个"逃"字。刘捷笑了笑,用手将字迹抹去,又蘸了蘸茶水,一笔一划地写下"攵",刘奎璧不解,仔细端详这个字迹。"好了,你出去吧。""爹,这是什么意思——""出去吧。等你明白之后,再来见我。""爹——"见刘捷转过身不理,刘奎璧只好起身出去。刘捷走到桌旁,看着上面的水迹,伸手擦去。

第二天,刘奎璧在后花园里疯狂练武。邢师爷远远走来。刘奎璧舞动大刀,上下翻飞,余光瞥见邢师爷走过来,想到爹现在的欲望之所以越来越大,越来越难以控制,跟这个刑师爷平时的挑唆也脱不了干系,不由得怒从中来。他突然变换招式,攻向邢师爷。邢师爷大惊失色,大刀已经架在了脖子上:"少爷,别开玩笑,小人可不会武功啊……"刘奎璧哼了一声,拿走大刀,走到一旁喝水。"少爷,老爷到底什么意思?""我也不懂。爹写了一个攵字,一定是有什么话不能讲,才让我来猜。"邢师爷疑惑:"攵,老爷到底什么意思呢……"刘奎璧坐下也细细思考,百思不得其解。"先生,这个字是什么意思?""此字念攵(音扑),古语通攴,就是轻轻拍打的意思。老爷这是要拍打谁呢?"刘奎璧忍不住说:"不会又起祸乱吧?唉,自从皇上登基以来,战祸不断,先是武胜王造反,紧接着邬必凯侵犯,日后还不知要出什么兵乱呢。我看这年号,不该叫德文,应改为尚武,这才贴切。""德文?""怎么?皇上的年号啊。皇上建元的时候,还说要罢天下之兵,重德尚文。先生不记得了?"邢师爷恍然大悟:"老爷这是要举大事啊。""先生什么意思?""你可知这个字是什么部首吗?你仔细想想,便可明白老爷的意思。"

刘奎璧沉吟片刻,大惊失色:"部首?当然是反文:"反……文!啊!爹要造——"邢师爷急忙摆手,刘奎璧噤口,满面诧异,他猛然起身要走。邢师爷忙道:"老爷在上朝!"刘奎璧停下,一拳砸在桌上,眉头紧锁。

朝堂上跪着一个风尘仆仆的边关将军,刘捷站在朝班里脸色严峻。皇上看到归来的罗将军非常高兴:"罗将军,你回来得正好,朕问你,郦君玉擅立卫所的实情到底是怎样?"罗将军不解:"啊!?启禀皇上,邬必凯死后,其余孽多次反扑,若不是郦大人事先在边关增驻两卫一万多兵马,死守关隘,恐怕番军早已攻城掠地了。"皇上坐着不言语。刘捷站了出来:"罗将军,本王依稀记得,你当年曾是皇甫少华王家军的一员吧,后来又在郦君玉把持的武将招考中中举,方才当上了个副千户。如今领兵归朝,自然要为逆贼求情。皇上,此人的话不可信,什么死守关隘,一派胡言,八成是他杜撰出来的!"罗将军有些愤怒了:"亲王殿下,您怎么能这么说?我们数万将士在边疆浴血奋战,连命都不要了,你却在这里血口喷人,诬蔑我们!"皇上说道:"罗将军不用担心,此事朕正在调查,还望将军安抚部众,免生事端。""陛下放心,我等跟随郦大人、皇甫将军征战,军法严明,决计不会惹是生非,"他瞥了一眼刘捷,又道:"免得受人指摘,落人口实!刘捷大怒:"你个小小裨将,竟敢口出狂言!本王定要治你的罪!""刘亲王,我们为国征战,何罪之有?""何罪之有?你口口声声要替边关的兄弟们向皇上求情,释放郦君玉。这难道不是在利用职权,威胁朝廷吗?""你,你——"皇上脸色铁青:"刘捷你不要太过嚣张,如今梁丞相亡故,朝中无人能与你抗衡,但是你不要忘了,还有朕!还有煌煌大明律法!"刘捷一愣,脸色非常难看,他没想到皇上会这样说:"老臣完全是为了朝廷,为了江山社稷着想,也是为了皇上着想。臣的这一番苦心,皇上竟然嗤之以鼻。臣叩请皇上革去臣的忠义王位和吏部尚书之衔,臣辞官回乡!"他跪在地上磕头。

又有几个大臣纷纷跪下帮腔:"皇上,忠义王殿下劳苦功高,望皇上网开一面。"皇上气得浑身发抖,狠狠地瞪着刘捷和他背后的几个大臣。朝堂上鸦雀无声。皇上走到堂下,来到刘捷面前。刘捷趴在地上,看着皇上的脚步走过来,暗暗咬牙。皇上放稳口气:"国舅请起,朝中诸事还要依靠国舅定夺呢。"他扶着刘捷往上一抬,刘捷则往下一压:"臣老眼昏花,重责难当,还望皇上开恩,准老臣回乡养老。"皇上仍然隐忍收敛:"国舅切勿说那气话,朕涉世未深,日后还要多多仰仗。""老臣不敢。""来人,送亲王回府休息。"卫兵将刘捷送走。皇上看着刘捷远去的背影,拉下脸来。罗将军还是不放心:"皇上,那郦大人……""此事朕自会安排,你们放心。对了,皇甫少华如今伤势如何?""唉,皇甫将军一直昏迷不醒,不然郦大人也不会久滞不归。""罗将军,你即刻安排人手,将皇甫少华接入京城调养,务必将他的伤势治愈!""是,谢皇上恩典。"

窗外的太阳渐渐落山,光线暗了下来。刘捷坐在桌旁,脸色阴沉地慢慢品茶。阳光透过窗棂,落在他的脸上,明暗分别。随着太阳的落山,最后一缕光线渐渐消失,直至刘捷笼罩在黑暗之中。刘奎璧匆忙地推门而入。刘捷:"想明白了?""爹,赶紧收手,向皇上认错,也许还有一线生机啊。"刘捷不屑:"哼,爹给你讲个故事吧,当年你姑姑刚刚进宫,还未得到先皇专宠,有一次她偷偷托人给我带了一包铁观音,我当作稀世珍品,舍不得喝,馋了的时候,就打开茶包闻一闻。如今珍宝琳琅满目,回过头来再品,竟然难以下咽,宛如糟糠!"

他说完一挥手,将茶壶拨倒,落地摔碎,茶水流了一地。"你从小锦衣玉食,从未吃过苦头,这样的故事说与你听,你也不懂。""我懂。爹,我明白,人都是这样的,一旦得到,就无法忍受失去。可……可什么又能比生命更重要?奎璧担心,您会招来杀身之祸啊!"刘捷此时眼神发亮,根本听不进去刘奎璧在说什么:"什么叫背水一战,拼死一搏?你记住,你爹这也是被逼的,人活着就要争一口气,否则与蝼蚁有何不同?小皇上既然铁了心,想和我斗,我就奉陪到底,只能赢、不能输!"

刘奎璧微微摇头轻叹。

二十七

明月高悬,月光将大地照亮。皇甫少华骑着白马,疾驰在山坡上。只见他神情焦急,一只手捂着胸前的伤口处,衣服上渗出些许血迹。他撕下衣服一角,擦拭掉渗出的鲜血。远远的,两匹快马疾驰而来,一队人马诡异地跟上,他们发现皇甫少华丢下的血染布巾。其中一人看了看布巾,抬头说道:"还没走远,快追!沿途设关卡拦截,决不能留活口。还有,赶紧派人向老爷禀报,加派人手堵截,以防万一。天罗地网,他孤身一人,还带着伤,我就不信他跑得掉!"两匹快马绝尘而去,在前方分道扬镳。

刘府，报信的手下风尘仆仆地来见刘捷。得知皇甫少华正在全力赶回京城，刘捷立刻下令通知九门，见到皇甫少华斩立决。手下刚出去，刘奎璧便走了进来，邢师爷关上门，刘捷脸色铁青。刘奎璧上前将他扶着坐下："爹，出什么事了？是不是……皇甫少华？""决不能让他活着回到京城！不要说一个小小的皇甫，就是皇上，也不能挡住我刘捷的步履！"他渐渐睁圆双眼，透露出一股扭曲的兴奋："顺我者昌，逆我者亡！""爹！你究竟要做什么？"刘奎璧有些慌张。"不做什么，只是预防不测。"邢师爷插话进来："少爷，你还不了解眼下的局势吗？皇上将梁丞相的暴死迁怒于王爷，弄得不好，武胜王便是咱们的前车之鉴，而皇甫少华一旦赶回京城，再与总也死不了的郦君玉里应外合，那又成了咱们的心腹之患！你说，不先下手，怎么得了？""除掉皇甫少华，我没意见，可要是对抗皇上，那可是千古罪人！"刘捷阴鸷地说："你怕了？""爹，情况还不至于那么糟，朝廷百官有一大半咱们的人，还有太后，一定会帮咱们向皇上说情的。""说情？"刘捷冷笑道："哼，你位高权重，谁都会与你亲近热络，你大厦将倾，他不来推一把、落井下石，已经算是有情有义！你指望出了事，靠他们来保咱们？儿啊，通敌谋反这个罪名，不要说文武百官，避之唯恐不及，就算太后娘娘，她也会大义灭亲！说到底，她早已成了朱家人，而不是姓刘了。你不要再糊涂了，如今不是鱼死，就是网破！"

刘奎璧一时不知道该说什么好，想了想，他还是一咬牙："爹，孩儿承认，你说的都有道理。可我们刘家，世代为大明天子做臣，怎么可以因一念之差，落下个背主叛国的千秋骂名呢？"刘捷不由怒斥他："放屁！这么多年的书，都被你读到哪里去了。谁背主？谁叛国？是他朱家小儿步步相逼，君不仁，臣也可以不义，大不了掀了他的龙位，老爹再择一个宗室小王子做皇帝，我们太太平平地出将入相，治理国家。千秋万代以后，史书上将这一段写作什么？叫大明中兴，名臣治国！哈哈哈哈……"邢师爷也谄媚地笑："王爷说得好，古往今来，这类的事迹不在少数，王莽、曹操都是君不贤，臣且取而代之的一代名相！"刘奎璧愤怒了："邢师爷，你也糊涂了？那王莽、曹操，早已被人骂作窃国大盗，你怎么能怂恿爹做这种事？"刘捷忽然大喝一声："刘奎璧，你还是不是我儿子？""爹！奎璧当然是你儿子，可我也是朝廷命官，如果忠孝不能两全，奎璧只好舍小仁而取大义！"刘捷狂笑道："哈哈，好一个忠臣孝子啊！为父苦心养育教诲你这么多年，竟然养出一条中山狼来！来人哪——"邢师爷有些紧张："老爷？"手下人冲进来，刘捷看也不看刘奎璧一眼："将这个逆子给我绑起来！"

刘奎璧被五花大绑地拖了出去，邢师爷也被吓得噤了声。窗外的阳光渐渐亮起来，刘捷走到窗旁，推开窗子。旭日东升，他被太阳晃得睁不开眼睛，急忙又关上窗户。"院子里的刀斧手，都准备好了吗？"

邢师爷答道："按您的吩咐，一个不少，全部到位。"刘捷："好，你这就进宫，禀报太后，就说我得了急症，卧床不起，务必让太后相信，我已病入膏肓！哦，拿着这个带血的帕子去——"想了想，他又加了一句："你只需告诉太后，说我就要死了。我相信，太后一定能把皇上招来！"邢师爷应声推门而去，门开的瞬间，阳光射进来，又让刘捷睁不开眼，急忙用手遮挡住脸。

晌午时分，各路官员如过江之鲫般走进刘府。刘捷站在廊下，接见他们。"各位大人，承蒙你们前来探望本王病情，刘捷不胜感激！"一官员巴解道："忠义王爷，原来你老人家身体好好的，下官虚惊一场！"众人也都附和，刘捷笑笑："说来话长，自从梁丞相骤然去世，皇上与本王结下心结，误认为是我气死了梁大人，刘某百口莫辩，苦闷不已，因此抱病在家……今日难得众位大人过府，正想请教你们，本王该如何过得这一关？"一人说道："王爷，向皇上认个错，解释清楚也就是了。""我等齐向皇上进表，替大人担保你一片忠心赤胆……""对，联名上书！""也可以请太后娘娘出面，说服皇上。"官员们七嘴八舌地出起了主意。

刘捷的笑容变得诡异："好好好，大家如此热忱，真令刘某感动！既然有此共识，我看也不劳众位捉笔了，我已备好一份奏折，只需你们签上名字，呈进宫中，便万事大吉！"他拍了拍手。邢师爷站出来，捧读文告。"大明忠义亲王兼吏部尚书刘捷，率满朝文武百官，泣血陈词于圣母皇太后千岁驾前，敬启者，当今天子，昏庸无道，任用奸佞，疏远贤臣，煎迫亲人，混乱朝纲，使天下嚣嚣一无宁日，边关攘攘四面树敌，民不聊生，人心思变。故臣等不得不愤起呼吁，请即废黜昏君，廓清宫闱，另立宽仁厚爱之宗室王子为帝，以安天下，以抚民心！"

众人听闻，大惊失色。"这……这……这不是要谋反吗？"刘捷冷笑："你这么说，也可以。"众人大乱："啊呀，这可万万使不得，我们还想不想活命啦？"刘捷吼了一声："肃静！大人们，刚才你们一个个还义愤填膺，说要为本王主持公道，联名上书，怎么现在倒出尔反尔了？""我们不是这个意思……"已经有官员开始要溜了。刘捷笑："不是这个意思，还会是什么意思呀？你们以为进了本府，就可以轻易地溜了出去？小皇帝就可以不追究你们结党谋反之罪？哼哼，实话说了吧，这份檄文，我刘捷第一个签了名字，你们众家大人的名字，也都一个个签在了上面，白纸黑字，赖都赖不掉的！"看到众人惊慌，刘捷大喊："来人！请这些大人们到后院稍歇，一个个按上螺纹指印，如有不服的，就砍断他的手指！有敢叫喊的，就割了他的舌头！"家丁们立刻上前，动手拖拽众官员。"皇上，救命啊！我们上当受骗了呀……"众人哭喊连天，片刻之间，这些人被统统驱赶到后院去了。

刘捷狰狞一笑："邢师爷，准备接驾吧！"邢师爷紧张地一哆嗦："是……"众多乡勇手持兵刃从四面涌上来，围绕在刘捷身旁。刘捷看着他们，点点头。

几经磨难，躲过层层追杀，皇甫少华终于回到了京城，可刘捷布下天罗地网，欲将他彻底铲除。多亏巧遇了出城打猎的罗将军，才穿着士兵服跟着罗将军混进了皇宫。御书房内，皇上看到太监说的边关密使竟是少华，一惊："少华？你……你怎么成了这样？""皇上，臣身负重伤，风餐露宿，一路上还要躲避杀手的追击……""啊？是谁要杀你？""刘捷！"少华顿了顿："因为他通敌叛国的罪证，被臣彻底查明了！""你……再说一遍，刘捷……朕的国舅，他通敌叛国？""正是。邬必凯此次被歼，临死前亲口向臣吐露，他首次进犯边境时，刘捷就向他提供我军兵力布防图，又羁绊援军，导致父帅兵败被俘。尔后，刘捷又三番五次催迫邬必凯杀死我爹，不留活口……"皇上打断他："慢，刘捷是怎么和邬必凯走到一起去的？""邬必凯为筹措军饷，多年前便潜入江南，贩卖私盐，时值刘捷刚刚被任为盐漕运使，手执引票，两人勾结，沆瀣一气。后来我父亲即任江南总督，严厉打击走私贩私，邬必凯怕暴露，跑回了番邦。但他手里握着刘捷诸多的贪墨罪证，以此要挟刘捷，来破坏我大军征讨。近期兵乱，又是邬必凯为刘捷所邀，但遭臣等粉碎，刘捷眼见阴谋败露，竟不择手段，诬陷郦君玉，欲盖弥彰，就是想逃避惩罚。皇上，天网恢恢，疏而不漏，到了向刘捷算总账的时候了！"皇上激动地踱步："你说的这些，可有真凭实据？"皇甫少华从胸口拿出一张兵力布防图来："万岁，这就是刘捷向邬必凯提供的我军兵力布防图，臣破敌后，亲自在邬必凯身上搜来的！"皇上接过来，布防图的右下角赫然是刘捷转运使的印章。皇上震怒："这刘捷真是禽兽不如！"皇甫少华跪下。"皇上，请诛刘捷，为我冤死的父亲报仇！"一旁的罗将军也道："还有郦君玉，忠心耿耿，日月可鉴，请皇上放了他！""你们不说，朕也要这么做，来呀，传朕旨意，即刻释放郦君玉，官复原职！"小太监领旨出去。这时，潘公公进来说太后娘娘有急事，皇上只得先让少华二人等候，自己随潘公公去见太后。

皇上跟着潘公公，快步走进太后寝宫，刘太后正在痛哭流涕，看到皇上，边哭边道："皇上，国舅要死了……""啊？此话怎讲？""忠义王府一早来人通报，说他得了重病，气息奄奄，不久于人世……"皇上根本不信："朕怎么没有听闻？""皇上呀，哀家知道，你因为梁丞相的事，还在和国舅怄着气，他正是有碍于此，才不敢派人禀报皇上。唉，可怜啊，何等要强的一个人，说不行就不行了！皇上，念在哀家只有这么一个亲弟弟，你只有这么一个老舅舅的情分上，别再斗了……""母后，孩儿并没有要忠义亲王怎么样。""那就好，是我太多虑了。请皇上劳动一下銮驾，陪哀家去探望一下他吧，都说人之将死，其言也善，好歹满足一下国舅的心愿……"皇上思忖一下："也罢，朕也正好有事，要当面与他问个清楚！"

一个时辰之后，皇上和刘太后的仪仗队伍，来到刘捷府外。刘府只有稀稀拉拉的几个家丁前来接驾，皇上和刘太后大踏步迈入府门，一点没觉察出气氛的异样。刘太后眼睛红红，伤心地说道："弟弟真是病得不省人事了，就这么点人出来接驾，太没礼貌了！"皇上此时根本不将这些小事放在心上："事非寻常，情有可原，母后不要生气。"皇上贴身的小太监，率人四下检查。刘府的院落里，隐约看到草堆树林里有亮闪闪的东西。小太监心生疑惑，却又没敢多嘴，皇上大步匆匆，跨入大堂。身后大门轰然关闭，气氛诡异。

就在同一时间里，郦君玉饱尝了多日的牢狱之苦，见到了日思月想皇甫少华，终于呼吸到了自由的空气，闭目陶醉在天牢之外温暖宜人的阳光里："这么明媚的阳光，久违了……对了，我还没问问你，你是如何赶回来的？"她把头转向少华。"以后再慢慢说，现在你随我回宫里去，皇上嘱咐我们，在御书房等着他。""皇上终于什么都明白了？太好了！我也有一肚子话，要对他讲呢……""可惜他这会儿正忙，听说陪着太后去刘府了。"君玉一愣："刘府？哪个刘府？""还能有哪家刘府？自然是刘捷那个老贼的家喽！""他们去那里做什么？""刘捷夜里得了急病，快不行了，真是天报应！"君玉沉吟："少华，你不觉得这里蹊跷吗？""啊？你的意思是说……""为什么你一回来，他就得了重病？""是啊，好像是有些不对劲！我回京路上，屡遭行刺，到了京城门口，刘捷还命人围追堵截，这哪像是病得要死的人所作所为？"君玉大惊："不好！刘捷八成是在效仿武胜王，皇

259

上有危险！少华，你速速调兵，赶往刘府护驾！"君玉当下带上狱卒赶往刘府，少华去调集援兵疾驰向另外一个方向。只剩狱官在一旁纳闷："二位大人！大人……这是怎么了？"

刘府大堂内，皇上和刘太后等进来，堂上空无一人。潘公公高喊："皇上、皇太后驾到——"喊了三遍，无人应声。皇上很纳闷："怎么回事？"刘太后也奇怪："这个刘捷，太不像话了！"就在这时，邢师爷扶着装病的刘捷出来了。"皇上，太后娘娘，我家老爷重病缠身，接驾来迟，望乞恕罪！"皇上没说话，只看了他一眼，刘捷："老姐姐，外甥，刘捷病得弯不下腰腿了，就请免了我跪拜之礼吧！"刘太后："啊呀弟弟，既然病了，你还起床做什么？哀家就是陪皇上一起来看看你，这样的情形，料无大碍呀！"皇上这时不由冷笑："太后，依朕看来，国舅身上并无大病，只怕是病在心里！"刘捷一听这话，也笑了："好外甥，你说对了！难得你屈尊前来我府，那咱们就打开窗户说亮话！"太后一惊："刘捷，不得无礼！""姐姐，你让小弟把话说完！""母后，朕倒是想洗耳恭听，我们的国舅有什么肺腑之言要吐？"

刘捷哈哈一笑："也罢，这话儿，憋在老夫肚里几十年了，今日有此机会，说给外甥听听，未尝不是一件人生快事！朱家小儿，你可知你今天所坐的龙椅，是从哪里来的？""列祖列宗自马上打天下，先帝爷传承于朕。"刘捷大声道："错！他们哪一个上过阵，杀过敌？他们哪一个出过汗，流过血？还不都是臣下们效死卖命，竭忠尽智？可你的老祖宗，善待过哪一个功臣元勋？"皇上怒目圆睁："反了！刘捷，你敢攻讦皇祖？"刘捷："我说错了吗？你的父皇，我的老姐夫，当年遭遇兵变，是谁拼死护驾？又是谁在乱军之中，捡回来你这一条小命？他除了把我姐姐扶上一个正位，将我外放到江南当差，给了我们刘家多少好处？"刘太后忍不住："弟弟，说话要凭良心，先帝待你不薄！"皇上镇定地："母后，你让他把话讲完！"刘捷怪笑："谢谢……再说到你了，我的好外甥，做太子时，七藩八王哪个不在觊觎皇位？是谁笼络朝中大臣，力保你登上九五之尊？又是谁甘冒生命危险，深入虎穴龙潭，为你拔掉了武胜王这个眼中钉、肉中刺？"皇上："那也不是你一人之功！"刘捷不服："我说对了吧？你从来没有感恩之心！你们朱家人，一个也没有！哼哼，飞鸟尽，良弓藏，狡兔死，走狗烹，这句古话屡试不爽！我真后悔，不该将武胜王之流斩尽杀绝，留下他来，你还会对我客气一点……""朕今天才知道，你与他是一丘之貉！"

刘捷根本不理皇上说什么："朝中还有一位梁丞相，你将他和我玩弄于股掌之间，今天削我的权，明天减他的俸，此时抬他，彼时捧我，无休无止！图的就是个鸡争狗斗，而你坐享渔人之利……好，梁老爷子一口气上不来了，你的眼中凶光，便立刻盯住了我！娃娃呀，我是谁？我是你的舅舅，是你无可替代的栋梁之臣啊！"他激动得泪光盈盈。皇上："好一个栋梁之臣！刘捷，掌管漕运时，你是不是就与邬必凯狼狈为奸，偷贩私盐？""啊……是谁胡说八道？"皇上："番邦犯境时，你是不是又与邬必凯订立城下之盟，出卖我军机密，致使皇甫敬功败垂成？""邬必凯完蛋了，死无对证！"皇上："哼，你睁开狗眼看看，这是什么？"他从怀里掏出那幅刘捷通敌的兵力布防图，在刘捷面前一亮。

刘捷还要狡辩："这……这是谁在陷害老夫？""不要以为皇甫老将军死了，你就可以瞒天过海，还有他的儿子呢！""皇甫少华？他……他也没几天好活的……"皇上笑笑："你打错了算盘，他已平安回到朕的身边！"刘捷一愣，皇上又转向太后："母后，这等背逆朝廷，无法无天的奸贼，你看当如何处置？"刘太后张口结舌："啊……刘捷，你可害苦了老姐姐啦……"

刘捷陡然从袖笼中拔出一把短剑，扑到皇上面前，用剑横在他项下。潘公公和小太监大惊："啊，皇上？"刘捷："外甥，该处置的是你！"皇上沉着地问他："你……你想怎样？"刘捷："若想活命，你就写下一份退位诏书！"皇上冷笑："把皇位让给你？""这得由太后说了算！"刘太后："刘捷，你……你昏了头啦！来人哪，拿下这个反贼——"潘公公和小太监还未来得及动弹，就被埋伏的家丁用刀制服。皇上："你纵然有胆量杀了朕，满朝文武也不会放过你！"刘捷大笑："他们？哈哈，他们此刻正在我的后院里，起草劝退表呢！""什么？你……竟然也挟持了他们？"刘捷得意不已："认输吧，外甥，老夫念在亲情上，或可留你一条生路！"皇上高喊："动手吧，弑君的叛贼，朕不信，天下人就没有忠于朕的义士！"

皇上话音未落，院子里传来郦君玉的喊声："皇上，微臣救驾来迟！"众人一惊。皇上喜出望外："郦君玉？"刘捷愣了愣："又是你？""刘捷，放了皇上！"郦君玉喝道。"我看你这是找死！刀斧手——"刘捷也喊道，埋伏在院子里的刀斧手一涌而出，围住了郦君玉带来的几个衙役。郦君玉大喝："你们看看，站在堂上的是谁？他们是当今皇上和皇太后！你们真敢跟着这个叛贼谋反吗？这可是株连九族的罪啊！"家丁乡勇色厉内荏，拿着刀步步后退。皇上看到这情形，连忙喊道："听着，凡是我大明子民，护驾有功者，赐官职田产！"刘捷急了："不要听他

261

的!都给我上呀,杀死一人,赏黄金百两!"就在这时,刘太后冷不丁抓起一只花瓶,狠狠砸在刘捷的胳膊上。他手上的短剑"哗啦"落地。

刘捷痛呼,刘太后大喊:"皇上,快跑——"皇上趁机逃脱。刘捷丧心病狂地喊:"一个不留,杀呀!"众家丁拉弓、拔刀,追了上去。皇上护着刘太后,急往外冲,众家丁团团围住他们,一时间刀枪晃眼。刘捷令人放箭,突然一箭射出来,小太监眼快,以身挡住皇上。"皇上,当心!"他中箭而亡。郦君玉红了眼,大喊道:"保护皇上!拼死冲出去啊——""保护太后,不要管我!"皇上夺过一家丁的刀,奋战起来。更多的家丁乡勇冲上来,杀声震天,皇上等人被叛兵包围,情况危急。郦君玉躲避不及,肩头受伤,但看到皇上也在厮杀,大惊失色,急忙跑过去,想要保护他。搏斗中,皇上看到一个叛军一刀劈向郦君玉后背,震怒之下一把拉过她,一刀劈死那叛军。君玉一愣,回头方才发觉,是皇上救了自己一命。刘捷挥手,又从府邸中冲出来更多的家兵,皇上身边的护卫们纷纷倒地。他眉头紧锁,虎视眈眈。三个叛军突破护卫防守,杀向皇上。皇上紧紧握着郦君玉的手,横刀相对:"别怕,跟着朕!"君玉毫无惧色地与皇上站在一起。

危急时刻,突然飞来三支箭,将围住皇上的三人射死,皇甫少华骑着白马,领着百十个士兵赶到。"叛贼放下武器,饶你们不死!"郦君玉大喜:"皇上,是皇甫少华来了!"皇上也大喜过望:"皇甫将军,你来得正好,助朕剿灭叛匪!"刘捷慌了:"关大门,快关大门!"叛军刚想关门,皇甫少华已一马当先,冲了进去。叛军丢盔卸甲,顾不得关门,向后花园逃窜。皇上兴奋,也提着刀向里冲。

叛军节节败退。刘捷等人逃到了后花园里,皇甫少华紧追不舍,皇上也跟上来了。刘捷回头一看:"好啊,追上来了,死路一条!孩儿们,给我冲!杀死皇甫少华,活捉小皇帝,赏黄金十万,拜相封侯!"众家兵沸腾了,癫狂地冲了过去。皇甫少华退后几步,护住皇上,看到刘捷张牙舞爪地冲过来。他停下脚步,拉开弓箭,瞄准刘捷的额头。但两人之间人影晃动,皇甫少华看不真切,时间紧迫,只得放箭。箭矢穿过朝廷的侍卫和刘捷的叛军,正中刘捷左肩。刘捷大叫一声,摔倒在地。这时,皇甫少华眼前已经冲上叛军,举刀狂劈,他急忙躲闪应战。皇上也助他杀敌。不久,罗将军率领大军冲杀过来,将叛军打得七零八落。罗将军:"皇上,臣救驾来迟!"皇上兴奋道:"不迟,不迟,随朕赶尽杀绝这伙叛贼!"刘捷闻声,浑身是血地支撑着起来,一剑斩断箭羽。刘捷惨笑着:"外甥,这还没完呢……"他的手下急忙背起他,逃向密室。

邢师爷趁乱把刘奎璧放了出来,告诉他:"老爷疯了,装病诓皇上和太后进府,劝他退位,现在皇甫少华带着军队冲进来救驾,老爷也受了伤,正要做困兽之斗!"刘奎璧大惊:"啊?爹真做下这大逆不道的祸事来啦?这,这可是诛灭九族的大罪啊!"邢师爷也十分慌乱:"这可怎么办呀,皇上杀进来,搞不好咱们全都没命啦!"刘奎璧脱掉绳索:"不行!我必须要救他!哪怕是被皇上降罪惩处,我也要救我爹!"他丢下绳索冲出大门,邢师爷也跟了出去。

少华和罗将军带人冲进内院,内院里面空无一人,只有后堂的大门紧闭,这时候,皇上进来了。罗将军指着后堂的大门:"皇上,老贼就躲在里面!"皇上:"杀进去——"话音未落,士兵们开始冲锋,后堂的窗户、门缝等缝隙处射出箭雨,冲在前面的士兵们纷纷被射死倒地。众人都吃了一惊。皇上看到内院里面尸横遍地,惨不忍睹,很是生气。少华劝皇上回宫,但皇上决意要亲眼看着他去死!他命人调来红夷大炮,要炸平刘府!

这时,刘奎璧和邢师爷从皇上等人的后面跑过来,刘奎璧听到皇上要炮轰刘捷,大惊,连呼不要啊!士兵们发现刘奎璧从他们身后出现,急忙护住皇上,将刘奎璧二人围了起来。邢师爷急忙爬过来解释:"皇上误会啊,我家少爷发现了刘捷要造反,劝阻不及打算举报,结果被刘捷发现囚禁了起来。小人看到皇上安然无恙,趁乱将少爷放出来。皇上,我们是清白的,求皇上饶命啊!"皇上和少华对视一眼,沉思片刻。刘奎璧也当即跪下:"皇上,我爹他有罪!悔不该心生谋反。罪臣愿意劝他投降,以免再有杀戮,出来之后,任凭皇上发落。求皇上给臣这个机会。"皇上皱眉:"朕怎么相信你?刘捷连朕和太后都敢杀,还有什么干不出来!?不行,朕必须要速战速决!将他拖下去!"士兵们上前将刘奎璧捆绑要拖下去,刘奎璧挣扎着,向皇上爬过来,急切地说:"皇上,皇上,我爹他罪责再大,也是罪臣的爹啊,天下哪有儿子对父亲见死不救的,求皇上给臣一个机会!"刘奎璧声泪俱下,几乎要扑到皇上脚下,皇上想了想,向少华点点头。少华走到刘奎璧面前,刘奎璧羞愧得不与少华对视,少华挥剑斩断刘奎璧的绳索。刘奎璧立刻起身向皇上行礼,转身走进后院。

刘奎璧进入密室,只见刘捷闭着眼睛坐在中央,屋子里站满了惴惴不安的家丁们。刘奎璧跪倒在刘捷面前:"爹,大军压境,我们已经败了,投降吧——"刘捷睁开眼,看看他:"好儿子,你怎么才来?哼!你不思怎么帮爹挽回局面,却说出如此没出息的话来,刘家没有你这样的孬种!"刘奎璧摇头落泪:"爹,儿子

263

死也要和爹死在一起！但是大错已经铸成，孩儿来劝爹，承认失败，向皇上负荆请罪，或许还能苟延残生……"刘捷想发火，但还是叹了口气："你不要妄想了，爹向皇上举起刀的一刹那，就已经没有了退路。难道你不知道就算爹和你一同出去投降，刘家也难逃诛灭九族之罪吗？"刘奎璧一愣："不，不会的，还有太后在，皇上是爹的外甥啊。爹，第一步已经输了，如今只有向皇上求饶才是唯一的出路！"

刘捷大怒，愤然起身，将手中宝剑丢在刘奎璧眼前的地上："住口！求饶！？我刘捷这辈子最瞧不起这两个字！刘奎璧，你如果是个男人，捡起这把宝剑，跟爹一同杀出去！咱爷俩死也死到一起，图个痛快！"刘奎璧捡起宝剑，犹豫不决，渐渐抬起来，剑尖指着刘捷，手不住地微微发抖，刘捷意外。刘奎璧："爹，我已经答应皇上，无论如何会将你带出去，你不要逼我动手，我不想死，我更不想爹死。爹，听孩儿一句吧。"刘捷冷笑，走到刘奎璧面前，抓住剑刃顶到自己胸口，刘奎璧有些不知所措。刘捷厉声道："好！你要能一剑杀了我，也不枉你我父子一场！"他直愣愣地看着刘奎璧，刘奎璧的手越来越抖，宝剑渐渐放了下来，突然，被刘捷又一把握住，手上渗出血来，刘奎璧大惊："爹！"刘捷忽然缓和了口气："奎璧，今天的这一幕，爹早已想过，相信爹，我们出去投降求饶依然是个死。"刘奎璧想反驳，刘捷一摆手："听爹说，爹要想活命只有一条路，杀了狗皇帝，除此之外，没有任何机会。而你不同，你还有一条路，唯一的一条生路。爹早已经替你想好了。答应爹，不管发生什么，都要按照爹的意思去做。"

刘奎璧不知道刘捷要做什么，有些慌乱："爹，你这是什么意思？有奎璧的生路，就一定有爹的生路！奎璧一定要救你出去！"刘捷却微笑了："奎璧，爹这辈子没干什么好事，对你，对燕玉，爹也只能说句对不起了。儿子啊，后面的路很长，爹有话想告诉你，你这辈子要铭记在心！"刘捷此时充满慈祥地对待刘奎璧，而握着钢刀的手却从未放松，鲜血不停地流下来。刘奎璧忍着泪水："爹，你的伤口——"刘捷摇摇头不理伤口："刘奎璧你听着。今后你不能再相信任何人，因为就算是你亲爹，都会骗你；今后，你永远要忘记求饶这两个字，因为它只会让你一辈子跪着做人；今后，你不能再有一丝仁慈，那只会让你输得更惨，我相信，你一定会明白；只要我死，就是让你生！记住，不是苟且偷生，而是浴火重生！"刘捷突然脸色一变，暴怒地大喊一声，同时抓住剑刃刺进自己胸口："啊！

你要好好地,替爹活着!"刘奎璧大惊,声嘶力竭地惨叫起来:"爹!"刘捷用沾满鲜血的双手用力地抓着刘奎璧的双手:"好儿子!让爹送你一程!杀!"

刘捷突然推着刘奎璧闯出大门,身后的家丁们也挥舞刀枪冲杀出去。内院的门口处,正在观望的皇上和少华都吃了一惊,卫士们纷纷冲进内院。刘奎璧不停地倒退着,刘捷眼中对刘奎璧和蔼的眼神渐渐变得凶狠起来,刘奎璧后退被绊倒,刘捷与他翻滚着,厮打着,声嘶力竭:"你这个畜生!你为了皇上连亲爹都敢杀!啊!我要杀了你!"刘奎璧悲痛欲绝:"爹呀,爹!爹!"刘捷突然一脚踢开刘奎璧,刘奎璧的剑身一下子从刘捷身体里面抽出。刘捷伤口喷出血来,挣扎着直起身子,但已经有些恍惚。他指着皇上:"狗皇帝,你害得我父子相残,我,我做鬼也不放过你!"刘捷说着,便扑向皇上,突然,刘奎璧大喝一声,冲到他前面拦住去路,刘捷撞到刘奎璧身上,浑身一抖,他的后背,突出了一尺剑身,剑身上还挂着血,原来,刘奎璧的剑身已经再一次刺穿了刘捷的身体。

这时,院子里的所有人都愣住了。

刘捷双手紧紧抓着刘奎璧的衣服,但身体还是一点一点沉下去,而眼睛则期盼地望着刘奎璧的眼睛。

刘奎璧感到万念俱灰,猛然拔出剑来。刘捷中了致命的一剑,脸上却露出一丝欣慰的微笑,头一歪,咽了气。

皇上看得眉头紧锁,轻叹一声。

皇甫少华也愣住了。

许久,许久,刘奎璧手中的那把剑才"当啷"落地。刘奎璧侧目看了一眼刘捷的尸体,痛苦地闭上了眼睛。

血战结束,皇甫少华牵着白马将君玉送回相府,或许是刚才的刘奎璧亲手杀死自己的亲生父亲那一幕太过残忍,两人一路都没有说话,还是少华先打破了沉默:"如今沉冤得雪,大仇得报,我们也该考虑离开了。"君玉还有些惆怅:"是啊,我也这样想,是应该考虑考虑日后的日子了……"她抬头无意间看到,相府外面的灯笼上裹着白布,大吃一惊:"这……这是怎么回事?"她丢下皇甫少华,径直跑过去,少华急忙跟上。君玉推府门不开,用力砸门:"开门!快开门!我是郦君玉!"里面响起凌乱的脚步声。门开了,是荣发。"荣发,到底怎么了?"荣发拉住她,忍着泪水:"公子,你要节哀啊……"君玉:"快说啊!到底是谁出事了?"荣发落泪:"是相爷……"郦君玉呆住了,一动不动地站在大门口,皇甫少

265

华等人不知如何是好，风猛烈地吹过郦君玉的脸庞和那双失神的大眼睛。她徐徐抬步，进入大门。

屋内，郦君玉女装素服，靠在窗台发呆。少华轻轻走进来。上前抚着她的肩膀："丽君，我知道梁丞相的过世对你打击很大，你要看开些。刘捷服诛，也算是对老丞相的告慰——"君玉打断少华的话："少华！我只是觉得有些孤单。丞相大人走了，仿佛支撑着我的一根梁柱没有了。"少华不忍自己深爱的女人受这样的煎熬，将她搂在怀中："相信我，今后做回你自己，后半生，我来补偿你吃过的苦，做一个无忧无虑、无冤无仇的孟丽君。"君玉无助地靠在少华肩头，缓缓地闭上眼睛："少华，我们还回得去吗？我们能忘记这一切吗？""丽君，能，当然能！看，我不就在你身边吗？""少华，我好累……咱们走吧，不论到什么地方，我都跟着你，远离尘嚣！"少华点点头："我答应你。"他从怀里拿出一个布包，打开，里面是一副十分秀气小巧的发簪。他轻轻地为君玉戴上，然后牵着她的手来到铜镜前面。君玉看着铜镜里的自己，虽然憔悴，可头上的发簪却平添几分女性的柔美。她有些感动，也有些不好意思："少华你这是做什么……""丽君，你是天底下最美的女子。我发誓，一定让你得到女孩子所有的幸福！"

君玉转过身，充满感激地看着用心良苦的少华，紧紧抱着他，依靠着他。烛火映着郦君玉的脸庞，忽明忽暗。窗旁，少华搂着她坐在灯下。天亮了，两人还保持着这个姿势。君玉在少华的怀中熟睡。

忽然，一阵拍门声响起。二人惊醒，急忙整理一番。荣发进来："小姐，皇上一大早就派人来，请你入宫呢！"君玉看着少华："少华，有些事情，我必须要给皇上一个交代。只是，我担心皇上不放我们走……""我也犯愁这事，怎么才能想出个安然脱身的万全之策？你先去吧，见机行事！"君玉想了想，终于下定决心："荣发，快帮我更衣——"荣发挽起丽君的长发，抓起官帽扣在丽君头上，然后要帮丽君换衣服，少华不好意思地出去。但是官帽下面，那个小巧的发簪却留了下来，谁都忘记了它的存在。

御书房内，皇上卸下了心中的一块大石头，正轻松地翻看书册。太监前来禀报："皇上，郦大人来了。""快请进来！"郦君玉进来，门又关上。"臣郦君玉叩见皇上。""爱卿快快请起。"皇上亲手将郦君玉扶起来。忽然间，他看到郦君玉发巾下面露出的半截发簪，愣住了。君玉浑然不觉："皇上急召微臣，所为何事？"

皇上忙掩饰失神："噢,也没什么特别紧要的事情,这次爱卿能够助朕平定刘捷之祸,实在是社稷之福、朝廷之幸!朕想问问你,那刘奎璧该当如何处置?""皇上不是已将他释放了吗?""是啊,朕念他年轻无知,确也不曾卷入其父的叛乱阴谋,姑且饶他一命,也彰显上天好生之德。不过,刘捷的爵位被褫夺了,而刘奎璧在兵部的侍郎之职,还予以保留吗?""这……臣斗胆问一句,那些在刘捷的劝退书上签了字、画了押的文武大臣们,皇上打算怎么发落?""他们……朕也一一审问过了,这些家伙确实是被骗进刘府,在淫威高压之下签的名字。牵连的人太多了,若是统统问斩下狱,朕的朝堂怕是要空了一大半!""皇上的意思,是不是既往不咎,让他们都官复原职?""这么做,不妥吗?""皇上圣明,宽仁厚爱,方可赢得天下归心,臣祝贺皇上!"皇上忽然大悟:"啊呀,君玉,你这可是一语点醒了朕!好,可以不罚,但不可以不赏!"皇上边说,边走到她身后,想动手取下她头上的发簪:"你和皇甫将军二人护驾有功,连老太后都说,是该论功行赏!"君玉迟疑:"这……臣等为朝廷尽忠,不求功名,皇上不必在意……"皇上笑了笑:"此事朕已经拿定主意,爱卿就不必过谦了。你二人就等着正式颁旨吧!"郦君玉总是回头,让皇上屡次失手。

他想了想,走到她身前来:"对了,爱卿的伤势怎样了?让朕看看。"君玉急忙用手捂着臂膀:"臣不敢。""无妨,你我同历生死,何必在意?来,让朕看看。"君玉慌忙躲避:"皇上!臣……臣要走了。"皇上一愣:"走?为何这样急着要走?""请皇上原谅,今日是老丞相头七之祭,家里人都在等着跪拜灵堂……""哦,那你是该早些回去……"皇上想了想,又改变了主意:"慢,等一等!"郦君玉一愣:"朕与你同行,也要去祭奠老丞相。"君玉不知该说什么好:"这……使不得呀……""怎么使不得?若没有丞相孤忠报国,哪有朕的今日?来呀——准备祭品,吩咐摆驾,朕要亲往相府!"郦君玉一躬到地:"臣代合府上下,谢主隆恩!"皇上趁此机会,从她脑后偷偷将发簪拔了出来。郦君玉猛然感到有些不对劲,抬头观望,却不知道发生了什么事。

相府灵堂内,皇上毕恭毕敬地给梁丞相灵牌上香。梁府所有人跪在地上,肃静无声。皇上三鞠躬后,回过身来:"郦爱卿,斯人已逝,来者可追,你们不要太伤神了,朕还等着你回朝理政呢!""皇上,臣正要向您告假……"皇上一惊:"告假?""老夫人扶灵回乡,臣当时还在狱中,如今出来了,理当追随老人家而去,守庐尽孝。"皇上犹豫了:"这……可以不去吗?"梁素华哭出声来。皇上看看

267

她，心中不忍："唉……家事国事天下事，事事忧心！君玉，你……你容朕再考虑一下，明日上朝再议。"郦君玉："这……遵旨。"众人跪送皇上出门。

夜深了，皇上还独自在书房里徘徊。他手捏着那枝金簪。忽然间，他踱回到书案前，翻找出《敬茶图》观看。想起他以前曾觉得郦君玉的侧影跟《敬茶图》中的孟丽君很像。再举起金簪看看，他恍然大悟。"天哪，莫非……莫非他真是那个无影无踪的孟丽君？这怎么可能？太离奇了……"他霍然而起，又重重坐下，不知如何说服自己。

相府内，郦君玉正在卸妆，又恢复了女儿身。她已经和少华约定好要离开这个伤心之地了，少华的大仇得报，梁相为了自己也搭上了性命。除了放心不下皇上，她再也找不到留在这里的理由，想到皇上，君玉叹了口气，唉，该怎么对皇上交代呢。她边思索着边寻找着自己今天戴过的金簪，正在翻找，却无意间看到梁丞相留给她的一个木盒，她心中难过，想看又不敢看，犹豫许久，终于鼓起勇气打开盒子，里面有一叠厚厚的信件。她颤抖地一一拆开，一口气看完了梁丞相留下的所有书信。原来梁丞相早已发现了郦君玉的女儿身份，对她与孟家的关系也有所猜测，可他老人家不但一直为她保守着秘密，还为了救她牺牲了自己的生命。君玉看得泪水涟涟，正在这时，皇甫少华走了进来："丽君？"君玉匆忙将书信收好："你来啦……""向皇上告好假了吗？""嗯……他说……他说天明朝议时，再商量……""那么，你今日还要上朝？""有什么办法？我们总不能不辞而别呀，那更会引起无端的猜疑！"少华想了想："你说得对……"他叹了口气，又退出门去。门关上时，风吹拂着蜡烛火苗，摇摇摆摆。

君玉还沉浸在对梁丞相的怀念之中，忽然，外面响起白马嘶鸣。她惊醒，转望窗外。天色渐亮。回身，发现皇甫少华已经不在。"少华？少华！"她冲到门口，停步，回望梁丞相用尽心血写成的信，她心情矛盾地双手抱住头，痛苦万分。

皇甫少华轻抚着白马。白马嘶鸣。少华轻声地对白马说："快了，快了……天就要亮了，我们也该走了。"他轻叹，少顷，他从行囊内取出皇甫敬的那块有流苏的玉佩。少华心中默念：爹，如今一切冤屈都已得雪，孩儿和孟丽君也终成正果。我们打算离开这俗世红尘，归隐山野。望爹爹在天之灵，保佑长华姐姐平安……愿爹能原谅孩儿迎娶丽君。少华答应她，此生永远不离开她，照顾她，保护她！

半晌，还是等不到郦君玉，少华苦笑一声，翻身上马，拨转马头，准备离去。

白马却停步不前，还晃着脑袋。少华苦恼："怎么？连你也留恋这红尘俗世？"
"不，它是在等我！"皇甫少华回头，见郦君玉背着包袱出来，看着他，他渐渐露出笑容，君玉也笑了。少华向她伸出手臂，君玉握住他的手。少华猛然用力，将她拉上白马。白马疾驰起来，郦君玉紧紧闭着眼睛，抱着皇甫少华的腰，只是眼角流下眼泪。

二人远去，扬起一溜尘烟。

二十八

干枯的树林中，远远的，皇甫少华的白马漫步过来。君玉依旧抱着少华的腰，此时的她心绪起伏。两人进了树林后，落身下马。君玉坐到大树下，摸出干粮啃着，眼中透出一丝落寞，少华递给她水囊。"前面就是驻扎在外城的兵营了，我想，天黑前我们就能出了顺天府，再过几日便能离开京畿。到那时，天高皇帝远，谁也管不着我们了……"闷雷阵阵，远处，兵营里偶尔走过巡逻的队伍。君玉看到了那些士兵。"少华，那些跟着你南征北战、出生入死的兄弟们，你真的放心得下吗？"少华听闻，缓缓将水囊放下，低头不语。片刻，他抬起头来注视着她的神情。"是放不下！但我只想带你回到江南，恢复过去平静的生活。"

突然，一道闪电划过，霹雳震响。随即，大雨倾盆而下。两人猝不及防，慌忙找地方躲避。不远处，有一座接官亭。他俩狼狈地跑了进去。

雨越下越大，电闪雷鸣。郦君玉看着"接官亭"匾额上的落款，愣住了。原来，两侧柱子上，铭刻着一副对联，居然是梁丞相的手笔：苟利国家生死以，岂因祸福趋避之。郦君玉热泪盈眶："老丞相……"皇甫少华感慨道："梁丞相写的这副对子，是不是在勉励每一个进京做官的人？"郦君玉点点头："这也是一条不归之路啊！忠臣良将，鞠躬尽瘁，乱臣贼子，恶贯满盈，谁都无法回到过去了……"少华一怔："丽君？"郦君玉："少华，老丞相和皇上，对你对我都寄予厚望。而我们就这么走了，是不是……"少华："我不在乎，难道你还没过够这女扮男装、提心吊胆的日子吗？"君玉摇摇头："可是梁丞相的这副楹联，偏巧出现在此时此地，这难道不是天意吗？我郦君玉的命，是他老人家换来的！他的声音老在

269

我耳边回响,我抛不下他的嘱托啊……"少华失望:"你,你后悔了?"君玉坚毅地说:"少华,如今朝中无人,正是用人时刻,待我帮皇上物色一批栋梁人选,我们再堂堂正正地离开,好不好?""不行!丽君你不能回去,一旦回城,你就很难脱身了!"君玉恳求道:"少华,你要对我有信心,我只是不想留下遗憾。"少华的神色黯淡下去。他明白了郦君玉的选择,牵着她的手也渐渐放下,淡淡地说:"好,你回去吧,我不想见到你后悔一辈子……"郦君玉愣了:"你不陪我一起回去?"少华避开她的目光:"不,我情愿留在这里的军营中,等你回来。"郦君玉看着皇甫少华,认真地点点头:"谢谢你,少华。等着我……我很快就会回来的!"她骑上了马,一路奔驰而去。渐渐地,她的身影越来越模糊了。林间,落叶飘散。皇甫少华闭上眼睛,轻叹。

金殿之上,刘奎璧躬身立在朝堂之中,静听皇上训示。皇上威严地看着他:"尔父犯上作乱,背主叛国,论律当满门抄斩。姑念你并未参与阴谋,且能苦口劝谏,大义灭亲,朕特赦你一切过错,官复原职,世袭刘捷的忠义王爵位,至于封地和护卫暂且收回,以观后效。望你吸取乃父教训,做一个忠君报国的正直臣子。你听明白了吗?"刘奎璧哽咽着:"谢皇上恩典,罪臣无以报答,唯将这一腔热血抛洒疆场,替皇上奠基万古不朽的伟业!"皇上欣慰道:"好,你能有此志气,朕也放心了。列位臣工也是一样,只要洁身自好,一心为国。以前的事情,朕,不做深究。"一直忐忑不安的群臣,也终于松了口气,议论纷纷,面露喜色,称赞皇上宽宏大量,是仁义之君。刘奎璧跪谢皇上圣恩,脸上虽然挂着笑容,但却强忍着内心的愤恨。

皇上面露笑意,点点头。但四下看看,朝堂之中却没有郦君玉身影,不禁眉头微蹙。

这时,潘公公匆匆来到,禀告皇上太后自从在刘府受了惊吓,便心绪不宁,茶饭锐减,今早起床梳洗时,竟晕倒了……情形不大妙!皇上连忙退朝前去探望。

寝宫中,刘太后昏睡在牙榻上,小宫女、潘公公等环伺四周,大气不敢喘一声。皇上一见,忙趋步上前:"母后?母后……"刘太后微微睁开眼睛,勉强地说:"皇上,你来啦?这一回,怕是我们母子要永别了……"皇上顿时泪如泉涌:"母后不要这样想,您只是偶染小恙,会好起来的,一定会好起来的!"刘太后摇摇头,禁不住老泪纵横:"皇上,哀家知道,大限将至……唉,这都是刘家造孽多多,刘捷一死还不足以赎罪,我这做姐姐的,也要陪他去了……"皇上忙劝:"母后何出此言?国舅罪有应得,是母后助孩儿逃出一劫,功德齐天哪!"刘太后叹口气:"话虽如此,我还是有愧呀!教弟无方,哀家无颜面对先帝,也无颜面对刘家的列祖列宗……"皇上安慰道:"母后不必烦忧,朕已赦免了刘奎璧,而且让他官复原职,世袭爵位。"刘太后颤颤巍巍地要起身:"好皇儿,你为刘家留下了一条根,为娘真想给你磕个头——"皇上急忙按住她:"母后,母后不要折煞孩儿!孩儿也知道母后的心病,生怕奎璧再不学好,朕已经宣他来看望您了。"

话音刚落,刘奎璧进来了。他一进殿,便跪在地上,匍匐着爬到刘太后床前,放声痛哭:"太后娘娘,皇上,奎璧有罪,辜负太后宠爱栽培之恩啊……"刘太后挣扎着起身,对着刘奎璧道:"奎璧,我的儿!你……你不要哭,老身还没有去呢,起来,起来,让姑母好好看看你。"刘奎璧抹抹泪,谢恩之后站起来,来到太后榻前。刘太后爱怜地望着他:"奎璧呀,经过这一番变故,你是不是真正长大成人了?千万千万,要以你父为戒,一心向善,为国尽忠,洗刷刘家的耻辱。"皇上也说:"奎璧,日后你也要尽心竭力辅佐朕。"刘奎璧连忙表态:"是,皇上。奎璧如今再无亲人,我没有别的心愿,只求皇上赐我留在太后身边,端汤奉药,聊尽孝道。"皇上颇为嘉许,对太后说:"母后,难得奎璧明白事理,朕就准他留在这里,给你做伴,如何?"刘太后点点头:"奎璧,替我谢谢皇上。"刘奎璧又趴下磕头,一脸恭顺谦卑。

这日,君玉一身朝服,跟着一个小太监,匆匆来到御书房外,她进门前,深深吸了口气。御书房的门开了,皇上看到郦君玉,难抑喜悦,目光如炬,饱含深意地说:"君玉,你来得正好,朕正要召你进宫呢。"郦君玉一愣,回避皇上的炽热眼神,急忙行礼。皇上宣布,即日起任她为吏部尚书,赐一品衔,参知朝廷一切政务。郦君玉大惊,连忙表示惶恐难以担此重任,皇上却说:"朕心里清楚得很,刘捷和梁丞相都不在了,满朝上下,唯有你能帮助朕,辅佐朕,实现朕的理想!"君玉无奈地说:"可是……皇上,光靠臣一个人的力量还远远不够。当务之急是请皇上着重培养提拔一批栋梁之材,后起之秀。"皇上敏锐地说:"哦,爱卿此话是为朕打算,还是为自己谋求退路?"君玉坦诚言道:"恕臣直言,在朝为官并非臣的最终理想。臣……臣打算替皇上物色一批得力人才之后便辞官归隐。"皇上一愣:"归隐?"他刚才高兴的心情瞬间变得沉重起来。君玉:"皇上,臣深感皇上对微臣的信任与厚爱,故殚精竭智,矢忠报效。如今内外俱安,待后继有人,臣便可安心离去了。"皇上思忖道:"可是,朕要是不答应呢?"君玉:"这……臣早已身心疲惫,只怕长留在朝中,也是有心无力……""非走不可?"君玉表情决绝地说:"求皇上成全!"皇上想了想,也下了个决心:"不忙,朕还有一样礼物要送给你。这件礼物,朕也是琢磨了很久……"说着,他从袖中拿出发簪,递给郦君玉。君玉愣愣地看着发簪,大惊失色。

怪不得,她怎么找,也找不到脑后的那枝金簪了。君玉结结巴巴地说:"皇上,这……"她的反应,皇上全部看在眼里:"这是朕赏赐给令夫人梁素华的,还愣着作甚?"郦君玉只好接过来:"谢皇上。"她颤抖地接过簪子,呆在原地,不知所措。

皇上:"君玉,不想听听这簪子的来历吗?"郦君玉赶紧跪下:"皇上!请皇上相信君玉,君玉虽然对皇上隐瞒了一些事情,可君玉对皇上的忠心,从未有半点虚假!"皇上:"你放心,有朕替你做主。谁也不敢拿你怎样!"郦君玉:"臣不敢。看来臣已经到了不得不走的地步了……"皇上走到悬挂的《敬茶图》跟前,端详着它:"还记得朕跟你说过,想要寻访画中女子么?"郦君玉汗如雨下:"臣记得……"皇上摇头:"如今大可不必了,朕猜想她其实就在离朕不远的地方。"郦君玉心里明白,呆住了。皇上看到她呆呆的神情,明白她已知自己的身份暴露了。

272

两个人就这么愣愣地对视着。郦君玉眼神游离,透露出内心的慌乱,几欲落泪,却终于强忍着内心的激荡说:"皇上,请恕臣大不敬之罪……"她行礼过后,转身欲走。皇上默默地说:"只可惜梁丞相对你的期盼,恐怕就要付之东流!唉!老丞相,你对朕说的话,朕还字字在耳……当初你宁愿为保全郦君玉这一栋梁之材而甘心赴死!可……可是这值得吗?"郦君玉几乎崩溃:"皇上,不要再说了!"皇上轻轻地说:"君玉,朕不想为难你……你先回去考虑一番,再做决定吧。""是……臣……臣先告退……"她逃也似地走出书房。

门口,皇甫长华正好走过来。她先是看到郦君玉慌张而去,再看到皇上看着《敬茶图》发愣,不禁一怔,她想了又想,回身离去。

君玉在皇宫里面的路上疾走着。她心绪难平,越走越快,几乎跑了起来。忽然,她又渐渐停下脚步,十分犹豫,想了想,还是下定决心,转头回去,她心里矛盾极了,刚要向回走,忽然被人拉了一把。她一愣,回头一看,竟是皇甫长华。长华四下看看无人,低声道:"丽君妹妹,你这是怎么了?"君玉一时语塞:"我……

我要找皇上，有急事。"她也看了看四周："长华姐姐，失陪了。"她匆匆忙忙地离开。长华看着她的背影不得其解，喃喃自语道："不是刚从皇上那里出来吗？这是怎么了？魂不守舍的……"

御书房内，镇尺轻轻压在《敬茶图》上面，皇上闭目凝思，稍顷，他睁开眼睛，轻轻一叹，拿起毛笔，在《敬茶图》上写道："春闱一竞鳌甲，蕃乱孤身独踏。红粉竞英雄，绝笑古今佳话。一霎，一霎，人去东墙落画。"笔尖在纸上游走，随后又提笔行书："如梦令"皇上紧锁眉头。这时，君玉猛然进来了。皇上睁开眼睛，不禁笑看着她。君玉急促的喘息渐渐平稳下来："皇上，微臣对于朝政，还有一些想法要跟皇上讲。"皇上看着她，渐渐露出笑容："爱卿还是放不下朕！""不，不……微臣只是为了朝政着想。臣听闻皇上已给刘奎璧官复原职？""是啊。朕让他世袭忠义王爵位，并且继续在兵部任职，只是削了他的护卫和封地。""微臣以为，不仅如此，还应将刘奎璧尽早调离朝廷，以防他与刘捷旧党互相勾结，惑乱朝纲。这样才是对他的爱护，也可从根子上杜绝后患！"皇上有点惊讶："哦？何必如此紧张？太后病重，朕已派他留守在太后身边做伴了。有爱卿替朕留意刘奎璧的一举一动，朕放心得很！"皇上的眼睛里情不自禁流露爱慕之色："可是……"君玉还想说些什么，皇上打断她："好，朕答应你，对刘奎璧他们留有分寸。朕最信任的，还是你郦爱卿！"君玉无奈："臣并非争宠，臣只是……"皇上自信地说："爱卿不必多言，朕明白。朕若想治你的罪，不会等到今日。"看着她惴惴不安的样子，皇上伸出小手指："怎么？你还信不过朕？朕答应你，一起保守这个秘密！如何？"郦君玉看着他伸出来的手指，迟疑片刻，也伸出手指，与皇上的手指勾在一起，皇上欣慰地笑了。

遭受丧父之痛的刘奎璧日日苦闷，他把弑父的仇恨都迁怒于郦君玉，一心想着报仇，可眼看着仇者快，他只能日日买醉。

这日，刘奎璧搂着两个妓女，说说笑笑地经过客栈，陡然抬头，却突然发现客栈窗户上面挂着一段红绸，不禁呆住了。

平定了情绪后，刘奎璧进屋，关上了门，静静地站在那里。苏映雪一身素服，回身看着他，刘奎璧冷冷地开口："苏大小姐，你央求我搭救郦君玉的事情，我照办了。郦君玉却害得我家破人亡，害得我……害得我亲手杀了我爹！"他静默下来，房间里一片死寂："不知大小姐今日还有何事要我去办？在下愿意效劳。"映雪倒吸了一口凉气："奎璧，别这么说，我不是那个意思。"刘奎璧冷笑："你觉得

273

委屈了？可是起码你能替梁大人披麻戴孝，而我连祭奠亲爹都不可以！"他的冷笑，吓到了苏映雪："别这样。"她鼓足勇气："奎璧，咱们走吧，离开这里，忘掉这一切！放下所有的怨和恨……我义父死了，你爹也死了，我们同病相怜，我们也没有牵挂了……"奎璧一言不发，盯着她，忽然伸出双手，紧握住她的手腕。"不！我忘不掉！为什么？你们都是好人，你们都在委曲求全！我呢？我是什么？我到底是什么东西？啊？"他渐渐疯狂，用力握着苏映雪的手腕摇晃着。她强忍着疼痛，咬牙垂泪。刘奎璧发泄完了，猛一放手。苏映雪身子一歪，跌倒在地上。刘奎璧清醒过来，急忙扶她。"对不起，我不该向你发火，我……不知道为什么，一见到你，就无所顾忌了……""我没事。"映雪轻抚着他的脸庞："我知道，这世上，只有在这个小小的客栈里，在我面前，才能让你脱掉伪装……所以我愿意等你，我相信，你一定会来的！"刘奎璧心生温柔，感动地一把搂住苏映雪。

火烛燃烧过半，刘奎璧坐在床边，苏映雪在熟睡。刘奎璧温存地细细看着她，轻轻为她捋了捋头发。她在刘奎璧怀中辗转，嘴里还喃喃说着梦话："不要离开我……"刘奎璧轻轻擦去苏映雪眼角淌下的泪水。刘奎璧矛盾而痛苦："对不起，你认识的刘奎璧，已经死了，他在杀死他爹的同时就死了……这间客栈我不会再来了，映雪，你多保重！"刘奎璧狠狠心，放下熟睡的苏映雪，悄然而去。

274

太后躺在病床上不停地翻身，咳嗽呻吟，虚汗直冒。长华坐在太后身边，耐心地拿着手绢为太后擦拭汗水，然后给太后抚背。太后呼吸渐渐平稳，昏睡了过去。长华的胳膊已经酸了，强忍着。她的一只手被太后握在手中，她却不敢动，怕打扰太后睡觉。突然太后皱紧了眉头，仿佛做了一个噩梦。长华的手被太后用力攥着，指甲已经嵌到肉中，她强忍着疼痛，继续为太后擦汗。渐渐地，太后紧皱的眉头舒缓开，长华也微微松了口气。

太后翻了个身继续睡去。长华从水盆中拿出洗好的湿巾敷在太后额头，然后端着水盆起身出去。皇上已经站在门口，看着长华。长华愣了："皇上？"皇上微微点头，长华突然反应过来，急忙将袖子放下来，遮挡住刚才的伤痕。皇上瞥了一眼，不动声色。

入夜，皇上更衣，长华在一边伺候。他一把抓住她的手："默妃，坐下陪朕，不要再替朕忙碌了。"长华笑了笑："没关系，臣妾愿意亲手伺候皇上。"皇上："你何止伺候朕，想不到最近一直是你在服侍太后！"长华："皇上政务繁忙，臣妾不想让后宫之事烦扰圣上。""默妃,你瘦了……"长华略显娇羞,侧头不好意思地说:"哪有,臣妾在后宫养尊处优,怎会瘦了呢?"皇上搂着她坐下:"如今刘捷伏诛,朝中也终于安稳下来,朕会多些时间来陪伴爱妃的。"长华:"长华不敢。如今正是建功立业的时候,皇上应当励精图治,勤于政事。"

这时,一个宫女手拎着一个木盒子走来呈上,皇上亲自打开木盒,原来这是一个药箱,里面都是药膏和纱布,长华愣了,明白了皇上的心意,深深感动:"皇上您这是——""朕都看见了,你不用再解释什么。朕要亲手给你包扎。"长华动容,笑了笑,点头。

灯下,皇上轻轻拉起她的袖子,露出伤口,仔细地为她上药。长华充满爱意地看着神情认真的皇上。他碰到伤口,长华不禁一颤,皇上关切地问:"怎么?疼吗?"长华摇摇头。二人深情对视,一切尽在不言中。

这天,刘太后的精神好了很多。长华牵着刘太后的手,陪她在御花园里面散步。长华不时指引着她观景,太监、宫女们跟随在后面。皇上站在不远处,看着刘太后与皇甫长华在一起,露出笑容。刘太后和长华也看到了皇上。长华急忙扶着刘太后过来,她向皇上行礼:"臣妾见过皇上。"皇上点头:"爱妃请起。"他向太后行礼:"儿臣向母后问安。"太后笑了:"这些日子,有默妃在哀家身边服侍,感觉好多了!""母后玉体安康,儿臣才能放心于国事。"三人来到凉亭。刘太后坐下,皇上和皇甫长华侍立两旁。刘太后:"我说皇儿啊,你后位久空,不是办法。哀家的身子撑不了多久,还是要尽早定下来这立后的事情。""母后——"皇上想说些什么,又被太后打断:"唉,不要再说啦!哀家以前偏听偏信,受那妖女梅妃蛊惑,对默妃多有不公。直到今天才看出来,其实长华她宅心仁厚,是中宫的不二选!皇上一定要早日封立,为哀家生个小皇孙,哀家就心满意足了。"皇上和皇甫长华对视一眼。长华害羞侧头:"是,儿臣这就命人准备。"长华一愣:"皇上,臣妾何德何能,怎敢正位中宫?"太后说道:"长华丫头,不要过谦了,你想叫哀家失望吗?"长华:"臣妾不敢……""你呀,就是我们娘儿俩心目中最好的皇后!"太后满足地笑道,引得众人皆笑,一副其乐融融的样子。

这时,一个太监上前低声道:"皇上,郦大人来了。"皇上点点头:"母后,儿臣还有公务处理,告退了。"他匆匆走了。太后有点不解:"唉,也不知道皇上是怎么了,就那么看重郦君玉?不论何时何地,一听到郦君玉来了,都要去见!"说者无心,听者有意,皇甫长华想起那日郦君玉和皇上的反常表现,心里一沉。

275

御花园里，郦君玉陪皇上一路走来。两人走入凉亭回廊里。"郦爱卿，你接下吏部，朕很高兴。前几天真怕你就这么走了……""皇上，臣就算归隐山林，也会堂堂正正地告退。刘捷把持朝政以来，用人多阿谀奉承之辈，吏治已到了不能收拾的程度。皇上既重用微臣，君玉就甘做皇上的一把利刃，先从整肃官风开始，重振纲纪！"阳光下，桃花灿烂，郦君玉的面色宛若朝霞，皇上笑着拉住她的手。"朕倒不缺刀刃，少的只是像你这样锦心绣口的知己！"君玉脸一红，急忙将手抽回来。"皇上，莫开玩笑……依臣之见，这后宫之内，首推默妃娘娘贤良端正，你该早立她为后才是呀！"皇上点头："正是！太后已经同意封立长华为后，长华也总算修得正果。""微臣恭喜皇上，默妃娘娘封立皇后，人心所向啊！"皇上爱慕之情溢于言表："默妃好是好，可没有郦爱卿这么才华横溢，光芒四射，令朕折服……""皇上又说笑话，微臣怎可与娘娘相比？君是君，臣是臣，男是男，女是女，尊卑有序，内外有别。""可是在朕的眼里……""皇上！请恕微臣告辞，外朝还有许多事情，等待微臣前去处理。"郦君玉正色道。皇上不悦："郦君玉，朕就这么令你讨厌吗？""不敢。臣只知道，君待臣以礼，臣事君以忠，以往武胜亲王和刘国舅胆敢作乱，皆因为他们仗着皇亲国戚，在天子面前尊卑不分，任性惯了，才有恃无恐，酿成大祸！"皇上宽容地笑笑："你这是变着法儿，骂朕太放纵他们了吧？""臣请求皇上自重，勿给小人以可乘之机。"皇上失望："知道了，你走吧。"郦君玉鞠了一躬，昂然走出。皇上不甘心，突然喊了声："孟丽君！"君玉愣了一下。"你放心，朕绝不会因小失大，忘了我们的约定！"皇上说着，竖起了小拇指。郦君玉看着孩子气的皇上，哭笑不得。"朕还要倚重你为国尽力，暂时旁的不做他想。前日的事情，朕都已经忘了，希望爱卿不要挂怀。"两人拉起勾来："皇上……微臣定当竭力报国。"

这时，前来看望姐姐的皇甫少华径直走向御花园，意外看到皇上和郦君玉拉手的一幕，一时愣住了。郦君玉和皇上也感到旁边有人，望过去，正看到皇甫少华，也愣了一下。少华忽然看到郦君玉和皇上如此亲密，简直不相信自己的眼睛，心里像被大锤重击了一下，转身仓皇离去。君玉有些慌乱："皇上，微臣告退。"她匆匆地出去。皇上看着他们离去的背影，稍稍发愣。

皇甫少华脸色铁青地向前走，郦君玉在后面追赶着："少华，你等等我！"少华驻足："郦大人，下官如今已经心系山林，恐怕不能帮你料理军国大事了，告辞！""可我不能放弃梁丞相的遗愿啊！少华，请你相信我，这件事一完，我立刻离开朝廷。"少华叹了口气："丽君你要知道，做完这件事，还会有那一件事等着你。不懂放弃，你就永远没有解脱的一天！""不，我坚信有这样的一天！""如果有那么一天，我不知道皇上还会不会放我们离去？"君玉转身上前："少华！你误会皇上了。你要等我，只需等到朝廷渡过这段危机……皇上已经答应我，会让我们离开。""皇上答应我们离去？"他神情渐渐落寞下去："可是丽君，君臣有别，如果皇上他也对你……"他不忍再说下去："皇甫少华又怎能与皇上争夺？"君玉呆了，过了半响才缓过来："少华，你……你怎么能怀疑我与皇上……"少华摇头："不是我怀疑，丽君，君要臣死，臣不得不死，我们还能怎么办？""不，我绝不妥协！少华，万一真的有那么一天，我不会放弃！"少华有些混乱："对不起，丽君，你让我冷静冷静……"他大步离去。郦君玉忍不住流下眼泪，无力地靠在树上。

　　青莲庵外，进香的香客三三两两。皇甫少华缓步走来，忽然被庵门口的吵闹声吸引过去。大门外，一个女子被住持和两个小尼姑推推搡搡地赶了出来。那女子意外地被门槛绊倒在地，跌倒在尘土中，可周围人谁也不敢去扶她。只听住持说道："唉，早知道你是个祸害，我们就不会留你在此了，你快些走！"少华停步，见那女子有些面熟。趴在地上的女子，努力支撑起身体，转过头来，神情萎靡，楚楚可怜。她竟然是刘燕玉！皇甫少华愣住了。住持厉声地说："从今天起，你就离开我青莲庵的大门，不要再回来了！现在与当年可不一样，老住持心慈仁善，什么人都敢收留，如今她已经仙逝，我们可没有这胆子，敢将乱臣贼子的女儿收留在此。你若是还有些良心，就不要说我们青莲庵曾救过你！各位香客对不起了，今日小庵不开门，还请各位改日再来进香！""咣当"一声，大门关上了。伏在地上的刘燕玉，忍着伤痛强坐起来。周围的人们指指点点。刘燕玉自顾自地拿出手巾，慢慢擦净自己的脸。众人纷纷向刘燕玉表示唾弃和不满，她默默地坐在地上，一声不响。一条崭新的手帕，递到她面前。刘燕玉诧异，抬头一看——皇甫少华正充满怜爱地面对着她，刘燕玉呆呆地看着他，皇甫少华向她伸出手。刘燕玉迟疑，盯着那双手，泪水盈满了眼眶，缓缓地伸出自己的手。少华将她用力拉起来，又从怀中掏出银两，放在她手中："燕玉姑娘，这些银两拿去安身吧。"刘燕玉依旧用木讷的神情看着他。皇甫少华也不知道该说些什么，点点头，落寞地转身离去。刘燕玉一直望着他的背影，泪水终于控制不住，流下面庞。

御花园外，刘奎璧又去拜谒完太后，潘公公陪着他出宫。潘公公小声说："你这样天天拜谒太后娘娘，也够辛苦的！唉，也许是皇甫家真有神灵保佑，梅妃对付皇甫长华，结果被打入冷宫，尔后你爹又对付皇甫家，结果也落得这步田地，如今她不伤毫发地就要当上皇后了！唉，真是人算不如天算……"刘奎璧没理会他，驻足四下看："公公，往前是什么地方？怎么如此破落不堪？"潘公公抬头一看，神色慌张地说："哟，怎么走到这儿来了？快走，快走！"然后又压低声音说："就是乾西二所，冷宫！那个梅妃，就关在这里。"刘奎璧愣了，向里面张望，低头沉思片刻："你说梅妃住在里面，还有没有别人？"潘公公："这里除了她，鬼也不来一个！"刘奎璧："哦……她近况如何？有没有悔改之心？"潘公公叹口气："唉，这个梅妃，天天咒骂朝廷，对什么人都是一脸仇恨！哪个还愿意来看她？"刘奎璧暗自叹息："想不到这天底下还有和我一样生不如死的人……"他沉下脸："潘公公，你去跟太后说，我病了，今日不去看望太后娘娘了。"潘公公一愣。

偌大的冷宫，凄凉冷落，此刻连一个宫女都没有。梅妃披头散发地在地上的一个筐子里找东西吃。她发现一个苹果，拿出来在身上蹭了两把，吃下去。桌子上，一个尘封的木盒，梅妃看着它愣神，嘴里的苹果也忘了咀嚼。她打开盒子。里面是那把断碎的玉梳子，还有隐约的血迹。梅妃放下那半个苹果，轻轻地抚摸着玉梳，缓缓闭上眼睛，眼泪流了下来。忽然，门外想起敲门声。梅妃吃了一惊，急忙将盒子盖好，藏起来，结果失手将苹果掉在地上，梅妃惊呼一声，急忙追赶在地上滚动的半个苹果。敲门声又起，苹果滚到门口，被梅妃一把抓住。这时，门开了，梅妃来不及起身，抬头。大门缓缓打开，阳光也随着门缝越来越大而越来越强烈，照射着梅妃，她下意识地用手遮挡阳光。刘奎璧站在门口，梅妃愣了，刘奎璧看到她在地上捡半个烂苹果，也呆住了。

梅妃恢复了之前的淡漠，起身问到："你是谁？"刘奎璧行礼："臣刘奎璧，拜见梅妃娘娘。""刘奎璧？那个刘捷的儿子？""正是微臣。"梅妃大怒："滚！你和你爹害死了我舅父，害得我被打入冷宫！你给我滚！""那都是郦君玉的手段，况且，你舅父起兵谋反，谁也帮不了他。"梅妃冷笑一声："即便如此，你这个弑父求荣之人，本宫不想见，你滚！"刘奎璧想了想，躬身行礼："也罢，微臣告退。唐突之处，还望娘娘海涵。"梅妃冷漠地转身离去，关门。门关到一半忽然停住了，梅妃回头，原来是刘奎璧用一只手挡住了。梅妃冷冷地说："你要干什么？放手！"

李冰冰 饰 孟丽君
孙 兴 饰 刘 捷

刘奎璧反而推门进来:"有一件事,微臣忘了向娘娘禀告,皇甫长华将被立为皇后,不日就要册封。"梅妃眉头皱了皱:"此事与本宫无关,你出去!"刘奎璧笑了笑:"娘娘,微臣说句掉脑袋的话,娘娘不会介意吧?"梅妃转过身去,不理他。刘奎璧也不介意,自顾自地说下去:"奎璧想问问娘娘,谁把你从皇上身边推走?谁让你沦落到如此境地?武胜王的死,奎璧亲眼所见,惨不忍睹!"梅妃猛然转过身:"别说了!你到底要怎样?""臣如今也与娘娘同病相怜,因为我爹爹的死,竟和武胜王一模一样,也是由奎璧亲目所睹!"梅妃冷笑:"是吗?他活该!你们都活该!这叫一报还一报……"话音未完,刘奎璧突然一把抓住她的手,停在空中,将手缓缓地伸向她的脸庞:"娘娘,你生气的样子,倒是很好看。"梅妃气愤得浑身发抖:"大胆狂徒!你怎么敢……我要叫人了!"刘奎璧更加得意:"叫啊,只怕你叫哑了嗓子,也不会有任何人来!那个薄情寡义的小皇帝,如今正拥红偎翠,早把你忘了!"梅妃被击中痛处,噎在那里,动弹不得。刘奎璧轻轻用手梳理着她的头发:"娘娘,不要伤心了,花容易损啊!奎璧刚刚见过一个苏意发式,与娘娘十分相配,请准许奎璧斗胆帮娘娘梳理。"梅妃恶狠狠地盯着他。刘奎璧的手,顺着她的头发,轻轻滑落到她的脸庞。他附耳对梅妃轻声说:"臣相信,娘娘和微臣一样,从心底里都想拿回属于自己的东西,不是吗?"梅妃默默闭上眼睛。大门缓缓关上,阳光被关在外面。

夜深了,冷宫里面昏暗的灯火燃起。环顾四周,这里变了模样,原来杂乱不堪的景象全部没有,变成整整齐齐一尘不染。破旧的梳妆台也被修补好,梅妃身着粗布内衣,一改颓废之相,坐在铜镜前梳妆。她清秀的脸上,出现了红润。她身后是正在整理衣服的刘奎璧,他伏在梅妃肩头,轻轻抚摸着梅妃的脸庞。两人的目光都坚毅而阴沉。

长华寝宫内,皇上在宫女们的伺候下更衣。长华走到皇上身旁,为他端来一碗汤,皇上接过来,慢慢地喝着,两人幸福地对视着。外面忽然响起凌乱的脚步声。皇上一愣,皱眉道:"来人!外面出了什么事情?"太监推门进来,跪下。"启禀皇上,皇宫遭贼,还伤了人。""什么?在朕的眼皮底下,竟然会发生如此大事,当值者查办!""是。"长华关心道:"有人受伤了?不知是什么人?伤势如何?""回皇后娘娘的话,是乾西二所的废嫔梅氏,受了伤……"长华一愣,皇上也吃了一惊。"梅妃?她受伤了?""正是。"皇上不语,思索着什么。长华想了想:"皇上还是应该去探视一下,以示恩典。"皇上考虑了一下,点点头。太监急忙上前,帮

他披上衣服，皇上出去了。长华若有所失地靠在床上。

　　冷宫里，梅妃靠在床上，一件破斗篷披在身上。昏暗的灯火，映照着默默流泪的她。门开了，皇上带人进来。梅妃看到他们，惊呆了："皇上……"皇上也看到她，脸色阴沉。太监道："见到皇上，还不快跪？"梅妃方才清醒过来，挣扎着起来，却险些摔倒，原来是她的腿受了伤。她艰难地跪下："皇上——"皇上一把将她扶起来："起来吧，你受了伤，不必多礼。"梅妃哽咽："谢皇上恩典。"太监见状，急忙将她扶上床去。梅妃还在抹眼泪。皇上坐到床边，关心地问："伤势如何？"她摇头："不碍事。""是不是丢了什么值钱的东西？"梅妃摇头。皇上不解："那你为何哭泣不止？难道是那凶徒，对你做出什么苟且之事？"梅妃一愣，神色暗淡："皇上误会贱妾，贱妾心中只是悔恨，身边为何不留有钱财，让那贼人拿去？而不是丢了那个……""丢了那个？那个是什么？""当年皇上曾赠予贱妾的一把玉梳。"皇上一愣，渐渐想起来几年前，梅妃曾与另一位皇贵妃为了一把玉梳大打出手，梅妃为了那把梳子还受了伤："玉梳？可是那一把……"梅妃擦去泪水，点点头："贱妾无能，竟然只夺回一半。"皇上被感动："梅妃，你这是何苦啊？财物乃身外之物，被贼人拿去就罢了，何苦与他相争。你若是想要，朕命内官给你取来，想要多少都行！"梅妃摇头："不，不一样的。那把梳子是皇上与妾身的定情之物，旁的都不要，只要那一把！"皇上动容，起身微叹。他看着梅妃，虽然衣衫粗鄙，但容貌素雅，衣着整洁。他又环顾四周，有些诧异。只见房间里收拾得十分整齐，皇上四下走走，顺手摸了摸桌椅板凳，竟然一尘不染。"梅妃，你每日都将这里打扫一新？"他四下看看，忽然感到一切似乎都似曾相识："奇怪，朕仿佛觉得这里很亲切……"梅妃无奈地笑笑："臣妾不但将这里每日打扫，而且……皇上不觉得这里似乎来过吗？"皇上一愣，细细看来，点头："难道是当年东宫……"梅妃："这里所有的物件，每一件都是！与当年臣妾陪伴皇上在东宫度过的那段岁月相同，不曾改动半点。"皇上诧异，继而又有些激动地看着她："你……你竟然……"他心绪澎湃，在房间里转悠，来到书案前看看，又到梳妆台前看看，被感动了，看来的确如此安排。梳妆台上，一个被打开的木盒子，里面还有半截玉梳，上面依稀有血迹。皇上轻轻将它拿起来。皇上仔细看着："就是它，没错，朕想起来了，就是它！想不到你还如此珍视，可朕却几乎将你……唉，朕一定要捉住那盗贼，将另一半找回来，拼在一起！"

　　梅妃也动了情，她擦去眼角泪水："皇上……臣妾谢谢皇上恩典。臣妾无以为报，想为皇上再奉上一支舞——""可是你的伤？"她摇摇头，凄然一笑。梅妃咬紧牙关又跳起了当年的那支舞蹈，皇上回忆起当年的梅妃。那灿烂的转身、妩媚的笑容，旧梦重温，别有一番滋味在心头。梅妃情绪激动，再加上腿上的伤痛发作，一个趔趄，终于倒在了地上。皇上心里跟着一紧，眼角泛潮，赶紧扶她起来。梅妃强忍着痛苦："臣妾对不住皇上，臣妾的身子太僵硬了，已经跳不出当年的感觉……"皇上心疼难忍，一把握住她的手："梅儿，你受苦了。"梅妃扑进他怀中，放纵着自己的泪水："皇上……"她忽然想起什么，离开他的怀抱，擦去眼泪："时辰不早了，请皇上回宫歇息吧，今日册封皇后，别让皇后娘娘久等了，臣妾会保重好自己的。"皇上欲言又止，但只是点点头："好吧，爱妃珍重。"梅妃的眼泪又流下来，但还是用力地点点头。

第二天黄昏，长华在寝宫中徘徊着："奇怪，皇上怎么还没有回来？不是早就退朝了吗？"身旁的宫女说："皇后娘娘不必担心，皇上可能是被公务牵绊，一会儿就会回来的。"一个太监快步进来。长华忙问："怎么样？皇上呢？"太监："启禀皇后娘娘，皇上去了乾西二所，说是在那边用膳了。"长华愣了："是梅妃？"

她忽然觉得恶心，欲呕吐。宫女害怕了："哎呀，皇后娘娘，你怎么了？""没什么，就是有些难受……"宫女："快，快传太医呀！"太监跑了出去。

长华躺在床上，御医隔着帘子为她把脉。片刻，他露出喜色。御医起身："恭喜娘娘，贺喜娘娘！"长华还在纳闷："太医，本宫这是怎么了？"御医："皇后娘娘，您这个不是病，而是有喜了，有了皇上的骨肉了啊！"长华大吃一惊："什么？我有喜了？"御医点头："没错，下官敢用性命担保！"皇甫长华浮现出幸福的笑容，充满欣喜。

御医又问："皇后娘娘，此事要不要即刻禀报皇上？"长华高兴地道："当然要让皇上知道这个好消息。"她突然想起皇上在梅妃那里，愣了一下，神色淡了些："这……还是让本宫想一想。"思忖片刻，对御医说："最近政务繁忙，让皇上休息休息吧，此事先不用向皇上讲。待本宫找到机会，亲自告诉皇上。"御医告退，长华点头，她长叹一声，走到窗旁，推开窗子。外面枝头上的明月，格外明亮，她闭上眼睛，悄悄祷告。

二十九

黄昏的酒馆中，皇甫少华正独自百无聊赖地喝着闷酒，一个女子拉着一个盲琴师进来了。盲琴师拉琴，女子开始唱起小曲，凄凄苦苦，叫人爱怜。少华循声望去，居然是刘燕玉，与此同时，刘燕玉也看到了他，却无视地继续唱着。一曲罢了，众人叫好，有好心的人扔了几个铜板，燕玉低头谢过，转身就走。少华连忙追了出来。

小河边，少华追上燕玉："燕玉姑娘，听在下一言，回家去吧。"燕玉摇头："皇甫公子，你不用劝我了。那个地方，我这辈子都不会再去。""可，可你如今只能四方卖唱、风餐露宿抛头露面，这是何苦呢！你一个弱女子流浪江湖很是危险。"燕玉苦笑了一下："我并不觉得苦。更何况我是靠自己养活自己，光明磊落并不丢人。"她捡起一颗小石子，丢到河里："看，我就像它，默默无闻地躺在河边，即便是有一天被人发现，也免不了这样的下场。"她回头看看少华，淡淡一笑："谢谢你关心我。"少华："石子也不孤单，你看，至少它旁边还有很多石子，即便是落到河中，在河底也会有不少朋友的。"燕玉看着少华，少华却避开她直直的眼神，燕玉仍然盯着他："你觉得我很孤单？如果你能带我走，我会跟随你离开。你会吗？"少华默然，燕玉自嘲地笑了："皇甫公子，燕玉跟你开个玩笑，我知道你们每个人身边都不会缺少像我这样的人，你不用为我担心，保重！我从前以为很多事情都由不得我自己来作决定，现在我才真正明白，命运就在我手中！"

燕玉从少华身后离去，少华想跟上去，可又十分犹豫，叹了口气，看着燕玉飘然而孤独地远去。他回头欲走，却见不远处，郦君玉正在忧愁地看着他。少华瞥了她一眼，并不理会，径自走去，君玉在后面追赶。少华只好停下了脚步，背对着她。君玉："少华，你冷静一些，我有话跟你说。"少华一听火冒三丈："丽君，你和皇上走得那么近，伴君如伴虎，时时刻刻都会有危险，你要是有什么三长两短的话，我活着还有什么意义？"

听少华这样说，郦君玉很感动，坦诚地说："少华，你不要为我担心，皇上答应我，他会保守这个秘密的。"少华倒抽一口凉气："啊？他什么时候知道的？"

"在我们离开京城之前,仿佛他就知道了……"少华眉头紧锁,叹息道:"为什么不告诉我呢？"郦君玉:"对不起,我不是要故意隐瞒你,我只是怕你担心,怕你责备我留下的抉择是错的。"少华一把拉住她就跑:"咱们现在就走！走到哪里都行！越远越好！现在皇上是利用你,用这个秘密来要挟你,你不会再有好日子过了,知道吗？"郦君玉握住少华的手,让他平静下来:"少华,我们还能去哪儿？整个天下都是皇上的,难道我们要一辈子逃亡吗？这并不是我们想要的结果！"少华无奈而又无助地停了下来:"丽君,可是你到底想被皇上控制到什么时候？"君玉劝他:"一定会有办法的,总会有机会的。皇上是个通情达理的明君,他……"少华有些失望:"皇上皇上,丽君,你现在张口闭口都是皇上。你留在京城里到底是为了什么？是为了你所谓的理想,还是为了皇上？"郦君玉一愣:"你这话什么意思？难道你是怀疑我跟皇上吗？"少华:"不是我怀疑你什么,之前你已经说过,皇上已经知道你的身份,可是为什么没有揭穿你呢？你自己好好想想吧！"

郦君玉呆呆地站在原地,因为受了委屈,她的脸色沉了下来。两人无语相对,君玉索性转过头去,少华也转身离去,郦君玉眉头紧锁,叹了口气:哎,怪不得人说,相爱容易相处难！

苏映雪坐在桌前,把红绸摊在桌上看着,心里不由自主地又在一遍一遍回味那些浓情蜜意的时刻。如果记忆可以有所选择,只记住那些美好的时光,该有多好。一切不愉快地感受,都没有发生过,多好！

突然一声门响,郦君玉沮丧地进来了。苏映雪立刻停止抚摸红绸,起身问君玉:"见到少华了？"郦君玉无助地点点头。"他还是不能理解你留下的决定？"君玉痛苦地说:"不仅如此,他很介意我没有及早把真相告诉他……可我只是不想让他担心……"映雪安慰她:"也许男人总想保护自己心爱的人吧,别太难过了,好歹你们还在努力地沟通。"

郦君玉抬头看着映雪:"映雪,你闷闷不乐,是不是有什么心事？"映雪摇摇头:"没有,只是该忘的老是忘不掉,不该忘的记忆中却已经模糊了。郦君玉,我好想念梁夫人,我好想去看她……"说着,她抽泣起来。君玉了解她的心意:"可是你想走又不走,因为你忘不了刘奎璧？"映雪被说中心事,只是默默不语。君玉感慨地说:"同样,仇恨也不是说忘就能忘的,你相信刘奎璧这么快就能彻底改变自己么？"映雪焦灼地说:"你是说他并没有死心？如果刘奎璧真的那么糊

283

涂,那就更让人担心了……"郦君玉拉着苏映雪的手:"刘奎璧可不仅是糊涂而已,我想他内心仿佛输红了眼的赌棍,为了能扳本,什么事都做得出来。映雪啊,我劝你还是忘掉他吧。"苏映雪点点头:"可他越是从我的世界消失了,我越惦念他……丽君,我该怎么办?我是不是很没用?"说着,她伤心地哽咽起来,君玉叹口气,搂住了她。

皇上走过花园穿过回廊要回宫,潘公公已经向他禀告过,孟士元的确曾把女儿孟丽君许配给皇甫少华,自从两家出了事情,皇甫少华一直不婚不娶,恐怕就是这个原因。嗯,如此说来,那皇甫少华果然是个有情有义的人物。潘公公还说,出征邬必凯期间,皇甫少华和郦君玉情同手足、亲密无间,是朝中的一对知己。皇上停住脚步,若有所思,让潘公公将郦君玉召入御书房。

皇上与郦君玉隔着书案而坐,中间隔着一盏纱灯,皇上目不转睛地看着郦君玉,而郦君玉只是目不斜视地看着那朦朦胧胧的灯光。良久,皇上先开了口:"朕刚刚听闻了一件事情,孟大人曾答应你嫁给皇甫少华,可有此事?"郦君玉有些意外,但她反应极快,马上说:"那仅仅是我爹一厢情愿,而且皇甫老将军也不同意,此事早就过去了……""那就好。"皇上轻松了许多:"朕真心希望,在朝堂之上,有一个能够辅佐朕的郦君玉,但你与朕单独相处的时候……你还是那个才貌双全的奇女子孟丽君,你以为如何呢?"

郦君玉沉默,低着头,轻轻地摇了摇:"难道皇上这么快就忘了与微臣的约定?"皇上有些恼:"你?"转而又尴尬地一笑:"普天之下敢这样跟朕说话的,也就是你了。"君玉:"陛下,微臣其实如履薄冰。"皇上又用犀利的语气问:"朕再问你,你可要跟朕说实话,你曾经向朕辞行要远走高飞,可是与皇甫将军同行?"郦君玉又是一愣,她揣摸着皇上的脸色,发现皇上的脸上明显带有妒意,忙说:"这……这事与皇甫将军无关,臣只是自己走,远离京城,隐于山野而已。"皇上盯着郦君玉的眼睛,君玉却低下了头,因为她无法迎接他灼热的目光。皇上自讨没趣,只好让她离开。他自知问不出郦君玉的实话来,很是郁闷,只能让郦君玉先行回去,自己一个人不服气地喃喃自语:"朕就不相信你对朕一点感觉都没有……"

朝堂上,皇上与百官商议立妃之事,梅妃虔心修过,他希望重立梅妃,刘奎璧自是极力怂恿,郦君玉表示反对。正在争执之时,王湘突然出班,坚决反对此事。认为梅妃是武胜王的义女,武胜王造反被剿灭,没有株连于她,朝廷已经对她恩重如山，如今皇上再要对她封赏，不合祖上的礼仪，也有悖朝廷的规矩，会被天下人诟病。皇上生气他出来搅局，王湘却浑然不觉，反而有些兴奋，继续表示，武胜王谋反而死，梅妃理应连坐，按律当斩。不过她毕竟曾跟随皇上，所以应革除一切爵禄，编为乐籍，或者赶出宫去……

不想，皇上早已气得咬紧了牙关，脸色铁青。他早就心意已决，封梅妃为皇贵妃。现在拿出来与众臣商量只是想找个台阶下，可那王湘却太没有眼色，迂腐耿直，忤逆圣意，对贵妃肆意污蔑。皇上一怒之下，罚他半年俸禄，廷杖三十。可怜王湘这个书呆子，被拖下去打得哇哇大叫。

回到自己的府中，王湘趴在竹床上，咬着牙，忍着疼痛，摇头晃脑背着书，一会儿一个子曰，一会儿一个子曰的，末了，叹了口气："唉，瞧人家怎么做官的，又能修学问，又能做官，哪像我，仕而优则穷，穷而优则肿，屁股越来越肿！唉……"一边看书一边感慨，不想，这惨相全被窗外的荣发看了去："书呆子！越肿就越不能上朝，越不能上朝就越穷，越穷屁股就越肿！我看你是没救了。"王湘扭头一看荣发趴在窗口，惊呼一声拿被子抱住脑袋。

荣发讥笑道："你个可怜的书呆子，到底哪一天才能顿悟啊？"王湘一愣："顿悟？顿悟什么？""你啊，一点教训都不记，我看你这辈子就是被人当枪使的命，捅这个一下打那一个下，结果，受伤的永远是自己。"王湘一脸诧异，忙向她讨教，荣发戏谑地说："想想你的前半生，再想想你的后半生……"王湘拍着脑袋，若有所思："前半生？后半生？是啊，想当年我在翰林院里面帮助郦君玉从众多人的攻击中解脱出来，结果呢，他成了梁相的乘龙快婿，而我却被翰林们嘲笑疯癫；后来，我怀疑郦君玉是女的，刘捷挑动我说出来，结果，半年的俸禄没有了，还被皇上定为好男风者，而郦君玉与刘捷升官的升官、发财的发财；如今郦君玉不同意立梅妃，我也不同意立梅妃，可到头来我屁股开花，囊中日见羞涩，而郦君玉还是毫发无伤。我明白了，我果然顿悟了。"他用力拍荣发的肩膀："荣发小哥，听君一席话，胜读十年书，过去我真是有眼不识泰山……"荣发躲开他："什么呀？哪跟哪呀？我家公子可从来没有陷害过你，也从来没有亏待你啊。哼，要我说就怪你这个不懂道理的脑瓜，白装进了那么多书，管屁用啊！我家公子这些年来对你怎么样？你翻来覆去在背后偷袭我们，可结果呢？被打得屁股比椅子大。而我家公子呢，你蒙冤了帮你伸冤，你受穷的时候让我来请你吃饭，挨打的时候给你送药，你还想怎么样！？告诉你，就连你当年科举的时候，都是我家公子点拨的你。"荣发一通机关枪一样的抢白，忽然意识到自己说漏嘴了，急忙闭嘴，直吐舌头。

好在王湘一时没反应过来："唉，要说也是，郦大人对我也算是仁至义尽了。不过我早已经对郦大人不再妄想了——"突然他反应过来，荣发刚才把郦君玉女装时候的事情说了出来："不对啊!? 我科举的时候你们还是……"他一脸傻笑，上前攥住荣发的手腕说："嘿嘿，说错话了吧。"荣发强词夺理："我，我没! 我什么也没说，你什么也没听见! "突然，两人发现四只手握在一起，都愣了一下，四目相对，忽然心有灵犀，都面红耳赤，两人急忙撒手，王湘走到床旁，整理衣服平定心绪，望着窗外，荣发也窘迫得不知所措，可两人又不忍互相偷看，相视笑起来。

天色渐暗，宫中烛光摇曳，梅妃在长华寝宫外徘徊，思考良久，长出一口气："去，向皇后通报一声，说我求见。"身后的太监领命入宫。皇上听说皇后有孕，十分高兴，正陪着长华说话。梅妃在太监的指引下款款进来，向皇上和皇后娘娘道喜。皇上赞她诚意难得，梅妃却突然向长华跪了下来："长华姐姐，梅儿以前不懂事，处处与姐姐为难，皇上和姐姐不仅不计较，还重封我为妃。如今我经历坎坷方才悔悟，望姐姐原谅妹妹当年年幼无知。"长华和皇上都是一愣，长华急忙起身去扶她："地下凉，妹妹快快起来。"梅妃摇头："梅儿此生只跪过皇上和爹娘，就是囚禁之时被人凌辱，也从未低头。姐姐若是不接受梅儿的道歉，我就长跪不起。"长华被梅妃感动，看看皇上，皇上则微笑地点点头。长华搀扶起梅妃，嘱她日后能忠心服侍皇上，善待姐妹们，便是最好。梅妃微笑点头记下，转而又面露凄色："想我本是罪臣之后，能受圣上不杀之恩，已是心满意足；更受圣上抬爱，要二度立为贵妃，实为不敢消受的福分。未成想立妃之事，惊动朝中重臣纷纷反对，竟引起一番动荡，此间的风言风语我也有所耳闻，如若弄得君臣不合，小女即便万死也难负其责啊。推究源头，都是我的罪过啊。"说着，便垂下泪来，皇上见她满脸是泪，不禁心生怜意。

朝堂之上廷杖王湘一事，郦君玉特地向皇上进谏，皇上这次廷杖王湘，是有问题的。他说："从削武胜王、平邬必凯、到灭刘捷这一系列事情经过之后，朝廷上下人心涣散，各个自危，只求保住头上的乌纱，因此阿谀奉承之风盛行，没有人敢讲真话，这正是治国之大忌，王湘勇于直言，这正是文武百官所缺的品质，可是皇上却在大堂之上廷杖于他，皇上，你有没有想过，文武百官还有那一个敢仗义执言？古有唐太宗勇于重用直谏的魏征，才成就了'贞观之治'，汉武帝也是下了'罪己诏'，才匡定了天下人心。"皇上皱着眉头说："郦君玉，难道你要朕去向王湘赔罪不成？"君玉一抱拳，恳切地说："皇上！"皇上却挥了挥手："这件事绝对没你说的这么严重，你去吧！"

她转身打算离去，忽然觉得似乎有些异样，便回身仔细看皇上，皇上背过身去对着墙上的一幅小画，正是题有皇上亲笔的《敬茶图》，皇上细细看着上面孟丽君的眉眼，手指在画纸上抚过。落日的余晖映照在《敬茶图》上，随着太阳的落山，最后一抹余晖也消失了，天色渐渐暗了下来。

皇上久久伫立，轻吟自己题写的《如梦令》，随后他叹息一声："孟丽君，你快走，否则朕下不了这个决心。"郦君玉点点头，忍住眼泪说道："对为对，错亦对，直指人心，世上谁知谁是谁？生乃生，死也生，见性成佛，天下我明我非我！皇上，微臣……草民郦君玉，告辞了，保重！"皇上浑身一震，喃喃地说："对为对，错亦对，直指人心，世上谁知谁是谁……"他沉吟着，猛然转头，大呼一声："是你！"

已走到门口的郦君玉一愣，停步回望皇上，一脸不解。皇上快走两步到门口，一把拉起郦君玉的手，直愣愣地看着郦君玉的眼睛："好一个直指人心，见性成佛！是哪一位仙人赐教？"郦君玉惊讶地看着皇上："谁都有迷路的时候！有什么赐教不赐教？"

记忆飘回到几年前那个薄雾弥漫的清晨，那时心事重重的太子，内心愁云惨雾，父皇要他出城拦截武胜王，可仅凭他一张口舌，怎样才使对方心悦诚服呢？突然："对为对，错亦对，直指人心，见性成佛，世上谁知谁是谁……"一个清丽的女子宛如仙女的声音，让他不知自己是在凡间，还是梦里。

……

皇上激动地拉着郦君玉的手："想不到真的是你，你知道吗，正是因为那一句偈言点醒了朕，助朕登基。"郦君玉也有些恍惚："我，其实那佛偈是我师父清修大师的。""清修大师？莫不是玄妙寺的清修主持？""正是。""太巧了，我与清修大师还有一番渊源。在我小的时候，遭遇兵乱，正是躲入寺中，在清修大师的庇护下，躲过一劫。"皇上说完，忽然发现郦君玉木讷地看着自己哑口无言，他甚是奇怪："君玉，君玉你怎么了？"郦君玉看着皇上："你能记得受清修大师庇护，那能不能记得一个小女孩用萤火虫退兵？"皇上简直难以置信："真没想到竟然是你！你知道吗？我一直在找你，也许是上天冥冥之中的安排，竟然把你又送回到我身边。自从小时候看到你，萤火虫便一直萦绕在朕的心头，所以每年的这个时候我都会抓一屋子的萤火虫，天天看它们。只要看到它们，就像是看到了你！"郦君玉看着皇上猛然清醒过来，挣脱开皇上的手："不，不，那不是我，皇上你认错人了，臣郦君玉——"

皇上不由她多说，拉起郦君玉冲出门去，来到一座不起眼儿的偏殿，周围杂草丛生，人迹罕至。大门锈迹斑驳，但锁并不旧，皇上从怀中拿出钥匙，打开锁，屏气凝神，轻轻推开房门。皇上温柔地看着完全呆住的郦君玉，轻轻拿起她的手，牵着郦君玉进去。屋内隐约泛着光，大门缓缓打开，郦君玉向里面看着，目瞪口呆，偏殿的顶篷，竟然布满了无数只荧囊！荧囊的淡淡光点宛如天上闪烁的群星。有的荧囊破了，萤火虫从纱网里面钻出来，在空中盘旋。

皇上俯在郦君玉耳边，动情地说："我没有骗你。美吗？"郦君玉感动地点点头，泪水涌到眼眶里，忽然，她笑了，指着上面的某个角落，兴奋地说："看，牛郎星！"皇上一愣，旋即被郦君玉的情绪感染，指着另外一边："那个是织女星，快看，那个最亮的，就是中宫天极星！"郦君玉笑了："对，就是它。"在空中飞舞的萤火虫飞下来，郦君玉伸手，落在手上，君玉露出笑容，轻轻地吹起来，萤火虫又飞走了。皇上和郦君玉两人并肩站着，很是默契，萤火虫围绕着两个人翩翩飞舞，两个人沉浸在满天星光的浪漫当中，忘记了一切。

在这个荧光点点的世界中，郦君玉和皇上靠着墙根坐在一起，皇上搂着郦君玉的肩膀，郦君玉靠在皇上的肩头。皇上轻轻扳过郦君玉的脸庞，手指轻轻滑过郦君玉的下颚，郦君玉被这种浪漫情绪所感染，眼神有些迷离，望着皇上。皇上微微闭上眼睛，向郦君玉的嘴唇慢慢靠近，君玉一阵迷乱，也缓缓闭上眼睛。

突然，远处的锣声让她警醒过来，猛然一把将皇上推开，急忙起身站到一旁去："皇上，请你自重。微臣郦君玉可是朝廷的二品命官。"皇上一愣，看着冷静的郦君玉，心中一阵失落，叹了口气："朕明白了。"

没想到这一幕，被来找寻皇上的皇后娘娘看在了眼里，长华的心中五味杂陈。

梅妃的寝宫内，刘奎璧又与梅妃缠绵嬉戏着，他很得意自己给皇上带了绿帽子，梅妃呢，也想报复皇上的杀舅父之仇，所以二人现在志同道合，心意相通。

如今，一步一步的报复计划实施得很成功，梅妃顺利做了贵妃，长华对梅妃也再无隔阂，而且，最近原本一直支持郦君玉的长华，如今对她也心存了芥蒂。他们商议着，如果下手，长华当是不二选择。或者，不如孤注一掷，毒死长华，灭龙种，嫁祸郦君玉。郦君玉自恃皇上宠信，越来越跋扈，常常忤逆皇上，皇上对此也颇有微词。就连前日处罚王湘，两人也是有些不合，所以，如此一番，就再无人能与他们抗衡了。他们大笑着，狂欢着，支撑帷幔的床杆倒了，帷幔被扯裂，一大片帷幔缓缓落下，盖在了他们身上……

刘奎璧坐在床边在整理衣服，梅妃起身，从后面环抱着刘奎璧的腰，欲言又止，略带娇羞地说："奎璧，你要小心点，我，我已经有了你的骨肉。"刘奎璧大惊："什么？""怎么，你不喜欢？"刘奎璧思忖片刻，沉着脸："梅儿，这，这还是早作处理。不然的话，恐怕会影响我们的大事。"梅妃失望之极："奎璧，你，你好狠心。"刘奎璧："梅儿，现在是什么情况，你不是不知道，若此事稍有暴露，不但报仇无望，甚至会身首异处啊！"不想，梅妃坚定地说："奎璧你放心，如果有一天东窗事发，我绝对不会牵连你进来。是我自己决定留下这个孩子。奎璧，你知道吗，你是这个世界上唯一能够懂我的人，所以，我宁肯死，也要留下这个孩子。"梅妃的坚定让刘奎璧十分意外，他不禁仔细端详这梅妃，梅妃的容貌已经远比刚在冷宫中见到时美艳光鲜，刘奎璧不禁被震动，不，刘奎璧你不能动情，你只是利用这个女人，你只是利用这个女人！

梅妃推了推愣神的刘奎璧："你说话啊，我可以假托是皇上的血脉。这不就两全其美了吗？"刘奎璧："只是风险太大，你再考虑考虑吧。"

梅妃刚要说话，突然外面响起有人被绊倒的声音。刘奎璧十分警觉，即刻起身，一把抓起靠在桌上的大刀，顿足，飞出门去，同时大刀出鞘。原来是一个小宫女，吓得哆哆嗦嗦地说："太后娘娘请忠义亲王殿下过去。"刘奎璧大惊："怎么？太后知道我在这里？"小宫女纳闷地说："刚才太后娘娘向奴婢说，皇宫遭贼，她担心梅妃的安危，特命你前来保护。这会儿太后娘娘已经等了很久了。"

刘奎璧思索片刻："太后，太后……好，我这就过去，不过，你若敢将此事讲与其他人知道，你的死期就不远了。"小宫女吓得连连应诺。

太后寝宫中，病弱的刘太后咳个不停，刘奎璧前来问安，太后让四周的宫女、太监退下，便"啪"的一声将一只茶碗摔碎，怒目斥责刘奎璧："你这不肖子孙！胆大包天，竟敢夜宿内宫与梅妃偷情！"起初刘奎璧不承认，太后一怒之下，抄起藏在一边的荆条，狠狠抽了刘奎璧一下："要不是这事我及早知道，你不知道要惹出多大的祸!? 今天，哀家要打醒你!"刘奎璧表情倔强，任由她抽打，刘太后见了更加气恼："你真是气死哀家了。原本指望你这唯一的后代，能振兴我刘家。可谁知你却做出如此不齿之事。若不是哀家为你遮掩，早就被人拆穿了，你这个不争气的孽障啊!"说罢，太后气喘吁吁，上气不接下气，差些背过气去。

刘奎璧露出内疚自责的神情，跪在刘太后身边："姑姑，您不要生气。侄儿实在是刘家的罪人! 我竟然亲手杀死了自己的父亲，奎璧会死无葬身之地的!"刘太后缓了口气："奎璧啊，你要知道，姑姑撑不了多久了。只希望你能做个磊落之人，不要让世人看低我们刘家。千万不能重蹈你爹的覆辙，做错事情啊!"刘奎璧不服："姑姑，朝中大臣全都看不起我，郦君玉、皇甫少华更是如此。侄儿只有想尽各种办法，才能重新抬起头来!姑姑，你看，梅妃不是在侄儿的帮助下，又获得了皇上的信任? 奎璧和梅妃在一起，是要打垮皇甫家和郦君玉的势力，重振刘家的声威，为我爹报仇!"刘太后大惊："什么? 你，你和梅妃是在寻机报仇?"刘奎璧充满仇恨："对! 我爹不能就这么白白死了。我要报仇! 我要把皇甫少华和郦君玉……"刘太后的脸气得煞白："住口! 想不到你与你爹竟然一模一样，死不悔改! 这要是让皇上知道了还得了? 你给我赶快收拾东西，离开京城! 以后再也不许回来! 永不返回! 快走!"

刘太后挣扎着起来，拉着刘奎璧要他走。刘奎璧生气，猛地一甩胳膊，翻了脸："姑姑，我不能走! 侄儿可是亲口在父亲坟前许下过誓愿，一定要让我们的对头不得好死!"刘太后吓得连连顿足："天呐，疯了，你和你爹都疯了! 哀家真是看走了眼! 好，不管怎样，我是刘家的长辈，我不能眼睁睁看你自绝后路，我要把你送离京城，保住刘家最后的血脉!"刘太后哽咽着，有些喘不过气来，她拉刘奎璧却拉不动，只有气愤地说："奎璧，你，你要是再不听话，哀家就把你和梅妃的事告诉皇上! 让皇上来管制你!"刘奎璧猛然站住冷冷地看着太后："什么? 姑姑你……你敢! 就算是你不帮我，但也不要害我，好歹奎璧也是你的亲侄子。"

看到刘奎璧坚持强悍的态度，刘太后气得大喊起来："来人啊! 来……"不料，刘奎璧一下捂住刘太后的嘴，凶狠地说："姑姑，你不要逼我!"刘太后被捂得喘不上来气，用手连连点指着刘奎璧，慢慢地，手无力地垂了下来……

长华眼见了郦君玉与皇上在偏殿中的一幕，心中说不出的滋味，皇上来看望自己,她也不冷不热地应对,弄得皇上站也不是,坐也不是。两人正尴尬着,忽听太监来报,太后暴崩。皇上和长华都大吃一惊,赶紧赶往慈宁宫。

宫内,刘奎璧正抱着太后的尸体痛哭流涕,皇上和长华在太监的簇拥下快步进来,看到此景都呆住了。皇上顿感全身无力,眼泪落了下来,长华也红了眼睛,扶着皇上。刘奎璧向皇上禀报,说自己因马上要奔赴边关,特进宫向太后娘娘辞行。姑姑担心再见不到奎璧,极力劝我留下。可奎璧只想为国尽忠,执意要走。没曾想伤了姑姑的心,犯了哮喘以至……刘奎璧一副后悔内疚的神情,让长华不由得也悲伤起来,陪着落泪。

皇上原本要刘奎璧远赴边关,太后既崩,便命他继续留在京城,以告慰太后在天之灵,刘奎璧听闻,心内窃喜,行礼出去。

这时,长华看到了一个躲在柱子后面不停啜泣的小宫女,于是向她挥手招呼着。小宫女擦去泪水走到长华面前,见她哭得可怜,长华没有多想,便将她收到自己宫中。

三十

昏黄的烛光摇曳着,梅妃在灯下聚精会神地绣着什么,不时回头看看熟睡的刘奎璧。刘奎璧辗转反侧,好像做了什么噩梦,头上渗出豆大的汗珠。梦中,父亲逼着他复仇,刘太后向他索命,他一个人在黑暗的森林中仓皇地奔跑,奔跑,可是跑到哪里都是黑暗,而那个张牙舞爪的索命鬼,跑到哪里都甩不掉……

"不要杀我! 不要——啊!"刘奎璧突然坐了起来,梅妃急忙过来安慰他,他才渐渐平复下来。梅妃给他看自己绣的汗巾,是一对儿戏水的鸳鸯,这是他们爱情的信物,她温柔地告诉奎璧,自己还要再绣上一只小鸳鸯。刘奎璧看到那汗巾,却愣住了,眼前飘过的是自己送给映雪的那块汗巾,还有映雪那温柔美丽的脸庞。他心里一阵难受,梅妃却自顾自沉浸在自己的幸福中:"我要把它带在身边,片刻不离,这样,就没有人能把它抢走。奎璧,我和孩子,都托付给你了。""梅儿,"刘奎璧紧紧抱住梅妃:"我们永远不分开。"

自从见到皇上与君玉在偏殿的一幕,长华就常常不思茶饭。任何一个女人都不愿与另外一个女人分享一个男人的情爱，即便，这个女人是尊贵的皇后，即便，这另一个女人，是自己共患难的姐妹。

一日，长华百无聊赖，为了散心，她便耐心地教起小宫女女红来。这小宫女是当日太后暴崩的时候，长华见她可怜收在自己身边的。她手把手教着小宫女，小宫女虽然有些笨拙，但却十分认真。不料，因为过于用力，她失手扎到了自己手上，禁不住"哎呀"叫了一声。长华急忙抓起小宫女的手，帮她包扎。小宫女十分感动："娘娘对奴婢真好，奴婢这样下贱的身份，皇后娘娘还肯亲自教我。"长华笑了笑，爱抚着她："人都是一样的，没有贵贱之分，只是自己千万不要看不起自己。"小宫女笑了："娘娘真好，比我亲娘还好！"长华突然发现小宫女脖子上有一大块划痕淤青，诧异地问："这是怎么了？谁欺负你了？"小宫女吞吞吐吐地说没有人欺负她，神情却十分害怕，长华觉得她有什么事难于启齿，有意隐瞒，便令她快快说来，小宫女只好将太后暴崩之日，去梅妃宫中请忠义亲王时，忠义亲王刀架在她脖子上，询问她的情形说了，长华大惊："什么？刘奎璧去梅妃娘娘那里干什么？"小宫女："奴婢也不清楚。当时太后娘娘还在，吩咐奴婢说是皇宫遭贼，太后娘娘担心梅妃的安危，特命忠义亲王前去保护。"长华满心疑惑，不敢往深处想。她沉思片刻，告诉小宫女："你记住，这事再不可和他人说起……"小宫女不住点头。

这时，郦君玉在小太监的陪伴下走了过来。原来是皇上派她为皇后诊病。君玉自然知道长华病在何处，她有心解释清楚，又唯恐言不尽意，更添烦恼。为长华诊了脉，脉象平稳，并无大恙。看来长华不思饮食，的确是腹胀积食引起，只需择取山楂并配伍神曲和麦芽，再用蜂蜜炼为大丸，酌量服食，便可消积。她打开药盒，取出一枚大红药丸递给稳婆，交于长华吃下。

长华唤退了其他人，留下了君玉。她们姐妹俩的确有很久没有好好说说话了。长华有些黯然："说起来，郦大人与本宫相识多年了。只是，想不到如今我们会这般生分。还记得当初我们在城门口分别的最后一天，你对我说过的话吗？你说：姐姐，放心的走吧，连火都烧不死的我们一定能等到会合的那一天……我说：好，我听你的！本宫自知是个懦弱的人，当初要不是你一句话，本宫绝不可能走到今天这一步，还能站在这里跟你说话……郦大人你要明白，本宫从来都是心存感激。感激你当初的决定，让我不再惧怕艰险，回到今生最爱的人身边。我想这一生我都会守候着他，再也不会放弃了……"

君玉明白长华这番话的用意,真诚地说:"娘娘守得云开月明,开花结果,是娘娘的福分和善心的回报,微臣从没有做过什么,不敢邀功。事过而境迁,当年的浴火涅槃,现在的尊卑有别,都已无法改变。但是这一切都在微臣心里,永世难忘。"长华点点头:"郦大人没有忘记过去的情分最好。这我就放心了。多谢郦大人的良药。"君玉恭敬离去,而长华心中,还是有几许落寞。

皇上得知梅妃也有喜了,自然高兴万分,对她比平素好了很多,房间富丽多了,温暖亮堂,侍候的人也多了。这日,梅妃正悠闲自得地喝茶,潘公公献上一纸药方,媚笑着说:"皇上关心娘娘玉体安康,早就命奴才给娘娘送来,奴才担心郦君玉偏心皇后,特意找人核实了一遍药方,千真万确跟皇后娘娘的一样,娘娘大可放心,奴才这就吩咐太医院献药。"梅妃瞥了一眼他:"不忙!潘公公,你倒聪明,知道为本宫留意郦君玉和皇后娘娘。"潘公公诣媚地说:"太后归天了,以后奴婢还要多多依仗贵妃娘娘。""本宫也有意提点。不过……"梅妃叹了口气:"贵妃毕竟不如皇后啊。公公,你苦了这么些年,到如今不过还是个二等内监。本宫知道你神通广大,一定有办法,让谁生男,让谁生不出!如果能够帮本宫完成此事,日后司礼监秉笔太监就是你潘公公了。"潘公公听到这个话,不禁浑身一震,愣了片刻,诺诺地说:"娘娘,这可是掉脑袋的事啊!"梅妃冷冷地说:"掉脑袋的事,你潘公公做得还少吗?"潘公公已经吓出一身冷汗,梅妃接着说:"本宫知道潘公公的忠心,你就放心吧!本宫还听闻你一直与宫里的稳婆私下相好,有她帮忙,应该不是难事吧?"潘公公一惊,左右思量之下,终于下定决心:"是,奴婢一定尽心行事。"梅妃轻轻打开桌子上的一个盒子,里面装满金子,递给潘公公:"此事要办得利落,本宫要一石二鸟之功。"潘公公想了想,恍然:"娘娘的意思是陷害郦君玉!?"梅妃不作声,只是冷冷地看着他。

阳光透过窗棂投射入药房,稳婆正在为娘娘备药。小宫女端着药罐过来,刚要进门,突然发现潘公公和稳婆正在一起低声密谋着什么,两人拉拉扯扯,她很奇怪:咦?潘大人怎么会在御膳房里面?她一时好奇,便躲在窗外偷看。只见二人低声争执着,最后稳婆拗不过潘公公,只好愁眉不展地点头答应了。小宫女听到潘公公终于松了口气,压低了声音说:"只要你同意就好办了。记住,皇后的肚子全靠你了。"稳婆叹了口气。

潘公公离开了,小宫女还躲在外面偷看着,只见稳婆在御膳房里面四下翻找,最后拿出了一些药材,在鼻子底下闻闻,然后将药捻碎,又攥来攥去,一枚药

293

丸渐渐成型了。小宫女耸着鼻子闻着："哎呀好香，原来她在做药啊。"一枚大红药丸做成了，稳婆面露喜色地举在手中观看着，然后心满意足地放在高处的瓷碗里晾着走了出去，小宫女悄悄地走进来，她拿下药丸仔细地看着傻呵呵笑了，自言自语："这不和郦大人的药丸一样吗。哼，神神秘秘的。"她将药丸放回到碗里，天真地笑着出去。

几天之后，潘公公让人在皇后的饭菜里多放油腻，让长华又犯了恶心，君玉来诊治，发现还是没什么大问题，便又拿出几颗药丸交给稳婆。不想却抖落了一颗，稳婆伺机将几颗药丸在双手中交换调个，但因为一时紧张，双手微微发颤，竟将一颗毒丸也掉在了地上。小宫女眼疾手快，帮忙给接住了，乖巧地将药丸还给稳婆，稳婆却并不领情，恶狠狠地她一眼，夺过毒药丸。小宫女十分委屈。君玉嘱咐长华这几丸药要接连吃下去。隔天服用一次。长华强忍痛苦，起身准备吃药。稳婆急忙上前伺候，将毒药丸递给长华，长华拿起毒药丸要吃，忽然又要作呕，小宫女等人急忙上前服侍，稳婆十分失望，只得接过毒药丸放在一旁。

君玉嘱咐长华静养，便起身告退。小宫女发现她匆忙之际忘了拿药箱，急忙拿起药箱追出去。

稳婆见四周无人，下定决心，再次拿起毒药丸，劝长华道："娘娘，再吃一颗吧，多吃两颗药丸才能多吃些饭哪！"长华有些犹豫，但还是点了点头，稳婆递给长华毒药丸，然后去倒水，却发现桌上茶壶里面没有水，急忙出去打水。长华一阵阵作呕，看着手中的药丸发愁。

郦君玉发现自己的药箱没有带，正欲转身回去，却与小宫女迎身相撞。接过药箱，君玉忽然闻到了什么味道怪怪的，她看着小宫女，又闻了闻，诧异道："你身上有什么味道这么香？""香味？没有啊，"小宫女闻闻自己的手："大概是我的手吧。"君玉轻轻闻了闻小宫女抬起的手："麝香？你手上怎么会有麝香的味道？"天真的小宫女搓着手憨笑："噢，可能是刚才帮忙捡药丸粘上的……"君玉一皱眉："不可能，我的药丸怎么可能有麝香！"小宫女急了："就是这个香，奴婢昨天看见稳婆也给娘娘做了开胃药，她的药就是这个香味。"君玉一惊："稳婆的药里面有麝香？麝香有催产、破血之功效。稳婆应该知道这些药性……"小宫女不解："不会呀，我亲眼看到稳婆将郦大人的药换成了自己的药。奴婢想她是要争功呢。"君玉大惊："啊！这要是吃下去皇后必定早产血崩而亡啊！糟了！

快走！"她抬脚便急忙向内宫跑去，小宫女紧紧跟在后面。

稳婆端上来一碗水递给长华，长华看看手中的药丸，叹息着慢慢放入口中，接过水准备喝下去。突然，郦君玉冲了进来："娘娘！不要吃药！"长华一下子噎住，稳婆见状吃了一惊，吓得不知如何是好。君玉上前拍打着长华的后背，将吞入口中的药丸吐了出来，药丸还是囫囵一个，落到碗里。长华被君玉的动作所惊吓，生气地斥责道："郦君玉你好无礼！你要噎死本宫吗！？"这时小宫女气喘吁吁地跑过来："娘娘，错了错了，郦大人是来救您的。这药丸里面有问题。"长华一愣："有问题？"君玉点点头："娘娘的药里面有麝香和其他破血之药，一旦服食必将早产血崩。"长华听闻大惊失色。忽然，她想起什么，疑惑地盯着君玉："这药不是你拿来的吗？"稳婆忙说："对，是郦大人给的啊，奴婢就是拿郦大人送来的药丸给娘娘服用的啊。"未等郦君玉开口，小宫女抢着说："娘娘，您吃的不是郦大人的药，那是稳婆昨天做的。"稳婆气急败坏地揪住小宫女大喊："你不要胡说，这分明是郦大人给的药，是郦大人想害娘娘！"小宫女挣扎道："是你换了。我亲眼见到的。你昨天做药的时候，我都闻到这种香味了。"君玉上前道："娘娘快查稳婆，在她手上一定会有麝香味！"此时，稳婆已经吓得瘫倒在地上瑟瑟发抖。长华命人将稳婆绑了，去见皇上。君玉总算松了口气，拿起药丸跟了上去。

御书房中，皇上正在吩咐刘奎璧事项，突听太监跑进来，口中慌不择言地喊着："皇上，皇上，有人要毒害皇后娘娘！"皇上一惊，起身道："什么！？"刘奎璧闻言也浑身一震，转头看到皇后长华带着被捆绑的稳婆而来。长华还有些后怕，微微发抖地对皇上说："皇上，这个贱婢在臣妾的药中放入麝香，妄图让臣妾早产血崩而死。"

皇上大怒："什么？竟敢谋害皇后！你好大的胆子！"稳婆吓得哭哭啼啼，语焉不详："我，我……不是……饶命……"刘奎璧此时心中有一万个主意飞过，思索着对策，忽见郦君玉走了进来，手里端着红药丸的碗，刘奎璧明白，自己还是输给了郦君玉。

郦君玉向皇上呈上证物，并说此事定有人背后策划，稳婆用含有麝香的药丸替换了微臣所进的山楂丸，还想嫁祸她。稳婆早已吓得浑身无力，缩成一团，招出是潘公公指使的。皇上命锦衣卫："速将潘公公拿来！"郦君玉退出，去查真相，刘奎璧见状，忙对皇上请令，说担心那潘公公会狗急跳墙，自己亲去捉拿。

皇上吩咐他们赶紧捉来潘公公,他要亲自审问,然后上前将惊魂未定的长华揽入怀中,轻轻安抚。

卫兵捉来潘公公见皇上,那潘公公见事已败露,便将梅妃嫉恨长华皇后得势,要报仇的事和盘托出,举座震惊。皇上当即下令要捉拿梅妃。

刘奎璧本欲先行结果潘公公灭口,怎奈晚了一步,见潘公公被捉,料到梅妃不保,便回到梅妃宫中,带她逃出皇宫。

此时,卫兵们在树林里搜索逃跑的梅妃。梅妃情知大势已去,她不想走,她一心保护刘奎璧。跟他在一起之后,她才觉得自己是个女人,才享受到一个女人被一个人男人怜爱的感受,才知道,爱一个男人,就是心疼他,保护他。只要他想要的,她都愿意给,为了他,她可以失去一切。

梅妃使劲推开刘奎璧,但刘奎璧依旧死死抱着她不放,梅妃下狠心,一口咬在刘奎璧手臂上,他终于安静下来。梅妃缓缓地放开刘奎璧,从怀中拿出那鸳鸯绣帕按在刘奎璧的伤口上,刘奎璧呆呆地看着梅妃。梅妃虽然微笑,但眼睛里满含泪水,仰起头,深深吻着刘奎璧:"奎璧,这世间只有你能懂我。来世,我真想做你的伴侣,远离宫闱。"说着,她挣扎着起身:"你要干什么?我们也许还有机会跑出去!"梅妃饱含感情地看了刘奎璧最后一眼,摇了摇头,刘奎璧明白过来,急忙拉扯住她:"你要干什么!?我对你没感情!我是利用你报仇——"梅妃不待他说完高喊:"救命啊!刘奎璧你胆敢胁持本宫!快来人哪!"

远处巡察的士兵们听到动静,拔出刀剑冲过来。刘奎璧闭上双眼,落下泪来。卫士们越跑越近,梅妃渐渐露出笑容,看看悲痛欲绝的刘奎璧,轻声说:"奎璧,我走了,你要好好活下去,保护好自己……"说着,她冲向御林军。卫兵们看到梅妃,立刻一拥而上,拖着梅妃离去,刘奎璧呆呆地站在原地,双手紧紧攥着拳,克制着自己的情感。而那块鸳鸯绣帕早已落在地上,裹着血迹和泥土。

偏殿中,皇上铁青着脸走下堂来,梅妃被押着跪在地上。皇上看着梅妃,怒发冲冠:"朕本以为你已悔过自新,将你恢复身份,想不到你竟敢对皇后下此毒手。你说,究竟是为什么!?"梅妃怨恨地说:"皇上,我身为太子妃,可你竟然沉迷在这个狐狸精的琵琶里面,对我不闻不问!当年她不过是一个侍女,为了她你竟然对我指手画脚,将我打入冷宫!我是个人,你每次见到我都愁眉苦脸,让我如何不恨她!我恨不得杀了她!"皇上大怒:"放肆!贱人,想不到这么多教训在眼前,你依然劣行不改,心胸狭隘!来人,将她缚回冷宫反省,永世不得放出。"梅妃惨叫道:"不!我宁愿死也不要再被禁闭在冷宫!"皇上被气得几乎失去理智:"来人,把她拖出去!"郦君玉忙劝道:"皇上息怒!"刘奎璧也焦急地说:"皇上手下留情,她可是怀有皇上的血脉!"此言一出,皇上也愣住了,冷静了下来。

正在这时,一个锦衣卫跑来:"启禀皇上,臣等在梅妃处所没有发现什么可疑之物,但在刘大人擒获梅妃的地方,发现了这个。"然后奉上那条带血的鸳鸯绣帕。皇上阴沉着脸问梅妃:"梅妃,这是你绣给朕的那块吗?"梅妃转过头去,倔强地不发一语。刘奎璧忙急迫地说:"微臣刚才在捉拿梅妃的时候,她死也不肯放手这条绣帕,直到受伤被擒。看来梅娘娘虽然言语不逊,对皇上一直忠心不二。"郦君玉也劝皇上念在往日之情,饶她腹中胎儿一命。

梅妃内心十分委屈,强忍着泪水。皇上也缓了口气:"好吧。既然君玉和奎璧都为你求情,朕且让你诞下龙子,之后永世禁闭在冷宫,不许任何人接近,孩子生下交由皇后抚养!朕已对你毫无牵挂,拉下去吧。"说罢,便将鸳鸯绣帕丢在地上。梅妃看着丢在尘土里的鸳鸯绣帕十分心痛,不顾一切地挣扎着过去,一把抓起地上的绣帕,死死地攥在手心里。皇上看到梅妃这副样子表情不屑,挖苦地说:"现在不必做戏,朕不会再上当了!朕已与你恩断义绝!"梅妃激愤起来,嘴角带着冷笑,冷冰冰的目光直刺向皇上:"告诉你,我没有一天爱过你!以前没有,进了冷宫更没有!我心中有爱,但不属于你,对你只有恨,只有恨!"她伤心难忍,突然感觉到腹中疼痛难忍,只好倔强地捂着腹部强忍着疼痛。皇上气得浑身发抖,爆发起来:"想不到你说话如此狠毒!?来人,拖出去!朕再也不要见到她!"卫士们上前再次拉起梅妃,梅妃难忍腹中剧痛,惨叫一声跌倒,手捂腹部,脸色苍白,浑身瑟瑟发抖,下身衣裤已经被鲜血浸透。卫士不由分说,将梅妃拖出了门。地上划过一道长长的血迹。这一道血痕刘奎璧看得一清二楚,瞪红了眼睛。

一旁的郦君玉心中颇有感叹:梅妃的绣帕上,不绣龙不绣凤,绣的是一对鸳鸯,她一定是有心上人了。可悲的是她以为用阴谋手段,就能换回她想得到的快乐。可是害了别人就能拥有快乐吗?……

剧烈的动作和疼痛让梅妃一惊,她知道自己的孩子没有了。痛不欲生,撕心裂肺地哭喊了一声:"孩子!我的孩子……我的孩子没了!"她瘫倒在地,脸上

297

苍白,一动不动,无力地眨着眼睛,她绝望了:对不起,对不起奎璧。我们的孩子走了,我唯一的希望走了……你要好好保重。她渐渐闭上眼睛,泪水滑落,突然暗自用力,鲜红的血从她的嘴角喷涌出来。

时间静止,世界也变安静了。

此时,梅妃听到了无字的歌声,眼前出现了幻觉,她眼前闪现出她最留恋的人生图卷:她无忧无虑地舞蹈着,风姿袅娜,奎璧抱着她亲吻,两个人旋转着,笑声欢洒张扬……

一阵风来,桃花飘落下来,染血的花瓣纷纷洒在了面色苍白的梅妃身上……

梅妃死了,这个世界上最后一缕温情,也离他远去了,刘奎璧沿着地上触目惊心的血迹慢慢前行着,看起来短短的几步路,在他脚下仿佛走完了一生,漫长而沉重不堪。地上的血迹在他眼中渐渐放大成了一片血海,扑面而来,梅妃凄厉的叫声犹在耳边回响,他悲苦地闭上眼睛,终于一滴泪啪哒一声落在地上,掷地有声,他迷惑地抬头望望天,抬起一只手去接雨水,天空枯白,一滴雨都没有。他茫然,不相信那是自己的眼泪。

大树下,落叶纷飞。刘奎璧眼光扫过落叶和花瓣,看到一旁地上丢弃着那块残破的鸳鸯绣帕。他偷偷将它捡起来,颤抖地放入怀中……

喝得酩酊大醉的刘奎璧猛地踢开房门,踉跄奔进阴冷的小屋中。房内两支烛火被袭进来的冷风吹得摇曳不定。他走到一张长案前,案上放着一具黑沉沉的箱子,他抽出腰间佩剑,手起剑落,把箱子的锁砍断。掀开箱子,露出了一副灵牌,上书:先严刘公捷之灵位。刘奎璧大声叫道:"爹——我来看你了!"他仰首把手里一坛烈酒喝了一大口,醉意更烈,人更疯狂,扑到灵位前,疯狂地喊叫着:"爹——你是天底下最清楚你儿子的人,我真是一个无用的废物,你骂得对极了!我没法弄死郦君玉,居然还赔上了你那个未出生的孙儿一条命!我确确实实是一个废物!我没用!"他脚下一软,人也无法站立,颓然单膝跪在案子前,两眼直视着亡父的灵位,一双愤怒的醉眼血红血红的:"既然你知道我这么窝囊,这么没用,你为什么还要留下我来给你报仇!?这个不共戴天的杀父大仇,你叫我怎么去报?我拿什么去跟人家拼命!?人家有皇帝撑腰,我有谁?你这不是故意为难我!叫我活不下去么!我跟你说,我不干了!报仇这事我宁愿死也不干了!"

刘奎璧的郁闷像河水决堤一样倾泻而出,他把酒坛猛地一扔,坛子破裂,烈酒四溅。烛火被洒出来的烈酒撩拨起来,火势一下子失控,刷地焚烧起来。长案被烧起来,很快连刘捷的灵牌也被波及,开始剧烈地燃烧起来。刘奎璧这时被火一炙,人才从酒醉中惊醒了几分,惊呼道:"爹——"他立刻扑上前一手把灵位从起火的长案上抢出来,匆匆用手把灵牌上的火扑灭。灵牌已烧毁了一大截,奎璧感到莫大的歉疚,泪水哗地流下:"爹——孩儿不孝,让你死了也不得安宁。我知错了……我一定会给你报仇!别说一条命,就是要赔上所有无辜的人多少条命,我都要郦君玉和那个狗皇帝不得好死!"

刘奎璧一双被烧伤的手渗出了血,血染在烧毁的灵牌上令人触目惊心。

三十一

朝堂上,兵部尚书正在向皇上汇报边关政务事宜,其余众大臣垂立御书房两旁。皇上以手扶额听着,但脸上的颓萎之色早落在郦君玉眼里。君玉眉心紧蹙,对皇帝的郁郁寡欢颇为担心。突然,兵部尚书的话被皇上的咳嗽打断。他愈咳愈吃力,身体也抖起来。太监立时上前轻抚皇帝背心,另一太监递来清茶一杯。皇上呷了一口清茶,才缓过气来。

礼部官员上前禀奏太后大祭之事,听到太后大殓,皇帝脸上的愁色更重。这时,刘奎璧主动上前启奏:"皇上,微臣身为太后亲侄,皇上表亲,很想为太后尽最后一点心意,以表孝心。恳请皇上奏准臣督办太后大祭一事,微臣定竭肱股之力,把大祭办得妥妥当当,不失皇上孝义之心,也不失太后母仪天下之遗姿。"皇上双眼有点湿润,牵动了愁情,感叹道:"难得你有这一份心,总算不枉太后对你关爱有加……准奏。"这时,皇上瞥见奎璧双手被包扎起来,忙问:"你的手怎么了?"奎璧忙掩饰道:"微臣一时不慎,从马上摔下,不过是小伤,微臣还请皇上保重龙体才是。"皇上叹喟:"朕身上这一点小恙,并不让朕难受……真让朕难过的是在心里的痛……"想到这里,他胸口一阵难受,又重重地咳嗽起来。

太监们立刻手忙脚乱起来,众大臣也面面相觑。郦君玉察觉不对,举步上前。太监服侍皇上喝茶,皇上却猛地一呛,把茶吐出,茶中更隐然见了血丝。太监立刻惊慌起来："见红——皇上保重——"君玉当下走到皇帝身旁，两指合拢迅速压在皇帝身上几处穴道上，轻轻搓揉了一会儿，皇帝的气息也渐渐平缓下来。她一边帮皇帝把脉，一边看了茶中的血丝一眼，微微有些放心："皇上，刚才吐出的只是咽喉之血，并非来自脏腑，应无大碍，请放心。"皇上看着君玉，目光中隐然带有几分深情："有爱卿在，朕不会不放心……"君玉避开皇帝的目光，她用心聆听了皇帝的脉象，心中顿时另有想法："皇上，能否答允给臣一个时辰的工夫，让臣为皇上驱除心疾？"皇上点点头，让众大臣退下。刘奎璧则目送着皇上和君玉二人离去的身影，对皇上刚才跟君玉说话时的态度生出一种难言的迷惑……

暮色洒遍门窗，偏殿一片宁谧。脸上半缠着轻纱的君玉把手中一根针灸用的银针在烛火下烧得微红，她柔声慢语道："皇上龙体并无大恙，可是精、神、气流通呈乱象，显然是心疾所致。一心为体，七情为用，人若困于七情之中，心有障碍，则精不通神，神不连气，气不贯精，臣现在要为皇上打开心窍，让积淀而久的愁绪流走……"说完，她把银针缓缓刺进皇帝头额上的要穴里。皇帝躺在软榻上，身旁各处放着几个紫檀炉，阵阵余烟飘在身前，闻到这阵异香，蓦地感到四肢放松，浑身舒泰，长吁一口气，干脆连眼睛也闭上了，语音也软软柔柔："这烟真香……朕闻了以后，觉得……觉得舒服极了……"

君玉知道是烟熏开始起了作用："这是从西域传来的迷迭香，它是最好的领路人，你绝对可以信任它。它要带你去哪里，你都不用害怕，也不要怀疑，跟着它走……它会带你去你最渴望去的地方，去见你最想见的人……"君玉的话愈说愈柔和，但在吸进迷迭香的皇上听来，她的声音逐渐变成了遥不可及的回音，随着回声愈强，皇上只觉得紧闭的眼前竟然慢慢绽放出鲜艳美丽的颜色，此刻他的心已掉进一个未曾到过的境界，嘴角泛起浅笑，神情出现欣喜，君玉看在眼里，不禁心头略定，一切都在她的预想之中，皇上的心窍已经打开了，喃喃自语道："这花真美……是我最喜爱的花……我从小就喜欢……"在皇上的迷念中，美丽的花朵渐渐幻化成太后那张慈祥的脸，还有跟太后一起母子亲密的相处……泪水不自觉从他眼角淌下："娘……孩儿真舍不得你……"

君玉把握时机，切入话题："她没有离开你，她只是在一个你还没去过的地方等你，她会一直看护着你，就像从小到大，她都在你身旁守着你一样……她只要你好好地活，快快乐乐地活。"皇上脸上充满幸福的笑意，满足地说："我答应你，娘。孩儿会好好的活下去……"君玉宽慰地一笑，知道这疗法奏效了。

这时，皇上的迷念中又出现了他和梅妃在一起的情景，禁不住触景伤情，神情忧郁起来："……梅妃，你为什么要这样子，你知道这让我多伤心难过……"君玉忙迅速作出回应，语气坚定地说："不管怎样，你和她都有过最快乐的日子，你们的心曾经连在一起，只是彼此缘分已了，你要记住，今日的伤心是昨天快乐的证明，因为爱过，才会有痛，你应该珍惜那一份有过的爱，忘掉那让你心痛的恨……"皇上无语，但沉默了一会，脸上忧郁之色终于慢慢散去。

君玉欣慰地笑了，她看见皇帝又跨过了另一个难关。这时候，皇上的身子突然剧烈地抖动，神情也倏地变了！君玉还没法肯定皇帝的迷念里出现什么情景，只能静观其变。只见皇上慌张地说："……救我……救我……"在他的迷念中，他看到面前是快要淹过头的水，刹那间他返回七岁的童年时候，他掉进御花园的荷塘里，快要被淹死了……皇上异常恐惧，手脚划动，慌乱地喊着："……快救我，我不行了……二哥……你救我，你怎么站在那里不动……你为什么不肯下来救我？"在他的记忆里，他最亲爱的哥哥站在荷塘边，一双冷冷的目光毫无表情地看着快要溺毙的亲弟弟，没有一点怜悯。皇上痛苦、恐惧和悲哀同时混杂在脸上："我是你亲弟弟，你为什么要袖手旁观，你想我死吗？"君玉勉力抓紧皇帝的双臂，用非常镇定和强硬的语气说："你别怕，他会救你的！你不会淹死！你会活下去——"皇上有些失控了，泪水汩汩流下："他不肯救我……呜呜……他不想让我活下去，怕我抢了他的皇位……他要当皇帝，他宁愿牺牲我这个弟弟……"想到这里，皇上伤心至极，整个人陷入狂哭之中，完全不能自已。

君玉顿时明白皇帝碰触到他深藏心底最大的悲伤心结，这个看来高高在上的皇帝内心处藏着一个被兄弟遗弃的弱小孩。她心中恻然，听着皇帝没法控制的哭号，于心不忍。终于，她把一根银针轻刺进皇帝的睡穴之上。皇上的哭声倏止，人掉进昏睡之中去了。看着床榻上的皇帝，君玉的目光充满同情。

此时，有人在门外轻唤。君玉不想皇帝在这时候被打扰，立刻上前，挡在门前询问，原来是皇后派来的小宫女，说是皇后想请问皇上何时回宫，她要为皇上准备晚膳。君玉想了一下，告知她皇上龙体不适，今晚要在这里静养，她会留在旁边伺候皇上，请皇后不必挂心。小宫女点头称是。

离开的时候，小宫女刚好迎面碰上准备出宫的刘奎璧，刘奎璧眼尖，一眼认出她："你——你不就是侍奉太后的宫女？"小宫女有点不安："……皇后把奴婢

要过去了,奴婢现在就伺候着皇后娘娘。王爷,有事吗?"奎璧一笑:"没,不过眼熟,随便问了,去忙你的事吧。"辞别过后,小宫女悄悄回头,却看见刘奎璧一直盯着自己,顿时心里一慌,赶忙转身,快步离去。

小宫女返回御花园的时候,皇后坐在一隅赏花静养。小宫女禀告她,皇上龙体不适,今夜在偏殿静养,不来用膳。郦大人一直在皇上身边。皇后顿时默然不语,一阵强烈的不安袭上心头。过了半响,她冷冷地命令宫女为她准备笔墨。

篝火明明灭灭,皇甫少华迎风站立,晚风不只吹动了衣衫,也把他手中的信笺吹得猎猎作响。少华陷入沉思之中,脑海回响着姐姐皇甫长华心中的话:丽君人在宫中愈久,圣上亲近之心愈重,当此情势,唯有一人可挽狂澜于未倒,少华,你自幼熟读兵书,应知兵贵神速,错失时机,必致一败涂地,其时后悔莫及。此时此刻,再莫迟疑,否则误人误己,抱憾终生……少华从信中的话深深感受到长华的忧虑,看来这是要作出决定的时刻了。他叹了口气,这决定的艰难竟比一场战争更让他感到压力重重。

风掠过,把他手中信吹进篝火里,信一下子烧起来。少华也在这瞬间作出了抉择,他的眼神如火一样燃烧着。

夜静,宫门外的街道更静,君玉拖着疲倦的步伐从皇宫里走出来,独个儿走在路上,忽地几滴斗大的雨点打下。她伸出手,几点雨滴落在手里,更添一阵无声的寂寥。这些日子发生的事情太多了,她的心也好累好累。多希望,他能陪在自己身边……

这时候,一把伞搁在头上替她挡雨,郦君玉回眸,居然是少华,果然是少华,她心头立刻感到一种特别的温暖和力量:"你怎么来了?""想见你。"君玉感到一阵甜蜜:"你就在这里等,等了一个晚上?""是的。"少华停了停:"你知道,我一直在等你。"君玉轻叹:"我知道,我当然知道……"

两人一下子无语,静静地并肩走在微雨中纸伞下,少华终于开口打破沉默:"我觉得我们不该再等下去——我们走吧。"君玉反问:"你觉得这是该走的时候吗?""你还觉得不是?"郦君玉犹疑了一下,点点头:"这几天,我在给皇上用药,替他把心里的郁结打开,本来是想帮他度过这一阵最艰难的日子,没想到发现真正困扰着他的,是从小到大在宫廷争斗里遭遇到的打击——""所以你想留下,帮他?"君玉一扬头:"我有把握,很快就能够让他从阴影里走出来……"少华摇摇头:"那时候,你就走不出来了。"君玉不以为然:"怎么会呢?"

少华凝望着她,看着眼前人是多么自信,又多么糊涂:"有时候我真奇怪像你这样聪明的人怎会如此糊涂?你知道为什么我宁愿留在兵营也拒绝入宫吗?"他回头望望不远处那黑压压的皇城:"因为我觉得那里比战场还要凶险可怕。在战场上我面对的是敌人,但在那里,要对付提防的反而是天天跟自己笑脸相迎的'自己人'。踏进战场,虽然难免要血流成河,但那是为了保家卫国,可是在那里,血流不息只为了权势和欲望,这种日子,我面对不了,你也同样接受不了。"少华握住郦君玉的手:"如果你是那种追名逐利、贪慕权贵的人,我不会劝阻你,可是我知道你郦君玉是个怎样的人,你不属于那里。"郦君玉明白少华所说都是由衷之言,她也感受到宫廷的人心难测,但她仍然对自己和理想抱有希望:"那里确是一个人心难测的凶险之地,但我们不能就因为害怕而放弃……少华,我不想功亏一篑啊。"少华:"我相信你,但你实在低估了它,千百年来这个宫廷积聚了多少人的贪念和欲望,仇恨和怨念,它是一张你无法逃离的网。"郦君玉沉默了下来。少华:"两天后的晚上,我在渡头等你,你来,我们一起离去,见不到你,我会明白你的决定。"郦君玉抬头看看少华,眼里百感交集,想开口劝阻:"少华——"但少华却带着从未有过的决绝神情:"我要等的,是你真心的决定。"

少华把伞留给郦君玉,然后静静转身走进寂寂的长街之中……

更鼓响起,夜色渐去。映雪起来替君玉准备上朝的梳洗,发现君玉托着腮坐在一旁,衣衫未换,显然一夜未眠。映雪:"你就这样坐了一整夜?"君玉轻应了一声。映雪感到她的举止有点异常,上前站在君玉身旁,一双手搭在她双肩上:"有什么想不通的事,要说给我听听吗?"君玉明白映雪的好意,她强颜笑着,轻拍映雪手背,表示感谢。映雪:"不想说就不要勉强,你会有法子应付的……是时候更衣上朝了。"她走到挂着朝服的衣架旁。君玉看着这一袭官袍,忽地有感而发:"梁老丞相每天穿着这一身官服上朝,数十年来风雨不改。映雪,你猜他心里到底是怎样想的?"映雪把官服取下,用手抚摸着官服上锦丽的刺绣:"义父一辈子只有一个心愿,就是做一个为国为民的好官,他每天上朝能够做符合心愿的事,我想他心里一定高兴。""他难道从来不觉得累,不会有厌倦的时候吗?"映雪:"只要是真心喜欢,应该不会。"君玉咀嚼着映雪的话,仿佛被这话迷惑住,整个人坠入深思里,任由映雪帮她梳理穿衣,也不发一言。

　　郦君玉再次去给皇上诊病，谁知她刚踏进偏殿，皇帝已快步上前，神色充满焦虑不安："你要走了，是吗？"君玉一愣："皇上怎么知道……"皇帝扬起手中的一份奏折："今天兵部送来皇甫少华的奏折，他要辞去一切军衔，解除所有军务，这不就是要离开京城么！他要走当然要带你一起，是吗？"君玉："臣不敢隐瞒……确有此事……"皇上紧张地说："你答应了？"君玉嗫嚅道："臣跟皇甫少华早有约定——"皇上打断她，抓住她的手，激动地说："不！不准走！朕不准你走！你哪里都不去，留在朕的身边，朕是你唯一需要的人！在朕这里，你可以大展你的抱负，你不只得到快乐，还会得到朕最大的宠爱，你会是天下最幸福的人——"皇上的突然发作让君玉一时无措："皇上，你放手——"她愈挣扎，皇帝表现愈激动。"臣不能一直留在朝廷，臣的身份始终都会招来杀身之祸，臣早晚都要走……"皇上已经完全进入自我的状态："你的话朕都明白了。朕答应你，朕不惜一切也要让你回复女儿身，朕还要破例拜你为相，让你堂堂正正当朝廷的官，让你在一人之下万人之上，你就不用走了——"他把君玉愈抱愈紧："你还不愿意——行，朕干脆让你来当皇后——"

　　郦君玉终于爆发："够了！"她凛然正气如潮涌现，一下挣开皇帝的纠缠："你给我放手！不要再说了！"她的气势刹那间把狂乱中的皇帝完全震慑住。他从狂乱的情绪中一下子惊醒过来，愣在当堂，不敢造次。君玉喘着气，但丝毫不敢放松，安抚着皇上："皇上，现在这时候，什么都别说，什么也别想，好好把心静下来。"皇上欲语，却被君玉举手止住："这样下去，皇上不是把臣迫走，而是把臣迫死。"君玉边说边整理给刚才纠缠扯乱的衣装，人也开始定过神来："皇上，人之相遇讲求一个缘字。你我君臣相处，这份缘来得不易，臣是一辈子珍惜，也希望皇上会一样。"看见皇帝也慢慢平静下来，她觉得该趁机离去："刚才有所冒犯，臣该万死。皇上，臣告退了。"她一步一步往门外走去。

　　皇上神色一片愕然，他知道刚才的举动是过分了，但他却不肯放弃："……朕已经失去太多，不想失去你……你听着，只有你答应留在朕身边，朕才会离开这里，不然，朕就把自己关在这个只属于你和朕的地方，永远都不踏出这里半步！苍天为鉴，绝不食言！"君玉在皇帝的旦旦誓言之中落荒而逃，她实在无法面对皇帝的执念。

　　大门重重关上！余音袅袅，盘旋在君玉心头良久不散。

　　郦君玉感到从未有过如此的烦恼。映雪凝视着一夜未眠、满脸愁容的君玉：

"到底有什么麻烦，居然连才高八斗的郦君玉也束手无策？"君玉："有麻烦的不是姓郦的，是姓孟的。"映雪恍然："看来又是皇甫少华给你出难题了。"君玉摇摇头。映雪一愣，追问："难道是皇上——"君玉点点头："他把自己关在偏殿，不肯上朝，除非我答应一直留在他身边。"这下连映雪也听得愕然。君玉："我只想为朝廷尽一份心，为老百姓做点事，为什么会如此为难？映雪，你是我最好的朋友，告诉我，我该怎么办？"映雪叹口气："你这是问道于盲……"她轻叹："我连自己的去留，都没法子做一个决定，又叫我怎么告诉你呢？"

君玉明白映雪心里始终无法把刘奎璧遗忘，她感慨："看来普天之下所有女人都逃不脱情这个烦恼……"映雪黯然："其实是爱——没爱，就没恨，也没有烦恼。"蓦地，两人无语，一起沉默，各自感怀……

隔日上朝，君玉走进大殿就有一种不对劲的感觉。众大臣仍然如往常一样等着皇上圣驾，但当君玉走近，跟他们点头示意，他们都不约而同把目光回避，有人甚至故意别过头去。君玉感到一阵不友善的气氛充斥着大殿，而她本人就是这股气氛的核心！只有一个人的目光依然直视君玉，那是刘奎璧，不过他的眼里只有一个讯息——敌意。

大殿的注意力一下子集中在刚踏进来的太监身上。众大臣脸上都带着期望的神情。太监朗声道："圣上龙体违和，今天不上朝，诸位大人请回。"跟每天一样的话，这一次却引起不一样的反应，大殿里蓦地响起一阵焦虑、不安和不耐的混合感叹。兵部大臣当下上前，迫近太监："上朝议政乃天子之职，岂容随便怠误，王公公，你再去恭请圣驾！"太监顿时苦着脸，但只站不动："大人，你这不是要奴才去送死吗？"兵部尚书坚持着："我们今天见不着皇上，统统都不走。"

太监几乎要哭出来。刘奎璧见状，轻笑一声，走到众大臣面前："大人，你别难为王公公了，皇上把自己关在偏殿不出来，已经是满朝皆知的事，你也用不着太动气。"他边说边走到郦君玉身旁："当前急务应该是怎样才能把皇上从偏殿请出来。本王认为，解铃还须系铃人，这事要看郦大人。"一句话就把君玉推到刀尖上。大殿所有人的目光都落在君玉身上，君玉感到重重压力迫来。她强自镇静："皇上的事，本是我们身为人臣该共同分担的事，郦君玉不明白王爷何故把事情独放在本官头上？"奎璧紧咬不放："因为皇上就是在跟你郦君玉于偏殿独处之后从此闭门不出，你到底在偏殿里做过什么事，说过什么话，犯了什么不

305

可饶恕的过错才把皇上迫到如此境地？你说这事不由你来承担该让谁来承担!？"他咄咄迫人，君玉一时无言以辩。

众大臣被奎璧的话挑动起来，顿时众口齐作声讨："郦大人，你要是得罪了皇上，就该负荆请罪啊……""郦大人，此事非同小可，你得赶快认错！""郦大人，你身为臣子，不为皇上分忧，反而惹皇上生气，你太不该了！"一时间，君玉只感到面前袭来的都是锋锐而极的舌剑唇枪，但她当然没法把那天在偏殿中的真相告知众人，这是她的死结。君玉有口难言，一脸窘态："这事……我无法跟你们说得明白……"兵部尚书排众而出，声色俱厉地喝叫一声："郦大人，你什么都不用说，你现在就去偏殿给我们把皇上请出来，否则，否则就别再踏进金銮大殿一步！去！快去呀！"君玉心知此时此刻实在无法让众大臣冷静下来，只好黯然离去。刘奎璧脸上却泛起一丝幸灾乐祸的浅笑。

君玉从大殿匆匆离去，把众大臣的流言蜚语抛在身后。她心里很难受，现在所有人都把皇上将自己关在偏殿拒绝上朝的责任怪罪到她头上，然而她却无法为自己申辩半句。君玉走到偏殿外，伫立良久。她想要叫皇上，但脑海立时掠过他那番激动的誓言："只有你答应留在朕身边，朕才会离开这里，不然朕就把自己关在这个只属于你和朕的地方，永远都不踏出这里半步！苍天为鉴，绝不食言！"君玉的手蓦然顿住，停在半空：孟丽君，现在把这扇门打开，你从此就要留在这里，永远失去皇甫少华。这真是你想要的？

殿内的皇上仿佛突然有一丝异样的感觉，快步走近门前，把脸贴在门上，静静聆听殿外的动静。而殿外已不见君玉的踪影，只余淡淡的风掠过……

小宫女正准备到御膳房给皇后安排午膳，途中，被平日里熟识的老太监徐公公喊住，说她姥姥病得好重，让她赶紧想办法出宫去看看她，还塞给她一块出宫的令牌，小宫女着实感激，忙回房准备。

那徐公公悠然慢走，穿过两重别苑，来到一处幽暗角落，一个人早在等候。徐公公立时换上一副讨好的嘴脸，躬身上前。原来是刘奎璧，他将一张银票交给徐公公，徐公公立刻笑逐颜开。刘奎璧经过徐公公身旁，淡然道："把银两好好地花掉，把嘴巴紧紧地闭上，记住，在皇城里死了一个宫女和少了一个公公，都是很平常的事，谁也不会过问。"

兵营外，夕阳斜照，将士们一字排开，阵形整齐，列在少华跟前。这些汉子们坚毅的脸上都抹上一层浓浓的不舍。副将大声吆喝，将士们动作一致地列阵,声势浩然,虎虎生威。少华的目光慢慢扫过每一名将士,直至最后一名兵士,每一张脸孔他都看得很仔细,很用心。将士们的每一道目光都在用最热烈的心情来跟少华的视线对望,好比无声的拥抱。

少华把目光收回,眼眶已有点湿润:"我会记住你们每一张脸,领着你们每一个人走上战场,不难,但带着你们每一个人平安归来,才是我最感自豪的事。你们是国的柱石,家的栋梁。有你们在,国在,家在。"将士们听得血也在沸腾。少华双手端起盛满酒的大碗,高举过顶,朝面前每一名将士敬酒:"感谢你们,感谢你们成全了我皇甫少华的梦想,当一名真正的军人。"少华的泪几乎要掉下,猛地仰首把酒干尽。酒水流过脸庞,也把淌下的泪水冲去。

整个兵营站满了人,但却只有一片沉静。少华霍然起身,决绝地离去了。

郦君玉已经下了决心,要跟随皇甫少华而去。她不要再做郦君玉,她要做孟丽君,做少华的丽君。一番梳妆打扮之后,铜镜里映出映雪刚给君玉梳弄妥当的男性装扮。映雪依依不舍地说:"这是最后一次替你梳弄这样的装束,离开京城,从此就可以做回你的孟丽君。"君玉对着镜中的自己,叹口气:"郦君玉,到了要跟你永远告别的时候,还真有点舍不得。"映雪笑道:"那你就去跟皇甫将军告别吧,你更舍不得!"君玉紧紧握着映雪的手:"其实,我心里最舍不得的是你。"映雪压抑在心中的离情别绪一下子涌上来,无法止住眼角的泪水:"我跟自己说过,不要哭,要笑着送你走,因为你是走向幸福,没想到我还是忍不住,我真没用!"君玉感动地说:"你永远对我都是这么好,你是我最好的朋友,最好的姊妹。"她拭去映雪脸上的泪水,映雪却哭得更厉害了。君玉:"听我说,我肯走出离开京城这一步,才知道幸福就在眼前,你也一样,拿出勇气,去走你的那一步吧。"映雪凝望君玉,从君玉眼里得到最大的支持和鼓励。君玉慢慢地说:"既然心里从来都只有他,你就相信自己一次,相信和他在一起可以寻找到幸福。过去一切尽管忘不了,但我们毕竟都是为明天而活。去找他,去找自己的幸福吧!"映雪默默听着,缓缓地,肯定地点点头。君玉终于放心了,她知道映雪会寻找自己的幸福,她可以安心离去。

宁静的渡头响起凉水拍岸的微响,少华伫立岸边,抬头看见明月皎洁,心里分外舒坦。船家看见少华,把船靠近:"是皇甫公子吗?"少华应了一声。船家问:"咱是你家订用的船,可以启程了吗?"少华:"还要等一个人,你先靠边歇着。"船家让船靠岸边停着,抽起了水烟,意态分外悠闲。

三十二

此时的郦君玉，已然变回了原来那个孟丽君，她轻快走着，愈往渡头走近，她心情愈是畅快。走着走着，她不禁止步，凝望这一个留下许多美好时光的地方，有些怀念，有些眷恋，但是，更多的是挥别的喜悦。

突然，一条人影从一旁的小巷扑出来，踉跄走了两步，整个人不支倒在丽君身前。丽君扶住那人，只觉得双手一阵温热，原来是手上沾满鲜血，她心头顿时一凛。那人已软倒地上，丽君借着月色一看，认出倒在地上的人是长华宫中的那个小宫女。丽君见她伤势十分严重，当下不作细想，奋力抱起她奔回府去。

尽管努力抢救，小宫女还是没有活下来，但是，弥留之际，她断断续续告诉了丽君，她看清了杀她的人是忠义王府的人，因为，太后暴崩那天晚上，她看到忠义王在梅妃的宫里。她也看见了，是王爷杀了太后。太后死后，她被皇后收留，却被忠义王发现，因而惹来杀身之祸。丽君闻言，脑子一片轰然，各种各样的疑点顿时一清二楚，弄明白了，这一切一切阴谋的核心，居然就是刘奎璧！

丽君呆呆地陷入沉思，突然，她想起来，她今夜要去赴的渡口之约，连忙赶了出去。可是，等到她跑到渡头的时候，船已开走，只留下远处一抹浅浅的船影。风好大，把丽君因狂奔而弄得松散的头巾一下子吹飞了。秀发在风中乱舞，丽君心绪更是凌乱，眼前的景物忽地模糊起来，她用手一抹，才发觉泪水已经潸然流下。她感到一阵前所未有的失落，她终于感受到失去少华的滋味，心中空空荡荡，落寞异常。

她拾起脚步，黯然离去。突然，一个熟悉的声音倏地响起："你就这样走了？"丽君霍然抬头，转身，顿时喜不自禁。少华就安然站在前面，笑着凝望丽君的一举一动。丽君按捺不住激动的心情，直奔向少华怀里。两人深情地相拥。丽君在一瞬间经历了失而复得的大起大落，闭着双眼，静心聆听着少华的心跳，感觉着少华的气息，喃喃地说："我真以为你走了，不等我了——"少华拍拍她，无限怜爱地说："我说过，在渡头等你，是要和你一起离去，不是把你一个人丢下自己走,何况,我知道你一定会来。"丽君想了一下,婉言问:"——那如果我不来呢?"少华一笑:"你都已经来了,这句话还问来干什么!"

丽君沉默了一下,眼里流露出决然的神色:"少华,如果今天我不走,要留在京城,你还会等我吗?"少华从丽君的神情中知道这不是一句戏言,而是认真的话,心里一阵刺痛:"你赶来,其实是要说这句话?"丽君缓缓地说:"我本来决定要走了,可是——可是就在我赶来的路上,我发现了刘奎璧的一个秘密。我要是不把他的阴谋揭穿,让他原形毕露,就是把一个最大的祸患留在朝廷,留在皇上身边,我不可以这样就走的——"

少华安静地听着丽君解释,黯然地说:"我知道一定是离不开朝廷的事……"他望向渡头外的茫茫远方:"这天下再美,在你心里永远比不上朝廷的好,所以不管我心对你多真多重,始终无法让你跟我走出京城一步。"丽君疾呼:"你不要这样想,我——"少华蓦地转身,从渡头跃下,落在停泊在角落的一艘小艇上。把绳子解开,然后向丽君伸出手:"我不要听你说的,我只看你做的决定。"小艇随着水流慢慢离开渡头,选择?还是放弃?真是个难题!丽君心中在挣扎着,到底是跳下?还是留在渡头?她噙着泪水,幽幽地说:"少华,上来吧,不要这样——"少华:"已经回不了头,你跳下来,以后的日子就是我们俩一起过,你不跳,我们就一水天涯了……"

丽君心里难过极了。她真的有不顾一切就跳下小艇的冲动,然而小宫女柱死、太后猝死、梅妃惨死的情景再次掠上心头,让她无法一走了之,刚要跃起的双腿又钉回地上。少华目睹这一个轻微动作的变化,眼神从欣喜落入失望。丽君哭着说:"少华……你好狠心啊……你回来呀——"小艇慢慢漂远,少华决绝地说:"不!"他忍着泪,强露一丝笑意:"做了一辈子好人,这一回让我做一次坏人吧。"

小艇已遥遥地漂向远方,丽君的身影越来越远……少华的泪水,黯然而下……

偏殿外,轻轻的叩门声响起。累极而睡的皇上猛然惊醒,他大喜,直扑向大门:"——是郦丽君么?"在他眼心中,郦君玉不是郦君玉,因为郦君玉属于朝廷,也不是孟丽君,因为孟丽君属于皇甫少华,她是只属于他的郦丽君。

门外传来太监卑微的回应,是给他送早点。皇上立时换了满脸怒容,一脚重重踹在门上:"统统给我滚!朕说过谁都不见,只见郦丽君!谁敢再跑来,朕就要责罚他！"太监当下匆匆退过一旁，不敢发出半点微响，只静静站在殿外，随时听候皇上的命令。已经不知道多少天了，皇上就是不出偏殿，每天像个抓狂的困兽一样，面色憔悴，动不动就骂人。

此时的皇上，已全然没有了威仪天下的尊贵，活活就是陷入情海，不能自拔的一个普通男人，因为自己心爱的女人迟迟不肯出现，他正忍受着内心的煎熬。于他，这是从来没有过的煎熬。他想要的女人，哪一个不是巴不得想要邀宠于他，而只有郦丽君，这个不仅貌美如花，而且才智过人的女人，就是不肯跟他在一起。他要疯掉了，不停地喃喃自语：你怎么如此糊涂呢？像你这样一个聪明女子，应该知道谁才是你该爱的人！哪里才是你值得留下来的地方！唉——没想到你也有犯傻的时候……不过，你放心，朕不会让你糊涂下去，不会让你做出一辈子后悔的错事，朕会帮你！朕一定帮你！

他把刘奎璧喊来，命令他立刻调动兵马将京城内外水陆两路所有要道统统封锁，绝对不可以让郦君玉离开京城！刘奎璧一下子还没回过神，封锁所有水陆要道？皇上发怒喝道："快去！"

突然，大门打开，皇上整个人呆住了！郦君玉已经站在门前，皇上脸上的表情从惊讶瞬间化为狂喜，张大了嘴，却说不出一句话。丽君觉得有点尴尬，只好主动开口："臣郦君玉，前来恭请皇上上朝。"皇上激动不已，情不自禁地一把拥着丽君："你终于回来了！"丽君猝不及防，脸刷地红了！站在一旁的刘奎璧也被皇上突如其来的举动吓了一跳。丽君连忙说："皇上万金之体，臣不敢无礼——皇上还不放手，臣就要犯死罪了……"皇上好不容易才放开丽君："朕要你活着，谁敢让你死！既然你肯回来，朕就愿意上朝！走！"说罢，迈开大步往大殿走去，丽君准备举步紧随，察觉到刘奎璧冷冷的目光一直落在自己身上，她用坚毅凌厉的目光回望，四道目光在空中击起了火花，然后，丽君才拾步而去。

马车徐徐来到刘府门外停下，刘奎璧从车厢走下来的时候，眉头深锁，仍然对皇上和郦君玉的迷离关系深感困惑，快要踏进家门的刹那，仿佛有一种奇妙的感觉让他止步，回首中，一抹倩影映入眼帘，是苏映雪。刘奎璧意外极了，他赶紧悄然把门关上。映雪的不请自来使奎璧有点无措不安："你怎么会跑来这里？"映雪眼里出现一股从未见过的坦然和坚定："我想见你。"奎璧一笑："我们不是约定好了，要见面的时候就在客栈挂上红绸么……"映雪："那条红绸子被我烧了。"奎璧愣住了。映雪："那地方我以后也不会再去。"奎璧闻言，心头忽地一阵刺痛,他从映雪的话中听出了另一种意思,骤感不安:"你来这里找我,就是为了跟我说要永远离开我了,是么?"奎璧黯然,转过身去,不想让映雪看见他的难过,还有他的愤恨。他咬咬牙,恨恨地说:"我已经尝过失去你的滋味,为什么你还要我再尝一遍这痛苦的味道?"

映雪知道奎璧误会了,她按捺不住心头的激动,从后面一把抱住奎璧:"奎璧,你误会了——"奎璧:"这是你对我的折磨,还是郦君玉对我的羞辱?"映雪紧紧抱着奎璧:"你错了,统统都不是!我来是想跟你说我要永远和你在一起!不管从前在你我之间发生过什么,从今以后我都在你的身边,爱着你,爱着你——"奎璧的心头仿佛炸开了,一股久违的快乐涌上来,他猛地转身,面对映雪,高兴地问:"你真的愿意跟我在一起?"映雪毫不犹疑地点头。奎璧充满胜利的快乐,一把抱住映雪:"你肯离开郦君玉回来我身边!以后你就是我的女人!我终于从郦君玉手里把你赢回来了!映雪,你放心,不管郦君玉要什么手段,我都不会让他再把你抢走的!"映雪一笑:"这个你根本不用担心,他昨天晚上已经离开京城,不会再回来。"奎璧诧异道:"郦君玉昨天走了——!?"刘奎璧脸上已不见刚才的快乐和快感,代之而来的是阴阴的恨意,他轻轻地问:"因为他走了,你才能够来找我……跟我在一起,是吗?"

映雪已经沉浸在奎璧温热的怀抱中,脑海里只剩下和爱人在一起的幸福:"他一天不离去,我和他还是夫妻,我仍然要做他的妻子,这是迫不得已的事,我和他都无法改变。"她闭上眼睛,幸福地笑着:"如今他走了,我们也解脱了,我可以找回我的幸福,她也可以做回真正的自己,做一个快乐的女人,一个快乐的孟丽君……"奎璧顿时一震,他几乎以为自己听错了什么,他两眼发直,勉强镇压住内心的震惊:"孟丽君——孟丽君是郦君玉?"映雪柔声地说:"我和她是一对假夫妻……其实你从来都没有失去过我,你现在明白了吗?"奎璧的愤怒到达最激烈时竟成了最无声无息的冷然,他温柔地笑起来:"我当然明白了……从始到终我刘奎璧原来是一头猪!一头该死的猪!"映雪还以为奎璧在说笑,被他的话逗乐了。

刘奎璧慢慢把怀中的映雪抱起,一步一步走近床榻。在他一脸笑容中竟有一条血丝从紧咬的牙龈处无声地淌下……我居然给一个女人耍得这么惨!她让我家破人亡,不只要我亲手杀了自己的爹,还要了我未出生的孩子的命,而我眼睁睁看着她在我面前晃来晃去,竟然不知道她就是孟丽君!你说,我该不该死！

孟丽君，你现在尽管活得开心点，很快你便笑不出来了，我会让你永远记住太后大殓这个日子，我就在满朝文武面前，剥掉你的假皮相，要你丢尽颜面，还要那个袒护你的狗皇上无地自容！

太后的大祭之日就要到来，所有事项都由刘奎璧督办。这日，他刚来勘察，便接到禀报，说郦君玉大人奉圣上之命到来视察，他十分不悦。刘奎璧走到丽君跟前，丽君正准备离去。刘奎璧一笑："本王刚来，郦大人就要告辞，是不想跟本王碰面，还是不敢面对本王？"丽君立时止步转身，昂然面对刘奎璧："王爷有事要跟君玉说吗？"奎璧："太后大祭，皇上早已下旨让本王督办，何用你郦君玉来操心呢？"丽君淡然："我不是操心，只是放心不下。"奎璧："你是放心不下大祭，还是放心不下本王？"丽君针锋相对："王爷办事如若秉正无私，就不用心虚多疑了。"奎璧："本王待人一向不猜不忌，唯独有一种人不得不防。"他微微一顿，盯着丽君："就是那种装神弄鬼表里不一的人。"丽君哈哈一笑："我跟王爷事事各有想法，难以沟通，没想到在这事情上居然会异口同声，看法一致。"她目光如剑逼视奎璧："郦君玉平生最痛恨的也是这一种装神弄鬼表里不一的人，不过我还相信一件事：最坚硬的假面具也有裂缝展现的一天，就像前忠义王一样，虽然号称忠义，最后还是露出不忠不义的真面目！我想，能够大义灭亲的王爷也会深表赞同，是吗？"

刘奎璧没料到丽君竟敢如此公然挑战！他的双眼几乎要喷出火来，最后勉强压制住："说得真好，郦大人敢如此跟本王推心置腹，实在难得，既然如此，本王也不怕把心底的话掏出来说了。"丽君："若是真心话，郦君玉洗耳恭听。"奎璧："郦大人那天去而复返，我是不懂皇上为何如此欣喜若狂，得意忘形。不过，郦大人也许不知，其实看见你回来，留在京城，我比皇上更高兴，更开心。"他上前，贴近丽君，笑得像是哭嚎一样凄厉："因为我仍然有机会把你置于死地，否则，我可要跑遍天涯海角去找你，那多累人啊……"奎璧故意在丽君耳边呵了一口气。丽君难以控制女儿身的敏感，当下后退了几步。奎璧把丽君的瞬间窘态收入眼里，心里已经确定苏映雪所说的话无误，眼前人真是女扮男装的孟丽君，他哈哈大笑，得意之极地飘然离去。

郦君玉来到御书房，皇上已经恢复了昔日的英朗，正神采奕奕地看着奏折。丽君提醒皇上，明天王陵护卫之事一定要做到万全，绝对不容半点闪失，她对刘奎璧太不放心。皇上却笑了，郦君玉是一个胸怀天下、聪敏不凡的大材，多少险恶风波也难不倒她，几多狼子野心的权奸都栽在她手下，不过，也许因为她除了是郦君玉之外，还是孟丽君，所以，始终难免有女儿家的小心眼——不过，这样也好，这才是一个女人该有的风情。此刻，他不想跟她说什么国家大事，只想跟她儿女情长。在朝廷上她是郦君玉，在他身边她是孟丽君。

丽君婉言对皇上说："臣从无此心，请皇上也无此念。"皇上不服气："你这话朕不明白。你舍下皇甫少华不顾，返回宫中找朕，那又是什么心意？"丽君叹了口气："……臣是放心不下皇上独处危险之中尤不自觉，生怕皇上出事，臣是要为朝廷除去最后祸患才回来的……"皇上："那说到底你还是因为朕才留下来，如此深情，还不是爱？"丽君："臣对皇上只有君臣之爱，却无儿女之情。"皇上愈听愈来气："什么君臣之爱，什么儿女之情！？爱情，爱情，爱就是情，情就是爱，你怎么非要把它弄得糊里糊涂……孟丽君，朕真不知道怎么跟你谈情说爱，你根本不晓得情为何物！"皇上鼓着一肚子气坐回龙椅上。丽君知道此时此刻是要把彼此关系说得透彻才能免去日后的纠缠，当下心平气和地走到皇上身旁。

丽君："臣以为——"皇上立刻打断："你现在是孟丽君，不是郦君玉，别叫什么臣！"丽君一笑："这样说，现在我就是跟你说话，不是跟皇上说话了。"皇上点头。丽君："我说，真不懂情为何物的人是你才对。"皇上瞪着眼："朕！——"他又立刻改口："不对——你说是我不懂！？"丽君："问世间情为何物，直教人生死相许——这首词为什么能成为千古绝唱，因为它说出了爱情的真意。这世间众生有情，但终其一生，人如何能寻得真情呢？就只有在生离死别之间，才可以找得到相许之人。"皇上茫然道："只有在生离死别之间才找到相许之人？"丽君："是的。只此一刻，人才会看见自己的真心，看见心里的人到底是谁。"皇上："这些话都是真的，你相信？"丽君颔首。皇上："那告诉我，你经过生死之间没有？你看见自己的真心了吗？"丽君充满暖意地笑着，仿佛在跟一个好朋友说话："你要知道的不是别人的答案，是你自己的，一个只属于你自己的答案。"

皇上从丽君的眼眸中感觉到她说的每句话都是真诚的，他一时间也陷入迷思之中。

映雪被缚坐在椅子上，动弹不得。原来，她得知了明天太后的祭典上，刘奎璧要有所行动，准备去告诉孟丽君，却被刘奎璧发觉绑在了这里。角落的阴暗处传来刘奎璧一声仿佛受伤害的喟叹："为什么要这样对我？你下了这么大的决心

313

回到我身边,难道就是为了伤害我? 如果真是这样, 我要恭喜你, 你做到了。"
他的语气哽咽起来, 映雪的心在痛, 充满歉疚地说: "奎璧……你别难过……
事情不是你想的那样,我做的一切都是为你,我不会伤害你,更不会让任何人这
样做。我去找孟丽君是要——"映雪的话却被奎璧猛然的大喝硬生生截住了:
"够了! 我不要再听见这个人的名字! "

刘奎璧从角落里走出来,站在映雪跟前,他的神情一下子变得狂暴起来:
"告诉我,她到底是个怎么样的人!? 她美艳无双,才高八斗!? 她是什么绝世奇
女子? 所以每个人都要围着她转来转去,连皇上都被她弄得意乱情迷! 为了救
她,你竟然把我出卖,你说过我才是你真心爱过的人,你要跟我一起幸福地过日
子,而她不过是个女人,她怎么可能给你幸福? 怎么能跟你过日子? 但你还是要
帮她来毁了我!? 孟丽君究竟有什么了不起? 她到底有什么了不起呀——! 告诉
我——! "奎璧歇斯底里一口气把心中的不快和郁闷倾吐出来,映雪听见奎璧
的每一句话,看见奎璧的每一个神情,她更感心痛,为她心爱的人而痛。她充满
怜爱地说:"我去找她,不是要帮她,我是要救你。"奎璧失笑:"我干吗要你救!?
明天就是孟丽君大劫难逃大难当头的日子了! "映雪:"真正大难临头的人不是
她,是你。要是你在明天太后大殓的日子里,在满朝大臣的面前做出大逆不道
的事,你真的回不了头。奎璧,你是个好人,你没存心做过坏事,你只是无法改
变身边的人,无法应付太多突如其来的意外,可这不是你的错。我去找孟丽君,
是要制止你踏出最错的一步,让你临崖勒马……"她顿一顿,诚恳地说:"我还要
跟你过日子,过最幸福快乐的日子……"

刘奎璧被映雪诚恳的话击中了, 他的眼神迷茫起来:"……我是个好人
……? "映雪含泪笑说:"是的,你一直都是。"奎璧的脑海中立时闪过昔日那个
快乐的刘奎璧,脸上绽开久违的率真笑意:"我记起了,我们有过很开心的日
子……"但同时那个残酷的画面也回来了——自己手中的剑刺穿父亲的胸膛,
顿时他的脸容一变,扭曲起来:"……可是,我亲手杀了我爹……他的血都流在
我手上……"奎璧倏地开始痛苦的号叫,仇恨一下子占据他的心灵,刚才一闪而
过的率真已荡然无存:"我是个杀人凶手,我亲手要了我爹的命……是孟丽君迫
我这样做的,我要她血债血偿……"

映雪知道自己的一番努力白费了,但却不肯放弃:"你爹的死不是你的错,
也不是别人的错……"奎璧扑到映雪身旁,把嘴巴凑近映雪耳边,喘着粗气说

道："是我的错！我爹骂得对，我是个没用的废物！映雪，我告诉你一个秘密……谁都不知道，从我爹死了的那一天开始，他每天都跑来骂我，骂我是个没用的废物，一直不停在骂，我，我一直都没睡过一觉，只要我闭上眼，就一定看见他。我现在什么都不想，就只想把孟丽君杀了，那么我爹就顺心了，他就不会来骂我，我可以好好睡上一觉……孟丽君死了，我就可以好好地睡觉……"将隐藏在内心最深处的抑郁说出来之后，刘奎璧也无力地倒在映雪身上，眼皮无力地闭上，只剩下深深的喘息。

映雪完全感受到此刻的刘奎璧是如何无力自控，他几乎处于一个随时崩溃下来的疲弱状态，然而映雪却对此无能为力，她为奎璧和自己流下了最无奈的泪水……

三十三

一座两人高的石碑矗立在皇陵之上，石碑式样极之简洁，别无雕镂，只端然刻着"慈圣万载"四个大字。皇上把长香插放在碑前大鼎内。祭拜完毕，皇上领着众大臣步下皇陵，准备离去。列在大臣丛中的孟丽君一直保持平静的神色，但对于刘奎璧竟然未曾于大祭中现身感到万分疑惑。

突然，所有人都停下脚步，愕然呆住了。只见刘奎璧远远跪在大路中央，挡住去路。皇上自感不解，又有点不满："刘奎璧，你不去祭拜太后陵寝，为何跪在这里？"刘奎璧："臣有要事相报，此事实属骇人听闻，为了不打搅太后陵寝安宁，臣只能如此。"皇上："到底何事？等回宫中再说吧。"刘奎璧却不退步："此事非此时此刻公诸天下不可！皇上——"

刘奎璧猛然抬头，指着百官中的丽君："这个郦君玉，实乃孟士元之女孟丽君！微臣要力谏皇上，下旨杀掉这个女扮男装、蔑视纲常、欺君罔上的万恶之徒，以正法典！"皇上意外地一愣，立即板起面孔："刘奎璧，此事已经闹过多次，王湘还为此吃过苦头，如今你又旧事重提，是何居心？你先退下！朕不想听！"刘奎璧起身，愤然扯开朝服，赤裸上身，露出满身伤痕，上前一步："皇上，臣身上的每一块伤疤，全是为国征战留下来的，就算赤裸人前也毫无羞愧之心。因为，我是堂堂正正的男子汉！但是她郦君玉敢与我一样吗？郦大人，若你乃男人真身，不

315

妨与我一较高下,脱衣证明!"皇上不想让刘奎璧把事情闹大,出言制止:"刘奎璧,你不要胡闹!今日之事,朕念你追思太后过于悲伤,不跟你计较,快退下——"刘奎璧不听:"皇上,郦君玉分明是在巧言令色,她心虚得很!苍天在上,我刘奎璧今天可以自裁在此,但她郦君玉必须给皇上,给朝廷百官,给天下人一个明明白白的交代!"

百官的目光,都聚集在丽君身上。丽君愤怒地瞪着刘奎璧:"俗人武夫,本官不屑跟你纠缠!皇上,请恩准君玉先行告退。"刘奎璧猛然上前,要扯下丽君的袍服:"孟丽君,今天我就让你原形毕露,于满朝文武面前出丑!"皇上急了:"大胆!"王湘闻言,从百官里排众而出:"来人!把刘奎璧拿下!"守卫在王陵四周的兵士一齐拔剑。刘奎璧却视若无睹,一把揪住了丽君的衣领,丽君死命挣扎。王湘急叫:"还不赶快出手!"一声惨叫传来,中剑倒地的不是刘奎璧,而是王湘!满座众人皆惊,就连皇上也惊讶不已,原来,护卫的兵士早已全换成刘奎璧的人,所以,他们对皇上的话不闻不问。众大臣也已惊作一团。

刘奎璧奋力一扯,终于把丽君的头冠扯下,丽君的长长秀发一泻而亮在众人面前。百官同时惊呼:"啊——郦大人!""真是个女的——!"丽君外衣也给刘奎璧扯破,立时瑟缩在一旁。皇上的脸色也惨白起来。刘奎璧得意地说:"今天一切都真相大白了——"皇上气极:"刘奎璧……你反了!"奎璧瞪着皇上:"错!我忠心耿耿,处处为朝廷卖命,我哪算反了?你血口喷人,污蔑忠义王的名号!真要反了的人是你!"皇上愣住:"……你这是什么话!?"刘奎璧逼视皇上:"我刚才以命相迫,要你主持公道,让孟丽君在文武百官面前验明正身,你反而处处袒护她,到底为何?因为你早知她本来是女儿之身,你身为天子,贪图女色,包庇重犯欺瞒朝中众臣,你这叫知法犯法!你这个皇上还怎么当!?你凭什么来管治天下?你叫谁来服你!?"他转向众大臣,喝问:"你们服不服?"

在刀剑相挟的险境下,众大臣一句话也说不出来。刘奎璧忘形地笑着:"你听见了吗?没有一个人肯为你说话,你说你多该死!"众大臣愧然,垂下了头。皇上感到从未有过的孤立无援。孟丽君却在此时昂然站在皇上面前,横眉冷对掌控大局的刘奎璧:"刘奎璧,你这不是反了,你是疯了!"刘奎璧:"你才是疯子!我刘奎璧顶天立地,今日要为朝廷清理罪孽!我要代太后用'御龙铜'将这个糊涂的昏君打醒!将你这个祸害朝廷的妖孽打死!"奎璧举起"御龙铜"就要朝皇上迎头痛击,丽君毫无畏色地立在皇上身前:"刘奎璧欺君犯上,罪行当前,勿庸抵赖了！"

丽君一语既出，原来处身大石碑后的十余名杂役同时飞身上前护驾，原来，这些杂役竟是御林军乔装混入皇陵伺机出手，但为免遭拆穿身份，他们都没带刀剑兵器，只能以木棍充当武器，一边护住皇上，一边跟刘奎璧的手下混战起来。

皇陵中展开一场强弱悬殊的生死搏斗。其中一名副将发出了一记冲天炮讯号，大喝："援军片刻赶到！"副将的叫喊激励着士气，也使手无寸铁的众大臣奋然联合起来，与十余名御林军共同对抗刘奎璧如狼似虎的部队围攻。而刘奎璧率领最精锐的手下紧咬着皇上和孟丽君不放，情势最为凶险。

就在这时，人群中扑来一名杂役，奋勇冲前，终于杀至丽君身后。丽君定睛一看，那杂役头上的竹笠掉下，露出了丽君最牵挂的一张面容——皇甫少华！丽君身在刀光剑影之中却已无怯惧之心，她讶然喊了声："——少华——"少华看着她，那坚定的眼神，带着坚定的爱意，露出坚定的笑容："我说过，一定会在你身边，不离，不弃。"丽君紧握着少华的手，在兵荒马乱的凶险杀阵中共同踏出一条生路。

在众志成城的坚持下，少华率领的十余名御林军竟然在强敌的猛攻下一直坚守最后的阵形，保护着皇上的安全。这时，一阵呼喊传来，援军赶来，声浪从远处传来，包围了整个皇陵。刘奎璧的部队久攻不下，又听见皇陵外援军的呐喊，当下军心大涣，那邢师爷当先领头逃跑，被少华一刀贯胸而亡。

皇陵一片慌乱，众人在虎口下逃出生天，有一种恍如隔世之感。皇上和丽君、少华相顾一望，正要定神，身旁的一具尸体突然跃起，原来是乘乱假扮死尸的刘奎璧抓住最后一个机会，一剑刺向他恨极的孟丽君！此时，皇上跟丽君距离最近，唯有他可以替丽君挡下这致命一剑。皇上想要冲上去，却迟疑了片刻，剑身一歪，直刺向丽君。哧的一声，剑穿体而过，但中剑的人是飞扑过来，以胸口挡剑的皇甫少华！鲜血从少华身上伤口飞溅而出，落在丽君的脸上。他在倒地前，用尽全身力气，双拳轰向刘奎璧，刘奎璧被轰至飞退丈远。

少华无力地倒下，丽君奋力把他抱住，痛哭失声："——少华！"

刘奎璧整个人飞撞在纪念太后的"慈圣万载"的大石碑上。刘奎璧落地，想立刻站起的时候，偌大石碑竟然无故地塌下。轰的巨响，石碑把刘奎璧砸个正着！刘奎璧七孔溢血，颓然被压在石碑之下。

丽君边流着泪，边替少华按住几处要穴，制止血流出来："——没事的，少

华,你要撑住,我一定会救你——"丽君全力抢救伤重的少华,少华完全不省人事,皇上见状,想上前慰问,但想到自己刚才的退缩,竟然一步也迈不下去。

众大臣将士怕再生变故,簇拥着皇上离去,皇上只觉丽君、少华二人虽近在咫尺却仿佛天涯般遥远……

皇甫少华经过丽君的抢救,已无性命之危,但因为大量失血,身体无法恢复过来,人一直在昏迷之中,脸色异常苍白。丽君对他充满着怜惜和愧疚。这个男人为她付出的已经太多太多了。看着少华,不禁想起在王陵遇险时突然看见少华从人丛中现身赶来救援的情景。少华说:"我说过,一定会在你身边,不离不弃——"说这句话的时候,少华那坚定不移的眼神让丽君心头温热,面对此刻昏迷不醒的少华,丽君禁不住热泪盈眶。

这时,皇上派宫里人来慰问皇甫少华的伤情,送来百年人参和上好的药材,并留给丽君一封皇上的亲笔信函。丽君略感意外,把信拆开,皇上的真情告白一字一字地映现……

"丽君,你没说谎,原来每个人都会遇上面对自己真心的那一刻,今天我也遇上了。就在王陵里,当刘奎璧要杀你的那一刻,我忽然有一种强烈的感觉,我知道我面对真心的时刻来了,而我却失去了这个机会,我没能替你挡剑,那时我已经知道答案了。

"我爱你,丽君,把你当作一个女人深深去爱,而皇甫少华,他是把你当作整个生命,我认输了。我流着帝王家的血脉,这终归是我的宿命,我怎能像他那般爱得无牵无挂……

"你跟我说萤火虫很美,因为它代表了自由和梦。于是我叫人抓来无数的萤火虫,把它们放在我的地方,我以为从此我就拥有了它和它的美。不过我现在知道我错了,从我把一只萤火虫抓在手里的时候开始,它就失去了它的美,因为它不自由,它也没有了梦,我根本是一无所有……今天我让它们飞了,它们又自由了,又像梦一样亮起萤光……它们又变得很美。

"无情笑说有情痴,有情岂知无情苦……从今以后,你去做你的痴情梦,我——仍然做我的皇帝……"

丽君把信看完,欣慰一笑,她知道皇上放下了自己的心结,也替她卸下了沉重的情感包袱。丽君心头一轻,人也轻松过来,当她随意看了锦盒内的药材时,顿时感到疑惑。锦盒内分两层,上层放的一棵人参居然已经枯死,人参呈灰黑色，根本毫无疗效，下层放的倒是能保人活命的好药。丽君握着这一根枯死的人参，陷入迷惑之中。

在丽君百思不得其解的时候，门外传来一阵吵嚷。荣发，也就是香梅的哭叫声传进来，丽君立时放下人参，急忙开门察看。只见香梅哭得死去活来，手里紧紧握着一个小木牌，木牌上写着一个人的名字——王湘。香梅号啕大哭："我早知道这个傻瓜会有这样的一天！这个书呆子，读了一辈子的书，什么也不会，就只会从容就义，这下可了了他的心愿，做了一个替皇上挡刀的好官，可他有没有想过我？他就这样把我一个人丢下不管了！他不想想我会多难过，我以后的日子怎么过……"她一口气把心里憋着的话随着泪水一起哭诉出来，弄得丽君又好气又好笑："你待会再哭，我先让你看一个人。"丽君把香梅的身子扳转过来，香梅哭得红肿的眼里出现了王湘的身影。原来，小木牌上的"王湘"是一个跟他同名同姓的兵丁，不幸在王陵护驾身亡了，而香梅的王湘，中剑之后，经过医治，已无大碍了。此刻，王湘已听到香梅的一番内心话，脸上既感动，又有几分得意。

香梅这时候可羞到家了，她无法面对众人，立刻从丽君身前扑出，快步疾奔离去。王湘想上前拦下香梅，但香梅怎么留得下来，把王湘一推，人便离开院子。王湘忙喊："别跑——等等我……我还有伤在身呢！"丽君取笑他："你跑得再慢也不要紧，她铁定是跑不掉了。"王湘尴尬地笑着，人也追出院子去。

院子又回复宁静，丽君想返回病房，看见映雪早已无声地站在角落，一脸落寞。

丽君领着映雪走进一条长廊。长廊守卫森严，每隔十步便有士兵镇守。刘奎璧虽无性命之忧，但头部受创极重，很难康复，至今仍然昏迷不醒，也不晓得什么时候会醒来，就算醒来，从此也成了痴呆。丽君领着映雪走进门来，便悄然退去。

病房内冷冷清清，有一处小窗，月光刚好从窗口映进来。柔和的月光洒在奎璧脸上。映雪好久没看见过如此平静安详的奎璧了，她油然泛起一丝欣慰的笑意，她轻抚着奎璧的脸："你看，你多久没这样子安静了，这才是真正的你，一个安安静静的好孩子。你终于可以好好地睡一觉了。放心睡吧，我会一直在你身边，不会让人跑来打扰你。"映雪手里蓦地亮出一把匕首，她深情地凝望奎璧，手中的匕首毫不犹疑地往下插去！

一条人影倏地扑近，在生死一瞬间，抓住映雪的手腕，匕首仍在奎璧的脖子上划出一道浅浅的血口，然后去势就被止住！原来是丽君，她及时制止了映雪的举动,喝问道:"为什么要做这种傻事!?你以为这样是最好的解脱!?"映雪还想挣扎,但丽君用力把映雪手中的匕首摔开了。映雪跪在奎璧的床榻前,无望地说:"他犯下了滔天大罪,怎么也活不了,我唯一能够为他做的,就是这么一刀刺下去,早些给他个了断,然后陪他一起走。"丽君动容:"你这么做不值得,不值得啊!"

映雪无言,掩面痛哭。丽君痛心地说:"你为什么要如此轻易放弃你们的幸福呢?"映雪抬头,满目尽是无助的神色:"……我们还会有吗?"丽君坚定地说:"只要不放弃,你相信有,就一定能够成真!"映雪一脸茫然:"真的?"丽君重重点头。

金殿之上,皇上坐在龙椅上,神情凝重。文武众官位列两旁,殿下中央跪着一个人,偌大殿堂鸦雀无声,所有人的目光只落在这人身上。跪着的人是换回一袭女装的孟丽君。孟丽君一脸无畏,等着面对她的命运终局。众位大臣正在历数孟丽君欺君罔上,祸乱朝政,败坏朝纲的罪行,主张郦君玉罪该处死,请皇上降旨严惩。

孟丽君面容沉静,一言不发,毫无怯惧之色。这时,王湘站了出来,朗声道:"陛下,臣以为,孟丽君一心忠君爱国,入朝为官以来,事事鞠躬尽瘁,一言一行俱以家国为重,绝无半点徇私枉法。不错,孟丽君是欺瞒了皇上,因为她确是女儿之身,可除此之外,她所作所为还有什么是假的?哪有什么是祸害朝廷,害民乱国?"

王湘目光如剑,横扫身旁的文武百官,句句铿锵有劲:"孟丽君凭自身才干,金榜题名,高中状元,这当中难道有舞弊作假!?丽君与皇甫将军并肩作战,历尽艰苦,平定狼子野心的武胜王,难道也是虚张声势,贪功作假?邬必凯扰我国土,谁人把他灭了?刘捷胁迫太后意图犯上,谁将他伏法?难道这统统只是孟丽君在痴人梦话,妄言作假!"

王湘的一番话让众人吭不出声来。他接着说:"孟丽君作为,如果落在你们头上,早就论功行赏,封侯拜相,但现在她却落得个欺君罔上,祸乱朝政,败坏朝纲的罪名,为什么会这样?就因为她是一介女流。你们这些高高在上的大好男儿,害怕一个女人走得比你们远,站得比你们高,要你们屈居末座俯首听命,你们害怕,你们胆怯!将相本无种,这只是你们的一派胡言,骗人骗己的谎言!"

殿堂里弥漫着让人喘不过气的死寂,王湘的控诉让众人无处可逃,无处可躲。孟丽君凝望着龙椅上的皇上："皇上，郦君玉早就说过，君要臣死，臣当肝脑涂地，绝无所惜，不过，既然要死，我要死得堂堂正正。扪心自问，我无愧于皇上，无愧于朝廷，无愧于黎民，无愧于天下苍生！"

满朝文武也跪下，齐声请皇上降旨，以正法典！皇上望向殿下众人异口同声，轻轻叹息："孟丽君，你对朕有相救之恩，你还有什么心愿未了，尽管说来，朕都答应。"皇上这话无疑是宣判了丽君的死罪，众大臣顿时吁了一口气。丽君对结果早在意料之内，平静地说："孟丽君有幸受教于梁老丞相，不想辜负老丞相的教诲和遗愿，特意整理朝纲法典，著成一卷万言策论，恳请皇上过目。"丽君把身旁的策论呈上，皇上真的感动了："你始终不忘匡扶朕处理国事，你的心意，朕永远不忘。"丽君："臣还有一个请求。臣恳请皇上，给我情同姐妹的苏映雪一条生路，让她带走痴呆的刘奎璧，将刘奎璧贬为庶民，让他们可以退隐山野，度其余生。"皇上一愣："没想到你最后一个愿望竟然是让朕不杀刘奎璧。"众人皆反对：刘奎璧对皇上图谋不轨，罪当诛死，绝对不可轻赦，但丽君谏曰："刑法之意，在于惩戒，如今的刘奎璧，已经受到上天的惩责，就像个无知的孩童，已经对前尘往事一无所知，他今后什么也做不了了，但他对苏映雪却意义重大，而皇上一念，可成浮屠，也可成地狱……"

大殿仍然传来大臣的反对之声。皇上举手，止住众人的叫嚷："众卿家不用争论，朕已有决定。丽君，朕答应你。"丽君展颜一笑："谢皇上。"一切的心愿都了断，丽君徐徐站起，姿态傲然，展望大殿四周，有感而发："孟丽君不死，国法不立，无法就是无天，这天下就没法管治下去了……可是如此天下又能兴治多久？也许，只有到了男女不分尊卑，众生皆平等的一天，才会有一个大治天下，只是，我孟丽君是看不到了……"

丽君突然疾跑，用尽力气朝大柱撞去，顿时头破血流！朝堂上突生变故，乱作一团。皇上霍然站起，心头一痛，嘴边无力地呼喊："丽君——"丽君身子回旋倒地，只见眼前华丽的屋顶旋转不已，最后化成一团光晕，罩向脸庞，丽君闭目，溘然倒下……

举座皆惊。

……

……

……

321

许久，朝堂上响起王湘的声音，那正是孟丽君的万言策论："臣子孟丽君有曰：自汉唐以降，千余年来，茫茫天地，不知所止，日升月移周而复始，强汉盛唐，继而弱宋，世人莫不如是观之，而臣以为，宋无穷兵黩武，百姓生活富足，政清人和，没有宦官、外戚专权，后妃干政，亦无藩镇割据自立为王，忤逆之人大多流放，死者甚少。我朝岁入不过二百余万两，而宋朝岁入多超过一万万两，如此相差之巨，令人瞠目，朝廷百姓自然富足……因此，我朝应以宋朝为榜样，开海疆、通商贸，广纳天下贤才，振兴朝纲……"

高亢的声音，在朝堂上久久不息，震动在每个人的心中……

深夜，孟府邸内，伤心欲绝的香梅在小灵堂内夜祭丽君，一把一把地把冥物放进火盆里。阴冷的火映照着香梅和身旁的王湘，两人默默无语。

御医馆病房内，医童小心照料着仍然未醒的少华，用一个铜漏斗把药慢慢喂进少华的嘴里。

御医馆的另一间病房内，映雪细心地为昏迷的奎璧擦身，虽然在冷清的斗室内，但却弥漫着一片真心的温情。

映雪脸上不见愁容，反而充满着期望和快乐，她相信奎璧终有一天会醒来的。

一座寺庙内。阵阵钟声传来。刘燕玉跪坐坛前，等着主持替她剃发。她一脸平静，终于找到人生的最后去向，一缕秀发落了下来……

一阵悦耳的呼唤声在黑暗中响起，是丽君温柔的声音："少华……起来吧……"昏迷未醒的少华倏地张开眼睛，眼前是夕阳西照的一片静谧，病房内空无一人，也不见刚才轻唤他起来的孟丽君。少华从床榻上慢慢坐起来，经过几天的昏迷，他需要一阵子才回过神来。胸前的伤口传来隐隐的疼痛，少华不敢立刻站起，用手轻揉伤口。这时，少华瞥见床榻前的一封信，原来是香梅留给他的：

"皇甫大人，当你醒来的时候，见不到小姐在身边，那是因为……她已经离开我们，不在人世了……她走得非常突然，来不及跟任何一个人说一句话，虽然她没留下只言片语，但她却永远留在我们心里，我想你也是一样的……很不想在你醒来的时候，跟你说这最伤你心的话，但这是我唯一能替小姐做的事。请珍重。"

少华仿佛被雷霆重重击中，泪水失控地从眼里涌出，他再也坐不住，也无法控制翻滚的情绪，从床榻跳下，直奔出病房。一路带泪狂奔，泪水化作倾盆雨，剧烈不息的狂奔让他初愈的身体有点承受不了，但少华坚持在跑，终于耗尽最后的一分力气，在跑到孟府门前时，终于不支，倒在门外。眼前两盏蓝得怵目惊心的大灯笼摇晃着，如一对欲哭无泪的空洞眼眸。少华只觉得脑海一片空白，他竭力要想起丽君的音容，然而愈要想起的时候，一切都被忘记了！他竟无法想到跟丽君一起的种种情景！原来人到伤心处是什么都想不起来的，他感到头痛欲裂！

少华紧按着剧痛的头，跪在孟府门前，最后只能够仰天狂嚎，几乎要喊破整片天空："——丽君——"

渡头附近的街道上人群熙来攘往，好不热闹。官府公告板上那一张皇榜已贴了一段日子，有点破烂。一个外地进京的读书郎好奇地看着皇榜，口中念念有词：……今有孟丽君，假充男官，欺君罔上，当判死罪。孟丽君畏罪，当堂自尽……人群中传出叹息声。有个老者叹了口气："唉——这个女的还当了个吏部尚书。"众人瞪大了眼，啧啧称奇："真的？"老者点点头："什么是假都不打紧，最要紧的她可是个好官！一等一的好官！"

人群中发出赞叹声。少华经过人群走向码头，听见这些由衷的称赞，心里替丽君感到高兴：丽君，从此天下苍生会记住你孟丽君这个传奇女子……

这时，少华瞥见苏映雪在街边小摊挑买水果，旁边还站着刘奎璧。只见刘奎璧很规矩地跟在映雪身边，他想伸手去取水果，被映雪制止，当映雪给了他一个橘子，奎璧露出纯真的笑容。少华把这情景看在眼里，欣慰一笑。映雪察觉到有人注视，四处张看，却找不着少华。少华戴上竹笠悄然离去，不想打扰映雪二人平静的相处。

来到渡头，只有一艘小船停泊，船舱落下了挂帘，看来已有客人占座了。船家却跑上岸，跟少华打招呼："公子，看你也像是准备出海……""嗯。还有别的船吗？""今天生意好，所有的船都出去了，就剩下我这一船。"少华瞄向船舱："你不是也有客人吗？"船家："他就一个人，占不了一船，我问过他愿不愿意让我多做一笔生意。他说没问题。公子，你不介意与人同船，就上船吧。时候不早，我也要走了。"少华爽快地说："好，走吧。"

船家手脚麻利，很快便把船驶离渡头。少华伫立在船头，看着岸上景物渐渐远去，他对这个让他悲伤的城市投以最后的告别眼神。眺望岸上，依稀还忆起那一天丽君在岸上的呼喊："不管你去哪里，我会去找你的……"只是这一声呼喊已成余音,永远盘旋在少华心底。

船来到一处风景雅致的湖光山色之中。少华静坐一旁,细看如画山水。忽地,一阵茶香扑鼻而来,少华觉得这味道熟悉极了,他无法按捺心头的激动,走到垂下挂帘的船舱前。少华轻叩舱门:"在下冒昧,请问这茶香是从何而来的?"船舱内只传来一声淡然地回应。

少华:"对不起,打扰阁下雅兴,只是这茶味道独一无二,似是跟在下的一位故人所泡之茶一样,所以才斗胆唐突。"终于船舱内响起一阵清脆的咯咯的笑声。少华如遭雷轰!这笑声让他梦魂牵挂,正是丽君的声音,他猛地把门打开,只见丽君盈盈笑着坐在船舱里。

少华惊讶万分:"你还活着,你怎么在这里?"丽君双手捧着一杯热茶,俏皮一笑:"来给你泡这独一无二的茶。"少华犹在梦中,追问:"你怎么会在这里?"丽君:"我不是说过,不管你去哪里,我会来找你。我是个一言九鼎的人。"少华急了,上前抓住丽君,把她拥入怀里:"快说!你怎么会在这里!?"丽君满足地一笑:"因为你在嘛。"

少华的泪水已在眼眶里打滚。丽君的泪水早已沾湿了少华的衣衫。两人无语,却已胜过千言万语……船在有情山水之中飘荡,丽君依偎在少华身旁,享受这无尽甜蜜的时光。

"……那天我收到皇上的一盒药材,发现上层是一棵枯死的人参,下面是活命的药,我一直在琢磨是什么意思,后来终于明白是皇上的暗示,要跟我合演一场先死后生的戏,这样我才可以全身而退,离开京城……"

"你把所有人都骗了,也让所有人伤心透了……"

丽君故意瞪着眼:"不这样子,哪晓得谁对我才是真心的!"少华忍不住捏了丽君鼻子一下:"你这个狠心人,害我哭了多少遍!"丽君顽皮一笑:"做了一辈子好人,这一回也该轮到我做一次坏人嘛!"少华记得这是自己故意说出来的狠话,顿时笑了。他起身把丽君抱在怀里,准备走入船舱。丽君诧异问:"你要抱我去哪?"少华故意装作坏笑:"我也要做坏人……"

丽君脸上刷地一红,把头深深埋在少华怀里。两人走进船舱,挂帘落下。快乐甜蜜的笑声传来,悠悠回荡于山水之中,展现出一幅山水有情,人间有爱的美丽画面……

后　记

一个孟丽君　几世才女梦

《再生缘之孟丽君传》制片人　应奕彬

《再生缘》是清代著名女词人陈端生的呕心之作。这部作品被文坛巨匠郭沫若评价为：可与《红楼梦》并称为'南缘北梦'"的作品。全书词藻华丽，对仗工整，意象唯美，是一部不可多得古典文学珍品。在男尊女卑的封建社会，身为女子的陈端生只能够通过创作《再生缘》，一展心中的抱负，将自己心中的理想全部寄托在书中主人公孟丽君的身上，塑造了一个女性心目中的完美偶像！

她笔下的孟丽君不再是遵守"三从四德"的普通女人，而是能够与父亲、兄长、公公、丈夫同朝为官、位拜三台、让众多为官的男人都尊为"师长"，令皇后又怕又怜，使皇上也得了相思病的奇女子！曲折跌宕的故事情节中饱含着作者对社会的观照，对女性命运的自我审视。

作者独特的创作视角，使一个有情、有理、有自我追求的女性形象跃然纸上。透过文本，我们依稀可见作者当年的人生理想与追求。可贵的是，文本中所蕴含的对女性自身价值的深层思考，即便是在两百年后的今天仍具有很强的现实意义！

因一场突然而至的家变，使原本天真浪漫、聪慧美丽的贵族小姐孟丽君被迫肩负起为家申冤、洗雪家仇的使命，历经数载生活与官场的磨难，最终成为才情兼备的一代良相。可以说，丽君从纯情可爱的少女成长为心怀天下的女丞相，这种巨大的蜕变是与她内在的自我追求紧密相关的。如果说，起初的隐姓埋名，流落民间完全是丽君被动的本能生存反映，那么乔装应试，走上仕途则是她主动地有意识地正视自我价值的开始。对于天资聪颖又饱读诗书的丽君来说，小小的闺房又哪里是她的天地呢？为江山社稷献策，为黎民百姓造福，才是她人生的真正舞台！然而，万贯的家财与傲人的权贵并不是丽君的人生追求，当金钱与权力挡在真爱与自由的面前时，丽君毅然绝然地放弃了财富与权贵，而选择与心爱的人过平凡而普通的生活。这份对真爱与自由的不渝追求，最终也感动了皇帝，成全了丽君的爱情与理想！

也正是这种纯洁而崇高的价值观，这种朴素的自我意识的觉醒，造就了丽君独立、率性的一面。使她无论身处逆境还是顺境，都时刻给人以昂扬向上的感觉。娇小柔弱的外表下，却有着比男子更坚强的意志！最可贵的是她从不依附别人，面对接踵而来的麻烦与危险，总是要靠自己的才智与能力来化解。即使是在她心爱的男人面前，丽君也仍然有点小固执地恪守着自己的"独立原则"。这也是丽君最惹人喜爱，最令人钦佩的地方。

出人意料的是这位心怀天下的"女丞相"却有着一副侠骨柔肠。在丽君的身上，我们仍然可以清晰地看到千百年来、世代相传的中国女性的传统美德。

丽君的一生起起落落：一场家变，使她流落江湖；恶人的诋毁谋害，使她几次身陷囹圄，然而个性坚韧的她却忍辱负重，在逆境中努力拼搏，在艰难困苦中不断前行，默默承受着生命中一次又一次的苦难折磨，坦然接受命运一次又一次的严峻考验。正是她坚韧的个性和对自由、真爱坚定不移的追求，使她最终历经沧桑，造就了一个又一个的命运奇迹。

同样，命运的作弄根本改变不了丽君那一颗纯洁、善良的温柔心。即便是在丽君流落江湖，生活最为困苦的时刻，她仍然毫不犹豫的搭救了素不相识的女奴香梅；得知父母被陷害关进大牢，丽君顾不得自己的安危，毅然前去探望双亲；心爱的人在前线打仗而生死未卜，丽君夜夜月下泪双垂……就是这样一个纯良如水的奇女子，就是这样一个温婉动人的孟丽君，盖世的才情并不能掩盖她女性的光辉，命运的坎坷也并不能减损她丝毫的魅力！

随着电视剧《再生缘之孟丽君传》的播出，根据本剧改编的《再生缘》一书也要和广大读者见面了。在二〇〇七年，电视剧、图书竞相生辉，无疑对观众、对读者都是一大幸事，且让我们共同分享《再生缘》的独特魅力吧。

李冰冰 饰 孟丽君

黄海冰 饰 皇甫少华